T0244007

Fin del juego

Kiss me like you love me

Fin del juego

Kira Shell

Traducción de Patricia Orts

Rocaeditorial

Título original en italiano: *Kiss me like you love me. Game over*

© 2020, Mondadori Libri S.p.A.

Primera edición: mayo de 2023

© de la traducción: 2023, Patricia Orts
© de esta edición: 2023, Roca Editorial de Libros, S.L.
Av. Marquès de l'Argentera 17, pral.
08003 Barcelona
actualidad@rocaeditorial.com
www.rocalibros.com

Impreso por LIBERDÚPLEX, S.L.U.
Printed in Spain – Impreso en España

ISBN: 978-84-19283-70-2
Depósito legal: B. 6906-2023

RE83702

El amor te hace vivir a veces un cuento de hadas.
Otras te arroja a una oscura realidad,
pero no por eso deja de ser amor.

KIRA SHELL

Prólogo

Nada puede salvarte de los monstruos, ni el amor
ni la fuerza de las estrellas ni el polvo de hada.

KIRA SHELL

*E*ra 25 de noviembre.

La lluvia repiqueteaba en los cristales.

Mi madre aún no había vuelto del trabajo y había avisado a Kimberly de que se iba a retrasar.

Así pues, la canguro había decidido darse una ducha y dejarme a solas un instante. En ese momento pensé que todo dependía de mí, que tenía que salvarme y detener a la mujer que me estaba torturando desde hacía casi un año. Así pues, me levanté del sofá desnudo y sudado. La irritación que tenía alrededor de los genitales me provocó una mueca de dolor. Intenté no pensar en ello, porque mi objetivo era bien preciso: llegar al teléfono.

Por el fragor del agua que se oía en el cuarto de baño comprendí que aún tenía tiempo para actuar. Me armé de valor y cogí el teléfono para llamar al 911.

Temblaba asustado, sentía que los ojos se me llenaban de lágrimas. Me las enjugué rápidamente con el dorso de la mano y esperé a que el agente respondiera.

—Nueve uno uno. ¿Cuál es la emergencia?

Me estremecí al oír la voz severa del hombre y hablé, a pesar del miedo.

—Estoy solo en casa. Mis padres no están. Hay una mujer conmigo. Me hace daño…, hace cosas que no debería. Yo… yo… solo tengo diez años… Por favor, ayúdeme… —dije de un tirón terriblemente asustado, pero cuando oí que Kimberly me llamaba, abrí los ojos, colgué de inmediato y corrí de nuevo al sofá para no despertar sus sospechas.

Probablemente había acabado de ducharse y estaba a punto de volver a mi lado.

Quería jugar conmigo, pero esa iba a ser la última vez.

—Neil. —Kim caminó hacia mí envuelta en un albornoz blanco—. Espérame en el sótano con Megan —me ordenó. La miré titubeante. Por un momento había olvidado que la niña estaba abajo—. ¿A qué estás esperando? ¡Muévete! —Me sobresalté al oír su grito, me levanté del sofá y me agaché para recoger mis calzoncillos, pero ella se acercó a mí y me detuvo—. No, no te vistas.

Sonrió con picardía y se hizo a un lado, indicándome que me fuera. Me limité a asentir con la cabeza y, temblando, bajé al sótano.

Lo primero que sentí fue el frío. Un frío cortante, intenso, tan profundo que incluso podía notarlo bajo la piel. La humedad se condensaba en el aire. Miré alrededor y vi unas rayas de moho en la pared. Una pequeña bombilla colgaba del techo iluminando varias botellas cubiertas de polvo y abandonadas en el suelo. Los sollozos de Megan llamaron enseguida mi atención. Ella también estaba desnuda, de pie frente a una cámara de vídeo.

Yo era solo un niño, pero hacía tiempo que entendía lo que pretendía Kim.

—Neil… —Megan se acercó temerosa a mí y con un brazo se cubrió el pecho, a pesar de que yo no lo estaba mirando—. ¿Qué quiere hacernos? —Se enjugó una lágrima con el dorso de la mano y se tocó su larga melena negra.

—No lo sé —mentí para no asustarla—. He llamado a la policía. Tendremos que fingir durante un rato… —le susurré mientras lanzaba miradas furtivas hacia lo alto de la escalera para vigilar a Kim.

—¿La policía? —tartamudeó Megan—. ¿Crees que… vendrán? —Parpadeó totalmente confundida.

—Claro que sí —asentí, a pesar de que no estaba tan seguro. Ni siquiera les había dado la dirección de la casa. Sin embargo, recé para que el hombre pudiera llegar hasta nosotros y salvarnos de alguna manera.

—Creo que están listos, haré una prueba para comprobarlo. —De repente, oí que la puerta se cerraba y luego la voz de Kimberly retumbó entre las paredes; estaba hablando por teléfono. Megan se escondió detrás de mí y yo traté de hacer acopio de todo mi valor—. Sé que los compradores están impacientes, Ryan, pero Neil aún se rebela demasiado…

Kim empezó a bajar la escalera. La sombra de su cuerpo comenzó a insinuarse de forma aterradora en las grietas de la pared. A medida que se acercaba, su oscura silueta iba adoptando la apariencia de un monstruo al acecho.

—Sí, vale, lo tendré en cuenta. Ahora tengo que irme. Te llamaré más tarde —dijo irritada antes de colgar.

Cuando llegó a los últimos peldaños, vi que iba vestida con unos simples vaqueros y un jersey. Se metió el móvil en un bolsillo, se acercó a nosotros y se sentó en una silla de madera sin apartar los ojos de nuestros cuerpos.

—Joder, qué patéticos sois. ¿Por qué estáis temblando? —Kim cruzó las piernas y suspiró agitada—. Megan, ponte al lado de Neil y deja de quejarte. Ryan va a venir a buscarte dentro de una hora y se enfadará mucho si no me obedeces —afirmó molesta.

La niña se puso a mi lado mirando hacia el suelo, con las piernas apretadas. Tras guardar unos instantes de silencio, Kimberly se echó a reír y se apartó su melena rubia sobre un hombro con una mano. Nunca había entendido sus cambios de humor; de hecho, sospechaba que, además de ser pervertida, estaba loca.

—La verdad es que no sé qué hacer con vosotros dos. Sois tal para cual. —Sacudió la cabeza y se tocó la frente—. Ryan y yo os hemos enseñado todo por una razón muy concreta, y estáis aquí para ponerlo en práctica. Así que no me hagáis perder el tiempo —prosiguió, crispada.

Estiró un brazo para encender la cámara; la luz deslumbrante me cegó de inmediato. Me tapé los ojos con una mano y metí la otra entre las piernas. Megan, en cambio, se escondió de nuevo detrás de mí y volvió a llorar. Kimberly se puso nerviosa al verla, resopló y se levantó.

—Solo tenemos que rodar una película —nos explicó apoyando las manos en las caderas— y se supone que vosotros dos sois los protagonistas. Interpretaréis a Peter y a Wendy. No debéis tener miedo. —Agitó una mano en el aire y se sentó hastiada—. Así que enséñale a Megan cómo se manifiesta a una mujer el amor que se siente por ella, Neil —me dijo con un tono tan firme que me asustó.

Me giré para mirar a la niña, que se apartó de mí atemorizada.

Había entendido lo que la canguro quería que le hiciera a Megan, pero no tenía valor suficiente para comportarme como ella.

—Hazlo o iré a la habitación de Logan. Tú eliges —añadió con severidad.

Tragué saliva. La mera idea de que pudiera abusar de mi hermano como estaba haciendo conmigo me horrorizaba. Me volví a mirar sus gélidos ojos y sacudí la cabeza lentamente para darle a entender que no pensaba hacerle caso.

—¿Qué coño te pasa, cabroncete? ¡Bésala! ¡Vamos! —Kim se puso en pie de un salto, pero al oír unos pasos apresurados en el piso de arriba, frunció el ceño. Sonaba como si alguien estuviera corrien-

11

do hacia la cocina—. Silencio —nos ordenó agitada, luego se aproximó a la escalera mirando fijamente la puerta cerrada.

El corazón comenzó a latir con fuerza en mi pecho, y cuando alguien tiró la puerta al suelo, retrocedí unos pasos. Kimberly se sobresaltó mientras dos agentes bajaban a toda prisa la escalera apuntándola con sus armas.

—¡Manos arriba! —gritó el primero de ellos mientras su compañero miraba desconcertado la cámara y luego a Megan y a mí.

Avergonzado, sentí la necesidad de esconderme, así que me senté en un rincón y doblé las rodillas hacia el pecho para cubrirme. Megan, en cambio, se refugió detrás de un viejo sofá y rompió a llorar.

—Dios mío —murmuró uno de los dos hombres angustiado, llevándose las manos a la cara—. Tiene derecho a guardar silencio. Todo lo que diga podrá ser utilizado en su contra en un tribunal. Tiene derecho a ser asistida por un abogado durante el interrogatorio. Si no puede permitírselo, se le designará uno de oficio —recitó el agente esposando a Kimberly, que no opuso resistencia mientras sonreía con aire burlón.

De repente, se volvió a mirarme como si hubiera comprendido que era yo el que había llamado a la policía.

Sus ojos claros se enturbiaron, sus labios se curvaron en una sonrisa traicionera y su melena rubia resbaló por su espalda cuando el oficial la instó a caminar.

Su expresión cambió en un abrir y cerrar de ojos: su semblante se convirtió en una máscara deformada por la rabia, hasta tal punto que la miré paralizado, incapaz de reaccionar.

No sentí nada. No lloré.

No acababa de creerme que todo hubiera terminado de verdad.

La devoradora de niños se estaba alejando de mí esposada, vestida de perversiones y pecados.

Pagaría por lo que había hecho y no volvería a verla.

Pero su recuerdo iba a permanecer en mí como un tatuaje indeleble.

Nadie me podía devolver la infancia que ella había destruido.

La guerra que Kimberly había iniciado había llegado a su fin, pero nada volvería a ser como antes.

Yo ya no era un niño.

Era un monstruo fruto de los errores del ser humano.

Un monstruo fruto de los errores de Kimberly Bennett.

1

Neil

El hombre es un animal que juega.
Siempre debe tratar de vencer a alguien en algo.

CHARLES LAMB

—*D*entro de cinco minutos y diez segundos precisos saltará por los aires —me informó el loco confirmando mi intuición. Me quedé de piedra—. Entonces, ¿qué? ¿Todavía quieres jugar conmigo, Neil?

Reflexioné sobre su pregunta.

La vida de mi hermana estaba en juego, así que debía actuar con astucia para evitar lo peor.

—El reloj está en marcha. Buena suerte. —Player colgó.

Me puse de pie mirando el vacío, desconcertado. Por un momento tuve la esperanza de que todo fuera una pesadilla. La angustia y el miedo de no poder salvar a Chloe me abrumó, dejándome sin palabras. No sabía qué hacer.

—Neil —me dijo Logan acercándose a mí. No lo miré.

—Oye, amigo. ¿Qué pasa? ¿Qué te ha dicho? —Xavier me puso una mano en un hombro y me zarandeó suavemente, pero no sirvió de nada. No reaccioné.

—Cinco minutos. Solo tenemos cinco minutos antes de que estalle la bomba —dije como un autómata, y poco a poco fui desviando la mirada hacia Logan, que palideció.

—¿Una bomba? —repitió Xavier en su lugar, aturdido durante unos instantes—. En ese caso, ¡tenemos que actuar enseguida! ¡Ya! —Pasó por delante de mí, recogió el bate de béisbol que había tirado al suelo y luego me miró—. No va a ganar él —afirmó con determinación. Acto seguido, golpeó lo que quedaba de la ventanilla del coche, metió la mano por ella y desbloqueó el sistema de seguridad para abrir la puerta.

Yo, en cambio, seguía callado, desorientado. Me sentía pesado, como si mi cuerpo se hubiera vuelto de plomo.

—Voy a comprobar si dentro hay una palanca. Normalmente, estos malditos coches tienen una. Vosotros buscad un paño de cocina o lo que sea para forzar el maletero —ordenó Xavier. Se sentó en el asiento del conductor y se agachó para buscar la palanca infractora. Yo veía y escuchaba todo sin hacer nada.

Podía sentir el sudor que perlaba mi frente, el corazón acelerado, el temblor en mi mano derecha...

—Yo... —intenté decir. No lograba pronunciar una frase con sentido completo.

—¡Neil, se nos acaba el tiempo! —Logan me zarandeó por detrás para que me moviera y empecé a jadear—. Vuelve en ti, por favor. Ya verás como lo conseguimos —dijo conmocionado. Ni siquiera parpadeé, de manera que mi hermano me agarró la cara con las manos y me ordenó que lo mirara—. Entraré en el motel y pediré ayuda. Sé que estás pensando que la culpa es tuya, pero te equivocas. Salvaremos a Chloe. Tenemos que mantener la calma y no perder la lucidez.

Tras darme dos palmaditas en los hombros, se alejó rápidamente con Alyssa.

—¡Ven aquí, Neil! —Solo me repuse cuando oí gritar a Xavier. Me sobresalté. No debía desanimarme ni permitir que Player ganara la guerra.

Corrí hacia mi amigo y lo miré una vez más sin hablar.

Debía de parecerle un imbécil incapaz de hacer algo en una situación peligrosa. A decir verdad, esa pasividad no era propia de mí; pensé que aún estaba sumido en un aturdimiento del que no lograba salir.

—He levantado la alfombrilla interior y he encontrado el cable de apertura. —Tras mostrármelo, Xavier añadió—: El único problema es que parece atascado. Tienes que echarme una mano —me dijo nervioso.

Me limité a asentir con la cabeza y me puse de rodillas. Él volvió a llamar mi atención y yo lo miré aterrorizado.

—Oye, amigo, nunca te he visto tan conmocionado, pero debes reponerte lo antes posible, ¿sabes?

Tenía razón.

Escruté sus ojos negros y comprendí lo preocupado que estaba. Si me quedaba de brazos cruzados y permitía que los pensamientos negativos se apoderaran de mí, no iba a resolver una maldita mierda, así que me obligué a reaccionar y a dejar de temer lo peor.

—Sí…, lo sé… —murmuré tan solo para dar por zanjada la cuestión, luego me concentré en el cable y traté de tirar de él.

—Si pudiéramos encontrar unos alicates, sería fantástico —murmuró mi amigo pasándose el dorso de una mano por la frente.

—No tenemos tiempo, Xavier —respondí con brusquedad.

—De acuerdo, entonces te propongo una cosa: voy a revisar los asientos traseros y buscaré la palanca para inclinarlos hacia delante. Tú siéntate aquí y sigue forzando el cable —dijo apresuradamente mientras se movía hacia atrás.

Yo, en cambio, me puse en el asiento del conductor y me incliné hacia delante tratando con desesperación de desbloquear el maldito cable. De vez en cuando, miraba furtivamente la entrada del motel para ver si Logan regresaba de una puñetera vez.

—Aquí detrás no hay una puta palanca —despotricó de repente Xavier. Me volví para mirarlo. Mi amigo se pasó una mano por su oscura melena y soltó una maldición.

—Pégales unas cuantas patadas —le sugerí y sus ojos se iluminaron. Xavier era muy violento, pero, por encima de todo, no sabía dosificar la fuerza—. Piensa en tu padre —añadí, sabedor de la rabia enfermiza que se desencadenaba en él apenas recordaba a ese hombre. Xavier no respondió, respiraba con dificultad. Acto seguido, se colocó como pudo frente a los asientos traseros. El coche era demasiado pequeño para dos tipos de nuestro tamaño, pero esa minucia no iba a detenernos.

Al cabo de un instante, empezó a dar patadas con una pierna y yo volví a ocuparme del cable delantero.

—¿Cuánto tiempo nos queda? —preguntó deteniéndose por unos segundos con la respiración entrecortada.

—Un poco. —Había contado los minutos y solo restaban tres.

—¡Chicos! —Mi hermano se precipitó hacia nosotros y se asomó por la puerta abierta para enseñarnos un sacaclavos de hierro.

—Eso sí que nos va a venir bien, joder —comentó Xavier y los dos salimos del coche.

Teníamos que apresurarnos.

Tras arrebatarle la herramienta a Logan, rodeé el coche. Luego, haciendo acopio de todas mis fuerzas, probé a abrir el maletero.

Tras tres intentos fallidos, lo conseguí.

La puerta se abrió con un golpe seco y al ver el cuerpo aovillado de Chloe me quedé boquiabierto.

Tenía las muñecas y los tobillos atados con cuerdas, una tira de cinta adhesiva negra sobre la boca, el pelo rubio revuelto y los

15

párpados cerrados. Me abalancé sobre ella para levantarla y sacarla del coche. Luego me arrodillé abrazando su cuerpo y le quité la cinta de los labios.

—¿Puedes oírme, cariño?

Acaricié su mejilla fría; Logan se agachó a mi lado, a punto de echarse a llorar y alargó una mano para acariciarle el pelo.

—Somos nosotros, Chloe —susurró en tono implorante mientras Alyssa y Xavier nos miraban en silencio.

—Vamos, hermanita. Vuelve con nosotros —añadió Logan asustado. La respiración de Chloe era tan débil que ni siquiera se percibía.

Ella tenía que volver a sonreír, a mirarme con sus ojos grises y astutos.

Tenía que volver a hacer flotar en el aire su melena trigueña.

Tenía que volver a mi habitación, abrir mi armario y coger todas las sudaderas que quisiera.

Tenía que volver a decirme lo imbécil que era con las chicas.

Tenía que volver a sentarse en mi regazo y abrazarme cuando estaba triste, porque lo necesitaba.

Tenía que volver a reñirme por fumar demasiado, como hacía a diario.

16   Tenía que volver a acurrucarse en mi pecho, a susurrarme lo mucho que me quería y que siempre estaría a mi lado.

Tenía que volver a adularme por la única razón de que quería algo a cambio.

Tenía que hacerme de nuevo las habituales muecas de fastidio, a ponerme mala cara cuando discutíamos, a hacerme la peineta cuando la insultaba.

Tenía que volver a mí, porque si mis hermanos no existieran, yo tampoco existiría.

Porque si su fin había llegado, también había llegado el mío.

—Estamos aquí, cariño —susurré mientras la estrechaba entre mis brazos.

No lloré. Nunca lo hacía. Me sentía tan abrumado, tan agotado, que me faltaban incluso las lágrimas para expresar mi estado de ánimo. La abracé y cerré los ojos con la esperanza de que cuando volviera a abrirlos hubiera despertado de esa pesadilla; pero, por desgracia, no fue así. Cuando lo hice, la realidad seguía allí.

Solo la maldita realidad.

—Neil... —La voz débil de Chloe hizo temblar mi piel. Con una mano, se agarró a mi chaqueta y me miró con sus ojos grises.

—Buenos días, cariño —le dije con una sonrisa, sintiendo que mi corazón se derretía como un trozo de hielo bajo el sol abrasador.

—Dios mío, Chloe. —Logan le besó la cabeza, la mejilla, la frente, la nariz. La besó por todas partes, igual que hacía cuando era pequeña.

Ellos dos eran los únicos recuerdos positivos de mi infancia.

De repente, el sonido del reloj nos arrebató el fugaz momento de alivio. Habían pasado los cinco minutos. Solo nos quedaban unos segundos para escapar, unos segundos importantes de los que dependían la vida o la muerte.

—¡Tenemos que marcharnos enseguida de aquí! —gritó Xavier para que nos moviéramos.

Así pues, cogí en brazos a Chloe y echamos a correr con la poca energía que nos quedaba, quemando el aire en los pulmones.

Fue cuestión de un instante.

Un instante en que conseguimos alejarnos lo más posible del vehículo maldito.

Un instante en que nuestras vidas corrieron el riesgo de desaparecer para siempre.

Un instante en que caí en la cuenta de que si no hubiera encontrado a tiempo a mi hermana, esta habría quedado reducida a un montón de cenizas.

Llegamos rápidamente a mi Maserati y senté a Chloe en la parte trasera, en compañía de Logan y Alyssa. Xavier se deslizó en el asiento del copiloto y yo me puse al volante.

En ese preciso momento, el coche donde estaba colocada la bomba explotó.

Saltó por los aires levantando una densa nube de humo. La onda expansiva fue tan potente que el cristal de mi coche vibró. Arranqué el motor y le di gas. Con un fuerte chirrido, salí del aparcamiento mientras veía por el espejo retrovisor cómo se elevaban las llamas hacia el cielo.

—He ganado, hijo de puta —murmuré satisfecho.

Cuando llegamos a casa, mi madre se abalanzó sobre Chloe con los ojos llenos de lágrimas y Matt le dio un largo y cariñoso abrazo. A pesar de que Logan le había quitado las cuerdas y había intentado tranquilizarla durante el trayecto de regreso, mi hermana aún estaba conmocionada.

—Papá —exclamó Chloe abrazando a nuestro padre, William, que curiosamente estaba también allí, muy nervioso, pero aun así impecablemente vestido con uno de sus elegantes trajes. Tras dar un beso en la frente a mi hermana, la miró con sus ojos azules, tan claros que casi parecían de cristal, como siempre había deseado que me mirara a mí, sobre todo cuando era niño, aunque jamás se lo había confesado a nadie.

—No sabes lo preocupado que estaba —murmuró afligido. Él, que siempre había sido un hombre frío e inescrutable, en ese momento se mostraba frágil y vulnerable.

—Estoy bien —respondió Chloe esbozando una leve sonrisa, pero dirigiéndose de nuevo a nuestra madre y a Matt.

—¿Alguien puede explicarme qué demonios ha pasado? —William miró severamente a Logan y luego a mí, esperando que hablase.

Como de costumbre, solo fui capaz de transmitirle una absoluta indiferencia. Él sabía lo mucho que le odiaba, pero no parecía importarle.

Después de todo, nunca había hecho nada para recuperar nuestra relación.

Nunca me había dedicado su tiempo.

Molesto por mi silencio, William se acercó a mí y me miró de arriba abajo; después hizo lo mismo con Xavier, que estaba de pie a mi lado.

—Por lo que veo, sigues frecuentando a los mismos matones de siempre… —comentó con aire altivo, sin importarle si sus palabras ofendían a mi amigo, mientras observaba con altivez los *piercings* que este lucía en una ceja y en el labio inferior, además de su vestimenta.

William conocía a los Krew y en varias ocasiones me había ordenado que me alejara de ellos, pero nunca le había hecho caso. Nadie estaba autorizado a decirme lo que debía o no debía hacer, menos aún él. Ese hombre no significaba nada para mí, no tenía derecho a dictar reglas en mi vida.

—Dime, Hudson, ¿cómo se encuentra tu padre en la cárcel? —dijo a continuación a Xavier con una sonrisa burlona en los labios.

Mi amigo se puso rígido. A William le importaban un carajo tanto él como su familia, lo único que pretendía era incomodarme para recordarme que, en su opinión, solo me relacionaba con la escoria de la sociedad, con jóvenes problemáticos y peligrosos con los que pronto terminaría en chirona, arruinando la buena reputación de la familia Miller.

Xavier dio un paso hacia delante, a punto de reaccionar, porque odiaba que alguien que no perteneciera a su círculo más cercano mencionara el asesinato que su padre había cometido, así que alargué un brazo y le puse una mano en el pecho para que se calmara.

—Será mejor que te vayas —me limité a decirle a la vez que lo miraba de una forma que no necesitaba explicaciones. Xavier apretó la mandíbula y luego se rascó una ceja con nerviosismo. Conociéndolo, sabía que iba a responder a pesar de mis advertencias.

—¿Sabes qué te digo, William? —contestó, de hecho, con una sonrisa peligrosa. Olvidándose de las formalidades, se dirigió a él como si fuera su igual, en lugar de un hombre poderoso e intimidador—. Si vuelves a mencionar a mi padre, no solo destrozaré ese coche tan caro que está aparcado ahí fuera, sino que además te partiré también el culo.

Xavier intentó acercarse a él de nuevo, pero yo lo agarré de un brazo para evitar que lo agrediera. Tiré de él hacia atrás mientras miraba con rabia a William. Mi amigo, por su parte, lo observó de pies a cabeza, como si le asqueara la manera en que ostentaba su riqueza, y al final se fue dando un portazo.

Guardé silencio; mi padre percibió la satisfacción que sentía. Cualquier otro hijo habría defendido a su padre en una situación así, pero yo había disfrutado de ella como un cabrón. William lo sabía perfectamente.

—Tú y yo tenemos que hablar —me dijo con su habitual tono adusto.

19

—No tengo nada que decirte. —Intenté pasar por delante de él, pero se interpuso en mi camino.

Era tan alto como yo y más musculoso de lo que recordaba. Cuidaba mucho su aspecto físico, sobre todo desde que se había divorciado de mi madre. A sus cuarenta y cinco años pasados, se había convertido en un soltero empedernido que se acostaba con mujeres más jóvenes que él y era incapaz de comprometerse en una relación seria.

Para ser un hombre que creía saber todo sobre mí, no imaginaba siquiera el sinfín de cosas que yo sabía sobre él.

—Tu padre tiene razón, Neil —terció mi madre—. Logan, Alyssa, acompañad a Chloe a su habitación y quedaos con ella —les ordenó para que se fueran y así poder acosarme luego.

Mi hermano me miró con aire preocupado, pero yo le hice una señal con la barbilla para que se fuera.

No tenía miedo de nada ni de nadie, no digamos del imbécil de nuestro padre.

Cuando nos quedamos solos en el gran salón, mi madre suspiró a la vez que se pasaba una mano por la cara; Matt le acarició un hombro para reconfortarla. William, por su parte, se apartó de mí y apoyó las manos en las caderas.

—¿Te das cuenta de que han secuestrado a tu hermana? —exclamó con una expresión inquisitorial que me habría gustado arrancarle de la cara a puñetazos. Pero el asombro pudo con la ira cuando me di cuenta de que estaba al corriente de lo que había sucedido.

¿Quién se lo había dicho?

—¿Cómo lo sabes? —repliqué haciendo caso omiso de la presencia de mi madre y de su compañero.

—Llamé a Logan para preguntarle si habíais encontrado a Chloe y me lo contó todo —respondió con firmeza. Intenté comprender cuándo había ocurrido: probablemente mientras estaba conduciendo y Xavier me distraía hablando, como era su costumbre, de manera que no había prestado atención a la conversación telefónica que había tenido lugar entre mi hermano y William.

—¿Y qué? —Odiaba tener que fingir esa indiferencia, pero no podía hablar con nadie sobre Player y sus acertijos.

—Dime la verdad —insistió William—. ¿Alguien te la tiene jurada? ¿Te has vuelto a meter en líos? —Suspiró mirándome con el desprecio que nunca lograba enmascarar del todo.

—No estoy metido en ningún lío —respondí sin más y comencé a palpar los bolsillos de mi sudadera buscando el paquete de Winston.

—¿No? —preguntó él burlonamente—. Entonces, ¿puedo informar de lo sucedido a la policía? ¿O te vas a negar porque, de alguna manera, estás metido hasta el cuello y temes que te encierren de una vez por todas? —me espetó rechinando los dientes, hasta tal punto que mi madre se acercó a él alarmada. No, la policía no debía intervenir, porque, de lo contrario, sería mi fin.

—¡William! —le dijo ella en tono de reproche.

—¿Qué quieres, Mia? —Se volvió hacia ella, furioso—. Sabes como yo que es muy probable que todo haya sido por su culpa. ¿Cuántas veces nos ha creado problemas en el pasado? ¿Cuántas? —dijo alzando la voz. Ella retrocedió y volvió intimidada al lado de Matt. Siempre ocurría lo mismo: nunca se atrevía a enfrentarse a su exmarido, a defenderme y hablar bien de mí. Ni siquiera había sido capaz de hacerlo cuando yo era niño y él me infligía unos castigos terribles para educarme.

—Es inútil recordar mis errores. Sé que los cometí —dije para llamar su atención—. Al igual que sé que en esta ocasión quiero averiguar quién está contra mí, además de tomarme la justicia por mi mano —admití sin tapujos. Puede que fuera una locura, pero esa era mi intención: descubrir la identidad de Player y hacérsela pagar a mi manera, fueran cuales fuesen las consecuencias.

20

—¿Lo habéis oído? —William me señaló dirigiéndose a Matt y a mi madre—. ¡Ha perdido el juicio! —Se rio con nerviosismo—. Pero ¿oyes lo que dices cuando hablas? ¿Quieres matar a alguien, que te maten?

Volvió a ponerse serio y reanudó el ataque, pero yo ya había comprendido adónde quería ir a parar. Su objetivo era siempre el mismo: salvaguardar su puta reputación.

—¿Qué pasa, William? ¿Te preocupa tu empresa? ¿Los periodistas que no te dejan ni a sol ni a sombra? —le pregunté con una sonrisa irónica—. Ya me imagino los titulares: «Neil Miller, el hijo del célebre director general William Miller, protagonista de un nuevo escándalo». —Me eché a reír, saqué un cigarrillo del paquete, lo puse entre mis labios y proseguí—: Todavía recuerdo cuántos abogados pagaste generosamente para hacer desaparecer todo lo que salió a la luz cuando detuvieron a la niñera. —Encendí el Winston, di la primera calada y avancé hacia él con mi habitual desparpajo para que nuestras miradas punzantes quedaran perfectamente alineadas—. La mujer que abusaba de mí y que follaba contigo.

Le eché el humo a la cara, pero él permaneció impasible, en modo alguno amilanado.

Era un muro impenetrable de acero. Sabía serlo.

—Lo que dices es ridículo —negó, como siempre, moviendo la cabeza con aire divertido—. Tu madre nunca se creyó esa historia, ¿sabes por qué? —Lanzó una mirada a su exmujer y luego se volvió hacia mí—. Porque en el pasado nunca escuchó a un niño perturbado, al igual que ahora no escuchará a un potencial lunático —me insultó. Seguí fumando como si nada, mirándole fijamente a los ojos.

No pensaba bajar la mirada bajo ningún concepto, era ya una suerte que no le hubiera dado una patada en el culo.

Jamás iba a permitir que me aplastara y mi expresión glacial no dejaba lugar a dudas.

—Estabas al corriente de todo lo que Kimberly me hacía y por alguna extraña razón nunca lo impediste —insistí en tono tranquilo y sosegado. Solo estaba fingiendo: William sabía que era incapaz de controlar mi ira y seguramente no entendía por qué me estaba mostrando tan razonable y tranquilo.

Disfrutaba viendo la confusión que aleteaba en su semblante.

—No tenía la menor idea —respondió sin inmutarse con aire de desafío. La tensión era palpable.

—Pero no me negarás que te la follaste mientras tu mujer estaba embarazada de Chloe —añadí provocándole de nuevo.

21

«Vamos, William, saca el monstruo que llevas dentro», pensé.

Quería que mostrara el peor lado de sí mismo, porque así tendría una buena razón para golpearlo.

—Desde que eras niño has tenido una gran imaginación —se burló lamiéndose el labio inferior. Estaba empezando a inquietarse, podía verlo en la rigidez de sus músculos y en la manera en que apretaba la mandíbula.

—Cierto, de hecho, también me he imaginado estas... —Me arremangué bruscamente la sudadera y le mostré las tres pequeñas cicatrices que tenía en el antebrazo izquierdo.

William frunció el ceño y dio un paso atrás sin decir una palabra. No había nada más que añadir.

Para mí la conversación terminaba ahí.

Pasé por delante de él empujándolo con un hombro, crucé el salón sin hacer caso a mi madre ni al imbécil de Matt, subí la escalera a toda prisa y, a pesar de que no veía la hora de ducharme, entré en la habitación de Chloe sin llamar. Miré a Alyssa, que estaba sentada en el borde de la cama, y luego a Logan, que se había acostado al lado de nuestra hermana.

—Vaya, aquí estás. —Mi hermano sonrió y me lanzó un peluche, que esquivé a tiempo. Esbocé una sonrisa triste y me acerqué a ellos mirando a Chloe, que parecía más tranquila. Alyssa carraspeó avergonzada y se levantó ajustándose el vestido.

—Os dejo solos —dijo considerando que estaba de más.

Tras dar una palmadita en un hombro a Logan, salió de la habitación. Entonces me eché en la cama junto a mis hermanos y suspiré.

—¿Estás enfadado conmigo? —susurró Chloe ovillándose en mi pecho bajo las sábanas de color rosa con unos extraños dibujos que parecían pequeños conejos.

—No, no estoy enfadado, estoy cabreado como una bestia —respondí acariciando su melena rubia mientras ella, tumbada entre Logan y yo, nos miraba a los dos, consciente de que ir a la fiesta con Madison y los Krew había sido un error—. Pero ya hablaremos mañana —añadí agotado.

—Exacto, tienes que explicárnoslo todo —terció Logan incorporándose y apoyándose en un codo.

—No debería haber ido. No recuerdo mucho. Bebí algo. Me desmayé, luego me desperté en el maletero y...

Chloe se echó a llorar y a temblar como una hoja. Verla sufrir de esa manera acrecentó mi rabia.

Nadie debía tocar a mis hermanos.

—Chist..., se acabó. —Le di un beso en el pelo. Sentía sus lágrimas mojándome el cuello y su mano apretando mi sudadera. Sabía lo que intentaba decirme: «Quédate aquí. Conmigo».

Y yo me quedaba.

Siempre me quedaba por ellos.

—Ahora descansa, ¿vale? Tengo que ducharme —le dije turbado, sintiendo una impelente necesidad de lavarme. Como si todo lo que había pasado en las últimas horas no fuera suficiente, mis dolencias reaparecían para recordarme lo lejos que estaba de ser un hombre normal.

Dejé a Chloe en compañía de Logan y me refugié en mi habitación.

Me di una larga ducha y me puse unos vaqueros oscuros y una sudadera del mismo color. Entretanto, reflexioné sobre la conversación que había tenido con mi padre, sobre sus crueles palabras, mi impasibilidad y... sonreí.

Estaba acostumbrado a su comportamiento, a su indiferencia, al desprecio con el que me había tratado durante años sin una precisa razón. Nunca había entendido por qué me odiaba tanto. De niño siempre había sido rebelde y obstinado, pero eso no era un motivo suficiente para justificar el odio que manifestaba hacia mí.

No recordaba que me hubiera abrazado nunca, ni la última vez que se había comportado como un padre.   23

No había vuelto a llamarlo así desde que tenía diez años.

El timbre del móvil me sacó de mis pensamientos. Me puse rápidamente la capucha de la sudadera y me dirigí hacia la cama para cogerlo. Al mirar la pantalla, una expresión de puro estupor se dibujó en mi cara: era Selene.

En un principio, pensé en rechazar la llamada, luego en responderle que no diera el coñazo. No sabía cuál de las dos opciones era la peor.

—¿Ya me echas de menos, Campanilla? —le pregunté por fin con mi habitual arrogancia mientras metía el paquete de Winston en un bolsillo de los vaqueros.

Oí que suspiraba y comprendí que, a pesar de que solo habían pasado unas horas desde que yo había regresado a Nueva York, ella ya había sentido la necesidad de llamarme.

—Estabas muy inquieto cuando te fuiste. Quería saber si todo iba bien. —Me bastó oír su delicado timbre de voz para sentir un poderoso temblor en el bajo vientre. Era increíble el efecto que la niña tenía sobre mí, no digamos sobre mi cuerpo.

—Sí, todo va bien. —Preferí no hablarle de Player, no quería preocuparla. Cuando llegara el momento, se lo contaría mirándola a los ojos para que no se inquietara—. Además, ya te he dicho que nunca llamo a las mujeres después de haber pasado la noche con ellas —puntualicé.

A pesar de habérmela cepillado como se debe en Detroit y de que fuera la única causante del orgasmo fenomenal que había tenido, no quería que se hiciera ilusiones. A decir verdad, me había arrepentido inmediatamente de haberle confesado mi trastorno sexual, porque no estaba acostumbrado a confiar en la gente ni a contarle cosas de mi vida que consideraba personales.

Estaba empezando a irme de la lengua con Selene y eso me turbaba.

—Yo no soy las demás. Soy Selene Anderson —replicó con una pizca de ironía en un tono que me hizo sonreír. Quería que le dijera que era importante para mí, que era la única, pero eso nunca iba a suceder. Claro que con ella había compartido momentos que probablemente nunca experimentaría con nadie más, pero eso no significaba nada—. Y tú eres mi problemático —añadió divertida haciendo vibrar mi pecho.

Mierda... ¿Qué era esa nueva sensación que experimentaba en mi interior?

En un primer momento aprecié lo que me había dicho, pero luego la racionalidad se impuso sobre las emociones positivas.

—¿Tuyo también? —Hice una mueca de fastidio, porque consideraba la posesión peor que los celos. Era síntoma de una intensa implicación emocional y eso me irritaba. Yo no le pertenecía ni a ella ni a nadie, y era necesario que Selene lo entendiera.

—Te dije que quería exclusividad y me contestaste que te lo pensarías —precisó con firmeza. Joder, había olvidado por completo lo que le había dicho. A decir verdad, la mía había sido una simple respuesta de circunstancias. Todavía recordaba cuando habíamos hablado del tema: estábamos acostados en la cama y yo estaba cansado. Quería dormir, quería que dejara de hacerme preguntas triviales, así que le dije lo primero que se me pasó por la cabeza. Me parecía difícil la idea de no volver a acostarme con ninguna rubia, porque las rubias me obsesionaban tanto como la ducha.

Si me impedía desahogarme a mi manera, podía enloquecer seriamente.

—¿Sabes por qué lo nuestro es inmortal? —le pregunté de sopetón eludiendo lo que me acababa de decir. Selene no respondió durante un rato, hasta tal punto que llegué a pensar que me había colgado.

—No, ¿por qué? —preguntó al final; por el timbre de su voz, parecía intrigada.

—Porque en mi interior convivimos el niño y yo y elegirte a ti implica abandonarlo a él. No hay una vía de escape. —Era mi forma retorcida de decirle que si no podía prescindir de mis amantes, era porque había más cosas en juego, además del sexo—. Pero, si quieres, puedes entrar a formar parte de mi locura, así nos haríamos inmortales juntos. ¿Qué te parece? —añadí mofándome de ella.

Esperaba una respuesta irónica, pero el prolongado silencio de Selene acabó irritándome. Supuse que estaba reflexionando con sus ojos cristalinos mirando al vacío y sus labios carnosos contraídos en una mueca de duda.

Si hubiera estado aquí, frente a mí, la habría besado y mordido.

—Creo que hace tiempo que entré a formar parte de tu locura, y si eso puede hacernos inmortales, estoy de acuerdo —afirmó con la determinación que la convertía en una mujer. Una auténtica mujer.

La niña era dulce, comprensiva, cariñosa y paciente, pero a la vez era terca y valiente. Sabía lo problemático que era yo, y aun así, intentaba superar sus miedos para estar a mi lado.

Pensativo, salí al balcón de mi dormitorio y apoyé los codos en la barandilla para contemplar el jardín.

El aire helado me aguijoneaba la piel, pero me daba igual: el frío me ayudaba a mantener la lucidez.

—Después de la forma en que follamos la última vez, deberías repudiarme —le dije con severidad.

Yo en su lugar lo habría hecho. Me habría distanciado de un tipo como yo y habría olvidado la absurda situación.

—Pero a mí… —se aclaró la garganta— me gustó.

Me di cuenta de que se avergonzaba.

Aunque la había visto más veces desnuda que vestida, seguía siendo pudorosa, modesta y tímida.

—No me extraña, te corriste más de una vez —la provoqué para que se sintiera incómoda y, de hecho…

—¡Neil! —gritó y yo me eché a reír. Nunca dejaría de parecerme adorable. Era genuina, espontánea y en ocasiones tan graciosa que lograba borrar por un instante todas mis preocupaciones.

—Todavía recuerdo tu primera vez, ¿sabes? —le dije de repente retrocediendo en el tiempo—. Tú me decías que fuera despacio y yo no sabía frenarme. Sigo pensando que no tenemos nada en común.

No debería haber dado voz a ese pensamiento, pero en lugar de eso lo expresé en voz alta sin pensármelo dos veces. Me pasé una mano por la cara. Me di cuenta de que la situación se me había ido de las manos y de que ya era irremediable: un verdadero desastre. Solo

25

tenía dos posibilidades: dejar ir a Selene o seguir disfrutando de ella como un canalla egoísta.

Sabía que lo primero era lo correcto, pero me inclinaba más bien por lo segundo, lo indebido.

—El destino es imprevisible —respondió la niña retomando nuestra conversación.

—Y en ocasiones cruel —continué, seguro de que ella merecía más y de que yo nunca iba a cambiar. No podía prever el futuro, pero sospechaba que, si seguíamos con la locura que nos había unido, ninguno de los dos sería feliz. En particular, ella.

Consciente del problema, cambié de humor y enderecé la espalda antes de volver a entrar en mi habitación.

—Ahora tengo que dejarte —concluí con frialdad para que le quedara bien claro que ya no tenía ganas de seguir hablando con ella.

—De acuerdo. Espero… —Suspiró—. Espero tener noticias tuyas y verte pronto —dijo, casi temiendo mi reacción. Yo también tenía ganas, no solo de verla, sino de besarla, de tocarla y de arrojarla a la cama. Quería impregnarme de su aroma a coco, acariciar su piel suave, dejar que sus piernas rodearan mi cuerpo y perderme en su calor, el único lugar donde me sentía bien.

26 Mi país de Nunca Jamás.

—Buenas noches, tigresa. —Colgué sin añadir nada más y salí de la habitación.

Me revolví el tupé del pelo y bajé la escalera para ir a la cocina. Aunque la voz de la niña me había sosegado por un instante, llamé de todos modos a Xavier, porque necesitaba que William entendiera la razón de mi aparente calma.

—Dime, cabronazo —respondió mi amigo a la segunda llamada.

—Voy a enviarte la dirección de mi padre. Desahógate con su coche —le ordené en tono burlón.

Él se echó a reír.

—Coño, ¿estás hablando en serio? —preguntó conteniendo la euforia por un momento.

—¿Alguna vez he bromeado sobre este tipo de cosas? —Arqueé una ceja mientras caminaba hacia la cocina.

—La verdad es que no —corroboró.

—Entonces, ve a divertirte.

Colgué y envié el mensaje a Xavier, tal y como habíamos acordado. Mientras sujetaba el móvil con una mano, con la otra abrí la nevera para sacar un brik de zumo de piña.

—Pensé que eras más bien de beber cerveza.

Me sobresalté al oír la voz de Alyssa a mis espaldas. Me di la vuelta y la vi sentada en un taburete de la isla, bebiendo un vaso de agua. No esperaba encontrarla allí, pero lo cierto era que Alyssa pasaba cada vez más tiempo con Logan, de manera que tendría que haber previsto que no había vuelto a su casa.

—No suelo beber alcohol. —Cogí un vaso para servirme el zumo y volví a ignorarla. El hecho de que fuera la hermana menor de Megan me irritaba.

A decir verdad, no la soportaba.

—Entiendo —murmuró pensativa.

Me volví y me apoyé en el banco. Me metí el móvil en el bolsillo y me llevé el vaso a los labios. La examiné fríamente con la mirada. Esa actitud intimidaba a todos, así que a menudo la utilizaba para que las mujeres o las chicas jóvenes por las que no sentía ninguna atracción no me tocaran los huevos.

—Siempre emanas un fuerte aroma, ¿sabes? Lo huelo incluso desde aquí —comentó esbozando una leve sonrisa. Yo ladeé la cabeza tratando de comprender adónde quería ir a parar. Seguí mirándola con aire severo, de manera que al final ella se agitó y desvió la mirada.

Los halagos no me producían el menor efecto, no digamos los suyos. Me encantaba ser independiente y ser siempre yo el que decidiera con qué mujer quería ceder. Además, jamás se me habría ocurrido ligar con la novia de mi hermano.

—¿Dónde está Logan? —le pregunté dando un sorbo al zumo. El dulce sabor de la piña acarició mi paladar y me lamí de forma instintiva el labio inferior. Alyssa observó ese gesto del todo involuntario y tuve la impresión de que se avergonzaba. No me inmuté. El malestar que pudiera sentir no era asunto mío.

—En su habitación. Tenía que ducharse. Así que he bajado a beber algo —contestó señalándome su vaso, pero no le respondí. En lugar de eso, fui a la despensa a buscar un paquete de pistachos. Me apetecía comer un puñado y los que había comprado en Detroit el día en que Selene me había obligado a ir al supermercado con ella se habían quedado en su casa.

Sonreí al pensar en la niña.

Recordando sus ojos oceánicos lograba iluminar a veces un poco la oscuridad que me rodeaba.

—Mierda —solté al ver que no había un solo paquete. Debería haberle recordado a la señora Anna que comprara más, porque se habían terminado.

Me encogí de hombros y resoplé, como habría hecho un niño. No comía mucho y habría sido capaz de renunciar a cualquier plato sabroso por un paquete de pistachos.

27

—No tardaremos en cenar. ¿Te apetece un tentempié? —se burló Alyssa recordándome su presencia.

Me volví hacia ella y vi que se había levantado del taburete. Las botas altas conferían esbeltez a su figura y el vestido corto de lana realzaba sus curvas. Pensé que Logan tenía buen gusto: al igual que a mí, le atraía la armonía del cuerpo femenino.

—Sí, pero por lo visto tendré que esperar a la cena —contesté crispado mientras apuraba mi zumo; luego dejé el vaso en el fregadero. Cuando me disponía a salir de la cocina, Alyssa, con un impulso repentino, apoyó sus manos en mis caderas y me empujó contra el banco que estaba tras de mí.

La miré desconcertado.

Antes de que pudiera comprender cuáles eran sus intenciones, se puso de puntillas y me besó. Apretó sus cálidos labios contra los míos, me provocó con la lengua y me indujo a abrirlos por reflejo condicionado. Sentí el sabor de su lápiz labial mientras ella me reclamaba con firmeza y audacia. Solo correspondí a la ridícula manifestación de deseo durante los primeros segundos. Sus brazos me sujetaron con fuerza hasta que, por fin, conseguí liberarme de ellos. Alyssa respiró en mi boca con un extraño brillo en sus ojos.

—En la universidad las chicas dicen que tus besos son adictivos. Quería comprobarlo —dijo encogiéndose de hombros.

La escruté inmóvil. Solía tener pleno control de mí mismo y de las situaciones que se creaban con las mujeres. Casi siempre era yo el que recurría a tácticas de seducción para que sucumbieran a mí. En ese momento, sin embargo, estaba literalmente sorprendido, además de conmocionado. Sabía que gustaba, no podía evitarlo, pero nunca habría imaginado una declaración así de Alyssa, la novia de mi hermano.

La novia de mi…

—Pero ¿qué…? —Me pasé el dorso de la mano por los labios con repugnancia, y…

—¡Joder! —exclamó Logan desde la puerta de la cocina. Me giré para mirarlo y, por fin, recuperé el sentido común y comprendí la gravedad de la situación que había presenciado mi hermano. Este tenía los ojos abiertos como platos, respiraba entrecortadamente y nos miraba horrorizado a Alyssa y a mí—. ¿Qué estáis haciendo? ¿Qué significa esto? —gritó con tanta fuerza que su novia se sobresaltó.

¡No, no, hostia!

No quería que Logan malinterpretara lo que acababa de ver. Yo también necesitaba saber qué demonios pasaba por la cabeza de su novia, preguntarle por qué lo había hecho, pero me limité a alejarme de ella para acercarme a él.

—Logan… —dije mortificado, pero él negó con la cabeza a la vez que reculaba.

—¡No intentes justificarte! ¡Eres un cabrón! —Me señaló con un dedo al tiempo que respiraba hondo—. ¡He visto cómo metías la lengua en la boca de mi novia! —me acusó fuera de sí; después, desvió su mirada hacia Alyssa, que inclinó la cabeza avergonzada—. ¿Y tú qué? Eres patética.

La miró de forma escalofriante. Volví a avanzar hacia él, aunque sabía hasta qué punto era intratable cuando perdía los estribos, pero necesitaba explicarle lo que había ocurrido.

—No he tenido nada que ver con ese beso, Logan. Tienes que creerme. Tu novia también me debe una explicación a mí. —La señalé iracundo. Mi hermano primero arqueó las cejas con aire titubeante y después se echó a reír pasándose una mano por la cara.

No me creía.

Pensaba que le estaba mintiendo, peor aún…

¿Me creía de verdad capaz de hacerle algo así?

—¡No empieces con tus tonterías! —me agredió—. ¿Ahora también te gusta Alyssa? Después de haber hecho sufrir a Matt por haberte follado a su hija, ¿vas a hacer lo mismo conmigo? —me acusó con una expresión peligrosa.

29

En ese momento fui yo el que retrocedió, dolido por sus palabras. Intenté atribuir ese juicio tan negativo a la cólera, al hecho de que tal vez no estuviera pensando con lucidez, a que quizá fuese la voz de su orgullo la que me hablaba; lo que fuera con tal de no aceptar que apenas confiaba en mí.

—¿Qué estás diciendo? —murmuré incrédulo.

—¿Cómo te habrías sentido si me hubieras pillado besando a Selene, eh? ¿Cómo? —me azuzó dolido y, de nuevo, lo miré turbado.

—¡No he sido yo quien la ha besado, ha sido ella! ¡Joder! —grité. No tenía por costumbre culpar a los demás de mis acciones. Cuando cometía un error, siempre asumía toda la responsabilidad, pero en ese caso no podía perder a mi hermano por culpa de las hormonas desbocadas de una maldita adolescente—. Daría mi propia vida por ti y por Chloe —añadí, y él me escrutó frunciendo el ceño—. Haría lo que fuera para que no sufrierais y tú lo sabes mejor que nadie. Sabes todo lo que he pasado para protegeros. ¿De verdad crees que traicionaría tu confianza de una forma tan cobarde? —le pregunté, esta vez sin gritar. No era necesario, me había entendido. De repente, el sentimiento de culpa se desvaneció y comprendí que no había cometido ningún error. Me recompuse y recuperé mi habitual imperturbabilidad. Era evidente que yo no era el problema, pero…

Me volví hacia Alyssa y la fulminé con la mirada.

—Aclara las cosas con tu maldita novia, porque, según parece, es ella la que está confundida.

Me volví para mirar a Logan. Sus ojos de color avellana se aferraron a los míos, y su ira se fue aplacando poco a poco. Mi hermano pareció reconocerme por fin y se aproximó a mí a paso lento, aún demasiado agitado.

—Alyssa —dijo dirigiéndose a su novia—, ¿quieres explicarme lo que ha pasado? Después saldrás de mi casa y no querré volver a verte en mi vida; pero, joder, en este momento exijo una explicación —dijo alzando la voz.

Alyssa parecía seriamente angustiada. Con los brazos cruzados en el pecho, me apoyé en el banco y la sopesé con la mirada. Yo también sentía curiosidad por saber qué iba a decir, pero al mismo tiempo me daba pena.

—Siempre te ha interesado Neil, ¿verdad? —murmuró Logan decepcionado. Ella no contestó—. Por eso me preguntabas si estaba en casa o cómo le iban las cosas con Selene. —Sacudió la cabeza, como si estuviera atando cabos—. Por eso varias veces te sorprendí mirándolo. Por eso lo odiabas y no lo soportabas. —Esbozó una sonrisa de escarnio y la miró divertido—. Porque mi hermano siempre te ha ignorado. Porque nunca le has gustado, como habrías querido. —Al llegar a esa terrible conclusión se tocó la cara y se mordió un labio. Las suposiciones de Logan me preocuparon, quién sabe cuánto estaba sufriendo—. Me he dado cuenta demasiado tarde, mierda —susurró agitado.

—Logan, yo… —Alyssa intentó hablar, pero mi hermano levantó enseguida una mano para silenciarla.

—¡Fuera de aquí! —le ordenó señalando la puerta de forma categórica. No quería escuchar una sola justificación. Después de todo, ¿por qué me había besado? La respuesta era obvia: yo le gustaba.

Esa cría siempre había ocultado que estaba loca por mí.

Aún no acababa de creérmelo.

Era comprensible que Logan no volviera a confiar en ella. Siempre había sido bueno, aunque no estúpido, desde luego.

Alyssa no podía hacer otra cosa que obedecerle. Sin valor para mirarnos a la cara, se dirigió hacia la entrada y se marchó.

Nos quedamos solos. El silencio que se instaló en la cocina me turbaba. Justo yo, que siempre había sido capaz de dominar mis emociones, me sentía tan confuso que no sabía cómo afrontar a mi hermano. Miré a Logan tratando de comprender cómo estaba. A buen seguro, destrozado, pero quería hablar con él para asegurarme de que entre nosotros todo había quedado claro. Cuando hice amago de abrir la boca, él negó con la cabeza, aún aturdido, y salió al jardín sin añadir nada más.

No quería hablar conmigo, prefería soportar solo el dolor.

Me sentía como un pedazo de mierda.

Después de todo, había devuelto el beso a Alyssa, aunque hubiera sido de forma involuntaria.

Mi cuerpo había reaccionado al contacto con su cuerpo porque era una mujer, eso es todo, y, a pesar de no tener la menor intención de besarla, mis labios se habían separado para secundarla, aunque solo hubieran sido unos segundos.

Joder.

Me habría gustado seguir a Logan, rogarle que me perdonara y, sobre todo, que no me odiara, pero me forcé a concederle un momento de soledad.

Necesitaba apaciguarse; a saber lo que habría hecho yo si hubiera estado en su lugar.

Me pellizqué la base de la nariz con los dedos y cerré los ojos.

Nada me salía bien.

Daba la impresión de que las mujeres eran mi peor pesadilla y que, al mismo tiempo, no podía prescindir de ellas. Una vez más, culpé de todo a mi aspecto: Kimberly tenía razón.

Según ella, las mujeres solo me iban a querer porque era atractivo y porque despertaba en ellas pensamientos indecentes. En cualquier caso, el hecho de que la que hubiera caído en la trampa mortal de mis encantos fuera la novia de Logan me hacía sentir terriblemente culpable.

Al cabo de media hora me senté a la mesa para cenar, pero no toqué la comida. En lugar de eso, me pasé el tiempo mirando a mi hermano, que estaba delante de mí.

Ni siquiera conseguía mirarme.

Una y otra vez intenté establecer contacto visual con Logan, porque la indiferencia con la que me trataba era peor que si me hubiera mandado a la mierda, pero él seguía ignorándome. Desvié entonces la mirada hacia Matt, que estaba comiéndose el pollo, y luego hacia Chloe, quien, absorta en sus pensamientos, mordisqueaba un pedazo de pan. En el comedor solo se oían el ruido de los cubiertos y los pasos del ama de llaves, Anna, que se movía por el comedor para asegurarse de que no faltara nada. El silencio hacía más palpable la terrible tensión que había entre mi hermano y yo.

—Ya está bien, chicos, ¿podéis decirme qué ocurre? —dijo mi madre irritada dejando de comer y rompiendo el silencio. Me apoyé

31

en el respaldo de la silla y la miré con seriedad, tamborileando con los dedos de una mano junto a mi plato—. ¿Logan?

Como era de esperar, mi madre había optado por no perder tiempo tratando de tirarme de la lengua, sabedora de lo parco en palabras que era, y se había dirigido enseguida a mi hermano.

—No ocurre nada, mamá. Todo va bien —contestó él suspirando con aire crispado.

—¿De verdad? Soy tu madre, de manera que sé cuándo algo va mal —replicó ella limpiándose los labios con la servilleta.

Me contuve para no reírme en su cara y carraspeé socarronamente con el único propósito de llamar su atención. Ella me miró enfurruñada.

—¿De qué te ríes ahora tú? —me preguntó con severidad.

—¿De verdad te consideras una madre capaz de comprender cuándo le pasa algo a uno de tus hijos? Creo que no —me burlé de ella—, pero esta noche quiero ser indulgente, así que puedes seguir adelante con tus tonterías.

Agité una mano como si estuviera espantando un insecto.

El insecto, para mí, era ella.

La desafié con la mirada para que me contradijera, pero, por suerte, decidió no hacerlo.

—Entonces, Logan... —Volvió a concentrarse en mi hermano—. ¿Qué pasa? Además, ¿dónde está Alyssa? ¿No se suponía que iba a cenar con nosotros? —añadió mirando el asiento vacío donde ella se solía sentar. Un tic en la mejilla de Logan me hizo comprender lo nervioso que estaba y, de nuevo, un irritante sentimiento de culpa me oprimió el pecho.

—Al parecer le apetecía follar con otra persona —respondió mi hermano sin titubear, encogiéndose de hombros. De repente, hasta Matt le prestó atención.

—¿Qué? —murmuró sorprendido.

—¿En serio? —terció Chloe. Me puse rígido y bajé la mirada hacia el tenedor que tenía abandonado en el plato.

—Sí, me ha engañado, igual que Amber —precisó Logan en tono cortante, aludiendo a su exnovia, la más importante que había tenido hasta la fecha.

Yo no sabía qué decir ni qué hacer. Ni siquiera tuve fuerza suficiente para confesar al resto de la familia que el otro en cuestión era yo.

Me limité a reflexionar en silencio sobre lo que había sucedido en la última época. Todo se estaba yendo a la mierda: Matt me odiaba porque me había acostado con su hija, Chloe había arriesgado su vida por mi causa, porque Player se estaba vengando de mí a través de las personas que quería, y ahora había defraudado también a mi hermano. Yo era la única razón del sufrimiento de cada uno de ellos, el que siempre causaba dolor y abatimiento, miedo y preocupación.

Yo era la causa de todo.

—Me voy a ir después de la licenciatura —solté de buenas a primeras, manteniendo la mirada fija en un punto cualquiera de la mesa. Estaba seguro de que ahora todos los ojos estaban puestos en mí, sobre todo porque había dicho algo inesperado que los había pillado por sorpresa. No tenía alternativa: alejarme era lo mejor que podía hacer, así sacaría a mi familia del lío y la protegería de los que querían matarme.

—¿Qué estás diciendo, Neil? —preguntó mi madre, y el tono de abatimiento con que lo dijo casi me hizo reír. Me mordí el labio inferior con nerviosismo y alcé la mirada hacia ella para que viera que estaba hablando en serio.

—Mi profesor de arquitectura ha ofrecido unas prácticas en Chicago a los mejores estudiantes de la clase, y yo soy uno de ellos. No sabía si aceptar o no, pero al final creo que aceptaré. La distancia nos hará bien a todos, a vosotros y a mí —admití reafirmando mi decisión.

Joder, la mera idea de tener que pasar tiempo con Megan me estremecía, pero ya me ocuparía luego de eso. Encontraría la manera de tenerla alejada de mí. Además, aún faltaban unos meses para la licenciatura, así que era inútil angustiarme ya por ella.

—No me habías dicho nada —respondió mi madre desconcertada.

—Hace años que no te hablo de mí ni de lo que me preocupa. No debería sorprenderte.

Me levanté, me negaba a permanecer más tiempo sentado con ellos soportando un ambiente pésimo, que solo conseguía encogerme el estómago, y me fui sin aguardar su respuesta.

No me interesaba tener una conversación falsamente cordial con ella.

Estaba seguro de que todos se alegraban de que hubiera decidido marcharme. Por primera vez me sentí como un extraño en mi propia casa, alguien que solo causaba problemas en la vida de los demás. Como es lógico, todo el mundo me miraba de forma inquisitiva, como si no vieran la hora de poder expresar su opinión y condenarme.

Puede que me estuviera volviendo paranoico, pero mis sensaciones solían estar justificadas.

33

Salí al jardín y me senté en una tumbona a pesar del frío. Me puse a observar la piscina vacía y noté que mi respiración se condensaba en el aire gélido.

No sentía ninguna emoción.

La nada reinaba en mi interior y sabía que ese vacío era imposible de colmar.

Levanté la cara, miré el cielo, un manto negro sobre el que brillaba la luna llena, y me pregunté qué estaría haciendo la niña. Si se habría puesto de nuevo su espantoso pijama o las zapatillas peludas, disuasorias para la libido. Solo entonces caí en la cuenta de que mi decisión me obligaba a separarme también de ella.

¿Qué distancia había entre Chicago y Detroit?

Sonreí con acritud.

Siempre había pensado que no teníamos ningún futuro. Nuestros caminos estaban destinados a separarse. Selene aún tenía que terminar la universidad y realizar sus sueños. Además, jamás dejaría a su madre para instalarse a saber dónde con un hombre que ni siquiera la quería y que era incapaz de darle seguridad.

Desanimado, me esforcé por encontrar algo positivo en mi vida, pero me di cuenta de que todo era negativo.

Jodidamente negativo.

No tenía ninguna esperanza a la que aferrarme, ni siquiera la idea de ir a Chicago me entusiasmaba demasiado.

Sacudí la cabeza y me pasé una mano por la cara, el exceso de preocupaciones me pesaba.

De repente, sonó el teléfono móvil. Me repuse de mi abatimiento, saqué el aparato del bolsillo de mis vaqueros y, tras echar un rápido vistazo a la pantalla, contesté.

—¿Qué quieres? —dije encolerizado a Megan.

Esa chica tenía la absurda capacidad de tocarme los huevos en los momentos menos oportunos.

—¿Qué significa eso de que Logan ha echado de casa a Alyssa porque tú la besaste? —me preguntó irritada. Incluso alzó la voz, como si creyera que con eso me iba a intimidar.

—Dile a la capulla de tu hermana que te diga la verdad. Fue ella la que me besó —aclaré con brusquedad sin importarme si mis maneras le parecían agresivas. Esa mocosa le había mentido descaradamente.

—¿Qué? —murmuró ella, menos convencida.

—Lo que has oído, cabréate más bien con ella. No conmigo. —Suspiré y pensé una vez más en lo absurdo que era lo que había ocurrido. Las consecuencias caían irremediablemente sobre mí.

—Mi hermana nunca haría algo así —insistió Megan sorprendida.

—Pues lo hizo. Pero ¿sabes qué? Me importa un carajo si me crees o no. No quiero perder mi tiempo contigo, desequilibrada.

Empecé a alterarme seriamente. Me puse en pie de golpe y de repente sentí que me invadía la ira.

—Intenta calmarte, Miller —me reprendió Megan con su habitual seguridad.

—¿Calmarme? ¡Por su culpa no sé si mi hermano volverá a mirarme a la cara!

El temor a que Logan me odiara me oprimió el pecho. Me quedé sin aliento e inspiré hondo cerrando los ojos. Tenía que controlarme o iba a acabar rompiendo algo.

—Tu hermano te quiere. Además, suponiendo que sea cierto lo que dices, no entiendo por qué Alyssa habría hecho algo así. No es propio de ella. —Megan trató de justificar a su hermana, aunque parecía tan incrédula como yo. A pesar de mis muchos defectos y de estar muy lejos de ser perfecto, no tenía por costumbre mentir y la desequilibrada lo sabía—. ¿Has intentado aclarar las cosas con él? —añadió poco después, y una risita burlona borboteó desde el fondo de mi garganta.

—Eso no es asunto tuyo. Tu hermana y tú tenéis que alejaros de nosotros —la amenacé iracundo. Empezaba a pensar seriamente que las hermanas Wayne suponían un verdadero problema.

—Mmm… Creo que va a ser difícil complacerte, Miller. ¿Has pensado en el asunto de las prácticas en Chicago? Si aceptas, tendrás que aguantarme bastante. —Al oír su risa, me toqué la frente alterado.

—Sea como sea, encontraré la manera de tenerte a buena distancia de mí. Dalo por seguro —respondí con convicción. Todavía no sabía cómo iba a evitar que nuestros caminos se cruzaran, pero ya se me ocurriría algo.

—Espera, espera. ¿Significa eso que has aceptado? —volvió a preguntarme y yo suspiré exasperado.

—¿Y a ti qué te importa? —dije eludiendo la respuesta. Por lo demás, aún no había escrito al profesor Robinson, aún podía cambiar de idea, reconsiderar mi decisión y…

—Necesito saberlo, así, cuando te vea, me inclinaré ante el mismísimo rey de los cabrones —se burló de mí con su irritante voz, pero yo, como siempre, no me inmuté.

—Escucha, desequilibrada, ahora tengo que irme. Intenta no llamarme más, ¿vale? —atajé en tono brusco—. Mejor dicho, borra mi número. Finge que nunca lo has tenido.

35

Eso era, así había quedado más claro; el tono autoritario tendría el efecto deseado. Megan iba a tener que obedecerme sin replicar, porque, de lo contrario, pasaría a las maneras fuertes y le mostraría a mi modo lo que ocurría cuando me sacaban de mis casillas.

—¿Es una orden? —volvió a burlarse. De buena gana la habría abofeteado.

—¡Así es, te he dado una puta orden y debes escucharme! —Levanté la voz. ¿Por qué no había manera de que entendiera que debía dejarme en paz? ¿Por qué trataba siempre de encolerizarme?

—No me gustan los hombres que pretenden imponerse a las mujeres. Creo que ya te lo he dicho —continuó sin dejar de mofarse de mí.

—Vete a la mierda. No puedo perder más tiempo. —Sin dejarla siquiera contraatacar, colgué con una expresión de gran complacencia, totalmente masculina, impresa en la cara.

Sonreí con aire astuto, victorioso.

Si Megan pensaba que iba a poder joderme, se equivocaba de medio a medio.

Hacía tiempo que había comprendido que le divertía provocarme, por eso fingía que le seguía el juego.

Me irritaba su arrogancia, pero, aún más, su intrusismo.

Recitaba el papel del niño suspicaz con la única intención de que pensara que tenía algún poder sobre mí.

Me gustaba ocultar el monstruo que era en realidad y dar la impresión de ser un corderito fácilmente manipulable, sobre todo con mujeres como Megan, tan seguras de sí mismas en apariencia, pero tan frágiles en el fondo.

Oh…, ellas eran mis adversarias preferidas.

La desequilibrada no tardaría en comprender que pertenecía precisamente a esa categoría y que con un enemigo como yo solo podía obtener una cosa…

Una clamorosa derrota.

2

Selene

¿Quién eres tú que, avanzando en la oscuridad de la noche,
tropiezas en mis pensamientos más secretos?

WILLIAM SHAKESPEARE

*L*a última vez que estuvimos juntos pedí a Neil la exclusividad.

La exclusividad... ¡Caramba!

Aún no podía creérmelo.

Cuando se reunió conmigo en Detroit, cometí la enorme estupidez de pedirle algo así después de que él me hubiera abierto su corazón y me hubiera regalado otro pedacito de sí mismo.

De hecho, me había confesado que sufría un extraño trastorno sexual que le impedía alcanzar el clímax con las mujeres; aunque en mi cama se hubiera abandonado por completo a un orgasmo arrollador.

Qué tonta fui, Dios mío.

Sabía que acorralarlo y presionarlo no era desde luego la mejor táctica, pero mi instinto solo me empujaba a cometer errores. Justo antes de dormirse a mi lado, Neil me había dicho que se lo pensaría, pero sospeché que no era cierto, que en realidad era una forma de hacerme callar y de poner punto final a mis preguntas.

A esas alturas ya lo conocía lo suficiente como para entender algunos de sus comportamientos y maneras de actuar.

Desde entonces, solo habíamos hablado por teléfono la noche anterior y, como siempre, Neil estaba sumido en los pensamientos negativos que suelen inundar su mente. Me dijo que debía rechazarlo por la forma en que me había tocado, cuando, en realidad, yo no hacía otra cosa que recordar todo lo que habíamos compartido tanto en mi habitación como en el cuarto de baño, en el momento en que, a la mañana siguiente, tuve la absurda idea de probar su sabor.

37

Enrojecía cada vez que recordaba ese momento, pero, a pesar de la vergüenza, no me arrepentía de nada.

Había sido magnífico ver cómo se excitaba conmigo.

Sonreía al recordar la forma en que me había agarrado el pelo con un puño y en cómo sus ojos dorados habían permanecido en los míos para tranquilizarme. En cambio, apretaba los muslos cuando imaginaba mis labios deslizándose alrededor de los suyos. Los dos sabíamos que yo era inexperta y que, con toda probabilidad, no iba a ser capaz de satisfacerlo por completo, sobre todo con unos preliminares así, pero, al mismo tiempo, era consciente de que Neil siempre conseguía gozar hasta el final conmigo.

A pesar de que aún luchaba contra sí mismo, conmigo sentía algo más que el simple placer físico típico de un hombre acostumbrado a las perversiones. Además, lograba romper también todas las barreras psicológicas, incluso su obstinado dominio de sí mismo.

Debía reconocer que, desde que se había ido, sentía de repente un extraño impulso: pensaba en él constantemente y quería repetir lo que habíamos hecho.

Quería volver a hacer el amor con él y darle placer con mi boca.

Hasta me preguntaba por qué había esperado tanto tiempo a explorar su cuerpo perfecto de una forma tan intensa e inquietante.

Esas ideas me perturbaban: a veces llegaba incluso a pensar que estaba mal desear tanto a un hombre y que eso podía ser perjudicial para mí, otras veces creía que mi mente se estaba volviendo particularmente lujuriosa y que estaba descubriendo la belleza de la sexualidad.

—¿Sabíais que para que te crezcan las tetas hay que masajearlas todos los días? —masculló Janel con la boca llena de patatas fritas. Janel, Bailey y yo estábamos sentadas en el sofá de mi casa viendo un episodio de *Sex Education* en Netflix, y a mi amiga de vez en cuando se le ocurrían tonterías como esa, que me hacían sonreír.

—Pero ¿qué dices? Eso solo es una creencia popular que no ha sido demostrada científicamente —respondió Bailey sin apartar la vista del televisor, dado que quería comprender los problemas sexuales sobre los que trataba el episodio en cuestión.

—Ahora todas recurren a la cirugía y parecen muñecas de plástico. Mis tetas me gustan así: pequeñas y firmes —comenté. Estaba muy flaca, pero no me importaba ser como era. No era en absoluto pechugona y sabía que por eso no despertaba las fantasías eróticas de los hombres, pero aun así me aceptaba tal y como era.

—No puedes quejarte. Tienes un cuerpo bien proporcionado. De niña eras bailarina —replicó Janel.

—Es cierto, pero solo hice ballet hasta los doce años. Después empecé a atracarme de Pop Rocks y Cheetos —dije refiriéndome a mis caramelos y aperitivos favoritos.

—Cada vez que te oigo hablar así me entra hambre, Selene —refunfuñó Bailey resoplando ruidosamente—. ¿Has probado alguna vez un Goo Goo Cluster? —añadió, y a continuación se lamió los labios.

—Yo sí. Está delicioso —comentó Janel.

—Yo nunca lo he probado. ¿Qué es? —Fruncí el ceño y me acerqué a la chimenea para entrar en calor.

—Es una barrita en forma de disco, cubierta de chocolate blanco con cacahuetes, malvaviscos y caramelo. Deberías probarla.

Mientras Bailey ensalzaba las cualidades del Goo Goo Cluster, empecé a sentir calor; el aire era tórrido, así que me quité el jersey de lana y me quedé con una simple camiseta de manga corta.

Mis amigas me miraron con extrañeza y yo me encogí de hombros como si nada.

—Tengo calor —les expliqué y acto seguido volví a concentrarme en Bailey, pero al ver que sus ojos se fijaban en un punto de mi brazo, fruncí el ceño—. ¿Qué pasa?

Lo primero que pensé fue que tenía un insecto encima. Seguí su mirada alarmada y al bajar la cabeza vi los leves pero más que evidentes moratones que tenía en la piel. Además, tenía otros en las caderas y el cuello, así que imaginé de inmediato lo que estaban pensando.

—Selene..., ¿qué te ha pasado? —murmuró Janel. Intentó tocarme y me aparté. Sabía de sobra cuál era el origen de esas marcas; el problema ahora era explicárselo a mis amigas.

—Nada. Son..., es decir..., son... —No sabía qué diablos decir. ¿Una caída? No se lo habrían creído. Me había dejado el pelo suelto para ocultar los cardenales del cuello, pero había olvidado por completo que si me quitaba el jersey iban a ver los demás.

—Dios mío, es como si alguien te hubiera pegado —constató Bailey, justo como me temía.

—¡No! —me apresuré a responder—. ¡Madre mía! ¡No! Nada de eso. —Quise dejarlo bien claro para tranquilizarlas un poco; todavía podía sentir una molesta languidez entre los muslos que se negaba a desaparecer desde que Neil había vuelto a Nueva York.

Era innegable que no había sido delicado la última vez que nos habíamos acostado juntos, pero nunca había superado el límite sin mi consentimiento. Había sido yo la que le había pedido que no se detuviera, que siguiera hasta que alcanzara el tan ansiado orgasmo.

A esas alturas ya había aceptado todo de él, incluso su lado más impetuoso.

—¡Selene, dinos enseguida qué demonios te ha pasado! —insistió Janel, que no podía soportar a Neil a pesar de que no lo conocía.

—Nada. Nada serio, de verdad. Solo hicimos, quiero decir...

—No sabía cómo definir lo que habíamos compartido. Estaba metida en un buen apuro—. Lo que ocurre es que él es muy apasionado, y a mí no me importa —admití, dejándolas completamente desconcertadas. Las dos se miraron perplejas y luego volvieron a escrutarme.

—¿Me estás diciendo que es un sádico? —Janel arqueó una ceja con aire suspicaz.

—O tal vez te obliga a hacer prácticas sexuales extrañas, como el *bondage* y... —terció Bailey, pero yo negué con la cabeza y ella calló.

—No, en absoluto. Neil no hace nada de eso. Una vez me dijo abiertamente que no le gustan todas esas... cosas. —Agité una mano en el aire y ellas suspiraron aliviadas.

—Entonces, ¿cómo te los hiciste? —insistió Janel, que aún no parecía convencida.

Me mordí el labio cohibida.

—Ya os lo he dicho, chicas. Neil es un tipo... —Janel me interrumpió para terminar la frase.

—¿Grosero? ¿Salvaje? —preguntó con desprecio—. Ese tipo es una bestia, eso es lo que es —afirmó con severidad. Me estremecí.

—¡Janel! —la reprendió Bailey, pero ella continuó.

—¡No! No me gusta ese tío. No voy a cambiar de opinión. Además, esas marcas confirman mis suposiciones. —Señaló mi brazo y enseguida lo tapé con una mano.

—No es lo que piensas —logré decir avergonzada.

—¿Ah, no? Ese chico solo folla contigo. Eso es lo que hace. Y ahora no me vengas con que hacéis el amor, que se preocupa por ti y otras tonterías por el estilo. La forma en que utiliza tu cuerpo no es normal. No eres un juguete. —Se tocó con nerviosismo su melena corta y negra.

Quería que entendiera que la idea que se había hecho de Neil solo era en parte ajustada. No sabía cómo explicar lo que había entre nosotros.

—No, Janel —murmuré, siguiéndola con la mirada mientras se ponía en pie furiosa—. Te aseguro que nunca ha hecho nada en contra de mi voluntad. Y me gusta su forma de... —Bajé la cara, porque me sentía muy incómoda.

—¿De? —insistió Bailey y yo respiré hondo.

—De dominarme, eso es.

Me aclaré la garganta y me froté las manos en los vaqueros. Lo cierto era que yo tampoco acababa de comprender esa idea absurda y mucho menos la razón del cambio que se estaba produciendo en mi interior.

Me pregunto qué habrían pensado mis amigas si se lo hubiera confesado.

—No, espera. Explícate mejor.

Janel parecía haber entendido mal lo que había querido decir, así que traté de ser más clara.

—La última vez que nosotros... —Las miré a las dos y proseguí con dificultad—. Bueno, sí, la última vez que estuvo aquí sentí algo muy intenso... —Me mordí el interior de la mejilla confiando en que esta vez lo entendieran, pero parecían seriamente perplejas y confundidas.

—¿Significa que te excitaste precisamente porque fue brusco contigo? —Bailey ladeó la cabeza y yo me sonrojé. No veía la hora de dar por zanjada la conversación.

—Tal vez, es muy probable... Quiero decir, sí —admití temblando con las mejillas encendidas—. Con Neil, el sexo siempre es genial. Siempre se preocupa por mi bienestar, no es nada egoísta. Es más, me he acostumbrado a su forma de ser. Nunca ha sido delicado, excepto la primera vez, que yo recuerde... —especifiqué, refiriéndome a nuestro primer encuentro oficial, que tuvo lugar en mi habitación. Neil se había mostrado apasionado, respetuoso y muy controlado.

Esa había sido la única ocasión en la que había fingido ser diferente, solo para no asustarme.

—Así que nos estás diciendo que nunca es dulce ni amable y que...

Bailey hizo una pausa y miró a Janel.

—¿Y que, en pocas palabras, te gusta el sexo duro? —continuó esta.

Oírselo decir en voz alta me hizo reflexionar. Siempre había estado convencida de que un día me enamoraría del fatídico príncipe azul y que perdería la virginidad con él en una cama llena de pétalos de rosa y rodeada de velas perfumadas; en cambio, había sucumbido a los encantos del caballero oscuro y había descubierto que me gustaba la forma en que me poseía.

—Oh, Dios mío. —Bailey se echó a reír mientras Janel permanecía seria. Incluso puso sus manos en las caderas y me miró con severidad—. Vamos, ríete. —Bailey le lanzó una almohada, pero la otra no se inmutó—. El chico en cuestión sabe follar de maravilla. Qué suerte tienes, Selene —añadió mi amiga antes de guiñarme un ojo;

41

apenas pude contener la risa, contenta de que al menos ella hubiera entendido perfectamente lo que quería decir.

—No os dais cuenta de lo grave que es la situación —respondió Janel negando con la cabeza.

—¿A qué te refieres? ¿Qué hay de malo en apreciar un poco de agresividad en la cama? —replicó Bailey.

—Espero que estés bromeando —respondió la otra.

—Ciertos hombres no entienden que las mujeres agradecemos que nos azoten y nos pellizquen de vez en cuando; y luego está Neil, que parece tener claro lo que le gusta o no a sus amantes. —Bailey se encogió de hombros y enroscó un mechón pelirrojo en su dedo índice.

—Ni siquiera lo conoces y ya pareces una de sus admiradoras. Eres peor que esas jovencitas que se desgañitan en los conciertos de Shawn Mendes —refunfuñó Janel poniendo los ojos en blanco—. La cuestión es que ese chico es violento. ¿Qué narices ha pasado con la igualdad de sexos? —preguntó, cada vez más agitada.

Me reí sarcásticamente: Janel a veces se pasaba con sus discursos y era demasiado dramática.

—¿De verdad te preocupa la igualdad de sexos? Solo estamos hablando de la autoridad de la figura masculina en materia sexual. Al menos en la cama, dejemos que los hombres manden, ¡maldita sea! —refunfuñó Bailey y yo asentí, porque no podía estar más de acuerdo con ella.

—¡Qué absurda eres! —soltó Janel, cada vez más convencida de sus ideas.

—Selene no debería tener miedo de confesarnos lo que le gusta hacer. No ha tenido otras experiencias y está descubriendo lo que prefiere. No debe temer nuestra opinión. En la cama cada uno hace lo que quiera, siempre y cuando sea de mutuo acuerdo.

Bailey empezaba a perder la paciencia y adoptó una expresión adusta. Yo, en cambio, seguía atentamente la conversación. Mis ojos iban de una a otra y la verdad era que empezaba a irritarme.

—Neil es un joven experimentado, conoce sus límites, nunca me haría algo contra mi voluntad —solté exasperada y las dos se callaron al instante—. Se detiene a observarme sin prisas, tratando de averiguar lo que estoy pensando, lo que me excita, lo que mi cuerpo le comunica, de forma que la intensidad del momento va creciendo lentamente. Él siente lo que quiero. Lo siente. No sé cómo lo hace, pero lo percibe todo y creo que nunca podré ocultarle mis deseos. Es... es impresionante —concluí y luego bajé la mirada.

Neil hacía gala de una absoluta independencia en la cama. Toma-

42

ba el mando de la situación, sabía cómo comportarse y cómo inducirme a satisfacer todos sus requerimientos.

Era descarado, perverso y apasionado.

Se ponía en juego y demostraba su pericia bajo las sábanas sin demasiados preámbulos, mientras yo me limitaba a admirarlo, no solo porque su aspecto era magnífico, sino también porque era capaz de hacerme gozar plenamente.

Lo normal era que las mujeres quisieran volver a estar con él y someterse a su voluntad.

Quería ser inigualable y, por desgracia, siempre lo conseguía.

—Eso es, ¿ves lo que quiero decir? ¿Hablaría así de Neil si el sexo con él fuera tan terrible? Intenta tomártelo más a la ligera. Nuestra pequeña Selene ya es mayor —dijo Bailey saliendo en mi ayuda y yo le sonreí. Janel arqueó una ceja, nos miró a las dos con escepticismo y al final puso los ojos en blanco.

—De acuerdo, me rindo. Pensad lo que os parezca —dijo por fin dando su brazo a torcer y se dejó caer agotada en el sofá. Jamás cambiaría de opinión, sabía lo testaruda que era y, en caso de que un día llegara a conocer a Neil, se preocuparía aún más.

Quise decirle algo, pero en ese momento el timbre de la puerta me distrajo.

43

Mi madre había salido a pasar la velada con Anton, así que descarté la posibilidad de que fuera ella. Fruncí el ceño, nuestra charla se había interrumpido de repente para dejar espacio a la pregunta que las tres nos estábamos haciendo en ese momento: ¿quién había llamado a la puerta?

—Voy yo —dije levantándome del sofá. Abrí intrigada y al ver a Alyssa de pie frente a mí con una pequeña bolsa de lona me quedé boquiabierta unos segundos. Me alegraba verla, pero a la vez me sorprendía que estuviera allí.

—Alyssa —murmuré con un hilo de voz y ella esbozó una trémula sonrisa cuando nuestras miradas se cruzaron.

No me lo estaba imaginando, su cara era el vivo retrato de la tristeza. Tenía unas profundas ojeras, no se había maquillado e iba sobriamente vestida con unos vaqueros sencillos, un jersey claro y un abrigo color arena. Pocas veces había visto a mi amiga sin uno de sus vestiditos de colores y sus pintalabios brillantes, y peinada como es debido.

—Hola, Selene. Espero no molestarte —dijo con la voz quebrada y yo la invité enseguida a entrar haciéndome a un lado.

—Por supuesto que no. ¿Qué haces aquí? Me alegro mucho de verte —respondí entusiasmada. Cogí su abrigo, que ella se había quitado poco a poco, y lo colgué del perchero. Alyssa lanzó una mirada al salón con aire extraviado e inquieto, así que me apresuré a presentarle a mis amigas para que se sintiera en su casa.

—Alyssa, te presento a Janel y a Bailey —dije señalándolas, y luego me volví hacia las dos—. Chicas, esta es Alyssa. La novia de Logan, el hermano de Neil —especifiqué y mis amigas le dedicaron una sonrisa de bienvenida.

—Encantada de conocerte, Alyssa —dijo Janel en primer lugar.

—Vaya, eres muy guapa —añadió Bailey observando su aspecto. Alyssa soltó una risita avergonzada. Agradecí mentalmente a Bailey por haberse apresurado a tranquilizarla.

—Acostúmbrate, Alyssa. Es así. Tiene un cumplido para todo el mundo, sueña con el príncipe azul y se pasa el día escuchando a Ed Sheeran. —Janel señaló a la pelirroja con el pulgar con una expresión de hastío.

—Pero ¿qué dices? —replicó Bailey y se volvió hacia Alyssa, que estaba de pie a mi lado—. No le hagas caso. En el fondo, Janel es una chica dulce, aunque a menudo también algo negativa respecto a la vida y la humanidad. En mi opinión, está afrontando una especie de fase de crecimiento. Tanto Selene como yo confiamos en que un día comprenda lo maravilloso que es el mundo.

Bailey suspiró con aire soñador y yo arqueé una ceja. Alyssa me miró perpleja, pensando sin duda en lo absurdas que eran las dos chicas que estaban sentadas en el sofá de mi salón, y yo me encogí de hombros.

—Creo que os llevaréis de maravilla —le dije con ironía y ella sonrió.

Tras los saludos de rigor, se me ocurrió preparar un chocolate caliente para todas. Entretanto, Alyssa entabló una agradable charla con mis amigas. No tardó en descubrir que tenía mucho en común con ellas. Aun así pude percibir en su mirada abatida que algo iba mal y quise entender por qué había venido a verme a Detroit sin avisarme de antemano. Por mi mente pasaron varias suposiciones, entre otras cosas, que había peleado con Logan o con sus padres, pero me parecía poco delicado sacar a colación el tema en presencia de las demás.

—Aquí tenéis el chocolate —anuncié al regresar al salón. Tras dejar la bandeja con las cuatro tazas humeantes en la mesita baja, me senté al lado de Janel. Alyssa, por su parte, tomó asiento junto a Bailey, que le acababa de preguntar cómo conseguía que le brillara tanto el pelo.

—Es un caso perdido —me dijo Janel al oído refiriéndose a Bailey, que hablaba sin parar, sin darse siquiera tiempo para respirar.

44

—Déjala, es muy sociable —le contesté.

Janel y Bailey tenían una relación muy extraña. Cualquiera que no las conociera tan bien como yo podía llegar a pensar que se odiaban o que no se caían bien, pero lo cierto era que, a pesar de lo diferentes que eran, estaban muy unidas.

—Va a acabar con una buena jaqueca —insistió Janel observando divertida a Bailey, que gesticulaba animadamente mientras Alyssa asentía con la cabeza, atenta a lo que decía.

—Eh, vosotras dos, por lo visto ya os habéis hecho amigas —dije entrometiéndome en la conversación, contenta de la agradable armonía que se percibía en el ambiente.

—Sí, hemos descubierto que a las dos nos gustan los jugadores de baloncesto —contestó Bailey, y a continuación añadió—: Que Instagram nos parece una manera excelente de espiar a los hombres, que a las dos nos obsesiona el cuidado del cabello y que...

—¿Alyssa también sigue viendo dibujos animados de Disney como tú? —se burló Janel arqueando una ceja. Bailey frunció el ceño y resopló molesta.

—Esto..., en realidad prefiero las películas y las series de televisión —respondió Alyssa con aire serio, sin entender la guerra que combatían las otras dos y que al final las llevó a ignorarla.

—Bueno, me encantan *El rey león*, *La sirenita* y *La bella durmiente*. ¿Qué hay de malo? —Bailey cruzó los brazos sobre el pecho desafiando a Janel.

—¡Por Dios! Tienes veintiún años —respondió esta con ironía.

—¿Y qué?

—Pues que ningún príncipe azul va a venir a darte el fatídico beso para liberarte del hechizo —se mofó Janel.

Entretanto, miré a Alyssa, que bajó la mirada hacia sus piernas y se mordió el labio. Parecía tensa y agitada. La escruté frunciendo el ceño. De repente, se puso en pie y corrió hacia la cocina.

Bailey y Janel dejaron de discutir mientras yo seguía a Alyssa para averiguar lo que le ocurría. Entré en la cocina y la encontré apoyada en la encimera, tapándose la cara con las manos.

¿Estaba llorando?

Alarmada, me acerqué a ella y le puse una mano en un hombro.

—¿Qué pasa, Alyssa? —Llevaba demasiado rato deseando preguntárselo. Había llegado el momento de hablar y de saber qué demonios le había sucedido.

Bailey y Janel entraron también en la cocina, pero yo no me separé de Alyssa, que había empezado a sollozar. Cuando se descubrió la cara, sus ojos reflejaban una profunda tristeza.

45

Las lágrimas, los hombros sacudidos por unos sollozos imparables..., estaba destrozada.

—Dios mío..., ¿estás bien? —terció Bailey, tan preocupada como yo.

—No... —balbuceó Alyssa mientras se limpiaba una mejilla con el dorso de una mano intentando respirar hondo.

—Háblame, Alyssa, dime qué te pasa —la insté a la vez que le acariciaba el hombro.

Ella siguió sollozando, pero luego se armó de valor y me miró a los ojos.

—Él... —comenzó a decir, y pensé que se refería a Logan—. Él... Cerró los párpados, incapaz de continuar.

—¿Quién? ¿Tu novio? —preguntó Janel. Ella negó con la cabeza.

—Entonces, ¿quién? ¿De quién estás hablando, Alyssa? —insistí angustiada. Una sensación negativa comenzó a invadirme el pecho sin que pudiera evitarla.

Alyssa me miró mortificada por lo que iba a decir. Me tensé.

—Neil —susurró con un hilo de voz sin apartar los ojos de mí.

Mis amigas me miraron y la preocupación veló sus semblantes.

—¿Neil? —repetí confundida y ella asintió—. ¿Qué tiene que ver él con todo esto? —añadí, aunque tenía el presentimiento de que no me iba a gustar lo que iba a oír.

—Él me... —Sollozó mientras yo guardaba silencio, esperaba a que continuara—. Me besó —gritó y fue como si me dieran un puñetazo en el estómago.

Arqueé las cejas sorprendida y retrocedí un paso, sacudida por la terrible revelación.

—¿Te besó? —repetí en voz baja, como si no la hubiera oído bien.

—Sí —corroboró—. Estaba en la cocina, bebiendo un vaso de agua... —Calló jadeante, pero aun así logré entenderla—. Me había dado cuenta de su mirada lánguida y quise salir, pero cuando pasé por su lado me agarró por las caderas y me tiró contra la mesa.

Empezó a agitar los brazos animadamente a la vez que yo la miraba desconcertada. Me negaba a creer lo que estaba oyendo. Pensé en interrumpirla, pensé en olvidar esa disparatada historia, pero al final preferí hacerme daño para comprender de qué clase de hombre me había enamorado.

—Continúa —la invité con voz quebrada. Apenas podía reconocerme a mí misma.

—Me obligó a quedarme quieta, luego se inclinó hacia mí y me besó con fuerza. —Rompió a llorar de nuevo y yo retrocedí más.

Sentía que me fallaban las piernas, que la cabeza me daba vueltas, que el corazón me martilleaba en las sienes. Me toqué el pecho intentando respirar.

—No es cierto… —murmuré incrédula. En ese instante, la mirada de Alyssa chocó con la mía para truncar el nacimiento de cualquier posible duda.

—Sí que lo es —replicó a duras penas.

—¿Qué os dije? Ese chico es un animal —soltó Janel con una mano apoyada en la cara.

—¿Lo sabe tu novio? —le preguntó Bailey.

Alyssa asintió con la cabeza y bajó la mirada.

—Logan nos vio, pero, como era de esperar, creyó lo que le contó Neil y no a mí. —Volvió a mirarme a los ojos y se acercó—. Selene, Logan me echó porque está demasiado unido a su hermano para aceptar lo que ocurrió de verdad.

Puso sus manos sobre mis hombros y me zarandeó. La miré fijamente, abstraída. Por lo visto, mi cerebro se negaba a cooperar. Daba la impresión de que había sufrido un cortocircuito. Entreabrí los labios sin decir nada. No lograba dar con las palabras adecuadas para responderle.

—Neil cometió un error, pero nunca lo admitirá porque tiene miedo de perder a Logan. La verdad es que no pudo dominar sus instintos. Creo seriamente que ese chico tiene un problema con el sexo y las mujeres. No sabe cómo controlar sus impulsos. Si Logan no hubiera intervenido, quién sabe lo que habría intentado hacerme…

Hizo una pausa e insinuó que Neil podría haber tratado de ir más allá.

Me costaba creerla, pero a la vez dudaba: ¿y si Neil también hubiera deseado a Alyssa a espaldas de su hermano?

El instinto me hizo sentir enseguida unos celos malsanos de mi amiga, pero la razón me obligó a reflexionar. Neil la había besado, había traicionado la confianza de Logan y se había comportado de forma irrespetuosa. A pesar de saber lo imprevisible y problemático que era, me parecía extraño que pudiera cometer una acción tan vil y reprobable contra una de las personas más importantes de su vida.

No tanto porque Alyssa fuera mi amiga, sino porque era la novia de su hermano.

¡De su hermano, por Dios!

—Eso debería hacerte comprender muchas cosas —murmuró Janel mirándome. Si por un lado lamentaba que los sentimientos negativos que le inspiraba Neil se hubieran confirmado, por otro se alegraba.

De repente, sentí una arcada. Me toqué la barriga y temblé un poco.

Mi mente retrocedió unos días. Volví a ver lo que él y yo habíamos compartido: sus manos en mi cuerpo, sus labios lamiéndome por todas partes, sus gemidos silenciosos y viriles, mis dedos deslizándose por su poderosa espalda, mis piernas apretando sus caderas y...

De nuevo la náusea, de nuevo una arcada.

Quizá en ese momento estaba pensando en otra, en Alyssa, en Jennifer, en Alexia y Jennifer a la vez, o en Britney, la rubia de la casita de invitados, en la señora Cooper o en...

No. ¡Para ya!

Me obligué a dejar de hacerme daño, pero mi cuerpo se negaba.

Con una mano en los labios, corrí al cuarto de baño y me arrodillé frente al inodoro.

Un intenso ardor me subió desde el estómago hasta la garganta y vomité todo el sufrimiento, toda la decepción y todo el dolor que sentía. Rechacé el tiempo que había compartido con Neil, sus ojos dorados, su aroma a limpio, su voz intensa. Rechacé las esperanzas frustradas, rechacé incluso mi alma. Aferrado a mi corazón solo quedó lo que sentía por él.

Nunca iba a poder dejar de quererlo. El amor no desaparecía, no se marchaba, pero se mofaba de mí y me hacía comprender el enorme error que había cometido uniéndome a un hombre como él.

Llegué a pensar que merecía sufrir, que era yo la que me había metido en un buen lío y que ahora estaba pagando las consecuencias. A decir verdad, había empezado a pagarlas cuando Jennifer me había pegado en la cafetería hacía ya mucho tiempo, solo que entonces estaba convencida de que podía manejar una personalidad tan compleja como la de Neil, soportar sus cambios de humor, curar unas heridas tan profundas como las suyas. Por desgracia, no era así.

Presa de la desesperación, mi mente viajó a un mundo paralelo, me hizo imaginar una realidad irrealizable y desear cosas que nunca iba a poder conseguir. Y Neil era, precisamente, una de ellas.

Era inalcanzable, hasta tal punto que lo más probable era que al final solo me quedara un recuerdo melancólico de nosotros. La última vez que habíamos estado juntos, él había sido muy claro: pensaba que yo merecía un final diferente, un final en el que él no iba a estar a mi lado.

Afligida, tosí y sentí una extraña sensación de acidez en la garganta, luego me levanté de nuevo al mismo tiempo que trataba de recuperar la lucidez. Me lavé la cara y los dientes, y me aferré al borde del lavabo como si mis piernas fueran incapaces de aguantar todo el malestar que sentía. Me volví para mirar mi reflejo en el espejo y me examiné. Miré las huellas de pasión que salpicaban la curva de mi cuello. Las rocé con el dedo índice y sentí una opresión en el pecho. Los labios de Neil habían estado allí, en mi piel, al igual que sus manos, su cuerpo, sus antojos y deseos obscenos.

Seguía pensando que le pertenecía, que ese chico se había apoderado de mi alma para hacer con ella lo que quisiera.

Yo era suya y, a pesar de que sostuviera lo contrario, en varias ocasiones me había dado cuenta de que él sentía lo mismo.

Entonces, ¿por qué había hecho algo así? ¿Por qué había besado a Alyssa? ¿Por qué nos había apuñalado así a Logan y a mí?

Me contuve para no llorar y traté de serenarme. Salí del cuarto de baño y me dirigí hacia el salón, donde vi que mis amigas estaban consolando a Alyssa.

Avancé con paso vacilante y la observé durante un tiempo infinito, con los párpados entornados. Alyssa era guapa, muy guapa, pero no era rubia. Ella no era el tipo de mujer por la que Neil podía perder la cabeza ni tampoco me parecía capaz de incitarlo a tal cosa.

Conocía muy bien sus hábitos: a Neil le obsesionaban las rubias o, mejor dicho, el sexo con las rubias, como él mismo había precisado.

¿Y si Alyssa me hubiera mentido?

Por un momento, consideré la posibilidad de que no fuera cierto, pero enseguida sacudí la cabeza y la descarté. ¿Qué motivo podía tener mi amiga para hacer algo así?

Me estaba volviendo loca con todas esas preguntas sin respuesta. Me sentía demasiado agitada para pensar con claridad.

—¿Te encuentras bien, Selene? —preguntó Bailey preocupada.

Me limité a asentir débilmente y me senté a su lado.

—Lo siento —susurró en cambio Alyssa.

—Tú no tienes ninguna culpa. Puedes quedarte aquí conmigo esta noche —afirmé pensando que era lo más correcto.

A mi madre no le importaría acoger a una de mis amigas. Después de todo, estaba acostumbrada.

—Te lo agradezco. Eres un ángel —respondió ella enjugándose las lágrimas con el dorso de la mano.

—Bueno, ahora que estás más tranquila, puedo irme. Se está haciendo tarde —dijo Janel poniéndose en pie—. Ivan necesita el coche. Se lo he vuelto a robar.

Se rio y sacó las llaves de un bolsillo de sus vaqueros. Las hizo girar con el dedo índice y sonrió con picardía.

49

—Mira que eres mala —dije burlándome de ella.

—Se va a enfadar muchísimo —comentó Bailey siguiendo a Janel hacia la puerta.

—Sé cómo amenazarlo para que se calle —replicó la otra con aire astuto—. Por cierto, va a dar una fiesta mañana por la noche. ¿Os gustaría venir? —nos propuso de repente, también a Alyssa, aunque lo más probable era que esta regresara a Nueva York.

Resoplé. ¿Cómo era posible que Janel no recordara lo que pensaba sobre ese tema?

—Ya sabes que no me gustan las fiestas —le recordé, porque quizá mi amiga lo había olvidado. Además, no estaba de humor para pasar una noche de viernes con un grupo de exaltados y borrachos.

—Vamos. No seas aguafiestas. Ivan la ha organizado en el Club House y ya sabes que allí solo pueden entrar unos pocos afortunados. —Me guiñó un ojo y yo fruncí el ceño.

—¿Qué? ¿Estás hablando en serio? —terció Bailey.

Janel asintió con la cabeza entusiasmada, consciente de que había abierto una brecha en el corazón de nuestra amiga.

—Claro que sí —replicó ajustándose la melena corta y negra.

50 La sede del Club House era una especie de templo sagrado para los atletas. Se trataba de una estructura situada junto a la cancha de baloncesto donde los chicos podían comer, hablar, leer o realizar distintas actividades durante las pausas de los entrenamientos. Nadie podía entrar en ella sin una invitación expresa. Yo misma había oído hablar mucho de él, pero nunca lo había visto por dentro.

Normalmente, las chicas se desvivían porque algún jugador las invitara a pasar unas horas allí, pero a mí nunca me había atraído especialmente ese lugar, solo sentía cierta curiosidad.

—¡Oh, Dios mío! Por fin podré volver a ver a mi Tyler. —Bailey aplaudió eufórica y yo puse los ojos en blanco.

—No has dejado de espiar su perfil de Instagram, ¿verdad? —le preguntó Janel en tono autoritario; la otra se mordió el labio cohibida, respondiéndole tácitamente—. ¡Dios mío, Bailey! ¿Cuándo vas a parar? Ese tipo solo te utilizó, ¡es un fanfarrón que no siente el menor respeto por las mujeres! ¡Olvídalo de una vez! —la regañó con severidad.

Alyssa soltó una risita que llamó mi atención. Me alegraba verla por fin más tranquila, pero la sensación de alivio no tardó en desvanecerse abrumada por el recuerdo de lo que Neil había hecho.

Alternaba momentos en los que intentaba no pensar en ello con otros en los que veía la imagen del presunto beso.

—He dicho que volveré a verlo en la fiesta. Eso es todo —se justificó Bailey distrayéndome de mis sombríos pensamientos.

—Si vuelves a verlo, volverás a babear por él. En cualquier caso, me estás haciendo perder el tiempo. Vamos. —Janel se aproximó con impaciencia a la puerta a la vez que agarraba su abrigo y se lo ponía apresuradamente.

—Mandadme un mensaje cuando lleguéis —grité a mis amigas sin molestarme en levantarme del sofá. Siempre les pedía que me avisaran apenas estuvieran de nuevo en casa. Me preocupaba por ellas, porque las consideraba mis dos hermanas. El vínculo que nos unía era extraño y único.

—Sí, vale, mamá —me dijo Janel con sorna—. Nos vemos mañana por la noche. Pasaré a recogerte a las ocho —afirmó sin darme siquiera la posibilidad de replicar. Se despidió de Alyssa y de mí con un ademán de la mano y abrió la puerta para salir; en cambio, Bailey retrocedió y nos dio un beso en la mejilla, mostrando con ese gesto que era mucho más dulce.

—¡Muévete! —la llamó de nuevo Janel, y Bailey obedeció soltando un improperio en voz baja.

—Tus amigas son geniales —comentó Alyssa.

—Sí. Fue una suerte conocerlas —respondí. A continuación me levanté y miré alrededor buscando su bolsa de lona, que había visto tirada en el suelo—. Ahora te enseñaré la habitación de invitados. Puedes asearte allí antes de cenar —le informé agarrando su equipaje.

—No, creo que me daré una ducha y me iré a la cama. No estoy viviendo un periodo fácil —respondió inquieta. De repente, un fuerte sentimiento de vergüenza nos dividió. Alyssa y yo estábamos acostumbradas a reír y bromear, pero en ese momento parecíamos perdidas. Su mirada era huidiza y mi voz transmitía una frialdad incontrolable. Estaba nerviosa y no sabía si la causa era el absurdo gesto de Neil o que Alyssa lo hubiera contado y me hubiera dejado así de abatida.

Tenía que dejar de dudar: mi amiga me había dicho la verdad. Había querido advertirme de que había metido la pata y de que no podía fiarme de ese problemático. Así pues, no era razonable que me enfadara con ella, porque, por doloroso que fuera, me había hecho un favor.

—Selene, yo… siento mucho esta situación. Sé lo mucho que te preocupas por él —dijo Alyssa con voz débil mientras me seguía por el pasillo. La seguridad en sí misma que solía mostrar se había desvanecido y en ese momento solo mostraba su lado más frágil y sensible. Suspiré y abrí la puerta de la habitación de invitados, esperando unos segundos antes de contestarle. No quería ser imprudente y correr el riesgo de que se desataran todas las emociones que tenía dentro.

—No me apetece hablar del tema —me limité a decir.

Alyssa pareció entender mi necesidad de posponer la charla a otro momento y entró en la habitación mirando alrededor.

—Aquí encontrarás todo lo esencial. Siéntete como en tu casa. —Cuando hice amago de salir, ella me volvió a llamar.

—Selene... —Me miró como si estuviera de nuevo a punto de echarse a llorar, así que me detuve en la puerta y esperé a que continuara—. Espero que no te hayas enfadado conmigo.

Bajó la mirada y se sentó en el borde de la cama frotándose las palmas de las manos en los pantalones.

Reflexioné durante unos instantes sobre lo que acababa de decir: ¿debía enfadarme con ella por haberme dicho la verdad?

Me dolía pensar que Neil la había deseado al punto de llegar a comprometer la relación con su hermano, pero no podía desquitarme con ella.

Alyssa no tenía la culpa.

—No, no te preocupes. Si necesitas algo, estaré allí. —Señalé la sala de estar con un pulgar y cerré la puerta; me moría de ganas de estar sola.

Al cabo de una hora me senté en los escalones del porche, hacía frío. Me había duchado y, tras ponerme el pijama, me eché una manta sobre los hombros y salí. No sabía muy bien por qué estaba allí, contemplando inmóvil el cielo oscuro y tachonado de estrellas resplandecientes.

Alyssa se había quedado en su habitación y yo había intentado meterme en la cama, pero sin éxito. Incluso me había puesto los auriculares para oír alguna canción de Coldplay en un intento desesperado de relajarme, pero ni siquiera eso me había ayudado a sentirme mejor.

Suspiré, cerré un ojo y levanté el dedo índice, y luego hice algo absolutamente estúpido: traté de unir las estrellas para ver si en ellas se ocultaba algún símbolo o alguna letra, como hacía de pequeña.

Aunque ya tenía veintiún años, aún no había perdido mis viejos hábitos. Creía firmemente que incluso un cielo tan negro como el carbón podría atesorar algo magnífico.

Así que conecté cuatro puntos, cuatro estrellas brillantes, y la letra que apareció fue una... N.

Me quedé con el brazo suspendido en el aire, fruncí el ceño y seguí contemplando las estrellas mientras la gigantesca N se cernía sobre mi cabeza.

¿Qué demonios?

—Genial —refunfuñé, bajando la mano—. ¿Ahora también te me apareces en el cielo? —murmuré como si estuviera hablando con Neil.

Dondequiera que estuviera, siempre lo sentía cerca de mí. Aunque quizá solo fuera mi mente la que proyectaba unas visiones inexistentes. ¿Y si estuviera alucinando?

«La verdad es que soy un caso perdido», me dije para mis adentros a la vez que intentaba encontrar una salida a la absurda situación en que me había metido.

Era evidente que no había ninguna solución real, salvo la de desintoxicarme de él.

Neil me había contaminado con sus ojos dorados, con su carácter autoritario y su sonrisa insolente, y probablemente esa gran contrariedad no tenía remedio.

Me pasé una mano por la frente, rozando la cicatriz que me había causado el accidente, y suspiré.

Quería sacar a Neil de mi cabeza, quería olvidarme de él y de lo que Alyssa me había dicho, pero el problemático seguía ocupando mis pensamientos.

Se negaba a abandonarlos.

—¿Qué símbolo has visto? —Al oír la voz de mi madre, me quedé sin aliento.

Estaba de pie frente a mí y a su lado estaba Anton Coleman.

Ella me observaba con su habitual expresión cariñosa; sabía lo que estaba haciendo, me conocía perfectamente. Él, en cambio, tenía el ceño fruncido.

Lo más probable es que se estuviera preguntando qué hacía sentada en la escalera con ese frío, vestida con un pijama rosa dos tallas más grandes que la mía, arrebujada en una manta amarilla que solo me tapaba los hombros y absorta en el cielo, tratando de encontrar un significado en la disposición de las estrellas.

Esperaba que no me preguntara nada sobre mi mal humor.

—He visto una letra. Da igual la que era… —respondí aburrida agitando una mano. A mi madre no le gustaba Neil o, mejor dicho, no le inspiraba confianza, de manera que no hablaba abiertamente de él con ella.

Estaba segura de que si hubiera descubierto todas las cosas que estaba evitando confesarle, me habría prohibido salir con él.

—Hola, Selene. —Anton me sonrió y apartó el brazo con el que

53

rodeaba la cintura de mi madre. Fue un gesto rápido y torpe, como si temiera mi reacción.

Hacía tiempo que sabía que salían, aunque mi madre todavía no había oficializado su relación. Me decía que solo se estaban conociendo y yo procuraba no presionarla demasiado.

A diferencia de lo que había pensado en un principio, la idea de que hubieran entablado una relación seria no me entusiasmaba. Ya había perdido a Matt y temía perder también a mi madre. Temía que Anton, o cualquier otro hombre, pudiera alejarla de mí y no debía permitir que eso sucediera.

Estaba sola y ella era lo único que me quedaba.

Por eso había dejado de preguntarle sobre su vida amorosa.

No estaba muy segura de querer escuchar las respuestas.

—Hola, Anton.

Me mostré cordial y le sonreí. Sus ojos grises me miraron de arriba abajo examinando la ropa que llevaba y se detuvieron en las zapatillas pelosas que Neil consideraba horribles, al igual que el resto de mi vestuario.

—Qué bonitas son —comentó con una ironía que me hizo sonrojar. Si hubiera imaginado que iba a ver a mi madre con su *amigo*, habría evitado tener el aspecto de una niña de doce años víctima de una decepción amorosa.

—Gracias —respondí aclarándome la garganta. Era evidente que trataba de causarme una buena impresión. Ahora que ya había reconocido que sentía celos de mi madre, Anton no iba a conseguir borrar el temor que me inspiraba por muchos halagos que me hiciera.

—Creo que será mejor que te vayas —dijo mi madre antes de echarse el bolso al hombro—. Nos vemos mañana en la universidad —añadió esbozando una leve sonrisa.

El hombre se acercó a ella con cierta confianza, le puso la mano en un costado y luego inclinó un poco la cabeza como si se dispusiera a besarla. Me puse tensa pensando en lo peor. No estaba dispuesta a tolerar ni a aceptar tales efusiones en mi presencia, pero enseguida me relajé cuando Anton le dio un beso fugaz en una mejilla y se limitó a decir:

—Vale, hasta mañana, Judith.

Respiré aliviada y lo saludé con la mano cuando se despidió de mí antes de bajar por el camino hasta su coche. Aproveché el momento para observar su esbelta figura, el elegante abrigo negro, el pelo pulcramente recortado y sus hombros anchos. Pensé que era un hombre realmente fascinante, perfecto para mi madre, pero aun así me costaba aceptarlo en mi vida.

Mejor dicho, en nuestras vidas.

—Entra o cogerás una gripe, Selene —me regañó ella a la vez que me escudriñaba la cara tratando de averiguar todo lo que no quería decirle. Mi madre tenía un talento innato para saber cuándo le estaba ocultando algo.

—Alyssa está en la habitación de invitados, ha venido a verme para darme una sorpresa —le dije con desgana. Solía ser más entusiasta en situaciones como esa, pero en ese instante no me sentía capaz de fingir más de lo debido.

—Ah, qué bien. ¿Cuánto tiempo piensa quedarse? —preguntó alegremente sin dudar ni por un momento de lo que acababa de contarle.

—Creo que piensa regresar mañana a Nueva York —respondí encogiéndome de hombros.

Mi madre frunció el ceño, quizá por la indiferencia con la que hablaba. No me importaba pasar un poco de tiempo con Alyssa, estaba dispuesta a acogerla varios días en caso de que quisiera quedarse, pero no lograba aceptar que hubiera besado a Neil y me costaba mirar sus labios. Me irritaba la idea de que hubieran explorado los de mi problemático.

«Mi».

Era absurdo pensar que Neil era mío, pero la parte más inmadura y soñadora de mí se aferraba con fuerza a esa ilusión.

—Está bien, de acuerdo. Entra en cualquier caso —repitió con severidad, pero yo sacudí la cabeza.

—Me quedo un poco más. Tengo que… —Intenté idear algo para quedarme donde estaba—. Tengo que hacer una llamada —me apresuré a añadir.

Escéptica, mi madre miró primero el reloj que llevaba en la muñeca y luego a mí.

—¿A medianoche? —insistió pensativa.

—Exacto —contesté asintiendo con la cabeza—, pero si sigues interrogándome, voy a perder tiempo y…

—Vale, vale. Te espero dentro. —Sacudió la cabeza y entró en casa dejándome la puerta entreabierta.

Había mentido, no tenía que llamar a nadie.

El teléfono móvil estaba entre mis piernas, en el siguiente escalón. Lo miré fijamente. La idea de llamar a Neil se me había pasado a menudo por la cabeza, pero la última vez que habíamos hablado lo había buscado yo. Siempre reprimía mi orgullo por él y aceptaba su falta de respeto, porque me había impuesto tratar de comprenderlo sin juzgarlo, sobre todo desde que Logan me había hablado en Coney Island sobre el pasado de su hermano. Pero no podía

55

ceder todo el tiempo, no podía permitirle que saliera vencedor y me sometiera.

Me llevé el dedo índice a los labios y me mordí la uña. Estaba nerviosa... y enfadada. Sentía la necesidad de decirle lo que pensaba, de decirle que estaba profundamente decepcionada por lo que había hecho. Quería desahogar con él todos mis pensamientos, deshacerme de ellos para siempre. Quería pedirle que dejara de buscarme, que se olvidara de mí y que hiciera un esfuerzo para que Logan lo perdonase.

Quería, quería, quería... y, entretanto, seguía parada y mirando la pantalla del teléfono móvil sin tener el valor de cogerlo y hacer la llamada.

También consideré la hora. Era tarde y Neil probablemente estaba durmiendo o, en el peor de los casos, había salido con los Krew o estaba en la cama con Jennifer.

Resoplé y miré con insistencia el aparato.

Ese maldito artilugio quería hacerme caer en la tentación. En mi interior, una vocecita me decía que me rindiera y le gritara; la otra, en cambio, me rogaba que lo dejara estar y que rompiera con él para siempre. Así pues, comencé a mover una rodilla y a ajustarme nerviosamente la manta sobre los hombros, hasta que, con un profundo suspiro, cogí el móvil y, rápidamente para no cambiar de idea, deslicé el registro de llamadas recientes buscando su número. Estaba entre las últimas personas con las que había contactado, en lo alto de la lista. A continuación, pulsé el terrible botón verde de llamada y apoyé el iPhone en la oreja.

Me arrepentí enseguida de mi decisión, pero también pensé que así iba a poder librarme del peso que me oprimía el pecho y que después me sentiría mejor, satisfecha y ligera.

Cerré los ojos con ansiedad cuando el teléfono sonó dos veces.

Dos más y los abrí de nuevo mordiéndome sin parar el labio inferior.

Siguió sonando, pero nada.

Cuando me disponía a colgar, su voz me detuvo.

—Hola —respondió.

Tragué saliva y sentí que el corazón me subía hasta la garganta y que luego volvía a resbalar por el pecho. Procuré no tartamudear y me concentré en lo que tenía que decirle, aunque su respiración entrecortada me distraía.

Me pegué el teléfono a la oreja para asegurarme de que no me había equivocado, pero... no.

La respiración de Neil era irregular, demasiado rápida.

¿Qué estaba haciendo? ¿Estaba tal vez...?

—No me digas que estás con alguien. ¡Juro que iré a Nueva York y te mataré!

Me puse en pie de golpe y la manta cayó al suelo. Me daba igual haber alzado la voz, lo mío no eran solo celos, era rabia. Pura rabia, porque Neil se permitía con demasiada frecuencia pisotear a los demás sin tener en cuenta sus sentimientos y tenía que dejar de hacerlo. Alyssa estaba destrozada; Logan, sin duda, lo estaba aún más, y, entretanto, ¿a qué se dedicaba él? ¿A divertirse con una rubia cualquiera?

Su risa gutural me devolvió bruscamente a la realidad.

¿De verdad se estaba burlando de mí? ¿Con qué valor?

—¿De qué demonios te ríes? ¡Imbécil! —lo insulté sin importarme que los vecinos, los Kampers o los Burns, pudieran oírme.

—¿Qué pasa, Campanilla? Muévete, tengo prisa —respondió divertido. Hasta podía imaginar la sonrisa descarada que se dibujaba en su rostro demasiado perfecto, además de su cuerpo torneado, desnudo, a merced de quién sabe quién.

—¿Moverme? ¡Dile a tu amante o a quienquiera que sea que tengo que hablar contigo y que exijo toda tu atención! —le solté furiosa. Él se rio.

¿Desde cuándo Neil se reía con tanta frecuencia?

—Espera. Dame un minuto para comunicárselo —dijo con falsa cortesía; me pasé una mano por el pelo y me revolví el flequillo. Estaba tan furiosa que me habría gustado darle una patada.

—¡No pienso darte ni treinta malditos segundos! —vociferé.

¿Así que realmente estaba en compañía de una mujer? La mera idea me encogió el estómago.

Habría soltado los peores improperios, pero traté de controlarme y de conservar la compostura.

—Me gusta esa agresividad, niña, pero deberías usarla para mimarme...

Neil redujo el tono de su voz a un sensual susurro y por un fugaz e intenso momento sentí que me estremecía como si unas potentes descargas eléctricas atravesaran mi cuerpo. Apoyé una mano en la balaustrada que estaba a mi derecha y respiré hondo para impedir que me sedujera, por difícil que fuera.

Su timbre profundo y baritonal no me dejaba indiferente; al contrario, ejercía sobre mí un efecto hipnótico. Era propio de un hombre que deseaba abalanzarse sobre mí para mostrarme toda su virilidad y eso me encolerizaba, sobre todo mientras intentaba comunicarme con él.

57

—No estoy de humor para bromas, Neil. Alyssa está en mi casa hecha un mar de lágrimas por tu culpa, por lo que le has hecho. Mejor dicho..., por lo que les has hecho a ella y a Logan. ¿No te da vergüenza? —lo acusé. Al otro lado de la línea se produjo por fin el silencio que intentaba conseguir desde un principio—. ¿Cómo te has atrevido a besarla como si fuera una de tantas? ¡Nos has decepcionado a todos, a ella, a tu hermano y a mí! ¡Sí, así es, a mí también, porque Alyssa es amiga mía! ¡Maldita sea! —Volví a levantar la voz. Nunca había estado tan enfadada, ni siquiera cuando los Krew me habían ofendido y se habían mofado de mí.

No me importaba que la gente me hiriera, pero sí que me importaba cuando herían a alguien a quien quería. Dejaba entrar a muy pocas personas en mi vida, por eso me preocupaba mucho por ellas.

—Has abierto una profunda grieta entre Alyssa y yo y entre Alyssa y Logan. A veces me pregunto quién eres, si es bueno que siga estando a tu lado y que acepte tu forma de ser. Me pregunto hasta dónde eres capaz de llegar, cuánto daño seguirás haciendo a los demás y a mí. Me pregunto si alguna vez podrás entender lo que siento por ti y tal vez corresponder a mis sentimientos, o si es mejor que te deje ir y que vivas tu vida. No dejo de hacerme muchas preguntas, Neil. Por ti fui contra mis principios, contra mí misma, contra mi padre y contra todos los que me decían que me alejara de ti. Nunca te he juzgado y nunca lo haré, pero a veces creo que tengo que dejar de intentar entenderte o de llegar hasta ti. No se puede salvar a los que no quieren ser salvados. Deberías salvarte solo... Quizá... quizá... sea mejor así. Perdóname si no soy tan fuerte como creía —murmuré a duras penas las últimas palabras y me sorprendí al ver que lograba terminar el discurso. Solo contuve las lágrimas para convencer a los dos —a mí en primer lugar— de mi decisión.

Al otro lado de la línea no se oía nada.

Ni un sonido ni un suspiro ni una sílaba ni una palabra.

Me apresuré a comprobar si Neil había colgado y cuando su número apareció en línea, supe que aún seguía allí, conmigo. Confié en que no colgara, en que dijera algo, lo que fuera para ahuyentar el dolor que sentía en mi interior.

Esa simple llamada era un hilo que nos mantenía unidos, un hilo sutil que me negaba a romper. Era cuando menos contradictoria: mis palabras no reflejaban en absoluto lo que quería. Poner distancia entre nosotros no me iba a hacer feliz, pero a la vez sabía que romper la especie de relación que nos unía era lo correcto, aunque abandonando a mi problemático corría el riesgo de perderlo... para siempre.

—¿Ne-Neil? —dije tartamudeando, alarmada por el prolongado silencio.

Fruncí el ceño y de repente se cortó la llamada.

El hilo se rompió.

Neil había colgado sin dignarse siquiera a responderme.

¿Lo había herido? ¿O acaso le importaba tan poco que lo prioritario para él era volver corriendo en brazos de la amante que aguardaba sus atenciones?

Ya no entendía nada.

Poco a poco, fui recuperando la lucidez, pensé que había exagerado y que le había dicho lo que pensaba sin pelos en la lengua. A Neil le resultaba difícil comunicarse con las palabras, no era casual que prefiriera un lenguaje mudo, hecho de señales y gestos que yo debía interpretar.

Su silencio no debería haberme sorprendido.

Lo había acorralado, lo había golpeado sin previo aviso a pesar de que él había respondido a la llamada con la intención de tomarme el pelo y bromear.

¿Y si me hubiera equivocado? Quizá hubiera sido mejor poner en duda la versión de los hechos de Alyssa y confiar en Neil. ¿No habría sido mejor oír también su versión de la historia?

Me había comportado como los demás, como un juez tirano, y le había impuesto una condena sin permitirle siquiera una explicación.

Justo yo, que siempre había tratado de transmitirle la importancia del diálogo, había cometido un gran error.

—Entra, Selene.

Me sobresalté cuando mi madre me puso una mano en un hombro. Me di la vuelta con el móvil aún agarrado entre mis fríos dedos y la miré fijamente a los ojos. Su expresión era seria y adusta.

Comprendí al vuelo que había escuchado mi conversación y supuse que, a raíz de eso, la opinión que tenía mi madre sobre Neil era aún peor. Pero no tenía fuerzas para luchar también contra ella, para hablar sobre él o sobre lo que había pasado, así que asentí en señal de rendición y la seguí hacia el interior de la casa cargando con toda la angustia que tenía dentro.

Hacía meses que había decidido recorrer un sendero insidioso para seguir a un hombre problemático y ahora estaba empezando a enfrentarme a la dura realidad…

59

3

Neil

No esperes a la mujer adecuada. No existe. Algunas mujeres logran
hacerte sentir algo más con su cuerpo o su espíritu, pero son
exactamente las mismas que te acuchillarán delante de todos.

Charles Bukowski

*N*ervioso.

Así era como me sentía.

No había pegado ojo por culpa de esa cría de los cojones.

Selene tenía la enorme capacidad de alterar mi estado de ánimo;
no es que fuera difícil, pero ella se había convertido en una experta
en la materia.

La noche anterior le había colgado el teléfono en la cara porque
no merecía que le respondiera. Por lo que había entendido, Alyssa le
había contado una versión completamente falsa de nuestro beso y
Selene la había creído sin siquiera escucharme.

¿No era precisamente ella la que ensalzaba la importancia de la
comunicación verbal? Entonces, ¿cómo podía haberse comportado
así?

No me había dejado hablar.

Decepcionado, seguí mirando las volutas de humo que se disol-
vían en el aire saturado de sexo.

—Mmm… —gimió Jennifer a mi lado, con una pierna doblada
sobre mi cadera.

Apreté el cigarrillo entre los labios y desvié la mirada hacia el
techo con un brazo doblado en la nuca. La rubia no se despegaba de
mí, estaba desnuda y tenía sueño, pero yo me sentía encadenado. Era
prisionero de unas costumbres poco saludables que, con toda probabilidad, jamás iba a poder dejar del todo.

—¿Cómo puedes fumar de madrugada? —dijo Alexia, que estaba a mi izquierda. Me giré para mirarla y vi que todavía estaba

medio dormida. Al igual que Jennifer, estaba desnuda, tenía el pelo revuelto y los párpados entreabiertos. Sus pechos se pegaron a mi costado y puso la mano en mi barriga. Movió los dedos para acariciarme y gimió aduladora. Normalmente esa obscena teatralidad me seducía, pero en ese momento el recuerdo de haber follado con las dos me repugnaba. Percibía su olor, su tacto, su saliva, e hice una mueca de auténtico desprecio.

No debería haberlo hecho.

Cuando Selene me había llamado estaba entrenando con el saco, no estaba con una mujer, como le había hecho creer para provocarla.

No me había acostado con nadie desde que había regresado de Nueva York, pero después de sus inesperadas palabras no pude soportar la punzada de dolor que sentí en el pecho.

Experimenté la necesidad de volver a mi lugar, a mi mundo, así que llamé a las chicas de los Krew para recordarme a mí mismo quién era y que no pertenecía a nadie, menos aún a la niña.

No pensaba sufrir por ella ni por ninguna otra; no iba a permitir que una cría me hiciera daño como me lo había hecho Kim.

Selene ya no me quería en su vida, me lo había dicho con toda claridad.

No pensaba correr tras ella; al contrario, respetaría su decisión.

Al fin y al cabo, eso era justo lo que siempre había deseado.

La había utilizado, ella me había utilizado… En definitiva, nos habíamos utilizado el uno al otro y yo siempre había sabido que tarde o temprano nuestra relación iba a terminar.

—¿Cómo puedes estar tan perfecto nada más despertarte? —La voz somnolienta de Jennifer me distrajo. Como el resto de mis amantes, seguía prefiriéndome a muchos otros hombres, a pesar de que jamás la ponía en un pedestal.

Siempre me mostraba escurridizo, independiente, seguro de mí mismo.

Podía manejar las emociones sin confundirlas en ningún momento con el sexo puro y duro. Solía gustar a las mujeres porque las dominaba, ponía pasión en cada roce y las hacía delirar bajo mi cuerpo de forma extraordinaria.

En cuanto a mí, las emociones quedaban al margen, lo mío era simple orgullo y satisfacción masculina, un ego desmesurado, el vigor que me encantaba ostentar y el poderío físico que turbaba a todas.

Se trataba tan solo de placer físico, de virilidad, el sentimiento nunca estaba presente.

Di una larga calada al Winston y escruté fríamente a la rubia. Ella me lamió el bíceps, siguiendo las líneas del *Toki*, y sonrió con picardía, tal vez convencida de que ese gesto descarado me iba a excitar.

El mensaje no podía ser más claro: quería volver a follar.

La miré fijamente a los ojos, entrecerrando apenas los párpados. Sus iris eran azules, brillantes, pero no eran claros, en ellos no había ningún océano.

No me recordaban a los campos de aciano al amanecer, no eran tímidos ni dulces.

No eran los de mi Campanilla.

Y entonces volví a pensar en ella.

Con un gruñido de fastidio, aparté la pierna de Jennifer y me incorporé. Sentía una agitación inexplicable.

Esa niña no debía tener ningún poder sobre mí.

Ninguno, maldita sea.

Me pasé una mano por el pelo revuelto mientras con la otra sostenía el cigarrillo, que no lograba calmarme. Estaba de un humor de perros.

Alexia apoyó un codo en el colchón y la barbilla en la palma de la mano mientras me miraba arqueando una ceja. Estaba sudado, no olía precisamente a gel de baño y mi apariencia no era tan buena como la de siempre.

Me sentía sucio, por dentro y por fuera.

«Mierda», solté para mis adentros.

Nervioso, pasé por encima del grácil cuerpo de Alexia y salí de la cama. Me puse el cigarrillo en la boca y me quité el condón que aún llevaba puesto.

Estaba limpio: ni eyaculación ni orgasmo.

Maldita sea, esa había sido otra de las razones para volver a mis hábitos: quería comprobar si me había curado, si había superado la anorgasmia. Quería ponerme a prueba, demostrarme a mí mismo que podía alcanzar el clímax con las demás mujeres, pero el resultado había sido un absoluto fracaso. Con Selene lo había logrado, aunque no sin cierta dificultad, mientras que con las dos atractivas y experimentadas mujeres que estaban en ese instante en mi cama, no.

Mi cuerpo se había tensado, había llegado el punto máximo de excitación, pero no había explotado.

¿Qué coño me pasaba?

—Voy a darme una ducha. Vestíos y marchaos. No quiero veros por aquí cuando regrese —fue todo lo que dije al tiempo que aplastaba el Winston en el cenicero.

Mi mano derecha temblaba y trataba de ocultarlo. Ninguna de los dos estaba al tanto de mis trastornos y así sería siempre.

Me volví para mirarlas y las sorprendí observándome con su habitual adoración, que no podía soportar.

No podía tolerar que me admiraran como si fuera el mejor juguete sexual del mercado, el hombre más poderoso que habían tenido entre las piernas o el amante con el que soñaban satisfacer sus antojos.

Solo era un canalla, ni más ni menos.

—Oh, buenos días para ti también, rayo de sol —se burló Alexia. La ignoré.

Fui directamente al cuarto de baño; el aire se había vuelto irrespirable, era una mezcla de sexo y fragancias afrutadas, malditamente femeninas, que también percibía en mi cuerpo.

—Bonito culo, Miller —comentó en cambio Jennifer soltando una carcajada.

Si no me habían tomado en serio era porque estaban acostumbradas a mis maneras. La cortesía no era desde luego mi fuerte, pero si se pasaban de la raya, las pondría en su sitio a mi manera.

Sacudí la cabeza y, tras cerrar la puerta, me precipité hacia la cabina de la ducha, pero luego me detuve y regresé para dejar las cosas bien claras.

63

—Jen, hablo en serio. ¡Os quiero fuera de aquí dentro de cinco minutos! —alcé la voz y di una palmada en la superficie de la puerta cerrada para reforzar el concepto—. ¿Me has oído? ¡Cinco, hostia! —repetí, furioso. Mantuve la distancia, porque no podía controlarme cuando me ponía demasiado nervioso y lo mejor era apartarme o encerrarme en algún lugar, como un animal.

—¡Vete a la mierda! —me soltó la rubia para provocarme.

Abrí la puerta bruscamente y di unos pasos.

Podía sentir el fuego ardiendo en los tendones de mi cuello y las venas hinchadas en mis brazos. Debía de tener un aspecto aterrador, porque las dos palidecieron cuando me vieron desnudo y encolerizado.

Jennifer se estaba poniendo un tanga indecente, Alexia ya estaba a medio vestir. De las dos prefería a la segunda, porque entendía cuando no debía insistir. La rubia, en cambio…

O era estúpida o sufría de delirios de protagonismo. Sabía que era atractiva, así que estaba convencida de que iba a poder tenerme siempre y eso la excitaba como a una gatita en celo.

Hacía lo que fuera, incluso las cosas más impensables, para llamar mi atención.

—¿Qué quieres? —soltó. Se inclinó con descarada malicia, recogió el sujetador del suelo y se lo puso. Lanzándome una mirada lánguida, cerró el clip delantero con parsimonia y aire seductor, para cautivarme, pero yo no iba a caer en la trampa.

No era un tipo fácil, no me podía conquistar con semejantes banalidades.

La miré airado a los ojos. Su expresión cambió y manifestó una repentina inquietud, como si por fin se hubiera dado cuenta de que la cosa no iba en absoluto de broma. La ira no se aplacaba, seguía teniéndome encadenado, esclavo de su indiscutible fuerza. Sentía el cuerpo tenso, los músculos rígidos, y la mandíbula me dolía por la manera en que la contraía con insistencia.

Me pasé una mano por el pelo y luego agarré una lámpara de mierda y la lancé con fuerza contra la pared. Las chicas se sobresaltaron y recularon unos pasos.

Pero eso no me bastó.

Seguía tan cargado que quería destrozarlo todo.

Estaba a punto de volver a reducir la casita de invitados a un montón de pedazos rotos, como ya había ocurrido en el pasado.

—Largaos. En silencio. No quiero oíros ni respirar —susurré en tono amenazador mirando alternativamente a una y otra. Alexia se había vuelto a quedar quieta, sujetando con los dedos el elástico de la falda; Jennifer, en cambio, se había aproximado a la ventana asustada.

Cuando me di cuenta de que las dos habían comprendido que no debían contradecirme, me volví, me dirigí hacia el cuarto de baño y cerré la puerta con un golpe de talón. Tenía la sensación de que el corazón me iba a estallar en el pecho, la cabeza empezó a darme vueltas y me froté la frente. Entré en la cabina de la ducha para refugiarme bajo el chorro caliente, apoyé las manos en las suaves baldosas y traté de relajar cada músculo de mi cuerpo.

No entendía por qué me sentía así... o quizás sí.

Era por culpa de esa maldita niña.

Mi cautivadora pero peligrosa Campanilla.

Era la única explicación.

Selene tenía razón: no se podía salvar a los que no querían salvarse.

No me importaba cambiar mi vida, mi carácter o mi manera de ser para que ella me aceptara, pero, a pesar de mi terquedad y de su negativa a estar a mi lado, yo pretendía tenerla.

La anhelaba. La quería más que a mi Maserati, más que a todas las mujeres que me había tirado, más que a nada en el mundo.

El deseo de poseerla que había sentido desde el primer día nunca se había aplacado.

Pero, al mismo tiempo, debía respetar su decisión. Al igual que Selene, sabía que lo mejor era dejarla ir, pero no conseguía alejarme de ella, ese era el problema.

La vida era una auténtica puta: primero me hacía confiar en un futuro que nunca iba a poder vivir, luego me hacía sentir la acritud en la boca, el regusto del pasado, y, por último, no dejaba de mostrarme el monstruo en que me había convertido.

Esos pensamientos delirantes empeoraron mi estado de ánimo.

Me enjaboné el pelo, el cuerpo. Todo.

Me restregué con insistencia, hasta que acabé oliendo como una mujercita. El olor a almizcle borró el aroma afrutado de las dos mujeres. Lavé los besos lánguidos, las lenguas voraces, el tacto posesivo. Apagué mis pensamientos y me concentré en la sensación de limpieza que sentía en mi piel hasta que, por fin, me tranquilicé.

Después de pasar no sé cuánto tiempo bajo el chorro de agua hirviendo, salí de la cabina y me envolví las caderas con una toalla. El vapor había empañado el espejo y se había condensado en el aire. Di unos cuantos pasos, dejando caer gotas por todas partes, y puse las manos en el borde del lavabo.

Hice amago de pasar la palma de la mano por el cristal para mirar mi reflejo cuando un débil aliento a mis espaldas me obligó a girarme. Me tensé de inmediato y vi al chico con la habitual pelota de baloncesto bajo el antebrazo, la camiseta arrugada de OKLAHOMA CITY, los pantalones cortos manchados de tierra... Parecía exhausto.

—El juego está a punto de terminar. Lo sabes, ¿verdad? —murmuró con su fina voz.

Miré sus iris dorados, su cabello castaño y rebelde, su rostro masculino, pero todavía por madurar. Su presencia no me sorprendió lo más mínimo, a esas alturas ya estaba acostumbrado. En cambio, me intrigaba saber a qué se refería.

—Cada vez tenemos menos tiempo, Neil —añadió antes de que le contestara. Incliné ligeramente la cabeza y él se acercó a mí. Me quedé quieto para ver qué quería hacer y, poco después, me agarró una mano. La levantó un poco y apuntó con ella hacia el espejo empañado. En ese momento, como si mi cuerpo hubiera dejado de obedecerme, dibujé algo con el índice. El dedo se deslizó poco a poco, hasta que ante mis ojos apareció una estrella de cinco puntas en el interior de una circunferencia.

El símbolo era inconfundible: se trataba de un pentáculo.

65

Lo miré boquiabierto.

Recordaba vagamente haberlo reproducido también en otras ocasiones, sin llegar a comprender por qué mi mente había memorizado ese símbolo y con qué estaba relacionado.

—¿Qué significa? —pregunté en voz baja desviando la mirada hacia el niño, que sonreía a mi lado.

—Tenemos poco tiempo —se limitó a repetir. Rebotó la pelota en el suelo un par de veces y se dirigió hacia la puerta.

—Oye, chico, no puedes hacer eso, ¿vale? ¡Explícamelo! —solté a punto de perder la paciencia.

El día no podía haber empezado peor, lo único que me faltaba era él. El niño se volvió y me miró con insolencia por encima de un hombro, luego se rio y echó a correr. Salí del estado de trance en que había caído y lo seguí, pero al final vi que estaba de pie en el dormitorio ya vacío.

Alexia y Jennifer habían desaparecido, tal y como les había ordenado.

La lámpara que había lanzado contra la pared estaba hecha añicos en el suelo, las sábanas seguían enredadas, mi teléfono móvil y el paquete de Winston estaban justo donde los había dejado. Era como si el niño se hubiera disuelto en el aire sin tocar nada. Me pasé una mano por el pelo húmedo y, con un gruñido de frustración, dejé resbalar la toalla al suelo y me dirigí hacia la cómoda para sacar unos calzoncillos limpios. Me los puse y, al inspeccionar la habitación, me di cuenta de que estaba solo y de que había tenido otra alucinación.

Como siempre, el niño había sido el síntoma de mi trastorno disociativo de la personalidad, según lo había denominado el doctor Lively.

Era consciente de que lo sufría, aunque me lo negara a mí mismo. Nunca había tenido el valor de admitir la presencia de los *alters*, es decir, de las diferentes personalidades que albergaba en mi interior.

Al día siguiente de mi decimosexto cumpleaños, el doctor Lively había descubierto que en mi mente solo coexistían dos, pero no había descartado la posibilidad de que pudieran surgir otras con el paso de los años.

Temía que eso era justo lo que estaba sucediendo en ese momento: a veces mi cabeza parecía una habitación llena de gente y de voces, en otras ocasiones solo estábamos el niño y yo. Con frecuencia no recordaba siquiera mis acciones y la otra parte de mí borraba mis recuerdos. El que actuaba era siempre yo, pero mi psique estaba dirigida por una personalidad diferente.

A menudo tenía la extraña sensación de que mi cerebro era como una célula que tendía a desdoblarse.

66

La causa era el TID: el mecanismo de defensa que desarrolla la mente para proteger a la persona que ha sufrido un grave trauma. En mi caso no sabía si era el yo adulto o el yo niño. No sabía cuál de los dos quería proteger al otro y, sobre todo, cuál de las dos personalidades era la mejor.

La única solución era integrarlas en una sola, conectarlas para destruir a la más débil y hacer emerger la más fuerte; pero para conseguirlo debía reiniciar la terapia y encerrarme de nuevo en una clínica psiquiátrica. Algo que no estaba dispuesto a hacer.

Mientras daba vueltas a todo eso en mi cabeza, me puse unos vaqueros negros, una sudadera blanca y una chaqueta de cuero. Por suerte, tenía ropa de repuesto en la casita de invitados, de lo contrario me habría visto obligado a entrar desnudo en la villa. Para mí no habría supuesto ningún problema, porque estaba totalmente desinhibido, pero Matt me habría dado el coñazo por el exceso de desvergüenza. No me hablaba desde que había descubierto que me estaba tirando a su hija, de manera que incluso un pequeño paso en falso habría sido suficiente para desencadenar su ira.

Suspirando, cogí todo lo que necesitaba y salí de la casita. Tras pedir a Anna, el ama de llaves, que la limpiara y que se deshiciera de la lámpara rota, subí al coche. Vi que el Audi de Logan no estaba allí, señal de que ya se había ido a la universidad. A pesar de que yo también me dirigía hacia allí, mi hermano no me había pedido que lo acompañara. Era evidente que aún no había acabado de superar lo que había sucedido entre Alyssa y yo, casi no me hablaba y seguía enfadado porque yo le había devuelto a su novia el maldito beso, aunque solo hubiera sido por unos segundos. Debería haberla apartado de un empujón, impedir que su lengua tocara la mía, pero la sorpresa y la incredulidad me habían dejado inerte como un idiota y me habían hecho cometer un error fatídico.

Al llegar a la universidad, aparqué el Maserati y me apeé de él haciendo caso omiso tanto de las miradas voraces de las chicas que me habían visto llegar como de las de fascinación de los chicos, que no apartaban los ojos de mi pantera. A mi edad, no todos se podían permitir una joyita semejante; por eso, ver aparecer un coche de ese tipo en un aparcamiento universitario era casi un sueño para la mayoría de ellos.

—Aquí está mi cabrón preferido. —Xavier me rodeó los hombros con un brazo mientras me metía las llaves en el bolsillo.

—¿Qué quieres? ¡No me toques! —lo reprendí antes de zafarme de él. Mi amigo sonrió con arrogancia y miró a Luke, que estaba acabando de fumarse un cigarrillo a unos pasos de nosotros.

67

—¿Sigues cabreado? —preguntó el rubio caminando hacia la entrada del campus. Xavier y yo lo seguimos. Xavier parecía excesivamente eufórico.

—Como todos los días —repliqué sombrío. Había olvidado incluso cuándo había sido la última vez que había pasado unas horas despreocupado. Quizá los momentos más agradables habían sido los que había vivido en Detroit con la niña. Y no solo por el sexo fenomenal que habíamos compartido, o por la timidez con que me la había chupado a la mañana siguiente, sino también por la ligereza y la tranquilidad que su presencia lograba transmitirme.

Cuando estaba con ella no solo quería follar, también deseaba experimentar todo lo que ella pudiera darme.

Mi infierno me parecía más acogedor cuando la tigresa se paseaba por él con sus ojos oceánicos y su vertiginosa sonrisa.

Ella hacía ruido en mi cabeza.

Se estaba convirtiendo en una agradable locura.

—¿Te has enterado? —Xavier volvió al ataque y, de nuevo, me rodeó los hombros con un brazo. Lo miré malhumorado, pero esta vez no lo rechacé.

—¿Qué debería saber? —le pregunté, mientras palpaba los bolsillos de la cazadora para asegurarme de que había cogido los cigarrillos de la casita de la piscina. Necesitaba fumar para mantener la calma.

—El coche de tu padre. Hay una foto de él en todos los periódicos —me contó divertido.

Me dejó de piedra.

—¿Qué? —pregunté confundido.

—Este idiota incendió el coche de William. ¡Boom! Explotó, el incendio fue inmortalizado por los periodistas y aparece en todos los diarios —me explicó Luke tirando la colilla al suelo. Seguí su gesto y luego volví a mirar a Xavier tratando de razonar. Si bien le había dado permiso para que se desquitara, mi intención no era que cometiera algo tan atroz que atrajera a la prensa hacia William.

—¿Cómo puedes ser tan imbécil?

Lo empujé y él se echó a reír, para nada atemorizado. Me importaba un carajo que los estudiantes estuvieran mirándonos u oyendo lo que decíamos, esta vez se había pasado de verdad.

Era lícito que reaccionase, desde luego, pero dentro de un límite.

—Tú me diste permiso para hacerlo —se justificó.

Me acerqué a él encolerizado y lo miré con aire amenazador.

—Sí, pero no debías incendiar su coche. ¡Joder! Se suponía que debías fastidiarlo, no sé, hacerle algo que no llamara demasiado la atención —dije apretando los dientes mientras él arqueaba las cejas sorprendido.

—¿Y qué esperabas que hiciera, que lo aplaudiera o lo felicitara?

—Neil tiene razón. Te lo dije. —Los dos ignoramos el comentario de Luke.

—Vamos, vamos, no seas melodramático. Tampoco es para tanto. Ese imbécil se lo merecía —insistió Xavier, sin darse cuenta de que se había expuesto a un grave riesgo y, además, lo había hecho por mi culpa.

—Esa no es la cuestión. Mi padre es un hombre conocido en todo Nueva York, es el director general de una gran empresa. ¿Lo entiendes?

Me pasé una mano por la cara, esperando que no ordenara a uno de sus secuaces que investigara sobre lo sucedido. Si quisiera, podía llegar a Xavier en unas horas y ordenar que lo metieran en la cárcel. Un rasguño en el coche, un neumático pinchado o una ventana rota podían ser considerados simples actos de vandalismo llevados a cabo por un reducido grupo de jovencitos, pero un coche incendiado era una amenaza real, algo que lo alertaría.

—Relájate. No hay pruebas, ni siquiera había cámaras en las inmediaciones. No lo hice delante de su piso, así que puedes estar tranquilo.

Xavier siguió restando importancia a lo que había pasado, pero yo sacudí la cabeza irritado. Era inútil tratar de hablar o de razonar con él. Era el único de los Krew que solía cometer daños irreparables; estaba tan loco como yo, con la diferencia de que a él le gustaba exagerar y tentar a la suerte.

Renuncié a dar más explicaciones y decidí que si mi padre venía a pedírmelas, lo negaría todo, aunque sabía que era un hombre astuto, consciente de haber discutido con Xavier y conmigo, los únicos, por tanto, que podían tener un motivo para tenerle ojeriza.

Furioso, seguí andando hacia la entrada de la universidad.

Tenía que asistir a una clase de arquitectura y ya llegaba tarde.

Cuando entré en el aula, busqué un asiento libre entre las cabezas de los estudiantes. Solo quedaba uno en la quinta fila, en el lado exterior. No me gustaba sentarme tan cerca de la mesa del profesor Robinson, pero tuve que resignarme por una vez. Resoplé y bajé la escalera; mi paso firme resonó entre las cuatro paredes donde solo retumbaba la voz de Robinson, que estaba explicando algo sobre planificación y diseño urbano.

—Así pues, los objetivos de un plan se dividirán, como ya he dicho, en tres sistemas: medioambiental, de asentamiento y relacional.

69

También afectarán al sistema socioeconómico, subordinado a estos, dada la importancia que...

Mientras el profesor seguía explicando, me senté y extendí una pierna hacia un lado. Aunque las aulas eran enormes, los asientos estaban demasiado juntos y alguien de mi tamaño nunca conseguía estar del todo cómodo. Saqué un bolígrafo del bolsillo de mi chaqueta y comencé a agitarlo sobre la mesa. No tenía por costumbre tomar apuntes ni llevar libros. Me limitaba a escuchar y a tratar de memorizar las nociones fundamentales, que luego estudiaba en casa con mayor tranquilidad.

—Qué gusto tenerte a mi lado, Miller.

Dejé de juguetear con el bolígrafo que tenía en los dedos y me volví hacia Megan, que estaba sensualmente sentada a mi lado. ¿Cómo era posible que no me hubiera fijado en ella antes? Era evidente que no lo había hecho, porque, además de nervioso, siempre estaba absorto en mis pensamientos.

Fuera como fuese, no quería estar tan cerca de la desequilibrada, así que me puse a buscar de inmediato otro sitio, pero la sala estaba llena y no podía cambiar de asiento.

—Esto es la polla —susurré irritado y apoyé la espalda en la silla con la sensación de haber caído en una trampa.

—No, a diferencia de las demás, no me interesa tu órgano reproductor —replicó divertida. Puse los ojos en blanco y luego me concentré en el profesor Robinson, que paseaba de un lado a otro mientras explicaba.

—Aun así, está fuera de tu alcance —susurré con una pizca de satisfacción masculina. Normalmente evitaba ser vulgar con las mujeres que no me interesaban, además, Megan era la última mujer con la que se me ocurriría follar. Jamás tendría el honor de comprobar mis proezas en la cama y quería dejárselo bien claro.

—Oh, claro, estoy al corriente de tu gran destreza física. Los rumores vuelan entre las alumnas, pero yo soy una mujer bastante desconfiada. Debería comprobarlo por mí misma —me susurró al oído envolviéndome en el aroma a azahar que tan bien recordaba.

Fruncí ligeramente la nariz: era bueno, pero no lo soportaba porque era suyo.

—Acabas de decir que «mi órgano reproductor» no te interesa —repetí sus palabras para burlarme de ella, y luego me llevé el bolígrafo a los labios y lo mordí para aplacar mis nervios. No podía encenderme un cigarrillo y tenía que desahogarme de alguna manera.

—Puede que haya mentido —replicó encogiéndose de hombros.

La miré con aire de fastidio.

—Hoy no es un buen día, desequilibrada. Para ya —le advertí moviendo nerviosamente una pierna.

—Si no, ¿qué me harás? ¿Ponerme a cuatro patas y azotarme? —me provocó, y yo me volví a mirarla con el bolígrafo entre los labios. La examiné a fondo antes de detenerme en sus generosas tetas, únicamente cubiertas por un sencillo jersey negro. No llevaba nada llamativo, no me atraía, pero era innegable que tenía una belleza salvaje, que llamaba la atención incluso bajo unas prendas tan sobrias y poco seductoras.

—No me parece una mala idea —respondí volviendo a mirar sus ojos verdes—. Me encanta poner a las mujeres en la posición del perrito. A todas... —Hice una pausa—. Excepto a ti —especifiqué con una sonrisa insolente. Megan me miró los labios y se quedó pensativa un momento, después carraspeó y se comportó con su habitual exceso de seguridad.

—¿Solo conoces esa posición, Miller? Creía que tenías más imaginación —me instigó y yo guiñé los ojos en señal de desafío. Si hubiera sido una del montón, la habría arrastrado de inmediato a un baño público o a un aula vacía para demostrarle lo equivocada que estaba, pero no pensaba caer en las redes de la desequilibrada.

Sabía lo que estaba tratando de hacer.

Le gustaba mofarse de mí, a sabiendas de que nunca iba a superar el límite que me había impuesto con ella desde la infancia. No la había tocado cuando tenía diez años y estábamos frente a la cámara de vídeo del sótano, y no lo iba a hacer tampoco ahora que éramos dos adultos.

De repente, los recuerdos me arrollaron como un tsunami: la película de Peter y Wendy, la voz de Kim, el frío que penetraba en mis huesos, el olor a humedad de las paredes circundantes...

Mi estado de ánimo cambió, mis rasgos faciales se oscurecieron y mi mano derecha tembló avisándome de que la ira iba a estallar nuevo.

—Ya es suficiente. No me jodas —le advertí para que supiera que no tenía ganas de bromear ni de conversar. Cuando el profesor Robinson dejó de hablar, el aula quedó en silencio.

Me volví hacia él y me di cuenta de que me estaba mirando. De hecho, los ojos de todos los estudiantes apuntaban hacia mí, porque probablemente había levantado la voz sin darme cuenta. Intenté recomponerme y fingir indiferencia. El profesor suspiró molesto, luego reanudó su explicación, ignorando mi comportamiento inapropiado.

Megan, por fin, había dejado de pincharme.

Ella tenía toda la culpa. Alyssa y ella nos estaban causando problemas, a mí, a Logan e incluso a...

71

Mi mente voló hacia Selene, hacia mi Campanilla, que ahora estaba en Detroit haciendo a saber qué con a saber quién.

Aún no había aceptado las recriminaciones que me había hecho por teléfono y estaba furioso por sus palabras, pero tenía claro que Alyssa se había inventado una sarta de tonterías para asustarla. Probablemente le había contado que yo la había besado o que le había hecho algo más para describirme como el monstruo que nunca he sido, al menos con ella. Saqué el móvil del bolsillo de los vaqueros y por un momento pensé en enviar un mensaje a Selene para preguntarle en qué coño estaba pensando y, sobre todo, si seguía convencida de lo que me había dicho.

Pero el orgullo, el maldito orgullo que nunca lograba dominar, se impuso.

Nunca buscaba a las mujeres.

Y ella era una entre tantas.

Me lo repetí mentalmente por enésima vez, metí de nuevo el teléfono en el bolsillo y me concentré en la lección.

Al cabo de casi cuatro horas de clase extenuantes, salí del aula con unas ganas enormes de fumar.

Lo necesitaba porque seguía estando muy nervioso y porque me angustiaba la idea de hacer el último examen y graduarme con todas las distracciones que me rodeaban. Además, al montón de problemas que ya tenía se había añadido la bravata de Xavier.

Suspiré y me pregunté cuándo terminaría todo, cuándo volvería a tener un poco de paz y, sobre todo, cuándo lograría resolver mis problemas.

¿Llegaría ese día?

Así lo esperaba, pero temía que no fuera posible.

Enfilé la avenida de la universidad en dirección al aparcamiento y fruncí el ceño al ver que una multitud de estudiantes se había arracimado alrededor del Maserati.

¿Qué demonios estaban haciendo?

Me acerqué a ellos con un cigarrillo entre los labios. Varios chicos palidecieron al verme y me abrieron paso.

Lo que vi a continuación me dejó sobrecogido y entonces comprendí por qué había tanta gente alrededor de mi coche.

Me quedé inmóvil y sentí que mi corazón latía cada vez más lento.

Exhalé el humo por la nariz a la vez que tiraba el cigarrillo aún entero al suelo, y seguí andando a paso lento, pisando los fragmentos de cristal que había esparcidos por el asfalto. Por un momento pensé que estaba soñando o que se trataba de una de mis alucinaciones, pero tras parpadear varias veces me di cuenta de que todo era real.

Alguien había roto el cristal del parabrisas con una enorme piedra.

—¿Quién ha sido? —pregunté mientras examinaba los daños. Ni siquiera reconocí mi voz, cuyo tono intransigente hizo comprender a los que me rodeaban que no estaba en condiciones de razonar—. ¿Quién coño ha hecho eso? —repetí con mayor brusquedad, mirando uno a uno los semblantes de asombro de los estudiantes, que retrocedieron intimidados.

Nadie habló, solo se cagaron en los pantalones.

Por lo demás, conocía de sobra la ley del silencio que reinaba en la universidad.

Todos se ocupaban de sus asuntos y les importaba un carajo lo que les ocurría a los demás, incluso si se trataba de un caso grave. Puede que varios hubieran visto al culpable, puede que uno de ellos lo fuera y que estuviera disfrutando de mi expresión furibunda, pero nadie, ningún capullo iba a confesar la verdad.

—¡Maldita sea! ¡Responded, idiotas! —Señalé a un grupo de chicos al azar y entrecerré los ojos. Ellos comprendieron al vuelo mis intenciones y retrocedieron unos pasos.

Su miedo no me detuvo, ni mucho menos: en realidad, me electrizó. Era como un animal que los olfateaba ferozmente.

Me precipité hacia el grupo, mi mano derecha empezó a temblar al mismo tiempo que mi corazón excavaba en mi pecho como si quisiera salir de él. No me importaba quiénes eran, solo quería partirle la cara a alguien y desahogarme a mi manera con el primer desgraciado que pillara por delante.

—¡Eh, eh, tranquilo, amigo! —Luke se plantó delante de mí y me obligó a detenerme.

¿De dónde diablos había salido?

—No me toques. —Me encogí de hombros y seguí mirando con la mente ofuscada a las pobres criaturas que estaban a sus espaldas.

—Calma. No sabemos quién lo ha hecho. —Lo miré por un momento mientras él intentaba hacerme razonar—. No puedes pegar a la gente sin ton ni son. No te metas en líos —me reprendió.

¿Desde cuándo me daba consejos o me sermoneaba?

—¿Qué coño sabes tú? —exploté entonces—. El coche es mío, no tuyo, y un capullo ha roto el cristal. Quítate de en medio.

Traté de apartarlo, pero Luke se resistió.

—Neil... —murmuró con severidad.

73

—Te he dicho que te apartes, Luke —repetí con terquedad. No me escuchó. Xavier se acercó entonces para ayudarlo y me agarró del brazo para que me apartara.

—Vamos, amigo, no hagas idioteces. Lo más probable es que haya sido un maldito gamberro que se ha divertido como no debía.

El moreno consiguió hacerme retroceder, pero no por eso dejé de fulminar con la mirada al grupito de estaba detrás de Luke y también al rubio que se había quedado quieto, con una expresión de compasión en la cara.

No podía soportar que mis amigos me miraran así ni que los desconocidos me provocaran con gestos cobardes.

El coche tenía arreglo, el problema era la humillación pública que había sufrido.

No estaba nada acostumbrado a no reaccionar a las provocaciones.

—No hay nada que mirar, imbéciles. ¡Largaos de aquí! —grité a los otros estudiantes mientras Xavier me seguía agarrando el bíceps con una mano para evitar que me abalanzara como una bestia sobre cualquiera de ellos—. ¿Me habéis oído? Desapareced. ¡Ahora! —Di tal grito que todos se sobresaltaron.

74

—Vamos, cálmate.

Xavier siguió tirando de mí. Traté de mantener el control, luego me desasí de él y me pasé una mano por el pelo.

Instintivamente me acerqué al Maserati y abrí la puerta para comprobar la gravedad del daño. Fruncí el ceño al ver la piedra en el asiento delantero con un hilo rojo torcido del que pendía un mensaje. Lo cogí rápidamente y lo leí: HARD CANDY. PLAYER 2511.

¿Cómo no se me había ocurrido antes?

Tenía muchos enemigos, pero el único que me acosaba en los últimos tiempos era él.

—Mierda —susurré apretando el pedazo de papel con los dedos. Salí del coche y cerré de nuevo la puerta. Era inútil releer lo que había escrito, no iba a ser fácil comprenderlo. Sus mensajes siempre eran indescifrables, pero este no era ni siquiera un enigma, de manera que aún iba a ser más difícil prever sus intenciones con dos miserables palabras como única pista.

—Oye, ¿qué pasa? —preguntó Xavier tratando de leer la nota, que seguía en mi mano. Miré alrededor y me di cuenta de que no estábamos en el lugar más adecuado para hablar. Así que me metí el mensaje amenazador en un bolsillo y les hice una señal con la barbilla a los dos para que nos alejáramos.

—Vámonos de aquí —ordené con firmeza.

Al cabo de unos minutos entramos en el bar cercano al campus donde solíamos ir después de clase. En el aire flotaba un aroma a café y a bollería recién horneada, además de la molesta cháchara de los escasos clientes. Caminamos con la cabeza erguida, sin dignarnos a mirar a nadie. Todos sabían que la agresividad era nuestro peor defecto. Si se nos provocaba, era muy fácil que estallara una pelea. Estábamos acostumbrados a que nos consideraran unos tipos con los que era mejor no cruzarse y eso a veces nos complacía. Haciendo caso omiso de las miradas temerosas que nos dirigían, nos sentamos a nuestra mesa, cerca de la ventana, y mis amigos me observaron esperando a que hablara.

—¿Quieres explicarnos qué ocurre? —preguntó Luke intrigado, pero antes de que pudiera contestarle, una camarera se acercó a nosotros para preguntarnos qué queríamos tomar. La miré airado y me di cuenta de que era la misma a la que Xavier había tomado el pelo y humillado en el pasado.

—No seas idiota —le advertí anticipando sus intenciones; él esbozó una sonrisa rencorosa.

—¿Qué... qué puedo traeros? —tartamudeó la chica, cuyo nombre desconocía, sin dejar de mirar la libreta de comandas, que apretaba con una mano temblorosa. Saltaba a la vista que nuestra presencia no le entusiasmaba.

—Hola, muñeca, me alegro de volver a verte... —Xavier se inclinó un poco hacia un lado para mirarle el culo, dado que la falda de su uniforme era bastante corta; pero Luke lo puso enseguida en su sitio dándole un codazo.

—Tres cafés —dijo el rubio decidiendo por todos, de manera que la chica pudo marcharse enseguida. Xavier resopló molesto, pero yo agradecí mentalmente la intervención de Luke. Solo faltaba que el propietario nos expulsase por actos obscenos o por molestias.

—¿Y bien? —Luke volvió a prestarme atención y yo me acodé en la mesa. La cazadora de cuero ceñía mis bíceps contraídos. Estaba tan nervioso que me sentía sofocado.

Evité dar demasiados rodeos, así que saqué la nota del bolsillo interior de la cazadora y la dejé de forma brusca sobre la mesa. Mi gesto sobresaltó a mis amigos.

—«HARD CANDY. PLAYER 2511» —leyó Xavier—. ¿Otra vez ese loco?

Luke frunció el ceño confundido, porque, a diferencia de Xavier, no estaba al corriente de mi enorme problema.

—¿De quién estáis hablando? ¿Quién coño es Player 2511? —preguntó el rubio.

—Un gilipollas enmascarado que lleva tiempo enviando acertijos o mensajes amenazadores a Neil y a su familia —le contestó Xavier, haciendo un resumen bastante claro de la situación.

—No sé quién es. Ha aparecido en varias ocasiones con una máscara blanca y un jeep negro —le expliqué.

La mirada de Luke iba de mí a Xavier.

—¿En qué ocasiones? —insistió, cada vez más perplejo.

—Primero causó un accidente a mi hermano, luego golpeó a Selene mientras esta regresaba a Detroit y, por último, atacó a Chloe en la fiesta de disfraces a la que asistió con Madison. —Lo miré fijamente a los ojos—. Fuiste tú quien invitó a Madison a la fiesta, ¿no?

Siempre había sospechado que lo había hecho él, pero nunca me había cerciorado. Además, Chloe y yo teníamos aún ese tema pendiente.

—Sí —confesó.

Sacudí la cabeza y me toqué una sien. En parte lo consideraba responsable de lo que le había sucedido a mi hermana, pero hice un esfuerzo para no perder la calma.

—¿Sabes que es una niña? ¿Qué demonios hace alguien como tú con una niña pequeña? Yo en tu lugar tendría la impresión de estar follando con mi hermana —comentó Xavier horrorizado.

Por una vez estuve de acuerdo con él. No me importaban las decisiones que mis amigos tomaran en sus vidas, pero acostarse con una chica de diecisiete años quedaba fuera de toda discusión, incluso para dos depravados como Xavier y como yo.

—No es una niña. Es buena en la cama —se defendió Luke.

—Que se comporte como una mujer no significa que lo sea —tercié, y los dos me miraron pensativos. El concepto era simple: algunas eran mujeres, otras solo sabían imitarlas. La diferencia era sutil, invisible para los menos atentos y evidente tan solo para los que tenían experiencia sobre la materia.

Y yo, por desgracia, podía presumir de tener mucha gracias a Kim.

—Mi vida sexual no os incumbe. Vosotros seguid compartiendo todo si queréis, haciendo «cara o cruz» y poniendo en práctica las perversiones que más os gusten —nos rebajó con presunción el rubio agitando una mano.

—Te recuerdo que tú también las has practicado a menudo. No te hagas ahora el santurrón de mierda, porque no lo eres —respondió Xavier molesto, y una vez más apoyé su punto de vista. Recordaba que el rubio me había hablado de Selene hacía algún tiempo, de la manera en que la había besado y toqueteado en la casita de invitados.

La mera idea me contrajo el pecho y me encogió el estómago.

Luke no era para nada mejor que nosotros.

—Volvamos a los cristales rotos de mi jodido Maserati —solté, desviando la conversación hacia un tema mucho más serio.

No me gustaba hablar de mis problemas con ellos, pero Player me había atacado a plena luz del día, frente a la universidad y delante de numerosos estudiantes, por lo que no podía ignorar lo que había pasado. Tenía que aprovechar la colaboración de los Krew para encontrar una solución.

—Exacto —corroboró Luke—. ¿Por qué no avisas a la policía? —añadió proponiendo la opción más obvia.

El principal obstáculo era que, si Player era uno de mis enemigos o alguien a quien había causado algún mal, los agentes investigarían sobre mi pasado y me meterían también en la cárcel.

—¿Eres imbécil? —terció Xavier—. No puedes hacer eso. ¿Acaso has olvidado a Roger Scott y el asunto de Scarlett? —preguntó al mismo tiempo que la camarera llegaba con nuestros tres cafés.

Xavier se calló y la chica dejó las tazas bajo nuestras narices, rodeando la mesa con un sigilo propio de un ladrón. El moreno la miró divertido, excitado porque la camarera sintiera pánico en su presencia. Cuando se alejó, le dirigió una última mirada lánguida, y luego volvió a concentrarse en la conversación que habíamos interrumpido.

—Su padre nos quiere ver muertos a los tres. Yo *in primis* —comenté apoyando la espalda en la silla. Acostarme con Scarlett había sido la gilipollez más grande que había hecho en mi vida. No me sentía orgulloso de lo que había ocurrido hacía tres años, durante las vacaciones de primavera, la semana de descanso que todos los estudiantes estadounidenses esperaban con ansia, la de los excesos: alcohol, drogas, sexo y fiestas salvajes.

La semana en la que nos encerrábamos como animales en un pueblo turístico, apagábamos el cerebro y nos convertíamos en lo que queríamos ser, dedicándonos a todo tipo de perversiones y fantasías morbosas.

La semana en que no había límites ni inhibiciones ni moralidad ni pudor ni una mierda de nada.

En aquella ocasión, me había comportado como un monstruo encerrado en una jaula con mis semejantes y había cometido un error fatal: había subestimado lo obsesionada que Scarlett estaba conmigo y había decidido manipularla de manera completamente equivocada.

Y había sucedido lo irremediable…

—¿Neil? —Oí la voz de Luke que me llamaba y parpadeé, distrayéndome de mis pensamientos. Me había quedado embobado con unos recuerdos que aún me dolían.

—Sí..., te escucho —murmuré, aunque no había oído una sola palabra. Luke y Xavier intercambiaron una mirada cómplice, porque sabían en qué estaba pensando.

Ese fatídico día ellos también estaban con mi ex.

—No tienes ninguna culpa de lo que pasó. Scarlett estaba obsesionada contigo. Era una psicópata que solo pretendía llamar la atención, quién podía imaginar que llegaría tan lejos... —dijo Luke, y yo apreté los ojos por un momento. De repente, sentí que el aire faltaba a mi alrededor y que el arrepentimiento volvía a emerger como un fantasma del fondo de mi alma. Volví a abrir los párpados y traté de llenar los pulmones de oxígeno.

Ya no era yo quien sobrepasaba los límites de forma temeraria, había puesto punto final a los excesos.

Aún convivía con el lado maldito de mi persona, que solo volvía a aparecer cuando me sentía muy frustrado, decepcionado o cabreado, pero al viejo Neil lo había encarcelado hacía tres años, había tirado la llave y no iba a permitir que regresara.

—Tal vez podría haber sido más claro, podría haberle dicho que... —balbuceé, pero Xavier me atajó de inmediato.

—Joder, Neil. Lo hiciste. Siempre lo hiciste. Fue ella la que se empecinó en no entenderlo, la que se inventó un cuento de hadas contigo —replicó con aire serio. Estaba en lo cierto.

Aunque me sentía poco menos que deshumanizado, seguía albergando un lado benévolo que, aun imperceptible para los demás, llevaba tres años atenazado por unos sentimientos de culpa imposibles de superar.

—Volviendo a nosotros... Si no puedes avisar a la policía, ¿qué vas a hacer para librarte de ese psicópata? —preguntó Luke llevándose la taza de café a los labios.

—No tengo ni idea —respondí tamborileando con los dedos sobre la mesa.

—¿Sabes al menos si es un hombre o una mujer? —insistió.

—No. Las pocas veces que he hablado por teléfono con él ha usado un alterador de la voz para que no pudiera averiguarlo —contesté.

Luke arqueó las cejas sorprendido. Sabía en qué estaba pensando: en el día en que le había pedido que identificara el lugar desde el que había recibido una de las llamadas de Player.

—El Brooklyn Bagel... —susurró, y yo lo miré de forma elocuente, dándole a entender que la historia era antigua y que él había sido el primero al que había pedido ayuda.

—¿De qué demonios estáis hablando? —resopló Xavier, que desconocía ese detalle.

—Un día, Neil vino a pedirme que rastreara una llamada anónima. No me dio mucha información y yo me limité a hacer lo que me había dicho. Solo descubrimos que la llamada telefónica se había efectuado desde una cafetería pública y que, por tanto, era imposible averiguar la identidad de la persona que la había hecho —explicó Luke.

Xavier se quedó boquiabierto.

—Joder, vaya situación excitante. ¡Tendremos que ponernos en la piel de James Bond! —comentó divertido; tanto el rubio como yo permanecimos serios, mirándolo fijamente. No era cosa de risa. El problema que tenía era inmenso y debía resolverlo cuanto antes.

—Normalmente, Player siempre me ha enviado acertijos. HARD CANDY no me dice nada.

Volví a leer la nota que estaba junto a la taza de café, que ya debía de estar frío. Como en las anteriores ocasiones, la había escrito con el ordenador para impedir que lo identificara por la caligrafía, y para colmo el mensaje era aún más complejo que los precedentes.

—Cualquier enigma, por difícil que sea, tiene una solución, pero este, que solo tiene dos palabras… ¿cómo demonios podemos averiguar lo que significa? —observó Luke. Era justo lo que pensaba yo.

79

Me acaricié los labios, reflexionando sobre la nota de Player, pero las dudas no hacían sino acrecentarse.

—¿Y si es una de tus examantes? Has tenido muchas y has acabado mal con todas. —Xavier soltó una de sus estupideces hilarantes.

Desvié la mirada de la nota hacia sus ojos negros y lo escruté con aire impenetrable. Debería haber ignorado su absurda pregunta, pero al final cedí.

—Todas eran conscientes de mi forma de ser y, sobre todo, de comportarme.

Ninguna se sorprendía cuando, después de follar con ellas una sola vez, las dejaba tras haberles dicho bien claro que no me interesaba seguir con la relación.

—Sí, pero el ochenta por ciento perdió la cabeza por ti. No me sorprendería que alguna te quisiera ver muerto. —Luke se rio arrancándome un suspiro.

¿Qué culpa tenía yo si les gustaba a las mujeres a pesar de mi carácter? Me había dirigido a todas ellas de forma directa y sincera. Nunca había cambiado mi forma de ser con ninguna, siempre había sido yo mismo. Pero, a pesar de que les decía con toda sinceridad que no quería comprometerme, a todas les encantaba el papel dominante que asumía en la pareja. Actuaba con descaro para conseguir lo que quería, pero mis amantes a menudo se engañaban pensando que eran algo más para mí, intentaban salvarme y se convencían de que podían conquistar mi corazón y mi cuerpo.

No era de extrañar.

—Ya sabes cómo soy. Siempre he tenido todo bajo control y he asumido la responsabilidad de lo que digo. ¿Qué razón puede tener una de mis ex para odiarme? —pregunté mirándolos a los dos—. ¿Que me las tiré con su consentimiento e incluso se lo pasaron bien? —Sonreí por el rumbo que había tomado nuestra conversación.

Era inaceptable que alguien me odiara tanto por el mero hecho de haber compartido una noche de sexo saludable.

—Bueno, la experiencia de Scarlett debería servirte para comprender que las mujeres a menudo se vuelven obsesivas y rencorosas cuando sufren una decepción —comentó Luke al terminar su café.

Sacudí la cabeza y decidí apurar también el mío. Agarré la taza entre los dedos y di un sorbo; en ese momento, mi mirada se posó en una pareja que estaba sentada delante de nosotros.

El hombre llevaba un elegante traje de color azul oscuro, tenía la cara cuadrada y una pequeña arruga de expresión le surcaba la frente mientras me escrutaba con insistencia, sin prestar atención a la mujer que estaba parloteando a su lado. Desvié la mirada hacia ella y traté de identificarla. Los pendientes de perlas, el pelo rubio y la blusa ajustada enviaron una señal a mi cuerpo: recordé que, además de haber visto sus senos turgentes en alguna parte, también los había manoseado y chupado.

Era ella… Amanda Cooper, la profesora de arte.

Me olvidé del café y me quedé inmóvil, observándola hasta que Luke me dio un suave empujón para que volviera a prestarles atención.

—¿Sigues acostándote con la señora Cooper? —dijo burlándose de mí. Dejé la taza sobre la mesa con mi consabida imperturbabilidad.

—No, solo ocurrió una vez —respondí con indiferencia. Esa mujer me importaba un carajo y no entendía por qué su acompañante no me quitaba ojo.

—Una vez es más que suficiente. Parece una de las que te dejan agotado —dijo Xavier riéndose y lanzándole una mirada lasciva.

—¿Quién es el tipo que está con ella? —pregunté escudriñando al hombre que de vez en cuando asentía a Amanda con la cabeza y luego miraba nuestra mesa.

—Vaya… Neil Miller está celoso —comentó Luke en tono de mofa; su observación me irritó.

—De eso nada, imbécil. Solo quiero saber quién es para partirle la cara. No para de mirarme —repliqué antes de devolverle la mirada al tipo con la misma insistencia.

No tenía miedo de nadie y había percibido cierta agresividad entre nosotros. Estaba acostumbrado tanto a la competencia entre hombres como a los celos que estos sentían cuando los acompañaba una mujer atractiva y yo estaba en las inmediaciones. Me percibían como una amenaza, como un cazador capaz de seducir al bello sexo, y eso era precisamente lo que estaba ocurriendo en ese momento. Lástima que el hombre en cuestión no sabía que yo ya había comprobado las habilidades amatorias de la atractiva señora Cooper y que aún recordaba las maravillosas mariposas que tenía tatuadas en los hoyuelos de Venus. ¿Cómo podía olvidarlas? No había dejado de acariciarlas con los pulgares mientras ella se inclinaba delante de mí y yo la montaba por detrás.

—Es su marido —me informó Luke.

—¿En serio? ¿La rubia despampanante está casada? —preguntó Xavier más incrédulo que yo. Al fin y al cabo, no era sorprendente. Era una mujer muy guapa de poco más de treinta años, que quizá ya se había hartado de la vida conyugal.

—Sí, es un empresario o algo por el estilo, pero no recuerdo su nombre —prosiguió Luke. Los tres lo miramos mientras se ponía en pie y tendía el abrigo a su adorada esposa infiel. Casi me daba risa ver a ciertas parejitas prodigándose carantoñas y falsa respetabilidad.

Cuanto más observaba a la sociedad, más me daba cuenta hasta qué punto mis ideales eran correctos.

No pensaba casarme en toda mi vida.

El amor era una ilusión que tarde o temprano terminaba, el matrimonio era inútil.

Los hombres nacemos pecadores, somos propensos a cometer errores, ni siquiera somos dignos de llevar una alianza en el dedo.

Elegir a una mujer y declararle amor eterno era una pura convención, una moda social. La gente de a pie pensaba que el matrimonio era la manera de consolidar una relación añadiéndole obligaciones y compromisos, pero en realidad no cambiaba nada en absoluto.

Las mujeres se apoderaban y abandonaban a los hombres como si fueran juguetes.

Se enamoraban cada día, porque lo que de verdad amaban era la idea del amor.

Amaban las atenciones, los mimos, la idea de tener novio.

Amaban que alguien las considerara indispensables y les dijera «Te quiero».

Amaban los celos.

También amaban el sexo; más aún, lo veneraban.

Y era suficiente encontrar al hombre que les diera todo eso para que empezaran a hablar de amor.

Poco importaba si era yo u otro cualquiera, les daba igual.

También la niña lo comprendería un día.

Me olvidaría en poco tiempo, entendería que yo era uno del montón, igual que ella lo era para mí.

Demostraría que sentía amor por todos y por nadie, que pronunciaba palabras importantes con la misma ligereza con la que yo exhalaba el humo de mis cigarrillos.

Entonces yo comprendería que no podía confiar en Selene, porque esta habría vendido sus sentimientos a una sociedad que no entendía una mierda sobre ellos.

El hombre siempre pecaría, la mujer también.

No amar sería mi único «para siempre».

El único final en que creía.

—Mmm... —gimoteé mirando sin pudor el culo de Amanda antes de que se pusiera su abrigo negro—. Interesante.

Volví a observar al hombre, que probablemente estaba tratando de intuir mis pensamientos. No me quitó ojo hasta que puso una mano en el trasero de su mujer y la siguió hacia la salida.

—¿Te imaginas si se enterara de que la rubia despampanante lo engañó con un estudiante? —comentó Xavier arrancándome una sonrisa.

—Le explicaría lo que debe hacer para que goce y no se acueste con otros hombres. El conejito merece un poco de atención, la verdad... —respondí divertido y tanto él como Luke soltaron una carcajada al comprender mi alusión.

El momento de hilaridad, sin embargo, se interrumpió cuando mi mirada se posó en dos largas piernas ceñidas por unos pantalones de cuero. La cazadora con tachuelas era también de piel y el jersey blanco que cubría un par de tetas firmes se ajustaba como una segunda piel a su cintura de avispa. Examiné el explosivo concentrado de curvas y feminidad salvaje y a continuación alcé la mirada hacia los ojos de color verde esmeralda de Megan Wayne.

Orgullosa y segura de sí misma, la desequilibrada caminaba hacia mí en compañía de Logan, una combinación inaudita.

—Vaya, aquí estás, Miller. Tu hermano te ha estado buscando.

Megan se detuvo frente a la mesa atrayendo también las miradas de mis amigos, que le dedicaron una sonrisa maliciosa. Al igual que yo, Luke y Xavier también habían comprendido que, a pesar de ser insoportable e irreverente, esa mujer emanaba sexo por todas partes. Megan se parecía mucho a mí, compartíamos la misma forma de actuar y de pensar. Los dos éramos fuertes porque habíamos sobrevivido a un pasado traumático y justo por eso jamás se me ocurriría seducirla. Lo habría hecho si fuera una cualquiera. En ese caso, no me habría importado descubrir cómo y cuánto se aplicaba para dar placer a un hombre. Quién sabe si…

Mierda.

De repente, me di cuenta de que estaba divagando sobre una sarta de tonterías. Era inaceptable.

Del todo inadmisible.

Me aclaré la garganta a la vez que recuperaba el sentido común.

—¿Cómo es posible que me estés rondando? —estallé irritado.

—Considérame tu ángel de la guarda. —Megan me guiñó un ojo, pero yo la ignoré y miré a Logan, que se acercó a mí agitado.

—Dios mío, Neil. ¿Estás bien? He visto lo que le ha pasado al coche. ¿Quién ha sido? ¿Dónde estabas? —Me observó con atención para asegurarse de que no tenía un solo rasguño y yo me levanté para que pudiera comprobarlo.

—Estaba en clase, estoy bien. —Lo apacigüé dándole una palmadita en un hombro.

Logan suspiró y se ajustó su bandolera llena de libros, luego se pasó una mano por su tupé. Parecía angustiado y asustado. No pensaba decirle nada de Player hasta que llegáramos a casa.

—Es realmente conmovedora la manera en que te preocupas por él, princesa — se burló Xavier, pero una mirada de advertencia de mi parte fue suficiente para hacerlo callar. Sabía que nadie debía tocar a mis hermanos a menos que quisiera arriesgarse a liberar el peor lado de mi carácter.

—Ha estado buscándote por todo el campus y cuando te vi entrar aquí con… —Megan miró a Xavier y a Luke y torció los labios disgustada—. Con los gamberros de tus amigos… —Agitó una mano y continuó—: Me ofrecí para acompañarlo. Estaba muy nervioso.

Logan le sonrió en señal de agradecimiento. La complicidad que parecía haber entre ellos me molestó bastante. Mi hermano debía recordar que las hermanas Wayne constituían un peligro para nosotros. No sabía siquiera cuál era la más nociva de las dos.

—De acuerdo, pero ahora debemos irnos, tienes que llevarme —ordené a Logan secamente. No me apetecía prestar más atención a Megan. A decir verdad, me crispaba el mero hecho de tenerla cerca.

83

—Como puedes ver, Neil está sano y salvo y, permíteme que añada, sigue siendo tan gilipollas como siempre. —La desequilibrada siguió mofándose de mí, de manera que antes de pasar por delante de ella, me detuve a poca distancia de su bonita cara. Ella tuvo que alzar la mirada para ver la mía y luego olfateó mi perfume. Sabía lo que estaba oliendo: la intensa fragancia del gel de ducha que había utilizado hacía unas horas.

—Para ya, te estás aprovechando de mi paciencia —le advertí, aunque ya había perdido la cuenta de las veces que le había dicho que no me provocara. Megan, sin embargo, esbozó una sonrisa socarrona y se acercó a mí sin temor alguno.

—Si me lo dice con esa voz seductora, no dude que ejecutaré sus órdenes…, majestad. —Hizo un simulacro de reverencia y yo arqueé una ceja. Estaba como una cabra. No paraba de cachondearse de mí como si nunca le hubiera dicho que dejara de hacerlo. Por eso la odiaba: hacía justo lo contrario de lo que le ordenaba, le gustaba pincharme para que perdiera el control.

—Me voy —le contesté interrumpiendo la farsa. Yo era un hombre, no un niño pequeño empeñado en juegos infantiles. Logan me siguió, pero antes de que me alejara, Xavier me llamó de nuevo.

—¿Vas a venir con nosotros esta noche? —preguntó. Luke y él pensaban ir al Blanco con Jennifer y Alexia, pero yo no tenía ganas de divertirme con una mujer ni de beber y tener que soportar la música ensordecedora. Me volví para mirarlo y me mordí el labio pensativo.

Se me había ocurrido una idea totalmente inesperada y descabellada.

—No, tengo un compromiso —dije con poca convicción.

Maldita sea…, yo tampoco lograba entenderme.

Maldije en voz baja y me encaminé hacia la salida, seguro de que estaba a punto de cometer una gilipollez.

4

Selene

Los celos nacen como un puntito invisible cerca del pecho, luego
van creciendo poco a poco hasta que se apoderan de todo el corazón.
Algunos días sientes que avanzan con increíble furor.
No basta todo el cuerpo para contenerlos.

FABRIZIO CARAMAGNA

*A*lyssa se marchó de Detroit a la mañana siguiente.

No le había preguntado nada más sobre el beso que le había dado
Neil, pero no había pegado ojo pensando en lo que le había dicho al
problemático por el móvil. Le había hecho saber que ya no estaba
dispuesta a seguirlo, que tenía miedo de él y del sufrimiento que
podía causar, no solo a los que le rodeaban, sino también a mí.

Por lo demás, a Neil no le importaba nadie, incluso me había
colgado de mala manera, señal de que había aceptado mi decisión sin
dignarse siquiera a responderme.

En cualquier caso, el problema actual era otro: mi madre.

Había escuchado la conversación nocturna que habíamos tenido
por teléfono, o mejor dicho, mi doloroso arrebato, y parecía decidida
a no dirigirme la palabra.

—Mamá… —le dije mientras se servía una taza de café.

Estábamos en la cocina, yo aún llevaba puesto el pijama y faltaba casi una hora para que empezase la primera clase del día en la
universidad.

—¿Qué quieres? —respondió impaciente. Fruncí el ceño, porque
nunca se dirigía a mí de esa manera.

—¿Puedes decirme qué te pasa? —le pregunté mordisqueando
un trozo de pastel de cereza recién sacado del horno. Mi madre exhaló un fuerte suspiro, dejó el café y puso las palmas de las manos
en la encimera.

—No me gusta, Selene. Ese chico no te conviene —afirmó resuelta aludiendo claramente a Neil. Sabía que, después de lo que había pasado, ella se iba a volver a hacer una idea equivocada de él. Era un imbécil, en eso estaba de acuerdo con ella, pero no era una mala persona.

—Mamá, no te quedes con lo que oíste en esa llamada —contesté dispuesta a defenderlo. Después de haberlo mandado a la mierda, mi comportamiento resultaba ridículo. Debería haberle dado la razón, aprobar sus palabras, pero, en lugar de eso, una vez más estaba a punto de enfrentarme a todo y a todos para protegerlo.

—Ah, ¿no? Besó a la novia de su hermano. No es normal hacer una cosa así. ¡Si tiene coraje para hacer daño a sus seres queridos, no me atrevo a imaginar lo que podría hacerte! —soltó agitada. Podía entenderla. Era mi madre y estaba preocupada, pero la parte más irracional de mí insistió en sacar el lado más humano de Neil.

—Él nunca me hará nada —repliqué. Y era cierto, estaba segura de que jamás me haría nada malo, de que solo me tocaría de forma salvaje y me incitaría a desearlo hasta perder el juicio. Ese hombre conseguía aturdirme y convertirme en su esclava, era inútil luchar contra el poder que tenía sobre mí.

—Ah, ¿no? ¿Estás segura? —preguntó no muy convencida. No, no estaba segura.

Además, había soportado mucho por él y aún no había olvidado lo que había sucedido hacía cierto tiempo: la escena con Britney en la casita de la piscina, la absurda propuesta de que Jennifer y yo lo compartiéramos en la noche de Halloween... Neil tenía una extraordinaria capacidad para hacerme daño, hacía lo que pensaba y su comportamiento era absolutamente destructivo.

—Sí —respondí solo para tranquilizarla.

Mi madre sacudió la cabeza y se tocó la frente enfadada.

—Has perdido por completo la cabeza por ese chico. No ves las cosas con la lucidez necesaria y eso es grave —me regañó volviendo al ataque. También en eso tenía razón: había perdido la cabeza por Neil, como todas las demás, y había sido víctima de sus oscuros encantos.

Nunca había entendido qué era lo que me había atraído tanto de él. Tenía, desde luego, unas cualidades que lo distinguían de los demás chicos: desde un aspecto imponente hasta una personalidad fuerte y dominante.

—Sé lo que hago, tranquila —insistí con fingida confianza.

Pero lo cierto es que no lo sabía en absoluto.

Por un lado, me había convencido de que debía romper con él, ser razonable y ver a Neil como lo que era: un peligro. Por otro, no dejaba de pensar en él, lo añoraba y me había arrepentido de haberlo ofendido sin siquiera escucharlo.

Era una contradicción total.

—No, creo que no lo sabes en absoluto —me espetó mi madre.

En ese momento, decidí dar por zanjada la conversación. Me levanté del taburete y subí la escalera. Tenía que lavarme y vestirme para ir a la universidad.

—¡Selene Anderson, aún no he terminado! ¡Vuelve aquí inmediatamente! —gritó a mis espaldas.

La ignoré.

Esa noche se celebraba la tan esperada fiesta en el Club House.

En mi habitación, Janel y Bailey estaban más eufóricas que nunca, a diferencia de mí, que no mostraba el menor entusiasmo. No tenía ganas de arreglarme para salir, pero era una de las fiestas más exclusivas del momento, no todos podían poner un pie en el templo sagrado de los atletas.

—Me pregunto qué cara pondrá Tyler cuando me vea —dijo Bailey tumbada boca abajo en mi cama con los tobillos levantados y la barbilla apoyada en las palmas. Se había recogido su melena pelirroja en una coleta alta y se había pintado más de lo habitual, marcando los labios con un carmín de color rojo cereza. El código de vestimenta de la fiesta era informal, así que, en cuanto a la ropa, había optado por algo sobrio: unos vaqueros claros y una sudadera con...

—¿Es necesario que lleves una sudadera con el logotipo del equipo de baloncesto? —preguntó Janel arrancándome una carcajada. Ella se había puesto unos pantalones azules y un jersey negro adornado con unas cuentas brillantes en el borde del cuello y de las mangas.

—Por supuesto, así Tyler tendrá que fijarse en mí —respondió Bailey con su habitual determinación.

—Se acabará acostando con alguien y seguro que no serás tú —replicó Janel intentando abrirle los ojos una vez más sobre la mala reputación de Tyler Traborn, pero nuestra amiga no parecía querer aceptar que solo la estaba utilizando como un juguete sexual que no tardaría en reemplazar por el siguiente.

—Estoy segura de que me quiere. En el fondo me quiere —respondió Bailey con aire soñador y Janel sacudió la cabeza resignada.

Entretanto, me senté en el tocador y me maquillé. Normalmente solo me pintaba cuando Neil estaba en las inmediaciones, pero había decidido que no debía descuidar mi imagen en su ausencia. Yo era

87

una mujer y estaba a punto de ir a una fiesta, así que debía tapar las ojeras y las marcas que tenía en el cuello. Las rocé con el índice y un extraño calor me indujo a moverme en el taburete. Todavía podía sentir sus besos en mi cuerpo y sus manos agarrándome para poseerme. El deseo que sentía por él era mortífero.

Me sentí realmente patética.

—Tus ojos parecen dos faros —comentó Bailey divertida y yo miré su reflejo en el espejo. Acababa de ponerme rímel para dar volumen a mis pestañas y una ligera sombra de ojos; me gustaba el resultado, delicado a la vez que extravagante.

—Sí, estás genial —añadió Janel observando mi *look*: un jersey blanco, una falda negra de cintura alta, unas medias de las que se sujetan al muslo con silicona y botas de tacón bajo hasta la rodilla. Mi melena caía formando suaves ondas por toda la espalda. Llevaba el flequillo bien colocado, cubriendo la cicatriz del accidente.

En definitiva, mi aspecto era bastante seductor sin caer en lo vulgar, justo como me gustaba.

—Tú también —respondí mientras me levantaba. Saqué el abrigo y el bolso del armario. Me puse una gota de perfume en el cuello y suspiré. Estaba lista para pasar una velada despreocupada. La discusión con mi madre me había entristecido y salir me vendría bien.

Quince minutos más tarde nos dirigíamos hacia el Club House con el coche de Janel, dado que Ivan estaba ya en el centro con el resto del equipo.

Como de costumbre, Bailey estaba superexcitada.

—Dios mío, ¡estoy muy emocionada! —exclamó desde el asiento trasero inclinándose hacia delante. Miré a Janel, que iba al volante, y ella la miró con aire de fastidio por el espejo retrovisor.

—Procura calmarte —le advirtió. Acto seguido, aparcó al fondo de una hilera de coches caros y nos apeamos.

De repente me sentí nerviosa e inquieta, como siempre que asistía a fiestas o veladas de ese tipo. Ante nosotras se extendía el enorme campo de baloncesto al aire libre y la música retumbaba en el interior del centro deportivo, cuyas puertas solo se abrían a los invitados. Tras dejar atrás el campo, anduvimos hacia la entrada, donde varios atletas conversaban con unos vasos en la mano. Cuando pasamos por su lado, nos miraron con curiosidad y, tras saludar a Janel —a la que todos conocían, dado que era la hermana gemela del capitán—, susurraron unos cumplidos.

Cuando entramos en la sede del club, me quedé boquiabierta y comprendí por qué todo el mundo en la universidad veneraba ese lugar, que era una mezcla de ostentación y lujo.

El gran salón principal estaba lleno de sofás y sillones de cuero con mesitas de madera esparcidas aquí y allá. Había un bar con varias botellas de alcohol expuestas, una gran pantalla colgada en la pared donde se estaba proyectando la repetición de uno de los partidos del equipo, una mesa de mezclas en la que el pinchadiscos acababa de poner una canción pop y una mesa de billar donde jugaban un grupo de chicos.

—Bueno, ¿qué te parece? —me murmuró Janel al oído. Por un momento me quedé sin palabras. No sabía qué decir. El ambiente no recordaba en absoluto a las habituales fiestas de las fraternidades. Había atletas por todas partes, vestidos con las correspondientes sudaderas identificadoras. A través de los grandes ventanales que daban al campo se veían otros grupos de jóvenes charlando con alumnas de todas las edades, que a su vez sonreían a todas sus bromas y parpadeaban coquetas para atraer a las estrellas del baloncesto.

—Es… —empecé a decir.

—Un lugar increíble. Olfatead el aire. ¿No notáis también el exceso de testosterona? —terció Bailey y las tres nos echamos a reír. Estaba obsesionada con los jugadores altos y macizos. A mí, en cambio, no me decían nada, y no porque no apreciara la armonía del cuerpo masculino, sino porque mi mente estaba ocupada por alguien que no tenía nada que envidiar a los jóvenes presentes: el cuerpo de Neil era digno de admiración, producía un fuerte impacto carnal y en su metro noventa de estatura todas las líneas estaban bien proporcionadas.

Era simplemente perfecto.

—Aquí están mis Ángeles de Charlie. —Ivan nos salió al encuentro con un vaso rojo en una mano y abrió los brazos en señal de bienvenida. Janel puso los ojos en blanco mientras él le rodeaba los hombros con un brazo y la estrechaba contra su pecho—. Te agradezco mucho que hayas traído estas dos joyitas a mi Club House, hermanita —le dijo lanzando una mirada primero a Bailey y luego a mí. Me examinó de arriba abajo y se acercó a mí con una sonrisa descarada que resaltó el hoyuelo que tenía en la mejilla derecha.

—Capitán —lo saludé con fingida devoción y él arqueó una ceja.

—Selene Anderson, ¿qué haces en una de nuestras fiestas? —preguntó él con ironía.

—Deja de hacer el idiota —le solté y él se echó a reír y volvió a comportarse como el chico modesto que era, el mismo que me pasaba los apuntes para ayudarme a estudiar, el mismo que me revolvía el flequillo o me insultaba por los suéteres que llevaba.

—Sentaos. Si alguien os da el coñazo, avisadme —dijo antes de

89

que un matón de dos metros de altura le agarrara un brazo y lo arrastrara hasta una mesa llena de alcohol. Metí las manos en los bolsillos de mi abrigo y avancé por la sala con mis amigas. Conocía a pocos jugadores, pero sí que había visto en la universidad a muchas de las estudiantes presentes.

—¿Qué queréis beber? —preguntó Janel, luego señaló la barra y la seguimos.

—¿Ves a Tyler por algún lado? —me dijo Bailey al oído. Miré alrededor buscando al chico de pelo rizado con ojos azules, que, a pesar de lo guapo que era, no me gustaba nada. Estaba demasiado seguro de sí mismo y era unególatra. Además, las pocas veces que lo había oído abrir la boca en los pasillos de la facultad siempre estaba presumiendo de sus prestaciones sexuales.

Quiero decir… ¿qué hombre se autocomplacía tan abiertamente de sus habilidades en la cama?

Neil nunca lo había hecho, a pesar de que tenía motivos más que suficientes para vanagloriarse.

Esa era una de las razones por las que no me gustaban los insignificantes chicos de mi edad. Me atraía el hombre fuerte y seguro de sí mismo. El hombre que se apoderaba de lo que quería sin necesidad del beneplácito ajeno, que mostraba su hombría con los hechos y sin tantas palabras.

Neil solo me sacaba cuatro años, pero parecía mucho más mayor.

Cuando estábamos juntos, me sentía como una niña lidiando con una persona ingobernable y terriblemente compleja; una chica cuya inexperiencia era inadecuada e insuficiente para sanar sus heridas.

En el fondo, sabía que Neil necesitaba una mujer más fuerte que yo, capaz de contrarrestarlo y de frenar a la bestia que albergaba en su interior.

La angustia me desgarraba el pecho cada vez que tomaba conciencia de la situación.

—¿Quieres dejar de darle tanto al coco? —Janel me dio un vaso de vodka de fresa. Me sobresalté. Había estado mirando fijamente un punto de la barra sin darme cuenta de lo que ocurría a mi alrededor.

—¿Sigues pensando en Alyssa y en lo que te contó? —terció Bailey, dando un sorbo a su cóctel.

—No. Todo va bien —contesté para tranquilizarlas a la vez que olfateaba el contenido del vaso. No me gustaba el alcohol, pero no lo rechacé como solía hacer. Necesitaba distraerme y beber un poco podía ser un buen inicio.

—¿Os estáis divirtiendo? —Ivan apareció a nuestras espaldas cuando aún no habían pasado siquiera cinco minutos desde que se había despedido de nosotras. Tenía las mejillas encendidas y sus ojos verdes brillaban más de lo que recordaba.

—¿Me equivoco o se supone que los deportistas no deben emborracharse? —le pregunté escéptica.

—No estoy borracho —respondió con la expresión de un niño caprichoso al que le han dicho algo ofensivo.

—Claro. ¿Cuántos son? —Bailey levantó cuatro dedos de una mano e Ivan entornó los párpados molesto para que viera que estaba sobrio.

—Cuatro, parad ya. Estoy sobrio —afirmó y luego volvió a mirarme a con una extraña sonrisa. ¿Qué demonios le pasaba?—. Dos amigos míos quieren conocerte.

Los señaló con la barbilla y yo me incliné hacia un lado para mirarlos. Eran dos jugadores de su equipo.

Altos, musculosos y con una sonrisa que no me gustaba nada.

—Ivan… No, no me interesa. —Sacudí la cabeza y dejé mi vaso en la barra. De repente se me habían ido las ganas de beber.

—Vamos, yo te acompaño. Es un honor para nosotros tenerte aquí. Mis amigos ya se fijaron en ti el primer año y para ellos es una ocasión de oro para charlar contigo.

Me agarró con delicadeza un codo y me invitó a seguirle bajo la atenta mirada de mis amigas que, sin embargo, no dijeron nada. Zigzagueé entre la multitud, con Ivan a mis espaldas, hasta que llegué frente al sofá donde estaban sentados los dos jugadores en compañía de varias jovencitas.

—Aquí está, chicos, os presento a Selene —anunció Ivan sin soltarme. Me desasí de él discretamente mientras los dos tipos me miraban de arriba abajo. Primero examinaron mi pecho y luego los muslos ceñidos por la ajustada falda. Era corta, pero no tanto como para suscitar pensamientos perversos en los que me veían.

—Caramba… Eres aún más guapa de lo que recordaba —comentó uno de los dos. Era rubio y tenía dos ojos profundos color avellana. A primera vista parecía un tipo en quien se podía confiar, pero ya conocía la reputación de los atletas del campus—. Encantado de conocerte, en cualquier caso. Soy Cameron —añadió haciendo un ademán con una mano.

Luego llegó el turno de su amigo.

—Yo soy Alexander, pero puedes llamarme Alex.

Era un joven moreno, con la piel oscura y dos iris tan negros como el carbón. Les dediqué una sonrisa de circunstancias e Ivan me invitó a hacerles compañía. En lugar de acomodarme al lado de uno de los dos chicos, preferí hacerlo en el brazo del sofá, lejos de todos. Ivan se rio y se sentó a mi lado a la vez que se pasaba una mano por su pelo oscuro.

—Capitán, ¿le has contado ya a Selene con qué tipo de juegos nos entretenemos aquí? —le preguntó Cameron lanzándole una enigmática mirada.

Fruncí el ceño y me fijé en las tres chicas que estaban sentadas con ellos. Iban vestidas de forma extravagante, parecían encontrarse a sus anchas y ser muy desinhibidas. Me miraban como como si yo fuera una amenaza, alguien a quien debían mantener lo más lejos posible.

—¿De qué coño estás hablando, Cam? —respondió Ivan, repentinamente molesto.

—¿No sabe cómo nos divertimos en el Club House? —añadió Alex mientras sus ojos iban de su capitán a mí, y viceversa, y abría las piernas para ponerse cómodo.

—Es una amiga de mi hermana, gilipollas —contestó Ivan irritado, como si le estuviera advirtiendo de que no se pasara de la raya.

—¿Y qué? —replicó Alex.

—Nos referíamos la Hora del Poder —terció Cameron dando un codazo a Alex. Daba la impresión de que quería cambiar de tema para hablar de uno de los típicos juegos alcohólicos de las fiestas universitarias.

—Sé lo que es la Hora del Poder, pero no bebo. Es más, me parece una estupidez. Ya va siendo hora de que maduréis —solté contrariada y me levanté para marcharme. Oí un divertido coro de «oooh» a mis espaldas, pero lo ignoré.

Esa era la razón por la que no podía soportar a los atletas. Casi todos pensaban que su fama era más que suficiente para meterse a las chicas en el bolsillo. Tal vez fuera cierto para la mayoría de ellas, pero no era mi caso.

—Idiotas —dije entre dientes mientras me abría paso entre la gente. Era evidente que se estaban refiriendo a un jueguecito erótico. Por suerte, Ivan me había defendido, aunque eso no me había impedido sentir un profundo malestar. Me daba incluso vergüenza imaginarme compartiendo ese tipo de intimidad con otro hombre.

¿Cómo podía hacerlo Neil con sus amantes? Jamás lo entendería.

Me consideraba diferente y, a pesar de que había perdido por completo la inhibición con él, nunca permitiría que nadie más me tocara.

Miré alrededor buscando a mis amigas y vi a Bailey coqueteando con Tyler junto a uno de los ventanales, así que decidí no molestarla y quedarme con Janel, que parecía haberse desvanecido en la nada.

¿Qué demonios...? ¿Me ha dejado sola?

Resoplé y pensé en lo que podía hacer. Dentro de la sala había demasiada gente y me faltaba el aire, así que salí y me senté en un banco de madera. Tenía frío, de modo que me arrebujé en el abrigo haciendo caso omiso de las miradas de los jugadores, que me observaban como si fuera una nueva presa a la que les habría gustado devorar.

Suspiré y con el dedo índice tracé distraídamente en un muslo la forma de una concha con una perla en el interior.

«Cuando te sientas sola, dibuja una concha con una perla dentro», me dijo Neil en uno de los momentos más hermosos que compartimos. Me había dibujado eso en un costado con un rotulador, después de haberse abandonado como nunca antes.

Me mordí el labio al percibir en mi mente una avalancha de pensamientos indecentes: su cuerpo marmóreo, la piel ambarina y suave que cualquiera soñaría con lamer al menos una vez en su vida, sus gemidos silenciosos y viriles... los reconocería en cualquier lugar.

Y su manera de tocarme, que hacía vibrar mis piernas, mis manos..., hasta mis huesos.

Porque Neil me mordía, me lamía y me poseía con todas sus fuerzas. Me hacía daño y me marcaba a fuego para imprimirse en mí. Se imponía para demostrarme que, de alguna manera, le pertenecía, que él no hacía el amor, aunque, a su manera, se considerase romántico.

Mi problemático no era el tipo de hombre que se olvida fácilmente: me turbaba incluso en la distancia, despertaba en mí deseos malsanos a pesar de su caos, de todo el mal que era capaz de sembrar.

Ya estaba dentro de mí.

En mi alma y en mi corazón.

—Hola, Selene. Perdona por esos dos imbéciles.

Me sobresalté al oír la voz de Ivan, que, por lo visto, había salido también. Se sentó a mi lado sin pedirme permiso y me miró avergonzado.

—No te preocupes, la fama os precede. Estáis acostumbrados a que las chicas corran detrás de vosotros y se concedan con un simple chasquido de dedos.

Sacudí la cabeza y sonreí con amargura al comprender que, en el fondo, ninguno era diferente de Neil. La mayoría de los hombres anteponía la atracción física a la voluntad de conocer al otro.

—Sí..., quiero decir, la verdad es que no. No ocurre con todas —dijo tratando de justificarse.

—No se burle de mí, capitán. —Lo miré de reojo y él se echó a reír.

—Sé que eres una buena chica. Siento que mis amigos te hayan tomado por lo que no eres. —Se mordió el labio inferior preocupado mientras lo observaba. Ivan era guapo, el típico veinteañero al que Dios había otorgado todo: un futuro brillante en el deporte, una apariencia atractiva, dinero, éxito y una vida del todo normal, libre de traumas, con una infancia feliz o sin trastornos del comportamiento.

¿Por qué no me había enamorado de alguien como él?

—De acuerdo, acepto tus disculpas. Siempre y cuando mantengas a Alex y a Cameron lo más alejados que puedas de mí —le advertí. Ivan se echó a reír y me observó durante un instante que me pareció interminable. Se detuvo en mis labios, luego en mis ojos, y yo me ruboricé. No me gustaba que los chicos me miraran con insistencia; además, él me turbaba, porque estaba muy seguro de sí mismo.

—¿Puedo confesarte un secreto? —murmuró bajando la voz.

—Dime —accedí vacilante.

—Cuando dejaste a Jared, pensé que probarías conmigo —me confesó. Me quedé de piedra.

—¿Qué? Prácticamente lo dabas por hecho, ¿verdad? —Sonreí con ironía y me encogí de hombros. Estaba convencida de que mientras tuviera a Neil en la cabeza, nunca me iba a sentir atraída por otra persona. Míster Problemático me deseó desde el primer momento y luego logró que yo accediera tal y como él quería.

—¿Hay alguien en tu vida? —me preguntó con expresión sagaz.

—No, en este momento no tengo novio —contesté.

—¿Pero? —añadió invitándome a proseguir.

—Pero me gusta un chico, sí —admití con las mejillas encendidas.

—¿Lo conozco? ¿Es alumno de nuestra universidad? —Sus preguntas me sorprendían, porque Ivan nunca había mostrado tanta curiosidad ni, sobre todo, interés por mi vida privada.

—No, no es de Detroit —especifiqué y él me miró pensativo. Probablemente se preguntaba cómo podía haberme relacionado con alguien que no fuera de allí—. Lo conocí cuando estuve en casa de mi padre en Nueva York —añadí, y él arqueó una ceja como si hubiera intuido algo.

—¿Así que es de allí? —comprendió por fin.

—Sí.

Asentí con la cabeza y pensé en Neil. A saber lo que estaría haciendo en ese momento. ¿Estaría solo? ¿Con alguna mujer? Me repugnaba la idea de que otra lo tocara o lo besara como había hecho yo. Me irritaba profundamente que se negara a concederme la exclusividad. Me molestaba saber que sentía la necesidad de buscar otras chicas después de estar conmigo, me sentía herida en el orgullo, inútil e inadecuada.

—No lo entiendo, ¿qué problema tienes con él? —insistió Ivan. La pregunta me incomodó y no le contesté—. Vamos, Selene. Soy yo. Ya me conoces. Puedes contarme lo que quieras con toda confianza —añadió para persuadirme de que me fiara de él. Aunque tenía fama de donjuán, en ese momento parecía muy interesado en saber lo que me pasaba por la cabeza.

—No es nada importante. —Suspiré—. No quiere tener una relación seria, no tiene sentimientos, es frío y huraño. Olvídalo…

Bajé la cabeza e Ivan se acercó a mí para levantarme la barbilla con el dedo índice. En ese momento lo miré como debería haber hecho desde el principio y entendí por qué gustaba tanto a las chicas. Los hilos brillantes de color gris ceniciento que tenía en sus iris verdes invitaban a explorar su cuerpo, pero yo era demasiado estúpida, estaba demasiado deslumbrada por un par de ojos dorados de los que no podía desintoxicarme, por lo que no podía ceder.

—¿Puedo besarte? —preguntó con aire grave, casi pegado a mi cara. Su aliento olía a fresco y su respiración era cálida. Tragué saliva y miré fijamente sus labios, no porque me atrajeran, sino porque estaba recordando otros más carnosos y apremiantes.

—Alguien me ha enseñado que un hombre nunca debe pedir permiso para besar —susurré sintiendo que mi corazón se aceleraba al pensar que había repetido las palabras de Neil.

Ivan me miró divertido.

—Solo te lo he pedido por cortesía —murmuró tratando aún de acercarse a mí, pero yo reculé un poco.

—En ese caso, prefiero a alguien grosero. —Dicho esto, me aparté de él y me puse en pie. Ivan me miró perplejo. Era más que probable que jamás lo hubieran rechazado.

—Lo siento —farfulló—. Quiero decir…, yo… no…

Parecía aturdido y cohibido. Restregó las palmas de las manos en el pantalón del chándal y carraspeó.

No sabía si llamar «amor» a lo que sentía por Neil, pero en ese momento, sobre todo después de haber rechazado a Ivan, suponía que lo era. El mío era un sentimiento verdadero y puro que nunca se desvanecería del todo, aunque conociera al hombre más perfecto del mundo. Aun así, debía aceptar que Neil y yo no éramos nada, aceptar la idea de que no debía perseguirlo más, de que debía resignarme y dejar que se fuera, como le había dicho por teléfono.

Tenía que dejar de preguntarme si estaba pensando en mí o si un día podría amarme, pero no era fácil.

95

Porque no podía arrojarme en brazos de otro.

El amor no era un capricho ni un juego ni un pasatiempo.

No era una ilusión, como, en cambio, sostenía Neil, convencido de que de él solo apreciaba sus miradas y la pasión con la que me tocaba.

No era eso, en absoluto.

Amaba su costumbre de dormir de lado.

Amaba su sonrisa enigmática, rabiosamente seductora y sexi.

Amaba su aroma fresco, que me ofuscaba la razón como una nube.

Amaba el tono que adquirían sus ojos con la luz, porque se volvían más dorados, casi surrealistas y capaces de deslumbrar al sol, hasta tal punto eran hermosos.

Amaba la expresión de felicidad que ponía al ver un paquete de pistachos, porque le gustaban como si fuera un niño.

Amaba cuando fruncía el ceño para intentar entender lo que le decía y amaba el lado fuerte, obstinado, carnal, problemático e ingobernable de él.

Amaba su corazón encerrado en una campana de cristal imposible de rayar.

Amaba su personalidad insondable, que ocultaba un alma frágil en su interior.

Amaba su inteligencia y su cultura, a pesar de que las mostraba con discreción.

Amaba todo de él: el caos, el desorden e incluso el miedo a quedarse conmigo.

Amaba su capacidad para conseguir que la gente lo odiara.

Pero, por desgracia...

Amaba también su capacidad para hacerse querer.

Y si eso no era amor, no sabía definirlo de otra manera.

Media hora después, Ivan y yo estábamos de pie frente a la entrada de mi humilde morada.

Él había insistido en acompañarme, después de que yo hubiera mandado un mensaje a mis amigas avisándoles de que me iba, ya que no había vuelto a verlas. Bailey probablemente había desaparecido con Tyler en uno de los dormitorios, y en cuanto a Janel..., bueno, ya le preguntaría al día siguiente qué había sido de ella.

—Ha sido un detalle por tu parte, pero podría haber cogido un taxi —le dije a Ivan mientras caminábamos hacia el porche. Seguía percibiendo su exótico perfume. Tras superar la vergüenza que había sentido cuando yo me había negado a besarlo, volvía a ser el chico irónico y divertido de siempre, como si no hubiera pasado nada.

—No tienes ni idea de lo mucho que me envidian mis amigos —dijo guiñándome un ojo y yo le sonreí.

—En cambio, a saber cuántas chicas me están envidiando a mí, capitán —contesté divertida mientras él caminaba a mi lado con las manos metidas en la sudadera del equipo.

—Bueno, la verdad es que sí. Algunas deben de estar preguntándose dónde me habré metido —comentó enfurruñado.

—Vas a volver a la fiesta, ¿verdad? Así podrás remediarlo —dije en tono alusivo. Estaba segura de que Ivan iba a terminar la noche como el resto de sus amigos: en la cama con alguien.

—Ya que me has rechazado de plano, tendré que consolarme de otro modo. —Nos detuvimos a unos metros del porche y nos miramos—. Te lo advierto. La próxima vez no te pediré permiso para besarte —dijo en tono irónico y luego me miró los labios. Sus iris verdes se detuvieron en ellos más tiempo del debido. De repente, tuve la impresión de que alguien nos estaba observando, pero luego pensé que debía de ser una de mis absurdas paranoias.

—¿Qué pasa? —preguntó él siguiendo mis ojos, que escudriñaban la oscuridad.

—Nada. —Sacudí la cabeza y lo tranquilicé. Qué tonta era. A veces me comportaba de forma realmente ridícula.

—Bueno, en ese caso, me marcho. Hasta pronto.

Ivan se inclinó hacia mí y yo me apresuré a ofrecerle la mejilla. Se agachó lo suficiente para alcanzar mi cara y sentí sus cálidos labios en mi piel. En su día cometí el error de engañar a Jared, no iba a hacer lo mismo con Neil. Aunque no saliéramos juntos ni le debiera ninguna lealtad, me respetaba a mí misma y también lo que sentía por él. A pesar de la decepción que me atormentaba, mis sentimientos no iban a cambiar, porque, cuando quieres a alguien, esa persona forma parte de ti y es imposible sustituirla.

No sabía desde cuándo Neil formaba parte de mí.

Quizá desde el primer día.

Desde el día en que vi sus espectaculares ojos en aquella acera.

Desde la primera mirada que me lanzó, la primera palabra que me dijo, la primera sonrisa que me dedicó.

A pesar de lo desencantada y enfadada que estaba con él, no por eso iba a dejar de guardarlo celosamente en mi interior.

Porque todavía podía amarlo en muchos de mis sueños.

—Creo que será mejor que entre.

Aparté la cara de Ivan. Él apretó la mandíbula y a continuación contrajo los labios en una sonrisa forzada. Hizo amago de decirme algo, pero alguien se le adelantó.

—Sí, me parece una buena idea.

Esa voz… intensa y ronca no pertenecía a Ivan.

Por un instante, pensé que lo había imaginado, aunque fuera imposible. El estremecimiento que recorrió mi cuerpo solo podía causarlo Neil. Me quedé helada, me di la vuelta lentamente, buscándolo con la mirada. Enseguida vi una silueta oscura en los escalones del porche, apenas iluminados por las pequeñas farolas del jardín. Dejé caer los brazos sobre los costados, atónita. Fruncí el ceño para asegurarme de que efectivamente era él, y cuando la luz me permitió ver su rostro, mis dudas se despejaron. Neil estaba allí, a pocos metros de mí, con un cigarrillo encendido entre los labios y una expresión turbia que ensombrecía sus facciones perfectas.

Envuelta en esa aura diabólica, su belleza era imponente.

Me sonrojé como una niña y me quedé sin aliento.

Parpadeé para asegurarme de que no era un sueño y cuando abrió la boca para hablarme con el magnetismo que lo caracterizaba, me eché a temblar.

98
—Hola, Campanilla —susurró en tono seductor y yo…

Creí que me iba a morir.

5

Selene

Es imposible entregar nuestro corazón a una criatura salvaje.
Cuanto más la queremos, más se rebela contra nosotros.

HOLLY GOLIGHTLY

*P*arpadeé tratando de recuperar la lucidez.

Después de saludarme, Neil se había quedado ensimismado, mirando el infinito, como si tuviera un remolino de pensamientos en la cabeza. Siguió dando caladas a su cigarrillo y tirando el humo al aire con gestos metódicos y automáticos. Daba la impresión de que no estaba allí.

Su cuerpo estaba presente, pero su mente había volado lejos.

—¿Quién es este tipo? —me preguntó Ivan, preocupado. No sabía cómo explicárselo ni cómo definir a Neil.

¿Un amigo? ¿Un familiar? ¿Un conocido?

—Él es...—balbuceé sin quitar ojo a Neil, que acababa de sentarse en la escalera del porche con las piernas abiertas y los codos apoyados en las rodillas, de manera que la cazadora de cuero ceñía sus brazos doblados. Vestido de negro de pies a cabeza, era la encarnación de la condenación eterna; tenía la apariencia de un dios, la esencia de un demonio—. Es Neil —dije a duras penas—. Miller —añadí con torpeza.

Mi estado de ánimo había cambiado; volvía a ser la niña intimidada y subyugada por las gemas doradas que se habían posado en mí. Me sobresalté como si tuvieran el poder de penetrar en la ropa y ver mi piel de gallina. Jadeé.

—Ah..., ¿y qué hace ahí parado? Parece un loco —comentó Ivan riéndose, pero también confuso. No le faltaba razón, la mirada de Neil era, cuando menos, turbia. Pocas veces lo había visto perder el control, pero me habían bastado para comprender que podía ser peligroso.

—No te preocupes, Ivan. Puedes irte —lo tranquilicé, tratando de mantener la calma, pero él negó con la cabeza y se acercó a mí.

—No te voy a dejar sola con este. —Señaló a Neil como si fuera un parásito. Confié en que míster Problemático no reaccionara, pero antes de que pudiera rogar a Ivan que se marchara, vi que Neil se levantaba y daba una última calada a su Winston. Acto seguido, lo tiró lejos y ladeó la cabeza escrutando al chico que me había acompañado a casa.

—No, Ivan. De verdad. Creo que deberías irte.

Algo se agitó dentro de mí. Empecé a sentir miedo, percibía la tensión en el cuerpo de Neil, su respiración profunda, el nerviosismo que circulaba por sus venas. No era aconsejable que Ivan se quedara allí conmigo.

—¿Estás bromeando? —insistió—. Míralo. Parece drogado. ¿Quién diablos es ese tipo?

La situación se estaba agravando. Que Neil no hablara significaba que algo no iba bien. Adoptaba una actitud intimidatoria que permitía intuir sus malas intenciones. Lo conocía de sobra.

Así pues, agarré a Ivan por los brazos y lo obligué a retroceder.

Sentía que estaba a punto de suceder lo peor.

100 —¡Debes irte! ¡Ya! —Alcé la voz y el capitán abrió desmesuradamente los ojos. Intentó detenerme y oponerse a mis movimientos sin comprender que lo único que quería era salvarlo; cuando me sujetó las muñecas con las manos, oí una respiración furiosa a mis espaldas. Neil se abalanzó sobre Ivan, le dio un empujón que lo hizo tambalearse, y luego, con una fuerza inaudita, le lanzó un gancho a la mandíbula. Entonces salí en defensa de mi amigo y me interpuse entre los dos.

—¡Dios mío, Ivan! ¿Te encuentras bien? —Me acerqué a él mortificada, pero mi amigo tosió y reculó aterrorizado. Se tocó el punto donde había recibido el golpe y, mientras la sangre le resbalaba por un lado de su boca, miró con los ojos muy abiertos a Neil, que jadeaba tras de mí.

—¿Qué demonios…? —Examinó incrédulo su mano manchada de sangre, y luego alzó los ojos hacia Neil y hacia mí—. Es un maldito psicópata. ¿Qué quiere de mí? —gritó con rabia y no tuve valor para darme la vuelta y ver la expresión de Neil. Si Ivan seguía provocándolo, iba a despertar a la bestia indomable en que se convertía cuando se encolerizaba.

—Vete, por favor —le supliqué a punto de echarme a llorar. Si le pasaba algo por mi culpa, nunca podría perdonármelo. Tuve la impresión de que Ivan había leído en mis ojos que era urgente que se alejara de mí. Se había dado cuenta de que no era una broma ni un juego.

—¿De verdad tengo que dejarte con este tipo? —Lo señaló de nuevo y oí un gruñido de irritación a mis espaldas. Cada ráfaga de viento me traía su aroma almizclado, lo que indicaba que estaba peligrosamente cerca de mí.

—Sí —me limité a decir; Ivan dio unos pasos hacia atrás, tocándose la mandíbula dolorida donde ya estaba apareciendo un enorme hematoma. Se marchó unos segundos más tarde de mala gana. Cerré los párpados y volví a respirar.

Pero no por mucho tiempo, porque sabía que lo peor estaba por llegar.

Me volví vacilante hacia Neil, quien, entretanto, había permanecido inmóvil detrás de mí. Vi una expresión malévola en su semblante: se alegraba de haber herido a Ivan. En cambio, yo me sentía abatida y defraudada por la manera desquiciada, a decir poco, en que se había comportado.

Pasé por delante de él y, temblando, intenté abrir la puerta principal. La llave no entró en la cerradura de inmediato, por lo que Neil tuvo tiempo de aproximarse a mí.

¿Tenía intención de acompañarme?

No tuve el valor de preguntárselo, simplemente empujé la puerta y entré con el diablo pisándome los talones. Por suerte, mi madre había salido a cenar con Anton, de lo contrario no habría tolerado su presencia. Tiré el abrigo y el bolso en el sofá del salón y a continuación fui a la cocina a coger una bolsa de hielo para ponérsela en la mano.

—Dime, ¿te has vuelto loco? —le pregunté con voz titubeante, aunque sin contener del todo la rabia.

Puse la bolsa de hielo en la isla y me mantuve a cierta distancia de él. Neil se quedó parado. La ira que brillaba en sus ojos era aterradora. Su mano derecha tembló un par de veces; sus nudillos estaban rojos debido al golpe que le había dado en la cara a Ivan, pero no parecía sentir ningún dolor. Todavía estaba cargado de energía negativa y necesitaba desahogarla.

—Ponte el hielo. Tienes la mano hinchada —dije tragando saliva, pero él seguía mirándome sin decir ni hacer nada. Entornó un poco los párpados y miró primero la bolsa de hielo y luego a mí.

Todavía nada, ninguna reacción.

Su comportamiento no era en absoluto normal, no lograba entenderlo.

—¿Puedes decirme qué te ocurre? ¿Cuánto tiempo llevas aquí? Mejor dicho, ¿por qué has venido a Detroit?

Cuanto más intentaba comunicarme con él, más parecía cerrarse en su caótico mundo.

—Porque… —Apretó la mandíbula y se pasó una mano por la cara—. Porque soy un gilipollas…, por eso —respondió de forma confusa y la furia de su tono me estremeció.

Retrocedí contra la encimera para defenderme de su locura, y Neil miró alrededor. Agarró un jarrón de cristal, uno de los que mi madre había pintado en los últimos días y lo giró con una mano. Tras mirarme de forma inhumana, lo arrojó con todas sus fuerzas contra la pared. Sobresaltada, me tapé los oídos a causa del ruido que hizo el cristal al romperse.

—He venido hasta aquí porque quería aclarar las cosas contigo después de tu maldita llamada telefónica, pero ya ves con lo que me he encontrado —gritó y volví a mirarlo. Creía que su cólera se aplacaría después de haber hecho añicos el jarrón, pero seguía jadeando con los puños cerrados y una expresión hostil en la cara—. ¡Jódete! —añadió y al oírlo me entraron ganas de llorar.

La sensación era terrible. Su actitud era inaceptable. Quizá me pasé cuando lo llamé por teléfono, fui poco delicada, pero ¿por qué no podíamos hablar como dos personas maduras? ¿No podíamos sentarnos y aclararlo todo mirándonos a los ojos? En cambio, Neil parecía decidido a asustarme, a impresionarme y a mostrarme quién era de verdad.

—Alyssa me contó lo que le hiciste y… —murmuré sin apartarme de la encimera de la cocina, lejos de él.

—Me importa un carajo lo que te haya dicho esa cría. ¡Se supone que debes escucharme! ¡Confiar en mí! —Volvió a alzar la voz. Me sentía impotente: no podía contrarrestarlo ni competir con él ni con sus maneras perturbadas.

—¿Cómo puedo confiar en ti si nunca me has permitido conocerte del todo? —El sosiego de mi tono contrastaba con sus violentos ademanes. Éramos opuestos y teníamos una manera completamente diferente de afrontar las situaciones.

Neil intentó calmarse y respirar. Tenía la frente perlada de sudor, el pelo revuelto y los labios secos. Sentí un leve mareo y aferré con una mano la encimera y cerré los ojos unos segundos para no caerme.

—Te conté algunas cosas. No hay nada bueno en mí, nada positivo para una chica como tú.

Abrí de nuevo los ojos al oír su voz rasposa, ahora más grave y ronca, quizá por haber gritado tanto.

—Siendo así, la verdad es que no sé qué hacer contigo —murmuré abandonándome a un llanto exasperado. Me tapé la cara con las manos, mis piernas flaqueaban.

Tenía la impresión de que mi cabeza iba a estallar, mi cuerpo temblaba, yo...

No podía entender a Neil, tampoco manejarlo.

Cuando me calmé, lo miré de nuevo sin dejar de sollozar. Sus ojos recorrieron mi cuerpo por un instante y capté en ellos un destello de deseo que él se apresuró a reprimir pasándose una mano por la cara. Neil estaba tratando de recuperar el control y por lo visto se había impuesto mantenerse alejado de mí. Yo, por mi parte, guardé silencio. Tenía miedo de reavivar su ira si decía algo.

De repente, Neil empezó a pasearse de un lado a otro delante de mí, luchando contra sus monstruos. Luego se dirigió a paso ligero hacia la isla, se sentó en un taburete y se tapó la cara con las manos.

El instinto me incitaba a acercarme a él y consolarlo, pero la razón me ordenó que me quedara donde estaba.

—¿Por qué? —se preguntó, con los ojos clavados en la isla—. ¿Por qué? ¡Maldita sea!

Se revolvió el pelo y empezó a alterarse de nuevo. Sin decir una palabra, lo miré desconcertada y traté de inspirar.

¿Era absurdo que lo quisiera incluso en ese estado? ¿Loco, airado y confundido?

Sí, lo era.

Había algo extraño en mí. No alcanzaba a explicarme cómo era posible que Neil se hubiera introducido de manera tan profunda en mi mente.

—¿Qué quieres decir? —me atreví a preguntarle en voz baja tras un largo silencio, pero él permaneció inclinado hacia delante, con las manos metidas en el pelo, respirando entrecortadamente.

—¡Cállate! —me ordenó y yo me sobresalté.

Estaba acostumbrada a su rabia, a sus tacos y a sus maneras bruscas, un poco menos a la evidente confusión que volvía incomprensible su comportamiento.

La tensión se apoderó de nosotros, pero aun así me forcé a no decir una palabra. Conmocionada, preferí recoger los pedazos de cristal del jarrón roto, para que mi madre no los viera, y después los tiré al cubo de la basura. Mis manos temblaban y mi corazón latía tan rápido que podía sentirlo incluso en la barriga, pero traté de mantener el miedo a raya para no perder la necesaria cordura.

Entretanto, Neil se había puesto la bolsa de hielo en los nudillos hinchados y miraba fijamente al vacío. Parecía exhausto y ausente.

En cualquier caso, por mucho que fuera el hombre que más quería en el mundo, jamás iba a justificar su comportamiento. Era inaceptable que me faltara al respeto de esa manera.

—Dime qué quieres de mí —le pedí para romper el cansino silencio.

No respondió. Alzó los ojos y me fulminó con la mirada. En sus iris dorados podía ver las emociones contradictorias que lo sacudían. Di un paso atrás, intimidada por la dureza que manifestaban sus rasgos, y Neil se dio cuenta.

La poca confianza que aún tenía se apagó como una velita con un soplo de viento.

Se puso en pie, ocupando la cocina con su cuerpo perturbador. Arrojó la bolsa de hielo a la isla y dio la vuelta a esta.

A cada paso que daba, la tierra parecía temblar, daba la impresión de que hasta los demonios lo temían.

Volví a retroceder hasta que mi espalda chocó contra la pared. Él se detuvo.

Me observó durante un largo rato tratando, por lo visto, de entender algo, atrincherado tras su muro psicológico de incomunicación y silencios.

104

—Descálzate —me ordenó mientras se quitaba la cazadora de cuero con una lentitud apabullante. La tiró lejos sin dejar de escrutarme al tiempo que yo lo observaba aterrorizada.

Neil se quedó con los vaqueros negros y una sudadera oscura. Sus iris turbios e impenetrables aguardaban a que le obedeciera, pero yo vacilé unos segundos.

—Quítate de una vez esos malditos zapatos —repitió con impaciencia. La firmeza de su tono me estremeció.

Apreté los labios para expresarle mi desprecio por su actitud despótica, pero obedecí. Con una mano me quité primero una bota, luego la otra, dejándolas caer bruscamente al suelo.

Me quedé con un pequeño suéter blanco, las medias de liga y la falda. Me miró de arriba abajo, deteniéndose en esta, y por la lujuria que incendió sus ojos como un fuego abrasador comprendí lo que estaba pensando: la prenda dejaba libre el acceso a mis piernas, el deseo de tocarme lo hacía temblar.

¿De verdad pensaba hacer algo así después de su arrebato de cólera?

Reflexioné sobre lo que estaba bien o mal. Por un lado, podía seguirle la corriente y callar; por otro, podía gritarle que estaba chiflado y echarlo de casa. En cualquier caso, sabía que Neil iba a ganar y que haría todo lo posible para obtener lo que quería.

Iba a comunicarme algo y lo iba a hacer a través del único medio que conocía: el sexo.

Se acercó de nuevo a mí, un paso a la vez, lento pero determinado, y yo lo aguardé sin moverme, mi respiración se aceleró cuando sentí el calor tórrido que emanaba su presencia.

Cuando llegó a mi lado, mi nariz quedó a la altura de su pecho. Neil era mucho más alto que yo y me hacía sentirme sometida a él. Lo que pretendía no era poner en evidencia nuestra diferencia física, su robustez frente a mi fragilidad, sino su capacidad para dominarme de cualquier forma y en cualquier momento, de ejercer su autoridad masculina sobre mi cuerpo, aunque yo tratara por todos los medios de resistirme a él.

—¿Qué quieres hacer ahora? ¿Usarme? —le dije con sorna y se rio. Tenía una risa dulce a la vez que cruel.

¿Le parecía divertida mi torpeza?

—Cállate —contestó irritado y yo fruncí los labios horrorizada.

—¡Si me quieres, tendrás que darme la exclusiva! —le grité y él abrió desmesuradamente los ojos. Me costaba reconocerlo.

Su mente estaba lejos y su cuerpo no me transmitía deseo, sino intimidación y dominio.

Con un ademán decidido, me agarró el pelo con un puño y me inclinó el cuello; no me dolió, a pesar de que me sujetaba con fuerza. Después, me puso de espaldas con un empujón y quedé con una mejilla pegada a la fría pared y los pechos aplastados y doloridos. Me forcé a no reaccionar para que no pensara que me estaba asustando, pero empecé a temblar como una hoja, y él lo percibió de todos modos.

De repente, sentí su pecho presionando mi espalda y su nariz rozando la curva de mi cuello. Me olfateó intensamente como un animal y se acercó a mi oreja para mordisquear el lóbulo. Me moví un poco tratando de zafarme, pero Neil me sujetó con fuerza un costado, hasta tal punto que sentí que sus dedos se clavaban en mi carne.

—¿Volvemos a las andadas? ¿A cuando me montaste en el escritorio para demostrarme que eras tú el que mandaba? —pregunté con ironía.

Mi pregunta quedó sin respuesta.

Solo pude oír su respiración agitada y un gemido divertido procedente del fondo de su garganta. Por lo visto, el recuerdo lo había excitado, porque empujó su pelvis contra mis nalgas y me aplastó contra la pared eliminando toda distancia entre nosotros.

Gemí un poco por el dolor, pero luego, cuando me acarició la parte exterior de mi muslo y metió la mano por debajo de la falda, me tensé. Su roce era delicado a la vez que lento e intimidatorio. Debería

105

haberle rechazado, odiarlo por su comportamiento irracional, pero, en lugar de eso, mis pezones se endurecieron y un calor ardiente recorrió mi cuerpo, desde el bajo vientre hasta el pecho.

—¿Te has pintado y te has puesto falda... para él? —susurró sombríamente. ¿Qué estaba insinuando? ¿Pensaba que me gustaba Ivan o que había habido algo entre nosotros?

—¿Y qué si lo hubiera hecho? —le contesté con insolencia. Poco después, sentí que sus dedos rozaban el borde de la ropa interior.

—Mmm..., encaje... —comentó en mi oído, sintiendo la tela bajo las yemas de los dedos. Por una vez había dejado de lado las bragas de algodón y me había atrevido con algo más seductor, sin saber lo que iba a pasar después—. ¿También te has puesto esto para tu... capitán? —añadió en tono de mofa y yo apreté la mandíbula ofendida.

—Puede que sí, ¿sabes? Pensaba preguntarle qué le parecían si no nos hubieras interrumpido.

No era cierto. Era incapaz de hacer una cosa así, lo dije únicamente para provocarlo y lo logré a lo grande, porque Neil me azotó. Me moví hacia delante. Mi trasero ardía debido a la bofetada, pero casi no tuve tiempo de sentir el dolor, porque acto seguido me volvió a dar la vuelta para mirarme a la cara y me agarró el pelo. Mis hombros se estrellaron dolorosamente contra la pared, pero no me importó. El olor de su sudadera penetró por mi nariz y tuve que levantar los ojos para encontrar los suyos.

Era tan chica que me sentía engullida por su aura oscura.

—No juegues conmigo, pequeña —me advirtió con severidad mientras yo seguía mirándolo fijamente a los ojos, esta vez ocultando mi miedo. No le iba a consentir que me sometiera otra vez.

—¿O qué? —lo reté y algo se iluminó en sus iris de color miel. Neil odiaba las afrentas, sobre todo cuando eran tan descaradas. Se inclinó hacia mí, tal vez para besarme, pero le mordí el labio inferior y tiré de él con los dientes. Gruñó molesto y me sujetó el pelo con más fuerza.

Comenzó un auténtico duelo entre nosotros.

Cuando por fin lo solté, se estremeció y se lamió el labio herido, que estaba sangrando. Pero no parecía sentir dolor, al contrario, daba la impresión de estar más excitado que antes.

—Eres una tigresa salvaje —susurró seductoramente, su voz de barítono despertó mi deseo. Todo se encendió dentro de mí, ardí como una llama imposible de apagar—. Y apuesto a que también estás excitada —dijo con una sonrisa insolente. Tragué saliva sin replicar. Era cierto y Neil parecía decidido a constatarlo.

Me soltó el pelo y con una mano me aprisionó las muñecas por encima de la cabeza; con la otra se deslizó bajo mi falda ajustada y apartó el encaje para acariciarme. Me sonrojé cuando él comprobó mi excitación con las yemas de sus dedos. Me obligué a no apartar la mirada de sus ojos para mostrarle que, aunque mi cuerpo languideciera, seguía estando lo suficientemente lúcida para enfrentarme a él.

—Qué niña más traviesa. Te mojas enseguida...

Se llevó los dedos a la boca y los lamió sin dejar de mirarme, luego gimió con una pizca de satisfacción masculina, como si mi sabor lo volviera loco.

Quería incomodarme, pero estaba decidida a no ceder ante él. Intenté apartarlo moviendo las piernas, pero no se movió ni un milímetro.

Era demasiado fuerte, así que al final me rendí.

—Tú no eres mucho mejor —le espeté cuando sentí su enorme erección presionando en mi ingle; respirábamos entrecortadamente y nuestros pechos se rozaban cada vez que inspirábamos. Apenas podíamos contener las ganas de abalanzarnos el uno sobre el otro y de alimentar nuestro recíproco deseo como dos locos.

—Soy un hombre. Mi cuerpo responde así a todas —afirmó Neil restando importancia a su reacción física.

Entonces me acerqué a su cuello, puse mis labios sobre él y le di un ligero mordisco que me hizo sentir el fresco aroma de su piel en el paladar. Él se estremeció un poco, así que volví a morderlo, esta vez junto a la mandíbula. El roce de su barba corta me enloquecía tanto como su buen olor. Estaba aturdida.

—Pero no te corres con todas. —La última vez que nos habíamos visto me había confesado que sufría de anorgasmia y que no estaba bien. Conmigo, sin embargo, no tuvo problemas. Todavía tenía las marcas de la última noche que habíamos pasado juntos: Neil se había mostrado brutal, apasionado, presente en cuerpo y alma.

No me lo había imaginado, por descontado.

—Eso no tiene nada que ver. —Se rio con cautela sin oponerse a mis atenciones.

—Por supuesto que sí. No tiene sentido follar si no sientes placer y conmigo lo sientes —lo reté. Con una mano apretó mis muñecas hasta que contuve la respiración, al mismo tiempo que con la otra agarraba mis mejillas y acercaba mi cara hasta dejarla a un palmo de la suya.

—Cállate —me ordenó de nuevo en tono lapidario. Su cálido aliento rozó mis labios. Como siempre, se negó a conversar abiertamente conmigo.

—Eres un cobarde. No quieres admitir la verdad, ni siquiera a ti mismo —proseguí y él apartó la mirada de mi boca para posarla en mis ojos.

Con una acometida salvaje, me besó a la vez que me liberaba. Mis brazos rodearon con fuerza su cuello, los suyos me levantaron por la parte posterior de los muslos; instintivamente, abracé sus caderas con mis piernas mientras él movía su lengua con voracidad, exigiendo mi total participación. Metí las manos en su pelo suave y toqué su tupé a la vez que conseguía devolverle el beso con una violencia idéntica a la suya, hasta tal punto que me sorprendió a mí misma. Aún me costaba seguirle el ritmo, pero había aprendido a mantener mi inexperiencia a raya para complacerlo.

—Prepárate, niña, porque será intenso —me susurró en los labios apoyando su frente en la mía.

Me tenía pegada a la pared; lograba sujetarme con una mano mientras la otra se deslizaba entre nuestros cuerpos. Se desabrochó los vaqueros y se bajó la cremallera para liberar su erección, que pude entrever un segundo; después, me puso las bragas a un lado. Sin delicadeza ni preliminares, se metió entre mis piernas y me penetró con una fuerte arremetida.

108　　No hubo concesiones.

En ese momento, yo solo era un cuerpo para ser utilizado, igual que cualquiera de sus rubias.

Me golpeé la cabeza con la pared y me aferré a sus hombros emitiendo un gemido de placer y de dolor. Deseaba a Neil con todo mi ser, pero su rudeza me había molestado. Él era robusto, y a pesar de que lo sabía, no lo había tenido en cuenta en ningún momento.

Al cabo de unos segundos, empezó a moverse con destreza, sus dedos se clavaron en la parte posterior de mis muslos, que seguían rodeando su cuerpo.

Sus estocadas eran cortas y profundas, firmes y poco delicadas.

Le rodeé el cuello con los brazos y me entregué a su vigor, consciente de que no podía hacer nada para contrarrestarlo.

Él siempre se apoderaba de lo que quería.

Sin preguntar. Sin esperar.

—Te ha molestado que estuviera con Ivan, ¿verdad? —lo provoqué apretando los párpados cada vez que me golpeaba contra la pared mientras él seguía con su empuje indomable.

—¿De verdad crees que me interesa lo que pasa entre ese crío y tú? —Su voz enronquecida era aún más cautivadora. Parecía que todavía conservaba el dominio de sí mismo; a diferencia de mí, que empezaba a jadear.

—S-sí… —tartamudeé apretándole la nuca.

Neil empujó más fuerte para silenciarme. Me estremecí y sentí un dolor punzante en la espalda. Gemí y posé la frente en uno de sus hombros.

—Te equivocas. Me importa un carajo —respondió secamente. Parecía nervioso, frustrado y confundido. Se movió sin besarme, sin concederme nada que no fueran sus caderas, que seguían embistiéndome sin descanso.

—En ese caso, ¿por qué te comportas como un pirado? —le susurré casi sin aliento, con la cabeza palpitando.

Neil había encendido un fuego dentro de mí que necesitaba ser alimentado por él y solo por él. Cada vez que retrocedía y volvía a penetrarme, mis piernas temblaban y la parte inferior de mi abdomen se contraía para resistir su fuerza. Le hundí un talón en el trasero, que se endurecía cada vez que empujaba con las caderas, y me aferré a él para sujetarme.

—Porque me vuelves loco. La culpa es tuya. —Su respiración me cosquilleaba el cuello y temblé. Cuando redobló la furia con la que se movía, arqueé la espalda y lo acogí.

Mi corazón latía impetuoso mientras una tormenta estallaba en mi cuerpo.

109

Pensé en lo anormal que era nuestra relación, si es que lo nuestro podía llamarse así.

Neil era peculiar, tenía problemas evidentes y, sobre todo, difíciles de resolver.

Mi ayuda no le iba a servir de nada si él no aprendía a quererse a sí mismo.

En ese momento se mostraba frío, impersonal, me estaba utilizando y me lo estaba dando a entender con toda claridad. No me besaba, no me acariciaba, no me miraba a los ojos, solo pretendía doblegarme, que me arqueara contra su cuerpo y sintiera cómo me invadía el alma.

De repente, cerré los ojos y le mordí el cuello, me estreché contra su erección, sacudida por un inesperado orgasmo que sacudió todo mi cuerpo.

Gemí y sentí que sus manos se deslizaban por mi culo para sujetarme mejor.

Me corrí y él se rio orgulloso en mi oído.

En ese momento, pensé que Neil era en todos los sentidos un animal: abrumador, imparable, peligroso.

No se detuvo y continuó poseyéndome impertérrito para aumentar mi placer.

Me aferré a su espalda buscando cualquier punto de apoyo y él soltó un furioso «joder» cuando sintió que mis uñas se clavaban en su sudadera.

El modo en que lo quería era absurdo y, al mismo tiempo, me aterraban tanto él como las emociones irracionales que suscitaba en mí. Sentí que mis sienes pulsaban con esos pensamientos mientras mi cuerpo insistía en entregarse a él y comunicarle el poder que tenía sobre mí.

Neil me miró con un ardor animalesco, pero, una vez más, no hubo ningún contacto emocional entre nosotros. Era agresivo, perverso, ausente…, esclavo de su pasión.

Cuando la intensidad de las embestidas aumentó, grité y me volví a correr, avergonzada de mí misma.

Era increíble que reaccionara así a su locura.

Esperaba que tarde o temprano se detuviera, parecía que la furia con la que me estaba penetrando era imparable.

¿Y si de nuevo le estuviera costando llegar al orgasmo?

Lo habría aceptado en cualquier caso, cualquiera que fuera la forma en que me tocase, porque, a pesar de su impetuosidad, lograba transportarme a una dimensión de felicidad que nunca había experimentado; el único problema era mi debilidad física y, quizá, mi incapacidad de satisfacer plenamente las exigencias de un hombre como él.

—Basta… —susurré suplicante y aturdida.

Conocía su resistencia, era capaz de prolongarlo mucho más tiempo, pero yo necesitaba respirar, concederme una pausa. Me sentía dolorida, excitada pero agotada.

Neil se tensó, maldijo en voz baja y luego pegó su pecho al mío, empujando a fondo en mi interior, como si quisiera partirme en dos.

Sus dedos agarraron mis muslos con una fuerza indómita y acto seguido se detuvo lanzando un gruñido viril.

Por fin, llegó al orgasmo y no pudo escapar a las contracciones involuntarias que sacudieron todo su cuerpo. Eran tan violentas que me estremecieron también. Sus hombros temblaron y su respiración se convirtió en un sollozo. Esperé a que gozara plenamente de ese momento de placer, que duró más de lo habitual, y cuando terminó, me soltó.

Sentí que sus manos me abandonaban y mis piernas no pudieron soportar el agotamiento. Resbalé hasta tocar el suelo, aún sudorosa, exhausta a causa de su potencia desenfrenada, y me estremecí por el placer que me había concedido por puro orgullo masculino. Había demostrado que podría tenerme cuando quisiera y que ni Ivan ni nadie podrían reemplazarlo.

Sabía hasta qué punto dependía de él.

Y yo había comprendido que estaba atrapada en un abismo y que su oscuridad me estaba absorbiendo.

Me llevé una mano a mi corazón, que palpitaba desaforado y lo miré desde abajo.

Neil dio un paso atrás, perplejo.

Por un instante tuve la impresión de que estaba aturdido, pero luego se recuperó y volvió a adoptar una actitud airada. Empujó la erección aún turgente bajo el calzoncillo, se puso bien los vaqueros y se comportó con su habitual imperturbabilidad. El único rastro de lo que habíamos compartido era su cuello sonrojado, su pelo revuelto y sus labios rojos y húmedos, en los que se apreciaba la marca de mi mordisco.

Él también se sentía turbado, pero solo por el clímax erótico que aún circulaba por sus músculos; emocionalmente no estaba allí, no había sentido nada más que placer físico, igual que había ocurrido en los primeros días.

Tenía la impresión de haber retrocedido a los días de mi estancia en Nueva York.

—¿Estás satisfecho? —le pregunté con insistencia tratando de no echarme a llorar. Las emociones estaban ahí, prendidas en mi corazón, pero no quería mostrarme débil ante él.

—Levántate —me ordenó, ignorando mi pregunta. Se pasó una mano por el pelo revuelto y pensé que después del sexo era tan atractivo como condenadamente canalla.

—¿Qué crees que has conseguido?

La cabeza me daba vueltas, me sentía descolocada. Aunque había experimentado placer, cosa también inexplicable en mi caso, en nuestro acto había faltado cualquier tipo de sentimiento; Neil solo se había impuesto a mí.

—Lo mismo que tú.

Miró expresivamente entre mis piernas, dándome a entender que los dos habíamos disfrutado, aunque nuestros estados de ánimo fueran diferentes. La frialdad de su expresión me hizo sentirme tan utilizada como cualquiera de las tantas rubias con las que solía entretenerse. Intenté ponerme en pie, pero estaba tan débil que caí de rodillas. Sacudí la cabeza, irritada conmigo misma por estar en esas condiciones, luego me levanté aferrándome a la encimera, el asidero que me quedaba más cerca; no tenía la menor intención de pedir ayuda a Neil.

—¿Te ha besado? —preguntó de buenas a primeras, confirmando que su desahogo había sido, en efecto, una manifestación extrema de celos.

111

Sentí en el pecho una malsana satisfacción al pensar que también él, de alguna manera, dependía de mí, aunque nunca lo admitiría por orgullo.

—Y no sonrías. ¡Joder! —me regañó.

—¿Y si lo hubiera hecho? —me burlé y él entornó los párpados con aire amenazador.

—No me provoques, Selene —me advirtió.

—Estás chiflado —murmuré tratando de recuperar el control de mí misma, aunque la piel caliente y el semen que aún tenía entre mis muslos me recordasen lo que acababa de suceder.

—Me haces perder el juicio. Tú, ¡maldita niña! —volvió a gritar.

No tenía fuerzas para empezar a discutir de nuevo con él, no iba a poder soportarlo. Me había drenado toda la energía, me sentía exhausta.

Neil había vuelto a ganar.

—Vete —dije, consciente de lo difícil que era razonar con él, pero de repente sentí una punzada en la cabeza, justo a la altura de la cicatriz.

Me toqué y cerré los ojos, tambaleándome un poco. Era uno de los habituales mareos que tenía desde el accidente.

—¿Qué te pasa ahora? —Neil extendió una mano y trató de sujetarme agarrándome un codo, pero me zafé de él.

—No me toques —le ordené—. Tienes que dejar de pensar que soy como las demás, deja de descargar tus frustraciones en mí, deja de tratarme así. ¡Vete de aquí, no quiero volver a verte!

Señalé la puerta, mirándolo desde abajo. Me sentía impotente, no habría asustado siquiera a un niño. Una lágrima resbaló por la comisura de un ojo. La dejé caer. Neil me miró fijamente, luego sus iris dorados resplandecieron como el oro; algo se dulcificó en su mirada y dio un paso adelante. Me maldije por la electricidad que sentí en el cuerpo cuando él agarró mi cara entre sus manos. Me rodeó la nuca con una palma y acercó mi cabeza a su pecho. Luego me envolvió en un abrazo tan reconfortante como inaudito. Apoyó la barbilla en mi cabeza. Me quedé atónita. Respiré su delicioso aroma y me restregué contra su sudadera para cerciorarme de que no era un sueño.

—Sé que no soy la persona adecuada para ti, pero tú... —Se detuvo y exhaló un suspiro—. Me haces sentir emociones que jamás había sentido. A menudo son incontrolables o negativas..., y yo... no logro controlarlas.

Me miró a los ojos y enjugó las lágrimas que resbalaban por mis mejillas con los pulgares. Acto seguido, esbozó una sonrisa triste y me besó la punta de la nariz.

¿Cómo era posible que un ser tan insensible y dominante se pudiera convertir en un hombre delicado, casi dulce?

Fruncí el ceño y solo acepté sus caricias porque estaba demasiado alterada para rechazarlas.

Nunca llegaría a entenderlo: Neil tenía un carácter introvertido e inestable, pero estaba enamorada de él, me atraía, y eso no iba a cambiar. A pesar de la facilidad con la que conseguía herirme psicológicamente, yo sería siempre su prisionera, aunque eso supusiera acabar consumida por su locura.

Él iba a ser mi castigo eterno y yo siempre le iba a permitir que torturase mi alma.

Aceptarlo también implicaba eso.

—¿Todavía quieres que me vaya? —Puso su frente en la mía y cerró los ojos esperando mi respuesta. No, no quería que se fuera, tal vez para refugiarse en brazos de otra, pero temía que volviera a cambiar de actitud conmigo.

No lograba controlarse.

—Yo... —intenté responderle, pero Neil me acarició las caderas y luego los pechos. Los apretó con fuerza con las palmas de sus manos. Me estremecí turbada. Como siempre, sabía seducirme como nadie.

113

—Dime, Selene. ¿Qué quieres? —Sus labios trazaron la curva de mi cuello y se posaron justo debajo de mi oreja para dejar allí un beso húmedo.

Parpadeé y traté de razonar.

—Lo mejor es que dejemos de vernos —logré decir, pero entonces me mordisqueó el lóbulo de la oreja y sus manos descendieron por mis nalgas y luego las palparon impetuosamente. Me atrajo hacia él y yo temblé anhelante, presa, una vez más, en las garras del deseo.

Aunque me dolía todo, mi cuerpo parecía dispuesto a claudicar nuevamente.

Y tenía que admitir que me gustaba que Neil estuviera al mando, me gustaba sentirme a merced de su caos.

—Eso es lo que debemos hacer. Pero, dime, ¿qué quieres tú realmente? —me preguntó mientras yo trataba de frenar el instinto de comérmelo a besos. Miré sus labios carnosos, capaces de estimular los antojos más pecaminosos de cualquier mujer, incluida yo, y respiré hondo.

—Estar contigo —admití.

Esa relación nos estaba destruyendo a los dos. Éramos fuego y ceniza, y ninguno de los dos sabía cómo manejar la atracción, la incompatibilidad de caracteres y las insensatas emociones que nos unían.

Sumido de nuevo en sus pensamientos, Neil me puso el pelo en la espalda y miró mi cuello, haciendo caso omiso de nuestra conversación.

—¿Quién te hizo esas marcas? —preguntó de nuevo irritado.

¿Acaso había olvidado que eran suyas?

—Tú, la última vez que estuviste aquí. Y ahora me saldrán más en la espalda y los muslos.

Esbocé una leve sonrisa. Estaba cansada y él debió de darse cuenta, porque volvió a mirarme a los ojos con sus iris maravillosos y me acarició una mejilla con delicadeza.

—Son signos de pasión —comentó con su hermoso timbre, grave y persuasivo, pero no pensaba volver a rendirme.

—Eres un animal, algo muy distinto —murmuré contrariada y él inclinó un poco la cabeza para que sus labios rozaran los míos.

—El sexo dulce es para las películas románticas, niña. Yo soy romántico a mi manera y sé que te gusto así.

Lamió el contorno de mi boca y yo la abrí con la esperanza de que se atreviera a más; pero Neil no tenía intención de besarme, solo pretendía subyugarme.

—De eso nada —susurré agarrando sus caderas.

—Mentirosa. Siento cuánto me deseas, Campanilla —dijo a un centímetro de mi boca, luego me mordió con fuerza el labio inferior. Cuando sentí el sabor metálico de la sangre, comprendí que me iba a dejar una marca indeleble. Neil lamió el pequeño corte que me había hecho y me miró con satisfacción. Por lo visto quería grabar su nombre en mi cuerpo, dejar en él una marca de posesión claramente visible.

«Eres mía», gritaban sus ojos.

«No me interesas», decía con las palabras.

Posiblemente nunca iba a saber con certeza cuál de los dos sentimientos preponderaba, aunque él creyera haber sido muy claro.

—De todas formas, detesto que no me beses y que me impidas tener un contacto emocional. Es demasiado frío, prefiero cuando te abres más —murmuré. Deslicé las manos bajo su sudadera para acariciarle el final de la espalda. Sus músculos se endurecieron al entrar en contacto con mis dedos, y yo gocé de la suavidad y la calidez de su piel.

Palpar sus músculos me produjo un intenso estremecimiento en el bajo vientre.

—Y yo te prefiero desnuda, Campanilla. Desnuda y ansiosa bajo mi cuerpo, pero solo si no te da por cabrearme —me murmuró al oído y yo me sonrojé.

114

¿Por qué tenía la disparatada capacidad de conjurar imágenes obscenas en mi mente? Si alguien me hubiera dicho que un día iba a ser tan maliciosa, jamás lo habría creído. En cualquier caso, traté de dominarme y puse las manos en sus caderas para apartarlo.

—Necesito ducharme y comer algo —le dije. Mi estómago gruñó en ese preciso instante como si pretendiera corroborar mis palabras. Neil esbozó una sonrisa críptica y me miró con detenimiento, probablemente complacido de verme tan agotada por causa suya—. Si quieres, puedes darte una ducha en el baño de la habitación de invitados —especifiqué para que no se colara en el mío.

No tenía la misma resistencia que él. Me dolía todo, así que no debía permitirle que me tocara de nuevo; además, corríamos el riesgo de que mi madre nos sorprendiera esta vez.

—De acuerdo —se limitó a responder, luego se alejó por el pasillo y yo recuperé la respiración.

Cuando me quedé sola, intenté comprender lo que había sucedido.

Neil me había abrumado: cambiaba de humor bruscamente y no me explicaba lo que sentía. Sospechaba que había tenido un ataque de celos, aunque no lo hubiera dicho abiertamente. Descarté la posibilidad de volver a hablar sobre ese tema. Con él, la línea que separaba la conversación de la disputa era realmente difusa.

A veces me costaba mucho entenderlo: su mente era un territorio inexplorable, su alma era impenetrable y tenía una personalidad demasiado enigmática.

Deseché esos pensamientos y fui a mi habitación para lavarme.

Al desnudarme, vi que el número de marcas esparcidas por mi piel clara había aumentado mucho, pero, por suerte, la ropa me cubría lo suficiente para que nadie sospechara nada, en especial mi madre.

Eran los hematomas de un hombre en la cima del goce, hasta tal punto que me alegraba tenerlos. Me adulaba acoger algo de Neil en mi cuerpo.

Después de la ducha, me recogí el pelo en una cola de caballo y me vestí con unos *leggings* y un suéter largo. Me puse también mis zapatillas peludas, consciente que eran todo menos seductoras, y volví a la cocina. Neil no estaba allí, probablemente seguía relajándose bajo el chorro de agua caliente, así que pensé en preparar algo de comer para los dos.

A pesar de lo avanzado de la hora, me moría de hambre, y estaba segura de que él también se había saltado la cena.

Cogí una sartén y decidí preparar dos tostadas de queso. Algo rápido y fácil. Puse la sartén en el fuego y, entretanto, lancé una ojeada a la puerta de la cocina.

No había ni rastro de Neil.

¿Y si hubiera escapado?

No me habría sorprendido; a fin de cuentas, era imprevisible.

Me reí de mi ocurrencia, luego abrí un paquete de pan cortado y puse dos rebanadas en la sartén. Corté unos pedazos de queso y los añadí al pan. Me concentré en las tostadas. Valiéndome de una espátula, volví el pan por cada lado para dorarlo bien con la esperanza de obtener un resultado decente.

De repente, un fuerte olor a gel de baño se difundió por el aire; inspiré embriagada y, como una polilla obstinada en arder, me volví hacia Neil. Cuando entró en la cocina con el pecho al aire, el *Toki* a la vista, cubriendo el bíceps derecho, y el *Pikorua* parcialmente oculto por sus vaqueros negros, me quedé boquiabierta.

Recordaba perfectamente dónde terminaba la punta del dibujo, justo en la base del…

Carraspeé y volví a mirar su piel ambarina, aún húmeda, su pelo mojado; no podía hacer otra cosa que no fuera contemplar la magnificencia de su cuerpo. Sus ojos magnéticos me devolvieron la mirada con idéntico deseo. Me estremecí con un ardor incontenible.

116

Neil se sentó en el taburete, contrayendo los músculos abdominales, y una vez más pensé que tenía un cuerpo realmente viril. Parecía una criatura de otro mundo, dueña de un encanto salvaje, enviada por Dios para hacer que todas las mujeres cayeran rendidas a sus pies, incluida yo.

Ninguna podía salvarse de sus garras.

Neil me miró ceñudo, pero luego se dio cuenta de le estaba mirando los pectorales y sonrió complacido, consciente de que estaba apreciando su desnudez.

Me entristecí de repente, pensando en lo que sentiría si un día lo perdía, porque sabía que eso iba a ocurrir tarde o temprano.

Neil no era perfecto, no era un príncipe para presentar a los amigos o a la familia, pero con él caminaba por una dimensión infernal que me parecía aún más hermosa que el cielo.

Sería capaz de cualquier cosa, incluso de enloquecer, si él salía de mi vida. Sin embargo, yo era la que no dejaba de repetir que deberíamos separarnos, a pesar de no haber tenido valor para poner una distancia real entre nosotros.

—Creo que algo se está quemando. —Su voz me sacó del ensimismamiento y al principio no entendí a qué se refería, pero poco después comprendí: ¡las tostadas!

Corrí hacia la sartén y vi que, en lugar de doradas, estaban casi carbonizadas.

—Maldita sea —balbuceé agitada. Saqué las tostadas con una espátula y las puse en dos platos, pero al hacerlo me quemé el pulgar.

Eran un verdadero desastre.

Me llevé el dedo a los labios tratando de aplacar el dolor con la lengua y luego me volví hacia Neil, que contemplaba divertido la escena con una sonrisa en la cara.

Me puse como un tomate y adopté de nuevo un aire circunspecto mientras agarraba los dos platos. Me acerqué a la isla y puse uno delante de él y el otro frente a mí, después me senté en el taburete.

Neil arqueó una ceja y miró la tostada quemada. La escrutaba como si vacilara entre comérsela o no.

—Seguro que sabe mejor de lo que parece —murmuré apurada y él alzó sus hermosos iris hacia mí. Me mordí el labio en el punto donde tenía la marca que me había dejado y por un momento volví a sentir la sensación que experimenté cuando su boca pecadora me devoró. Fue tan afrodisíaca que tuve que agarrar la encimera con una mano para no mostrarle lo vulnerable que era. Su proximidad me desestabilizaba y contaminaba mi mente con unos deseos libidinosos que jamás había sentido hasta entonces.

—Mmm…, voy a probarla —dijo Neil. Me concentré en las tostadas. No era tan difícil, lo único que debía hacer era no mirarle el pecho desnudo o los musculosos bíceps para que mis insubordinadas apetencias se esfumaran—. Si me enveneno con la comida, tú tendrás la culpa —dijo burlándose de mí y a continuación mordió el pan caliente, masticando lentamente para saborearlo. Aguardé su opinión como un acusado que espera la sentencia de un juez, pero el semblante de Neil se mantuvo inexpresivo.

¿Le gustaba? ¿Estaba asquerosa?

—No está mal —afirmó en tono neutro y luego siguió comiendo. Bueno, su respuesta había sido ambigua, no tan negativa como me temía. Respiré aliviada y probé la mía. El silencio que se instaló entre nosotros era tenso e incómodo al mismo tiempo. Neil no me miraba, parecía pensativo y algo intranquilo. Yo, en cambio, no paraba de moverme en el taburete.

—¿Sigues tomando la píldora? —preguntó de repente tras terminar la tostada. La había devorado en unos cuantos bocados y me alegré, porque, de alguna manera, había cuidado de él; a veces sospechaba que se saltaba la cena o que comía de forma demasiado irregular. Alcé los ojos del plato y lo miré a la cara enfurruñada.

117

¿Por qué me había hecho esa pregunta?

—Sí, siempre —confirmé confundida.

—¿Te la has saltado alguna vez? —insistió lamiéndose el labio para recoger unas migajas.

—No, ¿por qué habría de hacerlo? Soy muy precisa —reiteré, aunque no entendía adónde quería ir a parar.

—Sabes que si alguna vez decides suspenderla o te olvidas de tomarla debes decírmelo, ¿verdad? —añadió mirándome fijamente a los ojos para comprobar si titubeaba.

—Sí, ya lo sé —murmuré desconcertada y entonces él hizo algo inesperado: se frotó las manos para limpiárselas, y luego levantó apenas la cadera para sacar la cartera del bolsillo trasero de sus vaqueros. Mis ojos resbalaron por las líneas laterales de su zona pélvica y por los abdominales, que la contracción muscular ponía en evidencia. Una vez más, hice un esfuerzo para ahuyentar el venéreo deseo que fluía por mi cuerpo y presté atención a lo que Neil se disponía a hacer.

Tras abrir un poco la cartera, sacó con los dedos índice y medio un pequeño sobre plateado. Me sonrojé al ver que era un preservativo.

118

—Siempre llevo uno. ¿Sabes lo que significa? —preguntó mirando mi cara roja de vergüenza.

—¿Que te acuestas con otras? —Fue la primera respuesta que me pasó por la mente y que, por lo visto, a Neil no le gustó nada, porque me lanzó una mirada de advertencia.

—Que contigo no lo uso a propósito, así que tienes que avisarme de todo. Si no tomas la píldora, si tienes un retraso…, debes informarme de cualquier imprevisto.

Volvió a meter el envoltorio en la cartera y esta en el bolsillo. En cualquier caso, no negó mi insinuación, porque tenía relaciones con otras mujeres, aunque protegidas. Lo cierto es que la idea no me producía el menor entusiasmo. Bajé la mirada, incómoda, y escruté el plato, donde aún había media tostada intacta.

—No debes avergonzarte. Son conversaciones que tarde o temprano deben afrontar dos personas que follan y…

Lo interrumpí.

—Ya te he dicho que quiero ser la única, Neil. No soporto tener que compartirte con otras —solté a punto de perder los estribos. Podía tolerar que me dominara, sus arranques de ira, su carácter impenetrable, su locura, que me utilizara donde y cuando quisiera, pero no podía consentir que otras lo tocaran o gozaran de su cuerpo como yo.

Neil no se esperaba esa confesión y me miró perplejo. No estaba preparado para abordar el tema, quizá nunca lo estaría, pero había llegado el momento de tomar una decisión.

—Selene —dijo irritado dando un puñetazo en la encimera. No le había gustado nada mi toma de posición ni que lo hubiera puesto entre la espada y la pared. Aun así, me alegré de comprobar que la cuestión lo turbaba, porque eso significaba que estaba pensando seriamente en lo que yo había propuesto.

—Elige, Neil —insistí con firmeza superando el miedo—. O yo o las demás —dije categórica.

Podía aceptar que no fuera mi novio ni mi compañero de vida, porque jamás me opondría a sus ideales, pero si me quería, aunque solo fuera para compartir la atracción física que sentíamos el uno por el otro y satisfacer sus instintos carnales, tenía que demostrarme que me prefería a las demás.

Que me prefería al resto de las mujeres.

6

Neil

Debe de ser extraño vivir conmigo.
También lo es para mí.
CHARLES BUKOWSKI

Apoyé la barbilla en la palma de una mano y miré fijamente a Selene mientras los dedos de la otra empezaron a tamborilear en la superficie de la isla.

No era necesario que me pusiera de pie para subyugarla, sentado lo lograba igualmente. En lugar de gritar y dar rienda suelta al lado más perturbado de mi persona, como había hecho desde que había aterrizado en Detroit, decidí mantener la calma y observarla.

Como suponía, la niña no pudo soportar el reto durante mucho tiempo, hasta tal punto que al final bajó los ojos y se sometió a mi innato carisma.

¿Realmente quería que me quedara solo con ella y dejara de follar con las demás?

Eso era imposible.

Por desgracia, Selene no podía entender las razones que me impedían cambiar y me forzaban a seguir caminando en mi limbo.

El niño me necesitaba.

Necesitaba sentirse fuerte, comprender que ninguna mujer volvería a someterlo, que ninguna le arrancaría de nuevo el alma, que ninguna le haría daño. Elegir a Selene no significaría para mí olvidarme de las rubias, sino abandonar al niño.

Lo cual era muy diferente.

Si el sexo con las demás hubiera sido un mero disfrute físico, un pasatiempo o una perversión, quizás podría haber prescindido de él, pero en mi caso había en juego muchas más cosas.

Estaba en juego mi cordura.

La otra parte de mí que me tenía encadenado.

120

—No puedo hacerlo —le dije con absoluta firmeza y ella se encogió de hombros defraudada. Los dos sabíamos que mi respuesta iba a ser esa. Aunque apreciaba sus esfuerzos por aceptarme, mis problemas eran demasiado profundos y manifiestos. Bastaba con pensar en la manera en que la había golpeado contra la pared para comprender que yo no era un hombre normal.

Yo mismo habría huido de alguien así.

—¿Por qué? —insistió haciendo acopio de valor. Su tenacidad era envidiable, pero, por desgracia, no era suficiente para cambiar la realidad.

—¿Vas a empezar de nuevo con todos tus porqués?

La única manera que tenía de destruir las expectativas que pudiera tener sobre mí era lograr que me odiara, comportarme de forma inaceptable, irrespetuosa, o, peor aún, sacar a la bestia que anidaba en mi interior.

—Tengo derecho a saberlo —me espetó y yo sonreí divertido.

¿Quién le había dado derecho a entrometerse en mi vida?

Era más que suficiente que le hubiera permitido pasearse por mi mundo y conocer mi alma maldita, no debía pasarse de la raya.

Le había concedido mi cuerpo, no podía darle nada más.

—Da igual si me acuesto con otras. Lo que cuenta es que de alguna manera soy… —Hice una pausa acariciándome el labio con el dedo índice y acto seguido repetí una palabra que ella me había dicho hacía poco tiempo en una de nuestras llamadas—: Tuyo —susurré.

Selene se estremeció, como si no se esperara algo así.

Teníamos dos concepciones distintas de la posesión: yo pertenecía al mundo, a la vida, y solo era suyo en las horas que pasábamos juntos; en cambio, ella me pertenecía únicamente a mí por el momento y ese hecho solo tenía sentido en mi cabeza.

Todo lo demás era irrelevante.

—¿Mío? Nunca lo serás mientras te toquen otras personas —replicó ella con obstinación.

Era la lógica típica de la mentalidad femenina: al igual que las demás, la niña creía que si me dedicaba solo a ella, acabaría conquistándome y que quizá yo terminaría perdiendo la cabeza por ella o incluso enamorándome. No era un estúpido, Selene era el tipo de chica que podía hacer nacer sentimientos puros hasta en las almas más infernales; el problema era que mientras el niño siguiera dentro de mí, nunca sería verdaderamente libre y, por tanto, nunca podría unirme a una mujer. El niño solo me permitía deambular por mi país de Nunca Jamás, pero luego tenía que volver a la realidad, a mis rubias, al trauma que compartíamos y a los trastornos que yo padecía desde que tenía diez años.

—Finge que soy tuyo. Olvida lo que sucede con las demás —le propuse. Me parecía una solución razonable, pero Selene negó con la cabeza compungida.

No…, ella nunca se iba a conformar con tenerme una hora o un día. Ella me quería siempre a su lado, pretendía todo de mí, no solo mi cuerpo; lo había entendido desde el primer momento.

Pero mi Campanilla no alcanzaba a imaginar lo que yo sentía de verdad.

No podía entender lo diferente que era el sexo que compartía con ella respecto al que vivía con mis amantes: a ellas solo las dominaba, y si bien era cierto que a ella la dominaba también, además le permitía adentrarse en mi alma.

Mi niña era demasiado ingenua para darse cuenta.

—Ven aquí —le ordené empujando el taburete hacia atrás.

Di una palmada en una de mis rodillas para que comprendiera que la quería tener encima de mí. Selene dudó unos instantes, indecisa sobre si debía o no hacerme caso. Pero la forma en que la miré le hizo entender que no iba a consentir la menor objeción, por lo que, con una elegancia inconfundible, se movió y rodeó la isla para obedecerme. Al sentarse en mis rodillas, su aroma a coco me envolvió despertando mi deseo. Un deseo que era cada vez más intenso, que crecía día a día. Empezaba a temer que nunca se desvanecería, que nunca llegaría a saciarme, aunque a menudo me alimentara de ella como la peor de las bestias.

—Esta noche he descubierto que ni siquiera sabes cocinar —le dije con sorna, poniendo una mano en uno de sus muslos, que tembló al sentir mi contacto.

Selene fingió que no le afectaba mi timbre grave, a pesar de que yo sabía lo mucho que le gustaba. Miré su perfil. Me encantaban sus ojos grandes y expresivos, pero aún más sus labios carnosos y su nariz fina y respingona, propia de una niña insolente. Sin darme cuenta, deslicé mi mano por debajo de la espantosa camiseta que se había puesto, ancha y de un terrible color azul oscuro, hasta alcanzar el pecho. Sabía que no llevaba sujetador, había notado que sus pezones tensaban la tela de la prenda y no veía la hora de tocarlos; siempre me producían el mismo efecto: me abrían el apetito. Un apetito incontrolable.

Apreté uno de sus pechos con la palma y me di cuenta de que mi mano se ajustaba perfectamente a él. Era más grande que el de Alexia, parecía hecho a propósito para un canalla como yo; por otra parte, su fragancia de coco era más delicada que el seductor aroma de Jennifer.

Cerré los ojos y le olfateé el cuello como si no pudiera evitarlo.

Oí que mi gesto le provocaba un tímido gemido y tuve que resistir el impulso de inclinarla sobre la isla.

No había sido delicado con ella cuando la había tomado impetuosamente, así que no quería turbarla de nuevo.

Todavía tenía impreso en mi mente el sonido de su espalda chocando contra la pared, su respiración entrecortada, mis enérgicos empujones. Me había impuesto sobre ella como un animal, había entrado y salido de ella sin parar, incluso cuando ella se había tensado contra mi cuerpo tratando de acostumbrarse al brusco asalto de mi erección. En cualquier caso, debía admitir que disfrutaba forzándola a superar los límites conmigo, porque cada vez descubría algo más sobre ella, descubría lo que la excitaba.

Había comprendido que gozaba con el sexo rudo y dominante más que con el simplemente apasionado; en eso estábamos en la misma longitud de onda.

Había tenido que hacer un inmenso esfuerzo cuando, durante su primera vez oficial, me había obligado a tocarla con miramiento y a medir mi agresividad. En esa ocasión no había sido yo mismo; mi verdadero yo no tenía nada que ver con el hombre dulce y amable que no había vuelto a mostrarle.

—Me has arrebatado algo, así que deberías contarme algunas cosas sobre ti. Nuestro acuerdo sigue en pie.

Selene intentó hablar sin tartamudear, pero por el rubor de sus mejillas y por el tono aterciopelado de su voz me di cuenta de que estaba cohibida y de que intentaba no perder el pudor tras el que se escudaba para defenderse de mí.

—¿Qué quieres saber? —le pregunté, sin poder contener una sonrisa.

El acuerdo…, ¿cómo olvidarlo? La niña sabía cómo obtener lo que quería, aunque sus métodos fueran muy diferentes de los míos.

—La verdad. ¿Qué pasó con Alyssa? —preguntó apresuradamente, abordando el tema que más me había enfurecido en las últimas horas.

—Ella fue la que me besó —comencé a decir y la ira era palpable en mi voz—. No sé qué le pasó por la cabeza. Se abalanzó sobre mí y yo le correspondí instintivamente. Logan nos pilló in fraganti y se puso furioso.

Mi mano se deslizó desde el pecho hasta su suave abdomen, que

123

se contrajo bajo mis dedos. Selene me miró fijamente con sus ojos oceánicos y sentí ganas de besarla.

Maldición.

—¿De verdad fue eso lo que pasó? —susurró aún insegura; con la otra mano le toqué el costado, acercándola a mi cuerpo. Sus labios carnosos me atraían de forma irremediable, era peor que un niño de pecho.

—Tengo muchos defectos, pero nunca miento —respondí seriamente, sosteniendo su mirada escéptica para demostrarle que no tenía nada que ocultar.

—Alyssa me dijo que tú la obligaste. Además, me describió cómo la besaste, tu impetuosidad, y todo parecía tan... verdadero.

Se entristeció y bajó la mirada hacia sus manos, que estaba torturando en el intento de desahogar su nerviosismo. Le rocé una mejilla con mi nariz y le di un beso en el cuello. Ella se estremeció. A veces no me entendía a mí mismo, no entendía por qué tenía la necesidad constante de tocarla o de respirar su aroma.

—Se lo inventó todo. Ella me conoce, Selene, y también conoce mi manera de comportarme.

No pretendía convencerla, solo que entendiera que no debía confiar en nadie y que, sobre todo, era demasiado fácil inventar historias absurdas sobre mí.

—¿Cómo puedo fiarme de ti?

Ella seguía sin creerme y yo no podía soportarlo, coño. Era incapaz de herir a mi hermano con una acción tan reprobable, aún menos de negar la verdad a la niña, que, en cambio, seguía observándome con desconfianza.

—Debes hacerlo y basta. ¿Qué motivo puedo tener para engañarte? —Me irrité y su mirada rodó por mi pecho. Tenía ganas de tocarme. Podía sentir su deseo y leer sus pensamientos. Le sonreí astutamente y ella volvió a mirarme a la cara, interrumpiendo mis perversas fantasías.

—Tienes que hacer algo para ganarte mi confianza —afirmó con una determinación inaudita; Selene parecía obstinada en apoderarse de mí y en encerrarme con ella en su mundo de hadas.

—¿Qué? —le pregunté con escepticismo.

—No te pido que inicies una relación conmigo, solo que seas fiel... —Hizo una pausa—. Sexualmente —propuso, y enseguida se mordió el labio avergonzada.

No había cambiado un ápice: me había vuelto a pedir que la eligiera; la cuestión seguía siendo la misma, solo la había planteado de forma diferente.

—Niña —susurré con ironía—. ¿De verdad crees que soy tan ingenuo como el crío con el que saliste esta noche? —la provoqué aludiendo a Ivan, que parecía tener apenas veinte años. Era mono, desde luego, pero no podía competir conmigo. Recordé que Selene me había dicho que era el hermano gemelo de una amiga y que jugaba a baloncesto. Era el típico chico insignificante, con cierta experiencia con las mujeres y una vida perfecta.

Volví al ataque acariciándola bajo la camisa. Normalmente, ninguna mujer se me resistía cuando me comportaba de forma seductora y viril, pero ella quiso que dejara de tocarla.

—¡Para…, para ya! —gritó, tratando en vano de liberarse de mí, aunque los escalofríos que recorrían su piel daban a entender lo contrario.

—Serte fiel significaría comenzar una relación y conmigo no sería como la que tuviste con Jared. Soy diferente, Selene —le dije con seriedad apretándole la cadera para que se estuviera quieta.

—No creo que seas diferente, eres especial y yo estoy dispuesta a aceptarte. Me parece que ya te lo he demostrado —respondió molesta. Se refería al momento en que me la había follado en la cama después de haberle confesado mi anorgasmia, y a cuando, poco antes, la había castigado porque…, la verdad es que ni siquiera yo sabía por qué.

Había sentido una rabia incontenible en el pecho cuando la había pillado con el otro, porque estaba ansioso por aclararle lo que había sucedido con su amiga Alyssa en Nueva York.

Me había ofendido durante la llamada telefónica y quería hablar con ella mirándola a la cara. Pero al verla sonriendo a ese crío me hizo pensar que ella no había atribuido a la conversación la misma importancia que yo. En este momento, en cambio, me repetía que me aceptaba tal y como era como si no hubiera pasado nada.

¿Cómo podía estar tan segura?

Ni siquiera sabía que me habían violado, no sabía que me habían arrancado la virginidad sin mi consentimiento y que me habían obligado a permitir que me tocaran contra mi voluntad durante un año. En cualquier caso, si hubiera podido volver atrás, habría tomado la misma decisión: habría dejado que Kimberly me violara para evitar que desahogara sus perversiones con mi hermano.

La mía era una realidad que la niña no iba a poder *aceptar* y no pensaba arrastrarla a mi infierno.

Quería lo mejor para ella.

—No creo. No se trata solo de química sexual, aunque me he dado cuenta de los esfuerzos que estás haciendo para llevarme el paso —murmuré.

125

Hacía tiempo que había intuido que Selene intentaba comportarse conmigo como una mujer, a pesar de que aún debía vivir muchas experiencias y crecer interiormente. Trataba de justificar mi adicción al sexo y quería convencerse de que era normal, pero no lo era. No era normal que tuviera necesidad de verter en el cuerpo de una mujer la angustia que me producía caer en el vacío, no era normal que me gustara revivir el abuso sometiendo a cualquiera que cayera conmigo en la tentación, no era normal que el niño condicionara mi presente.

Nada era normal.

—En ese caso, ponme a prueba —continuó Campanilla y mi mano derecha tembló antes de que la levantara para tocarme el tupé y echarlo hacia atrás.

Selene siguió mi gesto y exhaló un profundo suspiro, luego se acercó a mí poco a poco. Tomó mi mano entre las suyas y, mirándome a los ojos, besó el dorso. Permanecí inmóvil, sorprendido por la manifestación de extrema dulzura. La niña sonrió e inclinó la cabeza hacia mí, esta vez lo suficiente para poder inspirar el aroma que emanaba mi cuello. Lo besó con delicadeza y cuando sentí sus labios húmedos en mi piel, cerré los ojos para disfrutar del contacto entre nosotros. Odiaba que me tocaran sin mi permiso, pero ella... hacía tiempo que se había tomado unas libertades que no solía conceder a las demás.

«Tócame.

»Tócame siempre.

»Porque cuando lo haces también me tocas el alma», me habría gustado decirle, pero guardé silencio.

—Levántate, por favor —me susurró al oído. Bajó de mi rodilla y tiró suavemente de mi mano, para invitarme a escucharla. Hice lo que me había pedido, y lo primero que noté fue que la niña me estaba observando desde abajo con una admiración desmedida.

Debería haberme visto como el monstruo que era, no como un dios.

Me acarició los hombros con sus finas manos y luego descendió pausadamente por los brazos. La miré confundido, sin entender lo que tenía en mente. Cuando sus labios se posaron en mi pecho, me puse rígido, como si fueran desconocidos, incluso pensé en rechazarla, pero reconocí la dulzura de su tacto y me relajé.

No tenía nada que temer, era Selene, no una mujer cualquiera.

De repente, sentí cierta languidez, flotaba en una beatitud sensual que nunca había experimentado. Sus labios trazaron con ternura las líneas de mi cuerpo. Resbalaron despacio por mi pecho, me rozaron apenas un pezón y bajaron hacia el abdomen.

No me sentí sucio en ningún momento.

A pesar de que no había malicia ni perversión en su iniciativa, comencé a desear que su cabeza se detuviera entre mis piernas y que su torpe lengua me hiciera gozar.

Era como si un ángel me acariciara con la intención de envolverme con sus plumosas alas para ablandar al demonio que llevaba dentro.

Lo que sentí fue tan intenso que me quedé sin aliento.

El dulce y femenino aroma de Selene entró en mis fosas nasales, borrando el de Kim y el de cualquier otra mujer.

La niña continuó moviéndose hacia abajo, dejó atrás el borde de los vaqueros y al final se arrodilló para tocar mis piernas extendidas. Sus manos se deslizaron por la tela transmitiéndome una energía divina.

Cerré los ojos, el corazón comenzó a dolerme, porque imaginaba cosas que estaban fuera de mi alcance.

Imaginé un futuro feliz, imaginé que entraba en su luz etérea.

Imaginé que las puertas de su mundo puro e incontaminado se abrían para darme la bienvenida. No vi ningún castillo, nada fabuloso, solo un camino donde Selene me estaba esperando. Llevaba un vestido tan azul como sus ojos y me tendía una mano.

Estaba tan radiante y hermosa como un hada.

Mi hada.

Lo único que debía hacer era dar un paso, un solo paso para salir de la oscuridad que me envolvía por detrás y alcanzarla. Podía ver la frontera que separaba la oscuridad de la luz, y ahí estaba yo, parado en esa línea sutil. Pero, de repente, el llanto de un niño me obligó a mirar atrás. El pequeño Neil se aferraba asustado a la pelota de baloncesto y sacudía la cabeza, porque lo había defraudado.

La camiseta de tirantes de OKLAHOMA CITY estaba arrugada, al igual que los pantalones cortos.

No quería que lo abandonase, porque si lo hacía volvería a sufrir, reviviría todo el mal del pasado.

Todo de nuevo.

Solo, sin nadie cerca de él.

En su frágil hombro descansaba una mano de mujer; los dedos eran largos y las uñas estaban pintadas de un color rojo encendido que se confundía con el de las llamas del infierno. No pude ver su cara, pero en la penumbra pude distinguir su pelo rubio y su ropa: la habitual falda de cuadros y la blusa blanca que ceñía su abundante pecho. El niño trató de apartar la mano, pero cuando intentó zafarse de ella, la mujer lo agarró aún más fuerte.

127

Posesiva y violenta.

Él me llamó. Gritó mi nombre pidiendo ayuda y yo tragué saliva conmocionado.

¿No sería un cobarde si lo abandonaba en las garras de los comedores de niños?

¿Sería capaz de presenciar la muerte del alma de una pequeña víctima como él?

No, no era capaz.

Él y yo íbamos a tener que enfrentarnos juntos a ese monstruo.

Entonces abrí los ojos.

La pesadilla se desvaneció en la nada y, con un impulso feroz, aparté a Selene lejos de mí.

—¡No me toques! —le ordené extendiendo una mano. Ella retrocedió asustada, con cara de asombro. No había hecho nada para que me encolerizara; a decir verdad, mi cabeza había proyectado una realidad distorsionada ante mis ojos, ella no tenía ninguna culpa—. No vuelvas a tocarme, joder... —murmuré bajando la voz.

Me sentí aturdido y me quedé aferrado a la encimera, sin fuerzas.

La niña intentó acercarse a mí, pero yo le dirigí una mirada torva para advertirle de que no debía hacerlo.

128
Todavía podía sentir sus labios en mi piel y sus manos en mis músculos.

¿Qué quería de mí?

¿Quería seducirme? ¿Aturdirme? ¿Hacerme olvidar quién era?

—No tengo miedo de ti ni de nadie que viva dentro de ti. —Testaruda como siempre, Selene dio un paso adelante, luego otro, acortando la distancia que nos separaba—. La última vez que pasaste la noche aquí y te manchaste con el rotulador me hablaste del niño... —comenzó a decir y yo me irrité. Odiaba las palabras, sobre todo cuando se utilizaban como armas para herirme—. Me dijiste que permitió que lo violaran y que no fue capaz de detener a la persona que había cometido semejante atrocidad.

Cuanto más hablaba, más me distanciaba de ella y más me encerraba en mi cascarón, donde me sentía seguro y protegido sin necesidad de desnudarme.

—Para ya —balbuceé aterrado.

Dentro de mí se estaba combatiendo una batalla incomprensible.

—Te dije que los dos estamos manchados. Jamás te juzgaré, Neil. No debes tener miedo de mí. Tú no eres el monstruo, lo es quien te hizo daño...

Me tapé los oídos, percibí sus palabras cada vez más distantes y, ofuscado, me dejé caer de nuevo en el taburete. Sentía el cuerpo débil, mis piernas ya no lograban sostener el peso de aquello que anidaba en mi interior desde hacía demasiado tiempo.

—Para ya —susurré con un hilo de voz, pero Selene se aproximó a mí y me agarró las muñecas para apretarlas con sus pequeñas manos. Esta vez fui yo el que la miró desde abajo mientras ella se metía entre mis rodillas para acercarse aún más a mí.

—Deja de esconderte. Yo... lo he entendido. Hace tiempo que comprendí lo que lo que te pasó —confesó entristecida. Me sorprendió.

El mundo se me cayó encima, fue como encontrarme desnudo en un escenario.

El telón se había abierto inesperadamente y yo no estaba preparado.

No había estudiado ningún guion, ningunas líneas, tampoco la escena que debía recitar. El público me escrutaba, miraba fijamente las tres cicatrices de mi antebrazo izquierdo, la piel irritada alrededor de mis genitales y el corazón roto, al que había tratado de poner parches para seguir sobreviviendo.

Me sentí expuesto, demasiado.

¿Qué se suponía que debía decirle ahora?

Me quedé absorto mirando un punto en el vacío, incapaz de hablar. Selene me acarició la cara y el pelo.

—Entiendo lo que te pasó y sigo aceptándote. Para mí, no hay nadie en el mundo mejor que tú. Me encantaría darte mis ojos para poder mostrarte lo que veo. Admiro mucho tu fuerza, no todos sobreviven a un trauma tan grave —murmuró con su repugnante dulzura. Me rendí y apoyé la frente entre sus pechos. Algo se rompió dentro de mí, mis barreras estaban bajando poco a poco y sentí la fuerte necesidad de darle una pequeña parte de mí.

La niña se lo merecía.

Después de todo lo que habíamos vivido, se merecía conocerme, al menos un poco.

En ese momento me abrazó y tuve la impresión de que su corazón latía por todas partes.

¿Estaba preparada para saber la verdad?

Tal vez sí.

—Ella... —dije perdiéndome en el azul de su jersey—. Se llamaba Kimberly Bennett y tenía unos veinte años. Era la hija de los vecinos y nuestra niñera. Por aquel entonces, mi madre estaba embarazada de Chloe. Debido al trabajo, no podía dedicarnos mucho tiempo a Logan y a mí. Mi hermano tenía siete años y yo diez. Como no podíamos pasar el día solos, mi madre le pidió a Kim que trabajara para nosotros.

Levanté mi cara angustiada y la miré. En los ojos oceánicos de Selene vi comprensión y una pizca de compasión y de repente volví a ser el de siempre. Mis barreras se alzaron de nuevo, volvieron a ser insalvables, demasiado sólidas para que nadie pudiera franquearlas y llegar a mí.

Me puse en pie y le quité las manos de encima. Selene se sobresaltó.

—El primer día noté ya que había algo extraño en ella. Era extrovertida, maliciosa, buscaba siempre el contacto físico, inadecuado para mi edad. No me gustaban sus ojos glaciales, su actitud prepotente y el tipo de juegos que empezó a proponerme. Solían consistir en toqueteos, juegos preliminares o verdaderas lecciones de sexo en las que debía prestar atención para aprenderlo todo, porque de lo contrario me castigaba. No había pasado siquiera un mes desde su llegada cuando una tarde, mientras estaba sentado en el sofá viendo dibujos animados, pasó al siguiente nivel: abusó de mí, como ya había hecho con otros niños. Eso... eso fue el comienzo de todos mis problemas.

130 Mi cabeza dio vueltas cuando le confesé la verdad, pero no expresé mi estado de ánimo. Apreciaba la valentía que demostraba la niña por escucharme, pero no estaba dispuesto a perder nunca el control de mí mismo.

Era un maestro en el dominio de las emociones.

Selene se tocó los labios e hizo un esfuerzo para contener el llanto; yo no sentí nada, solo asco por mí y por la puta que me había utilizado.

—Me amenazaba —continué despiadadamente, sin ninguna delicadeza—. Decía que haría daño a Logan. Mi hermano es todo para mí, ¡no le iba a consentir que le pusiera un puto dedo encima! Por eso la obedecía. Hacía todo lo que quería. No podía sustraerme a sus exigencias... —Inspiré hondo y me hundí un poco mientras luchaba contra los recuerdos.

—Neil —musitó ella, pero no la dejé hablar.

Ahora me tocaba a mí hacerlo.

—Kim había sido maltratada por su padre. Era una perturbada, de manera que hacía vivir a los demás lo que ella había experimentado...

La miré a los ojos, que eran claros como el agua. Selene estaba a punto de echarse a llorar. Decidí interrumpir mi confesión para no contarle los detalles más desagradables. Ya había sido bastante difícil para mí decirle todo eso. No quería asustarla ni mostrarle hasta qué punto nuestra sociedad podía ser depravada e inmoral. Tampoco le hablé de los trastornos postraumáticos, la consecuencia más grave de lo que me había sucedido.

Temía perderla del todo si se los confesaba.

No solo no los había aceptado aún, además me avergonzaba de ellos.

La conciencia de mi bloqueo me hizo estallar de rabia.

—Ahora deberías repudiarme. Debería darte asco —le grité avanzando hacia ella como un loco; Selene chocó de espaldas contra la isla y sacudió la cabeza, luego alargó un brazo hacia mí para defenderse. Miré su mano trémula y reflexioné.

No comprendía si estaba asustada o si le daba pena y temía que me diera cuenta.

—¡No quiero tu compasión! —La acusé de todas formas—. Odio a las mujeres que solo quieren estar conmigo por lástima. No lo necesito. —Erigí un muro entre nosotros, alto e infranqueable. El relato de lo sucedido había hecho emerger de nuevo el terror a que el mundo no me aceptara, sobre todo ella, y eso me inducía a mostrarme frío y distante—. He sobrevivido solo hasta ahora y puedo seguir así.

La crueldad que delataba mi tono de voz la hizo vacilar. Por fin empezaba a darse cuenta de que la situación era más grave de lo que podía imaginar y de que era un desecho imposible de redimir.

—No siento piedad por ti. Solo me pareces… inalcanzable.

Sonrió afligida y se aproximó a mí con cautela, temiendo mi reacción.

Me quedé mirándola como un animal enjaulado, atraído por su carne, pero al mismo tiempo reacio a tocarla. Incliné la cabeza hacia un lado: ¿qué estaba tratando de hacer?

—¿Me lo has contado todo?

Antes que su voz me llegara, su aroma me asestó un puñetazo en la cara. La niña estaba a un paso de mí y levantó un brazo para acariciarme el labio inferior con el pulgar. El contacto con ella me sosegó, pero no lo suficiente.

—Te he dicho lo que necesitabas saber —respondí de forma impenetrable.

¿Qué más quería?

Ya me había desnudado demasiado para mi gusto, sobre todo psicológicamente.

No podía pretender más.

—¿Sabes, Neil? —Selene me miraba como si fuera el hombre

131

más guapo del mundo, como si no viese la hora de volver a arder en las llamas de mi deseo—. Ahora que conozco tu pasado, o al menos parte de él, tengo la respuesta a todo lo que antes no podía entender. No niego que me siento turbada, pero quiero que sepas que haría cualquier cosa por ti, salvo dejarte ir.

Me sonrió cariñosamente y sus dedos, que ahora acariciaban mi mandíbula, transmitían un calor anormal, una sensación que no sabía identificar, justo ahí, en el centro del pecho.

—No lo entiendes. Todavía tengo demasiados problemas que resolver y tú… —Intenté contradecirla, destruir las falsas esperanzas que, estaba seguro, se había hecho al creer que me entendía, pero ella negó con la cabeza y se puso de puntillas para alcanzar mis labios.

—Eres tú el que no lo comprende, Neil. Soy adicta a ti —susurró despacio y el anhelo que leí en sus ojos casi me dio miedo—. Solo quiero estar a tu lado, permíteme hacerlo. Te pido que tomes mi mano y que camines conmigo, sea cual sea el rumbo que tomemos y sea cual sea el destino que nos espere…

Me acarició la nuca mientras yo la escuchaba embobado. Su cálido aliento era una tentación irresistible, al igual que los pechos que me oprimían el tórax; me estremecía el deseo de desnudarla, de perderme en ella, de dejarme envolver por sus estrechos muros, entre los cuales podía moverme sin temor a ser considerado perverso o trastornado, sino simplemente un hombre normal que sentía un deseo visceral por una mujer que olía a niña.

—No puedo, Selene —insistí con terquedad—. Kim me dañó, yo… no soy capaz de amar, ya sabes lo que pienso. Para mí, el amor es algo negativo, algo que me destrozó en el pasado…

Puse mis manos en sus caderas e intenté apartarla de mí, pero la camiseta se le subió lo suficiente para que yo pudiera tocarla, frustrando mi intento de resistirme a ella.

Mis dedos ardían al rozar su piel caliente.

—No quiero una historia de amor, Neil. —Se resistió a mí y se aferró a mi cuello, de puntillas—. Quiero que seas capaz de hablar conmigo y de compartir solo lo que quieras, incluso el sexo impúdico, salvaje…, como prefieras. Quiero conocerte a fondo. No te pido que me quieras ni que seas mi hombre. No quiero que formemos una pareja —aclaró y yo me sentí aliviado al oírla—. Te pido más. Quiero que peleemos juntos. Quiero verte vivir y soñar. Quiero verte destruir la jaula de oro donde estás encerrado y alzar el vuelo. Quiero verte romper con el pasado y construir tu futuro. Quiero que puedas encontrar una nueva luz. Quiero que te reconozcas y que encuentres en ti la razón por la que luchar. Da igual si en tu futuro no hay un lugar para mí… —Rodeó mi cara con sus manos para obligarme a no apartar la mirada de sus ojos sinceros y adolorados—. Solo quiero que estés bien. Déjame vivir a tu lado con lo que puedas darme. No te pediré más —suplicó, y las lágrimas que había contenido durante tanto tiempo resbalaron por sus mejillas. Las recogí con los pulgares. Odiaba ver llorar a las mujeres, pero más aún si se trataba de ella.

—Me prometiste que no volverías a llorar por mí —le dije y en ese momento ella volvió a poner los pies en la tierra, como esperaba que hiciera también su fantasía. La niña soñaba demasiado. En cualquier caso, no logré comportarme de nuevo como un cabrón, aunque siguiera teniendo el impulso de distanciarla de mí. Así pues, me limité a suspirar—. De acuerdo, te dejaré estar a mi lado, eso es todo.

Cedí sin estar muy convencido de cómo podían ir las cosas. Me sentía confundido, porque nunca me había comprometido en una relación seria, pero, por lo que podía intuir, la nuestra nunca lo iba a ser. En cualquier caso, de una manera u otra, lo nuestro iba a ser diferente.

¿Tenía al menos claro que no podía ser la única? ¿O el paquete incluía también la fidelidad?

Evité preguntárselo.

—Ahora déjame en paz, no te pongas empalagosa. Me molestas.

La empujé ligeramente para recuperar mi espacio. En ocasiones, Selene conseguía invadirlo, dejarme sin aliento y abultar tanto como un gigante, y eso que la llamaba Campanilla.

—Gracias.

Sonrió como si fuera la mujer más feliz del mundo. Dio un brinco en el sitio y frunció el ceño.

¿Las hadas también dan saltitos?

—¿Puedo tocarte? —preguntó a continuación como si no acabara de advertirle de que debía alejarse de mí.

—No —respondí con brusquedad.

—¿Un beso? —insistió ella.

—He dicho que no. —Sacudí la cabeza y reculé un paso.

Aire. Necesitaba aire.

Habían pasado demasiadas cosas en las últimas horas y necesitaba estar solo, conmigo mismo.

—¿Un abrazo? —preguntó volviendo a la carga mientras yo palpaba los bolsillos de mis vaqueros buscando el paquete de cigarrillos. ¿Cuánto tiempo hacía que no fumaba? La niña me aturdía tanto que llegaba a perder incluso la noción del tiempo.

—No, Selene. ¡No, joder! —solté exasperado.

No tenía ganas de abrazarla, pero sí de tirármela... De eso sí, desde luego.

Ese deseo era siempre fuerte e incontrolable.

Fuera como fuese, debía mantener la calma, evitar una erección inoportuna y frenar mis instintos carnales. Primero iría a la habitación de invitados y me volvería a duchar, luego fumaría y me metería en la cama para poner en orden mis ideas. En pocas horas mi humor había cambiado con excesiva brusquedad, había actuado al borde de la locura y, por si fuera poco, le había contado a Selene la historia de Kim.

Mierda.

Tenía que recuperar como fuera el control de mí mismo, mi vida y el caos que gravitaba a mi alrededor.

No quería descargar mi frustración en ella ni volver a tratarla como si fuera un objeto.

La había arrojado contra la pared porque estaba fuera de mí, pero ahora había recuperado la lucidez y podía gobernar mis impulsos. Sonreí para mis adentros.

Era absurdo que una joven tuviera el poder de hacerme perder el control de mí mismo y de mis decisiones.

134

—Voy a la habitación. Procura no acercarte a mí al menos hasta mañana. Necesito estar solo —le dije muy serio.

Yo era el que había volado desde Nueva York para reunirme con ella sin avisarla y ahora pretendía apartarla de mi lado.

Selene asintió con las mejillas encendidas y los ojos brillantes, luego se tocó su larga coleta, nerviosa y eufórica al mismo tiempo. A pesar de que no entendía la razón de su estado de ánimo, no traté de averiguar más.

En lugar de eso, miré sus formas curvilíneas, demasiado cubiertas por la ropa y me detuve en las zapatillas peludas, que ya habían dado al traste en una ocasión con todas mis fantasías masculinas. Ella se dio cuenta de que las miraba y se sonrojó. Yo, en cambio, solo torcí un poco la nariz en una mueca de desagrado y enfilé el pasillo para alejarme de ella y de sus horrendas zapatillas.

No pegué ojo en toda la noche.

Me di otra ducha y me fumé casi todo el paquete de Winston.

No podía conciliar el sueño pensado que había concedido a la niña una parte de mí.

Me sentí extraño, violado en mi intimidad, expuesto, aunque había sido yo el que le había contado lo ocurrido.

A esas alturas no hacía más que contradecirme: por un lado no dejaba de repetir a Selene que no podíamos estar juntos, pero, por otro, no desdeñaba sus atenciones ni el esfuerzo con el que trataba de seguir mi ritmo, de caminar a mi lado en una oscuridad que habría atemorizado a cualquier otra mujer.

Además, no podía quitarme de encima el temor a que la niña se convenciera de que yo no era un hombre adecuado para ella y se cansara de perseguirme. Con la mente vagando por su universo nocivo, me quedé quieto frente a la ventana, desnudo, todavía mojado, con la piel emanando el intenso aroma a gel de baño; a pesar de no ser el mío, la fragancia era también muy agradable y, sobre todo, fresca.

Como siempre, esperaba al amanecer. Pensaba que de esa forma podía anticipar el destino y cambiarlo, aunque nunca ocurriera nada.

El mundo era siempre idéntico a sí mismo, al igual que las personas, la vida e incluso yo.

Los días se sucedían con parsimonia, oprimiendo mi alma con los recuerdos de mi infancia. Tarde o temprano iba a tener que abandonar la esperanza de un futuro mejor.

Di una calada al último cigarrillo y tiré el humo a la vez que aspiraba el frío circundante. La habitación estaba casi a oscuras, al igual que mis ojos, que contemplaban el vacío donde me buscaba a mí mismo, consciente de que nunca me iba a encontrar.

135

Me pasé una mano por el pelo suave y revuelto.

Lo llevaba corto a los lados, tal y como me gustaba, pero el tupé había crecido e iba a tener que arreglarlo aunque siempre lo llevara peinado hacia atrás.

¿Le gustaría así a Selene?

Sonreí al darme cuenta de que su opinión contaba para mí, pero luego me puse repentinamente serio.

No solía importarme lo que pensaran las mujeres. Sabía que era atractivo, que ejercía cierto encanto sobre ellas, y eso era suficiente, salvo en el caso de Campanilla.

Con ella sentía la necesidad de que me viera perfecto.

Quería que mi aspecto fuera impecable.

Quería atarla a mí, que comprendiera que no iba a encontrar a otra persona con la que pudiera sentir lo mismo que conmigo. Una vez más, me di cuenta de lo egoísta que era y de lo disparatada que era esa manera de razonar.

Debía dejarla ir, pero, en lugar de actuar en consecuencia, estaba tramando la manera de turbarla antes de regresar a Nueva York para que no dejara de pensar en mí incluso en la distancia, igual que me sucedía a mí cuando me acostaba con las demás mujeres.

Hastiado, miré el reloj que había en la cómoda.

Faltaban dos horas y cuarenta minutos para mi vuelo, no tenía tiempo que perder.

Me puse de mala gana la ropa de la noche anterior. Estaba acostumbrado a cambiarme varias veces al día, sobre todo después de darme una ducha, pero el aroma a limpio me ayudó a controlar el ansia por eliminar la suciedad de mi cuerpo. Me arreglé y, tras recoger mis cosas, me puse la cazadora de cuero para salir de la habitación. Emboqué el pasillo y alcé la mirada hacia la escalera que llevaba a la habitación de Selene. Me había impuesto no molestarla durante la noche, aunque no me habría importado que la pasáramos juntos, pero no para «hablar», desde luego. Pero ella había cumplido mi orden, no había venido a buscarme, y yo me había comportado de la misma manera para darle tiempo a digerir todo lo que había sucedido: tanto la endiablada reacción que había tenido al ver al jugador de baloncesto como las confesiones más íntimas sobre mi pasado.

Pensativo e irritado, como siempre, entré en la cocina con la única intención de beber un sorbo de agua antes de salir, pero allí me encontré con la señora Martin, quien parecía estar esperándome para echarme un sermón. Me quedé de piedra, sorprendido de verla ya completamente vestida a esa hora de la mañana, y ella me devolvió la mirada con sus penetrantes ojos azules. Mi presencia no pareció sorprenderle en lo más mínimo.

—Buenos días, Neil —me saludó con absoluta tranquilidad a la vez que se apoyaba en la encimera. Estaba tomando café, podía oler el aroma que flotaba en el aire.

—Hola —respondí sin entusiasmo dando unos pasos por el estrecho espacio. La mujer esbozó una leve sonrisa sin dejar de observarme.

—Selene me envió un mensaje anoche para decirme que estabas aquí —dijo aclarando su voz aún somnolienta—. ¿Cómo es que ya estás despierto? —añadió intrigada.

Me quedé quieto donde estaba mientras su mirada descendía por mi cuerpo para analizarme.

Era la primera vez que una mujer no me miraba con admiración, sino con circunspección y una pizca de inquietud.

—Siempre me despierto al amanecer —respondí desviando los ojos hacia el taburete para luego volver a posarlos en ella.

La señora Martin frunció el ceño.

—Siéntate. ¿Qué te apetece desayunar? —preguntó amablemente. Entretanto, tomé asiento y doblé una rodilla, dejando la otra pierna extendida.

—Café solo, sin azúcar —respondí.

—¿No comes nada?

Agarró una taza limpia, sirvió un poco de café en ella y a continuación la puso en un platito de porcelana. Después se acercó a mí y me la ofreció con un ademán afable.

—No —respondí de nuevo con indiferencia. Era parco en palabras.

De hecho, no me sentía cómodo, no tenía por costumbre pasar la noche fuera de casa ni dormir en una cama que no fuera la mía, pero, en los últimos tiempos, la necesidad de ver a la niña me empujaba a hacer cosas cada vez más insensatas.

—Bueno, alguien me ha dicho que te encanta mi tarta de cerezas. ¿Quieres un pedazo? —propuso mientras pensaba que la única persona que podría habérselo dicho era Selene.

Sonreí al pensar en ella.

¿También hablaba de mí con su madre?

¿En qué lío me había metido?

Sin esperar mi respuesta, la señora Martin cortó la tarta y me ofreció un pedazo. Le di las gracias en voz baja, pero solo me bebí el café.

Era un animal de costumbres, si mi desayuno habitual no incluía una maldita tarta de fruta, no me la comería.

Ella notó mi reticencia, pero no dijo nada.

Estaba seguro de que percibía mi agitación.

Nunca había llegado tan lejos con una mujer, al punto de entrar en su vida e incluso de desayunar con su madre.

Había infringido demasiadas reglas con Selene y me sentía realmente jodido.

—Al menos prueba un pedazo —insistió la señora Martin esbozando una sonrisa, pero me limité a dar otro sorbo al café.

—No, gracias. Estoy bien así —respondí fríamente y solo entonces me detuve más de lo debido en ella: estaba de pie, a cierta distancia de mí, repiqueteando nerviosa con el dedo índice en la porcelana de la taza.

—¿Cómo va la universidad? —me preguntó de buenas a primeras, y me pareció detectar cierta inquietud en su voz. Después de todo, siempre había sabido captar las emociones femeninas, comprender sus intenciones e intuir sus pensamientos; Judith Martin no iba a escapar a mi impecable olfato.

—Bien. Tengo que hacer el último examen —contesté sin apartar la mirada de sus fríos ojos. Ella asintió con la cabeza y siguió bebiendo su café con una elegancia innata y cierto desasosiego.

KIRA SHELL

La desconfianza me llevó a observarla detenidamente.

—¿Y después de la graduación? ¿Qué piensas hacer? —dijo ella y, de nuevo, tuve la impresión de que me estaba sometiendo a un meticuloso análisis.

Me sentí presionado. No por las preguntas que me estaba haciendo, sino por la impasibilidad con que las hacía.

Recordé que ya le había hablado de mi sueño de ser arquitecto, así que, aunque consideraba innecesario volver a abordar ese tema, me sentí en la obligación de hacerlo.

—Como le dije hace tiempo, estudio arquitectura. Hace poco me ofrecieron unas prácticas en Chicago y es probable que las acepte —respondí casi molesto. Le manifesté con claridad que estaba nervioso y ella se percató de mi cambio de humor.

Hablar del futuro hizo emerger de nuevo todas las paranoias que estaba tratando de desechar de mi mente. Sabía de sobra que la sociedad nunca aceptaría a alguien como yo, con un carácter de mierda y una personalidad perturbada. ¿Cómo podía cooperar con otras personas si estaba tratando de encontrar un equilibrio? ¿Cómo podía ser un hombre normal si no conseguía siquiera aceptarme a mí mismo?

—Me alegro. Es justo que persigas tus sueños —comentó dejando la taza en la encimera. Acto seguido me miró y exhaló un largo suspiro—. Ya que tocamos el tema, Neil… —comenzó a decir con más confianza—. Quiero que mi hija también termine la universidad. Quiero que logre sus objetivos y que emprenda una carrera docente, como ha querido desde que era niña —dijo con firmeza aproximándose a la isla. Alcé la mirada e hice un esfuerzo para quedarme sentado, a pesar de que su tono no me gustaba en absoluto—. Todas hemos estado enamoradas de tipos como tú a los veinte años —añadió mientras me observaba con atención—. Tú también sabes que la especie de historia que estáis viviendo terminará pronto, ¿verdad? —No aguardó mi respuesta—. Selene siempre ha sido una chica inteligente, con principios y, sobre todo, muy racional. Ya no la reconozco. Ha perdido la cabeza por ti y eso no es bueno para ella. —Me miró fijamente durante un buen rato con aire severo.

Enseguida había imaginado que su madre quería hablar conmigo cara a cara, darme la lata con un puto sermón que, a mis casi veintiséis años, consideraba inaceptable.

—¿Qué pretende decirme? —pregunté tratando de ir al grano, porque no soportaba los rodeos y ella lo entendió.

—Mírate, Neil. Puedes tener a todas las mujeres que quieras. ¿Crees que no sé lo que pasa aquí en mi ausencia, cuando estáis solos? —Sacudió la cabeza. No tuve que confirmarle que me divertía con su hija—. Últimamente he notado que Selene está triste, pensativa o distraída. También he visto algunas marcas en su cuerpo... —Me miró gélidamente y continuó—: No dudo que las relaciones que tenéis son consentidas, pero es evidente que no la respetas —me acusó. Fruncí el ceño.

¿De verdad estaba tratando de decirme cómo debía follar con su hija?

Tuve que hacer un esfuerzo para contenerme y no soltar una carcajada en su cara.

La señora Martin se dio cuenta y me pareció notar que estaba más nerviosa que antes. Quizás todavía consideraba que su hija era una niña, pero no podía pensar lo mismo de mí. En cuanto a experiencia, superaba con mucho a mis compañeros e incluso a hombres mayores que yo.

—¿Me está diciendo cómo debo tratar a su hija... en la intimidad?

Me forcé a no ser vulgar para no molestarla. Ella se sonrojó y se mostró tan cohibida como Selene cuando entablábamos conversaciones similares, pero se recuperó enseguida y me afrontó.

—No, creo que sabes muy bien cómo manejar ciertas situaciones. Solo te pido que seas más respetuoso —puntualizó.

139

La señora Martin no entendía que la mía era una forma innata de hacer las cosas, que formaba parte de mi ser, de mi persona. Cada hombre tenía sus costumbres y preferencias, no podía cambiarlas para complacer a los demás.

Lo mismo valía en mi caso.

—No quiero entrar en detalles, señora Martin. Sepa tan solo que lo que usted llama falta de respeto a su hija le encanta —le dije con un tono de voz mesurado.

La expresión de asombro que apareció en su rostro no me hizo sentir la menor culpa. Había metido la nariz donde no debía, así que debía saberlo.

—Ya no es una niña —proseguí dejándole claro que conocía lados de Selene que ella ni siquiera imaginaba.

Volví a dar un sorbo al café y me pareció más amargo que antes, o quizá fuera la conversación la que le daba ese sabor.

—No voy a impedir que Selene salga contigo, pero si de verdad te preocupas por ella tendrás que dejarla libre, Neil. ¿Qué será de vosotros cuando te vayas a Chicago? No podrá seguirte. No podrá abandonar la universidad o... —Le tembló el labio y bajó la mirada. A continuación, me escrutó de nuevo y dijo con una fuerza aterradora—: Yo... No me odies, por favor. Soy su madre y es mi deber protegerla. —Trató de justificarse; le respondí con una sonrisita que le hizo fruncir el ceño.

Había comprendido a la perfección el discurso de Judith: quería lo mejor para su hija, y lo mejor no era yo, por descontado. Quería protegerla como fuera de mí. Así pues, no me sorprendía lo que acababa de decirme, era del todo comprensible. No le gustaba, nunca le había gustado y yo, en el fondo, siempre lo había sabido, a pesar de que no entendía por qué había tardado tanto en decírmelo.

Me había mentido. Había montado una farsa la última vez que habíamos hablado de arte y pintura en su salón y eso era precisamente lo que no podía tolerar de la gente: la falsedad y la hipocresía.

Me levanté y ella inclinó la cabeza para mirarme, después dio un paso atrás. La escruté con aire grave, impenetrable, decidido a intimidarla y a impedir que comprendiera lo que me estaba pasando por la mente.

La señora Martin parecía desconcertada.

Rodeé la isla con mi habitual aplomo y me aproximé a ella. Cuando estuve lo suficientemente cerca, me detuve y escudriñé su cara con atención. Ella no se inmutó.

Tragó saliva y aguardó mi respuesta.

—Sabe, señora Martin... —le dije al oído. Ella se puso tensa, sus hombros se endurecieron y parpadeó agitada. Inhalé su delicioso aroma femenino y proseguí—: Podría quitarle a su hija con un simple chasquido de dedos, pero no lo haré, porque nunca he previsto un futuro con ella —susurré en tono siniestro apartándome un poco para mirarla a los ojos.

La señora Martin no se dejó engañar por mi aparente calma.

Vio la tormenta que se estaba desencadenando en mi interior.

Vio al monstruo. Vio mis tormentos.

Y el miedo indescriptible que se reflejó en su cara causó una satisfacción malsana en todo mi cuerpo.

—No soy tu enemiga, Neil —replicó tras hacer acopio del valor necesario para enfrentarse a mí—, pero si quieres un poco a mi hija, tendrás que alejarte de ella y dejarla vivir en paz —suplicó afligida.

La miré fijamente a los ojos sin la menor compasión.

—No es necesario que me lo diga, señora Martin —respondí con severidad—. Le puedo asegurar que en mi vida no hay lugar para su hija —añadí para aliviar su aprensión.

—Siendo así, prométeme que romperás con ella cuando te marches a Chicago. Tú también sabes que es lo correcto. No la alejes de mí, no seas un obstáculo para sus sueños, aún es demasiado joven —insistió, igual de testaruda que la niña.

Reflexioné sobre sus palabras durante unos instantes, porque yo también había llegado a la conclusión de que iba a ser imposible vernos o salir juntos en el futuro.

Yo sería el primero en negarme a que Selene dejara de estudiar, abandonara a sus amigos y a su madre, o la vida que tenía por delante para estar a mi lado.

Yo era un egoísta, sí, pero no por eso incapaz de entender lo que le convenía. Me concedí un momento para pensar, y luego, respirando hondo, respondí:

—La dejaré libre. Le doy mi palabra.

La señora Martin se llevó la mano al corazón, aliviada. Al igual que yo, había comprendido que todo estaba en mis manos, en mi poder. Yo era más fuerte que Selene y por eso el único que tendría valor suficiente para poner punto final a nuestra relación.

La niña se sentía atraída por mí, vinculada por un sentimiento al que me negaba a atribuir un nombre.

Aceptaría mi decisión, porque sabía manejar sus pensamientos y persuadirla a mi manera. Hacía apenas unos meses había conseguido que sucumbiera al deseo y engañara a su novio; aún era capaz de arrastrarla a compartir mi vicio y hacerla delirar en mi perdición, así que también podría persuadirla de que cortara conmigo y de que dejara de soñar con un futuro juntos, un futuro en el que yo acabaría por corromperla.

141

Y la señora Martin lo sabía.

Hacía tiempo que había intuido el poder que tenía sobre su hija.

Sentí cómo se entablaba una lucha en mi interior. Una verdadera batalla entre la razón, que sabía que tenía que alejar de mí a Selene después de mi graduación, y el instinto, que, en cambio, me recordaba que aún no me había cansado de ella.

Hacía apenas unas horas le había dicho que podía quedarse conmigo, pero a nuestro pequeño acuerdo se había añadido ahora una pieza: nuestro vínculo tenía los días contados.

Unos meses más y nuestros caminos se bifurcarían para siempre.

Tendría que prescindir de sus labios aterciopelados, de su piel pálida y de sus ojos oceánicos.

Tendría que renunciar a la tentación de besarla y de follar con ella.

Tendría que desaparecer de la vida de la niña, a pesar de la pasión que aún sentía por ella.

Entretanto, confiaba en que el cambio que se estaba produciendo en mi interior no siguiera adelante, al igual que esperaba que el fuego que ardía en mi pecho se apagara.

Esperaba, esperaba…, pero no sucedía una puñetera mierda.

Seguía ardiendo por Campanilla, luchando en vano contra mí mismo para olvidarme de ella, para convencerme de que no significaba nada para mí, a pesar de que, en realidad, me importaba un poco.

«Solo un poco», me repetía hasta la saciedad.

—Buenos días, señora Martin —dije dando por zanjada nuestra conversación, y salí de la cocina. No podía seguir allí por más tiempo. El orgullo comenzó a asomar y a influir en todos mis gestos.

Había comprobado que Judith era idéntica a Matt y que mi presencia no era tan bienvenida como nos había hecho creer a Selene y a mí.

Sacudí la cabeza recordando lo que la niña me había dicho la noche anterior.

«Tú no eres diferente. Simplemente eres especial».

Menuda sarta de gilipolleces.

Había demasiadas cosas que no funcionaban en mí y en mi cabeza como para ser especial, nunca sería apropiado para una niña como ella.

Su madre también lo sabía ahora.

142

—A tomar por culo —solté sin saber siquiera contra quién estaba imprecando. Me sentía furioso y desengañado.

Cada vez que Selene me hacía confiar en algo mejor, me hacía tocar el cielo con un dedo, pero la realidad volvía a arrojarme al abismo.

Campanilla quería meter sus ilusiones en mi mente.

Quería que creyera que había un mundo de colores, un mundo donde también tenía cabida la gente como yo.

Pero yo vivía en mi infierno, en mi realidad deshumanizada, y los ojos de los que me miraban siempre me recordaban dónde estaba mi verdadero lugar.

En la oscuridad.

Estaba sentado en primera fila, admirando la decadencia de mi vida, sin saber cuándo iba a terminar el puto espectáculo.

Rumiando mis problemas, volví a la habitación de invitados y fui directamente al escritorio. Me había fijado en un bolígrafo y en un pequeño bloc de notas, de manera que lo abrí, arranqué una hoja de papel y escribí un mensaje a Campanilla. Después cambié de opinión. Recordé cómo habíamos discutido por la miserable nota que le había dejado en la portada de un libro.

No…, no era una buena idea.

Arrugué el papel con una mano, salí de la habitación y crucé el pasillo.

—Neil… —Cuando estaba a punto de alcanzar la puerta, oí la voz de Selene que me llamaba. La ignoré y me maldije por haberme fumado todos los Winston, porque sentí la necesidad urgente de encenderme un cigarrillo—. ¿Adónde vas, Neil? —insistió la niña y solo entonces me volví para mirarla.

Se estremeció cuando la miré a los ojos. Parecía preocupada y asustada. Impasible, examiné su ropa. No llevaba puesto nada atrayente, solo un pijama al menos una talla más grande que la suya, de color rosa y con unos insulsos conejitos.

¿Qué había sido de los tigres?

—Tengo que coger el avión para volver a Nueva York —dije con brusquedad apartando los ojos de su cara aún somnolienta. Cuando pasé por delante de ella, percibí el aroma a coco que flotaba en el aire y que también me había impregnado.

—¿Qué quieres decir? ¿A qué vienen tantas prisas? ¿Ha pasado algo? —Selene se precipitó hacia mí, pero yo seguí caminando sin hacerle caso—. Neil, para, por favor, explícamelo.

Se agarró a mi brazo y entonces me detuve y me volví para mirarla fijamente.

Estaba tan adorable como siempre.

Las mejillas sonrojadas, los labios secos con la marca de mi mordisco y los ojos llenos de esperanza.

—Creía que anoche te habías sentido bien y… —Se aclaró la garganta, pero no añadió nada más.

Le avergonzaba hablar de lo que habíamos hecho. Si hubiera estado del humor que correspondía, me habría burlado de ella o le habría susurrado una de mis porquerías al oído, pero estaba tan furioso que no soportaba siquiera su presencia.

Por su culpa ya no me reconocía.

—¿Y qué? ¿Pensabas que me iba a quedar aquí contigo todo el día? Yo también tengo una vida, Selene, y está en Nueva York —le solté.

Ella se sobresaltó, sorprendida de mi hosquedad. Me toqué el pelo con nerviosismo, mi mano derecha temblaba. Ella también se dio cuenta, pero no le oculté el síntoma de uno de mis trastornos.

—Sigo sin entender por qué estás tan nervioso —insistió. No había manera de meterle en la cabeza que no estaba de humor para hablar ni para perder más tiempo.

—No hay un porqué —respondí irritado—. Esta…, esta… cosa entre nosotros debe manejarse de alguna manera.

Ni siquiera sabía cómo llamar a lo que compartíamos. Para mí era solo una maldita *cosa* que me estaba causando un montón de problemas, ahora también con su madre.

143

Selene se encogió los hombros, a todas luces decepcionada.

La noche anterior habíamos tenido una conversación importante.

No solo le había abierto mi corazón, además le había insinuado que le iba a permitir estar a mi lado, que le concedería la debida importancia y la pondría por encima de mis amantes, aunque fuera por poco tiempo. Me di cuenta de lo insensible que era con ella y de lo difícil que era para mí comportarme de otra manera. De forma instintiva, mi cuerpo necesitaba volver a tener contacto con el suyo, el último antes de irme, así que levanté su barbilla con el dedo índice y me reflejé en sus iris, que por la mañana eran dos acianos.

Hermosos, a decir poco.

Ese detalle, como muchos otros, quedaría grabado para siempre en mis recuerdos.

—Estudia, sal con tus amigas, diviértete y vive, niña… —le susurré para animarla a tener otros intereses, además de los míos. No quería ser el centro de su mundo.

Pero luego, al comprender lo que suponía ese consejo, el egoísmo se impuso a la razón y dio al traste con mis buenas intenciones. De repente, le agarré la mano que tenía apoyada en un costado, y con mi otra mano, como si fuera un secreto exclusivamente nuestro, le entregué el trozo de papel arrugado que aún llevaba apretado entre los dedos.

No debería haberlo hecho, pero…

Selene arrugó la frente y yo esbocé una sonrisa seductora antes de inclinarme hacia ella y darle un beso fugaz en los labios.

—Lee esta nota en cuanto puedas —añadí con dulzura.

Acto seguido me aparté de ella, abrí la puerta y la dejé allí, embelesada y… confundida.

144

7

Neil

El sueño de la razón produce monstruos.

FRANCISCO DE GOYA

A saber qué cara había puesto la niña cuando había leído la nota.

No me había llamado ni enviado un mensaje, así que supuse que todavía estaba dudando sobre lo que debía hacer.

De repente, comprendí la locura que era comunicarse con ella de una manera tan poco convencional. Un hombre normal le habría dicho todo valiéndose de las palabras, pero yo no las soportaba. Recurría a ellas con moderación y la mayoría de las veces cuando perdía la paciencia o me sentía acorralado.

Hacía unas horas que había vuelto a Nueva York, pero aún había pasado poco tiempo en casa, porque Matt no había ido a trabajar, quién sabe por qué motivo, y yo no tenía ganas de respirar el mismo aire que él. Para no tener que pasar el día ignorándolo, había aceptado la invitación que me había enviado el doctor Lively para asistir a una reunión especial que iba a tener lugar con todos los pacientes de la clínica.

A pesar de que había salido de ella hacía tres años y de que no había retomado la terapia, decidí acudir.

—¿Dónde está? —dije exasperado a la señora Kate, que estaba sentada en recepción. Como siempre, la secretaria puso los ojos en blanco, irritada por mi presencia. Me miró con desconfianza mientras saboreaba un caramelo.

—No tardará mucho en llegar. Siéntese en la sala de espera y aguárdelo allí.

Señaló el enorme espacio que había a mis espaldas, amueblado con unos pequeños sofás de cuero y una mesa baja llena de periódicos y revistas.

Resoplé pensando que todo seguía siendo jodidamente igual: la musiquita clásica exasperante, los operadores caminando sin que nadie los molestara, la maxipantalla proyectando aburridos anuncios y unos cuantos cuadros de colores. Además, las paredes blancas y el ambiente perfectamente ordenado y limpio acrecentaron la ansiedad que me estaba atenazando desde que había franqueado las puertas correderas del vestíbulo.

Me alejé de la mujer sin dignarme a prestarle más atención y me dirigí hacia uno de los sofás para sentarme.

¿Cómo se me había ocurrido aceptar la invitación?

Me arrepentí amargamente. Podría haber pasado un poco de tiempo con los Krew o llamar a Jennifer para que me la chupara en la casita de invitados, tal vez poniendo a Alexia a cuatro patas justo después, pero la idea de llamarlas o de buscar a una mis amantes había pasado un instante por mi mente y no me había excitado demasiado.

Lo cual era muy extraño.

A pesar de que tenía por costumbre poner en práctica mis peores perversiones, estaba demasiado nervioso para considerar el sexo como la solución a mi mal humor. Además, constatar una vez más que solo llegaba al orgasmo con Selene volvería a resucitar la preocupación de que hubiera algo malo en mí. En el pasado había seguido el consejo de mi psiquiatra: me había abstenido de tener relaciones sexuales durante algún tiempo para no violentar mi cuerpo ni someter a mi mente a un estrés excesivo; pero desde que había sucumbido a la niña en Detroit después de la abstinencia forzada, ignoraba cuál era la solución a mi problema.

¿Por qué lograba abandonarme con ella y ya no podía hacerlo con las demás?

—Qué honor… Hola, Miller.

Dejé de pensar y alcé la mirada hacia la mujer que acababa de hablarme. Megan me estaba escrutando con su habitual sonrisa socarrona.

No me extrañó verla allí.

Arqueé una ceja con aire impasible y la observé: llevaba el pelo recogido en una coleta de caballo, las piernas embutidas en sus habituales pantalones de cuero y una camiseta blanca tan ceñida en el pecho que dejaba entrever el sujetador de color fucsia que llevaba debajo; una cazadora negra con tachuelas plateadas en los hombros completaba su *look*.

Odiaba tener que admitirlo, pero, a pesar de su apariencia irreverente y en ocasiones masculina, Megan Wayne conseguía resultar atractiva a ojos de cualquier hombre. Mi observación se vio confirmada cuando un trabajador de la clínica pasó por su lado y le miró descaradamente el culo.

—Finge que no estoy aquí y siéntate lejos de mí. Tal vez fuera, a disfrutar del frío —solté como si fuera mi peor enemigo. Y lo era. Ella era la única que despertaba mis dolorosos recuerdos, la única que me hacía lamentar no haber matado a Kim el día en que nos había llevado a los dos al sótano para participar en uno de sus psicopáticos juegos.

—Creía que no te gustaba… —respondió la desequilibrada.

Fruncí el ceño.

¿Qué mierda de respuesta era esa?

La miré confundido. No entendía a qué se refería y ella se rio.

—¿Acabas de mirarme las tetas o me equivoco? —preguntó señalándolas, pero mis ojos no se movieron de su cara.

No, no se equivocaba, pero eso no significaba nada para mí. Apreciaba la abundancia y las curvas en cualquier mujer.

—¿Y qué? Eso no implica que me gustes —le aclaré sin vacilar. Su intensa mirada, de un color verde deslumbrante, podía seducir a cualquiera, salvo a mí.

—Vale, fingiré que me lo creo. —Se sentó frente a mí y cruzó las piernas. Acto seguido, agarró una revista de motos y empezó a hojearla. Me enfurruñé: ¿por qué no se entretenía con cosas femeninas como las demás?

Incluso empezó a silbar como un chico travieso y, una vez más, me di cuenta de lo mucho que nos parecíamos: se comportaba así con la única intención de sacarme de mis casillas.

—Para ya —le ordené en tono autoritario y ella alzó los ojos hacia mí.

Ya no le interesaba la revista, sino yo. Me escrutó de arriba abajo, de las piernas abiertas al suéter gris que me marcaba los músculos debajo de la cazadora abierta. Hizo una mueca como diciendo «nada mal» y luego me miró a los ojos.

—¿Otra vez? Ya sabes que esas maneras despóticas no funcionan conmigo.

Sacudió la cabeza para reforzar el concepto y volvió a silbar balanceando la pierna que tenía cruzada. Traté de respirar hondo repitiéndome que lo que pretendía era ver mi reacción, pero el instinto pudo conmigo y me levanté de un salto del sofá. Me acerqué a ella y con un gesto salvaje le arrebaté la revista de la mano y la arrojé a la mesita que estaba a mis espaldas.

Bueno, si no podía conseguir algo con una simple orden, actuaría a mi manera para que entendiera con quién se las tenía que ver.

147

Megan no se sorprendió ni se atemorizó en lo más mínimo. Miró con tristeza la revista, como si acabara de negar a una niña su helado favorito, y luego me miró la pelvis. Incliné la cabeza hacia un lado para comprobar qué estaba mirando. Caí en la cuenta de que la entrepierna de mis pantalones quedaba justo a la altura de su cara.

La desequilibrada se abanicó con una mano y parpadeó sensualmente.

—En la universidad todos alaban tu agresividad y tu destreza física, pero ¿no crees que estás exagerando un poco, Miller? Estamos en un lugar público.

Volvió a mirarme a los ojos y por un momento me la imaginé de rodillas delante de mí, dándome placer, mientras la mujer regordeta que estaba en la entrada llamaba a los guardias de seguridad para que me echaran. La idea de tener unos labios alrededor de la polla me excitó, pero cuando pensé que podían ser los de Megan, el cosquilleo que tenía en el bajo vientre desapareció y sentí repugnancia.

Turbado, di un paso atrás, avergonzado por primera vez del obsceno rumbo que habían tomado mis pensamientos. Intenté respirar.

—Qué demonios… —Me pasé una mano por la cara y puse cierta distancia entre los dos. Nunca se me había ocurrido algo así.

Nunca.

No la habría tocado ni aunque fuera la única mujer del mundo.

—No te agites, Miller. Frena la fantasía.

La desequilibrada me guiñó un ojo y yo la miré iracundo. Si hubiera sido otra persona, la habría castigado a mi manera por todas las veces que se había contoneado delante de mí, consciente de que jamás me permitiría tocarla, y por todas las veces que me había tomado el pelo incluso en presencia de mis amigos.

No podía soportarla por más tiempo ni podía dominar mi temperamento, así que me desahogué de otra manera.

—¿Quién te ha dado puto permiso para traspasar los límites? —bramé y, por fin, vi que Megan se tensaba. Su sonrisa confiada se fue desdibujando lentamente y la pierna que tenía cruzada resbaló hacia abajo para adoptar una posición de cautela. Se había dado cuenta de que no estaba bromeando—. Deja de comportarte como una niña pequeña, de instigarme o de burlarte de mí, porque si un día pierdo de verdad los estribos, verás un lado de mí que no te gustará en lo más mínimo —terminé con firmeza, en un tono más equilibrado, pero igualmente firme.

Megan no contraatacó. Sabía que no habría sido una acción inteligente, porque solo habría conseguido cabrearme más.

¿Quería que la pusieran en su sitio? Muy bien, había encontrado al hombre adecuado, el que nunca se sometería a nadie, menos aún a ella.

Me toqué el pelo con nerviosismo y gruñí como un animal feroz. Me sentía atrapado.

Imaginé que tenía delante un muro tan alto que me impedía verlo todo.

Seguía combatiendo al monstruo que llevaba dentro, y perdiendo en cada ocasión.

No lograba encontrar una salida a mi situación, aunque tal vez no existiera.

—Lo siento, no quería molestarte —dijo mientras yo me masajeaba las sienes con los dedos. De repente, me había empezado a doler la cabeza. Necesitaba fumar.

—Cierra la boca —dije agrediéndola de nuevo y ella bajó incómoda la mirada. Nervioso, palpé la cazadora buscando el paquete de Winston, lo encontré y saqué un cigarrillo con los dientes, sosteniéndolo entre los labios. No pensaba encenderlo, conocía las reglas del centro, pero necesitaba que estuviera ahí apagado para calmarme.

—Me alegro mucho de verte, Neil. Por fin has venido.

El doctor Lively se presentó ante mí con su habitual bata y su mirada benévola. Por la sonrisa de su cara deduje que no se había dado cuenta de que la desequilibrada y yo estábamos discutiendo. Guardé el cigarrillo y resoplé. A su lado estaba John Keller, su compañero, vestido con un elegante traje de color azul oscuro. A diferencia de Krug, Keller tenía una clase envidiable, sobre todo cuando lucía chaquetas de alta costura. En cierta medida, apreciaba su apariencia y su espíritu independiente. Me parecía un hombre inconformista, uno al que, como a mí, le importaba un carajo lo que pensaran los demás.

—Hola, chico —dijo John y yo le respondí alzando simplemente la barbilla. No lo había vuelto a ver desde que me había contado la leyenda del delfín y la perla y confiaba en que no le diera por hablarme de nuevo de ese tipo de idioteces. En aquella ocasión también le había hablado de Selene, del mensaje en que me había escrito «KISS ME LIKE YOU LOVE ME», que guardaba en secreto en mi cartera, y de que había estado a punto de declararse a mí en un parque de Detroit, usando la palabra que más odiaba en el mundo: amor.

—¿Cómo estás? —añadió, acercándose a mí.

—Nada mal. ¿Y tú? —Me dirigí a él de manera totalmente informal, como él me había pedido que hiciera la última vez; pero vi que el doctor Lively fruncía el ceño, como si se estuviera preguntando cuándo había trabado semejante confianza con su compañero.

149

—¿Desde cuándo sois tan amigos? —preguntó, de hecho, en tono sarcástico.

—Charlé con Neil hace algún tiempo, frente a la espléndida fuente del jardín. Tuve la oportunidad de conocerlo mejor y debo decir que lo considero un buen chico —me elogió John, pero yo seguí mirándolo imperturbable. Después de todo, era un psiquiatra con el que había hablado en varias ocasiones, no podía confiar del todo en él.

—Y un pésimo paciente, dado que no me hace ningún caso —terció el doctor Lively divertido. Si hubiera hablado en serio, le habría respondido como correspondía, pero dejé pasar el comentario porque percibí la ironía que se desprendía de sus palabras.

—¿Qué me dices de ti, Megan? ¿Estás preparada para hoy? —preguntó John a la desequilibrada, quien, después de mi desahogo, se había quedado sentada en el sofá guardando silencio.

Esta se limitó a asentir con la cabeza, se levantó y se dirigió hacia nosotros. Por un momento me pareció percibir su aroma a azahar, pero lo más probable es que fuera una percepción ilusoria de mi sentido del olfato. En cambio, percibí sin duda otro olor: el de su derrota. Solo había ganado una batalla, no la guerra, aunque esa cabrona no tardaría en darse cuenta de que estaba jugando con la persona equivocada.

—Claro que sí. ¿Cuándo empezamos? —dijo entusiasmada esbozando una sonrisa de circunstancias.

No me hizo el menor caso y no me importó. La escruté un momento y cuando se dio cuenta de que no le quitaba ojo, tuve la impresión de que se ponía nerviosa, porque se sonrojó un poco.

—Perfecto. En ese caso, vamos.

John nos hizo una señal para que lo siguiéramos, a pesar de que no era necesario: conocía perfectamente la clínica e imaginaba adónde íbamos. Pronto llegaríamos a la sala donde los pacientes se dedicaban a sus actividades favoritas.

Mientras enfilábamos un largo pasillo, miré a mi alrededor.

Todo seguía tal y como lo recordaba: puertas blindadas, entorno aséptico, sistemas de seguridad por todas partes.

Los dispositivos de última generación que estaban instalados en las paredes tenían una luz roja intermitente que permitía saber cuándo estaban en funcionamiento. Nadie podía escapar de allí, era una verdadera prisión de lujo. Además, en todas las habitaciones había cámaras de vigilancia para espiar a los pacientes, vigilar sus comportamientos y analizar su evolución a fin de comprender si la terapia individual estaba dando los resultados esperados.

Todavía recordaba cómo, en los años en que había estado ingresado allí, burlaba astutamente los sistemas de seguridad para escapar al cuarto de baño con la tipa de turno y poner en práctica todas las enseñanzas de Kimberly.

Era un estupendo entretenimiento sobre el que el doctor Lively nutría alguna que otra sospecha, aunque nunca llegó a hacer las debidas averiguaciones.

—¿Qué se siente al volver a caminar por los pasillos de la clínica? —dijo distrayéndome de mis pensamientos. Me encogí de hombros.

—Aburrimiento. Como siempre —respondí en tono inexpresivo, ocultándole que mi mente estaba realizando un inusual viaje al pasado y que estaba recordando todo lo que había hecho desde la adolescencia hasta que cumplí veintidós años—. ¿Cuántos chicos hay hoy ingresados? —le pregunté con desinterés, a pesar de que quería saber cuántos estaban experimentando lo que yo había vivido.

—Veintiuno —respondió John caminando delante de mí en compañía de Megan, que seguía sin hacerme caso. Quizá se había ofendido y cuando se le pasara volvería a darme el coñazo, o puede que hubiera comprendido de una vez por todas que debía dejar de importunarme.

Ojalá fuera la segunda posibilidad.

—Hay once chicos y diez chicas —especificó el doctor Lively.

Vi que sacaba de la bata de laboratorio la tarjeta magnética con la que podía abrir todas las puertas de la clínica. En el centro no había llaves para evitar que los pacientes hicieran mal uso de ellas o dejaran entrar a personas no autorizadas; los únicos que podían desbloquear los sistemas de acceso eran los dos psiquiatras que nos acompañaban.

—Es difícil que alguien pueda escapar de aquí —comenté con ironía mientras observaba la lucecita roja de una alarma.

—Ha habido varios intentos de fuga en el último año. Por eso hemos hecho instalar unos ciento quince dispositivos de alarma y hemos reforzado los sistemas de seguridad —explicó con orgullo el doctor Lively sin captar mi sarcasmo.

—¿Y si alguien quisiera manipularlos? —le pregunté con fingido interés. Se detuvo y me miró como si le hubiera arrojado un cubo de agua helada—. Es broma —lo tranquilicé riéndome para evitar que le diera un patatús, y él suspiró aliviado.

—Vamos —refunfuñó siguiendo a John y Megan.

Al fondo del largo pasillo había una puerta corredera, que se abrió automáticamente para darnos acceso a una gran sala llena de pacientes.

151

—Supongo que recuerdas que aquí hay de todo, ¿verdad? Una biblioteca, una sala de juegos, un gimnasio, una sala de musicoterapia y otra de biblioterapia. He creado todo esto para mejorar el enfoque psicoanalítico con los chicos y, de esta manera, poder proporcionar a cada uno de ellos un entorno saludable y cómodo —me explicó como si necesitara una buena publicidad para convencerme de que reiniciara la terapia, pero yo estaba determinado a no hacerlo.

Siempre había sido muy testarudo y el hombre que tenía delante lo sabía de sobra, así que era inútil que siguiera utilizando sus tácticas de persuasión.

—Sé que su clínica se parece a un *resort* de lujo, doctor Lively, pero no pierda tiempo conmigo. No pienso volver aquí. Solo acepté asistir a la reunión porque insistió y no quise decirle que, en realidad, me estaba tocando los huevos con su llamada. ¡Así que aprecie mi buena voluntad! —solté de un tirón llamando la atención de John y de la desequilibrada. Sin darme cuenta, había alzado la voz. Estaba muy nervioso, perdía la paciencia con facilidad, sobre todo cuando me sentía bajo presión, como en ese momento. Me pasé una mano por la cara para intentar recuperar el control e inspiré profundamente.

152 —Vale, disculpa, Neil. Solo estaba conversando contigo. —El tono del doctor Lively cambió radicalmente. Adoptó una actitud serena y ecuánime, justo la que prefería.

—En cualquier caso, ellos... —John se aclaró la garganta y habló como si yo no hubiera acabado de despotricar contra su compañero— son los pacientes que estamos tratando en la actualidad y que hoy vas a conocer.

Los miré mientras los señalaba. Los jóvenes que estaban en la sala tenían más o menos mi edad y estaban concentrados en sus actividades. Algunos leían, otros bromeaban y hablaban entre ellos, o jugaban al billar.

—Piensa que hasta hace seis meses eran treinta. Diez de ellos regresaron a casa con sus familias. Los que estás viendo son los pacientes más problemáticos, los que tienen una trayectoria terapéutica bastante difícil —explicó John.

Los observé detenidamente y, como un buen sabueso, enseguida logré identificar a varios de ellos: una chica con rizos conversaba con un osito de peluche apartada del resto de sus compañeros; un joven con una bandana en la frente sujetándole el pelo negro y enmarañado aporreaba una guitarra sentado en un pequeño sofá, a la vez que anotaba algo en una hoja de papel, como si estuviera escribiendo una canción o algo por el estilo; un tipo tatuado fumaba un cigarrillo cerca de una ventana en compañía de una rubia bastante mona que no se despegaba de él.

La joven no dejaba de sonreír mientras él la miraba hambriento... Sí, realmente hambriento del cuerpo esbelto y bien proporcionado de ella, ceñido por un bonito vestido de flores de manga larga.

—¡Drew! ¡Brenda! —El doctor Lively llamó la atención de la pareja que yo estaba justo mirando en ese momento y los dos jóvenes se sobresaltaron. Nos miraron irritados, primero a Megan y a mí y luego a los médicos. A continuación, se hizo un gran silencio en la sala—. Venid todos aquí —añadió el psiquiatra con severidad. Los pacientes abandonaron sus actividades y se aproximaron a nosotros, excepto el chico tatuado, que susurró algo al oído de la rubia y le apretó el culo antes de soltarla.

—¿Qué pasa, doctor Lively? —preguntó Brenda al psiquiatra mientras se ajustaba el generoso escote de su vestidito. Aproveché la circunstancia para lamer con la mirada su cuerpo torneado, deteniéndome en primer lugar en la melena rubia, que le caía por debajo del pecho, y luego en sus ojos azules, claros como el mar; por un momento me perdí pensando en los iris oceánicos que buscaba por todas partes, que veía en cada rostro y que en ese momento estaban demasiado lejos de mí.

—Brenda, ten paciencia, ahora te lo explicaré todo —le respondió John con amabilidad.

En ese instante me di cuenta de que varios pacientes me estaban mirando y me sentí terriblemente expuesto e incómodo. Las chicas, en especial, me escudriñaban como si no hubieran visto a un hombre en su puta vida. La rubia, en concreto, me escrutó y enseguida me dio a entender que le gustaba lo que veía, demasiado incluso, dado que hasta hacía un instante lanzaba dulces miradas a otro.

—¿Quién es este tipo, doctor Keller? —El capullo tatuado se dirigió hacia nosotros tras tirar la colilla por la ventana y se apresuró a rodear con un brazo los hombros de la que, suponía, era su novia para marcar a todas luces el territorio. Su mirada penetrante manifestaba la irritación que le producía mi presencia.

—Os presento a Neil Miller, chicos. Es un antiguo paciente del doctor Lively y hoy será nuestro invitado. Pasará unas horas con nosotros —les informó John sonriendo.

—Interesante —murmuró el joven tatuado mirándome con los ojos entornados, como si me estuviera desafiando—. Nos gustan los novatos. —Su tono malicioso insinuaba, en cambio, algo totalmente distinto, algo que no me gustó lo más mínimo y que despertó mi lado más irracional.

153

En cualquier caso, intenté dominarme y mantener la calma.

El doctor Lively dio un paso adelante y se acercó a mí con cautela.

No porque quisiera defenderme del tipo en cuestión, sino para protegerlo de mí.

Me conocía demasiado bien.

—No empieces, Drew —le regañó y el tatuado resopló exasperado. Mi cerebro pudo memorizar por fin su nombre y lo incluyó en la lista de personas con habilidad para sacarme de mis casillas—. El resto de vosotros, dad la bienvenida a nuestro invitado —añadió para aliviar la tensión. Odiaba las reglas de cortesía, nunca les había dado mucha importancia, de manera que cuando los pacientes comenzaron a presentarse por sus nombres, los olvidé en el acto.

—Bien. Neil, trata de ambientarte. John y yo volveremos enseguida. Tenemos algunas cosas que hacer, pero no tardaremos nada en empezar —dijo y al oírlo fruncí el ceño.

¿A dónde demonios iban? ¿Me iban a dejar allí? ¿Solo?

—Megan se quedará contigo. A estas alturas conoce a todos —me explicó John como si se hubiera dado cuenta del pánico que la situación me había provocado. Puede que solo pretendiera mitigar mi agitación, pero la idea de quedarme en compañía de la desequilibrada no me gustaba nada.

Mientras los dos médicos se alejaban conversando, Megan se acercó a mí y yo suspiré inquieto.

—Como puedes ver, soy tu ángel de la guarda, me necesitas —dijo otra vez en tono socarrón, como si hubiera olvidado mi advertencia. Llegué a pensar que me iba a volver loco de verdad.

—Necesito un cigarro —me limité a contestarle, luego me volví hacia la sala que iba a tener que cruzar para salir a la terraza. Los pacientes habían retomado sus actividades con desinterés, y el tatuado estaba besando con ferocidad a la rubia sin perderme de vista.

La tal Brenda no me interesaba, pero era evidente que ese idiota creía que sí.

Me armé de valor y atravesé la amplia sala bajo la mirada de todos. Me sentía tan contrariado que era un manojo de nervios a punto de estallar.

Mi mente se inundó de recuerdos: mi padre, mis rezos, Kimberly, los años de terapia…

Tenía que ahuyentarlos como fuera.

Me encaminé apretando el paso hacia la puerta acristalada, que estaba entreabierta, y salí. El frío me azotó apenas puse un pie fuera, pero no me importó. Saqué mi paquete de Winston y me encendí un cigarrillo. No podía evitarlo, fumar era mi trampa mental, la única forma de relajarme y sentirme mejor.

—Sé que esto es difícil para ti, Miller. —Megan se reunió conmigo y encogió los hombros, aterida. Me pellizqué la punta de la nariz, apoyé los codos en la balaustrada y cerré los ojos por un momento.

Parecía un puto animal enjaulado con ganas de mutilar al primero que se me pusiera por delante.

—No creo que lo sepas. Ya te has acostumbrado. Yo no.

Di una larga calada sujetando el cigarrillo entre los dedos índice y medio, mientras mis ojos observaban todo, en alerta, atentos a cada detalle. Expulsé el humo y me volví hacia Megan. Esta mantuvo la distancia con su habitual orgullo, con la seguridad en sí misma que transmitía cada uno de sus gestos, con la armadura de acero impenetrable bajo la que yo solo conseguía ver sus miedos.

Ni Megan ni yo éramos invencibles.

—Solo serán unas horas, luego te irás a casa —dijo tratando de tranquilizarme con sus ojos verdes; por un momento, me alivió la idea de que estuviera allí. No soportaba su presencia ni su manía de entrometerse en todo, pero era la única persona que conocía en ese lugar.

—No es fácil tolerar tu compañía ni la del resto de chiflados como tú, créeme —solté sin dejar de fumar. Era inútil. Alternaba momentos de sensatez con otros en los que me comportaba de manera brusca y resultaba intratable. Inquieto, miré la espalda del tipo tatuado, que se había sentado en un sofá y seguía coqueteando con la rubia, y fruncí la nariz.

—Es Drew Cruz y la que está a su lado es Brenda López —murmuró Megan, anticipándose a mi pregunta—. Es mona, ¿verdad? —Hizo una pausa para mirarla y cruzó los brazos.

¿Acababa de hacerle un cumplido a la rubia?

—¿Te gustan otra vez las mujeres? —le pregunté con mi habitual brusquedad, sin considerar que estaba entrando en un terreno muy personal.

Sabía que Megan era bisexual desde que éramos adolescentes, pero jamás había juzgado sus preferencias, lo mío era pura curiosidad.

—Me gusta todo lo que tiene alma, Miller. Me gustan tanto los hombres como las mujeres. Creía que ya lo habías entendido. —Sonrió en tono alegre.

—Contigo nunca me aclaro, desequilibrada. —Di otra calada y tiré el humo por la nariz sin dejar de mirar a Drew. La rubita me importaba un comino, pero él era otra cosa.

155

—¿Qué me dices del tatuado? —le pregunté señalando con la barbilla al chico.

—Es el macho alfa de la comunidad. Uno de los peores pacientes. Llegó hace seis meses, pero aún no ha hecho ningún progreso. El doctor Keller me ha dicho que con frecuencia es difícil de manejar y que tiene un largo camino por delante.

Megan adoptó una expresión de disgusto y a continuación se puso a juguetear con un mechón de pelo negro que se le había soltado de la cola de caballo.

—¿La rubia es su novia? —insistí.

La verdad era que me daba igual, lo único que quería era entender por qué la había tomado conmigo apenas se habían cruzado nuestras miradas.

—Sí —corroboró Megan—. Brenda llegó más o menos un mes después que él y enseguida surgió la chispa entre ellos —añadió con picardía.

—¿Sufrieron abusos? —Levanté ligeramente la cabeza y tiré el humo hacia arriba mientras Megan se mordía el labio inferior. Mi mirada se detuvo en su boca carnosa.

A veces pensaba que, de no haber sido la niña con la que había compartido un pasado traumático, habría intentado seducirla; siempre me había intrigado saber cómo vivía la sexualidad. Me preguntaba si también ella reivindicaba su papel en la cama porque veía a Ryan en todos los hombres con los que estaba, o si, en cambio, podía encauzar libremente su pasión y disfrutar al máximo de cada momento.

Quería comprender si yo era el único que tenía una vida sexual enfermiza o si a todos los que eran como yo les ocurría lo mismo.

—Exacto. Los dos tienen un pasado realmente terrible. En cierta medida, son como nosotros… —Hizo una pausa y la miré sin entender adónde quería ir a parar. Ella percibió mi confusión y prosiguió—: Riñen sin parar, a pesar de que se parecen mucho, a veces da la impresión de que no se soportan, pero… —Calló y esbozó una sonrisita insolente, como si fuera consciente de que iba a decir algo que podía molestarme.

—¿Pero? —la animé a seguir, aunque no estaba muy seguro de querer escuchar más.

—Pero están unidos por un vínculo emocional muy fuerte, hacen el amor a menudo y resuelven sus diferencias entre las sábanas. —Sonrió alusiva, pero yo seguí mirándola con aire grave.

De repente, pensé en Selene.

Esa era nuestra forma de resolver los problemas.

La niña me pedía que le contara algo sobre mí y yo a cambio tomaba lo que quería en la cama, encima de un escritorio o contra una pared…, donde me apetecía. Nosotros no hacíamos el amor, de hecho, esa idea me horrorizaba; tampoco formábamos una pareja, porque yo era incapaz de devolver el afecto que recibía. En mi caso, el sexo transcendía los simples sentimientos humanos, era tan solo un acto de deseo y perversión, aunque con ella a menudo se convirtiera en taquicardia, calor, besos, abrazos y anhelo de saber algo más sobre su prístino mundo.

Cada vez que Campanilla esparcía un poco de polvo de hadas sobre mi cabeza se organizaba un buen barullo.

—Estás pensando en Selene.

La voz de Megan me devolvió al presente. No era una pregunta, sino una afirmación clara y precisa. Me di cuenta de que me había quedado absorto con el cigarrillo en los labios y que la ceniza se había acumulado en el punto de combustión. Agarré el filtro con los dedos y lo golpeé con el índice para sacudirlo.

—No —mentí con el único propósito de no tener que hablarle de mi vida privada.

Jamás le contaría que llevaba algún tiempo muerto, pero que cuando besaba a la niña me sentía vivo; que, a pesar de estar encerrado en una jaula, me sentía libre cuando tocaba su piel suave. Jamás le confesaría que cuando me movía entre los muslos de Selene, me convertía en un fuego ardiente y que, aunque estuviera destrozado, me sentía mejor cuando me perdía en sus ojos oceánicos.

—Es muy guapa, además de dulce. Me bastó verla una noche para comprender qué tipo de chica es —comentó Megan con una sonrisa socarrona.

—Asquerosamente dulce —la corregí repentinamente molesto.

A veces la dulzura de Campanilla era excesiva y eso me irritaba mucho. Sobre su belleza, en cambio, no podía estar más de acuerdo con la desequilibrada. Selene no se parecía en nada a mis amantes, pero no por ello era menos hermosa. A su manera, era atractiva, sensual y femenina, pero sin excesos.

También era jodidamente sexi, vaya si lo era…, a pesar de la ropa interior infantil y casta que solía llevar.

Nunca había fantaseado con algo así antes de conocerla.

—Pero te gusta —insistió Megan, decidida a sacarme de mis casillas.

—Claro, me gusta follar con ella —precisé; no tenía la menor intención de confesarle las extrañas sensaciones que a veces experimentaba en mi interior. Además de no ser capaz de identificarlas,

157

las sentía en contadas ocasiones, solo que cuando emergían eran muy intensas.

Quizá Selene me atraía de una forma especial y por eso mi cuerpo jugaba a hacerme perder el control con más facilidad que con el resto de mis amantes.

Era la única explicación plausible.

—Ella es diferente de las demás, Miller.

—Y también de mí —afirmé con firmeza—. Mejor dicho, de nosotros… —especifiqué para recordarle que los dos teníamos un pasado putrefacto a nuestras espaldas, cicatrices evidentes, problemas que afrontar y un futuro plagado de pesadillas, en lugar de sueños.

Selene era mi mujer, mi niña y también mi amante.

Para mí era todo y nada al mismo tiempo, porque nunca la iba a dejar entrar en mi árido corazón. No quería condenarla a una vida desastrosa a mi lado. Gozaría de lo nuestro hasta que fuera posible, hasta que me marchara a Chicago, y después la liberaría, como le había prometido a su madre.

—Deberías confiar y abrirte a ella. Creo que te aceptará. Tienes alma, Miller, y no es tan mala como quieres hacer creer a los demás —dijo suavizando el tono de voz—. Por supuesto que eres un pervertido, yo tampoco aprobaría lo que haces con las chicas de los Krew… —añadió mirando a un punto indefinido en el horizonte.

—¿Y tú qué sabes? —le pregunté enfurruñado.

—La gente rumorea en la universidad y, por desgracia, la mayoría sabe lo que estás haciendo con tu caniche rubio o esa otra… —Agitó una mano en el aire. Se refería a Jennifer y Alexia—. Si rompieras con Selene, volverías a tirarte a dos chicas insulsas, que solo secundan tus perversiones porque les gusta que las domines —concluyó mirándome con aire severo.

Yo también era consciente de todo eso, las chicas de los Krew me deseaban, igual que todas las demás, les cautivaba mi aspecto y les atraía mi manera de hacer en la cama, eso era todo. No sabían nada de mí, porque siempre interponía un muro inexpugnable entre ellas para impedirles que entraran en mi vida.

Les concedía todo mi cuerpo, pero el alma solo me pertenecía a mí.

—Selene no sería capaz de manejarme. —Sacudí la cabeza, pensativo.

Estaba seguro de que la niña nunca iba a saber darme órdenes ni domesticarme como a un jodido perrito faldero. Yo no era como esos hombres que se enamoraban y perdían su autoridad dejándose embaucar por las mujeres.

158

Yo era diferente de los demás, uno que no seguía las convenciones ni estaba dispuesto a cambiar para que el mundo lo aceptara.

—Ella sabe que tienes una personalidad muy fuerte. En mi opinión no quiere manipularte, solo quiere entenderte. —Megan se encogió de hombros sin dejar de escudriñarme. Empecé a pensar que, a fin de cuentas, su compañía no estaba tan mal, sobre todo cuando no se dedicaba a tomarme el pelo. Tenía la capacidad de leer en mi interior sin que yo hablara.

Siempre nos habíamos llevado bien, desde que éramos niños, la empatía que nos unía era muy intensa.

—Entonces, en tu opinión, ¿debería seguir viviendo esa *cosa* y abrirle mi corazón? —le pregunté inclinando ligeramente la cabeza. El parecer de alguien tan inteligente como Megan podía venirme bien.

—¿De verdad llamas esa *cosa* a tu relación? —Se rio burlándose otra vez de mí.

—Sí, lo nuestro no es una relación —la regañé—, es una *cosa*. Me gusta llamarlo así, porque es indeterminado, pero, al mismo tiempo, comprensible. ¿Entiendes? —le expliqué agitado tratando de dar un sentido a mis palabras. Megan guiñó los ojos con aire reflexivo y se tocó la barbilla; no parecía muy convencida.

—Sí, lo entiendo. Recuerdo perfectamente que odias las definiciones conceptuales —respondió ella y yo me mantuve tan inflexible como siempre.

—¡Chicos! —Nos llamó alguien, interrumpiendo nuestro diálogo antes de que pudiera responder. Cuando el tipo que nos había llamado asomó un poco la cabeza por el ventanal, vi que era uno de los trabajadores de la clínica.

Nos invitó a entrar con un ademán, de manera que, tras dar la última calada, tiré el cigarrillo al suelo.

—Vamos, desequilibrada, entremos —dije con brusquedad.

—A sus órdenes, sargento. ¿Sabes, Miller? Siempre he pensado que estarías muy guapo de uniforme. Parecerías un hombre de una pieza, mandarías a todos… Sí, ese oficio te iría como anillo al dedo —comentó Megan de nuevo en tono socarrón.

Era evidente que, para ella, la tregua había sido efímera.

—No empieces otra vez —le advertí riéndome sin mirarla, aunque sabía que estaba a mis espaldas. Oía el irritante ruido que hacían sus botas al caminar.

—Hablo en serio, deberías olvidarte de la arquitectura y entrar en las Fuerzas Armadas —insistió con insolencia.

¿En qué demonios estaba pensando? ¿No sabía hacer otra cosa que no fuera tocarme los huevos sin parar?

159

Me giré de repente y ella chocó con mi pecho. Gimió de dolor y se frotó la frente, luego me miró. No me importó que estuviéramos en medio de una sala llena de gente y que tal vez alguien nos estuviera observando.

Estaba acostumbrado a aclarar las cosas a mi manera.

—Me estás poniendo nervioso —le dije—. Te mereces que te dé unos cuantos azotes en el culo. Tantos que los recuerdes el resto de tu vida. Así pues, si no quieres que pierda los estribos, deja de provocarme —la conminé en tono amenazador.

Megan arqueó una ceja con su habitual desparpajo y pasó por delante de mí dándome un golpe en un hombro que no tuvo el menor efecto en mí.

—Vamos, Miller. —Me hizo una señal para que la siguiera y la obedecí, pero solo porque no tenía alternativa.

No sabía a dónde nos dirigíamos exactamente. El trabajador había hablado con Megan y le había dicho algo, ella había asentido con la cabeza y él se había marchado sin añadir nada más. Por si fuera poco, las paredes asépticas, el aire caliente y los espacios reducidos cambiaron radicalmente mi estado de ánimo. De repente, aceleré el paso y agarré a Megan por una muñeca. Ella se volvió para mirarme, aturdida. No me molesté en comunicarle que era presa de una agitación repentina. Mi expresión no debía de ser muy tranquilizadora, porque Megan me miró intimidada.

—¿Adónde vamos? —le pregunté preocupado; mi voz le hizo intuir el grado de nerviosismo que se había apoderado de mí. Para empezar, observó los dedos que aferraban su muñeca y luego me miró a los ojos. Me di cuenta de que la estaba lastimando y la solté.

—Tranquilízate y ven conmigo. —Megan se frotó la muñeca haciendo una mueca y, con una leve sonrisa, echó a andar de nuevo por el pasillo en dirección a otra sala de la clínica.

Odiaba ese lugar. No podía fingir que todo iba bien. Sabía que había fracasado miserablemente en el intento de recuperar las riendas de mi vida, que se me iba de las manos desde hacía tiempo, pero confiaba en recuperar el control antes de que sucediese lo peor.

En cambio, seguía negando la evidencia y cualquier esfuerzo que me llevara a resolver el problema, porque lo había intentado durante doce años y no había servido para nada.

—Aquí estamos. La musicoterapia se va a efectuar aquí.

Megan se detuvo de golpe, de manera que casi choqué con ella. Me mostró una enorme sala donde había muchas sillas vacías dispuestas en círculo. No era nada lúgubre ni macabro. Además, había un enorme equipo de música, un piano de cola, varios tambores y

160

una guitarra. Dos ventanas dejaban entrar libremente los rayos solares, pero, a pesar de todo, las sombras seguían allí, podía verlas a mi alrededor y pronto estarían sentadas en corro y desnudarían sus almas con la vana esperanza de sentirse mejor.

Al igual que el amor, eso también era pura ficción, una ilusión.

El pasado era como una enfermedad. Un cáncer terminal: no se podía destruir ni era posible escapar de él.

—¿Cuál es la novedad? —le pregunté para averiguar por qué estaba allí. A pesar de que la clínica había sido renovada y tenía algunas áreas nuevas, seguía siendo la misma: un castillo de cristal para mentes perturbadas.

Megan sonrió y miró al frente, con una luz serena en sus ojos. Estaba feliz de estar allí, yo no.

—¿Desde cuándo no participas en una de nuestras reuniones con una música agradable de fondo? —preguntó con curiosidad y yo suspiré.

—Desde hace tres años —respondí con acritud.

—Bien, entonces hoy te parecerá diferente de lo habitual. —Megan se encogió de hombros, como si todo aquello fuera sencillo para ella. En cambio, yo nunca había abordado mis problemas con tanta ligereza.

—Lo siento, debería pasar... —De repente, una voz baja y sensual me distrajo de mis pensamientos.

No me di cuenta de que me había quedado embobado en la puerta hasta que la rubita, Brenda, pasó por delante de mí, o, mejor dicho, se restregó contra mi cuerpo con tanto ímpetu que sentí su trasero presionando la bragueta de mis vaqueros. Acto seguido me miró maliciosa para confirmarme que lo había hecho a propósito, pero yo no me inmuté. Era difícil que uno como yo diera su brazo a torcer, sobre todo cuando no sentía el menor interés.

Me gustaban mucho las mujeres, pero no todas.

Debería habérselo dejado bien claro a la rubia.

—Ya has llamado la atención de Brenda López. Es increíble —comentó divertida Megan.

El hecho no me complació ni me halagó.

—Tal vez tenga ganas de echar un buen polvo porque su novio es una nulidad en la cama —solté, sin importarme si alguien podía oírme.

Megan levantó las cejas sorprendida; yo, en cambio, esbocé una sonrisa críptica y entré en la sala antes que ella.

Pensé de nuevo en la niña.

Habría dado lo que fuera porque estuviera aquí.

161

Si hubiera pasado por delante de mí con sus ojos oceánicos, el aroma a coco, que se había convertido en mi favorito, y su cuerpo arrebatador, le habría arrancado las bragas, la habría estampado contra la pared y la habría mordido por todo el cuerpo. Me habría gustado oír mi nombre como una súplica en sus labios carnosos, porque sus gemidos tenían el poder de silenciar el caos que ofuscaba mi mente.

Selene me protegía como un casco protegería a un caballero destruido.

Era una cálida manta que me resguardaba del frío de los recuerdos.

Era una medicina que no curaba, pero que calmaba mis heridas.

Era una voz etérea que me susurraba al oído que no me rindiera, porque el verdadero fracaso sería dejar de luchar.

Era una brújula que quería mostrarme el nuevo camino que debía seguir en la vida.

Era mucho más que una mujer con la que podía reivindicarme a mí mismo, como sucedía con las demás. A su lado me sentía omnipotente, el hombre que no había conseguido crear solo.

Incluso el infierno tomaba un aspecto diferente cuando estaba desnuda a mi lado.

Yo, sin embargo, prefería morir día a día.

Absorto, me apoyé en el alféizar de una de las dos ventanas y Megan se acercó a mí. Observamos a los pacientes que iban entrando de uno en uno para tomar asiento en las miserables sillas.

—Poneos en corro, chicos. Que todo el mundo ocupe su puesto... —El doctor Lively apareció acompañado de John y comenzó a dar órdenes, las mismas que siempre había odiado recibir—. Si quieres deleitarnos con una de tus melodías, Greg... —Le dio una palmadita en el hombro al chico de la bandana, que tenía en las manos una guitarra clásica.

—¿No te sientas con nosotros, Neil? —preguntó John y aguardó la respuesta observándome con toda atención.

—Estoy bien aquí. Vosotros haced lo que tengáis que hacer.

Moví una mano como si estuviera ahuyentando a una mosca, como si yo mismo no fuera un paciente, como si estuviera a punto de presenciar algo que no tenía nada que ver conmigo, y me comporté con mi habitual frialdad.

No pensaba tomar parte activa en la reunión, solo quería escuchar.

—Como quieras. Krug, podemos empezar —dijo a su compañero, quien, por toda respuesta, asintió con la cabeza.

Después los dos se sentaron con los pacientes y se mostraron sonrientes y relajados.

—Veamos, ¿cuál es nuestro lema habitual antes de empezar? —El doctor Lively miró alrededor y se detuvo en Drew, que se había sentado al lado de Brenda y, con una mano apoyada en el muslo desnudo de ella, me miraba con sus ojos malignos. Lo ignoré y me concentré en la reunión.

—A partir de aquí recomienzo yo... —repitieron todos a coro. Greg se puso a tocar la guitarra y entonó una canción a modo de música de fondo. Suspiré impaciente.

—Muy bien, ¿quién quiere empezar a contar su historia?

El doctor Lively cruzó los brazos en el pecho y esperó a que alguien tomara la iniciativa. Mis ojos se posaron en cada uno de los semblantes asustados, avergonzados y velados por los recuerdos más sombríos, y se detuvieron en el tatuado, que en ese momento estaba moviendo la mano en el muslo de la rubia pensando en algo bien diferente.

—Yo. —De repente, un brazo delgado se levantó vacilante, atrayendo la atención de todos. Miré a la paciente en cuestión: era la chica de pelo rizado que abrazaba un peluche, el mismo con el que estaba hablando antes en la sala de actividades.

—Muy bien, Jenna. Te escuchamos. —El doctor Lively le sonrió y la escrutó mientras aguardaba a que hablara.

La chica tragó saliva, se tocó varias veces el pelo y parpadeó de modo convulsivo. Estaba muy nerviosa. Inexplicablemente, percibí la misma sensación de desconcierto, el mismo vacío, el mismo miedo que ella.

—Hola a todos, me llamo Jenna, tengo diecinueve años y cuando era niña sufrí los abusos de un magnífico príncipe que no tardó en convertirse en mi monstruo. El príncipe era mi padre —dijo titubeando—. Yo era una niña muy tímida y a mi padre y a mí nos unía una relación estrecha y pura. Recuerdo cuando me leía cuentos antes de irme a dormir o cuando me acostaba en la cama entre él y mi madre. Todo cambió durante la adolescencia. Por aquel entonces, empezó a prestarme la atención que un padre nunca debería dedicar a su hija. En ese momento no entendía si era normal, solo estaba aterrorizada. Mi madre no se dio cuenta. No entendió que le suplicaba ayuda en los dibujos deformados que hacía en el colegio ni en la frase ESTOY MAL HECHA que escribí en la pared de mi pequeña habitación. Nunca lo comprendió. Me dejaba allí, en la guarida del lobo. Entonces empecé a tener problemas para relacionarme; mi madre pensaba que hablaba poco porque era tímida,

163

pensaba que amaba la soledad porque era demasiado introvertida, pensaba que me comportaba de forma extraña para atraer su atención. —Sacudió la cabeza con una sonrisa triste, respiró y retomó su relato—. Entretanto, yo pasaba la mayor parte del día con el ogro, que me tocaba siempre que podía. Me pedía que le hiciera de todo o que me acostara en la cama, donde él me hacía algo a mí. Me decía que debía respetarlo, que debía agradecer lo que hacía porque con el tiempo aprendería a complacerlo... —Se detuvo con una mano en la barriga, como si estuviera a punto de vomitar—. Los abusos terminaron cuando cumplí dieciséis años. Mi madre empezó a creerme cuando mi padre se encaprichó de otra niña: la hija de unos vecinos. —De repente, miró el peluche que tenía en una mano—. El único testigo de mi sufrimiento era mi oso de peluche. Se llama *Miedo*. Siempre estuvo a mi lado y fue el único que me creyó enseguida. —Respiraba con dificultad, atormentada por los recuerdos, afligida por un dolor indeleble.

Ese dolor que fluctuaba en las notas melancólicas de la guitarra, el mismo dolor que yo mismo sentía. Era como una herida que no dejaba de sangrar, grabada en el alma.

La sentía, siempre la sentía.

Sentía la culpa, la suciedad en mi interior, el tipo de suciedad de la que ya no podía deshacerme, que no se lavaba siquiera con mis innumerables duchas.

Kimberly y todos los comedores de bebés como ella iban a permanecer siempre en nuestro interior.

—Bien hecho, Jenna. Has compartido un pequeño fragmento de tu experiencia con nosotros... y por eso te damos las gracias. —El doctor Lively le sonrió y miró alrededor con la esperanza de que otro soldado valiente saliera al campo de batalla—. Hum..., ¿Nora? —preguntó dirigiéndose a una chica con una melena corta pelirroja, dos iris oscuros profundos y un tatuaje en la curva del cuello. Observé el dibujo: representaba a una serpiente con los ojos rojos, que destacaban en la piel blanca de la joven.

—Esta es la historia de la niña serpiente... —La chica se tocó el cuello mirando fijamente un punto en el vacío, luego se humedeció los labios, en los que brillaba un pequeño anillo de metal, y pareció volver en sí—. Me llamo Nora y tengo veintidós años. Mi tío me violó cuando tenía nueve. Él siempre me miró como si fuera una mujer, en lugar de una niña, como si fuera una prostituta y no una sobrina a la que debía educar. Un día de agosto decidió destruir mi infancia y borrar para siempre mis sueños, pero, por encima de todo, mi sonrisa. —Mordió el *piercing* con insistencia a la vez que se revolvía en la silla, una manifestación frecuente del nerviosismo propio de los que han sido víctimas de ciertas atrocidades—. Ese día me pidió que fuera a su habitación. Lo encontré desnudo en la cama. Yo… no quería hacerlo, pero si me negaba a obedecer me gritaba que era una estúpida. A partir de entonces, cada vez que sucedía me decía que si contaba a alguien nuestro secreto, la serpiente que tenía dentro me devoraría. Me lo creí, me lo creí de verdad. Guardé el secreto durante meses. Abusó de mí en veintiuna ocasiones y hoy llevo veintiuna serpientes tatuadas en el cuerpo… —Miró a nuestro psiquiatra, torturándose los dedos. Me quedé helado.

En la sala se hizo un absoluto silencio, la melodía de la guitarra se convirtió en un sonido lúgubre.

Allí solo había almas muertas, almas oscuras, sombras sin sonrisas.

Aquello era el infierno.

Un infierno que arrebataba todas las fuerzas, que impedía respirar, que dolía en el pecho.

La verdad era que, incluso en una sala grande y rodeados de otras personas, todos nos sentíamos solos, encerrados en nuestro mundo, lejos de la realidad.

En nuestras cabezas vivíamos en un universo paralelo, vivíamos el pasado y los abusos. Nuestros verdugos eran unos monstruos que venían a visitarnos cada noche. No se escondían bajo la cama ni en el armario, sino dentro de nosotros.

Ese era su escondite favorito.

Era inútil cerrar los ojos para no ver sus obscenidades, o taparse los oídos para ignorar sus insultos. Los comedores de niños estaban allí, listos para hacernos daño, para violarnos física y mentalmente.

Detrás de cada abuso había una violencia psicológica inexorable. Ninguno de nosotros podía evitar revivir en la piel los desmanes que había sufrido en su día. Y cada vez el pecho se rompía en mil pedazos, el dolor subía hasta la garganta y todo era inútil: llorar, reaccionar…, incluso vivir.

Solo sobrevivía el cuerpo.

El alma moría cada día.

—Gracias por tu historia, Nora.

El doctor Lively mostraba su habitual sosiego. Estaba acostumbrado a escuchar. Sí…, estaba acostumbrado a entrar en nosotros para analizarnos como ratas de laboratorio, pero no podía sentir de verdad lo que anidaba en nuestro interior.

En el cerebro. Bajo la piel. En el alma.

Era un mal que nadie podía entender sin haberlo experimentado. Por eso a Selene solo había podido hablarle de Kimberly y no de los estragos que había causado en mí. No había sido capaz de decirle lo que había pasado en el sótano con Megan ni hablarle de mis actuales perturbaciones.

¿Era ese el futuro que quería para la niña?

¿Una vida al lado de alguien como yo?

No quería ensuciarla ni contaminarla.

El caso es que ella era la única capaz de escuchar, no solo mis palabras, sino también mis silencios, mis miedos, las emociones a menudo conflictivas que experimentaba.

Era una perla rara.

De repente, las paredes que me rodeaban parecieron encogerse, casi no podía respirar, y la necesidad de escapar, de salir de allí se hizo insoportable. Me moví como un resorte y me dirigí hacia la puerta, pasando por delante de Megan, que me miró mientras me marchaba sin hacer nada.

Había sido una pésima idea asistir a la reunión.

Ahora comprendía por qué el doctor Lively había insistido tanto. De forma velada, quería convencerme de que retomara la terapia.

Pero eso no iba a suceder, nunca daría mi brazo a torcer.

166

Sabía que había otros chicos en el mundo que habían sido víctimas de los mismos abusos, pero yo no era tan fuerte como parecía: probablemente nunca saldría de mi infierno, jamás me libraría del veneno que fluía por mi cuerpo.

—¡Neil, espera! —Oí que Megan me llamaba mientras caminaba con paso firme hacia la salida. Atravesé las puertas correderas y, una vez fuera, inspiré profundamente el aire fresco del exterior.

Saqué las llaves del Maserati del bolsillo de la chaqueta y seguí andando encolerizado hasta que la desequilibrada me agarró un brazo para que me parara.

—Espera —repitió, y solo entonces me volví hacia ella. Sus ojos verdes apuntaron enseguida a los míos, sus labios carnosos se entreabrieron en el intento de hablarme y la cola de caballo osciló agitada por una leve ráfaga de viento.

—¿A qué debo esperar? —Me zafé de ese contacto indeseado y me impuse a ella—. Quiero olvidar toda esta mierda. —Señalé la clínica que estaba a sus espaldas y Megan se sobresaltó al oírme—. Vuelve a entrar. Yo me voy —afirmé tajante y eché de nuevo a andar, pero me detuve enseguida al ver su Ducati justo al lado de mi coche.

Pero ¿qué…?

—¿Por qué cojones has de aparcar siempre la moto al lado de mi coche? —exploté furioso, con ganas de dar unos cuantos puñetazos a algo para desahogarme; estaba al borde de un ataque de nervios inenarrable.

Megan soltó una risita y arqueó una ceja con aire altanero.

—¿No te parece que son dos bombas una al lado de la otra? Podrían salir en la portada de una revista de motores —comentó como si no tuviera delante a un hombre a punto de perder por completo los estribos.

Cerré los ojos un momento y me froté los párpados con los dedos, luego respiré hondo para no ceder al impulso de estrangularla y dejarla inerte en la acera. Una pequeña parte de mí, sin embargo, tuvo que reconocer que tenía razón, sobre todo ahora que, tras el ataque de Player, el Maserati tenía el cristal del parabrisas nuevo y una carrocería resplandeciente.

—Escucha, desequilibrada, es muy posible que no pueda responder de mis actos en los próximos minutos. —Volví a abrir los ojos y me acerqué a ella con aire intimidador—. Acércate a la moto como una buena chica —dije con una calma escalofriante—, la apartas y desapareces de mi vista. Te esfumas. Dejas de dar la brasa —continué con fingido dominio de mí mismo—. ¿Me has entendido?

A decir verdad, confiaba en que no insistiera con su intolerable sarcasmo, pero ella no parecía estar de acuerdo, de manera que alzó levemente un lado de los labios para esbozar una sonrisita socarrona. Agudicé la mirada, cauteloso.

—Conozco una manera de descargar la rabia que te ayudará —prorrumpió dando al traste con la esperanza de que dejara de hostigarme.

—Yo también: ponerte a noventa grados en el capó de mi coche y bombearte. ¿Qué te parece? El problema es que no eres la mujer adecuada, así que yo lo descartaría —aclaré, porque la verdad es que jamás follaría con ella. La idea de llamar a Jennifer pasó de inmediato por mi mente, la rubia era la única capaz de remediar el malestar que sentía en mi interior. Con ella podría sacar a la bestia sin restricciones, respetabilidad o falsa moralidad.

Me habría forzado a mí mismo para restablecer el orden de las cosas.

El niño se habría llevado una alegría.

—No digas memeces. No lo hagas, ni conmigo ni con las demás. Si realmente te sientes frustrado, ve a ver a Selene.

Megan se alteró y yo me alejé de ella, porque odiaba a la gente que trataba de imponerse a mí incluso con el tono de voz.

167

—No estoy frustrado y lo sabes.

Pasé por delante de ella, cansado de conversar. Últimamente todo el mundo intentaba exprimirme, analizarme y obligarme a usar las palabras más de lo que había hecho en toda mi vida.

Pero ella no cejó y me siguió.

—No busco hombres como Ryan para hacerme daño. ¡Lo tuyo es pura locura! —gritó tras de mí y, sin proponérselo, respondió a la pregunta que siempre había querido hacerle.

—En ese caso, si piensas que estoy loco, no te acerques a mí —le contesté sin volverme.

Oí su respiración agitada a mis espaldas y sus pasos apresurados, que trataban de darme alcance, pero yo ya había llegado al coche. Abrí la puerta, a pesar de que su moto me molestaba, y entré. Pero ella volvió a detenerme.

—Estás siendo injusto contigo mismo —susurró y me clavó los dedos en el antebrazo—. Hace tiempo que Kim dejó de violarte, ahora eres tú el que no se resigna, eres tú el que se niega a sí mismo una segunda oportunidad. —Sacudió la cabeza y, de nuevo, me encogí de hombros con rudeza.

—Es la única manera de no enloquecer —murmuré desfallecido, me sentía vacío. Megan debería haber sido la primera en entenderme, pero, en lugar de eso, se mostraba dispuesta a juzgarme en todo momento.

—En cambio, enloquecerás si sigues así.

Me soltó y bajó poco a poco el brazo en señal de rendición. No pretendía continuar con nuestra conversación ni aún menos agredirla, pero el instinto se impuso sobre la razón y al final le eché en cara todo lo que pensaba sobre ella.

—Tengo la impresión de estar rodeado de mujeres con un marcado instinto maternal. Deberías dejar de tratar de salvarme y aceptar la realidad tal y como es. Deberías dejar de buscar mi lado bueno, porque no hay ninguno. No existe. Soy lo que ves.

En ese instante comprendí por qué había dejado la famosa nota a Selene. Pretendía ponerla a prueba, quería que supiera quién era realmente yo y, de esa forma, averiguar si iba a poder estar de verdad a mi lado, tal y como me había pedido.

A la niña le resultaba fácil decir que sí, dado que desconocía la otra parte de mi carácter, la podrida, la atormentada, que aún arrastraba tras de mí. Y si a ella, al igual que a Megan y las demás mujeres, le daba por pensar en cambiarme o salvarme, comprendería que no era la mujer adecuada para mí y que no lo sería ni siquiera por el poco tiempo que quedaba antes de instalarme en Chicago.

Me daba miedo descubrir que era inapropiada para alguien como yo, sobre todo porque estaba empezando a confiar en ella, o quizá lo hacía ya desde que habíamos superado juntos muchos límites, unos límites que jamás había siquiera rozado con las demás. Así pues, la fantasía erótica de llamar a Jennifer o a cualquier otra amante se desvaneció también en el aire. No me habría ayudado a sentirme mejor.

Me metí en el coche sin despedirme de Megan y me pasé una mano por la cara, más nervioso que antes.

La verdad era que mi cuerpo solo deseaba a la niña, a mi Campanilla, porque con ella no pensaba en Kimberly ni sentía asco por el hombre en que me había convertido.

En cualquier caso, temía lo que podría pensar de mí el día en que todo mi pasado saliera a la luz, en especial lo concerniente a Scarlett...

¿Y si Selene también me abandonaba un día?

Seguiría luchando, corriendo en la ciudad de la locura.

Nadie encendería las luces.

Nadie me detendría.

Nadie ahuyentaría las voces que se arrastraban en mi interior.

¿Y si, en el fondo, tuviera necesidad de ella?

¿De su pelo con aroma a coco?

¿De su piel, que era como una arena suave sobre la que tumbarse?

¿De sus labios, que eran mi refugio?

¿De sus ojos, que sabían a libertad?

¿De su perfume, que olía a esperanza?

Entonces iba a tener que luchar también por ella, porque era la única mujer que quería.

La única que no quería perder...

8

Selene

Lujuria, lujuria; siempre guerra y lujuria:
solo esto sigue estando de moda.

WILLIAM SHAKESPEARE

«Ven a Nueva York. Te espero». Ese era el contenido de la nota que Neil me había dado antes de marcharse.

Me había rozado la mano para pasármela y sorprenderme de nuevo mientras me distraía con su magnética voz, pero no habíamos vuelto a hablar desde entonces. Quizá estuviera esperando mi respuesta o tal vez que me dejara caer por allí, fuera de la mansión de Matt, con una sonrisa falsa en la cara.

¿Cómo podía volver a pisar Nueva York después de lo que había sucedido?

La última vez que había estado allí había tenido un buen jaleo con mi padre, así que no pensaba volver a esa ciudad.

—¿Te das cuenta de que le dio un puñetazo a mi hermano en la cara? —Janel llevaba repitiéndome lo mismo desde hacía media hora. Caminaba de un lado a otro de mi salón con una mano metida en el pelo mientras Bailey masticaba un paquete de Cheetos, absorta en sus pensamientos.

—Ivan lo provocó. Primero insinuó que era un drogadicto y luego un psicópata.

Estaba a punto de perder la paciencia. Era evidente que habría defendido a Neil aunque hubiera cometido un grave error, pero en ese caso su reacción había sido, en parte, justificable. No toleraba los insultos ni las afrentas, e Ivan se había pasado de la raya.

—¿Lo estás defendiendo? ¿En serio? —Janel sacudió la cabeza decepcionada por mi actitud.

¿Qué se supone que debía hacer? ¿Apoyarla e insultar al hombre que quería?

170

No estaba legitimando la violencia de Neil —yo tampoco aprobaba su comportamiento—, pero probablemente yo no era la persona más adecuada para condenarlo. Cuando se trataba de él no podía ser imparcial ni racional, solo sentía el deber de estar de su parte.

—Los chicos no dejan de pelear, Janel, no lo conviertas en una tragedia —terció Bailey sin dejar de comer.

—Pero, bueno, ¿es que tú también te has vuelto loca? —soltó Janel al límite de la paciencia.

La otra se rio y replicó:

—Lo único que sé es que no podemos decir nada. Entiendo que Ivan es tu hermano, pero no sabemos a ciencia cierta lo que ocurrió. No podemos defender con los ojos cerrados ni a uno ni a otro, porque Selene era la única que estaba presente —explicó Bailey.

Yo sabía de sobra lo que había pasado. Además, me sentía culpable.

Neil había reaccionado justo cuando Ivan me había agarrado las muñecas mientras yo intentaba persuadirle de que se fuera. No estaba muy segura del verdadero motivo que había desencadenado una furia semejante en la cabeza de míster Problemático, pero suponía que le había irritado la presencia de Ivan y, por encima de todo, que me tocara.

171

La mera idea me hizo sentir una sensación de calor en el pecho.

¿Tenía celos de mí?

Jamás me lo confesaría, pero la posibilidad de que fuera así me halagaba.

—¿Por qué sonríes ahora? Aunque, más bien…, ¿qué te ha pasado en el labio?

Janel me miró enfurruñada. Volví a ponerme seria enseguida y me toqué instintivamente la boca. Todavía tenía la marca donde Neil me había mordido, por no hablar de la espalda, que todavía me dolía por la forma brutal en que me había empujado contra la pared.

Como siempre, había sido rudo e impetuoso.

Otra, tal vez, no habría aceptado su forma de imponerse, pero yo disfrutaba con ella.

Una vez más, pensé que Neil me había cambiado por completo desde que lo había conocido.

Ya no creía en el príncipe azul ni en los cuentos de hadas. Incluso había dejado de leer las novelas románticas que tanto me gustaban. Había comprendido que ningún hombre era perfecto, en particular Neil. Parecía un caballero oscuro con el corazón envuelto en tinieblas. Sus ojos dorados proyectaban una luz engañosa y su espléndido aspecto subyugaba a todos.

No tenía nada de fabuloso ni de ilusorio ni de noble.

Era un adorador del sexo, un hábil seductor y un amante de la perversión.

La elección de estar a su lado implicaba que debía aceptarlo tal y como era, para bien o para mal. Aunque sabía que nunca me iba a conceder del todo su alma.

Neil había sido muy claro: me permitiría estar a su lado, pero no como compañera ni como novia.

¿Significaba eso que nunca iba a ser la única mujer de su vida?

No lo sabía.

A veces pensaba que era importante para él, sobre todo cuando recordaba la noche en que me había hablado de Kim. En cambio, en otras ocasiones me sentía insignificante. Después de todo, si de verdad hubiera tenido un auténtico valor para él, hace tiempo que habría renunciado a las demás, pero eso aún no había sucedido y quizás nunca sucedería.

Suspiré, afligida.

Me aferré a la esperanza de que, después de haber pasado por tantas cosas, me había ganado algo de su confianza. Sabía que a Neil le había costado hablarme de sí mismo y, en particular, de Kimberly Bennett, aunque tenía la sensación de que había omitido muchos detalles.

Todavía recordaba la habitación de las cajas secretas donde me había colado durante mi estancia en Nueva York. Los periódicos que había ojeado hablaban de un escándalo, de un hombre negro, de los hijos de las tinieblas…

¿Y si hubiera algo aún más terrible que la historia de la niñera?

¿Algo mucho más grave?

¿Algo que Neil temía revelarme?

Todavía me rondaban demasiadas dudas por la cabeza. Después de todo, la historia del abuso no me había sorprendido. Además de que enseguida había sospechado que podía haberle sucedido algo así, el mismo Logan me lo había insinuado en Coney Island. En cualquier caso, nunca había mencionado a Neil la conversación que había tenido con su hermano para evitar cualquier conflicto entre ellos.

En cualquier caso, había agradecido que Neil hubiera querido confiar en mí, aunque hubiera sido de forma discreta.

De repente, volví al presente y miré a Janel, que estaba discutiendo con Bailey sobre mi aspecto —las marcas en el cuello, el pequeño corte en el labio, las ojeras— y sobre el hecho de que últimamente siempre estaba distraída, ensimismada en mi mundo.

172

—Nunca iré en contra de Neil, no busco tu beneplácito ni el de nadie, Janel —le aclaré, y ella me miró turbada—. Y ahora basta. Tengo que prepararme —añadí y me levanté del sofá.

Bailey frunció el ceño y Janel ladeó la cabeza, todavía sorprendida por mi afrenta.

—¿Prepararte para qué? —preguntó Bailey dejando la bolsa de Cheetos en la mesita de café.

—Para ir a Nueva York.

Lo había decidido sin pensar siquiera en lo que le iba a decir a mi madre.

Ella sabía el rencor que sentía por Matt, que había empeorado incluso en los últimos tiempos, así que la excusa de visitar a mi padre para disfrutar de unas breves vacaciones en su compañía no era creíble. El problema era que tampoco podía decirle que quería ir a ver a Neil. Sospechaba que mi madre era la causa de que Neil se hubiera marchado de forma tan brusca la última vez que había venido a verme. Tal vez hubieran conversado, pero yo no sabía nada de lo que se habían dicho. Me sentía presa en una trampa y la única manera de salir de ella era involucrar a Bailey en el maléfico plan que había urdido esa misma mañana.

Pensaba viajar a Nueva York por la tarde y volver a casa la noche siguiente, pero a mi madre le iba a decir que me quedaba en casa de mi amiga.

Tras dudar unos instantes, Bailey aceptó mi propuesta, a diferencia de Janel, que consideró que mi pequeña mentira era una pésima idea. Cuando se marchó, Bailey y yo esperamos a que mi madre volviera del trabajo. Le contamos el embuste que habíamos preparado y se lo tragó. Parecía muy contenta de que fuera a pasar cierto tiempo con mi amiga, puede que porque quería que olvidara a Neil y recuperara la cordura que había perdido desde que lo había conocido.

Ni yo misma me veía capaz de hacer algo así. Sopesé incluso la posibilidad de darle una sorpresa y de no avisarle de mi llegada, pero, dado que alguien iba a tener que venir a recogerme al aeropuerto, tuve que desechar esa idea y enviarle un mensaje:

«Llego a las seis a Nueva York».

Locura. Lo mío era pura locura. A pesar de que no dejaba de repetirme que no había perdido la cabeza por Neil, todos mis gestos y mis pensamientos manifestaban justo lo contrario.

En fin... ¿Dónde iba a dormir? En casa de mi padre no, desde luego.

Me sacudí de encima todas las preocupaciones y metí en una bolsa de viaje algo de ropa, un par de zapatos de salón de tacón alto

173

y dos conjuntos de ropa interior distintos a los infantiles que solía llevar. Los había adquirido cuando había ido de compras con mis amigas al centro comercial, sin saber si algún día tendría la oportunidad de ponérmelos.

Le había dicho a Neil que quería ser la única mujer en su vida y él me había dicho que no, ¿verdad? Así pues, lo único que podía hacer era demostrarle que mi cuerpo no tenía nada que envidiar al de sus amantes, que yo también sabía ser atractiva y seductora. Cuando terminé de arreglarme, salí en compañía de Bailey y me despedí de mi madre con un beso en la mejilla.

El viaje de Detroit a Nueva York me pareció mucho más largo de lo que esperaba, quizá debido a la ansiedad.

Tras bajar del avión, me dirigí hacia el enorme aparcamiento exterior del aeropuerto, respirando el aire impregnado de *smog* y de gases de escape. Había muchos coches, además de una miríada de personas caminando de un lado a otro. De repente, tuve un *déjà-vu* y recordé el día en que el imbécil de mi padre, Matt Anderson, me había presentado a Mia y a sus hijos.

Daba la impresión de que había pasado una eternidad.

Sacudí la cabeza, desechando esos recuerdos, y miré alrededor con el temor de no poder encontrar a Neil o incluso de que este se hubiera olvidado por completo de mi llegada. Le había enviado otro mensaje nada más aterrizar, pero aún no me había contestado.

¿Dónde diablos se había metido? Pero, por encima de todo…, ¿qué estaba haciendo?

Dejé la bolsa de viaje en el suelo y me desentumecí, haciendo crujir los huesos de mi dolorida espalda. Una molestia que no se debía sin duda a haber estado sentada en el avión durante tanto tiempo, sino a la forma en que el problemático me había tratado.

Sus manos, sus besos, su lengua…, todo en él emanaba una energía y una agresividad que eran pura pasión.

Neil no solo amaba el sexo, además era un experto y…

«Para ya, Selene», me dije para interrumpir mis pensamientos lujuriosos y especialmente inadecuados en ese momento; luego volví a concentrarme en los coches que pasaban a toda velocidad por delante de mí. Al cabo de unos minutos, empecé a temer seriamente que iba a tener que pedir un taxi e ir sola a la villa, hasta que un Maserati negro llegó haciendo un gran estruendo y llamó mi atención. Enseguida me atrajo la carrocería resplandeciente y el tridente cromado que le confería un aire majestuoso. Cuando se paró a mi lado,

174

las ventanillas oscurecidas me impidieron comprobar si Neil estaba dentro hasta que este bajó el cristal para recibirme con una sonrisa sensual. Entonces me incliné para agarrar la bolsa de viaje y abrí la puerta para sentarme en el asiento del copiloto. El olor del interior de cuero, unido al fresco aroma a almizcle, me envolvió por completo y me volví hacia Neil.

Me arrepentí de inmediato, porque cada vez que estaba tan cerca de mí dejaba de ser yo misma y me convertía en la mujer irracional, torpe y… enamorada que él había moldeado a su manera.

—Hola, Campanilla —susurró mirando mi cuerpo con detenimiento. Yo no llevaba puesto nada llamativo. Un gorro de lana, unos vaqueros oscuros, un jersey grueso y un abrigo claro a juego con unos botines bajos. ¿Por qué demonios no me había puesto unos zapatos más altos?

Parecía una colegiala de dieciséis años en lugar de una chica de veintiuno, así que me sonrojé imaginando que, una vez más, él debía de estar pensando en lo simple y poco femenina que era.

—Creí que te habías olvidado de que venía —murmuré con la esperanza de que no se me notara el rubor que, sin duda, debía de haber teñido mis mejillas. El aire que me rodeaba me pareció tórrido y no sabía si era debido a la calefacción o a la proximidad de Neil.

La electricidad entre nosotros era palpable, al igual que la fuerte atracción que ninguno de los dos sabía manejar.

—Solo me he retrasado diez minutos. He tenido un contratiempo —dijo pisando el acelerador para hacer rugir el motor, y luego se adentró en el tráfico de Nueva York.

—¿Qué quieres decir? —pregunté mirando el interior del coche, que parecía recién salido de un concesionario. En el salpicadero, en los numerosos mandos y en la pantalla multimedia no había ni un solo rasguño ni una mota de polvo, prueba de lo obsesivo que era Neil con la limpieza. Recordé que en una ocasión me había dicho que no follaba allí dentro.

—Nada especial. He lavado a la niña —contestó riéndose y acto seguido acarició el volante confirmando mi teoría. Lo miré mientras conducía y me pareció más guapo de lo habitual. Lucía una cazadora de cuero con el cuello de piel, un suéter oscuro y unos vaqueros. Tampoco él llevaba nada extravagante, pero aun así lograba que todas las mujeres se volvieran a su paso.

—No empieces a mirarme —me reprendió bruscamente, como siempre.

Notaba que lo estaba haciendo sin necesidad de volverse hacia mí.

175

Era increíblemente astuto.

—¿Adónde… adónde vamos? —inquirí con la esperanza de que no fuera una pregunta banal.

Sabía que nos dirigíamos hacia la mansión de Matt, pero quise saberlo para decirle que prefería ir a un hotel antes que volver a poner un pie allí. La villa, especialmente la casita de la piscina, me traía a la mente demasiados recuerdos dolorosos. Era posible que Neil no aceptara mi deseo de buscar otro alojamiento, pero al menos lo había intentado.

—A uno de los pisos de mi madre —contestó, en cambio, para mi sorpresa.

¿Qué? ¿Había oído bien?

—¿Qué? —murmuré. Parpadeé asombrada y me toqué la gorra con nerviosismo para ajustarla.

Sonrió y siguió conduciendo.

—Le he robado las llaves. Es un piso que compró el año pasado. Solo va allí cuando necesita relajarse, así que nadie nos molestará —me explicó doblando una esquina y entrando en una calle desconocida.

Había pasado poco tiempo en Nueva York y, en cualquier caso, era imposible que la conociera tan bien como Neil.

Pero, un momento…, ¿había hablado en plural? ¿Significaba eso que se iba a quedar conmigo?

—¿Molestarnos? —repetí agitada.

¡Oh, Dios mío! No. No. No.

Si Neil y yo pasábamos muchas horas juntos en el mismo piso, saldría destrozada, exhausta y consumida por sus deseos. Imaginaba ya lo que me pediría y las iniciativas que tomaría cuando nos metiéramos en la cama por la noche. Si intentaba subyugarme como solía hacer, no iba a ser capaz de razonar ni de tomar decisiones sensatas ni mucho menos de resistirme a él. Nunca lo era.

—¿Quieres que te deje sola? —preguntó lanzándome una mirada penetrante.

—No —respondí demasiado deprisa, claramente nerviosa—, pero creía que tú volverías a tu casa y que yo me quedaría en el piso, eso es todo —le expliqué retorciéndome las manos. Neil extrajo el paquete de Winston del bolsillo de su chaqueta y sacó un cigarrillo con los dientes.

¿De verdad quería fumar con la calefacción encendida y las ventanillas cerradas? Iba a morir asfixiada.

—¿Podrías no…? —intenté decir, pero él se lo encendió mientras sujetaba el volante con una mano.

—El coche es mío y fumo lo que quiero —me interrumpió—. No empieces a tocarme las narices, niña —añadió en voz baja como si acabara de decirme algo amable.

Bien, ¡van a ser unas horas realmente estupendas!

Puse los ojos en blanco y busqué el botón para bajar la ventanilla y no sentir demasiado el olor.

—¿Cuánto tiempo te vas a quedar? ¿Tu madre sabe que estás aquí?

Su pregunta me turbó y sentí que la angustia me invadía el pecho. No estaba acostumbrada a mentirle y, en el fondo, sabía que había cometido un error, pero habría ido a ver a Neil a Nueva York a cualquier precio.

—No —confesé—. Le dije que iba a pasar un poco de tiempo con mi amiga y que volvería mañana.

Me aclaré la garganta y miré los altísimos rascacielos que se erigían a nuestro alrededor.

—Lo sabía —comentó con una sonrisa burlona. Lo miré frunciendo el ceño. Me disponía a preguntarle por qué estaba tan seguro, pero, antes de que pudiera pedirle una explicación, entramos en un aparcamiento privado y me distraje.

—Hemos llegado, Campanilla —me dijo apagando el motor.

Me miró con sus ojos brillantes, puede que esperando a que reaccionara, y yo esbocé una trémula sonrisita. Se fijó en mis labios y yo comprendí que había notado que estaba incómoda.

—Tranquila… —murmuró en tono seductor—. No voy a comerte.

Me guiñó un ojo, luego se apeó del coche y yo le seguí con mi bolsa de viaje en una mano. Neil no la agarró, dejó que la llevara yo y no me sorprendió.

No era un caballero, ninguna novedad.

Fuimos a un ascensor y atravesamos las puertas automáticas. Me obligué a no mirarlo, aunque el buen aroma que emanaba era como una mecha que encendía mi deseo.

La espera hasta llegar a nuestro piso me puso nerviosa.

Apoyé la espalda en el espejo que había detrás de mí y observé a Neil, que me estaba sopesando en silencio. Su expresión seria e intensa transmitía el deseo, a duras penas disimulado, de poseerme. Enseguida.

Su respiración, lenta y ligera, tenía el poder de desencadenar una poderosa tormenta en mi interior.

La atracción fatal que llenaba el aire conmocionó mi alma.

Las devastadoras emociones que se apoderaron de mi corazón me hicieron contener la respiración y Neil hizo alarde de una sonrisa de satisfacción, consciente de que cada vez que parpadeaba hacía vibrar mi alma.

Me aclaré la garganta, más tensa que nunca, y concentré mi atención en los botones que se iban encendiendo uno a uno, despacio. Pero ningún número parecía ser nuestro destino.

¿Cuándo íbamos a llegar?

Me balanceé sobre las piernas y bajé la mirada avergonzada.

Era extraño que dos personas como nosotros, siempre dispuestas a arrancarse la ropa, fueran incapaces de entablar una conversación. Al final, suspiré cuando las puertas del ascensor se abrieron en la quincuagésima planta para que pudiéramos acceder a la enorme puerta del apartamento. La preciada madera y el picaporte dorado anticipaban el lujo que iba a encontrar en el interior.

Después de todo, Mia era una mujer que no escatimaba en gastos, igual que Matt.

—Olvidé decirte que es un ático —dijo Neil cuando abrió la puerta y me invitó a entrar.

¡Caramba!

Nunca había estado en un lugar así. Avancé con paso inseguro, inclinando la cabeza hacia el suelo de mármol con vetas plateadas. Me sentí incluso incómoda mientras caminaba por él, dada la manera en que brillaba. A continuación, desvié la mirada hacia el mobiliario, que era sofisticado y refinado pero muy suntuoso. Dos enormes sofás de cuero ocupaban el centro del salón, con una mesa de cristal en el centro. Di varios pasos más y admiré el techo resplandeciente, con un sinfín de pequeñas luces incrustadas. Tuve la impresión de tener el cielo sobre mi cabeza.

178

Por otra parte, las paredes claras creaban la justa armonía con las lámparas de pie que iluminaban los elegantes detalles de diseño.

Dejé la bolsa de viaje en el suelo y seguí mirando alrededor asombrada. Me acerqué a los grandes ventanales, que ofrecían una vista panorámica del horizonte.

Y mis ojos se quedaron maravillados.

La ciudad parecía una pequeña reproducción arquitectónica, casi no se podía ver a las personas que caminaban por las aceras como si fueran hormigas, los coches que circulan por las calles, en cambio…

—Los coches parecen de juguete —comenté en voz alta sonriendo fascinada. Neil se acercó a mí con el cigarrillo aún entre los labios y tiró el humo contra el cristal de la ventana, mirando fijamente los rascacielos que teníamos delante.

—La gente es tan insignificante vista desde aquí arriba… —susurró con su voz de barítono, que me hizo sentir un escalofrío de emoción en los brazos—. Cuando pienso en la cantidad de monstruos que caminan cada día entre nosotros, solo siento repugnancia —añadió, dando otra calada. Acto seguido se alejó de mí y yo contemplé su austera figura.

El paso seguro, la espalda fuerte y los hombros anchos..., por su aspecto parecía un hombre imbatible, pero en su fuero interno sufría como cualquier ser humano.

Por mucho que su alma fuera inabordable, no era invencible.

La diferencia era sutil, pero yo la había captado.

—¿Por qué me escribiste esa nota pidiéndome que me reuniera contigo en Nueva York? —pregunté quitándome el sombrero. Intenté arreglarme el flequillo con los dedos, aunque en ese momento había algo más importante que hacer: escuchar a Neil.

—Porque no puedes decir que estás dispuesta a aceptarme o a estar a mi lado sin saberlo todo sobre mí —respondió sin rodeos. Se quitó la cazadora de cuero y, suspirando, la arrojó al sofá.

¿Creía que no lo conocía? ¿Estaba bromeando?

—Pero sé muchas cosas de ti —repliqué y él esbozó una sonrisa cínica.

—Ah, ¿sí? —se burló de mí—. Además de haber averiguado cómo follo y que me violaron, ¿qué más sabes? —preguntó desafiante. Se plantó delante de mí con los puños cerrados y la mirada más afilada que una cuchilla.

—Sé que estás obsesionado por la higiene corporal y por las rubias... —Di un paso adelante y Neil me escudriñó con cautela, como un animal en alerta, listo para el taque, pero no me retracté—. Sé que te gusta dibujar. Cuando me colé en tu habitación sin permiso, miré tu cuaderno de notas y comprendí que te gusta la arquitectura. Te encantan The Neighbourhood, es tu grupo favorito. Cuando vivimos bajo el mismo techo, oía a menudo sus canciones sonando en tu habitación. —Le sonreí y seguí avanzando poco a poco—. Te gusta leer y adoras los pistachos, pero eso ya te lo he dicho, como también te dije en el pasado el resto de cosas que he visto en ti..., y no te niego que me muero de curiosidad por descubrir muchas más —terminé aproximándome lo suficiente para sentir que su aroma invadía mi espacio. Sus ojos dorados me escrutaron atentamente, insondables: Neil me había dejado fuera.

No podía entrar en su mundo, solo me permitía hacerlo cuando quería.

De repente, dio un paso atrás y me miró como si no me reconociera.

179

¿Por qué hacía eso? ¿Por qué siempre se extraviaba cuando yo intentaba tenderle una mano?

De repente, el timbre de un teléfono móvil rompió la tensión que había entre nosotros. Enseguida me di cuenta de que no era el mío; de hecho, Neil metió la mano en el bolsillo izquierdo de su cazadora y sacó el suyo para responder.

—¿Qué quieres, Jen? —soltó.

De repente, caí en la cuenta de que todas sus amantes vivían en Nueva York. Me pregunté si su número habría disminuido o aumentado desde que me había marchado de allí. De una cosa estaba segura: mi instinto asesino alcanzaría niveles exorbitantes si volvía a encontrarme con Jennifer. Era la que más odiaba.

—De acuerdo, nos vemos esta noche —respondió, porque era evidente que la rubia lo había invitado a salir.

¿Qué haría yo entonces, quedarme sola?

Sin añadir nada más, Neil terminó la llamada y suspiró a la vez que volvía a meter el móvil en el bolsillo, luego dio un paso atrás y me miró con una mueca de desprecio.

¿Qué quería?

—Ponte algo decente y deshazte de esas terribles botas —me ordenó con severidad, consiguiendo que me sobresaltara. Luego se dirigió hacia la puerta, pero yo me quedé clavada en el sitio, trastornada.

—¿Por qué? —le pregunté confundida.

Neil se volvió y me miró con desinterés.

—Porque esta noche vas a venir conmigo. En el sitio adonde vamos los imbéciles se mueren por las gatitas muertas como tú, así que ponte algo más atrevido, algo que te haga parecer más mujer y menos niña.

Giró en una mano la llave del piso y, una vez más, analizó mi atuendo.

¿Realmente quería llevarme con él? Pero, por encima de todo… ¿íbamos a ver a los Krew?

—¿Estarán Alexia y Jennifer también? —Las nombré con el mismo menosprecio con el que habría nombrado a mi peor enemigo.

—Sí —afirmó antes de dar media vuelta y echar de nuevo a andar.

—¿Adónde…, adónde vas? —volví a preguntar, cada vez más desconcertada.

Neil se volvió y me pareció exasperado.

—Te recogeré dentro de unas horas. Necesito darme una ducha y cambiarme. Mi ropa no está aquí. Siéntete como en tu casa.

Miré preocupada la llave que tenía en la mano y su aparente amabilidad pasó a un segundo plano. ¿Qué intenciones tenía?

—¿Qué vas a hacer? ¿Encerrarme aquí? —aventuré, aunque esa posibilidad me parecía absurda.

Él, en cambio, sonrió con satisfacción y orgullo.

No me lo podía creer…, había adivinado.

Me habría gustado impedírselo de alguna manera, pero Neil fue más rápido que yo: alcanzó la puerta y salió dando un portazo. A continuación, oí el sonido de la llave girando en la cerradura y el clic que hizo esta al cerrarse.

Maldición.

—¿Neil? —La ansiedad empezó a corroerme; me pegué a la madera y la golpeé con la palma de una mano—. ¡Neil, vuelve aquí inmediatamente! ¡Abre la puerta! —grité como una loca sin importarme si alguien podía oírme. En realidad, era justo lo que quería.

—Solo quiero asegurarme de que no andes sola por la ciudad sin mi permiso. Hasta luego, Campanilla —respondió divertido.

Así que todavía estaba allí.

Bien, aún podía conseguir que cambiara de idea.

—¡Eres un cabrón! —despotriqué otra vez—. ¡Abre! ¡Abre, inmediatamente! —insistí dando patadas y puñetazos a la puerta. Oí que se reía como un capullo. Mi rabia aumentó y seguí llamándolo hasta que al final oí que sus pasos se alejaban.

Segura ya de que me había quedado sola, con el miedo y el pánico por únicos compañeros, traté de respirar y me volví hacia el enorme ático que tenía delante.

Me sentía perdida en un entorno que no era el mío, en una ciudad remota, lejos de mi madre y mis amigos. Por lo que sabía, Neil podía dejarme allí toda la noche; quizá no volviera a buscarme y, en lugar de eso, se reuniera con los Krew y no apareciera hasta la mañana siguiente.

Me faltaba el aire: no estaba acostumbrada a dormir sola y, por si fuera poco, en un lugar desconocido.

«Calma, Selene. Respira». Traté de sosegarme y me quité el abrigo. El nerviosismo me hacía sudar, así que lo arrojé al sofá y tomé asiento, al mismo tiempo que contemplaba el lujo que me rodeaba. Podría haber fisgoneado por todas partes, pero me sentía como una intrusa. Además, el sentimiento de culpa asomó a mi pecho. Me arrepentía de haber mentido a mi madre, no se lo merecía, y, sobre todo, me arrepentía de haber cometido la gilipollez de hacer caso a Neil y a su maldita nota.

¿Para qué me había pedido que fuera a verlo?

¿Para jugar? ¿Para divertirse conmigo?

«Tranquilízate», me dije mientras me masajeaba la frente. Me rocé la cicatriz y pensé en el accidente, en los enigmas, en Player.

¿Y si me volvía a pegar?

¿Y si, de alguna manera, se enteraba de que estaba en Nueva York?

Me estaba volviendo paranoica.

«Vaya estupidez. Para ya». Agité las manos en el aire y me puse de pie. Tenía todo un ático de superlujo a mi disposición y, aunque no estaba acostumbrada a invadir las casas ajenas, decidí aprovechar la oportunidad y darme una ducha caliente para empezar.

¿Dónde estaba el cuarto de baño? Menudo problema.

Cogí la bolsa de lona y crucé el largo pasillo que, suponía, llevaba a las distintas habitaciones. Abrí una puerta al azar y me quedé boquiabierta.

La habitación era, a decir poco, principesca: el centro estaba ocupado por una cama enorme, con dos modernas mesillas de noche a cada lado. Además había una librería llena de volúmenes que llegaba hasta el techo y un gran ventanal con la misma vista que el del salón. El ambiente era acogedor, la colcha olía bien, en el aire flotaba un aroma a vainilla, en los muebles no había una mota de polvo y el cristal brillaba. Probablemente, Mia pagaba a alguien para que se ocupara de las tareas domésticas, tal vez lo hiciera Anna, el ama de llaves.

El ático no estaba abandonado ni descuidado.

Dejé la bolsa en el suelo, al lado de la cama, y saqué un vestidito limpio de encaje blanco, atrevido sin llegar a ser vulgar, que nunca me había puesto. Tras comprobar que, por desgracia, la habitación no tenía un cuarto de baño propio, empecé a deambular y por fin encontré uno al final del pasillo.

Cuando entré en él, constaté que la pompa y el lujo también reinaban allí, al igual que en el resto del piso. El mármol dorado con ribetes blancos del mobiliario destacaba especialmente y me llamó la atención de inmediato. Comencé a desvestirme, puse la ropa ordenadamente sobre la encimera, junto al lavabo, y luego me miré al espejo. La herida del mordisco que Neil me había dado en el labio seguía notándose, al igual que el resto de las marcas que tenía en el cuerpo, que habían pasado del marrón oscuro a un espantoso color amarillento. Arrugué la nariz y me metí en la ducha. Vi varios geles de baño y elegí uno de almendras.

Esta vez nada de coco.

Me enjaboné haciendo unos movimientos circulares en la piel y me lavé con cuidado, tratando de relajarme bajo el chorro de agua caliente. Cuando terminé, envolví mi cuerpo en una toalla limpia, que estaba colgada cerca de mí, y salí goteando agua por todas partes. Me escurrí la melena, demasiado larga, y resoplé. Tarde o temprano iba a tener que cortármela.

Pasé casi una hora secándomela, pero al final logré de forma milagrosa el efecto que quería: una cabellera suave y lisa. Por otra parte, el flequillo quedó a un lado cubriendo por completo la cicatriz.

Decidí dejarlo así.

No me vestí enseguida; en lugar de eso, me paseé por el ático medio desnuda. Después de todo, estaba sola y nadie iba a molestarme. De vez en cuando tenía que pellizcarme las bragas, porque se me metían entre las nalgas. No estaba acostumbrada a llevarlas tan pequeñas y cuando pensé que lo había hecho por Neil, me dije que era una estúpida.

Ese cabrón no se merecía nada.

Tal vez estaba ya en compañía de Jennifer, divirtiéndose en la casita de la piscina antes de reunirse con el resto de los Krew, mientras yo estaba aquí sola esperándolo.

¿En qué demonios estaba pensando? Debería haberme quedado en casa.

Mis horas de soledad pasaron lentas y me dejaron extenuada.

Se hicieron las ocho y yo seguía en ropa interior, tumbada en el sofá y mirando al techo.

No me había vestido, tampoco me había pintado. Quizá esa especie de demente me había gastado una broma, quizá no fuera cierto que íbamos a salir, así pues, no tenía la menor intención de hacer el ridículo vistiéndome de punta en blanco para nada.

No quería ponerme guapa para que luego él me dejara plantada.

—A la mierda con todo. ¡Por mí, puedes ir solo a ver a esos depravados de los Krew! —lo insulté, sabedora de que no podía oírme; necesitaba aligerar el peso que sentía en el pecho, y gritar a un Neil imaginario funcionaba.

Suspiré y me puse de lado, en posición fetal. Tenía frío. No sabía cómo encender la calefacción ni dónde había mantas. Podría haberlas cogido en alguna de las habitaciones, pero muchas de ellas se abrían con tarjetas magnéticas, por lo que no había podido acceder a ellas.

Mi desesperación aumentó y respiré con aire abatido.

De repente, el móvil que había dejado encima de la mesita de cristal vibró para señalar la llegada de un mensaje. Me incorporé de golpe y alargué un brazo para leerlo.

Era de Neil: «Nos vemos a las nueve».

183

Ni más ni menos.

«Jódete», escribí encolerizada.

No solía ser vulgar con él, pero en este caso se lo merecía.

«Las hadas no deben decir palabrotas», respondió al cabo de unos segundos.

«¿No deben?», leí desconcertada.

Ahí estaba de nuevo... el habitual déspota insufrible.

Le gustaba mandar, y no solo en la cama. También en la vida cotidiana daba órdenes a todo el mundo y exigía que todos, incluida yo, le obedeciéramos.

«Tú las dices sin parar», escribí exasperada.

«No debes comportarte como yo». Una vez más, la respuesta fue inmediata.

Reflexioné sobre lo que había escrito: quería que fuera diferente de él, que no me contaminara con su mundo. En ese caso, ¿por qué no se alejaba de mí?

«No pienso arreglarme. No tengo ningunas ganas de salir contigo ni con los exaltados de tus amigos», afirmé testaruda como una niña pequeña.

«Peor para ti. Eso supondrá que follaremos... a mi manera», contestó al vuelo.

Palidecí al leer este último mensaje. «A su manera» significaba como todas las otras veces: en modo impetuoso, dominante y pasional.

Pero no podía permitir que me tocara de nuevo, no después de que hubiera desaparecido durante varias horas sin decirme con quién, no después de que aún me siguiera doliendo el cuerpo después de lo que había ocurrido en mi casa.

«De acuerdo, salgamos», escribí resignada.

Prefería una noche fuera al sexo salvaje que ya estaba planeando en su perturbada mente.

Entonces recordé que antes de irse me había pedido que me deshiciera de mis botines y que me vistiera como una mujer.

Bien, iba a complacerle.

Más decidida que nunca, me dirigí hacia la habitación de la que me había apropiado y saqué de la bolsa los dos vestidos más bonitos que había traído. Uno era azul oscuro, largo hasta la rodilla y muy sobrio; el otro era de color rojo fuego y tremendamente seductor. Opté por el segundo sin pensármelo dos veces, decidida a demostrarle que yo también podía ser atractiva. No era perfecta, pero gustaba, en el pasado había tenido varios admiradores y algunos eran incluso bastante guapos. Además, si la naturaleza no había sido muy generosa con mis pechos, había hecho un buen trabajo con mi trasero. Así que debía resaltarlo al máximo.

Con una sonrisita descarada, me puse el vestido con cuidado para no arrugarlo y me subí la cremallera de la espalda con cierta dificultad. Después, me acerqué al espejo que estaba colgado en la habitación para mirarme.

El vestido era de manga larga, corto y ajustado, con un escote barco muy sensual. Se ceñía perfectamente a mis delicadas curvas y, tal y como había previsto, me marcaba mucho el trasero.

Me puse de lado, incliné ligeramente la cabeza para verme mejor y, esbozando una sonrisa malvada, aprobé lo que vi.

Puede que el vestido fuera un poco más corto que los que solía llevar, pero era perfecto para la ocasión.

—¿Querías que hiciera desaparecer a la niña? Aquí tienes —dije de nuevo a un Neil invisible con una firmeza sorprendente. Pero mi pérfido plan aún estaba por completar. Me recogí el pelo y a continuación me maquillé. Yo, que solía ser la clásica chica de agua y jabón, me espesé las pestañas con rímel más de lo debido y me apliqué un pintalabios de color rojo cereza, muy diferente de mis habituales brillos rosados. Mis ojos azules aparecían deslumbrantes y mis labios resultaban más sensuales.

¡Excelente! La verdad era que el maquillaje hacía auténticas maravillas.

Mi cara parecía diferente, incluso varios años mayor respecto a mi edad.

Ahora faltaba el toque final: me puse las medias de liga transparentes y los zapatos de salón negros.

Cuando me calcé, me tambaleé un poco hasta que por fin me acostumbré a mi nueva altura, y cuando me miré pude asistir al resultado de mi trabajo.

Me sentía satisfecha con lo que había logrado, porque me veía seductora y elegante.

«Vamos, Selene. Eres una mujer». Segura de mí misma, regresé a la sala de estar para comprobar la hora en el teléfono móvil: eran casi las nueve. Me senté en el sofá cruzando las piernas y esperé a que el problemático regresara. Dado lo preciso que era, no tenía la menor duda de que llegaría a tiempo; me moría de ganas de disfrutar con la expresión de sorpresa que iba a poner cuando viera a la nueva Selene.

Mis dedos repiquetearon nerviosamente en el reposabrazos del sofá y esperé. El corazón me latía con fuerza en el pecho, pero procuré distraerme. La ansiedad no podía dar al traste con mis planes.

185

De repente, a las nueve en punto, la cerradura hizo clic al mismo tiempo que mi cuerpo.

Me tensé, pero la seguridad seguía ahí para apoyarme. Cuando Neil entró en el piso, vestido con un abrigo negro y un suéter blanco que contrastaba con su piel ambarina, me olvidé de respirar.

Contuve el aliento y la taquicardia se descontroló.

Calma… Tenía que mantener la calma.

Neil avanzó con su habitual altivez y una expresión severa en el rostro, el suave tupé peinado hacia atrás, y la barba más corta que cuando se había marchado. Estaba segura de que se la había arreglado y la verdad es que le quedaba muy bien.

Era objetivamente guapo, el tipo de hombre al que era difícil encontrarle algún defecto estético, aunque tuviera muchos caracteriales.

Sin saludarme ni decirme siquiera una palabra amable, se detuvo a poca distancia de mí y me miró. Me puse de pie para que pudiera verme mejor, orgullosa como una tigresa, y dejé que me admirara. Por los destellos que vislumbré en sus ojos dorados, deduje que mi atuendo no le complacía ni le entusiasmaba. De hecho, parecía casi molesto y mi confianza se escabulló como una cobarde.

Tragué saliva y sentí que me fallaban las piernas.

186

Neil siguió mirándome fijamente, de arriba abajo, y arrugó la frente. Parecía molesto y de mal humor.

—¿No querías a la mujer? ¿Qué pasa? ¿No te gusta? —dije rompiendo el silencio y azotando el aire con mi tono burlón, aunque en realidad estaba temblando por dentro. Él no se inmutó. Se quedó quieto y me analizó sin dejar traslucir en ningún momento lo que estaba pensando. ¿Por qué no decía nada?

Habría preferido que me gritara, que me dijera que no le gustaba, en fin, cualquier cosa menos ese silencio angustioso.

—¿Y bien? —insistí ya enfadada.

Lo contemplé de arriba abajo y veneré su belleza masculina, su marcada virilidad y el poder enigmático de su mirada, que, en ese instante, estaba intentando dar al traste con todas mis certezas y salir vencedor en el desafío que le había lanzado.

Me sentí como una pequeña mariposa en presencia de un monstruo gigante capaz de romper sus alas y aplastarla con su maldad.

—Pareces un hada encantadora que, por error, se ha vestido de zorra —respondió en tono cínico.

Me sobresalté y enrojecí violentamente, cohibida.

Me faltaba el aire.

Los ojos se me llenaron de lágrimas, pero no pensaba llorar, no le iba a dar esa satisfacción, aunque sus palabras me habían herido.

—Pero... —continuó mientras yo lo miraba con desdén. Si se acercaba más, lo abofetearía—. Si tu intención era parecer atractiva, entonces, sí, he de reconocer que lo estás.

Me miró de nuevo y, esta vez, vi en sus iris que combatía entre el deseo, la excitación y la voluntad de no ceder ante mí.

—¿Estás tratando de remediarlo? ¿Tal vez con un cumplido? No se te da muy bien. —Le dirigí una mirada rabiosa mientras él esbozaba una leve sonrisa.

—Solo te estoy diciendo la verdad, niña —afirmó con desenvoltura.

—No me llames así —le advertí.

—¿Por qué? ¿Estás enfadada? —me provocó divertido, sabedor de que lo estaba.

No lo soportaba cuando creía que su encanto era suficiente por sí solo para someterme o cuando me hablaba con ese deleite, satisfecho de haberme herido.

Por lo visto, tratar a las mujeres con condescendencia era una de sus extrañas perversiones.

¿Kimberly era también la causante de eso?

Temía que así fuera.

Neil era un hombre que tenía arraigada desde niño una visión negativa y distorsionada de las mujeres.

—¿Qué quieres demostrar? ¿Por qué me hiciste venir a Nueva York? —pregunté decepcionada.

Tal vez todo fuera un juego para Neil. Sabía el trauma que había vivido, pero eso no justificaba sus continuas faltas de respeto. A pesar de que le había prometido que lo entendería y que nunca lo juzgaría, no podía permitirle que pisoteara mi dignidad.

—Mañana entenderás el motivo, esta noche no —contestó volviendo a ensombrecerse y a mostrarse impenetrable—. Entonces veremos si sigues queriendo estar a mi lado y aceptarme... —añadió, y pensé que quizá me fuera a arrastrar a una de sus locuras, como había sucedido en Halloween, cuando había inventado un absurdo jueguecito con Jennifer para impresionarme e incitarme a que me marchara.

—Estás loco. Quiero volver a casa.

Recogí mi abrigo y me lo puse, luego me acerqué a la puerta, pero antes de que pudiera alcanzarla Neil me agarró una muñeca y me atrajo hacia él.

—Tú no vas a ninguna parte —me ordenó mirándome a los ojos.

De nuevo volvía a tratar de imponerse, como si temiera sentirse sometido si alguien no hacía lo que ordenaba. Tal vez Neil tenía la

187

extraña costumbre de no doblegarse nunca a la voluntad de los demás porque había sido obligado a hacerlo cuando era niño.

A pesar de que deseaba odiarlo y gritarle, la lógica me hacía entender que su comportamiento obedecía a una razón y que todo guardaba relación con la niñera.

—Ah, ¿sí? ¿Y quién lo ha decidido? —le presioné a la vez que aspiraba el aroma a gel de baño y a loción para después del afeitado. Era una fragancia estupenda, pero aun así no me iba a dejar sobornar por ella.

—Yo. Te quedarás hasta mañana —estipuló sin siquiera preguntarme si estaba de acuerdo, a pesar de que mi contrariedad era evidente.

—Menuda cara dura —comenté sacudiendo la cabeza, y él sonrió. ¿Por qué demonios sonreía?

—Puede, pero esta cara dura te gusta. —Me apretó con más fuerza el brazo y me acercó a él, hasta que su firme torso rozó mi pecho. Mi cuerpo reaccionó inmediatamente al contacto, porque Neil era el único que lograba aprisionarme y arrojarme a sus tinieblas—. ¿Pretendes negarlo? —susurró mientras presionaba mi cadera con su erección, lista y turgente.

Me estaba mostrando que deseaba otro tipo de atenciones y que su mente había tomado una dirección completamente opuesta a la mía. Jadeé y traté de retroceder, pero entonces me sujetó con mayor fuerza. Jamás iba a poder competir con él ni con su vigor. En cualquier caso, ignoré su pregunta: no quería confirmar lo mucho que me gustaba, incluso cuando, como ahora, se mostraba tan descarado e impúdico.

—Creía que no aprobabas mi vestido —murmuré indignada. Me había ofendido, no lo había soñado, desde luego.

—Te he dicho que te considero una mujer atractiva. ¿Sabes qué significa eso en lengua masculina o quieres que te lo demuestre? —Me habló como si fuera una niña caprichosa e inexperta, convencido de que nunca me iba a poder separar de uno como él.

—Lo entiendo, está muy claro —respondí crispada, sintiendo la tensión de su cuerpo y de su miembro excitado, que aún me presionaba.

—Deberías disculparte conmigo —dije con determinación.

—Nunca lo haré. Desde el principio has sabido cómo soy yo.

Me soltó y se pasó una mano por el pelo, frustrado. Daba la impresión de que quería abalanzarse sobre mí y de que estaba conteniendo sus pulsiones. Entonces pensé que quizá estuviera tratando de ponerme a prueba.

Puede que quisiera comprobar lo que aún estaba dispuesta a soportar por él. Neil tenía una mente diabólica, era un calculador muy astuto, actuaba con absoluta lucidez, consciente de que me hacía daño, así que no me habría sorprendido si hubiera acertado sobre sus intenciones.

—Será mejor que salgamos —dije dejándolo atrás y dando por zanjada nuestra conversación, porque sabía que nada iba a cambiar entre nosotros.

Al cabo de un cuarto de hora llegamos al Chandelier, el local donde habíamos quedado con los Krew.

Neil y yo nos habíamos ignorado durante el trayecto. Yo aún estaba enfadada por las palabras que me había dicho, y él parecía absorto en sus retorcidas reflexiones. Había vuelto a fumar en el coche, sin importarle mi presencia, y a continuación había encendido el equipo de música y había puesto una canción de su grupo favorito. Las notas de «Nervous» se habían extendido por el habitáculo. Comprendí que trataba de burlarse de mí a través de la letra de la canción. Nunca la había oído, solo había visto el título en la pantalla.

189

Cuando Neil aparcó, nos apeamos del coche, nos encaminamos hacia la entrada del local y dejamos atrás la larga fila de personas que estaban esperando para entrar. Era evidente que Neil conocía al gorila encargado de la seguridad; de hecho, solo tuvo que saludarlo para que nos dejara entrar sin la menor objeción. Dentro, la música estaba tan alta que enseguida me sentí aturdida, las luces de colores me deslumbraban y la multitud casi me impedía respirar. De repente, alguien cayó sobre mí y me tambaleé sobre los tacones, pero el problemático siguió abriéndose paso sin hacer caso y lo seguí a duras penas.

—Intenta no perderte —me gritó para que lo oyera a pesar de la música cuando, por fin, se volvió para mirarme. Le agarré una mano instintivamente. Él se crispó al ver mi gesto. Por la expresión que apareció en su semblante deduje enseguida que no agradecía mi iniciativa. De nuevo, me miraba confuso.

—Así será más fácil correr detrás de ti —le dije al oído y él, tras dudar un momento, exhaló un suspiro, entrelazó sus dedos con los míos y los apretó con fuerza antes de reanudar la marcha y arrastrarme tras de sí. Mi corazón se aceleró cuando sentí el calor de su palma en la mía, hasta tal punto que empecé a sudar.

Pensé que, probablemente, a ojos de los que nos miraban podía-

mos parecer una pareja feliz, que caminaba cogida de la mano, pero
se equivocaban de medio a medio. En cualquier caso, no quería que
mis obsesiones me alteraran, así que, en lugar de preocuparme, traté
de escrutar alrededor para comprender a qué tipo de local había ido
a parar. Vi un pinchadiscos ocupado en seleccionar canciones elec-
trónicas, numerosas mesitas altas ocupadas por grupos de mujeres
y hombres de todas las edades, y unos sofás negros dispuestos a lo
largo de todo el perímetro. Los colores imperantes eran el negro y
el rojo escarlata; la verdad es que parecía un lugar infernal, muy al
estilo de los Krew.

Cuando dejé de sentir la mano de Neil en la mía, me sobresalté.
Fruncí el ceño al darme cuenta de que se había detenido y en un
primer momento no entendí el motivo. Lo comprendí al ver a sus
amigos.

—Vaya, ahí estás, te estábamos esperando. —Xavier levantó una
copa hacia nosotros y se rio con su habitual descaro desde el sofá
donde estaba sentado con los demás.

—Creíamos que ya no ibas a venir —terció Luke, que estaba
sentado a su lado.

—Por lo que veo, te has traído a la mocosa. —Esta vez la que
habló, con su irritante voz de capulla sin remedio, fue Jennifer. Me
quedé de pie, lejos de ella, y la miré contrariada. Podría haberle re-
plicado, pero decidí ignorarla. Después de todo, no merecía mi consideración. En lugar de eso, me concentré en su *look* y en el de su
amiga Alexia.

Las dos iban vestidas de forma desinhibida y extravagante.

Jennifer, sin embargo, era la que más destacaba.

Llevaba un vestido blanco que, combinado con su larga melena
rubia, le confería un aspecto casi angelical.

Era tan guapa como pérfida.

—Coño, muñeca, no te había reconocido. ¿Cómo estás?

Xavier me examinó y me miró las piernas, que el vestido corto
dejaba a la vista. Entretanto, Neil se sentó entre Alexia y Jennifer,
que se habían apresurado a hacerle sitio, y los celos empezaron a
devorarme el estómago, como si un monstruo se divirtiera torturándome.

—¿Y bien? Xavier te ha hecho una pregunta, princesa —apre-
mió Jennifer, volviendo al ataque.

Con una sonrisita socarrona en los labios, se levantó, se sentó
en las rodillas de Neil y le rodeó el cuello con un brazo. Me tensé
cuando, al cruzar las piernas, el vestido se le subió hasta la ingle
dejando casi por completo a la vista la ropa interior que llevaba

puesta. Apreté los labios en una dura mueca; Neil, en cambio, no hizo nada para quitársela de encima, a pesar de que mi reacción saltaba a la vista.

—¿Quién te ha dado permiso para sentarte encima de mí? —le preguntó en tono tranquilo, pero sin la firmeza suficiente para obligarla a levantarse. Si hubiera querido, se habría deshecho de ella; todos conocíamos su temperamento.

Por lo visto, no le molestaba tanto tenerla encima, al contrario: incluso puso una mano en uno de sus muslos desnudos.

Mis celos se acrecentaron. Se enroscaron alrededor de mí como como una serpiente venenosa y sentí un terrible vacío en el pecho, pero me impuse no reaccionar.

—Siéntate aquí, Selene.

Luke me señaló el hueco libre que había a su lado y acepté su invitación. No tenía por costumbre hacer desaires ni comportarme de manera inapropiada, pero si a Neil no le importaba recibir las atenciones de Jennifer en mi presencia, a mí tampoco me importaba sentarme en compañía de su amigo, al que había besado en la casita de la piscina. El problemático que había puesto mi vida patas arriba se dio cuenta y entornó los ojos con aire retador. Le sonreí impúdicamente y me abrí el abrigo para que sus amigos pudieran ver mejor mi seductor vestido.

—¿Dónde vives ahora? —La rubia siguió pinchándome mientras acariciaba la nuca de Neil con sus afiladas uñas. Fingía que le interesaba saberlo, pero su mirada combativa dejaba bien claro hasta qué punto me odiaba.

—En Detroit —respondí fríamente frotándome una de las rodillas con una mano. Me forcé a mirar sus ojos claros y traté de ocultar lo mucho que me dolía verla abrazada al hombre que consideraba… mío.

—Ah, sí, claro. ¿Y cómo es que has vuelto? ¿Para unas cortas vacaciones? —preguntó con arrogancia.

—Para ver tu cara de ramera no, desde luego —respondí al vuelo.

Xavier se echó a reír.

—¿Ramera? Qué elegante eres, muñequita —comentó mientras se llevaba el cóctel a los labios.

Jennifer, por su parte, encajó el golpe y se envaró, luego miró a Neil, que estaba presenciando en silencio nuestro rifirrafe, se acercó a él y pegó sus pechos a su tórax; su melena resplandeciente resbaló por encima de su generoso escote, que dejaba entrever la ausencia de sujetador. El mensaje no podía ser más claro: estaba marcando su territorio.

—Sea como sea, los hombres prefieren a una como yo más que a una como tú —afirmó con aire de superioridad, como si ella estuviera a la altura de acompañar a alguien como Neil y yo no.

¿Se creía mejor que yo?

—Solo si tienen un coeficiente intelectual igual a cero —le espeté, decidida a no dejarme amilanar por su maldad. Ella sonrió, intercambió una mirada de complicidad con Alexia, y a continuación volvió a dedicarme toda su atención.

—Tu hombre no es una excepción, ya que, hace unas noches, se divirtió conmigo y con Alexia. Quiso que jugáramos a «cara o cruz», ¿sabes lo que significa? —me preguntó con descaro.

No lo sabía, pero podía imaginarlo.

La mera idea de que Neil no hubiera dejado de acostarse con ella —o peor aún, que hubiera estado con las dos— me repugnó.

Me costaba incluso respirar.

—A mí me pidió la «cabeza» y a Alexia la «cola». —Jennifer me guiñó un ojo con altanería y eso fue para mí el golpe de gracia.

Pero, de repente, Neil reaccionó: se zafó de ella, la hizo caer al sofá y se puso en pie de un salto.

—Pero ¿qué narices le estás diciendo? —la regañó iracundo. Mis ojos buscaron los suyos, porque querían decirle lo mucho que ella me había herido, pero él seguía atento a la rubia.

—¿Tú también has estado con él? —preguntó Xavier a Alexia con una expresión de asombro idéntica a la mía. Probablemente tampoco sabía que los tres habían pasado una noche juntos. Al ver que ella no contestaba y bajaba la mirada, Xavier se levantó y tiró el vaso al suelo—. ¡Por lo que veo, sigues siendo la zorra de siempre! —le gritó. Luke se apresuró a intervenir y le puso una mano en el pecho para que callara.

—Ve a dar una vuelta, Xavier —le ordenó.

—¡Que os den por culo, imbéciles! —despotricó el otro y desapareció furioso entre la multitud.

Sabía desde hacía tiempo que estaban acostumbrados a compartir mujeres, pero el moreno había tenido una verdadera reacción de celos. Yo debería haber respondido de la misma manera, pero, en lugar de eso, mi cuerpo se quedó quieto, atrapado en el dolor que me atenazaba. Tenía miedo de que, si me levantaba, mis piernas no me sostuvieran.

—¿Estás bien, Selene? —preguntó Luke preocupado y en ese instante algo se agitó dentro de mí. Me levanté y respiré hondo, conteniendo el llanto para no ceder a la fragilidad de mis sentimientos. Aunque no lo demostrara abiertamente, entendía de sobra lo que sentía Xavier. Había puesto muchas expectativas en Neil, me había entregado por completo, y era consciente de que, si él seguía negándome su alma, iba a salir destrozada de nuestra relación. Intuyendo que quería irme, Neil dio un paso hacia mí, pero yo lo ignoré y dejé atrás tanto a él como a su banda de exaltados.

—¡Selene! —me llamó, pero no le hice caso. En ese momento solo quería alejarme de él y volver a casa. Regresar a Detroit. Rabiosa, me abrí paso a codazos entre el gentío, zafándome de todos los que impedían que llegara a la salida.

Esa noche ya había aguantado bastante su indiferencia, su desinterés y su mezquindad.

¿Cómo podía comportarse así? ¿Cómo podía pedirme que pasara un poco de tiempo con él en Nueva York y luego ser tan irrespetuoso conmigo?

Salí del local y me arrebujé en el abrigo para protegerme del frío.

Estaba hecha polvo, pero debía reaccionar y marcharme.

¿Cómo? Pensé en llamar un taxi.

Así pues, me acerqué al borde de la acera y me incliné hacia la calzada con la esperanza de ver pasar uno a toda velocidad y pararlo, pero no llegó ninguno.

—No te conviene pasar mucho tiempo sola aquí, muñequita.

Me volví sobresaltada y vi a Xavier. Lo miré a la cara, alertada.

La frialdad de su mirada ocultaba un sufrimiento callado que quería reprimir a toda costa. ¿Estaba enamorado de Alexia? Recordé que en el pasado esta había intentado acercarse a él en varias ocasiones, pero él siempre había preferido a otras mujeres.

¿Sería ella la que se había cansado? ¿Se había invertido la situación?

Pero eso no justificaba que se acostara con Neil, al contrario…

Estaba empezando a odiarla tanto como a Jennifer.

—De hecho, estoy a punto de irme. —Hice amago de darle la espalda, pero Xavier siguió hablando conmigo.

—Los dos tenemos razones para marcharnos. Si quieres, te llevo en coche.

Tiró al suelo la colilla que estaba fumando y aguardó mi respuesta.

Miré los piercings que destacaban en su labio inferior y en una de las cejas, y luego lo observé de arriba abajo. No era, desde luego, el tipo de hombre que me inspiraba confianza.

Era el peor de los Krew. Lo tenía bien presente.

—No —respondí apresuradamente—. No he olvidado cómo me humillaste, Xavier. Eres igual que ellos… —Señalé la entrada del

193

local aludiendo a sus amigos. No entendía por qué ahora intentaba ser amable conmigo—. Así que no te hagas ilusiones —aclaré para desechar cualquier idea errónea que pudiera tener sobre mí.

Xavier arqueó una ceja y tuvo que hacer un esfuerzo para no reírse en mi cara.

—Créeme, muñequita, por muy mona que seas, serías incapaz de darme lo que más me gusta —se burló de mí, luego dio un paso hacia delante y yo reculé instintivamente—. Me pregunto cómo puedes estar con Neil. —Frunció el ceño intrigado.

La verdad era que yo tampoco lo entendía. No pretendía salvarlo de su pasado ni cambiarlo, quería algo más: quería que comprendiera que el mundo no solo era oscuro, que en él no solo había monstruos como Kimberly, que no tenía que avergonzarse de lo que había sufrido y que yo jamás lo iba a juzgar.

En nuestra sociedad, la mayoría de la gente suele marginar a las personas con problemas psicológicos graves causados por traumas pasados; luego hay otras que, como yo, son capaces de superar los prejuicios y tratan de ver el lado humano.

Estaba seguro de que Neil tenía algo bueno en su fuero interno, de que sabía amar. Había visto cómo se dulcificaba cuando estaba con sus hermanos e incluso conmigo. Un hombre sin corazón ni sentimientos no habría podido tratar a alguien con tanta consideración.

—De alguna forma, nuestras diferencias nos unen —murmuré.

¡Menuda tonta! A pesar de lo que me había dicho Jennifer, no lograba hablar mal de Neil ni perder la fe en él.

—¿Y puedes aceptar su forma de comportarse? —Xavier ladeó la cabeza. Parecía estar analizándome como yo si fuera de otro planeta.

—¿Qué quieres decir? —le pregunté frunciendo el ceño.

Entonces él esbozó una sonrisa torva y se acercó a mí.

—Lo he visto follar, Selene…, de verdad, con toda la rabia que lleva dentro. Cuando comparte sus amantes conmigo, se convierte en un animal y no solo por la manera en que las toca, sino también por el modo en que las trata. —Su tono turbio me estremeció. Lo miré sorprendida. ¿Por qué me decía una cosa así?—. Sea como sea, creo que contigo es diferente, si no, no estarías aquí —añadió reflexivo metiéndose las manos en los bolsillos de sus vaqueros negros.

—¿Qué… qué intentas decirme? —susurré.

No confiaba en Xavier, así que no sabía cómo interpretar sus palabras.

—No sabes nada de Scarlett, ¿verdad? —preguntó como si supiera de antemano la respuesta.

De hecho, había intentado averiguar algo sobre ella en varias ocasiones, pero no había conseguido descubrir nada. Esa chica era un fantasma omnipresente cuya historia conocían todos, excepto yo.

Sacudí la cabeza levemente y él se rio.

—¿Ni siquiera de su padre, el agente Scott? —añadió. Hice memoria.

Solo había visto a ese hombre en una ocasión, cuando se había presentado en casa de Matt para investigar sobre la agresión de la que había sido víctima Carter Nelson, el chico que había acabado en coma tras pelear con Neil, pero eso era todo.

Volví a negar con la cabeza.

—Me lo imaginaba —comentó Xavier con sarcasmo—. Roger Scott es la persona de este mundo que más odia a Neil. Lleva años persiguiéndolo. Cuando un día llegues a conocer de verdad al hombre con el que te acuestas, entenderás a qué me refiero. No creo que Miller sea el tipo que te conviene, muñequita. —Se encogió de hombros y prosiguió—: Tu vida es tuya, así que, francamente, puedes hacer lo que quieras con ella, pero dime una cosa... ¿Por qué quieres meterte en nuestra mierda?

Sus crudas palabras me aturdieron, mi cabeza empezó a dar vueltas al tratar de asimilar tal exceso de novedades.

¿Qué quería el agente Scott de Neil? ¿Cuántos secretos había en su pasado de los que aún no estaba al corriente?

Además, no sabía que era el padre de Scarlett. Ahora entendía por qué, cuando había presenciado en secreto su encuentro, había tenido la impresión de que él y Neil se conocían ya.

—¿Por qué el agente Scott la tiene tomada con él? —pregunté de repente, haciendo caso omiso de su pregunta, pero Xavier me miró con aire grave sin pronunciar una palabra—. ¿Acaso Neil tiene problemas con la ley? —insistí, tratando de sonsacarle más cosas. Una vez más, él guardó silencio—. ¡Necesito saberlo, maldita sea! —exclamé alzando la voz y avancé hacia él repentinamente furiosa.

Estaba harta de tanto misterio.

Tenía derecho a saber lo que Neil seguía ocultándome.

Empezaba a temer que pudiera suponer un peligro para mí, pero entonces los sentimientos que me unían a su alma se impusieron y ahuyentaron el miedo.

Era temerario y a menudo instintivo, pero no era un delincuente.

—No, nada de eso —replicó Xavier y yo respiré aliviada—, pero le quitó a su hija. Eso es suficiente para provocar odio y resentimiento en un hombre —añadió con seriedad.

Dejé caer los brazos a lo largo de mi cuerpo, de repente, me sentía débil.

195

¿Qué significaba eso? ¿Qué quería decir que se la había «quitado»?

Cuando me disponía a preguntárselo, vi una figura austera e intimidatoria recortarse detrás de Xavier. No me hizo falta fijarme demasiado en ella. Sabía de sobra quién era. Podía oler el aroma a almizcle desde allí.

Era Neil.

—Xavier. —Se dirigió enseguida a su amigo y, por el tono seco, comprendí que estaba de un humor de perros—. Sé lo que estás tratando de hacer. No la utilices a ella para vengarte de mí.

Se acercó para protegerme con su robusto cuerpo y yo lo miré perturbada.

¿Qué demonios estaba diciendo?

—¿Por qué debería hacer eso? —le preguntó Xavier en tono burlón. Neil no se inmutó. Por lo demás, no era de extrañar, porque era difícil que perdiera el control, excepto cuando alguien le hacía perder de verdad los estribos.

—Alexia quiso participar esa noche. Yo no la forcé, desde luego —dijo Neil seguro de sí mismo, ignorando la irónica pregunta de su amigo.

El aire se tensó e inició un auténtico enfrentamiento masculino. Sus costumbres malsanas habían causado tal profusión de errores que estaban minando su amistad. En cuanto a mí, la conversación entre ellos me estaba provocando náuseas.

—¡Ella me importa un carajo! —estalló Xavier—. ¡Lo que me cabrea es que siga eligiéndote a ti! —dijo apretando la mandíbula.

Me asusté, temiendo que la situación se agravara. Miré a Neil para ver cuáles eran sus intenciones y, por lo que vislumbré en sus ojos, comprendí que aún conservaba la cordura.

—¿Me estás haciendo una escena de celos por una chica que te daba igual hasta ayer? Pero ¿oyes lo que dices? Eres patético, Hudson —afirmó Neil secamente.

Xavier negó con la cabeza, desorientado.

—¡Aquí el único patético eres tú! —respondió al cabo de unos instantes—. Engañas a las mosquitas muertas que se cruzan en tu camino, las utilizas mientras puedes y luego, cuando te cansas, te deshaces de ellas. Deberías contarle a la muñequita algunas interesantes anécdotas de tu pasado, así tal vez se haga una idea más clara de quién eres, ¡y entonces veremos si sigue abriéndote las piernas!

El ímpetu de su tono me hizo retroceder. Varios chicos que se habían reunido fuera del local nos escrutaron intrigados. Neil se dio cuenta y miró a su amigo con tanta cólera que yo también tuve miedo. Su cuerpo estaba tan tenso que comprendí que estaba a punto de perder la paciencia.

—Vuelve a entrar, Xavier —ordenó a su amigo en un tono comedido pero intimidatorio. Ajeno a sus advertencias, el moreno parecía meditar cuál iba a ser el siguiente movimiento.

Era un choque entre titanes y los dos corrían el riesgo de salir vencidos.

—Porque si no, ¿qué piensas a hacer? ¿Molerme a palos? —lo instigó Xavier; Neil arqueó una de las comisuras de los labios y le sonrió con arrogancia.

—No quiero hacerte daño. No reconocerías tu cara después y lo sentiría por ti —respondió sin inmutarse. A continuación, se aproximó a mí y, sin mediar palabra, me agarró una muñeca—. Tú, en cambio, te vienes conmigo —me ordenó.

¿Qué? ¿De verdad quería que lo siguiera después de lo que había dicho su rubia?

—¡Ni hablar! —Me estremecí y él me miró irritado, como si no pudiera tolerar mi rebeldía—. Vete con tu amante, ella sabrá cómo entretenerte.

Le sonreí con insolencia y traté de desasirme de él, pero su mano, fuerte y dominante, agarró con fuerza mi brazo y me detuvo otra vez. Me fijé primero en sus dedos posesivos, luego en sus ojos dorados, que me estaban mirando a la cara con su habitual frialdad.

—No fue como piensas —se justificó y yo me eché a reír.

¿Me tomaba por idiota?

—Claro, por supuesto. Tropezaste y caíste sin querer entre las dos. —Seguí riéndome exasperada. En realidad, tras mi aparente impudicia solo intentaba ocultar el dolor que me estaba arañando el corazón.

Neil permaneció serio y vislumbré un destello de sufrimiento en sus iris. Por primera vez, parecía mortificado.

—Sucedió después de que me llamaras por teléfono —explicó—. Estaba entrenando con el saco, solo, y no tenía ganas de llamar a nadie. Tú me dijiste esas cosas y... —Sin dejarlo terminar, pasé de nuevo al ataque.

—¿Me estás culpando de lo que sucedió? ¿En serio? —me burlé de él con la piel ardiendo bajo sus dedos. Si seguía apretando con tanta fuerza el brazo, acabaría rompiéndolo—. Cediste porque eres un pervertido y te gustan las situaciones extremas. Los dos lo sabemos. Es evidente que la idea de centrarte en una sola mujer te asusta —exploté llena de rabia.

197

—Para ya —me advirtió con un susurro amenazador. Su cálido aliento me rozó los labios; olía a tabaco, señal de que había fumado no hacía mucho. En cualquier caso, no permití que me distrajera la electricidad que se transmitían nuestros cuerpos incluso en momentos como ese, y seguí azuzándolo.

—¿O qué? ¿Vas a pedirme otra vez que te comparta con tu rubia en la próxima fiesta de Halloween? Esta vez, sin embargo, invitaremos a Xavier, así yo también me divertiré —respondí con desprecio.

Era imposible detenerme, era un río en crecida. Los recuerdos, la decepción, el sufrimiento me habían vuelto más instintiva e irracional que nunca.

Los ojos de Neil cambiaron de color, parecían menos brillantes, más sombríos. Su respiración se aceleró y se acercó tanto a mí que su nariz rozó la mía.

—Ahora te vienes conmigo. Deja de comportarte como una maldita niña —me ordenó. Al percibir mi aroma entrecerró los párpados y esbozó una media sonrisa socarrona—. No te conviene cabrearme, Campanilla. —Me cogió la barbilla con la otra mano y la apretó un poco. De repente, me lamió una mejilla lánguidamente mientras me seguía sujetando—. Sé buena —concluyó hipnótico tras su inusual y animalesca exhibición de dominio.

Debería haberme molestado, ofendido, disgustado, pero su voz y sus gestos me subyugaron. Mi cuerpo se relajó, mis músculos dejaron de resistirse a él, mi respiración le transmitía que una extraña exigencia había suplantado a todas las emociones que había experimentado hasta ese momento.

El deseo se apoderó de mí.

El enrojecimiento que me inflamaba los pómulos y la forma en que me movía con lentitud sobre mis piernas no dejaban lugar a dudas.

Él me miró complacido.

Había comprendido lo que sentía.

Neil estaba atento a mis reacciones físicas y cuando me seducía intentaba desencadenarlas todas para doblegarme a su voluntad.

Gracias a su experiencia, me superaba fácilmente y eso me hacía sentirme impotente.

—Vamos. —Tiró de mi brazo pasando por delante de Xavier, que había presenciado inmóvil nuestra discusión. Después me llevó hasta su coche sin soltarme, a pesar de que ya me había rendido a él, tal vez por miedo a que huyera.

—Estás loco —murmuré tropezando con mis tacones. A pesar de que pretendía ser un insulto, solo provocó su sonrisa.

—Y tú eres mi Campanilla —dijo divertido antes de desbloquear el sistema de seguridad del Maserati, tras lo cual abrió la puerta y me empujó al interior.

Por mucho que me obstinara en luchar contra él, solo podía seguirlo en su oscuridad y prometerle un amor mudo y sincero.

Día a día, Neil iba tejiendo sus hilos de oro a mi alrededor para atraparme.

No solo era dueño de mi cuerpo, también de mi mente y de mi corazón.

Mi alma le pertenecía por completo.

Le pertenecía desde la primera vez que me había capturado con su enigmática mirada.

Su aspecto me había cautivado.

Su voz madura había despertado en mí todos los pecados carnales.

Era suya.

Y nada podría remediar nunca este enorme problema.

199

9

· Selene

¿Vienes a ver el alma conmigo esta noche? Tráete un vestido sencillo,
palabras claras, unos cuantos sueños y una caricia ligera.

FABRIZIO CARAMAGNA

*L*levábamos unos cinco minutos en el ático.

En el coche ninguno de los dos había intentado entablar conversación: yo porque me sentía demasiado nerviosa y desengañada; Neil porque no le gustaba hablar más de lo necesario.

Lo observé con detenimiento mientras inspeccionaba la nevera en busca de algo para comer. La entrada arqueada y sin puerta, que daba acceso directo a la cocina, me permitió vislumbrar cada uno de sus movimientos. Se había quitado la cazadora de cuero y la había tirado al sofá un poco antes mientras yo seguía de pie en el salón con el abrigo puesto. Estaba furiosa por lo que Jennifer me había dicho y por el comportamiento de Neil; pero él parecía más interesado en la comida, a diferencia de mí, que tenía el estómago encogido.

—¿Tienes hambre? —me preguntó, sacando una botella de agua para dejarla en la encimera.

—No —le respondí con picardía para que comprendiera que lo único que necesitaba era toda su atención.

Pero Neil siguió mostrándose desinteresado. Cogió un vaso, se sirvió agua y la bebió con absoluta tranquilidad. Observé su nuez de Adán mientras subía y bajaba por el cuello, además del brazo flexionado y el bíceps contraído. No acababa de entender si el jersey blanco que llevaba era demasiado ajustado o si sus músculos estaban muy entrenados. Pensé entonces en las veces que, durante años, había despreciado a los hombres que abusaban del gimnasio o que se cuidaban demasiado. En cualquier caso, Neil no exageraba.

Su poderoso cuerpo guardaba proporción con su estatura, los anchos hombros le conferían un aspecto imponente en todos los sentidos.

Una vez más, sentí una punzada de amor en mi corazón y su apariencia me cautivó. Él se dio cuenta, porque dejó el vaso en la encimera y me miró con suficiencia.

Probablemente tenía cara de boba en ese momento.

¡Maldita sea!

—¡No deberías haber dejado que Jennifer se sentara en tus rodillas! —solté sin poder contener los celos que había reprimido durante demasiado tiempo—. ¡Y no deberías haberte acostado con ella y con Alexia! ¡Por Dios!

Me pasé una mano por el pelo; Neil, en cambio, frunció el ceño y me miró confundido. Normalmente intentaba controlar mi ira y la posesividad que sentía por él, pero, después de todo lo que habíamos compartido, después de que me hubiera confesado parte de su pasado y me hubiera contado por fin lo que Kimberly le había hecho, creía merecer una consideración diferente.

—¿Cómo puedes tocar a las demás como me tocas a mí? —lo ataqué apuntando un dedo hacia él. Sentía calor y la tela del abrigo parecía encogerse alrededor de mi cuerpo tenso.

Tuve ganas de abofetearlo y de volver cuanto antes a Detroit.

Por la forma en que me observaba, comprendí que había visto la desesperación que reflejaban mis ojos.

Parecía reflexivo, sobre todo consciente de mis razones.

Suspiró y apoyó las manos en la isla, curvando ligeramente los hombros. No iba a ser nada fácil calmarme y él lo sabía mejor que yo. Ya no podía menospreciar lo que había entre nosotros. Fuera lo que fuese, los dos sabíamos que estábamos unidos por un vínculo especial, así pues, debía dar una razón válida que justificase sus acciones.

—No es fácil de explicar —respondió en tono equilibrado.

—Inténtalo —le insté, tratando de recuperar el aliento después del desahogo.

—No me acuesto con cualquiera… —comenzó a decir en un intento de aclarar la situación—. Necesito tener sexo con mujeres que me recuerdan a ella…

Bajó la mirada hacia la isla para esquivar mis ojos.

—¿Quién es ella? —le pregunté confundida.

—Kimberly. Era rubia, desenvuelta, atrevida, de manera que… siempre elijo a mujeres que se parecen a ella…

Su mandíbula se tensó debido a la desazón que sentía. No debía

201

de ser fácil para él contarme también eso, pero era necesario que yo lo supiera todo para poder comprenderlo y conocer ciertos aspectos que me había ocultado desde el principio.

—¿Por qué? Deberías olvidarla, no forzarte a recordarla. No tiene sentido —comenté intentando, en cualquier caso, adoptar un tono menos acusatorio y más indulgente para que se sintiera aceptado.

Si se encerraba de nuevo en su caparazón, dejaría de hablarme.

—Para mí tiene sentido —respondió levantando los ojos hacia mí. Me miró con rencor, quizá porque pensó que lo estaba juzgando, y yo sabía de sobra que no podía soportar que lo hicieran—. Lo necesito para reivindicar mi papel, para aplastar la sensación de vacío que me oprime cada día. Lo necesito para demostrarme a mí mismo que ninguna mujer volverá a doblegarme. La violencia que sufrí fue psicológica, no solo física. Kimberly me pisoteó la dignidad, me violó el alma, me arrebató una infancia que nunca podré recuperar. Kimberly es un monstruo que vive en mi cabeza, jamás me libraré de ella —murmuró resignado, moviendo apenas la cabeza.

Cada palabra que decía hacía sangrar más mi corazón. No sabía qué decir, solo sentía el deseo de acercarme a él y abrazarlo para que supiera que siempre iba a estar a su lado; pero, temiendo su rechazo, no me moví de mi sitio.

No le gustaba que lo tocaran, sobre todo cuando se sentía emocionalmente expuesto.

—¿Puedo hacerte una pregunta? —dije rompiendo el silencio. Hacía tiempo que quería despejar una duda de mi mente y puede que por fin hubiera llegado el momento de hacerlo.

—Dime —dijo con aire serio.

Rodeó la isla para acercarse a mí y mis ojos se alzaron para mirarle los labios, que mordisqueaba nervioso. Empecé a anhelarlos como si fueran una cantimplora de agua fresca en medio de un desierto abrasador. El corazón comenzó a palpitarme con fuerza en el pecho; su sensualidad me cautivó y mis rodillas temblaron. Al final, se detuvo frente a mí y aguardó mi pregunta.

—Conmigo... —Me aclaré la garganta para dominar la vergüenza—. ¿Alguna vez piensas en Kim... cuando nosotros...? —No terminé la frase, porque era evidente a qué me refería.

Neil frunció el ceño. Confiaba en no haber sido demasiado insistente o poco delicada. Con Neil nunca sabía qué botones apretar ni cómo dirigirme a él; era fácil que cambiara de humor e interrumpiese nuestra conversación.

En ese momento me estaba observando con detenimiento. Debería haberme avergonzado de mí misma por la fragilidad que me hacía sentir con una simple mirada, pero lo cierto es que no podía resistirme a él. Así como tampoco podía enfadarme de verdad con él ni odiarlo ni herirlo.

Se estaba convirtiendo en mi todo.

—No. Contigo no —respondió tras reflexionar durante unos segundos—. Nunca ha pasado.

Respiré aliviada y bajé los ojos a la vez que me sonrojaba. Podría haberme contestado otra cosa, aunque solo fuera para herirme, en cambio, me había dicho la verdad. Estaba segura de que no me estaba mintiendo.

—Te parecerá absurdo, pero… —continuó acariciándose la mandíbula hirsuta con un asomo de barba que le daba un aspecto terriblemente salvaje y atractivo—. Mi mente es bastante complicada, sobre todo debido a lo que viví. Para que entiendas lo que quiero decir, tienes que imaginar una línea ondulada… —De repente, alzó una mano para trazar en el aire, ante mis ojos, una línea imaginaria—. En esa raya están los besos lánguidos, el sexo, el contacto carnal de cualquier tipo, el placer, las obscenidades, todo lo que he vivido y me gusta hacer… —afirmó fríamente sin dejar de mirarme para asegurarse de que seguía su razonamiento—. Para mí, eso es lo normal. Luego está la línea recta. —Dibujó otra imaginaria—. Aquí están los besos dulces, las caricias, los cumplidos, las atenciones, las relaciones, el amor. Todo lo que es ordinario, normal; inexistente para mí —dijo bajando el brazo.

Mi mirada se quedó clavada en el punto exacto donde había delineado las dos rayas.

Fruncí el ceño: ¿qué estaba tratando de decirme?

—No te entiendo, Neil. ¿Cuál es mi papel en todo eso? —susurré mirando sus ojos entornados con expresión pensativa.

—Tú consigues que mi línea ondulada sea menos dolorosa. —Se inclinó más hacia mí y me acarició una mejilla. Contuve la respiración. Su roce era suave, completamente diferente de la agresividad y la pasión que me solía reservar—. Cuando estoy contigo, Kim desaparece por un momento de mi cabeza. Eres una agradable distracción, niña, una droga que me aturde por unos momentos. Pero ella está ahí, vive en mí, no puedo fingir que he superado lo que me hizo. Sigo siendo un montón de fragmentos rotos… —Sonrió con tristeza y me entraron ganas de llorar—. Por eso mi línea siempre será ondulada y nunca podrá ser recta…, ¿lo entiendes? Es probable que tenga una visión equivocada de la vida, pero he vivido con ella desde que era niño y a estas alturas una parte de mí…

203

Sus ojos me miraron aguardando a que yo dijera algo, lo que fuera.

—¿De manera que estar conmigo es una necesidad? No quiero ser ofensiva, no me malinterpretes. Solo pretendo entender mejor...

—Intenté ser prudente para evitar que nuestra conversación degenerara en una discusión. Neil no dejó de acariciar mi mejilla, moviendo suavemente sus nudillos por mi piel, y mientras lo hacía me di cuenta de que quería sentir su calor en mí para siempre.

—Sí, es una distracción, una forma de borrar los recuerdos, de sofocar el dolor, tú me permites sentir un momento de alivio, me haces volar a tu país de Nunca Jamás; pero no es suficiente para curarme. La realidad es otra y no podemos hacer nada para remediarlo —concluyó rompiendo el contacto entre nosotros—. Por eso no puedo ofrecerte una relación. Soy consciente de que aún tengo demasiados problemas aquí dentro... —Se tocó la sien con el dedo índice—. No puedo cuidar de otra persona si ni siquiera puedo cuidar de mí mismo.

Se apartó de mí negando con la cabeza.

Me había dejado sin palabras; las emociones me habían desbordado, quizá porque era imposible decir algo ante semejante confesión. Entretanto, Neil sacó el paquete de Winston de la chaqueta que había dejado en el sofá y extrajo un cigarrillo. Lo miré mientras, de pie junto a la mesa de café, intentaba frenar el temblor de su mano derecha, que le impedía acercar el mechero a la punta.

Había notado ya ese problema, pero nunca me había atrevido a preguntarle nada.

En mi fuero interno sabía que estaba sacando la peor parte de él.

La decepcionada.

La agotada.

La que todo el mundo evitaba.

La que todos temían.

La peor.

Estaba aprendiendo a querer lo peor de él.

Pero a la vez amaría lo mejor.

Aguardaría su dulzura.

Aguardaría a que la tristeza se desvaneciera.

Aguardaría a que saliera el sol en su interior.

Todos comprenderían su valor y yo me quedaría con él.

Tal vez... un día incluso se enamoraría de mí.

Hasta entonces, sin embargo, lucharía por mí y por él.

Lo querría en silencio.

—¿En qué estás pensando? —preguntó Neil sobresaltándome.

No me había dado cuenta de que estaba de nuevo frente a mí. El cigarrillo encendido colgaba de sus labios mientras me fruncía el ceño. No podía contarle lo que pasaba por mi mente, el amor mudo sería lo único que obtendría de mí hasta que estuviera listo para aceptar lo que sentía por él, aunque fuera absurdo que se diera por satisfecho sin un verdadero intercambio de emociones.

—Me alegro de que hayas hablado conmigo. Cuando te pedí que me dejaras estar cerca de ti me refería precisamente a esto: a que te comunicaras conmigo, a que me dijeras algo más sobre ti y me concedieras un poco de confianza. Gracias por haberlo hecho.

Insinué una sonrisa trémula. Sus ojos bajaron y se posaron en mis labios. Mi reacción fue inmediata: me volví a sonrojar. Su fresco aroma, mezclado con el humo que se iba desvaneciendo en el aire, tuvo el poder de calentarme por completo. Jamás lograba ser dueña de mí misma cuando él estaba tan cerca de mí, porque mi alma estaba totalmente absorbida por su mirada.

—Ahora creo que es mejor que vaya a cambiarme y a meterme en la cama —añadí apresuradamente.

A decir verdad, quería que me siguiera y me hiciera el amor, pero no podía ceder ante él después de lo que había pasado con Jennifer. Debía entender que no podía tenerme cuando quería y que yo merecía un poco de respeto.

205

—Desnúdate aquí, delante de mí —me ordenó, y yo me estremecí—. Sé que te has puesto ropa interior diferente a la habitual. Enséñamela.

Me miró con una expresión expectante y fue a apoyarse en la encimera de la cocina esperando que le obedeciera. ¿Cómo se había enterado del conjunto que llevaba? ¿Lo había entrevisto porque el vestido era ajustado?

—Me desnudaré, pero no debes tocarme —le dejé claro, a pesar de que sentía un fuerte deseo de sentir sus manos en mi cuerpo.

Neil me miró molesto por el tono perentorio con el que me había dirigido a él, pero no me importó. Todavía tenía una dignidad que defender e iba a empezar a hacerlo en ese preciso momento.

¿Me quería?

Entonces iba a tener que renunciar a todas las demás.

—De acuerdo —prometió aplastando el cigarrillo en un cenicero que no estaba muy lejos de él. Exhaló la última bocanada de humo por la nariz y cruzó los brazos en el pecho para estar más cómodo. Saltaba a la vista que quería disfruta del espectáculo. Me sentí cohibida, porque Neil sabía cómo intimidar a una mujer, pero intenté controlar mi torpeza.

Había comprendido lo que le gustaba y también cómo complacerlo.

Primero me quité el abrigo y lo tiré al sofá.

Luego doblé un brazo en la espalda y bajé la cremallera del vestido. Solté los brazos de este despacio y dejé que se deslizara por mis caderas y mis piernas, hasta quedar reducido a un montón de tela alrededor de mis tobillos.

Neil entornó los ojos y me miró de arriba abajo, deteniéndose en mis pechos, comprimidos en el encaje blanco. Al ver cómo se le hinchaba el tórax, supuse que mi cuerpo producía en él el mismo efecto que sus músculos causaban en mí, y eso me complació.

Levanté una pierna tras otra para salir del vestido y me quedé con los zapatos de tacón alto, la ropa interior sexi y los muslos a la vista, tal y como él deseaba.

Mientras no me desnudara por completo, seguiría conservando una pizca de confianza.

Neil se acarició el labio inferior con un dedo índice, mientras que se apretaba el bíceps con la otra mano.

¿En qué estaba pensando?

¿Le gustaba o no?

De repente, vio los hematomas que tenía en la piel y se enfurruñó, su expresión se ensombreció. Tuve la vaga sospecha que se reprochaba su violencia.

A continuación, se levantó y se dirigió hacia mí.

El paso suave, la mirada magnética y los labios estirados en una atractiva sonrisa me hicieron intuir que estaba a punto de hacer o decir algo de lo que me iba a avergonzar.

Mis rodillas temblaron cuando acortó la distancia que nos separaba. Cuando se detuvo frente a mí, dejé de respirar.

A pesar de los zapatos de tacón, seguía siendo bajita para él, así que para mirarle a la cara tuve que echar la cabeza hacia detrás, como siempre.

Neil me escrutó y gimió de forma viril.

Mi corazón se aceleró en el pecho cuando comprendí que aprobaba lo que veía.

—Un conjunto blanco… —murmuró—. Me gusta.

Era la primera vez que me hacía un cumplido. Apenas podía creérmelo.

—Vaya, menudo honor —bromeé para mitigar la tensión erótica que estaba creciendo entre nosotros, pero él me ignoró, porque estaba demasiado concentrado en mi cuerpo.

De repente, levantó una mano y acarició el contorno de mi mandíbula con el dedo índice. El gesto me dejó sin aliento.

A pesar de que no había mantenido su promesa, no opuse resistencia.

Neil trazó un sendero por mi cuello, pasó al valle que separaba los pechos y descendió poco a poco hasta el bajo vientre, deteniéndose justo encima de la banda elástica de las bragas. Contraje levemente los músculos del abdomen al sentir el contacto de sus seductores dedos y me estremecí cuando el índice rodeó mi ombligo.

—Conozco todos tus puntos erógenos, niña. Cada vez que hemos follado he estado atento para comprender lo que te gusta... —subió el dedo índice hasta el espacio que separaba los pechos y esta vez lo movió alrededor del pezón, que se endureció bajo la tela. Neil era bueno con las manos, sabía cómo seducir y cómo inducir a una mujer a desearlo. Tuve que controlarme para no rogarle que siguiera acariciándome. Se acercó a mi oído y aspiró mi aroma a fondo—, y cómo te gusta... —susurró apartando la mano de mi pecho.

Me miró fijamente a los ojos y sus pupilas dilatadas delataron la excitación que se había apoderado de él, idéntica a la que yo sentía.

Las ganas de abalanzarnos el uno sobre el otro eran palpables, nuestras respiraciones comenzaron a perseguirse. No hacíamos otra cosa que mirarnos los labios, tentados de besarnos.

—A partir de ahora tendré que verte desde otra perspectiva, Campanilla —me dijo con una sonrisa descarada—. Mi preferida —añadió con picardía y enseguida comprendí a qué se refería.

Darme la vuelta me habría avergonzado; Neil debió de intuirlo, porque me rodeó y se detuvo tras de mí. No podía ver sus ojos, pero podía sentir cómo ardían en mi espalda y más abajo, en mis nalgas. Neil lanzó un grito gutural de satisfacción y yo me sonrojé. Por suerte no pudo verlo.

—Tu culo, nena... —Su voz ronca me excitaba—, es sin duda mi debilidad —comentó en tono aprobatorio y luego volvió a ponerse delante de mí para analizarme con sus ojos dorados, como si fuera un dios listo para juzgar a cualquier ser humano sometido a él.

—Si tanto te gusta, me pregunto por qué te empeñas en buscar el de las demás —lo pinché con una seguridad que me dejó atónita. Él arqueó una ceja y luego se rio divertido.

¿Qué tenía de divertido lo que había dicho?

—Acabas de hacerme una propuesta peligrosa...

Se mordió el labio y se aproximó a mí para ponerme las manos en el culo. Cubrió mis nalgas con ellas, a modo de cuenco, y me empujó hacia delante, aplastándome contra él. El cálido tejido del suéter en contacto con mi piel desnuda me estimuló y boqueé al sentir su miembro duro presionando mi bajo vientre. Era una erección viril dirigida a dominarme; la mera idea me asustaba.

—¿Te das cuenta, al menos? —me preguntó, y yo parpadeé confundida.

¿De qué estaba hablando? A esas alturas ya había perdido el hilo de mis pensamientos por culpa de sus dedos, que estaban masajeando mis nalgas.

Yo me refería a que se quedara conmigo si tanto le gustaba mi cuerpo, a nada más, y...

—¡Dios mío, no! —exclamé. En un instante de lucidez supuse lo que había pensado—. No quise decir eso..., quiero decir..., yo...

El pánico se apoderó de mí. Puse mis manos temblorosas sobre sus pectorales y apreté la tela de su jersey, presa de una gran agitación. Me sonrojé violentamente y mi confianza desapareció por completo al caer en la cuenta de que Neil se estaba aprovechando descaradamente con mi ingenuidad.

—Cuando estés preparada, también me apoderaré de eso —susurró en mis labios apretándome más las nalgas—, pero ahora no...

Me dio un beso casto y me soltó. Lo miré desilusionada y él me respondió con una sonrisa de complacencia, consciente de que un día iba a conseguir que sucumbiera a pecados mucho más indecentes, pecados que ignoraba y que quizá un hombre consideraba importantes para llegar a un mayor grado de intimidad con su mujer.

Con su mujer...

Reflexioné sobre ese último pensamiento.

Él no me consideraba suya, nunca me lo había dicho. Así pues, no estaba obligada a satisfacer todos sus deseos en contra de mi voluntad. Si me concedía la exclusividad, entonces podría pretender más de lo que ya le había concedido físicamente.

—Me gustaría irme a la cama. Si es posible, sola —le dije en tono categórico. Neil me observó impenetrable, como siempre, mientras yo recogía el vestido del suelo—. Buenas noches —añadí en tono serio.

Me di la vuelta y me fui caminando con elegancia sobre los tacones altos, que, por otra parte, estaba deseando quitarme.

Sabía que no me quitaba ojo. Quizá le hubiera molestado incluso mi rechazo, aunque, dado lo orgulloso que era, nunca lo demostraría.

Pero a mí me daba igual.

Lo dejé allí, solo y excitado.

Por el momento, había ganado una pequeña victoria.

ϒ

No entendía por qué por la noche mi mente tenía que repasar todo lo que había sucedido durante el día, para después iluminarme con unas revelaciones intuitivas que antes nunca lograba captar. Neil había hablado conmigo, me había explicado por qué le obsesionaban las rubias, y yo, como una niña caprichosa, me había emperrado en seguir hablando de Jennifer y Alexia y lo había rechazado.

Me había contado algo sobre él sin pedirme nada a cambio.

Nuestro acuerdo…, ¡caramba!

¿Por qué había sido tan insensible?

Desesperada, me giré sobre un lado y me tapé hasta la barbilla. La habitación era enorme, oscura y solitaria. Ni un solo sonido atravesaba el aire, salvo el crujido que hacían las sábanas cada vez que me movía. A pesar de la enorme colcha que me cubría, tenía frío, porque me había olvidado de traerme el pijama de Detroit y me había quedado en ropa interior. Suspiré y miré el vacío que tenía delante. La luz del pequeño reloj que estaba en la mesilla de noche marcaba la una y veinte.

Después de nuestra conversación, Neil no había venido a mi habitación. Sabía que la puerta no estaba cerrada, que no tenía una tarjeta de cierre magnético, así que podría haberse colado en ella en cualquier momento, pero no lo había hecho.

209

¿Me alegraba? ¿Me sentía aliviada? ¿Triste?

No lo sabía. La única certeza era que en mi mente se amontonaban los pensamientos negativos, que no me dejaban pegar ojo.

¿Y si hubiera dejado de desearme? ¿Y si buscaba a las demás porque no me consideraba a su altura?

—¿Quieres parar y dejarme dormir? —murmuré irritada a mi cerebro al mismo tiempo que me acariciaba la frente. De seguir así mucho más tiempo, iba a acabar teniendo un fuerte dolor de cabeza.

Antes de meterme en la cama había llamado a mi madre para tranquilizarla; le había dicho que me lo estaba pasando bien con Bailey para que la gran mentira que le había contado fuera lo más creíble posible.

¿Pero qué hacía yo en Nueva York?

Todavía no me quedaba claro por qué Neil me había pedido que fuera a verlo y eso acrecentaba mi preocupación. Me había dicho que no sabía muchas cosas de él, ¿a qué se refería?

¡Basta, por dios!

Resoplé y me obligué a cerrar los ojos.

Ya pensaría al día siguiente en hablar de nuevo con él, aunque no fuera fácil. No siempre era capaz de entender sus extraños razonamientos, como el de la línea ondulada y la recta. Titubeé, a saber si había comprendido bien su explicación; había comparado la línea ondulada con todo lo que era inestable, con todo lo que la gente común podía considerar objetable, como usar a las mujeres como objetos, eludir los sentimientos, odiar el amor, no tener relaciones ni un enfoque convencional del sexo; mientras que la línea recta era la moral, la reticencia, la modestia, el amor en su sentido universal… En pocas palabras, todo lo que él no soportaba y no encajaba en su vida.

Sí…, quizá fuera ese el significado de lo que me había dicho, aunque a su manera.

—Qué extraño eres —susurré, sabedora de que no podía oírme—, pero nunca dejaré de pensar que eres especial, Neil.

Sonreí al sentir que mis mejillas se encendían. Estaba realmente enamorada de él, o peor aún, enamorada de ese auténtico caos humano. Con un absurdo cambio de humor, en esa ocasión positivo, cerré los ojos y me dormí.

Durante la noche me revolví varias veces en la cama.

De cuando en cuando, abría un poco los párpados y vislumbraba la luz plateada de la luna filtrándose en la penumbra de la habitación, luego volvía a adormecerme. No me sentía del todo tranquila, quizá porque estaba sola, lejos de casa, en un enorme ático, en una habitación impersonal, en compañía de un hombre peculiar que a saber dónde estaba.

De repente, sentí que el colchón se hundía a mis espaldas y que las sábanas se apartaban.

Estaba envuelta en un intenso sopor que me impedía prestar atención a lo que ocurría a mi alrededor.

El frío había pasado y sentía una agradable sensación en el pecho, como si fuera una niña que, por fin, se sentía protegida.

Algo me oprimió el costado, parecía un brazo fuerte y poderoso, pero no hice por saber más, simplemente me moví y me acerqué a la fuente de calor que tenía detrás de mí.

Probablemente estaba soñando.

Me gustaba la idea de que Neil estuviera conmigo, me hacía sentir bien. En los sueños puede ocurrir cualquier cosa, todo puede parecer real.

Al menos allí, tal vez podría fingir ser su mujer.

Al menos allí, Peter Pan podía quedarse con Campanilla.

Feliz, volví a caer en la inconsciencia por un tiempo indefinido, hasta que el cuerpo que estaba detrás de mí se movió y me sobresaltó. Abrí un poco los párpados, mi espalda se había calentado, al igual que mis manos.

Estaba literalmente ardiendo.

—Neil… —murmuré somnolienta. Mi mente pensó enseguida en él, pero nadie me respondió. Sin embargo, sentí que algo duro me pinchaba en la espalda. Algo turgente y macizo—. Neil —repetí insegura. No alcanzaba a distinguir el sueño de la realidad ni, mucho menos, darme cuenta de lo que sucedía.

—Campanilla —contestó con su voz intensa, grave y ronca; parpadeé apenas y sonreí mientras él me atraía suavemente hacia su cuerpo—. Deberías despertarte —musitó. Me acarició el costado y resbaló lentamente por el muslo. Una vez más, permanecí inerte mientras recibía sus suaves caricias.

Eran tan agradables…

Un calor abrasador comenzó a extenderse desde el corazón hasta el centro de mis piernas, y las restregué entre ellas.

—Tengo sueño —susurré como una niña que no quería ser molestada. Él se rio y entonces algo me rozó el cuello. Supuse que era su boca caliente y voraz y me resistí con pereza: levanté la mano y lo aparté; de nuevo, oí una risita divertida a mis espaldas.

—Eres realmente una niña… —murmuró en tono persuasivo. En ese momento, todavía medio dormida, me puse de espaldas y traté de ver su cara en la penumbra. Aunque no estaba del todo despierta, había adivinado sus intenciones.

—¿Qué haces aquí? —le pregunté, pero él se apresuró a hacerme callar.

—Ya sabes que tengo impulsos carnales muy frecuentes…

Neil me besó en la mandíbula al mismo tiempo que me acariciaba el abdomen con una mano, luego pasó al pecho y más abajo… Quería debilitarme, inducirme a ceder. Entonces abrí los ojos por completo, pero aun así no pude ver con claridad lo que quería: su cara.

—¿Qué hora es…?, yo… —empecé a balbucear confundida y él me mordisqueó el cuello.

—Casi las cuatro y media. No has hecho más que frotar tu bonito culo contra mi cuerpo, Campanilla —murmuró sensualmente, justificando su deseo.

¿Cuánto tiempo llevaba en mi cama?

Le metí los dedos en el pelo y lo toqué mientras sus labios descendían lentamente por mi clavícula.

Dejé que siguiera.

—¿Y si no quiero complacerte? —Decidí provocarlo un poco, hacerse desear nunca era una mala táctica para una mujer.

—¿Alguna vez te he follado o te he tocado sin tu consentimiento? —susurró en mi oído, lamiendo el lóbulo de la oreja, y yo contu-

211

ve la respiración. ¿Por qué debía hablar siempre así? Pero, por grosero y vulgar que fuera a menudo su lenguaje, me gustaba a rabiar.

—Nunca —respondí sin vacilar.

—Entonces tampoco lo haría ahora —aclaró sin dejar de acariciar lánguidamente mi cuerpo—. El problema, sin embargo, es que tú me deseas tanto como yo a ti…

Su mano descendió despacio hasta mi entrepierna y se metió bajo las bragas para comprobar lo que ocurría. Me tensé cuando sus dedos calientes exploraron mi intimidad con calculada malicia, con la única intención de excitarme.

Entretanto, sentí que su piel áspera tocaba mi mejilla y que sus labios buscaban los míos. Los chupó con fuerza y yo jadeé, moviendo instintivamente la pelvis contra su mano. En la oscuridad de la noche, nuestras respiraciones se perseguían mutuamente. Mis músculos estaban cansados y pesados; Neil, sin embargo, era tan resuelto y delicado que me dejó suspendida entre el sueño y la realidad.

Sabía ser menos impetuoso cuando se esforzaba, pero no tardaría en permitir que aflorara su lado más salvaje.

De repente, rozó mi boca con su lengua y exigió un beso. Su mano, sin embargo, siguió acariciándome entre los muslos. Presionó el monte de Venus con el interior de su muñeca para estimular el clítoris y deslizó dos dedos dentro de mí para iniciar un lento y sensual juego lujurioso, lo que me indujo a besarlo con mayor pasión, justo como él quería. Neil sabía cómo provocar el placer femenino, sobre todo qué puntos debía tocar para agudizarlo.

Gemí en la penumbra y traté de entrever sus ojos dorados en pleno tumulto, pero aún estaba demasiado oscuro para poder distinguir su cara.

De repente, dejó de besarme, pero no de tocarme, y exhaló un suspiro a la vez que rozaba la punta de mi nariz con la suya.

—¿Puedo continuar o quieres que pare? —bromeó, divertido por las reacciones físicas de mi cuerpo y consciente de mi excitación. Le di una palmada en el bíceps, que para él fue como una caricia.

—Sigue —respondí con un tímido susurro. Neil aceptó de inmediato mi invitación y con unos rápidos movimientos se desplazó en la oscuridad. Sentí que sus manos se posaban en mi cadera para bajarme las bragas. Levanté la pelvis para ayudarlo y sentí que la prenda se deslizaba por mis muslos. Cuando me las quitó del todo, recorrió lentamente cada una de mis curvas con sus dedos. Parecía estar contemplándome como haría un escultor con una obra de arte.

Vagó por mis suaves líneas buscando el sujetador y, cuando encontró el gancho delantero, lo desabrochó con habilidad invitándo-

212

me a retirarlo. Todos sus movimientos eran firmes, fruto de su gran experiencia, que tan poco se correspondía con mi torpeza.

Sin decir palabra, me volvió con un repentino tirón.

Cuando me encontré boca abajo, con el pecho pegado al colchón, lancé un grito de estupor.

Por un momento tuve la esperanza de que no volviera a elegir esa posición, pero, una vez más, su intención era dominarme, someterme, dejarme sin posible escapatoria.

Levantó con fuerza mi pelvis y me hundió la mejilla en la almohada, con la espalda y las nalgas arqueadas. Siempre se las arreglaba para manejarme con facilidad, girándome a su antojo. Me expuse hacia él y su miembro, duro y caliente, se apoyó en la hendidura de mis nalgas. Entonces comenzó a moverse lánguidamente para prepararnos a lo que estaba por venir.

Intenté alzarme sobre los codos, pero Neil me empujó hacia abajo con una mano.

Su intención era clara: quería que me quedara quieta.

—No te soporto cuando te comportas así —mascullé pegada a la suave tela.

Cuando decidía que me quería, no podía hacer nada para contrarrestarlo.

213

Se rio y trazó la línea de mi columna vertebral con un dedo, provocándome unos escalofríos embriagadores. Mis músculos eran esclavos de su roce, estaban obsesionados por su infierno. Neil se inclinó hacia mí, su cálido aliento me acarició el cuello y me besó la piel, empezando por la nuca. Continuó con dulzura por la espalda hasta llegar a las nalgas y una vez allí me mordió. Me sobresalté. No había sido gentil y lo comprendió al oír mi grito de dolor. A continuación, masajeó el punto dolorido, sin saber el feroz placer que había despertado en mí.

—He estado pensando en este momento toda la noche. —Su voz seductora se difundió en la oscuridad, como si fuera surrealista—. En el club los hombres te miraban con lujuria, les habría gustado tocarte, pero solo yo puedo poseerte. Recuérdalo, Campanilla —aclaró con rotundidad, molesto por la mera idea de que alguien hubiera podido ligar conmigo.

Esbocé una leve sonrisa y él me agarró del pelo en un puño, doblándome el cuello. La impetuosidad del gesto me estremeció.

—Tú eres mi país de Nunca Jamás —dijo mostrando un sentimiento de posesión enloquecido. Su aliento volvió a hacerme cosquillas en la oreja—. Nunca dejes de serlo —concluyó asertivamente, luego sentí que su miembro me hacía cosquillas entre las nalgas, en el lugar que nadie había violado hasta entonces, menos aún él, y me tensé conteniendo la respiración; nunca estaría preparada para el siguiente nivel, Neil lo intuyó y descendió entre mis muslos para estimular mi intimidad, que lo estaba anhelando.

Respiré aliviada, y él se rio divertido.

Probablemente le gustaba provocarme, como si los latidos que retumbaban ya en mis oídos no fueran suficientes.

Cuando su risa se apagó, me di cuenta de lo que estaba a punto de suceder.

Me penetró con un solo impulso decidido, arrancándome definitivamente del sueño, reclamando toda mi atención. Contraje los dedos de los pies y grité, pero no de dolor. Lo rodeé y Neil soltó un gemido ronco. Me llenó por completo y luego se quedó quieto unos instantes.

Era consciente del poderío de su cuerpo, sabía cómo utilizarlo, sobre todo para subyugar a las mujeres. Con la mano agarrando aún mi melena, se estiró encima de mí y retrocedió para dar el primer empujón vigoroso.

De esa forma, inmovilizada debajo de él, había acabado vencida y ceñida a su cuerpo, sin poder moverme ni escapar de él.

214

Era como si tuviera una divinidad entre los muslos.

Un escalofrío sacudió todo mi cuerpo. Neil sabía que lo había acogido, sentía lo mojada que estaba por él, moldeada alrededor de su poderosa erección.

Comenzó a moverse sin perder más tiempo.

Era maravilloso sentir sus cortos y silenciosos suspiros, su pecho resbalando por mi espalda, los golpes de su pelvis cada vez más fuertes e implacables.

El placer, ardiente e imbatible, se extendió desde el centro hasta mis pezones.

Empecé a sudar y a apretarlo para satisfacer el hambre continua, la sed de deseo infinita.

Sentirlo de una manera tan intensa y envolvente me desestabilizó, como siempre.

Me mordí el labio para no gemir, aunque me resultaba casi imposible no hacerlo.

—Saca la voz, Campanilla. Quiero oírte gozar conmigo, pero, sobre todo..., gracias a mí —me murmuró al oído, luego me azotó en las nalgas y entonces tuve que lanzar un grito. Neil se rio orgulloso y yo olvidé por completo el pudor para entregarme a él.

Me sentía llena de Neil, temía incluso estar ya cerca de alcanzar un pico erótico incontrolable.

Sabía de antemano cómo acabaría: yo le suplicaría una tregua y él resistiría hasta agotarme. Sus movimientos eran tan impetuosos como una tempestad, cada golpe vehemente entre mis muslos era una flecha en llamas que me atravesaba el pecho.

Neil deslizó una mano bajo mi abdomen, subió hacia un pecho y me apretó el pezón con los dedos con tanta fuerza que me quedé sin aliento. Me tensé. Mi cuerpo acogió sus embestidas y trató de resistir el enérgico asalto. Solo volví a respirar cuando se retiró un poco para detenerse, pero fue un instante tan fugaz que no tuve tiempo de disfrutarlo lo suficiente.

Volvió a entrar en mí y se movió con más ímpetu, decidido a hacerme estallar.

Sentía que mi vida estaba ya vinculada a la suya, igual que la luz estaba unida a las estrellas.

Neil era un caballero oscuro que se aferraba a mis alas emplumadas, me atravesaba como una lanza, me partía como una espada.

Me secó el alma como una bestia insaciable y el orgasmo me embriagó sin avisar.

Fue devastador e inesperado.

Me estreché contra su cuerpo varias veces, lo rodeé por completo y me corrí.

215

Temblaba de pies a cabeza mientras trataba de recuperar el aliento.

Sin embargo, sabía que Neil no se detendría: mi reacción solo acrecentó su ardor.

Siguió empujándome contra la cama con fervor, aprovechó la languidez de mi cuerpo para acelerar sus embestidas y, facilitado por mis humores, prolongó el placer.

Empapada por su lujuriosa pasión, gemí y entrecerré los ojos.

Era demasiado para mí.

Neil era capaz de hacerme delirar, enfadarme, soñar y esperar un nosotros que quizá nunca llegaría. A pesar de que estaba excitada y completamente aturdida por las sensaciones físicas y las emociones irreprimibles que conseguía desencadenar en mí, me habría gustado que nuestro contacto fuera más íntimo, acariciarlo o besarlo para crear una verdadera conexión emocional, pero él parecía exclusivamente concentrado en poseerme.

Su ferocidad a veces me asustaba, pero cuando le oía jadear, aunque fuera en silencio, comprendía que solo era la ardiente lujuria de un hombre que gozaba conmigo.

Estaba presente con la mente y el alma.

Podía sentir nuestra empatía.

Su pecho tonificado me dominaba por completo, no podía mover un solo músculo. Mi corazón latía enloquecido. Por un momento tuve el instinto de desasirme de él, de zafarme de él y escapar de su ímpetu, pero enseguida descarté esa posibilidad, porque sabía que no podía prescindir de nosotros.

Neil no solo era un hombre experimentado en la cama, que sabía complacerse a sí mismo como también a los deseos de cualquier mujer, era mucho más.

Era un universo de secretos, un mundo inexplorado, un rompecabezas de difícil resolución.

Era un abismo de caos y desorden.

Soledad y extrañeza.

Cada vez que se entregaba a mí, comprendía por qué las demás mujeres también perdían la cabeza por él.

Grité su nombre hasta que, tras asestarme los últimos golpes, se paró.

Aferraba con una mano la sábana mientras la otra seguía sujetándome el pelo, convertido en una maraña. De repente, su cuerpo se puso rígido. Un grito gutural acompañó el momento de éxtasis y los chorros calientes me invadieron en lo más hondo.

216

Su orgasmo potente y vibrante nos sacudió a los dos. Al final se derrumbó encima de mí, exhausto, con el pecho moviéndose a un ritmo incesante, la respiración quebrada y los músculos tensos y sudorosos; permaneció unos segundos sobre mi espalda mientras su erección se mantenía inmóvil en mi interior.

Los dos guardamos silencio, disfrutando de la unión de nuestros cuerpos acalorados.

Neil parecía satisfecho de haber saciado su apetito enfermizo; yo me sentía complacida de que un hombre tan atractivo como él me deseara hasta el punto de colarse en mi cama en medio de la noche.

A pesar de que era un desastre humano, tan oscuro como el infierno y tan impredecible como un mar tempestuoso, quería a la amarga, salvaje e indomable bestia que anidaba en su interior.

¿Cuánto tiempo seguiría siendo una lunática incurable?

¿Cuánto tiempo le iba a permitir que se alimentara de mi carne para complacer sus deseos?

¿Existía una cura para el amor?

¿Y si mi cura fuera precisamente él?

Después de un tiempo que me pareció eterno, me moví un poco para que comprendiera que me estaba aplastando, así que Neil se levantó apoyándose en un codo y me acarició el pelo con la mano.

Desde mi posición apenas podía distinguir su cara, pero él podía entrever mi perfil.

No había un contacto visual real entre nosotros y me alegré.

Estaba tan aturdida que me habría avergonzado si sus ojos destructivos me hubieran analizado.

—¿Todo bien, Campanilla? —murmuró con una punta de ironía.

¿Estaba preocupado por mí?

Me limité a asentir con la cabeza, aunque sabía que al día siguiente me iba a despertar con más hematomas. Me sentía ardiendo, estaba cansada y dolorida, pero a la vez adoraba todo de él, incluso su lado más agresivo y apasionado.

Neil era un animal salvaje, imposible de domesticar.

Su corazón era frío y su personalidad demasiado fuerte.

Nadie podría capturar nunca un alma tan rebelde.

—Me gustas cuando no puedes hablar —comentó divertido, y luego me levantó el pelo recogiéndolo en una coleta blanda. Dada la manera en que lo había apretado con el puño en el momento de mayor goce, me dolía hasta el cuero cabelludo y su afecto no era suficiente para aliviar esa sensación.

Me besó la nuca y arrastró sus labios húmedos entre mis hombros.

217

Suspiré levemente para hacerle saber que apreciaba esos mimos inesperados, pero, de repente, Neil me negó sus caricias.

Se apartó de mí y enseguida sentí el vacío de su cuerpo.

Apenas se había movido y ya lo echaba de menos.

—Neil.

Lo busqué en la penumbra con la ayuda los débiles rayos lunares, tenía los párpados entornados y la cabeza me daba vueltas. Pero cuando al final sentí que estaba a mi lado, me tranquilicé.

Seguía allí.

Me puse de lado, haciendo una mueca por el dolor que sentí en la ingle, y me apoyé en su pecho. Él se sobresaltó, pero en ese momento me daba igual que no quisiera que lo tocara: yo lo necesitaba y no tardaría en darse cuenta de que no debía temer nada conmigo. Inhalé su aroma y puse una mano en su barriga contraída, palpando sus músculos bien definidos. Rocé con el dorso de la mano la punta del miembro, que se recortaba curvado más allá del pubis, luego lo envolví con la palma y lo acaricié traviesamente.

Estaba caliente y húmedo al tacto.

Pasé el pulgar por debajo del glande, el punto más sensible, y él gimió.

—¿Quieres más atenciones, niña? Concédele media hora para

recargarse y volverá a estar tan en forma como antes. El león de aquí abajo es exigente —dijo burlándose de mí y yo me eché a reír.

A veces, su inesperado sarcasmo me devolvía el buen humor.

Ojalá fuera siempre así: irónico y tranquilo.

Dejé de tocarlo y apoyé la mano un poco más arriba, en la cadera, para aferrarme a él lo más fuerte posible.

—Tu capacidad para hacer chistes es realmente sorprendente. Todavía tengo que acostumbrarme —respondí divertida apoyando la cabeza entre sus pectorales.

Neil me rodeó los hombros con un brazo y levantó las sábanas para taparnos. Yo estaba temblando y tal vez él había pensado que debía de tener frío, pero en realidad los estremecimientos estaban causados por las intensas emociones que experimentaba cuando estaba cerca de mí. Cuando mi nariz rozó su piel, me moví a su lado, embriagada.

—¿Cómo puedes oler tan bien incluso cuando estás sudado? —pregunté visiblemente sorprendida.

Neil se rio y me acarició el brazo con parsimonia.

—Me duché antes de venir a verte y dentro de nada tendré que volver a hacerlo —murmuró.

Al oírlo pensé que quizá le molestaba el contacto de su piel con la mía y me entristecí.

—¿No puedes soportar mi olor en tu cuerpo?

Esperaba que dijera que no. Sabía que la gente como Neil, que había sufrido graves traumas infantiles, a menudo tenían extraños comportamientos en la edad adulta.

Uno de ellos era la obsesión por la higiene.

—No soporto oler a algo que no es mío, es diferente —aclaró.

A pesar de que la penumbra ocultaba los rasgos de su rostro, estaba segura de que se había ensombrecido al recordar su trauma. Me propuse distraerlo e intentar que volviera a concentrarse en mí. Así pues, alcé una mano hacia su cara para acariciarle la mandíbula, que estaba contraída. La fricción de la barba corta con la palma de mi mano me hizo temblar y un movimiento imperceptible de su mejilla me dio a entender que estaba sonriendo. Para comprobarlo, tracé el contorno de sus labios, que eran cálidos y carnosos, y comprobé que era cierto: había esbozado una de sus sonrisas crípticas o maliciosas.

—¿Qué pasa, niña? —susurró, luego abrió la boca y me atrapó el dedo índice con los dientes para jugar conmigo. Me agité ante ese gesto repentino y me reí.

Siempre resultaba seductor, incluso cuando solo tenía que hablar conmigo.

—¿Vas a dormir aquí? —pregunté encantada. Cuando liberó mi dedo de sus garras, continué acariciándolo, siguiendo las líneas de su cara perfecta. Rocé su nariz recta, soberana del óvalo masculino de rasgos marcados y, afortunadamente, él no me rechazó.

—Si no empiezas a soñar con una relación futura, sí, me quedo —respondió tan contundente como siempre.

En el fondo de mi corazón siempre esperaba que cambiara. Entregar su alma a alguien le haría comprender que no todas las mujeres eran como Kimberly. Pero sus heridas eran demasiado profundas para ser sanadas por una joven como yo, así que iba a tener que conformarme con lo que podía darme y amarlo en silencio, porque él nunca aceptaría ninguna otra forma de sentimiento por mi parte.

Solo una vez había intentado preguntarle qué pasaría si yo lo quisiera y no había olvidado lo que había ocurrido después, de manera que me había prometido que no volvería a expresarle lo que sentía; se negaba a oír la palabra «amor» y yo no acababa de entender la verdadera razón.

—Entonces, quédate —respondí sin más acurrucándome en su pecho.

—Ahora a dormir, niña. Mañana te espera un día ajetreado y por fin entenderás por qué te pedí que vinieras.

219

Me acarició el pelo y me relajé abrazada a su cuerpo. Estaba agotada y los brazos de Neil eran los únicos que podían caldear mi corazón.

Era como la cubierta de un libro polvoriento que nadie había leído.

Era un disco roto que había sido desechado sin haber sido escuchado.

Era una tormenta con una hermosa puesta de sol a lo lejos.

Era imperfección y arte al mismo tiempo.

Era un alma buena atrapada en una mala vida.

Era un hombre encerrado en su mundo caótico, el lugar más hermoso que yo había visitado, pero él no lo sabía.

Neil era el soberano indiscutible no solo de mis deseos, sino también de todo mi ser.

A estas alturas ya no podía escapar.

Yo sería para siempre su país de Nunca Jamás.

Y él mi rebelde... Peter Pan.

10

Selene

Vosotros conoceréis la verdad y la verdad os enloquecerá.

ALDOUS HUXLEY

*M*e moví en la cama mullida.

Las sábanas suaves calentaban mi cuerpo y mis párpados no parecían dispuestos a abrirse. Me sentía cansada y somnolienta. Estaba tan a gusto con la nariz apoyada en el tórax de Neil y una pierna metida entre las suyas, que habría dado lo que fuera por quedarme pegada a él para siempre. Abrí los ojos lentamente, solo para asegurarme de que no estaba soñando. Cuando me di cuenta de que él estaba de verdad allí, dormido a mi lado, sonreí y aspiré su buen olor.

Olía a gel de baño, a humo y a sexo.

Espiré quedamente para no despertarlo y un escalofrío de deseo me recorrió la columna vertebral cuando noté que sus seductores músculos estaban incrustados en los míos.

Neil estaba a mi lado, desnudo y sin barreras defensivas, así que podía despertarlo y aprovechar el momento para inducirlo a que volviéramos a hacer el amor. Me sonrojé al pensarlo y mis pezones, hinchados por mis ansias libidinosas, pincharon su pecho.

Él se movió un poco y solo entonces fui consciente de que tenía el brazo apoyado en mi costado.

Neil me tenía prisionera como un ángel negro deseoso de confinarme en la condenación eterna.

Contenta de haber dormido con él, absorbí todo el calor que su cuerpo lograba transmitirme y me quedé mirándolo.

Su respiración era ligera, sus labios carnosos estaban tumefactos por nuestros besos.

Examiné cada detalle de su cara: la mandíbula masculina, la nariz simétrica, los ojos alargados. Me di cuenta de que tenía un lunar justo debajo de la comisura del ojo izquierdo y me sentí orgullosa de haberlo visto a pesar de lo pequeño que era.

Lo contemplé extasiada.

Cuando dormía, su frente estaba relajada, sin la habitual arruga que se formaba entre sus cejas, evidenciando su expresión de mal humor perpetuo.

Bajé un poco la mirada y sentí ganas de besar la sombra que formaban en los pómulos sus largas pestañas, que, como ya sabía, enmarcaban un par de iris tan dorados como la miel al sol. Cada vez que se posaban en mí, sensuales y hambrientos, me dejaban sin aliento.

Me reí al pensar que Neil solo parecía inofensivo cuando estaba dormido.

De repente, abrió los párpados y me asustó.

A saber lo que habría pensado si me hubiera sorprendido mirándolo boquiabierta. Afortunadamente, por la forma en que parpadeó me pareció que no había notado nada. Lo vi bostezar como un león que acaba de despertarse tras un largo descanso, después alzar los brazos hacia arriba, desentumeciéndose y estirando todos los músculos. La sábana resbaló hasta las líneas laterales de la zona pélvica y yo seguí su recorrido con los ojos. Un centímetro más y habría vislumbrado su desnudez, porque Neil estaba sin calzoncillo a mi lado. No veía la hora de poder admirarlo con naturalidad.

—Hola, Campanilla.

Recién despertado, su voz era, a decir poco, espectacular: baja y aún más profunda, tan madura que sonaba como la de un hombre mayor que él. Me sonrojé como una tonta y sentí el corazón latiéndome en las entrañas. Era imposible que Neil pudiera provocarme siempre esas sensaciones absurdas en mi interior.

—Buenos días, míster Problemático —susurré tímidamente. Me habría gustado acercarme a él para darle un beso o acariciarlo, pero me obligué a quedarme quieta.

Con Neil nunca sabía qué límites podía superar.

No quería una relación, de acuerdo, pero ¿podía al menos concederle las atenciones que cualquier chica enamorada dedicaría a su hombre?

Vacilaba, temía ponerlo bajo presión si se lo pedía.

Tenía que apreciar lo que Neil me estaba dando poco a poco, sin apresurarme ni precipitarme.

Debería haber sido espontánea, comportarme libremente, pero, en lugar de eso…

Me senté tapándome el pecho con la sábana. En mi cabeza bullían mil pensamientos y no quería angustiarme.

Me toqué el pelo, que sentí anudado bajo los dedos, y luego vi

221

algo completamente inesperado. Abrí bien los ojos mientras miraba la pelvis de Neil, que ocultaba un notable y vigoroso bulto. Lo miré mejor y… sí.

Era, en efecto, una poderosa erección en la que no había reparado antes.

—Este es el momento del día que yo llamo «Gloria matutina». ·

Se tocó entre las piernas por encima de la sábana para acomodarse, pero lo único que consiguió fue que su miembro erecto destacara aún más.

Me quedé sin aliento.

Neil era el tipo de hombre que solo podía describir de una manera: viril.

—Sí…, la verdad es que es una grande y majestuosa… —balbuceé torpemente— gloria… —Me aclaré la garganta y desvié rápidamente la mirada con las mejillas ya encendidas.

¿Qué demonios acababa de decir?

Me avergoncé de mí misma y él se rio.

De hecho, la situación era una de las más divertidas que habíamos vivido.

Intenté apartarme de él para no sentirme tan incómoda, pero Neil me agarró la muñeca, me tiró a la cama y se puso encima de mí. Ni un beso de buenos días ni una miserable caricia, lo único que me regaló fue una de sus sonrisas socarronas. No sabía cuáles eran sus intenciones, pero esperaba que no quisiera repetir lo que habíamos hecho durante la noche, porque aún me dolía todo.

Cerré los ojos y tragué saliva.

Él arqueó la espalda para que yo pudiera sentir su miembro turgente en mi intimidad. Quería seducirme, licuarme bajo su cuerpo para que cediera una vez más. Así pues, me preparé para recibirlo, para sentir las embestidas feroces, las manos exigentes y los besos arrebatadores; pero cuando, al cabo de unos segundos no había percibido nada de eso, abrí lentamente los párpados para ver qué ocurría: Neil estaba apoyado en los codos, mirándome el cuello enfurruñado, además del pecho y las caderas.

—¿Alguna vez has pensado que no respetaba tu cuerpo? —preguntó de buenas a primeras, mirándome a los ojos. Estaba especialmente serio y también me pareció detectar cierta preocupación en el timbre de su voz. A pesar de que no me resultaba fácil concentrarme para comprender el sentido de su pregunta con su cuerpo encima del mío, le contesté la verdad.

—Que no me respetabas como mujer, sí. Mi cuerpo… no —le confesé.

Esperaba haber sido clara: me sentía menospreciada cuando antes o después de estar conmigo buscaba a otras mujeres, pero nunca me había violado ni tocado contra mi voluntad; incluso cuando yo fingía que me resistía a él, Neil sabía que lo deseaba, sentía mi excitación, entendía lo que quería.

Siempre jugábamos al león y a la gacela, pero conscientes de la manera en que terminaba el pasatiempo.

—¿De manera que te gusta cómo soy? —insistió, aparentemente turbado y ansioso por saber mi respuesta. ¿A qué se refería exactamente? Su pregunta era demasiado general.

—¿A qué te refieres? —le pregunté y él suspiró impaciente.

—En la cama —especificó y por fin intuí el tema de la conversación.

—Sí... sí... —tartamudeé avergonzada—. A veces eres excesivamente... —hice una pausa tratando de atinar con la palabra— carnal, pero me gustas en todo —admití con sinceridad, expresándole lo que realmente pensaba. Había aceptado todas sus virtudes y defectos.

Él me miró con escepticismo durante unos segundos, pero luego se inclinó y me besó en el cuello. Fue un gesto inesperado. Me estremecí por su dulzura e introduje una mano en su pelo cuando bajó a besarme también el pecho. Me mordisqueó un pezón y yo gemí, acercando su cabeza a mi pecho. Adoraba la pasión con la que me reclamaba incluso con atenciones tan simples y en apariencia delicadas. Siguió marcándome con su boca ardiente hasta llegar al ombligo y entonces se detuvo a la altura del costado derecho.

¿Por qué se había parado?

Fruncí el ceño y levanté un poco los hombros para ver qué podía haber llamado su atención.

Neil estaba mirando un moretón similar al que tenía en el pecho y, con toda probabilidad, también en el cuello.

Entendí entonces la razón de su inusual comportamiento, que confirmó besándome también allí. Acto seguido, me volví a poner cómoda y esperé a que continuara. Neil se puso de rodillas entre mis piernas abiertas y me acarició los muslos. El pudor hizo que me sonrojara cuando pensé que podía mirar mi intimidad expuesta. Me agité cuando él se inclinó hacia ella y pasó la lengua por encima con una sonrisa socarrona que ocultaba hasta qué punto me deseaba. Pero su intención no era darme placer, lo único que pretendía era calmar las marcas de mis muslos con más besos.

Arrastró sus labios hasta mis rodillas y el roce de su barba me estremeció.

223

Después regresó de nuevo a mí y nos miramos a los ojos.

—Te haré más —me advirtió, refiriéndose a los hematomas causados por su forma de poseerme, siempre demasiado apasionada e impetuosa.

—Da igual. Si sirve para que expreses lo que sientes cuando estás conmigo, puedo aceptarlo.

Le acaricié la mandíbula para comunicarle que no tenía nada que temer y, sobre todo, que no debía culpabilizarse. Él se ensombreció y exhaló un suspiro.

—Estás más loca que yo, niña —refunfuñó y no supe si era una broma o una regañina.

—Es que tengo una piel muy blanca y delicada —dije tratando de convencerlo, incluso con una sonrisa, pero él sacudió la cabeza y se arrodilló mostrándose en toda su belleza. Lo admiré a la vez que me preguntaba qué había hecho yo para merecer a alguien como él y, sin pensarlo, verbalicé mis pensamientos—: Creo que hay pocos hombres capaces de intuir lo que le gusta a una mujer y, por encima de todo, darle placer como haces tú. Deberías presumir de ello o alegrarte.

Me incorporé y al hacerlo me encontré su miembro, largo y casi erecto, a poca distancia de mi cara. Era una verdadera llamada a mi libido, hasta tal punto que me mordí el labio inferior para mantenerla a raya. Movida por el instinto, le acaricié el costado izquierdo y tracé el contorno de *Pikorua* con el dedo índice. Neil se estremeció ligeramente y contrajo el abdomen, pero no rechazó mi contacto. Lo miré a los ojos para que supiera que quería corresponder a lo que me estaba dando, que estaba loca por su cuerpo y por él. No había nada de malo en compartir la sexualidad con alguien a quien se quería, aunque uno no fuera siempre correspondido. Estaba segura de que no permitiría que ningún otro hombre me tocara, simplemente porque estaba enamorada de Neil y eso nunca cambiaría.

Cuando intenté acercar mi boca a su erección, se apartó. Me sentí avergonzada y doblé las piernas para taparme. A continuación, puse el antebrazo sobre mi pecho y bajé la mirada, sonrojada. Nunca tomaba la iniciativa y, por una vez que lo había hecho, él me había rechazado.

¡Qué estúpida era!

—Campanilla. —Neil me levantó la barbilla con su dedo índice para que lo mirara.

Me observó con una sonrisa indulgente y acarició el contorno de mis labios con el pulgar para aplacar la vergüenza que sentía.

224

—Me encantaría complacerte, créeme…, pero, como ya te he dicho, hoy va a ser un día ajetreado —me explicó inclinándose para depositar un beso en la punta de mi nariz—. Me la chuparás en otro momento y no podrás escapar de mí. Que te quede claro —susurró con picardía y a continuación me soltó para salir de la cama.

Su trasero fue la vista que me concedió mientras se encaminaba hacia la puerta.

Los músculos definidos, la espalda ágil, los hombros que evidenciaban una fuerza valiente…, todo en él suscitaba atracción y deseo.

Y yo dependía terriblemente de él.

Cuando me quedé sola, me tiré sobre la almohada y contemplé el techo.

El aire estaba empapado de nosotros, la sábana, en cambio, emanaba su aroma masculino. Me la acerqué a la nariz y aspiré la fragancia fresca y limpia.

Era la misma que impregnaba mi piel, así que pensé que no me lavaría para no perderla.

Era lo único que quería tener en la piel.

A veces me asustaba lo que sentía por él. Era un sentimiento tan poderoso e incontrolable que a menudo me inducía a comportarme de manera demasiado irracional.

Exhalando un profundo suspiro, busqué el sujetador y las bragas en la cama; a continuación, me los puse y salí de la habitación para ir a la sala de estar.

En el ático hacía frío, de manera que andar medio desnuda por él no era una buena idea. Así pues, cuando vi un grueso suéter tirado en el sofá, lo agarré y me lo puse. Era blanco, al menos tres tallas más grandes que la mía, de forma que me llegaba casi a las rodillas.

Estaba segura de que era de Neil, porque habría sido capaz de reconocer su inconfundible olor en cualquier lugar.

Sin molestarme en pedirle permiso, me dirigí hacia la cocina, aliviada al pensar que la prenda me iba a proteger suficientemente del frío.

Miré en la nevera, en la despensa y en las estanterías, buscando algo que llevarme a la boca, pero solo encontré una botella de leche y las cápsulas de la máquina de café.

—Perfecto, no hay desayuno —susurré sintiendo que el estómago gruñía en señal de protesta.

¿Qué debía hacer? Después de todo, en ese piso no vivía nadie, por eso no había comida. ¿Qué esperaba comer allí?

¿Los deliciosos panqueques de mi madre?

¿Su exquisita tarta de cereza?

225

Con un resoplido, calenté un poco de leche para mí y una taza de café amargo para Neil.

Recordaba que no necesitaba mucho para empezar el día.

Tras terminar la preparación, me senté en un taburete con una taza de leche gigante y soplé para no quemarme.

Cuando oí el eco cercano de unos pasos resueltos, supuse que Neil había terminado de ducharse y que se disponía a reunirse conmigo. Poco después apareció en la cocina, vestido únicamente con los vaqueros. La adoración y la veneración con la que lo miré fueron suficientes para que comprendiera hasta qué punto me subyugaba.

Lo miré de arriba abajo fascinada y al final me detuve en el *Toki* del bíceps derecho, igual que había hecho en la cama con el *Pikorua*. Neil solo tenía dos tatuajes, pero los dos eran simbólicos y quedaban perfectos en su cuerpo. Saltaba a la vista que no le gustaba cubrirse la piel de inútiles garabatos y que si alguna vez se hacía otro, sería igualmente importante.

—Te he preparado un café amargo como a ti te gusta. No hay nada más.

Me calenté los dedos con la taza. Él se acercó pasándose una mano por el pelo húmedo, y me miró intensamente. Ladeé la cabeza tratando de entender lo que podía haber llamado tanto su atención; de repente recordé que llevaba puesto su jersey y me sobresalté.

—Vaya, lo siento. Tenía frío. Me lo he puesto sin pedirte permiso, tal vez te moleste, tienes razón…, si quieres me lo quito enseguida —dije de un tirón con la respiración entrecortada. Después de que me hubiera rechazado, solo nos faltaba una buena pelea para completar mi lista de situaciones patéticas. Pero Neil solo parpadeó pensativo. No parecía enfadado, solo perplejo y, quizá, sorprendido.

—Quédatelo. Acabo de encender la calefacción. Bastaba pedírmelo —respondió molesto a la vez que se sentaba delante de mí. Empezó a beber su café sin darme las gracias por habérselo preparado y sacó el teléfono móvil del bolsillo de sus vaqueros para enviar unos mensajes de texto.

¿En serio?

Estaba allí con él, después de haber afrontado un vuelo y una noche casi sin dormir, ¿y él se arrogaba el derecho a ignorarme?

El cuerpo me dolía aún como si me hubiera arrollado un coche ¿y él se dedicaba ahora a responder a los mensajes de otra persona? En el peor de los casos, ¿de una mujer?

Intenté calmar mi paranoia; me estaba volviendo demasiado celosa y posesiva, pero con Neil el miedo a perderlo estaba a la orden del día. Me bebí la leche rápidamente debido a la agitación, sin dejar de mirarlo. Entretanto, él seguía jugueteando con la pantalla, esperaba la respuesta de su interlocutor y volvía a teclear.

Bien…, estaba chateando con gran interés.

—Neil —lo llamé dejando bruscamente la taza en la encimera. No se dignó siquiera a mirarme, así que lo intenté de nuevo—. ¡Neil!

Esta vez mi tono fue más autoritario y conseguí que sus bonitos ojos dorados se desviaran de la pantalla y se posaran en mí. Ahora que había logrado captar su atención, debía actuar con firmeza, en cambio, apenas abrí los labios, fui incapaz de decirle lo que realmente quería.

—¿Adónde vamos esta mañana? —pregunté insegura. Él frunció el ceño y, tras considerar que mi pregunta era trivial, volvió a concentrarse en el móvil, moviendo rápidamente el pulgar en la pantalla.

—A un sitio —se limitó a responder al mismo tiempo que terminaba su café. La idea de levantarme y de tratar de ver quién era la persona que estaba al otro lado del teléfono me pasó por la mente, pero la deseché.

No sabía hacer ciertas cosas y él se habría dado cuenta.

—Bueno. ¿Debo prepararme? —añadí para, al menos, saber a qué hora más o menos tenía intención de salir.

—Sí. Cuanto antes mejor —dijo en tono apresurado y molesto.

¿Se estaba irritando porque le estaba distrayendo?

Me levanté del taburete y eché la taza al fregadero para lavarla y volver a colocarla en su sitio. Cuando me di la vuelta, le sorprendí mirándome el trasero con el teléfono todavía en una mano. Si pensaba que me iba a subyugar con su actitud lujuriosa, propia de un depredador innato, se equivocaba de medio a medio.

—¿Puedes decirles a tus amantes que te busquen más tarde? ¿A ser posible, cuando vuelva a Detroit? Así te tendrán todo para ellas y os podréis dedicar a vuestros jueguecitos.

Agité una mano en el aire y él arqueó las cejas sorprendido. No esperaba que reaccionara así. Estaba cansada y su comportamiento tenía que cambiar, sobre todo su prepotencia. Por toda respuesta, Neil levantó la comisura de los labios y, sin poder contenerse, soltó una carcajada.

¿Se estaba burlando de mí?

Pasé por delante de la isla, decidida a irme, pero él me agarró un brazo y me detuvo. Acto seguido, se puso en pie y me avasalló con su altura. Lo miré a la cara, retándolo a que me dijera algo. Si esta

227

vez se imponía con palabras o hechos, se iba a llevar una buena bofetada en la cara.

Una que nunca olvidaría.

—Campanilla… —susurró canturreando para burlarse de mí. Entorné los ojos enfurecida y lo miré fijamente—. Sobre el hecho de que veré a mis amantes cuando te vayas… tienes toda la razón. —Intentó apartar un mechón del flequillo de mi ojo y yo me moví para esquivarlo. Él, claro está, se rio—. Ahora, sin embargo, estaba enviando un mensaje a Logan. Así que relájate…

Me dio un pellizco en la mejilla y me dejó ir.

¿Había dicho que iba a volver a ver a sus amantes después de que yo me fuera?

Muy bien, iba a pagarle con la misma moneda.

—Es probable que, cuando regrese a Detroit, le pida a Ivan que salgamos juntos para terminar lo que, por desgracia, tengo pendiente con él.

Le guiñé un ojo y me di cuenta de que sus hombros se ponían rígidos. Sus ojos dorados se empañaron con una ira que no podía ocultar y su respiración se volvió pesada.

Neil había encajado el golpe.

No pensaba hacer nada con mi amigo, pero usar su nombre me había servido para provocar al problemático y pagarle con la misma moneda.

Quizá fuera la única manera de que entendiera cuánto me hacía sufrir.

—Voy a arreglarme —anuncié radiante con una sonrisa tan amplia como falsa, y luego me dirigí contoneándome hacia el dormitorio, consciente de que me estaba mirando con aire amenazador.

«Maldita niña», me pareció oírle decir con un gruñido de rabia, pero me dio igual.

Media hora después viajábamos en el coche de Neil.

Después de la pelea no habíamos vuelto a dirigirnos la palabra.

Me habría gustado preguntarle a qué fatídico lugar me llevaba, pero no quería ser la primera en dar el brazo a torcer. Quizá me estaba comportando como una cría, pero el orgullo me dominaba y me inducía a no dirigirle la palabra, ni siquiera para pedirle una información inocente.

Así pues, me limité a mirarlo de reojo mientras él se concentraba en conducir. Sujetaba firmemente el volante con una mano, mientras que con en la otra apoyaba la cabeza, donde debía de tener un verdadero remolino de pensamientos.

Neil parecía a menudo perdido en su mundo, alejado de todos, también de mí, como si necesitara reapropiarse de su espacio mental, donde nadie podía entrar.

Vestido con la cazadora oscura, los vaqueros negros y el suéter que yo había usado para entrar en calor hacía un rato, parecía una bestia de aspecto encantador.

La mirada fría, la expresión siempre ceñuda y enigmática, los labios carnosos capaces de morderme, sacudirme y aturdirme como nadie, los rasgos firmes y la mandíbula definida.

En el habitáculo flotaba su aroma fresco, hendiendo el aire como una flecha.

Pero alrededor de él gravitaba un halo ominoso y oscuro.

Neil suscitaba un amor peligroso y doloroso, un tormento oculto.

Un castigo eterno, más aterrador que la propia muerte.

Su belleza me sacudía como un rayo, pero también me aterrorizaba como una tormenta.

Era como un manto de niebla que nublaba mi razón, confundía mi alma y anulaba mi identidad.

El deseo que sentía por él no conocía tregua, y mis sentimientos eran también cada vez más fuertes.

Instintivamente estiré un brazo sobre su pierna y le apreté el muslo. Neil reaccionó a mi inesperado contacto estremeciéndose ligeramente, pero no se inmutó. Yo, en cambio, entorné los ojos al sentir su fuerte musculatura bajo mis dedos, apenas oculta bajo la capa de los vaqueros, que me separaba de su cálida piel. Lentamente, moví la mano hacia arriba y Neil se quedó quieto, recibiendo mis caricias. Me sorprendió la tranquilidad que mostraba, especialmente cuando me acerqué a la ingle y seguí la curva de su miembro macizo y constreñido en los calzoncillos. A pesar de que siguió mirando la carretera sin perder la concentración, sabía que la presión que ejercía mi mano en la notable hinchazón había capturado por completo su interés.

—Estoy conduciendo —me reprendió, echando una rápida mirada al espejo retrovisor, luego me agarró la muñeca y la apartó. Sonreí con picardía, porque estaba segura de que me iba a rechazar.

Acababa de confirmar mi teoría: siempre debía ser él el que decidiera cuándo corresponder al interés de las personas que lo buscaban.

—Por lo que veo eres capaz de rechazar los avances de una mujer. ¿Por qué te resulta tan difícil con Jennifer y las demás? —lo provoqué.

229

—¿Acaso quieres discutir? —replicó impaciente, echándose el mechón hacia atrás.

—Solo te digo que eres un cabrón —lo insulté.

—No querrás empezar otra vez con la matraca de la exclusividad, ¿verdad? —Suspiró molesto.

—No, en absoluto. No quiero molestarte con unos asuntos tan triviales —dije agitando una mano en el aire.

—Así me gusta, buena chica —replicó hastiado.

Sacudí la cabeza con resignación y apoyé la sien en la ventanilla mientras me invadía la angustia. Cada vez oscilaba más entre momentos de euforia excesiva y momentos de total abatimiento: en el pasado solo había salido con un chico y Neil me resultaba demasiado complejo, no lograba comprenderlo. A veces parecía que no podía prescindir de mí, como había ocurrido hacía unas horas en la cama, donde me había reclamado con toda la lujuria que albergaba en su interior y me había vuelto loca de placer; en otras ocasiones, sin embargo, se mostraba antipático y desinteresado.

Su comportamiento era muy variable, quizás porque le daba miedo manifestar sus debilidades. Incluso cuando me había contado lo que le había ocurrido con Kimberly había tenido la impresión de que apenas había terminado la historia había erigido un muro infranqueable para esconderse de mí.

¿Todavía temía que lo juzgara?

Ya no sabía qué hacer para que comprendiera que lo iba a aceptar tal y como era.

Suspiré y solo me distraje cuando encendió la radio para aliviar el extenuante silencio que se había instalado entre nosotros.

En ese instante sonó «Bumper Cars» de Alex & Sierra y me dejé transportar por las delicadas notas de la canción al mismo tiempo que seguía la letra, tan apropiada para nuestra situación.

—Odio la música romántica —refunfuñó Neil y a continuación intentó cambiar de emisora, pero se lo impedí.

—Más bien diría que odias todo, es diferente —le dije—. Escucha esta canción —añadí en tono nada afable. Suspiró y, de mala gana, volvió a poner la mano en el volante.

Por una vez me había obedecido y se había mostrado complaciente, pero sabía que se trataba de una ocasión más única que rara. Normalmente no me dejaba vencer con tanta facilidad.

Al cabo de un instante, resopló.

—De acuerdo, vamos, cambia de emisora —exploté—. Haz lo que te dé la gana —dije alzando la voz y volví a apoyar la sien en el cristal tratando de dominar mi nerviosismo.

Neil era realmente capaz de exasperarme. Ya no sabía qué hacer con él.

Éramos dos coches de choque, como decía la canción.

No tenía sentido perseguirnos, porque siempre acabábamos rompiéndonos en mil pedazos.

Algún día se la dedicaría.

Me puse el flequillo a un lado y pensé en todo lo que había soportado por él. Además de las humillaciones de los Krew y del enfado de mi padre cuando había descubierto nuestra relación, había sobrevivido a un accidente casi mortal por culpa de un psicópata que, casi seguro, se la tenía jurada a Neil, pero ni siquiera eso lo había motivado para acercarse a mí, todo lo contrario...

—Hoy estoy nervioso —afirmó intentando captar mi atención. Buscaba la manera de justificarse. Lo miré, estaba guapo y parecía angustiado. El corazón me vibró en el pecho.

¡Malditas emociones!

—Siempre lo estás —constaté. Me sentía inútil al comprobar que mi presencia no contribuía demasiado a mejorar su estado de ánimo. En cambio, él lograba hacerme feliz de alguna manera, a saber cuál, a pesar de lo insoportable que resultaba en ciertas ocasiones.

—Hoy más que de costumbre —especificó. Sacó el paquete de Winston del bolsillo de la cazadora y extrajo un cigarrillo con los dientes.

—Podrías no...

Quería decirle que no fumara, pero lo dejé pasar y sacudí la cabeza. De todos modos, no me iba a escuchar. De hecho, se encendió el cigarrillo. Tras dar una larga calada, abrió la ventana para tirar el humo. Me sorprendió.

Al menos había aprendido a tener algo de respeto por una no fumadora como yo.

En cualquier caso, dado que me había dicho que estaba nervioso, decidí desviar la conversación hacia otro tema como, por ejemplo...

—¿Voy bien vestida para la ocasión? —le pregunté mirando pensativa hacia el jersey y la falda que me había puesto para salir. No había traído muchas cosas de Detroit, pero curiosamente había elegido para esos dos días ropa con la que no solía vestirme y con la que solo pretendía complacerlo, llamar su atención y sentirme a la altura de sus amantes.

—Sí, estás mona —contestó Neil, con una expresión nada entusiasta.

—Decir «mona» a una mujer es como decirle: pareces una caquita de hámster, eres pequeña, graciosa y no hueles demasiado

231

mal —refunfuñé ofendida, pero él no perdió la compostura. A decir verdad, me ignoró por completo—. Es un adjetivo molesto —insistí. De nuevo nada. Ninguna reacción. Así que recurrí a las palabras de Barrie, el creador de Peter Pan, el protagonista de la novela que estaba leyendo desde hacía tiempo y que aún no había terminado—. Cada vez que un niño dice que no cree en las hadas, un hada muere en algún lugar. De igual forma, cada vez que decimos «bonito», muere algo bonito, porque no se tiene el valor de hacer un juicio real o de expresar lo que se piensa, a menudo por temores infundados. Es una regla del país de Nunca Jamás —le expliqué alzando incluso el dedo índice.

Pero Neil solo suspiró, la verdad es que parecía aburrido.

—No des tantas vueltas a las palabras. Te encuentro mona, eso es todo —repitió irritado.

—¿Has entendido al menos el sentido de lo que he dicho? —Fruncí el ceño. Tenía miedo de que no fuera así.

—Por supuesto —afirmó en tono sarcástico.

—¿De verdad? —Arqueé una ceja, dudosa.

—Sí —respondió solo para hacerme callar.

—Neil, deja de seguirme la corriente —le regañé enfadada.

232 Había comprendido su táctica a la perfección.

—Como quieras. —Se encogió de hombros y siguió fumando con absoluto desdén.

—¡Dios mío, para ya! —exclamé exasperada masajeándome la frente. De nada servía discutir. Solo me daba la razón para fastidiarme.

Callamos, la canción siguió haciéndonos compañía durante unos minutos más, hasta que Neil se detuvo frente a un enorme edificio, nuevo para mí. Estábamos en una zona de Nueva York que nunca había visitado, así que me enfurruñé.

—¿Dónde estamos? —le pregunté mirando por la ventanilla la estructura que se encontraba a poca distancia de nosotros.

Era imponente y especialmente moderna.

—Ahora verás.

Con un cigarrillo entre los labios, apagó el motor y se apeó del coche a la vez que me invitaba a seguirlo. Una vez fuera, el aire frío me estremeció y me arrebujé en el abrigo. Miré a Neil y vi que su mano derecha temblaba mientras se sacaba el Winston de la boca para tirarlo al suelo, todavía a medio fumar. Lo aplastó con un pie y luego me miró con sus ojos dorados. Por la sombría expresión de su cara, supe que estaba a punto de decirme algo desagradable y me preparé psicológicamente para afrontar el enésimo obstáculo que me iba a poner delante.

—Esta es la clínica psiquiátrica privada de los doctores Krug Lively y John Keller. Esta es la razón por la que te pedí que vinieras a Nueva York —me explicó con frialdad. Por un instante, me sentí desorientada y fruncí el entrecejo.

—¿Por qué hemos venido?

Tal vez podía parecerle una pregunta trivial, pero no conseguía entender lo que intentaba comunicarme.

—Crecí ahí dentro. Seguí una terapia conductual durante doce años —contestó yendo directo al grano.

No fui capaz de ocultar el desconcierto que me producían sus palabras. La cabeza me daba vueltas debido a la inesperada revelación y él se dio cuenta, porque aumentó la distancia emocional que nos separaba.

—Tú...

—Cuando era niño sufrí trastornos de conducta... —Su mirada eludió la mía y se fijó en la clínica. Yo, en cambio, estaba ofuscada. Tuve la impresión de que un abismo se abría bajo mis pies mientras él permanecía imperturbable, quieto, con los hombros rígidos, para que no pudiera ver su dolor; pero yo podía captarlo, lo percibía en mi piel como si fuéramos un único cuerpo—. No sabes qué decir, ¿verdad? Me lo imaginaba —añadió con desapego, sacando conclusiones precipitadas y del todo negativas. A decir verdad, solo debía metabolizar lo que me estaba contando. Necesitaba un poco de tiempo.

Siempre me había mostrado fuerte y combativa, pero una realidad como esa me inquietaba también a mí.

Empecé a entender por qué Neil siempre había tratado de mantener cierta distancia conmigo y sentí que era un nuevo intento para apartarme de su vida.

—Te equivocas. Solo estoy... —intenté decir, pero él me agarró de la muñeca y tiró de mí bruscamente. Me alarmé al ver la furia de su gesto y temblé sin poderlo remediar.

—Todavía tengo mucho más que enseñarte. No digas una palabra, solo te escucharé cuando sepas todo —me susurró en los labios lleno de rabia.

Me limité a asentir con la cabeza, aplastada por el peso de una verdad que quizá no estaba preparada para soportar. De nuevo me sentí insegura y pequeña. Incapaz de estar al lado de alguien como él. Yo era la que le había pedido que me dejara vivir con él y ahora Neil quería mostrarme hasta qué punto me había comportado como una inconsciente y una temeraria, porque aún desconocía demasiadas cosas sobre su pasado.

233

—Sígueme. —Me soltó y se encaminó hacia la entrada del edificio con su habitual porte austero.

Le obedecí, tratando de superar el desasosiego que se había apoderado de mí y, tras dar unos pasos, mi mirada fue atraída por la magnífica fuente que dominaba el cuidado jardín. El delfín con una perla brillante en la boca me arrancó una sonrisa trémula, que se desvaneció cuando llegué frente a las puertas correderas, cuyo acceso estaba vigilado desde el interior. Cuando estas se abrieron, las franqueé con Neil, que se acercó a la mujer regordeta que estaba sentada detrás del mostrador de la recepción. Lo esperé a unos metros de distancia observando el ambiente aséptico del lugar, que se caracterizaba por una perfección poco menos que obsesiva en cada detalle. Por el olor a pintura fresca comprendí que era una clínica nueva o recién reestructurada, además de opulenta y regia.

Intrigada, miré alrededor unos minutos hasta que vi que un hombre nos salía al encuentro y examiné su aspecto. No llevaba bata, pero su estricta apariencia me hizo suponer que era médico. Lo escruté de pies a cabeza: vestía un traje de color gris antracita, muy elegante, que destacaba su esbeltez, y una camisa blanca que ponía también en evidencia su torso delgado. Era alto y de porte orgulloso. Debía de tener unos cincuenta años. Además, poseía un encanto arrebatador, que subyugaba y cautivaba la mirada. Era un hombre distinguido.

—Hola, chico —dijo a modo de saludo a Neil. Este se volvió hacia él y suspiró.

—John —se limitó a contestar, de manera que supuse que ya se conocían.

—¿Qué haces aquí? ¿Estás buscando al doctor Lively? Creo que ya ha empezado la sesión de musicoterapia con los pacientes —le explicó el otro con una sonrisa cortés que, como era de esperar, Neil no le devolvió. En lugar de eso, se acercó de nuevo a mí, que seguía esperándolo.

—El doctor Lively es mi psiquiatra —explicó con aire grave intuyendo mi confusión, y yo volví a asentir con la cabeza, incapaz de hacer otra cosa—. Él, en cambio, es… —Neil hizo amago de presentarme al hombre que nos estaba observando con detenimiento, pero este se le adelantó y se aproximó a mí. Tuve la impresión de que no me había visto hasta ese momento y de que parecía sorprendido.

—Vaya, no me había dado cuenta de que hoy has venido acompañado —ironizó mientras yo inspiraba el fuerte aroma que emanaba, una fragancia atrevida y delicada a la vez. Me tendió la mano y se presentó—: Soy John Keller, pero puedes llamarme John —dijo con jovialidad.

—Encantada, soy Selene.

Le estreché la mano con cierta inseguridad y observé con curiosidad los rasgos de su cara. Unas ligeras arrugas surcaban las comisuras de sus labios y de sus ojos pálidos. Me detuve precisamente en los iris, sin duda particulares, porque tenían un color extraño, similar al de la arena o al de las espigas de trigo bajo el sol. La nariz proporcionada y la mandíbula en armonía con el resto de la cara me hicieron pensar que, en definitiva, tenía un rostro bien definido, dotado de un carisma innato que atraería a cualquier mujer.

Por un momento tuve la impresión de que John se parecía a Neil, pero enseguida deseché ese despropósito.

Estaba tan obsesionada con el joven problemático que tenía a mi lado que veía similitudes incluso en hombres que no tenían nada que ver con él.

—Vaya, la famosa Selene. He oído hablar bien de ti. —John me sonrió socarronamente mientras yo fruncía el ceño.

¿Neil le había hablado de mí? ¿Por qué?

—No te sorprendas si empieza a contar leyendas, himnos al mar u otras memeces por el estilo —murmuró Neil poniendo una mano en la base de mi espalda. Ese ligero contacto me estremeció y sentí una ardiente sacudida en el punto donde me apretaba su palma.

—No le hagas caso, Selene. Es un honor para mí tener aquí a la chica de la perla. —John me escudriñó con una expresión benévola, después miró a Neil con complicidad, pero este le respondió poniendo los ojos en blanco.

¿Se refería acaso al cubo de cristal que me habían regalado antes de mi accidente?

—Si el doctor Lively está ocupado, volveremos en otro momento.

Neil intentó aguar el entusiasmo del doctor Keller, pero este no tiró la toalla y se dirigió a mí.

—¿Tienes prisa, Selene? —preguntó con cierta firmeza, como si ya estuviera seguro de mi respuesta.

—La verdad es que no —contesté con sinceridad y él sonrió.

—Bien, en ese caso, os invito a tomar algo en el bar de la clínica, las infusiones son excelentes —afirmó instándonos a acompañarlo. Neil gruñó algo en voz baja y nos encaminamos con él hacia un pasillo, pasando por la gran sala de espera. La temperatura excesiva me sofocaba, así que me quité el abrigo y lo doblé en un brazo, quedándome solo con la falda y el suéter.

Entretanto, Neil y John caminaban delante de mí conversando sobre algo que no alcanzaba a oír; mientras los escrutaba tratando de captar al menos alguna palabra, un tipo de pelo oscuro y otro que lle-

235

vaba un pañuelo de colores en la frente, se acercaron a nosotros sonriendo. Supuse que eran dos pacientes de la clínica. El chico de pelo oscuro, que tenía unos llamativos tatuajes en el cuello y en el dorso de las manos, saludó al doctor Keller y a continuación me miró.

Cohibida, fingí que no me daba cuenta y los dos jóvenes pasaron por delante de mí riéndose entre ellos. De repente, recibí una sonora palmada en una nalga. Sin entender lo que estaba sucediendo, me sobresalté asustada y me paré, sintiendo un fuerte ardor.

Qué demonios…

—Bonito culo, novata —comentó el moreno guiñándome un ojo.

Neil y John callaron, en el antiséptico pasillo se hizo un repentino silencio y miré a los dos idiotas enfurecida. Cuando hice amago de reaccionar, una mano me agarró con fuerza un hombro y me hizo retroceder para apartarme de ellos.

Enseguida comprendí que era Neil, a esas alturas había aprendido a reconocer su forma posesiva de tocarme.

—¿Qué has dicho? —preguntó al moreno en tono intimidatorio, fingiendo que no lo había entendido. Sus ojos brillaron encolerizados. Por nada del mundo me habría gustado estar en la piel de los dos desafortunados. Con una sonrisa cruel, se dirigió furiosamente hacia los jóvenes, pero John se precipitó hacia él y le aferró un brazo. Los dos pacientes, conmocionados como si hubieran visto un fantasma, dejaron de reírse y se dieron cuenta de que habían provocado a quien no debían.

—Déjalos.

Con un tirón, John consiguió detener la masa de músculos y rabia. Neil era imponente, de manera que no era fácil contrarrestar su fuerza física, pero el doctor Keller demostró que era capaz de manejarlo.

—¿De quién es el bonito culo? —volvió a despotricar, completamente dominado por la ira. Su voz retumbó a través de las paredes. Me estremecí asustada. Lo había visto perder el control varias veces y siempre había sido espantoso.

No había olvidado el monstruo en que se había convertido cuando había arrastrado fuera del Blanco el cuerpo torturado de Carter Nelson para vapulearlo.

Era innegable que Neil tenía un lado violento que aún no había aprendido a controlar.

—¿No puedo hacer un cumplido a tu novia, Miller? —Se rio el moreno con descaro. Me aterroricé al ver la manera en que lo desafiaba y al oír la forma en que me había llamado: yo no era la novia de Neil.

—¡No se toca a una mujer sin su consentimiento, imbécil, y a ella no puedes mirarla siquiera o te muelo a puñetazos! —dijo Neil mientras John seguía intentando contenerlo—. ¿Me oyes? Te voy a partir la cara —siguió gritándole, completamente fuera de sí.

Le agradecí que me defendiera.

Por un instante, se me ocurrió también que podía estar celoso, porque había tenido la misma reacción cuando me había visto con Ivan, pero él nunca se expresaba al respecto, nunca era claro conmigo.

Todavía tenía demasiadas dudas en mi cabeza.

—Vuelve a la sala de musicoterapia, Drew —le dijo John al tatuado, que, sin embargo, lo ignoró.

—La última vez que estuviste aquí prácticamente te tiraste a mi mujer con los ojos, Miller. Brenda me lo dijo.

El tal Drew no dejaba de retar a Neil. De seguir así, se arriesgaba a desencadenar una situación irreparable.

—Estáis locos, los dos. No sé qué hacer con tu gatita en celo. Mejor dicho…, la próxima vez adviértele de que no se restriegue contra mi polla —replicó Neil con una sonrisa malvada, mientras John lo instaba a retroceder sin soltarlo. No sabía quién era la susodicha Brenda, pero me molestaba que pelearan por una mujer. La verdad es que siempre me molestaba tener que asociar a Neil con otras mujeres y, por lo visto, en esa ocasión la tal chica lo había seducido.

—Drew, Greg, he dicho que vayáis a la sala de terapia, los dos —bramó John empezando a perder los estribos. Su tono severo alarmó a los dos jóvenes, que se marcharon sin replicar, no sin antes haber lanzado una última mirada torva a Neil. Tras cerciorarse de que el peligro había pasado, John lo soltó exhalando un profundo suspiro.

—Imbécil —gruñó Neil al chico desahogando los restos de su ira. A continuación, se ajustó la cazadora de cuero y se giró hacia mí. Mi primer instinto fue bajar la mirada, porque siempre me asustaba cuando se comportaba con tanta prepotencia. Mientras oía sus pasos resonando en el pasillo, hice un esfuerzo para callar hasta que se detuvo delante de mí. Cuando carraspeó para llamar mi atención, alcé la cabeza para mirarlo.

Sus ojos magnéticos me escrutaron unos segundos, medio cerrados. Su mirada era fría, hasta tal punto que no podía entender lo que trataba de comunicarme.

Solo me sentía culpable por lo que había pasado y ridícula por haber estado a punto de ocasionar una pelea.

Me pregunté qué habría pasado si John no hubiera estado allí.

—Vuelve a ponerte el abrigo. Este no es el lugar más indicado para mostrar lo… mona que eres —me susurró al oído.

237

Temblé al sentir su cálido aliento en el pliegue de mi cuello y su tono grave me pareció deliberadamente aflautado. Acto seguido, se apartó y miró lánguidamente mi cuerpo, aprobando y detestando a la vez mi aspecto. Avergonzada, seguí su consejo, por llamarlo de alguna manera, y me puse el abrigo para no llamar la atención.

Solo había ido allí para descubrir algo más sobre Neil, porque él por fin me lo había permitido, no para llamar la atención de otros hombres.

—Venga, vámonos. —John trató de calmar la tensión que se había creado y nos invitó a seguirle.

Unos minutos más tarde entramos en el bar, que era tan elegante y sofisticado como el resto de la clínica.

La decoración tenía clase, empezando por la elección de los colores vivos que alternaban el blanco y el plateado, por la tenue luz que iluminaba la barra y por las mesas rodeadas de sillas que combinaban a la perfección con el resto del ambiente. John apoyó un codo en la barra y saludó a la mujer uniformada, que le dedicó una sonrisa amistosa.

—Hola, doctor Keller —contestó mirándonos con curiosidad tanto a mí como a Neil. Aunque todavía estaba alterada por lo ocurrido, intenté parecer relajada y desvié la mirada hacia los bollos recién horneados: cruasanes, brioches y magdalenas. No había desayunado y mi estómago había protestado varias veces en el coche, a saber si míster Problemático lo había notado… Ojalá no.

—Yo tomaré la infusión de flores de la pasión de siempre. ¿Qué queréis beber vosotros? —preguntó John.

—Yo un café —contestó Neil y luego me miró. Esperó a que pidiera algo, pero yo sacudí la cabeza. Entonces él suspiró impaciente y se volvió hacia la mujer—. Y un zumo de naranja con un buen pedazo de esa tarta de cerezas. —Señaló el dulce mientras yo lo miraba extrañada.

—¿Qué estás haciendo? —le pregunté susurrando. Di un paso más hacia él y su aroma a limpio reavivó en mí el deseo de morderlo y de satisfacer el apetito de otra manera.

—Sueles desayunar eso, ¿no? Tal vez la tarta de cerezas no sea como la de tu madre, pero al menos tiene la mermelada que te gusta —afirmó con despreocupación arrancándome una sonrisa.

—¿De manera que me escuchas? —le pregunté halagada.

—Sí. Lo hago a menudo para entenderte, aunque no te responda —me explicó enigmático—. Además, anoche consumiste mucha energía, necesitas recargar las pilas, Campanilla —murmuró con picardía, haciendo que me sonrojara.

238

Apurada, miré a John, que nos observaba divertido. Confié en que no se hubiera percatado de que la broma de Neil había despertado en mí pensamientos poco castos.

—Estoy estudiando mucho estos días y estoy un poco estresada... —dije al médico, tratando de parecer creíble—, por eso necesito recuperar las fuerzas.

Acto seguido, esbocé una sonrisa forzada y él me miró pensativo. Probablemente le había causado una mala impresión. El doctor Keller no era sin duda un niño al que se engaña con facilidad.

—Desde luego, estudiar cansa. —Me guiñó un ojo y bebió un sorbo de la infusión de hierbas que la camarera acababa de traerle. Neil dio también un sorbo a su café y yo miré el zumo de naranja y el pedazo de tarta que ocupaba por completo el plato de postre.

¿Tenía que comérmelo todo yo sola?

Neil acercó el plato a mi nariz y luego me desafió con la mirada a que me negara a comérmela. Así pues, resoplé y agarré el dulce con un pañuelo de papel y le di el primer mordisco. Gemí de placer cuando su dulce sabor me acarició el paladar. No era tan extraordinaria como la tarta de cerezas de mi abuela o de mi madre, pero, en cualquier caso, estaba deliciosa.

—Está riquísima —murmuré con la boca llena, haciendo reír a los dos hombres. Apuré el zumo en unos cuantos tragos y devoré la tarta con la misma rapidez.

Neil me observó con sus brillantes iris, que en ese momento emanaban una extraña ternura, y sonrió.

—No tenías hambre... ¿verdad, niña? —dijo en tono de mofa mientras me limpiaba las manos.

Estaba segura de que me había sonrojado; él, en cambio, me acarició el labio inferior con el pulgar para quitar algunas migajas. Su roce era tan delicado y suave que mi corazón dio una, dos y tres piruetas en el pecho. En esos momentos, más únicos que raros, llegaba a pensar que yo le importaba un poco; de lo contrario su comportamiento no tenía explicación, pues era propio de un hombre atento a mis necesidades, aunque, claro está, a su manera.

—¿A qué universidad vas, Selene? —John, con la taza de infusión de hierbas en la mano, me miró con curiosidad mientras Neil se ponía a mi lado después de haberse bebido el café a toda prisa.

—A la Universidad Estatal de Wayne, en Detroit —respondí.

—¿Y qué te gustaría hacer cuando te licencies? —volvió a preguntar, cada vez más interesado.

—Enseñar literatura, como mi madre —respondí con orgullo.

Al nombrarla sentí un nudo en la garganta, recordando cómo

239

le había mentido. No sabía dónde estaba de verdad, ni con quién. Si descubría la verdad, se iba a sentir muy defraudada. Desde que había conocido a Neil, yo cada vez era más propensa a tomar decisiones irracionales y locas.

—Eres una chica con la cabeza sobre los hombros. No todas la tienen —comentó John, sin saber que no lo era en absoluto, al menos en el amor.

Con demasiada frecuencia me extraviaba en las fantasías que Neil se empeñaba en frustrar a diario; de hecho, me había llevado a la clínica para demostrarme que era un monstruo. En cambio, yo lo había interpretado como un gran gesto de valentía que había aumentado mi estima por él.

No podía exigir una relación y no podía decirle que lo quería, pero seguía pensando que era especial.

—¿Cuánto tiempo lleva el doctor Lively reunido con los pacientes? —preguntó Neil con severidad. Me volví para tratar de comprender qué era lo que le estaba pasando por la cabeza y me pareció que, de nuevo, estaba nervioso.

—Desde hace una media hora, ¿por qué? —contestó John.

—Porque Selene y yo vamos a participar también —respondió con una sonrisa indescifrable. El doctor Keller no parecía estar del todo de acuerdo. Apretó los labios en una mueca de escepticismo, pero Neil insistió—: La he traído justo por esa razón —añadió.

John, entonces, desvió la mirada hacia mí con cierta contrariedad y no se opuso, quizá consciente de lo obstinado que era Neil.

Después de ofrecernos el desayuno, el médico nos guio por otro pasillo, opuesto al que habíamos recorrido con anterioridad, para ir a la sala de musicoterapia.

No sabía qué era ni por qué Neil había sugerido que yo también asistiera. En cualquier caso, estaba segura de que intentaba impresionarme.

—¿Quieres asustarme? —le pregunté mosqueada en presencia de John. La pose orgullosa, la actitud cínica y el habitual ceño de su cara contribuían a que pareciera una deidad hermosa y maldita al mismo tiempo.

—Solo quiero que mires y escuches —respondió en tono inexpresivo sin volverse siquiera hacia mí.

—¿Igual que querías que mirara a la rubita en la casita de invitados mientras te la chupaba y que mirara a Jennifer la noche de Halloween? —lo acucié agitada—. Entonces te salió el tiro por la culata y ahora volverá a pasar lo mismo —le aclaré.

A esas alturas ya me había acostumbrado a la crueldad con la que me impartía sus lecciones, así como al placer que me exigía en el dormitorio. Neil era de verdad capaz de turbarme psicológicamente con unas decisiones, gestos y acciones que eran, como poco, fuera de lo común, a menudo impúdicas e incluso despiadadas, y cuyo único fin era que acabara odiándolo y saliendo de su vida.

Su espalda se estremeció levemente y comprendí que el recuerdo de lo que había hecho en el pasado lo había inquietado. Aunque había superado sus faltas de respeto, no las había olvidado, desde luego.

—No te comportes como una bobalicona. No es el momento —me reprendió en un tono de condescendencia particularmente molesto. Lo usaba siempre que quería ponerme en mi lugar sin perder demasiado tiempo.

—¿Terminará alguna vez esta guerra entre nosotros? —Seguí buscando un punto de encuentro con él a pesar de que John, que caminaba delante de nosotros, podía oír nuestra conversación.

—No es una guerra, es la realidad —contestó Neil.

Nos detuvimos frente a una puerta que daba acceso a una gran sala. En el centro de esta unos chicos sentados en corro hablaban y se reían con otro médico, a juzgar por la bata que llevaba. El doctor en cuestión tenía también un cuaderno y un bolígrafo en las manos mientras caminaba entre los pacientes y los observaba uno a uno; tenía todo el aire de ser un psiquiatra, porque escudriñaba y analizaba cada uno de sus movimientos.

¿Era el hombre que había cuidado de Neil desde la infancia?

—Intentemos sentarnos sin hacer demasiado ruido para no molestar al doctor Lively… —nos sugirió John en voz baja confirmando mis suposiciones, después nos hizo señas para que entráramos y nos condujo a unas sillas que estaban dispuestas junto a la pared; parecían los asientos de un cine, con la diferencia de que no íbamos a ver una buena película.

Me senté al lado de Neil e instintivamente puse una mano en su pierna. Parecía tranquilo. A decir verdad, no se sentía cómodo, pero sabía fingir lo contrario.

Había aprendido a percibir sus emociones: en realidad estaba terriblemente tenso.

—Cada uno de vosotros interpreta muchos papeles, como los actores. —El doctor Lively se había percatado de nuestra presencia, pero nos había ignorado de forma profesional para no interrumpir su discurso—. Lleváis lo que yo considero una máscara y tratáis de mostraros agradables con los demás, sobre todo para evitar que os juzguen. En cambio, aquí debéis ser vosotros mismos, debéis pensar que estáis rodeados de una normalidad que nadie os concede ahí

241

fuera. ¿Sabéis por qué? —preguntó retóricamente a una chica del grupo. La miré. Abrazaba un peluche como si fuera un objeto sagrado y no quitaba ojo al psiquiatra—. Porque yo no os considero unos pacientes. Estoy aquí para encender la luz en la oscuridad de vuestro ser, para daros una oportunidad. Estoy aquí para cambiar, además de vuestras vidas, vuestros hábitos mentales. Estoy aquí para despertar vuestro inconsciente, de forma que este pueda participar en una realidad mejor. Porque, creedme…, dicha realidad también existe para vosotros —dijo con tal entusiasmo que arrancó una sonrisa a todos los presentes.

Por primera vez estaba aprendiendo nuevos valores, descubriendo que de lo trágico se podía sacar algo sublime. Bastaba un pequeño impulso, un salto temerario para conseguirlo, porque junto a la dimensión negativa, existía también una importante dimensión positiva que solo había que captar.

Apreté instintivamente la pierna de Neil con los dedos. Quería que no se limitara a escuchar esas palabras, sino que las absorbiera, las hiciese suyas y las utilizara como una brújula para emprender un camino de renacimiento. Le lancé una mirada fugaz para ver qué estaba haciendo y vi que estaba mirando con aire serio a su psiquiatra.

242 Su expresión imperturbable no transmitía la menor emoción; sus ojos dorados, fríos como el metal, captaban todo sin sorprenderse de nada. En caso de que hubiera notado que le había puesto una mano en la pierna, no se había opuesto, aunque tampoco había manifestado la intención de tomarla entre las suyas.

Desanimada, me volví para mirar de nuevo al doctor Lively, quien, entretanto, había pedido a una chica rubia muy mona que participara en un juego. La analicé detenidamente: lucía un vestidito corto, tenía sus bonitas piernas cruzadas, y su larga melena clara caía por debajo de su abundante seno. Hice un esfuerzo para contener los celos y no hice nada para averiguar si Neil le estaba mirando los muslos de forma voraz y ardiente, como solía hacer, así que seguí concentrada en ella.

—Brenda, dime la primera palabra que te venga a la mente —le pidió el doctor Lively. La joven reflexionó un momento a la vez que miraba al chico que estaba sentado a su lado.

Era el tipo que me había azotado las nalgas en el pasillo: Drew.

Lo reconocí enseguida por los tatuajes que tenía a ambos lados del cuello, por el pelo oscuro y por los ojos sombríos.

—Helado —respondió la chica.

—¿Por qué helado? —insistió el doctor analizando meticulosamente a la paciente.

—Porque mi hermano y sus amigos me consideraban un postre y querían probarlo. —Brenda tragó saliva y se tocó un mechón de pelo con nerviosismo—. Él decía que yo era guapa, que le atraía. Al principio asocié sus celos y la posesión al hecho de que éramos hermanos, pero, cuando una noche entró en mi habitación y se bajó los pantalones, comprendí que estaba equivocada. Me obligó a tener una relación completa, a pesar de que yo me negué continuamente.

En sus ojos y en su voz pude sentir el dolor que Neil debía de haber padecido también a causa de Kimberly. Le apreté más la pierna; él se volvió para mirarme y guiñó los ojos tratando de comprender mi reacción. Intentaba comprobar si me iba a derrumbar.

¿Por qué motivo?

¿Creía que iba a ser tan fácil librarse de mí?

¿Creía que iba a huir como una cobarde y decirle adiós para siempre?

No iba a suceder.

—Mi hermano nunca estaba satisfecho —continuó Brenda—. No le bastaba acostarse conmigo cuando nuestros padres estaban trabajando, así que empezó a llevarme con él a las fiestas y veladas que organizaban sus amigos. Me obligaba a tumbarme en la mesa o en los sofás y dejaba que me tocaran, que abusasen de mí, que me hicieran lo que quisieran. Yo era como un recipiente de helado donde todos podían meter la cucharita para probarme sin ningún respeto.

Cuando acabó de hablar con evidente dificultad, comenzó a sollozar. Pude percibir todo el mal que le habían hecho, incluso podía sentirlo resbalar por mi piel como el barro. Cada palabra había sido tan afilada como un cuchillo, tan fuerte como una bofetada.

Volví a la realidad cuando Brenda se levantó de un salto y salió corriendo, dejando tras de sí la estela de su sufrimiento.

Neil sentía lo mismo. Estaba segura.

Se sentía perdido, ofuscado por pensamientos negativos, era incapaz de dejarse llevar por las emociones humanas y las congelaba por miedo a sufrir.

Con el corazón frío, reaccionaba a la realidad de forma totalmente subjetiva y diferente de los demás. Su respuesta a los acontecimientos que lo circundaban estaba sin duda condicionada por el trauma que había vivido, que, como un monstruo, lo tenía prisionero desde hacía ya demasiado tiempo.

—Todos sabemos que es difícil afrontar estos temas. Volver al pasado, reabrir viejas heridas es un viaje introspectivo que os sirve para...

243

El doctor Lively reanudó su discurso, pero yo estaba demasiado conmocionada para poder seguirlo. El objetivo de Neil era, en efecto, turbarme y debía reconocer que lo estaba consiguiendo.

Lo miré y vi que me escrutaba como si fuera consciente de la agitación que experimentaba en mi interior. No parecía asombrado, solo seguro del motivo de mi turbación.

Le había pedido demasiadas veces que me contara algo sobre él a cambio de una parte de mí, pero nunca imaginé que lo haría de una manera tan despiadada. Era evidente que quería tirarme la realidad a la cara sin la menor delicadeza, de forma totalmente transparente, nítida y cruda, pero, por encima de todo, auténtica.

De nuevo comprendí hasta qué punto había sido estúpido por mi parte pensar que podía salvarlo al principio de nuestra relación. En un primer momento pensaba que solo era excesivamente apasionado e instintivo, que tenía algún problema con las relaciones humanas, nada irreparable, a fin de cuentas.

En cambio, me había dado cuenta de que Neil no era en absoluto un hombre manejable y que lo más probable era que no existiera una cura para él; sobre todo, que el amor no era la cura.

A decir verdad, solo era uno de los muchos ingredientes necesarios, pero no suficiente por sí solo para logar que acabara aceptándose.

—Destruiré tus miedos —le susurré al oído, inclinándome hacia él.

Me estremecí al percibir su olor, intenso y fresco, que se deslizaba bajo mi ropa como una caricia anhelante; Neil entornó los párpados para ocultar el poder con el que demasiado a menudo obligaba a mi voluntad a plegarse a sus órdenes. En ese momento me estaba comunicando que estábamos combatiendo una verdadera guerra y que haría todo lo posible para destruirme.

Nada podría contrarrestar la convicción de que yo no era lo suficientemente valiente para estar a su lado.

Pero no pensaba permitir que se saliera con la suya.

Le sonreí con aire desafiante y me puse de nuevo cómoda, señalando con la mirada al doctor Lively, que ahora había pedido al chico tatuado que dijera la primera palabra que se le ocurriera.

—¿Drew? —lo animó mientras el chico se tomaba su tiempo para pensar masticando con fastidio un chicle. Después se revolvió en la silla y miró a Neil.

—La única palabra que siempre tengo en la cabeza, doctor, es «red» —respondió con firmeza, como si tras esas tres letras hubiera todo un mundo.

Sentí que la pierna de Neil se endurecía bajo mis dedos, la tela de sus vaqueros se tensó alrededor de sus músculos y su respiración se hizo más profunda. Dado que no entendía el motivo de su reacción, volví a prestar atención a lo que decía Drew.

—Usted ya conoce mi historia, doctor Lively. La mujer en cuestión era mayor que yo, tenía unos veinte años. Yo solo tenía once. Era nuestra niñera. Mis padres se pasaban el día fuera de casa, trabajando, así que decidieron confiarnos a mí y a mi hermana a esa chica. Enseguida noté que se comportaba de forma extraña. Me tocaba y me incitaba a hacer cosas que no quería hacer, hasta que llegaron las primeras violencias. Los abusos se prolongaron durante varios meses y el máximo de la locura se produjo cuando un día filmó con una cámara de vídeo nuestra relación. El vídeo terminó en el sitio web que gestionaban mi torturadora, Kimberly Bennett, y su jefe, donde vendían ese tipo de películas a otros pedófilos cibernéticos… —Una sonrisa traicionera se grabó en su rostro mientras miraba con insistencia a Neil—. Soy uno de los siete niños implicados en el escándalo de internet oscuro… Debería agradecer a Neil Miller que al final llamara a la policía y consiguiera que arrestaran a ese monstruo de Kim, pero no puedo hacerlo.

De repente, Drew se puso en pie con un impulso tan fuerte que la silla cayó al suelo.

Lo que acababa de descubrir me había dejado petrificada.

El escándalo…, los periódicos…, la sala de las cajas secretas…

Internet oscuro.

La cabeza empezó a darme vueltas y me toqué instintivamente el pecho para calmar el fuerte dolor que sentía en él, como si alguien me hubiera dado una patada.

—No puedo hacerlo porque, por tu culpa, todo el mundo se enteró de lo que había sufrido. En el colegio me acosaron durante años, porque un mocoso como tú no supo mantener la boca cerrada.

Drew se dirigió como una bestia enfurecida hacia nosotros, causando el pánico en la sala. Neil se levantó y se plantó delante de mí para defenderme de la inevitable cólera de su compañero.

Asustada, me escondí detrás de su espalda, apoyé las manos en sus costados y me abracé a él. Sentía que el corazón me latía acelerado en los oídos, comencé a temblar de miedo. Odiaba la violencia, odiaba ser testigo de ella, porque mi mente la reproducía en bucle y hacía emerger malos recuerdos, así que cerré los ojos y traté de no ver nada.

—¡Llamad a seguridad! —gritó John, que probablemente había parado a Drew para evitar que se desencadenase una verdadera pe-

245

lea. Neil, por su parte, todavía estaba conmigo, protegiéndome mientras yo me aferraba a su espalda.

Normalmente no era tan asustadiza, pero desde que había tenido el accidente me alarmaba por el menor peligro.

—No tiembles, niña…

Había cerrado los ojos con los dedos literalmente clavados en la cazadora de Neil. Cuando volví a abrirlos, vi que él se había vuelto para tranquilizarme. Su intensa voz de barítono llegó directamente a mi corazón para serenarme y me hizo sentir que con él estaba a salvo.

—No tiembles —repitió—. Todo va bien. Ahora nos marchamos —añadió elevándome la barbilla con dos dedos. Parpadeé aturdida, sin decir una palabra. No tenía fuerzas para hablar, ni para mirar nada que no fueran sus ojos dorados, cálidos y envolventes. Me limité a asentir con la cabeza.

Él me cogió de la mano y me arrastró tras de sí sin perder más tiempo. En ese momento pude ver lo que había pasado: Drew respiraba con dificultad mientras el doctor Lively y John intentaban que recuperase la lucidez. Sus ojos negros siguieron nuestros movimientos durante el tiempo que tardamos en cruzar la habitación, pero Neil no vaciló un segundo. No estaba huyendo de él, me estaba protegiéndo de la verdad que acababa de conocer. A pesar de que aún quería esconderse, yo había podido escuchar con toda claridad lo que había dicho el chico. Tal vez Neil no había pensado que podía ser así, no había imaginado que yo pudiera llegar a descubrir lo que callaban los titulares de los periódicos.

Ahora podía añadir una pieza más a mi puzle.

—Tienes que volver a casa —me ordenó, cuando, con una prisa endiablada, salimos de la clínica para ir a buscar el coche. Neil me agarraba la mano con rabia, sin la menor intención de soltarme, mientras yo le llevaba el paso como podía y tropezaba a menudo, haciendo todo lo posible para no caerme.

—¿También lo hizo contigo? ¿Te filmó con la…? —Estaba a punto de decir «cámara». De repente, se detuvo y se volvió bruscamente hacia mí. Me estremecí. No pretendía ser intrusiva ni invadir su privacidad, solo quería que se abriera a mí, que dejara de ocultarme su pasado.

¿Por qué no lográbamos comunicar? ¿Por qué no confiaba en mí?

—Eso no te concierne —gruñó enfadado. Con la luz natural del exterior, sus ojos parecían aún más claros. Me detuve a observarlo y comprendí que no quería que me excediera, que le exigiera demasiado, pero…

—Necesito saberlo, Neil. Necesito saber toda la verdad. Jamás te juzgaré. Nunca lo he hecho. —Levanté la voz exasperada y me desasí de su mano. Después me armé de paciencia y de calma para que se tranquilizara. Por los destellos de terror que de repente vislumbré en sus ojos comprendí que, en el fondo, tenía miedo de hablarme de sí mismo y de lo que ese monstruo le había hecho—. No te juzgaré —repetí tratando de acariciar su cara, pero él me esquivó con una mueca de indignación.

—No me toques. —Se volvió tan frío como siempre y echó a andar de nuevo para huir de mí, pero yo no pensaba darme por vencida. Corrí tras él tratando de darle alcance, decidida a no volver a Detroit sin haber conseguido mis respuestas. Basta. Tenía que derribar el muro psicológico que Neil erigía cada vez para impedirme vislumbrar su alma—. Te acompañaré al aeropuerto. Tienes que irte —añadió molesto pasando una mano por su pelo enmarañado.

Solo podía ver su espalda sacudida por los espasmos y sus hombros anchos, pero eso era suficiente para entender lo nervioso y tenso que estaba. Se estaba alejando emocionalmente de mí, se estaba encerrando en su caparazón defensivo. Me percibía como una enemiga, una chica de la que debía alejarse, una extraña que no merecía una explicación.

—No. No me voy a ir sin saber primero qué demonios sucedió de verdad. —Le agarré con fuerza el antebrazo y lo obligué a darse la vuelta. Casi habíamos llegado al coche. Si Neil se me escapaba ahora, ya nunca podría detenerlo. Con la respiración entrecortada, empecé a pensar en todo lo que habíamos afrontado juntos y tuve la convicción de que merecía su confianza más que nadie—. He afrontado todos los obstáculos por ti. Tus amantes, los Krew, Player… —murmuré suplicante—. ¿Ves esto? —Con una mano señalé la cicatriz que tenía en la frente y él tembló—. Todas las mañanas me recuerda lo que sucedió el día en que me fui de Nueva York, pero si pudiera volver atrás, lo haría todo de nuevo, Neil. Todo. Porque yo lo elegí. Lo quise yo, desde el principio. Si no te hubiera conocido, jamás me habría sentido tan viva —confesé mirando fijamente sus carnosos labios, entreabiertos por el estupor.

No volvería a cometer el error de decirle que estaba enamorada de él, como había estado a punto de hacer una vez en el parque que estaba en las inmediaciones de mi casa de Detroit, después de que hubiéramos abierto juntos dos galletas de la fortuna. No sabía el motivo por el que odiaba que le dijeran «te quiero», pero respetaba su voluntad.

Permanecería a su lado incluso en la oscuridad.

247

Lo amaría en silencio.

Correría con él y con su locura.

Porque me había salvado.

Me había salvado de la monotonía.

De ese todo que, en realidad, no era nada.

De lo que antes consideraba la vida.

Porque mi vida había comenzado con nuestra primera mirada.

—¿Cómo lo haces? —Neil negó con la cabeza, terco e inflexible, y luego dio un paso atrás—. ¿Cómo carajo no te das cuenta de lo inapropiado que soy para ti? —soltó enfadado—. Te he traído aquí para que entiendas que he sufrido trastornos de conducta y que todavía los sufro. ¿Por qué no te libras de mí? ¿Por qué no me miras como lo que soy? —me desafió, sin importarle que alguien pudiera oírnos discutir.

Temblé; no sabía si era más penetrante el aire invernal o las insensibles palabras que se estaba dirigiendo a sí mismo.

—Porque, para mí, tu locura es el verdadero cuento de hadas. —Me encogí de hombros esbozando una sonrisa triste y él me miró perplejo.

Siempre pensé que éramos como dos caminos que nunca podrían encontrarse.

Entre nosotros había mucho espacio.

Y en ese espacio llovía.

Pero nosotros corríamos bajo la lluvia.

Desilusionados.

Agotados.

Pero también infinitos…

Eso era lo que nos distinguía de los demás.

—Cuando tenía once años me diagnosticaron un trastorno obsesivo compulsivo. Me lavo constantemente para librarme de la sensación que me producían la lengua y las manos de Kim en mi cuerpo —estalló iracundo—. A los catorce años me diagnosticaron también un trastorno que me causa estallidos de ira incontrolada. Se llama TEI. El temblor de mi mano derecha es uno de los síntomas. —Me enseñó la mano trémula. Ya me había dado cuenta de ese detalle en los momentos en que estaba agitado o nervioso. Permanecí inmóvil y lo miré a la cara, intranquila, aunque no desmotivada. No tenía miedo de él, pero Neil entornó los ojos y continuó decidido a abatirme—. A los dieciséis años me diagnosticaron un trastorno disociativo de la personalidad. Significa que dentro de mí conviven dos almas: una adulta y una infantil. La última me hace revivir el trauma que sufrí cuando follo con una mujer que me recuerda a la niñera. —Se acercó a mí, cada vez más impetuoso. Me estremecí sin apartar la mirada de sus ojos cegados por la rabia. Neil me agarró por la barbilla y me inmovilizó—. Y ahora, tú, niña, porque eso es lo que eres…, deberías desaparecer, encontrar a un hombre normal, comprender que no estás hecha para mi vida. Mi cabeza está dividida entre dos formas diferentes de existencia, una positiva y otra negativa, ¡y esa maldita frontera nos separa! Tú eres ese límite… y yo…, yo no puedo alcanzarte…

De repente, empezó a jadear y se puso pálido. Me soltó como si acabara de quemarse y se tambaleó. Recordé otra ocasión en que se había mostrado tan confuso: había ocurrido en Coney Island, la noche que pasamos en la playa. Ahora, al igual que aquella vez, me pareció frágil a pesar de su carisma persuasivo y de su halo enigmático que tanto me cautivaban. A Neil le costaba entender que lo que me había impresionado de él no era solo su evidente belleza, sino, sobre todo, su psique inusual y su incomparable personalidad.

Vivía en una realidad propia, caótica y fascinante, y yo había entrado a formar parte de ella de inmediato.

Me acerqué a él a paso lento, acortando la distancia que nos separaba, mientras él me analizaba sin moverse. Me habría gustado besarlo. Mandar al infierno las palabras y borrar el ceño de su cara con un gesto cariñoso. Lo consideraba aún más frágil cuando se quedaba parado y me sopesaba con esa actitud vigilante y viril, una fachada con la que trataba de protegerse de todos.

—No me rendiré, Neil Miller —declaré sin dejar de avanzar—. Es más, ahora que sé más cosas sobre tu pasado, me das menos miedo, ¿sabes?

La verdad era que no sabía si lo estaba halagando o seduciendo. Él ladeó la cabeza y me miró sorprendido. Tal vez pensó que estaba loca, tal vez lo estaba de verdad.

Movió los labios tratando de darme una respuesta, apenas los separó, pero luego suspiró y prefirió un silencio indescifrable.

—¿Puedo abrazarte? —le pregunté avergonzada.

Él hizo una mueca de irritación y se ensombreció.

—No —respondió con firmeza, pero yo me aproximé aún más ignorando su respuesta—. Te he dicho que…

Calló cuando mis brazos rodearon sus costados. Lo atraje hacia mí y apoyé mi cabeza en su pecho, inhalando su delicioso aroma. Neil se puso rígido, se convirtió en una plancha de hielo contra mi cuerpo. Parecía confundido por mi actitud, pero a la vez asombrado y temeroso.

—Sea lo que sea lo que siento por ti me ha llevado a aceptarte

249

tal y como eres —admití y levanté la cabeza para mirar sus ojos magnéticos y llenos de un mundo inaccesible a la lógica. Quería demostrarle que no estaba mintiendo, segura de que podía leer en mi interior—. Nunca te pediré que cambies ni te obligaré a que me quieras.

Le sonreí con cariño, pero él volvió a entristecerse al oír mis palabras. Se encerró en su caos, que quizá consideraba una especie de refugio, para no reconocerse a sí mismo que había fracasado en su intento de amilanarme.

¿La clínica? Me había turbado, desde luego.

¿Los testimonios de los pacientes? También me habían turbado, al igual que su confesión de que aún sufría ciertos trastornos de conducta. No sabía cómo manejar una situación así, me superaba, pero si de algo estaba absolutamente segura era de que no tenía miedo.

—¿Qué debo hacer contigo? —murmuró exhausto. Parecía cansado de luchar contra mí y contra el vínculo que nos unía, pero, aun así, mis palabras no habían acabado de convencerlo, así que no iba a ceder a la posibilidad de que existiera un nosotros. Al contrario, trataría de urdir otra estratagema para apartarme de su lado.

—Aceptarme. Ahora te toca a ti —le dije sintiendo en el pecho la sensación que me atraía hacia él con una energía incontrastable.

El amor que sentía por él me había invadido por todas partes, me había contaminado por completo.

En ese momento, Neil se movió. Me puso el pelo detrás de la oreja y se inclinó hacia mí para respirar en mis labios. Me habría gustado preguntarle por internet oscuro, hasta dónde había llegado Kim con sus perversiones enfermizas, pero decidí que lo haría en otro momento. No quería resultar oprimente ni poco delicada. Ya era bastante duro para él afrontar a diario las consecuencias de semejante abuso.

—Tú... —comenzó a decir suavemente—, maldita niña... —prosiguió, irritado por mi fuerte abrazo—. Estás corriendo un grave riesgo.

Su aliento cálido me hizo abrir la boca con la esperanza de que me besara, pero Neil esbozó una sonrisa encantadora y se quedó quieto, dejándome en vilo entre la razón y la locura.

—Estoy preparada —repliqué mirándolo a los ojos.

Por toda respuesta, míster Problemático me agarró el trasero y me atrajo hacia él respondiendo a mis atenciones a su manera.

—¿Por qué yo? ¿Por qué no eliges a Ethan, el capitán con la vida perfecta? —preguntó manifestando un extraño y turbio sentimiento de posesión en su timbre de voz.

Fruncí el ceño instintivamente y me detuve en el nombre que le había puesto al pobre…

—Se llama Ivan —lo corregí divertida y le rodeé el cuello con los brazos, luego le acaricié la nuca con las uñas y vi que su expresión cambiaba. Sus facciones se relajaron; le gustaba que le tocara.

—Me importa un carajo cómo se llama —dijo riéndose—. Ni siquiera me has dicho si lo besaste —añadió molesto. ¿Todavía esa historia? No podía creer que quisiera hablar otra vez del tema; no le había contestado entonces y ahora pensaba provocarle un poco antes de complacerlo.

Me reí al pensar en ello.

—¿Qué pretendes hacer? —le pregunté—. Dado que la clínica no ha conseguido aterrorizarme, ¿ahora quieres arrojarme en brazos de otro para librarte de mí? No lo conseguirás.

Esbocé una sonrisa desafiante, atrayendo su mirada. Él movió una mano de mi trasero hacia el costado para ceñirlo con ímpetu. Me encantaba que me tocara así.

Neil era la única bestia a la que habría entregado mi alma como alimento.

—Te adelanto cómo será esto, Selene… —murmuró en tono persuasivo—. Lo único que haré será follar contigo. Siempre. Cada vez que tenga hambre de ti. Pero nunca podré darte una historia de amor. Las razones son obvias para los dos… —concluyó con su voz varonil y sensual que estremecía cada parte de mi cuerpo.

Entendí perfectamente su juego.

—Has cruzado conmigo unos límites que no cruzas con las demás. —Sentí que su miembro presionaba mi bajo vientre, sentí su excitación, su deseo. Neil estaba reaccionando a mí igual que yo estaba reaccionando a él.

—Ahora vives en Detroit, no sabes lo que hago aquí con las demás. A los hombres nos gusta follar. Sigo pensando que eres una niña demasiado ingenua.

Se lamió el labio inferior…, el mismo labio que yo quería morder y chupar para liberar toda mi frustración. Deseaba besar cada centímetro de su pecho, acariciar cada parte de él para llegar hasta sus miedos más profundos y destruirlos.

—¿Y si te digo que besé a Ivan?

Cambié de estrategia y decidí engañarlo. Me alegré cuando sus músculos se pusieron rígidos y sus hermosos ojos escudriñaron los míos tratando de averiguar la verdad.

—Te diría que cometiste un grave error… —replicó con una calma falsa y calculada mientras nuestros cuerpos intercambiaban

251

deseo, calor y sentimiento, como si ahora dependiéramos el uno del otro. Las palabras se las llevaba el viento, la realidad era que estábamos unidos por algo fuerte, mortífero, intenso, tan absorbente que rayaba en la locura.

—¿Y si te dijera que fui a una fiesta en la sede del club y me encerré en un dormitorio con él?

Seguí jugando contra mi fascinante oponente. Su mirada se volvió perversa, su mandíbula se abrió de golpe y su mano subió hasta mi garganta para apretarla con fuerza. Me tensé al sentir que sus dedos se cerraban, pero no me retracté.

—Te daría unas cuantas patadas en el culo y te enviaría de vuelta a Detroit ahora mismo —dijo en tono acre, lúgubre, y sus labios carnosos se cerraron en una dura mueca. Mi victoria estaba próxima.

—¿Y si te dijera que, en cambio, no me besó, que lo aparté y que pensé en ti, porque consideraba que los otros eran unos niñatos insignificantes?

Lo miré seriamente, deslizando poco a poco las yemas de los dedos desde sus caderas hasta su pecho torneado, como si estuviera trazando el contorno de una escultura, para disfrutar de la armonía de sus músculos por encima del suéter.

—Te diría que hiciste lo correcto. —Su tono se suavizó y las comisuras de los ojos me escocieron un poco, pero traté de controlar mi exceso de emotividad.

Estaba realmente enamorada de él.

—¿Y si te dijera que ni siquiera dejé que me tocara porque es perfecto? Porque si hay algo que adoro de ti son las imperfecciones.

Confiaba en no asustarlo, no sabía de qué otra manera podía expresarle mis sentimientos. Neil solo aceptaría un lenguaje mudo y quizá solo entonces se daría cuenta de que ya no tenía nada más que temer conmigo.

—Entonces te diría que en cada hombre hay un niño que busca su país de Nunca Jamás. Tú eres el mío. Siempre lo has sido —susurró en tono tranquilo, esbozando una sonrisa sincera que devolvió la luz a sus ojos y también a los míos. Me aferré a él con el temor de volver a perderlo. Sabía que el temor a no estar a la altura de sus exigencias nunca iba a desaparecer, al igual que estaba segura de que sus tormentos tarde o temprano resurgirían.

Pero yo no tendría miedo.

El suyo era un mundo raro y maravilloso que estaba por descubrir, así que entraría en él con respeto y de puntillas.

—En ese caso, entierra el hacha de guerra, Peter Pan. He ganado yo.

Sin esperar más, lo atraje hacia mí y me abalancé sobre sus labios con arrogancia.

Lo tomé.

Tomé toda su locura.

Tomé su sabor masculino a tabaco. Tomé su lengua codiciosa, que resbalaba con la mía en un idioma exclusivamente nuestro, confuso y extraordinario. Tomé su fuerza y sus maneras poco delicadas, porque me encantaba sentir sus manos impetuosas en mi pelo, me encantaba sentir sus dientes mordiendo mi boca con violencia, me encantaba tener sus marcas en mi cuerpo, unas marcas de posesión que mostraba con orgullo. Tomé sus gemidos sensuales, que se mezclaban con los míos bajo un cielo despejado, fuera de un centro psiquiátrico, un lugar insólito para dar rienda suelta a la pasión, pero a nosotros no nos importaba el mundo exterior, porque vivíamos en nuestro imaginario y caótico país de Nunca Jamás.

Ese era nuestro lugar.

Me quedaría a su lado para siempre.

Junto al chico en el que nadie confiaba.

A quien todo el mundo había acorralado.

Envolvería sus miedos en mis brazos.

Y lo convertiría en un ser indestructible.

Le daría un amor mudo, pero capaz de hablar con él.

Respetaría su ser, nunca intentaría cambiarlo.

No quería cambiarlo, solo pretendía quererlo.

Le mostraría que el horizonte existía y que podía mirarlo con sus ojos.

Siempre me había considerado su Campanilla, así que lo llevaría conmigo…

Más allá de cualquier frontera.

253

11

Selene

Cuidado con los monstruos. Nos espían.

KIRA SHELL

*L*os colores...

Creía firmemente que los colores eran capaces de mezclarse con los seres humanos, que atribuían un significado al mundo que los rodeaba y que ocupaban el espacio para que los hombres estuvieran menos tristes.

254

¿Qué clase de vida habríamos tenido sin colores?

¿Qué vida habría sido la nuestra si hubiéramos estado rodeados de la más lóbrega oscuridad?

Observé a mi madre mientras pintaba uno de sus jarrones.

Con una precisión meticulosa fue definiendo los pétalos de una rosa con un pincel fino, mojándolo de vez en cuando en el color rojo.

—Espero no equivocarme —refunfuñó en voz baja, porque no era fácil que las flores quedaran reales. Parecían el objeto más fácil de reproducir, pero no era así, todo lo contrario. Pintar sus formas suaves y sus tonalidades brillantes requería una gran concentración, sobre todo para lograr plasmar su natural encanto.

—Tú nunca te equivocas, mamá —le contesté, mirando el dibujo desde arriba. Era muy buena, pero demasiado modesta para admitirlo.

—¿Cómo te fue en casa de Bailey? ¿Te divertiste? —preguntó de repente sin mirarme. Me tensé debido a la enorme mentira que le había contado y que no dejaba de aumentar mi sentimiento de culpabilidad. Hacía dos días que había regresado a Detroit y, después de la visita a la clínica, no había vuelto a tener noticias de Neil.

Le había enviado varios mensajes, pero él no me había contestado.

Había pensado incluso en llamarle, pero había evitado hacerlo porque esperaba que fuera él el que me buscara.

—Bien. Necesitaba pasar un tiempo con mi amiga. Nos divertimos mucho. Estudiamos, vimos una película de terror y comimos porquerías —le dije con una sonrisa forzada.

Mi madre tenía la extraña habilidad de saber cuándo estaba mintiendo por la entonación de mis palabras, así que esperaba ser lo suficientemente convincente para no tener que discutir con ella. Desde que había regresado de Nueva York, había evitado hablar de Bailey en varias ocasiones y ella, ocupada con su trabajo en la universidad, no había insistido mucho; ahora, en cambio, parecía querer abordar de nuevo el tema.

—Mmm… —murmuró pensativa mientras definía las nervaduras de un pétalo—. Qué raro. Me encontré con su madre en el supermercado hace unos días y me dijo que no te había visto en varios meses.

Se me heló la sangre.

De repente, mi madre dejó de pintar y levantó la cabeza para mirarme.

Me había convertido en una estatua de cera, puede que incluso me hubiera puesto pálida.

Mi cara tenía la típica expresión de culpabilidad, que no escapó a sus ojos inquisitivos.

La madre de Bailey…

Maldita sea. No había pensado en ese riesgo.

—Fuiste en avión a Nueva York para ver a Neil sin decírmelo. Enhorabuena. —Su timbre de voz era severo. Me tenía acorralada. Me mordí el labio inferior como una niña que, una vez más, había incumplido las reglas mientras ella suspiraba con tristeza, pellizcándose la base de la nariz—. Prohibirte que lo veas no servirá de nada. Las dos lo sabemos —reflexionó abatida. Nunca había visto a mi madre tan desencantada—. No te reconozco, Selene. Has perdido por completo la cordura. —Se levantó y se limpió las manos con un paño manchado de pintura—. Ya no te das cuenta de nada. Estás cautivada por su apariencia, pero la belleza no lo es todo en un hombre, como tampoco lo es que… —Hizo una pausa, señalando con sus ojos las marcas de mi cuello, luego inspiró hondo y sacudió la cabeza—. Como no lo es lo que te da. A decir verdad, ¿qué es lo que te da exactamente? —preguntó de manera contundente—. ¿Atenciones en la cama? Por lo que he podido averiguar, se las da a todas. ¿Por qué piensas que será diferente contigo? —soltó haciéndome sentir profundamente incómoda—. Y no me digas que todavía eres virgen o

255

que nunca te ha tocado, porque no me lo creería —prosiguió alzando la voz; me sonrojé de golpe mientras el corazón me latía salvajemente en el pecho—. Si tu padre no aprobó vuestra relación, es porque tiene buenas razones para hacerlo. Igual que ahora las tengo yo para decirte que ese chico no te conviene. Es mayor que tú, es astuto, calculador y vicioso. ¡Neil es todo lo que un padre nunca querría para su hija! —gritó.

Me impresionó la fuerza con la que se dirigió a mí. Di un paso atrás, incapaz de reaccionar. Sabía que tarde o temprano chocaríamos y que mi madre me confesaría lo que realmente pensaba; además, estaba segura de que no le gustaba Neil y de que no le inspiraba confianza. Aun así, me entristecí al pensar que no veíamos las cosas de la misma manera. Siempre habíamos estado juntas, habíamos sido un pequeño e indestructible núcleo familiar y ahora la sentía tan lejos que…

—Mamá —le dije mientras me acercaba a ella, pero mi madre esquivó el abrazo—. No sé qué me ha pasado. —Rompí a llorar, liberando las emociones que había estado conteniendo durante demasiado tiempo. Me había perdido y a menudo me preguntaba si el camino que había elegido era el correcto. Si bien estaba segura de lo que sentía por Neil, no lo estaba tanto sobre lo que me esperaba al final del viaje—. Es como si estuviera atrapada en una burbuja. No puedo ser racional, me duele el pecho cada vez que lo veo. Es como si…, como si me hubiera encarcelado. Cuanto más intento alejarme de él, más me aprietan las cadenas que me aprisionan. —Sollocé mientras ella me miraba sorprendida—. Cuando estoy con él me siento viva. El mundo desaparece. Neil tiene el poder de arrollarme por completo, se insinúa bajo mi piel. Me siento como si me hubieran encerrado en una jaula y la hubieran lanzado al fondo del océano. Puede parecer algo terrible, pero en realidad es el mejor lugar donde he estado —confesé de golpe, presa de una nueva confusión.

Mi madre parecía asustada por mis palabras, pero yo estaba tan obsesionada por Neil que no me daba cuenta de lo que decía. Sabía que era un animal salvaje, un hombre cuestionable y amoral, además de esquivo, que amaba ser incomprendido, que lo contaminaran y contaminar a su vez. Desde que nuestras vidas se habían entrelazado había dejado de ser la niña pura e ingenua que todos recordaban, ya no era la vieja Selene que creía poder salvarlo o redimirlo. Mi nuevo yo se había dado cuenta de que era imposible. Había aceptado a Neil en el mismo instante en que le había permitido tejer los hilos del infierno a mi alrededor.

Ya era demasiado tarde.

—Esa historia terminará tarde o temprano —dijo mi madre tras unos instantes de vacilación, tratando de convencerse a sí misma, más que a mí—. Todo terminará y volverás a ser mi hija. La niña que crie, a la que transmití unos valores. No dejes de estudiar, no te anules. Vive esa relación como una experiencia, pero recuerda en todo momento que existen otras cosas al margen de él. Yo también existo. Soy tu madre y quiero lo mejor para ti. Empezando por que realices tus objetivos. No tires a la basura tu futuro por un chico, por un enamoramiento pasajero. Eres muy joven y todavía debes comprender muchas cosas.

Se tocó la frente mientras me hablaba de una forma que yo no aprobaba en absoluto. Neil no era el novio del instituto ni el delirio del primer beso ni un enamoramiento fugaz. No era el ídolo cuyo póster tenía colgado en mi habitación ni el chico más guapo del colegio que volvía locas a todas; tampoco era el chico malo con antecedentes penales o involucrado en las carreras y las peleas clandestinas.

Neil era simplemente Neil.

Cada parte de mí estaba con él, incluso cuando estábamos separados.

Y eso no podía, en modo alguno, llamarse pasajero, sino inmortal.

Porque él era… yo.

257

Los días pasaron.

Lentos, demasiado lentos.

Seguí enviando mensajes de texto a Neil, preguntándole cómo estaba, pidiéndole que contestara, pero todo fue en vano.

Nunca se dignó a responderme y mi decepción fue en aumento.

Empecé a pensar que se arrepentía de haberme llevado a la clínica, de haberme mostrado una parte tan íntima de su pasado.

A esas alturas ya sabía cómo era: cuando daba un paso adelante y se mostraba vulnerable, reculaba enseguida y se encerraba de nuevo en su bola de cristal para protegerse de todos, también de mí.

Comprimía sus emociones, las mantenía bajo un estricto control por miedo a que lo hirieran.

Kimberly lo había aterrorizado, le había enseñado que el amor solo se manifestaba a través del deseo y el placer, de manera que Neil no sabía comportarse en las relaciones y era muy probable que nunca llegara a conseguirlo.

En cualquier caso, su ausencia condicionaba irremediablemente mi cotidianeidad.

Me molestaba que los hombres me miraran mientras caminaba por los pasillos de la universidad. Evitaba a los jugadores de baloncesto, a Ivan en particular, sobre todo después de lo que había sucedido en el Club House.

Janel seguía siendo la misma, aunque nunca perdía la oportunidad de recordarme que, en su opinión, Neil era violento y peligroso. Bailey, en cambio, sostenía que no era tan malo como todos pensaban y no veía la hora de conocerlo para comprobarlo.

A pesar de todo, pasé largas tardes estudiando para que mi madre no pensara que quería abandonar mis estudios, pero también para distraerme y no pensar en el desastre humano de ojos dorados.

¿Por qué no se dignaba a decirme, al menos, que estaba bien?

El persistente silencio era, cuando menos, extenuante.

«No te soporto cuando te comportas así», refunfuñé para mis adentros mientras estaba tumbada en la cama. Llevaba puestas las gafas graduadas, que solo usaba para no cansarme demasiado cuando leía alguna novela después de las largas horas de clase, me había recogido el pelo en un moño descuidado y vestía ropa abrigada.

Miré el reloj: solo eran las cuatro de la tarde.

Había comido algo rápido en la universidad con mis amigos y estaba sola. Mi madre regresaría a casa a la hora de cenar.

No habíamos vuelto a mencionar la mentira que le había contado para poder ir a casa de Neil, pero sus miradas gélidas me bastaban para comprender que aún se sentía decepcionada.

De repente, el timbre de la puerta me distrajo de mis cavilaciones.

De mala gana, abandoné *Peter Pan y Wendy* en la cama y bajé corriendo para ver quién era.

Cuando abrí la puerta, mi obsesión apareció en toda su grandeza en el porche, como si hubiera venido a torturarme. Neil estaba delante de mí con su habitual ceño y su belleza infernal. Al ver la punta de su nariz enrojecida por el frío y su boca carnosa agrietada en el centro me quedé sin aliento. Tenía un pequeño corte en el labio inferior que parecía ser el mordisco de alguien… como yo.

—Hola, Campanilla —dijo con su maldita voz de barítono y yo parpadeé asombrada. Daba la impresión de que Nueva York estaba a la vuelta de la esquina para él. Aparecía como si nada y me desarmaba con su cautivador encanto—. ¿Qué… qué estás haciendo aquí?

Me ajusté las gafas y él se dio cuenta, sonriendo. Era la primera vez que me veía tan desaliñada. Por suerte me había duchado y refrescado, pero el resto era un auténtico desastre.

—¿Estás sola? —preguntó huraño eludiendo mi pregunta.

—Sí, mi madre volverá antes de cenar.

Me encogí de hombros y él entró con arrogancia, cerrando la puerta a sus espaldas. Di un paso atrás con la cabeza inclinada hacia atrás para admirarle y me sentí pequeña y cohibida.

Neil estaba magnífico, como siempre.

Llevaba un abrigo largo de color negro, que le daba un toque de inusual elegancia. El suéter marrón entonaba con el color de su pelo y era lo suficientemente ceñido para que pudiera apreciar las medias lunas de sus pectorales bien definidos; por su parte, los vaqueros oscuros se ajustaban a sus piernas largas y robustas. A pesar de la sencillez de su atuendo, el halo de misterio que lo rodeaba tenía el poder de subyugarme y de encadenarme a él.

—Te he escrito estos días, pero por lo visto habías desaparecido —afirmé mientras él miraba alrededor sin detenerse nada en particular. Tardó unos instantes en concederme su atención. En el aire flotaba su habitual aroma a musgo: apenas llevaba en casa un minuto y ya había invadido mi espacio con su esencia.

—He estado estudiando. Tengo que aprobar el último examen antes de la graduación —se justificó a la vez que me miraba. Escrutó el suéter largo que llevaba puesto y, a continuación, los pantalones claros y las zapatillas peludas. Divertido por mi *look*, volvió a mirarme a los ojos—. ¿Desde cuándo llevas gafas graduadas? —preguntó con curiosidad y yo me sonrojé. Estaba segura de que lo diría.

—Siempre me las pongo cuando leo —respondí, mirando fijamente el pequeño corte que tenía en el labio inferior.

—¿Y cómo es que hasta ahora nunca me había dado cuenta? —insistió reduciendo la distancia que nos separaba. Cuanto más se acercaba a mí, más pulverizada, desintegrada y absorbida por su alma me sentía.

—Porque eres distraído —susurré. Neil levantó una mano para acariciarme una mejilla y me pasó el pulgar por la barbilla sin apartar su mirada de la mía.

¿Cómo era posible que dos iris dorados me destruyeran de esa manera?

—¿Tú crees? —preguntó con una sonrisa sarcástica—. Apuesto a que estabas leyendo una de tus aburridas novelas. ¿Tal vez algo de Nabokov? —murmuró seductoramente, en tono inquietante, para demostrarme que conocía los detalles de mi vida cotidiana.

—No, *Peter Pan y Wendy* de Barrie. —Me ruboricé de nuevo, preparándome para la frase burlona que, estaba segura, me tenía reservada. Pero, en lugar de eso, frunció el ceño y luego siguió acariciándome la mejilla con una risita gutural.

259

—Eres realmente una niña.

Se inclinó para aproximarse a mi cara y me dio un casto beso en los labios. La amabilidad de ese gesto me maravilló. No era propio de él mostrarse tan sereno. Se demoró unos segundos en mi boca, pero no fue uno de sus besos apasionados y voraces, sino más bien un saludo, una muestra de afecto.

Tan leve como poderoso.

Al cabo de unos instantes, se apartó y lo miré a los ojos sintiendo su calor envolvente. Parecía contento de verme, pero, aun así, no lograba disfrutar del momento.

¿Cuántos días había pasado lejos de mí?

Neil no era capaz de mantener a raya sus impulsos durante mucho tiempo y la marca que punteaba sus labios me hizo pensar que quizá había estado en brazos de una de sus amantes.

—¿Qué te has hecho en el labio? —le pregunté con suspicacia.

Me entraron ganas de desnudarlo para examinar cada centímetro de su piel en busca de marcas que no fueran mías. Él se puso serio y se encerró en su oscuridad.

—Es el frío. Los labios se me agrietan y me salen pequeñas heridas —me explicó con su compostura habitual. Parecía sincero, aunque no las tenía todas conmigo. De repente, el instinto de posesión se apoderó de mí y en un arrebato le dije abiertamente lo que pensaba.

—¿Todavía te acuestas con otras? —solté con la esperanza de que me dijera la verdad.

—Aunque así fuera, no tendría ninguna importancia para mí —contestó gravemente, en cierta medida mortificado. De hecho, miró por encima de mis hombros para impedirme ver su dolor.

Fuera como fuese, era inútil que siguiera escapando; sus ojos brillantes me hablaban.

A esas alturas sabía que el sexo para él era una especie de partida de ajedrez contra sí mismo, una adicción, una cura que le permitía sentirse mejor, aferrarse al mundo y aceptar a su manera lo que había sufrido de niño.

Aunque comprendía su forma de ser y sus razones, no podía aceptar la idea de compartirlo con otra persona.

—Sé que no puedes entenderme y… —intentó decir, pero yo negué con la cabeza y decidí no hacerle más preguntas.

—Lo intentaré. —Le sonreí, atraída de forma inevitable por la fragilidad que ahora podía vislumbrar tras la fachada de hombre intransigente y siempre inflexible. Neil era fuerte por fuera, pero en su interior albergaba un mundo lleno de dolor—. ¿Cuánto tiempo piensas quedarte?

Decidí tratarlo con afabilidad, porque, por lo demás, me alegraba de verlo y quería que lo supiera.

—Unas horas. Me iré antes de que vuelva tu madre —murmuró como si ya supiera que ella no iba a aprobar su visita.

—De acuerdo. ¿Qué te apetece hacer? —le pregunté con ingenuidad y él me lanzó una mirada maliciosa que hablaba por sí sola de sus intenciones.

Era evidente que me deseaba.

¿Había algún momento en que no tuviera ganas de desvestirme con violencia?

Tragué saliva y carraspeé, mostrando sin querer la vergüenza que sentía.

—Retoma tu lectura, no te molestaré —me respondió dejándome descolocada.

Pensé que me iba a dirigir una de sus frases perversas o una orden perentoria del tipo: «Desvístete delante de mí» o «Arrodíllate y chúpamela, niña». En cambio, parecía simplemente interesado en que pasáramos un poco de tiempo juntos. Estaba asombrada.

—Bueno, de acuerdo —respondí vacilante sin entrar en detalles sobre su repentina reticencia a hacer otra cosa.

Fuimos a mi habitación y, una vez en ella, me senté en la cama, mirando a Neil mientras este vagaba curioso por ella. Aún no se había quitado el abrigo oscuro; su figura sombría contrastaba con los colores claros y deslumbrantes del mobiliario. De repente, se detuvo delante de mi escritorio y acarició con los dedos el cubo de cristal con la perla dentro, que estaba junto a una fotografía en la que aparecíamos mi abuela y yo. Se perdió unos instantes en sus pensamientos, contempló el preciado objeto y dejó que su mente viajara lejos de mí.

Le ocurría a menudo y yo solía respetar los momentos en que se refugiaba en sí mismo.

—Todavía lo tienes… —comentó, rompiendo el silencio.

Se volvió para mirarme y aproveché para asentir con la cabeza.

¿Por qué debía tirar algo que apreciaba en especial?

Aunque su presencia había alterado mi vida durante meses, con él me sentía viva. Debería haberle dado las gracias todos los días por haber encendido en mí unas emociones que creía inexistentes, como el amor. Antes de que nos conociéramos no había comprendido lo intensa e integral que puede ser la relación entre un hombre y una mujer.

—Eres importante para mí —me permití decir, y él enarcó las cejas asombrado.

261

Lo había pillado desprevenido.

Me gustaba el Neil desarmado. Me encantaba verlo desprovisto de sus barreras defensivas, aunque rara vez me concediera esos momentos.

Se aclaró la garganta y eso me complació.

¿Había incomodado a Neil Miller? Era un acontecimiento único.

Se quitó el abrigo, tal vez para estar más fresco, y lo apoyó sobre la silla del escritorio. Cuando miré su cuerpo esbelto, pensé en las veces en que lo había visto desnudo, con todo su vigor masculino, entregándose a mí y perdiendo el control de una manera que probablemente nunca sucedía con las demás.

Quizá una mujer diferente a mí, más racional y menos emotiva, habría experimentado odio o resentimiento hacia él. Yo, en cambio, no podía sentir nada negativo, excepto el vacío que me causaba su ausencia cuando estaba lejos de mí.

Seguí mirándolo fijamente y él dejó que lo admirara, tan orgulloso y seguro de sí mismo como siempre.

Tan espléndido como insondable.

Acto seguido, reanudó la inspección de mi escritorio y se detuvo en un libro que había encima de él, cerca del cubo. Era un volumen de filosofía totalmente dedicado a Nietzsche.

—*El nacimiento de la tragedia*… —murmuró pensativo acariciando la tapa dura con una mano—. Es un autor que también me fascina —dijo sin volverse hacia mí.

—¿Te gusta la filosofía? —le pregunté con evidente entusiasmo. Después de haber demostrado que admiraba mucho a Bukowski y que conocía las obras de René Magritte, Neil quería impresionarme ahora con sus conocimientos filosóficos.

—Me gustan más Freud y Schopenhauer —respondió agarrando el libro para hojearlo lentamente. Eran muchas páginas y él parecía interesado en leer algunos pasajes.

—¿Seduces a las mujeres con tu cultura? Tal vez quieras usarlo como táctica también conmigo —me burlé de él. En ese momento sentía una agradable complicidad entre nosotros y eso me hacía feliz. Después de que hubiera ignorado mis mensajes durante días, había llegado a pensar que se arrepentía de haberme confesado su estancia en la clínica y sus dolencias, pero en ese instante parecía tranquilo y sosegado.

Me sentí halagada.

—No. Normalmente, las mujeres ni siquiera saben que leo —respondió en tono inexpresivo volviendo a colocar el volumen en su sitio. Acto seguido, se volvió hacia mí y al ver la tristeza en su cara me entraron ganas de abrazarlo.

Después de todo, Neil estaba tan solo como yo. Se había construido una coraza para defenderse de todos, se había aislado para congelar sus sentimientos de forma que nadie pudiera ver nada más allá de su apariencia.

Sus amantes querían cautivarlo, desnudarlo y apoderarse de él, aunque solo fuera por una hora.

A diferencia de ellas, yo quería más.

—Háblame de Schopenhauer. ¿Qué te fascina tanto de su pensamiento? —Me quité las gafas y crucé las piernas deseando escucharle. Neil frunció el ceño y se apoyó en el escritorio, entrecerrando los ojos. Quería comprobar si me estaba burlando de él, pero no era así. Me interesaba averiguarlo todo sobre él—. Vamos. Quiero saber lo que piensas, hablo en serio —le insté y, tras unos instantes de vacilación, él aceptó.

—El mundo solo es una representación, una especie de escenario donde todos somos actores. Representamos un papel en cada situación… —me explicó apretando el borde de madera hasta que los nudillos se le pusieron blancos—. También en el sexo, que es engaño, violencia y seducción, hay una fuerza que afirma el yo y niega al otro… En él se manifiesta la culminación de la voluntad del ser humano. De hecho, la lujuria nos permite obtener una satisfacción física que no puede ser compensada por ninguna otra cosa. —Se lamió los labios y miró al vacío—. El sexo nunca hace feliz a nadie. Después de follar, el hombre vuelve a caer en la estrechez, en la miseria emocional, en su dolor original, y todo se desvanece como un sueño, suplantado por una realidad atormentada —concluyó mirándome de nuevo. Incluso en la teoría de un filósofo, Neil volvía a ver a Kimberly y el tipo de amor enfermizo que había compartido con ella.

Estaba atrapado en un mecanismo repetitivo de sufrimiento.

Vivía y revivía lo que le había pasado como si fuera la única manera de no volverse loco. ¿Hasta dónde había llegado esa mujer para destruir hasta tal punto la mente de un niño?

No sabía si preguntárselo y, sobre todo, qué hacer para lograr que se abriera a mí, pero aún tenía muchas dudas: ¿tomaba medicamentos? ¿Había retomado la terapia? ¿Era necesario que la reanudara?

Me torturé los dedos y bajé la mirada hacia mis piernas cruzadas, luego opté por atreverme.

—Cuando Drew mencionó el… —me interrumpí, levanté la cabeza para mirar a Neil y me di cuenta de que me estaba escrutando,

263

aguardando a que yo continuara—: Habló de internet oscuro, lo asoció con Kimberly y… —musité nerviosa, con la esperanza de que no despotricara contra mí y de que me contara toda la verdad.

—Kimberly solía violar a los niños para prepararlos. Cuando estaban listos y se mostraban por fin maliciosos y desinhibidos, los filmaba —me confesó para mi sorpresa. No imaginaba que aceptaría hablar conmigo del tema. Me moví inquieta en la cama y le presté toda mi atención—. Internet oscuro es una red a la que se puede acceder mediante un software específico. Forma parte del internet profundo y es muy peligroso —me explicó en tono frío, decidido a no manifestar ninguna fragilidad—. Todo está ahí: la venta de armas, las drogas, los servicios de piratería, el terrorismo. Es un verdadero mercado ilegal. Kimberly y su jefe se dedicaban al comercio de vídeos de pornografía infantil. Los dos vendían a los usuarios, que estaban tan locos como ellos, archivos de contenido censurable para satisfacer fantasías sexuales extremas. Después de la descarga, los pagos se realizaban mediante unas transacciones seguras. En un momento en que perdió la cordura, Kim confesó a la policía que era la administradora de uno de esos sitios, pero luego se arrepintió enseguida. Normalmente, los administradores son anónimos —me aclaró sin tapujos. Me estaba tirando la realidad en la cara, tal como era, para que entendiera la gravedad de lo que se escondía detrás de lo que, además de un abuso, había sido un auténtico programa criminal—. Yo fui afortunado, porque la detuve a tiempo, pero otros niños, otras víctimas como yo, fueron filmados y sus vídeos se vendieron a ciberpederastas. Por esa razón, el día en que llamé en secreto a la policía para impedir que Kim me filmara, se produjo un gran escándalo que afectó a toda mi familia. Todos salimos en los periódicos y en Nueva York se habló de ello durante mucho tiempo.

Neil tragó saliva y bajó la mirada.

Podía ver los terribles recuerdos gravitando de nuevo sobre él.

Todo cobraba sentido: el miedo a ser fotografiado o filmado; el hecho de que en la villa de Matt no hubiera fotografías que mostraran a Neil en edad adulta, sino solo hasta los diez años.

Por fin había comprendido el motivo.

—¿La policía pudo detener al final a esos pervertidos? —le pregunté turbada. Me estaba desmoronando, porque por fin había tomado plena conciencia de lo que había sufrido durante su infancia. Jamás habría podido imaginar una realidad tan sobrecogedora.

—Kim fue detenida, pero el tráfico ilegal de vídeos de pornografía infantil sigue siendo un delito muy extendido. Existen numerosos sitios específicos que permiten el intercambio temporal de archivos. El material está disponible durante un máximo de veinticuatro horas y después se elimina. De este modo, la ventana donde pueden intervenir las autoridades se restringe considerablemente, lo que permite a los ciberpederastas permanecer en el anonimato y no revelar su dirección IP —suspiró con la cara de sufrimiento tenuemente iluminada por la luz de la lámpara de mesa. Sus labios se cerraron en una mueca amarga. Le tendí instintivamente una mano tratando de disipar parte de su angustia.

—Ven aquí.

Esbocé una sonrisa comprensiva. Quería ahuyentar los pensamientos negativos que se agolpaban en su mente. Bajó la mirada hacia mi mano, luego la levantó hacia mí sin saber qué hacer.

—No quiero tu compasión —replicó con dureza permaneciendo de pie donde estaba.

—Te daré cualquier otra cosa —murmuré y él entornó los ojos. Un destello de malicia cruzó sus iris dorados y yo me sonrojé. Como de costumbre, me había malinterpretado, pero sabía que el sexo era para él una forma de controlarse, de mantenerse a raya y no derrumbarse abatido por el sufrimiento.

—A decir verdad, tú y yo tenemos algunos asuntos pendientes, Campanilla. Se acabó hablar sobre el pasado.

Se apartó del escritorio y se dirigió hacia mí. Me faltaba el aire. Me había concedido otra parte de sí mismo, aunque dolorosa, y ahora pretendía algo a cambio. Esperaba que no quisiera hacer el amor, porque no teníamos bastante tiempo. Mi madre iba a regresar a casa antes de cenar y Neil tenía una resistencia increíble.

Tardaba mucho en abandonarse y…

Cuando llegó al borde de la cama, se detuvo en mis ojos para averiguar lo que pasaba en ese momento por mi mente; me mordí el interior de la mejilla con ansiedad.

—Acércate —me ordenó mirándome fijamente con una pasión devoradora. Probablemente había estado con una de sus amantes en Nueva York, porque, de lo contrario, se habría abalanzado sobre mí mucho antes. En lugar de eso, se aclaró la garganta para forzarme a moverme. Se había dado cuenta de que estaba pensando demasiado, además, Neil odiaba esperar y yo estaba tan quieta como una niña temerosa.

Me moví lentamente y me arrastré hasta el borde de la cama, donde me senté sobre los talones. Él me observó complacido.

—Me gustabas con las gafas. ¿Por qué te las has quitado? —musitó acariciándome una mejilla, luego trazó el contorno de mis labios

265

con el pulgar y yo los abrí para recibirlo. Se agachó para acercarse a mí y yo me incliné buscando un mayor contacto para borrar la realidad que intentaba aplastarnos a los dos con su crueldad.

—Solo me las pongo cuando leo —susurré en su boca, que se plegó en una sonrisa socarrona.

—Un día te follaré solo con ellas —prometió lascivamente. En ese momento acorté la distancia que nos separaba y lo besé.

Me agarré a su cuello y atraje su cabeza hacia mí para decirle cuánto lo deseaba. Su lengua se deslizó entre mis dientes reclamando un beso firme. Se lo concedí con ferocidad y Neil respondió violentamente. Todavía parecía molesto por la conversación que habíamos tenido —lo notaba en sus hombros tensos—, pero quería demostrarle que estaba con él, que podía confiar en mí y que podía darle todo lo que quisiera. Cuando se apartó de mí e interrumpió el beso, gemí molesta y lo miré insatisfecha, porque me habría gustado que durara eternamente.

Neil sonrió, consciente de mi decepción, y con una mano se desabrochó el botón de sus vaqueros y se bajó la cremallera.

Tragué saliva. Quería que yo...

—Déjame sentir tus labios donde más los deseo, Campanilla: alrededor de mi polla —ordenó bajándose ligeramente los vaqueros y los calzoncillos para liberar su imponente erección.

Parpadeé embriagada durante unos instantes y me admiré de hasta qué punto se había endurecido por mí.

Siempre me impresionaba verlo desnudo, nunca acabaría de acostumbrarme.

Neil, en cambio, parecía estar a sus anchas: le encantaba comportarse de forma desenvuelta y dominante.

Jugaba con su cuerpo, consciente de su atractivo.

De repente, me amilanó mi falta de experiencia. Aún no era lo bastante desinhibida en los juegos preliminares y siempre temía no ser capaz de satisfacerlo y perderlo por ese motivo.

—La primera vez lo hiciste muy bien, niña. Aprenderás con el tiempo. Me gusta porque... eres tú quien lo hace.

Me acarició la cara y luego me metió los dedos en el pelo y me quitó la goma, dejándolo resbalar delicadamente por debajo de los hombros. El aroma a champú flotó en el aire y él lo aspiró sonriendo. A continuación, me agarró la cabellera en un puño y me acercó a su entrepierna tan resuelto, fuerte e impetuoso como siempre.

Tragué saliva, incómoda, y dejé que se moviera. Para calmar mi agitación, alcé los ojos hacia los suyos por última vez y la urgencia tácita que leí en ellos me tranquilizó. La manera en que Neil supo aplacar mis miedos para que pudiera corresponder al placer que me estaba procurando fue maravillosa.

Compartir esos momentos enriquecía la intimidad que compartíamos y me alegré por ello.

Yo le había dicho que quería saber todo sobre él. La primera vez que había sentido su sabor había sido afrodisíaco.

En ese momento, el olor a limpio que emanaba de su piel me incitó a no retroceder. Acaricié sus muslos firmes por encima de los vaqueros y sentí su fortaleza bajo mis dedos.

Cada parte de él era perfecta y merecedora de toda mi atención.

Entreabrí los labios y lo acogí, sintiendo cómo se estremecía. No quería decepcionarlo, quería estar a la altura de las amantes que había tenido en el pasado y evitar que hubiera más en el futuro.

La delicadeza con la que me acariciaba la nuca me invitaba a relajarme y a gozar del momento. Neil no gemía ni jadeaba, así que no sabía si lo estaba haciendo bien o no, simplemente seguí mis instintos y puse en práctica sus anteriores enseñanzas.

Cuando no pude abarcarlo en toda su longitud, me miró con indulgencia sin exigirme más, pero a cambio pude concentrarme en sus puntos sensibles y en sus reacciones físicas: apenas sentí que su abdomen se contraía, estimulé el glande con más énfasis. Levanté los ojos para mirarlo a la cara y me sonrojé al ver sus ojos dorados y excitados clavados en mí. Con esa expresión seria en la cara me parecía aún más sensual y sus labios entreabiertos, carnosos y cautivadores, despertaron en mí el deseo de besarlo ardientemente. Empecé a masajearle los testículos contraídos con una mano y él se estremeció levemente y me apretó más el pelo. Se obstinaba en no perder el control y en conseguir que el momento durase lo más posible, pero yo empezaba a acusar el cansancio.

267

Él, sin embargo, seguía sin gemir ni jadear y por un momento me sentí insegura.

¿Había hecho algo mal? ¿No estaba a la altura de las demás?

Si fracasaba, él se arrepentiría de haberme elegido.

No…, no podía permitir que pasara algo así, de manera que superé mis titubeos y continué, tímida y decidida a lograr que perdiera la cabeza.

Solo me aparté un momento para descansar, pero él refunfuñó molesto y me empujó la nuca hacia él para que siguiera donde lo había dejado.

Neil expresaba su disgusto cuando hacía lo contrario de lo que quería, y la conciencia de que era él el que estaba al mando me produjo una sensación de aturdimiento total. Así pues, volví a chupárse-

la con absoluta devoción para demostrarle que lo que estaba haciendo me complacía tanto como a él.

Confiaba en que no se me resistiera demasiado y en que se relajara. Neil me miraba con lujuria, tanto que las llamas de pasión que
ardían en sus iris me embelesaban. Cuando, al cabo de unos interminables minutos, oí por fin un gemido ronco e incontrolado salir de su
garganta, supe que estaba cerca de lograr mi objetivo.

—Sí…, muy bien, Campanilla. Acelera… —dijo rompiendo el
silencio y su voz ronca me produjo un intenso escalofrío. Mis manos resbalaron de sus muslos a sus nalgas marmóreas. Las apreté y
acaricié sus líneas definidas, excitada ante la idea de que ese cuerpo
fuera mío. El sentimiento de posesión que despertaba en mí me llevó a mover la lengua con más intensidad y Neil lanzó un gruñido
cómplice.

No me iba a conformar con eso, pronto capturaría también su
alma.

—Sí, joder —susurró en el preciso momento en que, con una
fuerza indomable, se movió contra mí, aferrándome el pelo con la
mano. Me miró a los ojos sin saber si salir o no, pero yo le hice comprender que quería que me entregara todo su ser; luego, tras una
poderosa contracción, explotó en mi boca con un jadeo extremadamente viril que liberó toda la tensión que había acumulado.

De repente, me excité y apreté los muslos para contener el deseo
que se iba acrecentando.

Su sabor era maravilloso.

Lo recibí todo, deleitada.

No podía compararlo con el de ningún otro hombre, dada mi
inexperiencia, pero me bastaba saber que era suyo, que tenía dentro de mí algo que le pertenecía, para sentirme unida y consagrada
a él.

Me aparté un poco de su cuerpo aún tembloroso y lo miré hechizada. Tenía los músculos rígidos y la respiración entrecortada.
Sus iris dorados me observaron satisfechos, luego me hechizó con
una sonrisa enigmática. Incapaz de resistirme, decidí acercarme a
él por última vez para rematar lo que había empezado y lamí su
miembro para aumentar las sensaciones del orgasmo que acababa
de experimentar.

Neil se estremeció de nuevo cuando sintió mi lengua rodeándolo
y trazando las venas palpitantes bajo la fina piel, luego jadeó en busca de aire. Lo miré con adoración.

Después, como una novia buenecita, le puse los calzoncillos y le
subí los vaqueros para abrochárselos.

Me sentía poderosa al comprobar cómo un hombre tan codiciado por las mujeres buscaba en todo momento mi atención, como si no pudiera prescindir de ella.

—Te estás convirtiendo en un hada seductora —murmuró divertido.

Me puse de rodillas y le rodeé el cuello con los brazos, humedeciéndome los labios para saborear una vez más su gusto acre. La piel de Neil ardía, tenía los pómulos ligeramente sonrojados y los ojos vidriosos de excitación. Su pecho se hinchaba a un ritmo acelerado y cuando inspiraba me rozaba el pecho, haciéndome sentir cierto cosquilleo en los pezones. Intenté hacer caso omiso de los escalofríos de placer que recorrían mi espina dorsal y me concentré en él.

Neil me acarició el pelo y me miró con una pasión abrasadora.

—Te lamería por todas partes si tuviéramos más tiempo —susurró acariciándome las nalgas. Las apretó con fuerza y yo me estreché contra su cuerpo ágil, respirando entrecortadamente. Él me mordió entonces el labio y yo gemí de dolor. Me volví a excitar inconscientemente. No alcanzaba a comprender cómo lograba hacerme languidecer, que mi cuerpo aceptara cualquier tipo de caricia que estuviera dispuesto a ofrecerme, ya fuera delicada o feroz. Incluso a mí me parecía absurdo.

—No tienes ni idea de las ganas que tengo de follar contigo, niña… —añadió con brusquedad y cuanto más me hablaba así más apretaba yo los muslos para contener el instinto de obligarlo a tumbarse en mi cama.

Cerré a medias los párpados a la vez que apoyaba mi frente en la suya, y él sonrió mientras me lamía el labio que acababa de morder. Había comprendido la batalla que se estaba librando en mi interior y se sentía halagado. Aun así, en ciertas ocasiones me preguntaba si Neil era consciente de lo que sentía por él. Era un hombre imprevisible, al que nunca iba a poder decir abiertamente que lo amaba, pero la necesidad que tenía de estar a su lado y de conocerlo a fondo era evidente.

Lo gritaba con todo mi corazón, incluso sin hablar.

—Me alegro de que hayas venido a verme. Gracias por haberme confiado otro trocito de tu pasado —dije tan entusiasmada como una niña en un parque de atracciones.

Él, sin embargo, me miró con aire grave y me dio la espalda. Me senté en el borde de la cama y enseguida pensé que había hecho algo mal, que tal vez había ido demasiado lejos al decirle lo que pensaba. Lo miré con inquietud mientras rebuscaba en el bolsillo

269

de su abrigo para sacar algo; pensé que era el paquete de Winston, pero al ver que extraía una cajita y me la tendía, fruncí el ceño. Aturdida, mi mirada pasaba de él a su palma abierta. Él me escrutaba esperando a que yo hiciera algo. Así que agarré la cajita y la examiné: era de madera, de forma rectangular y estaba decorada, tenía justo el tamaño de la palma de la mano y una manivela en el lado derecho y...

Mi nombre grabado en él con una pequeña luna al lado.

Cuando lo vi, mi corazón dio un vuelco.

¿Me había hecho un regalo?

Levanté la cabeza para mirar al gigante que estaba de pie, no muy lejos de mí, preocupado por mi reacción. Nervioso, se pasó una mano por el tupé y a continuación me invitó a abrirla con un ademán de la barbilla. Me apresuré a hacerlo. Enseguida vi unos pequeños tubos de órgano, pero no entendí para qué servían.

—Es una caja armónica. Si giras la manivela, suena una canción —me explicó Neil aclarándose la garganta. Probablemente no estaba acostumbrado a tales gestos y yo estaba estupefacta. Giré poco a poco la manivela en el sentido de las agujas del reloj y una melodía se difundió entre las paredes de la habitación.

La reconocí: era «The Scientist» de Coldplay.

Sentí un cosquilleo en los ojos y con la alegría se me formó un nudo en la garganta.

—¿La has personalizado para mí? —pregunté alzando los ojos hacia su cara, pero él desvió la mirada y se mordisqueó el labio.

—No es..., no es para tanto. Pensé en ti en cuanto la vi —respondió vagamente para que no le diera demasiada importancia, pero yo me abalancé sobre él y me pegué a su cuerpo como un koala. Neil me agarró por la parte posterior de mis muslos, asombrado, y se tambaleó cuando le rodeé las caderas con las piernas.

—Gracias, míster Problemático. Siempre me sorprendes. Tengo mucha razón cuando te digo que eres especial.

Le di un beso en los labios y luego en la mandíbula, frotándome la nariz con su barba corta. Él masculló algo en voz baja.

Era adorable.

—Vamos, Campanilla, no exageres. Vuelve a tu sitio, venga —dijo tratando de espantarme, pero yo me aferré a él como una niña. Neil entonces puso los ojos en blanco y resopló—: ¿Por qué tienes que ser tan asquerosamente dulce? Joder... Un gracias a secas era más que suficiente —protestó y yo sonreí, asintiendo solo para que se callara—. Y ahora déjame, suéltame. Vamos. —Otra orden perentoria a la que asentí divertida sin hacerle caso—. No finjas que me sigues la corriente, Selene. Estoy a punto de cabrearme —me advirtió de forma brusca.

Por toda respuesta, le acaricié la nariz. Él frunció el ceño y por un momento dejó de resistirse a mi abrazo. Entonces pasé a sus labios, embelesada, como si quisiera memorizar cada línea de su rostro, y con una sonrisa impertinente le di un casto beso, luego otro y otro.

Lo miré con picardía y él arqueó una ceja con aire escéptico. Poco después farfulló que parara.

Continuamos con esa absurda pelea durante unos minutos: yo que intentaba besarlo por todas partes, hasta el alma, y él que maldecía para apartarme.

Por fin, me dejó en el suelo y se ajustó el suéter, que se había arrugado, a la vez que me lanzaba una falsa mirada de reproche. Le saqué la lengua con insolencia y me senté otra vez mientras él se ponía el abrigo.

Había llegado la hora de despedirse y sentía un vacío absurdo en mi interior.

—¿De verdad tienes que irte ya? —le pregunté poniéndome un mechón de pelo detrás de la oreja.

Se volvió hacia mí al mismo tiempo que se ponía bien la solapa. Me quedé mirándolo con veneración, subyugada por la mágica e irresistible atracción que ejercía sobre mí. Su ausencia me iba a sumir en la más absoluta desesperación; estaba completamente loca por él.

271

—Sí —respondió—. Antes de despedirme, sin embargo, debo ir al baño. Tengo otra enorme erección con la que lidiar —añadió señalando su pelvis. La miré y me sonrojé. Cuando había saltado sobre él, me había frotado sin darme cuenta contra él provocando en los dos una nueva oleada de deseo.

—Vale, te espero aquí —le dije cohibida y Neil salió.

Respiré aliviada, porque su presencia me atrapaba en un mundo paralelo del que me era imposible escapar. Me estremecí al pensar que le había dado placer con mi boca, preguntándome desde cuándo era tan desinhibida. Tal vez, solo estaba enamorada y ese loco sentimiento me incitaba a olvidarme del pudor.

Al menos, con él.

Me toqué las mejillas acaloradas y miré la cajita de música. Jamás lograría explicarme el motivo de ese detalle tan delicado, pero lo agradecía. Para mí valía más que cualquier declaración de amor.

Sabía que todo era imperfecto.

Que éramos imperfectos, pero que a la vez éramos un desastre perfecto.

Quería su caos.

Porque Neil era así.

Me enseñaba la puesta de sol sin el cielo.

Me leía un poema de amor sin versos escritos.

Me tocaba una canción sin instrumentos.

Me hacía volar sin alas.

Me abrazaba sin tocarme.

Me penetraba sin pedirme permiso.

Me pedía que me quedara con él sin decir una palabra.

Amor mudo.

Eso era lo que podía recibir.

Eso era lo que estaba dispuesto a aceptar.

Y yo se lo daría.

Hoy.

Mañana.

Y todos los días sucesivos.

Me llevé la caja de música al corazón y suspiré soñadora, luego salí de la cama para colocarla junto al cubo de cristal. Estaba segura de que la miraría cada noche antes de dormir y cada mañana antes de salir de casa, igual que hacía con el objeto que estaba a su lado para asegurarme de que era real.

Me reía de lo absurdo de mis comportamientos; a veces era realmente cómica.

En ese momento, la pantalla del portátil que tenía abierto encima del escritorio me avisó de que había recibido un correo electrónico. Miré hacia la puerta del cuarto de baño y mientras esperaba a que Neil regresara, me senté a leerlo. Solía recibir muchos mensajes del grupo universitario y tenía muchas ganas de saber si había alguna novedad sobre las reuniones educativas.

Accedí al correo electrónico y vi el último mensaje:

Hola, Selene —¿o debería decir objetivo número 2?—, me alegro de que salieras ilesa del accidente, con solo una miserable cicatriz en la frente.

No debía acabar así. He pensado en ti durante todo este tiempo.

Desde entonces he pirateado tu ordenador para acceder a toda tu correspondencia, redes sociales, chats…

Todo. Absolutamente todo.

Te he visto todos los días por la *webcam*, gracias al *malware* que me permitió tomar el control de la cámara.

Además, he filmado lo que acabas de hacerle a tu hombre.

Enhorabuena, no sabía que fueras tan… descarada.

¡Vaya putita!

Me bastará un clic del ratón para enviar el vídeo a todos los que te cono-
cen y arruinar tu vida y la del gilipollas que está contigo.

No se lo digas a la policía, Selene.

Te estoy observando. Te observo. Te espío. Te sigo.

Un paso en falso será correspondido con un simple clic.

Piensa: ¿cuánto vale tu vida?

Player 2511

Me quedé paralizada frente al ordenador, congelada, mirando el
contenido del correo electrónico.

Tenía los ojos muy abiertos y el corazón me latía con fuerza
en todo el cuerpo. Releí el mensaje tres veces completamente aturdida. Los labios se me plegaron al sentir una arcada, la cabeza me
daba vueltas.

Estaba a punto de desmayarme.

Por un momento pensé que podía tratarse de una broma, pero
cuando leí la firma comprendí que no lo era, en absoluto. Mientras
seguía mirando atónita la pantalla del portátil, oí los pasos de Neil a
mis espaldas.

—¿Selene? —me llamó.

No contesté y Neil, preocupado por mi silencio, se aproximó a
mí y miró el correo electrónico aún abierto. Se agachó un poco para
leerlo y al cabo de unos segundos agarró el portátil con las manos
para acercárselo.

—Pero qué…

Entrecerró los ojos y releyó el contenido del mensaje mientras lo
miraba. Al principio pareció sorprendido, después la furia que vi en sus
iris me heló la sangre. Su mano derecha comenzó a temblar y con un
gruñido iracundo, lanzó el ordenador contra la pared. Me sobresalté.

El portátil se rompió al estrellarse contra el suelo.

Me levanté de un salto y me alejé de él.

Su respiración entrecortada arañaba con violencia el aire que me
rodeaba, sus facciones estaban distorsionadas por una cólera ciega,
sus ojos dorados manifestaban una gran turbación. Aterrorizado
junto a la cama, desvió poco a poco la mirada hacia mí y casi no lo
pude reconocer.

Parecía estar fuera de sí.

De repente, se acercó enérgicamente hacia mí. Temerosa, encogí
los hombros y cerré los ojos. Nunca me había lastimado ni herido
físicamente, pero había perdido por completo la cordura y era capaz
de cualquier cosa. Al oír un extraño crujido, abrí los párpados y vi a
Neil deambulando por la habitación.

273

Esperé inquieta a ver qué demonios estaba haciendo y me di cuenta de que me había cogido el iPhone que había dejado encima de la cama. Se lo metió en un bolsillo con gesto iracundo. Lo miré aturdida.

—No uses ninguna red social. Cambia tu número de móvil. Me llevo el teléfono. Ese canalla se ha apoderado de todo. —Hablaba como un autómata, se pasó una mano por la cara. Estaba conmocionado y desconcertado. Miró a su alrededor, desorientado, y luego volvió a escrutarme—. No salgas sola. Nunca. Te compraré un ordenador nuevo, pero ahora mismo tengo que resolver esta jodida situación —prosiguió como si lo hubieran programado para decir justo esas palabras. Su voz era firme a la vez que agitada, pero no titubeaba. Asentí sorprendida y él se acercó a mí para cogerme la cara con las manos. Me estremecí cuando sentí sus cálidas palmas en mi piel—. ¿Me entiendes? —Me zarandeó un poco para asegurarse de que lo había escuchado y asentí de nuevo conteniendo las lágrimas—. No me inquietes —añadió seriamente. Su expresión se suavizó con una humanidad que no solía expresar—. Se me llevan los demonios, Selene. Los demonios —repitió apretándome la cara con los dedos. Gemí al sentir su fuerza y agarré sus muñecas para que supiera que me estaba haciendo daño. Inspiró hondo y recuperó el control de sí mismo mientras me acariciaba las mejillas con los pulgares—. Pero no puedo distraerme. Ahora he de actuar —susurró en tono amenazador—. Te ha estado espiando. Yo… —murmuró apretando la mandíbula—. Si te pasara algo, me volvería loco.

Se mordió el labio inferior y mi mirada se posó en él. Se clavó los dientes con tanta violencia que unas gotas de color escarlata se acumularon alrededor del pequeño corte. Su expresión no cambió. Siguió mostrándose frío e iracundo, como si no sintiera dolor. Le toqué instintivamente los labios para que se detuviera y Neil gruñó como un animal en el ápice de la locura.

Sentí el impulso de besarlo, pero cuando me incliné hacia él, negó con la cabeza.

No quería.

—Tengo que irme. Yo te llamaré —dijo apresuradamente y cuando se alejó sentí el vacío que dejaba su calor. Lo escruté pensando en cómo afrontaría él la situación y me sorprendí al ver que Player no lo intimidaba. Al contrario, parecía saber que tarde o temprano iba a suceder—. Te compraré un móvil nuevo.

La verdad era que los daños materiales que me había causado me importaban un bledo, pero no me dio tiempo de replicar. Neil fue directo a la puerta. Sus pasos apresurados resonaron en la habitación hasta que vi que su cuerpo magnético se detenía en el umbral. Se volvió por última vez y me miró angustiado antes de marcharse, llevándose mi alma consigo.

Me dejó sola, asustada y conmocionada, con un vacío insalvable en mi interior.

12

Neil

La gente necesita un monstruo en que creer. Un enemigo verdadero
y horrible. Un demonio al que enfrentarse para definir la propia
identidad. De no ser así, solo somos nosotros contra nosotros mismos.

CHUCK PALAHNIUK

Solo llevaba un día en Nueva York y no había pegado ojo.

Antes de salir de Detroit había destrozado el ordenador de la
niña en un momento de cólera ciega y luego le había arrebatado el
móvil, porque estaba seguro de que ese cabrón controlaba ya todos
sus dispositivos.

Me estaba volviendo loco.

Realmente, la idea de que Player se hubiera permitido invadir la
intimidad de Selene para espiarla a través de la *webcam* me volvía
loco.

La estaba espiando, joder.

Eso significaba que la había observado mientras leía sus libros, se
desnudaba, deambulaba por la habitación con uno de sus atuendos
infantiles y, maldita sea, incluso cuando me la había chupado.

Hacía tiempo que sospechaba que haría algo más después de la
agresión que había cometido contra Chloe, del daño que había causado al parabrisas de mi coche y de la nota donde había escrito HARD
CANDY, pero jamás habría imaginado una cosa semejante.

Algo tan despreciable como invadir el espacio personal de una
mujer para espiarla como un asqueroso pervertido.

La duda de que fuera un hombre se abrió paso en mi cabeza y
descarté la teoría de Xavier, quien estaba convencido de que podía
tratarse de una de mis exnovias.

Aún no lo sabía con certeza, quizás Player se estuviera reve-
lando poco a poco. La única persona que podía ayudarme era Luke,
que sabía mucho más de informática que yo; así que, tras seguir las

clases a duras penas, porque no dejaba de darle vueltas a la manera de resolver esta maldita situación, salí del aula para fumar. Le había enviado ya tres mensajes y el muy gilipollas seguía sin contestarme.

¿Qué es lo que no entendía de la regla «A un miembro de los Krew se le responde enseguida en caso de emergencia»?

Cabreado, llegué a la entrada del campus y encendí el enésimo cigarrillo, lanzando continuas miradas a la escalera principal, por la que esperaba ver aparecer a mi amigo.

«¡Vamos, date prisa!», me dije a mí mismo, dando una larga calada al Winston. Me llené los pulmones de nicotina como un desesperado y tiré el humo por la nariz, intentando en vano mantener la calma. Mientras aguardaba agotado a que Luke apareciera, vi que Bryan Nelson, el hermano mayor de Carter, bajaba las escaleras con cuatro compañeros, sus fieles perros falderos.

Lo seguían a todas partes, incluso al retrete.

Era la estrella del baloncesto, el rey de la universidad, sobre todo porque su tío era el rector.

Le cubría las espaldas en caso de que fuera necesario y su sobrino se aprovechaba de esa posición privilegiada que le permitía aprobar cada examen con un simple chasquido de los dedos. Cuando se percató de que lo estaba escrutando, esbozó una media sonrisa, susurró algo al amiguito que tenía al lado y luego rodeó con un brazo los hombros de la rubita sonriente que acababa de reunirse con él. La miré. Tuve la impresión de haberla visto antes, pero nunca había tenido buena memoria en lo tocante a las mujeres. Dado el cuerpo explosivo y la cara de muñeca audaz, encajaba a la perfección en la categoría de las que solía elegir para entretenerme.

Cuando la chica se puso de puntillas para alcanzar los labios de Bryan, el suéter corto que le cubría la barriga se le subió y pude ver el pequeño diamante resplandeciente que llevaba en el ombligo.

Era un *piercing*.

Recordé cuando, hacía cierto tiempo, había abordado a una chica cualquiera para llevarla a la casita de la piscina y follármela con Alexia. Selene había presenciado la mamada que le había obligado a hacerme a la desconocida para impresionarla y alejarla de mí. En ese momento reconocí a la novia de Bryan: Britney Porter.

No concedía la menor importancia a ninguno de los dos, pero cuando él pasó por mi lado me miró de pies a cabeza para llamar mi atención e hizo un ademán de complicidad a sus compañeros, que le respondieron con una sonrisa.

Podría haberme callado, haberme comportado pacíficamente, sobre todo porque estábamos en la universidad, pero…

277

—¿Qué coño quieres, Nelson? —solté tirando el humo. Me conocía perfectamente, sabía cómo reaccionaba a las provocaciones: bastaba una mirada desaprobatoria para que me pusiera como un animal sin mirar a nadie.

Se detuvo con el brazo colgando sobre los hombros de su chica, y se volvió para mirarme arqueando una ceja.

—Tranquilo, Miller —respondió con indiferencia y miró a mis espaldas. Quizá alguien se estuviera acercando a mí por detrás, puede que Luke u otro miembro de los Krew—. Te dejo en compañía de tus semejantes. Nosotros preferimos no mezclarnos con el fango. Tenemos una reputación que cuidar.

Me guiñó un ojo y luego echó de nuevo a andar, seguido de los cuatro gilipollas que no se despegaban de él y de la rubita, que me miró con picardía hasta que Bryan la zarandeó para que lo siguiera.

No había vuelto a tener ocasión de hablar con él desde que le había dado un puñetazo para que me dijera dónde estaba su hermano Carter. Ni siquiera había vuelto a preguntar por el estado de salud del chico. Lo único que sabía era que se había despertado del coma y que probablemente había salido del hospital. Lo había chantajeado para que no mencionara mi nombre mostrándole unos vídeos en los que aparecía traficando con drogas y que, por tanto, podrían haber comprometido a su familia.

Desde entonces no había vuelto a pasar nada entre los hermanos Nelson y yo.

Chloe nunca mencionaba a Carter y yo evitaba sacar el tema para no herirla.

—¿Qué quieren Bryan, Lex, Gregory y compañía?

Xavier apareció detrás de mí escrutando a los jugadores de baloncesto que se alejaban. Me volví hacia él y lo miré sin perder de vista a Luke, pero no dije una palabra.

No era necesario. En la expresión airada de mi cara se podía leer lo que estaba pensando sin necesidad de hablar.

—Sí, lo sé. Estás cabreado. Debería haberte contestado. —Luke intentó justificarse, sabedor de que detestaba que me ignoraran cuando me encontraba en un apuro.

Xavier soltó una risita.

—Joder, qué ridículo eres cuando te comportas como un marica para que Miller no te dé un puñetazo —dijo burlándose de él—. Debería llamarte muñequito... —añadió con sarcasmo.

Luke lo fulminó con la mirada y le dio un empujón. Xavier se tambaleó y soltó una carcajada.

—Repítelo y te parto la cara, idiota —lo amenazó mientras yo miraba a los dos en silencio, hastiado. A veces parecían dos niños. Le di una última calada al cigarrillo y tiré la colilla al mismo tiempo que carraspeaba. Los dos dejaron de jugar al instante y me miraron con aire repentinamente serio. Por la severidad de mi expresión habían entendido que había ocurrido algo grave y que tenían que prestarme atención.

—Cuéntanoslo todo. —El primero en hablar fue Luke. Xavier se puso a su lado y aguardó mi respuesta.

—¿Cuánto sabes de *hackeos*? —Fui directo al grano. No tenía sentido dar demasiados rodeos al asunto, no nos quedaba mucho tiempo y tenía que aprovecharlo al máximo. Luke arrugó la frente, confuso por mi pregunta, y luego se tomó unos segundos para pensar.

—Bastante. ¿Por qué? —contestó intrigado.

—Porque, según parece, además de ser un hábil estratega en acertijos, Player también es un jodido *hacker* —le expliqué, pasándome una mano por el pelo. A pesar de no ser experto en informática, sabía que no es nada fácil apoderarse de una cámara web y convertir a su propietario en participante involuntario de un *reality show* espiándolo e invadiendo su intimidad sin el menor respeto.

—¿Qué quieres decir? ¿Te ha pirateado el ordenador? —preguntó Xavier perplejo.

—El mío no, el de Selene —confesé, y los dos parecieron sorprendidos. Luke se dio cuenta de la gravedad del problema y palideció.

Acto seguido, se tocó la barbilla mientras pensaba en lo que debía hacer.

—De acuerdo, escucha…, ¿tienes aquí el PC? —me preguntó agitado.

—No. Lo destrocé —admití—, pero tengo su teléfono móvil con todas las contraseñas y los accesos a las distintas redes sociales, incluido el correo electrónico.

Lo primero que me había venido a la mente había sido salvar a la niña del espectáculo depravado y protegerla de las miradas indiscretas de un loco que, para perjudicarme, había vuelto a desquitarse con uno de sus primeros blancos, pero debería haber pensado en las consecuencias de mi arrebato de furia. Si, por un lado, había interrumpido cualquier conexión con el mundo exterior para proteger a Selene, por otro la había dejado sola, sin posibilidad de enviarme un mensaje ni de llamarme. Y eso me inquietaba.

El hecho de no poder oír su voz me agitaba.

—En ese caso, te veré esta tarde en mi casa —dijo Luke, y quedamos a las seis.

279

ϓ

Al regresar a casa, reflexioné sobre lo sucedido.

La cabeza me daba vueltas en un remolino de paranoias y pensamientos negativos, porque el único culpable era yo.

Había hecho todo lo posible para alejar a Selene de mí y al principio creía haberlo conseguido, pero luego había vuelto a sucumbir a ella como un perfecto gilipollas.

Pensar en Campanilla me atormentaba a diario. Las mujeres que frecuentaba no contaban para nada, solo servían para mantener mi psique equilibrada; en realidad, solo follaba con la niña, incluso cuando tenía debajo a otra mujer.

Mi cuerpo solo respondía a los estímulos físicos con ella y no se trataba de una simple excitación, porque esa lo experimentaba con todas. Más bien era un impulso, lujuria, deseo, hambre…, unas emociones que no podía manejar y que me inducían a explotar únicamente con ella, como si ella tuviera el poder de tocar mi alma y sosegarla.

Con Selene era otro… yo.

Y Player había comprendido que, al igual que mis hermanos, ella era una de las personas más importantes de mi vida. Por eso había vuelto y se había ensañado precisamente con ella.

Me pasé la lengua por el labio inferior, el que me había mordido hasta hacerlo sangrar para descargar la rabia contenida, y recordé su beso, su dulce sabor en mi paladar.

De hecho, incluso cuando estábamos lejos, sentía la presencia de Selene en el aire, su aroma a coco en mi piel, y su mano delgada intentando acariciar la peor parte de mi cuerpo para domarla y volver a enjaularla.

Podía sentir sus ojos oceánicos lamiéndome con deseo y sus dedos afilados trazando las líneas de mis músculos como si fueran una goma de borrar con la que intentaba hacer desaparecer todas mis heridas.

Podía sentirla por todas partes, sobre todo dentro de mí.

Y yo, como era un gran egoísta, quería más y más.

Quería arrancarle la ropa a mordiscos.

Hacerle más moratones en su piel blanca como la nieve.

Penetrarla con ímpetu y sentir sus latidos en sincronía con los míos.

Estaba firmemente convencido de que el sexo sin amor era más fuerte que el amor.

Era alquimia mental, comprensión, pasión devoradora, unión.

Cuando apenas tenía diez años, había experimentado el amor de forma distorsionada.

Era incapaz de amar.

¿Qué coño sabían los que no sabían nada sobre la violencia y los malos tratos?

Me reí entre dientes por el juego de palabras.

Me gustaba usar a Selene y también que ella me usara.

Recordé el momento en que me había deslizado entre sus labios carnosos, la forma en que me había chupado con una audacia inocente, y me estremecí.

Pero luego me di asco a mí mismo.

¿Hasta qué punto podía ser cabrón un hombre que había expuesto a un riesgo mortal a una mujer de la que ni siquiera estaba enamorado?

¿Hasta qué punto lo era yo?

Mucho... Muchísimo.

Porque si hubiera sido más racional, más prudente y menos egoísta, Player no habría llegado a ella.

¿Desde cuándo me había vuelto tan insensible? ¿Desde cuándo me había perdido a mí mismo?

Mi corazón estaba paralizado.

Solo sentía odio y vergüenza.

Ya ni siquiera sabía quién era mi verdadero yo.

¿Había existido alguna vez un yo real?

Mi cerebro funcionaba de otra manera: era como si viviera en una espiral de la que no podía salir.

Mi cabeza estaba constantemente en alerta, inundada de pensamientos malsanos. No dejaba de preguntarme cuál era la visión correcta de las relaciones humanas y la confusión aumentaba, sobre todo cuando intentaba aceptar la experiencia del abuso refugiándome en mi mente, en lugar de salir de ella como hacen la mayoría de las víctimas de violencia.

Así pues, mi mente era la verdadera prisión donde vivía.

Solo con Selene lograba huir de mi realidad maldita, con ella me sentía libre.

Diferente.

Era incapaz de alejarme de Campanilla. Me esforzaba para no ceder a la tentación de reunirme con ella. Por un lado, necesitaba escapar de mí mismo estando con ella; por otro, tenía que proteger a la niña de los monstruos que habitaban en mi interior.

¿Cuál era entonces el camino correcto a seguir?

No era nada fácil dar con la respuesta.

Frustrado, gruñí en voz baja y me desnudé para darme una ducha, una de tantas.

Tal vez así me tranquilizaría y dejaría de preocuparme continuamente por Player. Ese loco estaba a saber dónde, con las manos libres para actuar y hacer daño a mis seres queridos, sobre todo a mi Campanilla, que en ese momento se encontraba demasiado lejos de mí. La distancia que nos separaba me inquietaba, porque, sin mi protección, Selene era un blanco fácil.

Yo estaba atrapado en Nueva York, ella, en Detroit.

¿Y si ese canalla estaba allí?

¿Y si se había apostado bajo la ventana de su habitación?

Maldije con rabia y me enjaboné el cuerpo mientras el agua caliente acariciaba mis músculos demasiado tensos. Si le hubiera dejado el teléfono móvil, habría podido llamarla, pero no tenía forma de ponerme en contacto con ella. La angustia se apoderó de mí y vi las huellas de mi pasado impresas sobre las baldosas mojadas; eran gigantescas y negras, y se disponían a engullirme. Intenté cerrar y volver a abrir los ojos para evitar que las alucinaciones se mofaran de mí. Salí de la cabina de la ducha y me sequé rápidamente.

Lúcido. Tenía que mantenerme lúcido.

Joder.

Aún no eran las seis, pero no veía la hora de reunirme con Luke para profundizar en el problema del *hacker*.

Agitado, me sequé el pelo y me puse un suéter negro y los vaqueros oscuros de siempre. Agarré el paquete de Winston, las llaves del coche, mi móvil y el de Selene, luego metí todo en el abrigo y me lo eché encima.

—¿Adónde vas?

Me estremecí al oír la voz de mi hermano. Me di la vuelta y lo encontré con un hombro apoyado en el marco de la puerta. Desde que habíamos discutido por Alyssa casi no nos hablábamos. Esa zorra había conseguido alejarme de Logan por satisfacer un capricho tan tonto como el de besarme, como si fuera una cría incapaz de controlar sus hormonas.

—Voy a salir —respondí con frialdad. No me gustaba comportarme así con él, no era propio de mí interponer un muro infranqueable entre mis hermanos y yo, pero el orgullo a menudo me llevaba a actuar con altanería, sobre todo cuando alguien me faltaba al respeto. Mi carácter siempre me había creado problemas y enfrentamientos en las pocas relaciones humanas que había tenido.

—No me gusta la tensión que hay entre nosotros. No me hables así —comentó sin moverse de donde estaba. A mí tampoco me gustaba, pero él me conocía. Consideraba inaceptable que hubiera dudado de mí.

—Si no te hubieras creído lo que te contó tu maldita novia, nada de esto habría ocurrido.

Avancé hacia él para salir de la habitación, pero Logan se plantó delante de mí y me detuvo. En sus ojos pude ver la tristeza que sentía, pero me mantuve firme.

Se me daba bien fingir indiferencia, a pesar de que mis hermanos eran toda mi vida.

—Sabes que me preocupo por ti. Estaba enfadado.

Se pasó una mano por el pelo exhalando un fuerte suspiro. Lo sopesé con displicencia, sin ceder.

—Pensaste que había traicionado tu confianza y eso me parece muy grave —dije con brusquedad. Jamás habría imaginado que pasaría algo así entre nosotros. Jamás. ¿Me había dejado violar por una psicópata para evitar que desahogara sus perversiones con mi hermano y él luego se había creído las fantasías de una condenada cría?

No… no debería haberme decepcionado así.

Así que allí estaba yo, como un niño insolente.

Sentado en el muro de mi orgullo, con las piernas colgando y burlándome de mi hermano con una sonrisa desdeñosa.

—Por favor, Neil. Ya no sé nada de ti. Me has dejado al margen de todo. No confías en mí, no me pides consejo… —soltó exasperado—. Ni siquiera sé cómo te va con Selene, si has reanudado la terapia con el doctor Lively, cómo estás afrontando el ataque que Player cometió contra nuestra hermana… —Su voz temblaba como si estuviera a punto de echarse a llorar. No lo iba a hacer, pero pude percibir lo mucho que estaba sufriendo. Sacudí la cabeza e intenté pasar por delante de él, pero Logan me empujó rabioso y yo me puse en guardia. La tensión que transmitía mi cuerpo le advertía de que no debía tocarme en ese momento.

—¡Vamos, hazlo! ¡Dame una buena paliza! ¡Prefiero eso a tu maldito desapego! —gritó desafiante y yo apreté una mano. No podía perder el control. Jamás golpearía a Logan.

Yo era un monstruo, pero no hasta ese punto.

Mis hermanos eran para mí unos diamantes preciosos, unas reliquias sagradas.

Habría cometido cualquier locura por ellos.

—Muévete. Tengo que salir —repetí, pero él no reculó ni me dejó pasar.

—Sea cual sea la rubia que te está esperando para follar, puede esperar —replicó—. Yo soy más importante —dijo señalándose y yo fruncí el ceño, pero enseguida se me escapó una sonrisa genuina.

¡Maldita sea!

Nunca lograría ser un verdadero cabrón con mis hermanos.

Logan se dio cuenta y esbozó una sonrisa insolente.

Siempre habíamos sido más importantes el uno para el otro que cualquier mujer que robase nuestro tiempo. Esa era la norma.

Suspiré impaciente y Logan se aprovechó de mi momentánea vulnerabilidad para abrazarme.

Me agarró con fuerza y yo me puse rígido; luego me dio dos palmaditas en la espalda. En lugar de corresponder a su gesto de afecto, le rodeé el cuello con un brazo y lo inmovilicé para revolverle el tupé.

A continuación, él trató de liberarse de mí y cuando por fin lo solté, retrocedió molesto.

—¡Qué coño! ¡Acababa de peinármelo! —imprecó al mismo tiempo que se arreglaba el pelo, haciéndome sonreír.

—Así la próxima vez no te pegarás a mí como un koala —lo regañé sarcástico.

—Chloe es el único koala —dijo sin dejar de tratar de peinarse.

La tensión se había aplacado entre nosotros en un nanosegundo. Yo tenía mal genio, era intransigente y susceptible, pero Logan lograba que fuera más indulgente.

284

Me quería mucho.

Lo sabía todo de mí: los miedos, los tormentos, las angustias. Y también que no podía vivir sin él.

—Eres un cabrón. Nunca cambiarás. Me sentía mal por ti porque no me hablabas y porque me ignorabas siempre que podías —refunfuñó y cuanto más lo miraba más me volvía a ver en sus ojos.

Siempre había sido así: mi hermano era la mejor parte de mí.

—Tengo que ir a casa de Luke a resolver una cuestión —le contesté apresuradamente. No quería alarmarle sobre Player, aunque él parecía dudar.

—¿Qué te has hecho en el labio? —preguntó confuso, desviando la mirada hacia mi boca.

—¿Por qué coño me lo preguntáis todos? —solté—. Es por el frío —le expliqué para justificarme.

Me lo había mordido presa de la rabia, pero también era cierto que el aire frío solía causarme pequeños cortes en los labios desde que era niño. Logan debería recordarlo.

—Lo siento, he pensado que una de tus amantes había intentado comerte. —Se rio y yo puse los ojos en blanco. Hice amago de seguir por mi camino, pero Logan me agarró un brazo. Cuando me volví hacia él, vi que me estaba escrutando con aire de preocupación.

—¿Puedo ir contigo? —preguntó. Hacía mucho que no pasábamos algo de tiempo juntos y necesitaba hablar con él de todo lo que había ocurrido, pero no quería inquietarlo con los últimos movimientos de Player. No sabía qué hacer—. Vamos, hace mucho tiempo que no estamos juntos. Soy tu hermano, tu sombra, tu...

—Grillo parlanchín, pesado y coñazo —concluí y él sonrió feliz, como si acabara de hacerle un gran cumplido. Dudé unos instantes antes de decidirme, pero al final cedí y acepté—. Vale. Ven conmigo —le dije, consciente de que iba a tener que contárselo todo.

De cabo a rabo.

Al cabo de media hora me arrepentí amargamente de haber aceptado que Logan me acompañara.

Estábamos en mi coche y, durante el ajetreado trayecto hasta el piso de Luke, le había referido lo que había pasado con Selene. Desde la mentira de Alyssa hasta la noche que habíamos pasado en el ático de nuestra madre. Logan me había dicho que estaba loco, que era un exaltado, exageradamente impulsivo, pero yo había ignorado sus insultos para proseguir con la historia. Así pues, le había contado también que la señora Martin quería que dejara a la niña, y que yo le había prometido que lo haría inmediatamente después de la graduación, porque no preveía ningún futuro con su hija. Logan solo se había abstenido de abofetearme para evitar que nos saliéramos del camino.

—Eso es una gilipollez enorme. ¿Selene no sabe que estás pensando en irte a Chicago para hacer unas prácticas y además le prometiste a su madre que romperías con ella? ¿Todo eso a sus espaldas? —gritó furioso haciéndome dar un volantazo—. ¿Estás loco? Sufrirá mucho —añadió. El corazón me dio un vuelco.

Yo también era consciente de que estaba jugando sucio, pero quería disfrutar de mi Campanilla hasta que pudiera, porque era un egoísta.

Después de mi graduación, nuestros caminos se separarían y me parecía justo que fuera así. Me inquietaba pensar cómo iba a darle una noticia como esa, porque, aunque sabía que era lo mejor para los dos, el hecho no nos haría felices ni a mí ni a ella.

Yo, sin embargo, era el más fuerte de los dos, el único realmente capaz de poner punto final a nuestra perturbada relación.

Dejé estar el tema para no angustiarme y pasé directamente a Player.

Sobre él no escatimé detalles.

Le conté todo a Logan, sobre todo por qué había pedido ayuda a Luke.

Cuando aparqué delante del piso de mi amigo, los dos nos apeamos del coche y caminamos hacia el lujoso edificio. Logan saludó educadamente al portero, yo, en cambio, lo ignoré. Después nos metimos en el ascensor.

—Es absurdo. ¿Dices que Player hackeó el ordenador de Selene? —preguntó Logan perplejo. Sin contestarle, salí al rellano cuando las puertas automáticas se abrieron. Avancé por el largo pasillo y, tras llegar a la puerta, llamé al timbre con insistencia para avisar a Luke de que había llegado.

Esperamos unos segundos antes de que la figura del rubio se recortase frente a nosotros con una sonrisita torcida en los labios.

—Llegas con diez minutos de adelanto —afirmó escrutándonos tanto a Logan como a mí. Lo miré con indolencia y él se hizo a un lado para dejarnos pasar—. Vaya, ¿te has traído a tu hermanito? —preguntó divertido burlándose de Logan. Lo hice callar con una mirada fulminante y él retrocedió.

—Te estábamos esperando, jefe.

Me detuve en medio del amplio salón y vi a Xavier sentado en uno de los dos sofás de cuero junto a Alexia. De pie, a su lado, estaba Jennifer con los brazos cruzados. Parecía aburrida y ensimismada, pero cuando me vio, sus ojos azules se iluminaron y esbozó una sonrisa provocadora, a la que no respondí.

—¿Qué hacen ellos aquí? —pregunté a Luke irritado por la presencia de los demás. Se suponía que iba a ser una reunión privada y discreta, pero en lugar de eso...

—Somos los Krew. Tu problema también es nuestro problema —respondió Xavier poniendo una mano en el muslo desnudo de Alexia.

Probablemente habían resuelto sus diferencias después de que él se hubiera enterado de que yo había follado con ella y con la rubia para desahogar la frustración a mi manera y para dejar de pensar. Pero yo tenía un carácter diferente al del moreno y no estaba dispuesto a perdonar tan fácilmente a Jennifer que le hubiera contado a Selene lo que habíamos hecho por un mero sentimiento de competitividad femenina.

Había incomodado a la niña con el único propósito de demostrarle que era diferente de las chicas con las que solía entretenerme, y yo detestaba ese tipo de estratagemas, odiaba que las mujeres se menospreciaran para impresionar a un hombre.

Además, Jennifer se negaba a aceptar que yo no le pertenecía.

286

No pertenecía a ninguna mujer.

—Vamos a ver, ¿tienes el móvil de Selene? ¿Qué ha hecho Player? —me preguntó Luke.

Saqué el teléfono del bolsillo de mi abrigo y entré en el correo electrónico que estaba sincronizado en el dispositivo. A continuación, se lo entregué a Luke.

Mi amigo leyó atentamente el mensaje ofensivo y sacudió la cabeza con evidente preocupación.

—¿Te has fijado en que el remitente siempre es Selene? —preguntó, señalando un detalle que se me había pasado por alto. Me incliné para mirar la pantalla. El mensaje había sido enviado desde la misma dirección de correo electrónico de la niña, señal irrefutable de que Player se había apoderado de ella. Tenso, lo miré de una forma que no necesitaba respuesta—. Es una forma de sextorsión. La técnica siempre es la misma: amenazan a la víctima con hacer público un vídeo privado y, para evitar que eso ocurra, le piden algo a cambio. En este caso se refiere a un momento íntimo entre vosotros que filmó con la *webcam*, pero no pide dinero, en realidad no pide nada, solo os advierte de que no debéis avisar a la policía. Creo que solo pretende intimidaros —comentó Luke, pensativo.

—Menuda mierda. ¿Qué momento íntimo filmó? —terció Xavier arqueando las cejas asombrado.

Le lancé una mirada torva e ignoré su pregunta; no tenía la menor intención de contarles justo a ellos lo que habíamos hecho Selene y yo. Lo que compartía con la niña era nuestro y de nadie más, aunque Player pudiera ahora divulgarlo a los cuatro vientos. A mí me daba igual, porque en el pasado había hecho muchas porquerías, incluso en presencia de otras personas, así que mi imagen estaba manchada desde hacía mucho tiempo; Selene, en cambio…

Joder.

Ella era diferente de mí.

La mera idea de que su reputación pudiera quedar en entredicho para siempre me enfurecía y me hacía sentir impotente.

—¿Cómo se ha apoderado de la *webcam*? —pregunté a Luke, que fue a sentarse en el reposabrazos de uno de los dos sofás del salón con el móvil de Selene en las manos.

—Es difícil, pero no imposible. Los piratas informáticos utilizan *malware* sofisticados para hacerse con la cámara y activarla como les plazca. A veces basta con abrir un correo electrónico infectado, hacer clic en un anuncio publicitario, visitar sitios llenos de virus y ya está. La víctima no se da cuenta de que alguien le está espiando porque el led que acompaña a la lente no se ilumina —explicó encogiéndose de

287

hombros. Mi amigo estaba mucho más tranquilo que yo, sobre todo porque el problema era mío, no suyo. El deseo de moler a palos al que había espiado a Selene hacía temblar mis manos.

No se salvaría nadie, aunque acabara en la cárcel.

—¿De manera que puede difundir un vídeo privado vuestro o fotos de la muñequita en ropa interior si avisáis a la policía? —preguntó Xavier, provocando aún más dudas en mi mente.

Joder…, otro la había visto en ropa interior, como solo la había visto yo hasta ahora.

Era una locura por mi parte pensar en ella como algo que me pertenecía, como una propiedad privada, pero el caso es que lo era y no podía soportar la extraña sensación que experimentaba en mi interior.

Era algo que me atormentaba, que me cegaba.

Un monstruo que me agarraba por el cuello y me lo apretaba dejándome sin respiración.

Empecé a suplicar a la razón que permaneciera a mi lado, que no me abandonara.

Que me ayudara a permanecer despierto.

La fuerza me tensó los músculos.

La rabia alertó todos mis sentidos.

Todo se desvaneció.

Una voz en mi cabeza me instaba a desahogarme.

Me hablaba. Se llamaba Trastorno Explosivo Intermitente, TEI.

Y no había nada que pudiera hacer para evitar que se arrastrara dentro de mí.

—Mierda —solté, despeinándome. Me temblaba la mano derecha. Empecé a sudar, sentía palpitar el corazón incluso en las sienes y estaba tan nervioso que tenía ganas de romper algo. Logan intentó ponerme una mano en un hombro para tranquilizarme, pero lo rechacé, porque no quería que nadie me tocara en ese momento, ni siquiera él.

—Tranquilízate, Neil —dijo Luke—. La situación ya es de por sí muy delicada.

—No puedo estar más de acuerdo. Además, hablas del tal Player como si fuera un hombre. ¿Quién te asegura que lo es? —preguntó Xavier.

—Mi instinto nunca falla —repliqué enfadado.

Esperaba de todo corazón que fuera una mujer, una zorra que quisiera arruinarme, destruirme. Estaba dispuesto a aceptar cualquier chantaje o compromiso, siempre y cuando dejara al margen a Selene y a mi familia.

—¿Y si fuera una de tus ex? ¿Qué me dices de Scarlett? —terció Jennifer por primera vez desde que yo había llegado.

Dejé de pasear de un lado a otro y me volví para mirarla. Sus ojos azules se posaron en mí tan fríos y maliciosos como siempre. Me molestaba que me mirara de esa forma voraz, como si quisiera desnudarme y follarme allí mismo, delante de todos, como sucedía en el pasado.

Hice una mueca y sacudí la cabeza.

—No… no creo. ¿Qué sentido tendría espiar a Selene? Le conviene dañarme directamente a mí —respondí con brusquedad. Ella arrugó la frente, mordiéndose el labio inferior y se quedó pensativa.

—¿Y si, en cambio, la hubiera espiado para poder filmar uno de vuestros momentos íntimos y atacarte de esa manera? —Ahora era Alexia la que expresaba en voz alta sus pensamientos.

Era una razón más lógica, pero mi reputación ya había quedado en entredicho en el pasado por el escándalo de internet oscuro y Kimberly, así que me importaba un bledo si mi culo iba a parar a un sitio en línea o a los teléfonos móviles de los universitarios mientras me movía entre los labios de una mujer. El verdadero problema era que el hecho comprometía para siempre la intimidad y la dignidad de Selene.

289

Ella nunca superaría un trauma así.

—Lo mejor es protegeros a ti y a ella. No es aconsejable que Selene esté sola en Detroit. Quienquiera que sea Player, sabe dónde vive y os ha apuntado descaradamente a los dos. Fracasó con Chloe y con Logan, así que… —dijo Luke mirando a mi hermano, que hasta ese momento había guardado silencio y seguía la conversación, inquieto y turbado por el absurdo giro que estaba tomando el asunto—. Deberías traértela aquí y vigilarla hasta que todo se arregle —concluyó levantándose del sofá.

Después se acercó a mí y me devolvió el móvil de la niña. Lo miré atontado. Acaricié con los dedos la carcasa de color rosa que lo envolvía y me tragué la amargura que, como un puñado de clavos, me atravesó la garganta.

Me sentía agotado.

Por eso no quería que Selene formara parte de mi vida.

Los problemas la estaban devorando conmigo de forma irreparable. Siempre había sido un problema para todos, y ahora también lo era para ella.

—Menuda gilipollez. En mi opinión, estará más segura allí que aquí en compañía de Neil. Player lo busca a él —comentó Jennifer irritada.

Levanté la cabeza para mirarla y me sorprendió hasta qué punto le molestaba que Selene regresara a Nueva York. En lugar de razonar, estaba pensando en sí misma y en que la niña le iba a arrebatar su juguete favorito.

A fin de cuentas, eso era todo lo que yo era para ella: un juguete sexual, un magnífico amante.

Un muñeco que sabía satisfacerla.

—Deja tus jodidos celos a un lado. Está en juego la vida de una chica, Jen. ¿Lo entiendes o no? —despotricó Luke sobresaltándola.

—Solo era una sugerencia, Parker, no te pongas así —se defendió ella colocándose su melena rubia detrás de un hombro. Su voz aguda me estaba sacando de quicio. Me metí el móvil en el bolsillo e hice un ademán a Logan para indicarle que era hora de marcharse.

No tenía muchas opciones.

Mantener a Selene lejos de mí no era la más inteligente.

Ya había entrado a formar parte de la red que Player estaba tejiendo a mi alrededor y solo podía protegerla si la tenía a mi lado.

Tenía que defenderla de la crueldad del mundo, porque ella no solo era mi Campanilla.

No era solo un hada que había caído en manos de un hombre que no la merecía.

No era solo el país de Nunca Jamás, el refugio más hermoso que jamás había explorado.

Era algo aún más precioso.

Era mi perla.

Y yo su concha.

Por eso debía cuidarla.

13

Neil

*O*tra vez.

Había vuelto a caer en mi abismo.

Engullido por la oscuridad, condenado al castigo eterno.

Después de hablar con los Krew había corrido a la casita de la piscina.

Solo y lejos de todos.

La habitación estaba fría y yo estaba desnudo, acurrucado en un rincón… meciéndome.

Acababa de ducharme. El agua goteaba de mi pelo y resbalaba por mi cuerpo. Una vez más, me sentía aplastado por el ser que vivía en mi interior.

—¿Qué has hecho?

De pie junto a la cama, el niño me miró con desdén, decepcionado por mi comportamiento. En lugar de dejarme buscar una salida a la terrible situación que nos había creado Player, me estaba regañando por haber pasado demasiado tiempo con Selene y por haberle revelado buena parte de mi pasado.

Dejó caer la pelota de baloncesto al suelo y apretó la mandíbula, enfadado.

—Le has contado a Selene todo sobre nosotros. No deberías haberlo hecho —me acusó.

La voz infantil era airada, casi irreconocible.

—Solo quería alejarla de mí —me justifiqué apoyando las manos en las sienes, que no dejaban de palpitar.

Confiaba en que se fuera, en que desapareciera de mi vida,

pero sabía que eso nunca iba a suceder, sabía que él iba a seguir aferrándose a mí porque era incapaz de superar el abuso que habíamos sufrido.

—Y en lugar de eso le permitiste entrar en nuestro mundo. ¡Le estás dando permiso para inmiscuirse! —me reprendió furioso—. ¿Cómo pudiste hacerlo? Confío en ti. ¡No puedes abandonarme por ella!

Tenía ganas de llorar, podía verlo en sus ojos brillantes, cargados de sufrimiento. Tenía razón.

No podía elegir a Selene, no podía cometer semejante error.

No la iba a condenar a llevar una vida terrible a mi lado.

Mi cerebro funcionaba de forma diferente al de los demás.

Yo era un hombre diferente y, desde luego, no en un sentido positivo.

—No sucederá —respondí desviando la mirada hacia el colchón.

Allí estaba el paquete de Winston, me habría gustado agarrarlo para encenderme un cigarrillo y liberar la tensión con el humo, pero me sentía débil. Mi cuerpo no respondía a los estímulos, mis músculos estaban agotados, la cabeza me daba vueltas.

Si me levantaba, volvería a caerme al suelo desfallecido.

—Eso no debe ocurrir. No debes olvidar lo que nos hizo Kim.

A esas palabras siguió un gesto totalmente inesperado: el niño agarró entre los dedos el borde de los pantaloncitos cortos y los dejó caer por sus delgadas piernas. Fruncí el ceño, perplejo. Él, sin embargo, continuó y agarró también los calzoncillos con los dedos. Se los bajó para mostrarme su desnudez.

La diferencia entre nosotros saltaba a la vista: su cuerpecito era inmaduro, estaba flaco; el mío era el de un hombre adulto con unas heridas demasiado grandes en el interior.

—Mírame —me ordenó para que volviera a fijarme en él. Lo obedecí y entendí lo que quería que viera—. ¿Recuerdas el dolor que sentía cuando corría al cuarto de baño a lavarme y mi piel no dejaba de arder? —me preguntó. Me quedé mirando el enrojecimiento que había alrededor de sus genitales y me quedé sin aliento.

Lo recordaba demasiado bien.

Ese había sido uno de los primeros síntomas de una irritación cutánea que mi madre debería haber entendido como una señal de que algo iba mal. Debería haberme ayudado, haber consultado de inmediato a un médico, pero, en lugar de eso, la única cura que yo había encontrado era lavarme para calmar el dolor que sentía fuera y dentro.

—¿Y estos? ¿Te acuerdas de estos?

El chico se subió la camiseta para seguir torturándome. Tenía unos arañazos rojos en el abdomen, causados por las uñas de una mujer, que me laceraban tanto la piel como el alma. Aún podía sentirla y cuando mis amantes me arañaban experimentaba la misma sensación de suciedad.

Había perdido el dominio de mí mismo; el niño era la prueba.

Se hacía la víctima para mantenerme ligado a él; de esa forma me resultaba imposible entablar o mantener vínculos estables. Detestaba cualquier tipo de relación que me uniera a una mujer.

Por su culpa, solo podía conceder el sexo.

El niño me quería todo para él.

Quería que me aislara de la sociedad y que renunciara a una vida mejor que la que llevaba. Suprimía mis emociones y me convertía en una persona fría y con frecuencia apática. Erigía una barrera defensiva a mi alrededor para separarme de todos, salvo de él.

—Eres un egoísta —le dije con una sonrisita sarcástica; intenté mantener el control para no cabrearme.

Sentía los nervios crispados y eso nunca era una buena señal. Mi paciencia tenía un límite y si lo superaba, dejaba de obedecer a la razón. En cualquier caso, había comprendido que destrozar la casita de la piscina o dar puñetazos al saco no me iba a servir de nada.

293

El niño no se iría.

—Los dos sabemos lo que necesitas… —Se volvió a vestir lentamente sin apartar sus ojos dorados de los míos.

Sexo.

Necesitaba sexo, pero no para gozar con él, sino para violentarme a mí mismo.

Me puse en pie, aún mojado por la ducha que acababa de darme. Me envolvía el aroma del gel de baño, pero no me aliviaba.

Todavía me sentía sucio.

Me puse a dar vueltas por el dormitorio como un loco, no sabía si llamar a Jennifer o a cualquier otra chica.

Tenía una agenda llena de rubias que, de haber querido, habrían caído rendidas a mis pies.

El problema era que la excitación estaba ahí, pero era escasa.

En cambio, si pensaba en Selene, sentía que se apoderaba de mí una pasión devoradora.

—Perdiste el control hace mucho tiempo. —El niño me leyó el pensamiento siguiendo cada uno de mis movimientos con la mirada.

—Cállate y lárgate de aquí —exploté fulminándole con la mirada, pero él se rio insolente.

—Vivo en tu cabeza, así que no puedo ir a ninguna parte.

Se encogió de hombros y no se movió de donde estaba.

Maldición...

¿Adónde esperaba que fuera si era mi cuerpo el que lo albergaba?

—¡Vete a la mierda! —solté exasperado.

Completamente confundido, me acerqué a la cama en busca del paquete de Winston; a continuación encendí un cigarrillo y me lo llevé a los labios con la mano derecha, que temblaba ya de manera incontrolable desde hacía varios minutos.

¿Qué hora era? Ni siquiera lo sabía.

La única certeza que tenía era mi profunda inestabilidad. Con Selene todo era demasiado difícil, demasiado arduo, todo era *demasiado* para mí.

¿Por qué coño no se había asustado en la clínica? ¿Por qué no me había gritado lo perturbado que estaba? ¿Por qué no se había sentido a disgusto y no había decidido desaparecer para siempre de mi vida?

Si hubiera escapado de mí al principio, no habría entrado en la mira de Player.

No se habría convertido en uno de sus objetivos.

Habíamos disfrutado en Detroit y también aquí, en Nueva York, pero eso no significaba que...

¿Y si hubiera decidido no abandonarme por compasión?

Joder.

Si había algo que odiaba con todas mis fuerzas, era la lástima..., qué sentimiento tan venenoso.

—Deja de pensar en ella —me insistió el niño mientras yo daba una calada tras otra al mismo tiempo que caminaba desnudo como una bestia solitaria en un puto castillo oscuro—. Llama a Jennifer —añadió persuasivo, resuelto a obligarme a ceder. Yo no quería hacerme daño, no quería volver a violentarme, sentir dolor y actuar como un hombre carente de ética—. Eres un hombre depravado, Neil. ¿Por qué no detuviste a Kim? Las personas como tú no saben lo que es la moralidad —me provocó. Siempre actuaba así cuando yo no lo escuchaba: se hacía el duro, me forzaba a recordar el pasado y los sentimientos de culpa—. Hoy abusas de ti mismo. ¿Y si un día abusaras de tu hija? —me preguntó divertido.

Me detuve con el cigarrillo en los labios y lo miré fijamente. Sentí que se me congelaban la sangre y los huesos. Esa era una de las razones por las que nunca querría tener hijos, sobre todo niñas.

—Tal vez podría vengarme, ¿sabes? Si me abandonas, solo volveré para hacerle daño a ella. Me volveré tan fuerte y tan grande como tú y te demostraré quién manda —me retó.

Entonces, la ira me cegó. Caminé hacia él, lo agarré por el cuello y

294

lo estampé contra la pared, levantándolo a mi altura. Él empezó a patalear para defenderse, pero cuando se dio cuenta de que era inútil resistirse, sonrió satisfecho, porque sabía que era más poderoso que yo.

Él manipulaba mi psique y me contaminaba día a día.

—Si sigues viviendo en mi cabeza… —susurré a poca distancia de su cara mirándolo fijamente a los ojos—, me suicidaré.

Matarme era la única manera de deshacerme de él.

Jamás haría pasar a nadie por lo que yo había pasado.

Aún menos a una hipotética hija que, por otra parte, me negaba a tener.

—Tu mente está partida en dos, Neil —replicó—. Hoy piensas que eres un héroe que quiere salvar a todos de sí mismo. Mañana podrías convertirte en el agresor, herir a alguien y olvidarlo, porque… —Hizo una pausa y se rio, luego movió los labios lentamente para marcar cada palabra en el espacio que nos separaba—. Yo soy el monstruo y tú eres mi víctima.

Lo solté y me alejé de él aturdido.

El niño era la parte de mí que tenía que matar y suprimir por completo para volver a ser libre.

Si no lo conseguía, tendría que seguirle y morir con él.

—Vete… —murmuré retrocediendo de nuevo—. ¡Fuera! —grité y él cruzó la puerta del baño y se desvaneció en la nada.

—Neil… —Esta vez era la voz de Logan la que llamaba mi atención. Me giré bruscamente para mirarlo y vi que me escudriñaba atónito. Se había quedado boquiabierto—. ¿Qué estás haciendo?

Me miró de arriba abajo. Probablemente se estaba preguntando por qué estaba desnudo como un gusano, con un cigarrillo encendido en la mano y hablando con…

—Estaba discutiendo —respondí dando otra calada, como si esa situación de mierda fuera normal.

—¿Con… con quién? —preguntó Logan mirando el ventanal transparente que había delante de mí.

—Conmigo mismo —admití.

No tenía sentido fingir, Logan sabía lo extravagante que era.

—Y… ¿has terminado? —dijo siguiéndome el juego como si yo estuviera loco, cosa que no era cierta.

¿O tal vez sí?

—Creo que sí. Por ahora.

Me encogí de hombros mientras él parpadeaba perplejo. Un extraño silencio se instaló entre nosotros, mientras la voz del niño seguía zumbando en mi cabeza.

—¿Quieres comer algo?

295

Mi hermano tragó saliva a duras penas y no se movió. Sabía que cuando yo no pensaba con claridad, un movimiento en falso podía desencadenar acciones incontrolables por mi parte.

—No —respondí apresuradamente, ignorando el hambre.

¿Cuánto tiempo hacía que no comía?

Quizá por eso estaba mareado y me sentía exhausto.

—Estás pálido y… —intentó decir.

—Necesito cepillarme a alguien —completé la frase, y mi hermano se estremeció como si hubiera blasfemado.

Logan me conocía de sobra y entendía lo que quería decir: necesitaba revivir el trauma para recuperarme.

Me sentía descompensado y profundamente perturbado.

Le gritaba con los ojos el dolor que sentía.

—No es la solución, ¿sabes? —murmuró afligido.

Ya no me acostaba con mis rubias con la misma frecuencia de antes, en los últimos tiempos me había concentrado en Selene y ahora estaba empezando a delirar. Estaba empezando a sentir de verdad el peso de todo sobre mis espaldas: Player, el correo electrónico que le había enviado, la *webcam*…

No podía enfrentarme a todo solo y menos aún al niño.

Cada vez que aparecía me derrotaba y yo volvía a precipitarme en el abismo.

La única manera de sobrevivir, la única manera de reafirmar mi valor era seducir a mujeres siempre distintas para arrojarme a relaciones degradantes. Recurría a mi virilidad para someterlas y observaba, impasible y frío, la dependencia erótica que las unía a mí, la misma que me vinculaba a Kim cuando yo tenía diez años.

No había otra explicación para mi condescendencia de antaño.

Habría podido detenerla y no lo hice.

Yo había permitido que me utilizara.

La culpa era mía.

Quizá no era tan buen niño como los demás, quizá merecía el abuso.

—¿Así que quieres que me vaya?

Logan no se movió. Permaneció en alerta, atento a cada uno de mis gestos. Eso era lo que también suscitaba en mis hermanos: miedo.

—Sí —confirmé. No, no quería que se fuera.

No quería quedarme solo con mi angustia. No quería ceder a la perversión de la que era esclavo.

Cuando Logan cerró por fin la puerta tras de sí, aplasté con rabia el cigarrillo en el cenicero y me tiré en la cama. Tenía frío debido a la baja temperatura de la casita y pensé que no me habría importado calentarme con una mujer, pero esa mujer no era Jennifer ni tampoco una rubia cualquiera.

Era… Campanilla.

Joder.

Quería su país de Nunca Jamás, su piel suave, sus ojos puros, su aroma a coco.

La había dejado sola en Detroit y me moría de ganas de volver a verla para asegurarme de que estaba bien.

La anhelaba. Parecía loco, sí, estaba loco por ella.

Con una mano me froté la frente, que sentía sobrecargada de pensamientos y preocupaciones; necesitaba desconectar el cerebro.

Estaba demasiado tenso, demasiado agitado, demasiado nervioso.

¿Cómo se podía aceptar a una persona como yo?

De repente, oí que alguien llamaba a la puerta.

Me alerté, pero no me moví.

Era evidente que no se trataba de Logan, porque, de haber sido él, habría entrado sin más. Tras otros dos golpes secos, me levanté emitiendo un gruñido animal.

No me molesté en ponerme un par de calzoncillos, quienquiera que fuese iba a verme la polla en todo su esplendor.

297

Me arrastré hasta la puerta, exasperado, y cuando la abrí….

Tuve una visión, o quizá era una alucinación.

—Sé que debería haber esperado a que me llamaras, pero… —Esa voz ligera, velada por una feminidad inocente era la de la niña.

Mi niña.

Fruncí el ceño, temblando por el frío que rozaba mis músculos desnudos, y, cuando me di cuenta de que mi mente no me estaba gastando ninguna jugarreta, la agarré por la muñeca y la arrastré al interior dando un portazo.

Con una acometida salvaje, la atraje hacia mí. El impulso de fundirme con ella, de drogarme con su aroma era tan intenso que ella gimió al sentir mis brazos estrechando su frágil cuerpecito.

—Caramba, vaya bienvenida… Yo también me alegro de verte —ironizó.

La última vez que habíamos estado juntos la había dejado sola en su habitación, le había destrozado el ordenador y…

Nada…, no podía respirar, ni siquiera podía pensar.

—Cállate, Campanilla.

Tomé su cara entre mis manos y la miré a los ojos. Su océano azul me engullía, me turbaba. Tenía la punta de la nariz roja. Le di un beso casto para calentarla, lo mismo que hice con sus labios agrietados e hinchados, que lamí y mordí sin la menor delicadeza. Ella gimoteó y me puso las manos en la espalda.

Sentí que sus uñas se clavaban en mi carne, pero no me molestó.

Era el único contacto corporal que aceptaba.

Instintivamente, la tomé en mis brazos. Ella soltó un pequeño grito y se aferró a mi cuello al mismo tiempo que me rodeaba las caderas con sus piernas.

—Me alegro de que estés aquí… —murmuré llevándola sin más preámbulo al dormitorio.

Quería preguntarle un montón de cosas: si su madre sabía que había venido a mi casa en Nueva York, si pensaba quedarse aquí y aclarar las cosas con su padre.

Pero no podía hablar, así que decidí dejarlo para más tarde.

La quería desnuda y caliente bajo mi cuerpo. Enseguida. Sin esperar.

Lo único que deseaba era hundirme en ella y dejar de darle vueltas a mis problemas.

La arrojé sobre el colchón y me senté a horcajadas sobre ella.

La respiración de Selene se había acelerado y parecía sorprendida. Empecé a desnudarla con impaciencia, como si estuviera desenvolviendo un regalo de Navidad; no miré siquiera lo que llevaba puesto, solo quería acceder a su cuerpo, un cuerpo que poco a poco se estaba convirtiendo en mi nueva adicción.

Me dejó hacerlo sin temor alguno.

—Cuando te fuiste estabas tan disgustado y yo… —hizo una pausa mientras yo seguía desnudándola con dedos temblorosos— tenía miedo. Quería verte. —Jadeó.

Yo también…

Yo también quería verla.

Porque la necesitaba.

La necesitaba para olvidar mi pasado y recordarme a mí mismo que no solo existían las pesadillas.

La necesitaba para olvidar las bofetadas y los puñetazos que había recibido y aprender que también existían los besos y las caricias.

La necesitaba para olvidar el dolor y recordar que quizá existía la felicidad.

La necesitaba para destruir mis demonios y entrar en su luz.

La necesitaba para olvidar a la mujer que me había consumido y para recoger el montón de cenizas en que me había convertido.

La necesitaba para olvidar las cicatrices que tenía en el cuerpo y para dejar que sus besos calmaran el dolor.

La necesitaba para dejar de morir cada día y tal vez para volver a vivir un poco, lentamente.

La necesitaba porque había dejado mi corazón en sus labios.

Aunque estuviera roto, aunque fuera más viejo que un trozo de chatarra podrido y destrozado.

Aunque estuviera manchado.

Aunque estuviera reducido a mil pedazos desmenuzables porque me habían hecho demasiado daño cuando era niño.

Lo había dejado justo allí.

Quería ser suyo.

Quizá ya fuera suyo.

Presa de una absoluta confusión, le confesé lo imposible...

—Soy tuyo —susurré incapaz de controlarme, luego me incliné hacia ella y la besé. Estaba delirando, no era yo mismo y ya no podía contener lo que sentía por dentro.

Jamás hablaría con Selene de los sentimientos, no pensaba cambiar mi idea sobre el amor, pero ella lo sabía, me entendía, me estaba aceptando..., mejor dicho, hacía tiempo que lo había hecho.

Sabía de sobra que siempre me había comportado como un cabrón. Pero si Selene había tenido el valor de venir a buscarme tras enterarse de mis dolencias y tras ser amenazada por un *hacker* por mi culpa, entonces merecía estar a mi lado.

Al menos hasta que me marchara a Chicago, algo sobre lo que no iba a tardar mucho en hablar con ella.

Una vez desnuda y libre del estorbo de la ropa, dejé de besarla y la miré de arriba abajo: su cuerpo armónico, que me aturdía como si me hubiera bebido una botella entera de whisky; los senos pequeños y firmes, como a mí me gustaban, que se hinchaban cada vez que respiraba; el abdomen seco, salpicado de lunares; y el pubis lampiño, donde me demoré con lujuria.

Selene se sonrojó, aunque yo ya le había hecho de todo y me sabía todas sus curvas de memoria.

Entonces le sonreí con picardía, preparado para devorarla.

Volví a besarla, encajando mis caderas entre sus muslos. Ella se movió debajo de mí, ansiosa por tenerme. Tocó mis bíceps, mis hombros, bajó a mis pectorales y me besó con mayor intensidad, moviendo la lengua con más audacia.

Estaba tan excitada como yo. Se lo mostré cuando froté mi erección entre sus labios mayores, que yo sentía ya húmedos y listos para recibirme.

—Cómo hueles... —comentó arrastrando su boca por mi mandíbula. Me dio un pequeño mordisco y luego chupó la curva de mi cuello, arrancándome un ligero gemido. No quería perder tiempo en triviales preliminares propios de adolescentes, pero a la niña le gustaban, así que tuve paciencia.

Miré fijamente sus ojos oceánicos, que brillaban de emoción mientras yo me sostenía con los codos a ambos lados de su cabeza. Su pelo castaño yacía esparcido por la almohada y sus mejillas estaban cada vez más encendidas.

Sonriendo levemente empezó a lamerme los pectorales, avergonzada a pesar del deseo. En un destello de lucidez pensé que quizá no debía follar con ella, que no iba a ser delicado, que tampoco esa vez iría poco a poco.

—Selene… —Cuando sentí su lengua húmeda y cálida rozarme la clavícula, me quedé sin aliento—. Hoy estoy demasiado nervioso… —susurré preocupado, aunque mi voz titubeante contrastaba con lo que palpitaba entre mis piernas—. No quiero hacerte daño…

No entendía lo que me estaba obligando a decir. Normalmente no intentaba justificarme, no buscaba un diálogo antes de follar, no creaba una complicidad emotiva, pero con ella era diferente.

No quería utilizarla como un objeto, no quería descargar toda mi frustración en su cuerpo.

300

—Nunca me has hecho daño. Nunca. Sé tú mismo y basta. Me gustas así. —Selene me acariciaba los abdominales extasiada. Luego pasó a mis caderas y a mis nalgas. Las palpó y me atrajo hacia ella, como si quisiera aprisionarme en su mundo encantado—. Quiero sentirte, Neil. Dame todo lo que puedas. No volveré a compartirte con ninguna mujer —dijo seductoramente con la intención de hechizarme como un hada peligrosa. Su lengua trazó un rastro ardiente en mi cuello que enviaba descargas eléctricas por todo mi cuerpo.

Cerré los ojos, intentando controlarme…

Su boca estaba por todas partes.

Sus manos estaban por todas partes.

Su respiración estaba por todas partes.

Sus besos estaban por todas partes.

Ella estaba por todas partes.

Kimberly no.

La niña.

Impaciente, agarré mi erección con una mano y froté el glande entre sus labios mayores, hinchados por la excitación. Ella se acercó a mí discreta, delicada, siempre velada por esa capa de pudor que me habría gustado arrancarle. Luego le lamí una mejilla como un animal y me demoré en su intimidad sin penetrarla, porque quería ponerla a prueba, quería ver su resistencia mientras me miraba, etérea como un ángel, consciente de mi pequeño juego. Empecé a moverme contra ella para que los dos languideciéramos, y cuando Selene arqueó la espalda y balanceó la pelvis incitándome a darme prisa, desconecté la razón, me olvidé de los problemas que nos acechaban e hice salir la parte salvaje de mí, carente de moral, que se moría por desahogar sus anhelos reprimidos con ella.

Solo con ella.

Me abalancé sobre su boca con violencia.

Toqué su cuerpo con manos ansiosas…, era tan suave y cálido que me embriagaba por completo. Ya no podía aguantar por más tiempo ni el insoportable deseo de hundirme en ella ni la frustrante tensión de mis músculos, así que le abrí bien los muslos y la penetré con ímpetu. Ella cedió enseguida.

Estaba tan mojada que la invadí sin ninguna dificultad.

Dejó escapar un grito; me detuve en su calor envolvente, cerrando los ojos. Me lamí el labio inferior y, como una bestia hambrienta, permanecí encandilado dentro de ella, saboreando el momento en que sus paredes ardientes y apretadas me rodeaban. Sentí las pulsaciones de su corazón mientras lo único que pulsaba en mí era el deseo de follármela, ahora, aprovechando al máximo el poco tiempo que nos quedaba.

Porque ella ejercía un poder absurdo sobre mí, me aniquilaba, me hacía perder el control, estimulaba mi ser, cada parte de mí.

La buena y la maldita.

Selene tembló y luego se puso rígida a causa de mi impetuosidad.

Sabía hasta qué punto era voluminoso, pero no pensaba pedirle disculpas.

Si me quería, tenía que aceptarme como era: irracional, instintivo, apasionado, perturbado.

Dejé de preocuparme cuando la pasión prevaleció sobre el sentido común y empecé a moverme como si fuera nuestra última vez.

La reclamé ardientemente.

A mi manera.

Me retiraba despacio para exacerbar la fricción que se producía entre nosotros, y después volvía a hundirme con ímpetu, como la peor de las bestias.

Y ahí estaba la colisión de nuestros mundos, el choque mortal.

Brusco.

Indelicado.

Romántico, tal y como me gustaba.

Salía y volvía a entrar con una posesividad lacerante, y Selene rebotaba en la cama con cada golpe, esforzándose por seguirme el ritmo, por no rechazarme y coger lo que quería: a mí.

301

KIRA SHELL

Quería invadir su alma, lo más profundo de ella, cada vez más, porque ella estaba invadiendo la mía y no sabía cómo detenerla.

Estaba ocupando su lugar.

No solo por un momento, sino para quedarse allí.

Para siempre.

Entonces empecé a morderla.

Empecé por un hombro, luego bajé hasta sus pezones hinchados y los aprisioné entre mis dientes, dejándoles mi marca.

Otra…, una de tantas.

Porque era un arrogante de mierda que quería aturdirme con su polvo de hadas, y por eso estaba furioso.

Selene gritó y no me rechazó; confió en mí, se rindió a mis instintos, jadeante.

Me concentré en la erección, que desaparecía ferozmente entre sus muslos como si quisiera partirla en dos, hasta tal punto que a veces sentía que sus músculos pélvicos se contraían en el intento desesperado de resistirme; pero la niña me deseaba, me lo susurraba al oído, así que seguía moviéndome impertérrito.

Cuando veía que se ensombrecía pensando en algo, me apoderaba de su boca y la besaba, la provocaba con la lengua para asegurarme de que estaba disfrutando tanto como yo, conmigo, y, sobre todo, de que yo estaba también allí: en su mente.

No debía pensar en nada más. Solo en mí.

Cerré los ojos y apoyé la frente en la suya, deleitándome con la devastadora sensación de estar dentro de ella. Con cada golpe profundo sus rodillas se apretaban más alrededor de mis caderas y sus talones me presionaban el culo para animarme a seguir, a darle todo de mí, aunque no le resultara fácil soportar mi feroz asalto.

Un gemido de placer y dolor se deslizó inesperadamente de sus labios entreabiertos. Lo sofoqué con un beso carnal para que gozara mientras yo la sacudía con una fuerza indomable.

Luchaba por evitar que sus esperanzas reavivaran también las mías.

Para que sus sentimientos me arrastraran a un mundo encantado y falso.

El mío era un deseo abrumador.

Una perversión absurda que me estaba llevando a una muerte lenta.

Un antojo malsano que complacía mi orgullo rebelde.

Los únicos ruidos que resonaban en la habitación eran los del hierro forjado de la cama golpeando contra la pared y nuestras respiraciones entrecortadas.

302

Jadeábamos, sudábamos, ardíamos, combatíamos.

Selene tenía la capacidad de disipar mis miedos.

Entonces yo intentaba romper la ilusión de un «para siempre» inexistente.

Ella y yo no éramos nada mientras nos uníamos.

Nos destruíamos para luego recrearnos.

Y yo iba a luchar con todas mis fuerzas para evitar que nos convirtiéramos en un todo.

—¿Estás bien? —le pregunté en un momento de cordura.

Ella asintió con la cabeza, hundiendo las manos en mi pelo; mentía, me lo gritaba su cuerpo, que se tensaba a menudo, aunque tratara de seguirme en esa locura.

Presa del deseo, volví a concentrarme en nuestro coito y penetré aún más en ella, porque quería sentirla por completo alrededor de mi erección.

Selene gritó y yo me puse aún más duro, más tenso, más ardiente, más irracional.

Quería que me abarcara, que me absorbiera, que me abatiera.

Que me venciese.

Había perdido el juicio.

Estaba fuera de control.

303

La niña tragó saliva y abandonó la cabeza sobre la almohada, entrecerrando los ojos.

Estaba excitada, mojada, exhausta; a diferencia de mí, que seguía decidido a hacerla explotar y, sobre todo, a destruirla.

Mi resistencia la demolería y ella emergería satisfecha, pero desfallecida.

—Eres… —susurró casi sin aliento—. Mi problemático… Peter Pan. —Trató de sonreír, a pesar de que su cuerpo, menudo y sensual, se retorcía bajo el mío mientras yo seguía empujando con fervor.

Sus uñas se clavaron en mis caderas y al sentir sus arañazos lancé un grito gutural.

Me dolió. Podía matarme si quería, nunca dejaría de sobrevolar mi país de Nunca Jamás.

—Ya casi estás… —le advertí cuando sentí los espasmos rítmicos del coño a mi alrededor. Su espalda se arqueó y sus mejillas ardieron. Entonces estimulé el clítoris con el pulgar para intensificar el placer y la besé, volví dejarla sin aliento, cada vez más…

Se corrió.

Se corrió debajo de mí mientras yo seguía invadiéndola, rompiéndola, doblegándola a mi voluntad.

Cada parte de ella estaba llena de mí.

Me apretó las caderas con los dedos, arañándome.

Alzó el vuelo como una mariposa, agitando sus alas de colores, cegada por el resplandor luminoso que solo yo podía mostrarle, después cayó en picado, regresó a mí y se aferró a mi labio con un mordisco.

El sabor metálico de la sangre invadió mi paladar. Selene me soltó y cayó exhausta en la cama.

Una sonrisa de pura satisfacción masculina se dibujó en mi rostro.

Después de los últimos empujones brutales, cortos pero intensos, ya no pude contenerme más.

Dejé que su suavidad me absorbiera y la seguí hasta el infierno.

Perdí el control sobre todo: la mente, el cuerpo, el alma.

Agarré los barrotes de la cama con una mano y los apreté como si estuviera cayendo a un precipicio. El cabecero dejó de sonar, el chirrido de los muelles se detuvo. Un fuego indomable subió desde mis pantorrillas y me atravesó la columna vertebral hasta llegar al cerebro.

Apoyé la cabeza en el hueco de su cuello, mis músculos vibraban, me latían las venas, me ardía la espalda, se me nublaron los ojos y estallé en un violento orgasmo que me vació los pulmones y nos inundó a los dos.

Temblé, farfullé algo incomprensible y liberé el ardiente deseo que me sacudía desde lo más profundo.

La tensión que había acumulado desapareció.

Me desplomé sobre la niña sin más oxígeno en el cuerpo, exhausto y confuso.

El sexo con Selene era satisfactorio, pero doloroso.

Ella era dolorosa.

Era un arma letal.

Un poema maldito.

Un sueño surrealista.

Fuera lo que fuese, era peligrosa…

Me quedé quieto dentro de ella, con la cabeza entre sus pechos sudorosos y los ojos perdidos, mirando al vacío. Con sus dedos afilados, la niña me acarició la espalda aún temblorosa.

En ese instante, percibí los rápidos latidos de su corazón, su respiración, que poco a poco iba recuperando la normalidad.

La sentí por primera vez.

Era real, no era una alucinación.

Giré la cabeza hacia ella y vi que me estaba escrutando. Tenía los iris azules y lánguidos clavados en mí. No quería ni imaginar en qué estado lamentable me encontraba, pero, en cualquier caso, ella me contemplaba con veneración, completamente fascinada. Aproveché la posición en que estaba y empecé a mordisquear sus pezones turgentes.

La verdad era que no podía resistirme a las mujeres, aún menos a ella.

Sin dejar de mirarla a los ojos, lamí la pálida aureola y el pequeño lunar en forma de corazón invertido que me volvía completamente loco, luego le sonreí con aire malicioso.

Había memorizado todos los detalles sobre ella desde el primer momento para poder llevarla siempre conmigo.

Cuando terminé mi dulce tortura, alineé nuestros rostros, me apoyé en los codos y presioné el pubis contra su clítoris, sabedor de lo mucho que eso la excitaba.

Mi erección se tensó dentro de ella y Campanilla jadeó.

La idea de que mi semen caliente la hubiera mojado me excitaba.

—Neil... —Selene me apretó los bíceps con sus pequeñas manos y yo solté una risita.

—Dime —murmuré como un león aún deseoso de recibir atenciones.

Sabía el efecto que mi voz producía en ella, no me importaba usarla como arma de seducción.

—Para —me ordenó abrazándome el cuello. Estaba cansada, tenía marcas rojas por todas partes y los labios tumefactos por mis besos. Si la hubiera vuelto a mirar, me habría perdido en una emotividad que normalmente sabía controlar y, sobre todo, reprimir.

Así que decidí alejarme de ella.

Sentí frío al salir de su cuerpo y Selene se estremeció por la repentina distancia.

Me tumbé a su lado y ella se dio la vuelta y se colocó en posición fetal, sudando acalorada.

Incluso podía olerla: el intenso aroma que emanaba era el mío.

Ya la había contaminado.

¿Y ella? ¿Me había contaminado?

Me quedé mirando el techo y empecé a pensar que quizá Campanilla había sido creada para convertirse en mi locura.

Para romper mis barreras.

Para besar mi alma.

Para liberarme de mi prisión.

No lo sabía, estaba... estaba confuso.

Absorto, me senté y miré alrededor buscando el paquete de Winston. Al final lo vi en la mesilla de noche y lo agarré. Saqué un cigarrillo y me lo puse entre los labios para encenderlo.

Percibía extrañas sensaciones que, como arañas, se arrastraban por todas partes sin que yo pudiera hacer nada para dominarlas.

Necesitaba reordenar las ideas, recuperar el control de mí mismo.

No podía soportar al Neil que perdía el control por una cría banal.

—¿Va todo bien? —susurró Selene, pero no la miré ni la tranquilicé.

Se había dado cuenta de mi repentino cambio de humor, iba a tener que acostumbrarse.

Así era yo, estaba mal hecho.

Con una mano me acaricié la polla aún turgente, mojada de nuestras secreciones.

Debería haberme lavado, aunque no sentía la necesidad inminente de hacerlo, como sucedía con las demás mujeres.

De repente, gruñí molesto por el inexplicable calor que sentía en el pecho, pero seguí fumando, dando largas caladas.

Quizá así entraría en razón.

Volvería a ser el hombre frío, cínico y apático al que le encantaba follar pensando únicamente en Kimberly.

—Neil… —me dijo la niña.

La puse en su sitio con una mirada torva. Ella se dio cuenta de que estaba nervioso y se acurrucó respirando débilmente. La miré. Era tan pequeña y delicada que sentí deseos de abrazarla y de besar cada marca roja que le había dejado en el cuerpo, pero mi orgullo me lo impedía.

No me gustaban los mimos ni las muestras de afecto ni los remilgos ni nada por el estilo.

Solo quería que Selene se quedara conmigo el tiempo necesario para protegerla, nada más.

—¿Podrías dejarme un poco tranquilo o tanto te cuesta estar callada unos minutos? —solté furioso. Ella contuvo el aliento al oír mi reproche y se incorporó para sentarse como yo.

Mierda…, yo en su lugar me habría abofeteado, pero necesitaba mirar dentro de mí y recuperar el equilibrio.

Selene se tocó el pelo enmarañado y se apartó el flequillo, que se le había pegado a la frente sudorosa. Yo, en cambio, me puse cómodo y apoyé la espalda en el cabecero estirando las piernas hacia delante.

—Quiero irme —dijo enfadada.

Al ver la expresión caprichosa que había asomado a su cara casi me entró risa.

Primero disfrutaba como una loca y luego se ponía furiosa. Era realmente adorable.

—No puedes. Te vas a quedar aquí conmigo, niña —respondí divertido mientras fumaba con aire arrogante. Miré sus pechos desnudos guiñando los ojos y, perverso, imaginé que me los metía en la boca mientras tiraba el humo.

Tuve que controlarme para resistir el impulso de ponerla de nuevo debajo de mí y reemplazar el cigarrillo con sus tetas turgentes.

—¿Por qué demonios tienes que comportarte siempre así? —preguntó a la vez que se las tapaba con el antebrazo para privarme de esa visión tan erótica y obligarme a mirarla a la cara. Sus ojos azules, llenos de luz, de sueños, de vida, intentaron penetrarme como dos balas mortales y, de nuevo, erigí un grueso muro que pudiera protegerme de ella.

—Soy así. Es diferente —la corregí.

—Ah, claro. ¿Eres lunático, grosero e inestable? —dijo mofándose de mí y se echó a reír como una histérica.

La niña estaba perdiendo el juicio como yo.

—Soy extravagante y, sobre todo, romántico —me limité a responder para irritarla.

—Romántico, desde luego —repitió irónicamente—. Tal vez quieras decir insoportable —me espetó moviéndose nerviosamente sobre las nalgas, como si le molestara seguir sentada. Miré entre sus piernas y me volví a poner serio, algo preocupado.

307

No había sido nada delicado, temía haber ido demasiado lejos y haberla alejado de mí, aunque nunca me lo diría. Una vez más, pensé en lo contradictorio que era: a pesar de que hacía todo lo posible para que me odiara, nunca aceptaría que huyera de mí.

Me reí de mí mismo y sacudí la cabeza.

La confusión que sentía me estaba poniendo nervioso.

Normalmente, desconfiaba de todo el mundo.

Pero ella jamás me dejaba indiferente.

Porque Selene brillaba en mi soledad.

Brillaba en mi oscuridad.

Brillaba y olía a libertad.

Y yo tenía miedo.

Ella podía romperme y volver a juntar cada parte de mí a su antojo, pero ni siquiera se daba cuenta.

—Será mejor que durmamos —dije, aplastando la colilla en el cenicero que estaba en la mesilla de noche.

Me tumbé de lado para darle la espalda e intenté serenarme, aunque tenía la cabeza tan abarrotada de pensamientos como un globo lleno de agua.

Temblaba de frío, pero ni siquiera me molesté en taparme.

Dormiría así, desnudo, en mi rincón de saludable soledad.

Cuando estaba a punto de cerrar los ojos, sentí que su mano pequeña y fría se apoyaba en mi abdomen.

Selene se pegó a mí apretando sus pechos contra mi espalda.

Al sentir su contacto femenino tuve una erección, deseos de recibir una vez más las atenciones de la niña.

Quería apartarla, quitármela de encima, pero me sentía extrañamente bien.

Seguro.

Ella nunca se aprovecharía de que estuviera durmiendo para hacerme daño, como, en cambio, había hecho Kim.

Por eso odiaba dormir con las mujeres, aunque ya lo había hecho varias veces con Campanilla.

—Buenas noches —susurró dándome un húmedo beso en el hombro. La dulzura del gesto me estremeció.

Quería corresponderle, pero no lo hice. Apoyé la sien en la almohada mullida y me relajé en un agradable torpor.

Selene era un remanso de paz para un alma inquieta como la mía.

Por eso la comparaba con el país de Nunca Jamás.

308 Al final me dormí sin temor alguno.

Me levanté al amanecer, como de costumbre, y me refugié en la cabina de la ducha.

Ajustar la maldita temperatura del agua era siempre la parte que más odiaba.

Desnudo y nervioso, me quedé de pie junto a los azulejos mojados esperando a que bajara la temperatura del chorro.

Lavarme era para mí el mejor momento del día, porque mi cuerpo se deshacía del sudor, del sexo, de las ansiedades, de todo lo que sentía por dentro y, sobre todo, encima de mí.

Tras terminar, volví al dormitorio con la toalla enrollada a las caderas, procurando no hacer ruido.

Selene seguía durmiendo y la contemplé mientras me vestía para asegurarme de que no era un sueño.

Campanilla estaba tumbada de lado en la enorme cama, maravillosamente desnuda.

La melena cobriza esparcida en la sábana alrededor de ella y una mano cerrada junto a sus labios. Agarraba la almohada con un brazo doblado, como si me necesitara o necesitara algo mío incluso cuando dormía.

Seguro de que la almohada estaba impregnada de mi aroma, tuve la impresión de que quería absorberlo en su inconsciencia.

Sonreí. Era muy dulce.

Sentí ganas de acercarme a ella y besarla, pero algo en mi interior me hizo desistir de esa manifestación extrema de afecto, demasiado alejada de mis hábitos.

Sacudí la cabeza para aclararme las ideas y me dirigí hacia la cocina.

Necesitaba un café amargo.

Estaba demasiado nervioso.

Me la había tirado sin siquiera preguntarle cómo se sentía por el hecho de haberse convertido de nuevo en blanco de Player. Era un cabrón: solo había pensado en el disfrute de mi cuerpo y la había utilizado sin la menor delicadeza emocional.

Mientras me preparaba el café, pensé en la manera de justificar mi comportamiento.

No estaba unido a ella, al menos no en la manera en que ella pensaba.

No sabía si estaba negando alguna verdad interior, consciente, sin embargo, de que estaba ahí, o si estaba reconociendo la existencia de esa verdad, pero actuando con indiferencia para contenerla.

Me revolví el tupé.

A veces era demasiado retorcido incluso para mí mismo.

En cualquier caso, de una cosa estaba totalmente seguro: cualquier tipo de sentimiento que experimentara por Selene iba a contrastar con la realidad que me circundaba.

Ella sería un obstáculo, una carga, una vuelta al pasado, porque el amor ya me había herido y demolido.

A fin de cuentas, yo existía sobreviviendo, y era tan frágil que si me unía a una mujer, si llegaba a sufrir por ella, mi alma se hundiría y no volvería a emerger.

No sabía definir lo que me unía a Selene, por qué la echaba de menos, la deseaba o la protegía.

Iba a seguir haciendo trampas en ese absurdo juego, contando una verdad que se acomodaba a los dos: que ella solo me importaba un poco.

Y siempre sería así.

Firme en mis convicciones, cogí la cafetera y me llené la taza.

Luego apoyé la espalda en la encimera y empecé a beber a sorbos. El líquido caliente resbaló por mi esófago y fue directo a mi estómago vacío. No había cenado, solo me había consolado con dos paquetes de pistachos el día anterior. No podía seguir así.

309

Me entrenaba con la misma frecuencia, pero comía poco. Sabía que si no me alimentaba como era debido, mi cuerpo cambiaría y perdería la energía que necesitaba para afrontar el día.

Me obsesionaba mi aspecto.

Me miré el abdomen seco y noté los surcos bien definidos de los músculos. La zona pélvica, definida por las dos líneas laterales, estaba en parte tapada por la goma baja de los pantalones deportivos, cuyos cordones se balanceaban en el bulto de la entrepierna.

Había aprendido a utilizar la belleza como arma de seducción, tal y como Kim me había enseñado; el cuerpo fornido y poderoso era parte de mi estrategia. Suspiré angustiado y levanté la cabeza al oír unos pasos ligeros en la cocina.

Con la taza aún suspendida en el aire, dirigí mis ojos hacia Selene, quien, con movimientos desgarbados y somnolientos, caminaba hacia mí.

Era realmente cómica.

Tenía la expresión típica de una niña caprichosa que acaba de despertarse, su larguísima melena le caía indomable hasta el final de la espalda y el flequillo revuelto le tapaba la cicatriz.

—Buenos días —murmuró conteniendo un bostezo y luego se detuvo bruscamente, como si se estuviera despertando de repente, como si se diera cuenta de que había pasado la noche conmigo, y escrutó alrededor con sus grandes ojos oceánicos. Se demoró más de lo debido en mi pecho desnudo y, a continuación, se lamió el labio inferior mientras desviaba la mirada hacia mi cara.

Me estaba adorando como si fuera el hombre más atractivo del mundo.

Daba la impresión de que quería arrojarse a mis pies, desnudarme y empezar de nuevo lo que ya habíamos hecho.

Le sonreí con picardía y no respondí enseguida. Me concentré más bien en su ropa.

No era nada seductora, sino más bien tan sencilla como siempre: un jersey de color claro hasta la cintura y unos vaqueros ceñidos que perfilaban sus delicadas curvas.

Lo más probable es que fuera lo que llevaba puesto cuando apareció fuera de la casita de la piscina la noche anterior y que yo ni siquiera vi, porque estaba demasiado ocupado desnudándola y satisfaciendo mis instintos.

Gemí en señal de aprobación y ella tembló, como si acabara de leerme el pensamiento.

—Buenos días a ti —respondí al cabo de un instante y la observé mientras se sentaba en un taburete de la isla. Selene se quedó pen-

310

sativa, mirando al vacío. Me irritó que su cabeza estuviera en otro sitio—. ¿En qué estás pensando? —le pregunté de repente y ella se estremeció.

Por un momento temí que se hubiera arrepentido de haber venido a verme o que pensara que había ido demasiado lejos follándomela así. Me había comportado de forma impetuosa e incontrolable, pero no quería que me culpara a mí ni tampoco a sí misma.

Entonces, la niña alzó la cabeza y volvió a mirarme con una inquietante veneración que casi me desconcertó. Leí en sus iris un sentimiento que no me gustó en lo más mínimo y al que me negué a dar un nombre.

Hice una mueca desdeñosa y ella bajó de su taburete para acercarse a mí contoneándose. La miré aturdido.

No consentía a ninguna mujer ese tipo de intimidad: dormir con ella permitiendo que invadiera mi espacio, verla al amanecer e incluso desayunar como una pareja feliz.

Simplemente, no encajaba en mi rutina diaria.

Perdido en mis pensamientos, no me di cuenta de que Selene estaba a mi lado y que, como un tigre peligroso, escudriñaba mi cuerpo desde las caderas.

Enfurruñado, intenté comprender qué demonios había llamado su atención. Lo intuí cuando sus dedos acariciaron los arañazos hinchados y enrojecidos que me había hecho con las uñas.

—¿Son míos? —preguntó mirándolos fijamente.

¿Hablaba en serio?

Solo había estado con ella, la respuesta parecía obvia, así que guardé silencio.

—Eso significa que cualquiera que te toque los verá y comprenderá que eres mío —añadió mirándome a los ojos. Me puse rígido al sentir la firmeza de su declaración. Parecía un imperativo del que no podía sustraerme. Molesto, parpadeé y ladeé la cabeza meditando sus palabras.

—¿Tuyo? —repetí como si me hubiera hablado en otro idioma.

—Sí…, me lo dijiste anoche. Mientras… —Calló cohibida dejándome recordar en qué momento le había dicho tal cosa.

—No estaba muy lúcido, ¿verdad? —me defendí viendo mi cuerpo desnudo sobre el de ella, esperando ansioso el momento de penetrarla. Podría haberle dicho lo que fuera, mi cerebro estaba desconectado.

La niña dejó de acariciarme las caderas y se mostró apenada, pero enseguida se volvió a animar, quizá para que no me percatara de su fragilidad, y se encaró de nuevo conmigo.

311

—¿Se lo has dicho alguna vez a otra mujer? —preguntó.

No, nunca había sentido el deseo de pertenecer a una mujer ni, viceversa, de poseer a una mujer.

La posesividad, los celos eran unos sentimientos que desconocía, que ni siquiera sabía identificar.

—No —admití, saboreando otro sorbo de café. Lo necesitaba.

—En ese caso, estabas lúcido cuando me lo dijiste. Eres un calculador innato, Neil, los dos lo sabemos. Nunca hablas sin ton ni son —observó, demostrando que me conocía lo suficiente.

No había roto mis numerosas reglas por ninguna mujer, salvo por Selene, con ella me había saltado casi todas.

Fuera como fuese, estaba seguro de que había delirado la noche anterior. A menudo me sentía inestable y confuso, pero luego esas sensaciones se desvanecían y la razón volvía a imperar, como en ese momento.

Sin dejar de mirarla, bebí un poco más de café mientras ella empezaba a tocarme los abdominales con los dedos. Normalmente odiaba ese tipo de contacto y no tenía ningún problema en manifestarlo, pero su roce delicado y sensual me gustaba.

Sonrió maliciosa, con las mejillas sonrojadas de vergüenza, y luego se acercó a mí y pegó sus pechos a mi abdomen.

Contuve la respiración como si fuera la primera vez que sentía un cuerpo femenino contra el mío, y me puse en guardia cuando Selene se puso de puntillas para alcanzar el pliegue de mi cuello y depositar un beso en él.

Entrecerré los párpados, embriagado por las placenteras caricias y gemí cuando sentí su mano deslizarse entre mis piernas. Con la palma abierta, acarició la dureza oculta bajo mis pantalones y la siguió a lo largo con una sonrisa burlona.

Había comprendido que mi cuerpo reaccionaba a su provocación.

La escruté con aire serio para que entendiera que estaba dispuesto a satisfacerla si quería que me la tirara en la isla detrás de ella, pero me mostré frío.

—¿Por qué tienes esa mala costumbre? —Restregó los labios contra mi barba corta y me arrojó su tórrido aliento.

¿Qué había sido de mi tímida Campanilla?

—¿Cuál de todas? —le pregunté con descaro sin bajar la guardia.

—La de ponerte a la defensiva como si yo fuera tu enemiga —respondió ella en voz baja tratando de alcanzar mi boca para besarme.

Oh…, qué niña tan adorable.

312

Estaba tratando de seducirme. Debería saber que se necesitaba mucho más que eso para hacerme capitular.

Me aparté de ella para que sintiera mi ausencia. Selene volvió a poner los pies en el suelo y me miró sorprendida.

Sus halagos no habían surtido ningún efecto en mí, aunque la imponente erección me desmintiera por completo. Me la toqué para arreglarla.

Me consolé pensando que era un hombre y que excitarse con una mujer formaba parte del instinto humano.

Debía de ser eso a la fuerza.

—¿Tu madre sabe que estás aquí? —le pregunté. Era lo que quería saber desde la noche anterior. Asintió débilmente con la cabeza y me dio a entender que había venido a verme a pesar del desacuerdo de la señora Martin—. ¿Discutiste con ella por mí? —le pregunté sin rodeos y Selene se puso rígida. Volvió a asentir con la cabeza y yo me pasé una mano por la cara para controlar el arrebato de despotricar contra ella.

Todo se estaba yendo a la mierda: ya había destruido la relación entre la niña y Matt, ahora estaba destruyendo la que tenía con su madre.

—Aceptó mi decisión. Quiero estar contigo —admitió, como si fuera normal decirme algo así. No pude reprimir la rabia. La mano derecha empezó a temblarme y me la llevé al pelo agitado.

—La nuestra no es una jodida historia de amor. ¿Lo entiendes? ¿Durante cuánto tiempo voy a ser tuyo? ¿Un mes, dos? Esto no durará eternamente —le solté—. Además, estás aquí porque tengo que protegerte de un psicópata, no porque seas mi novia, mi pareja o lo que sea…

Mentira. Era mía, pero jamás lo iba a saber.

La farsa que estábamos viviendo solo continuaba porque tenía el deber de alejarla de mí cuando todo terminara. Tarde o temprano descubriría quién era Player y la liberaría para no arrastrarla a mi infierno.

—Así que puedo salir con quien quiera, acostarme con otros y… —Selene gesticuló esbozando una sonrisa socarrona. Estaba seguro de que había palidecido.

¡No, mierda! No podía hacer nada de lo que estaba diciendo.

Por un momento sentí que me flaqueaban las piernas, pero luego me acerqué a ella furioso, la agarré por el pelo y la golpeé contra mí. La niña se calló y contuvo la respiración.

—Tú seguirás haciendo todo conmigo. Solo me perteneces a mí —murmuré en un tono posesivo que nunca había usado con nadie.

313

Estaba enfadado, cegado, ofuscado por la imagen de ella con otro hombre. Sentí náuseas, incluso temí vomitar el poco café que había bebido.

¿Qué demonios me estaba pasando?

No dejé de apretarla contra mí ni siquiera cuando ella apretó los dientes para hacerme saber que le estaba haciendo daño.

—Si no te importo nada, ¿a qué vienen esos celos? —susurró mirándome fijamente a los ojos. Algo vibró en mi pecho al oír esa palabra.

¿Yo celoso?

Nunca lo había sido, ni siquiera sabía reconocer los celos, aunque quizá con ella…

Me perdí en su mirada profunda, rodeada por sus largas pestañas. Tenía todo un mundo ahí dentro y cada vez me perdía en él.

—Yo no… —intenté decir, pero las palabras se me quedaron en la punta de la lengua. Selene sonrió victoriosa y se inclinó hacia mí para darme un beso. Estaba conmocionado, pero lo acepté. Acepté el calor y la suavidad de sus labios, que me concedieron un contacto casto, ligero y poderoso.

Selene tenía la capacidad de besar todas mis angustias y también de despertar todos mis miedos, y eso me turbaba.

No se dio por vencida cuando percibió la oposición de mi cuerpo, que se había tensado porque no estaba seguro de querer corresponder a sus atenciones. Se frotó contra él con descaro y entonces yo gemí y le solté el pelo para poder agarrarle el culo y atraerla hacia mí.

—Estás intentando destruirme. Eres peligrosa, eres una bruja malvada, un enemigo gigante, de Campanilla nada…, eres una zorrita —la ofendí apartándome un poco, pero ella me acarició la nuca y volvió a besarme, esta vez con pasión, como si me estuviera incitando a tomarla allí, en la encimera que tenía a sus espaldas. Abrí la boca para secundarla y dejar que nuestros deseos se fundieran.

¿Quién le había dado permiso para besarme?

Nadie, pero ella me estaba reclamando con audacia, como si tuviera pleno derecho. No pude apartarla y seguí cediendo a la frustrante tentación de saborearla, de dejarla sin aliento, de invadirla con mi lengua y turbarla, como cuando yo me imponía y ella no lograba seguirme el ritmo. Le correspondí con una violencia desesperada y ella empezó a respirar con dificultad.

Me apretó los hombros para pedirme que me lo tomara con calma, pero, siendo como era un cabrón, no me detuve.

Ella me había cautivado, así que ahora actuaría a mi manera.

Ya no sabía lo que estaba ocurriendo en mi interior.

—¡Dios mío!

Solo me despegué de Selene cuando una voz masculina retumbó entre las paredes de la casita de invitados. De mala gana, me giré para ver quién era el entrometido de turno y vi a Matt Anderson inmóvil en la puerta, embutido en un elegante traje azul. Había entrado sin tocar el timbre y ahora nos estaba mirando boquiabierto a su hija y a mí. Parecía tan sorprendido que no sabía qué decir. Era evidente que había asistido a la escena y yo ni siquiera me había molestado en apartar las manos de las nalgas de Selene.

—Así que Anna tenía razón. Dijo que había visto llegar a una chica, pero no estaba segura de que fueras tú. Creía que... —dijo con voz vacilante y solo entonces decidí separarme de la niña para que Matt digiriera la situación. Posó sus ojos negros en mí y me miró con tal odio que cualquier otro en mi lugar habría tenido miedo. Yo, en cambio, permanecí tan impasible e indiferente como siempre—. La verdad es que no tienes el menor escrúpulo, Neil. Sigues cometiendo errores —siseó enfadado mientras Selene se acercaba a mí intimidada y se aferraba a mi brazo con ansiedad.

Sus uñas se clavaron en mi carne desnuda. Le lancé una rápida mirada y vi que estaba asustada. No podía soportar verla así. Me desasí de ella. Parecía perdida, de manera que le rodeé los hombros con un brazo para tranquilizarla. Campanilla apoyó la cabeza en mi pecho y me abrazó.

—Sigo queriendo a tu hija. ¿Y qué? No debería sorprenderte —admití con indolencia y Selene se estremeció. Sin duda no se esperaba una confesión así, sobre todo delante de Matt, que soltó una risita y se tocó la perilla bien cuidada.

Tras pensar en lo que debía hacer, gruñó exasperado y explotó.

—¡La quieres a tu manera enfermiza! —gritó—. ¡Incluso la alejaste de mí! —me acusó.

¿De verdad creía que yo era el único culpable de toda esa historia? Jamás había querido interponerme entre ellos dos, pero había sucedido. No podía comportarse como un cobarde y convertirme en el único responsable de la situación.

Debería haberse concentrado en la ya agria relación que tenía con su hija en lugar de fijarse en los hombres con los que ella salía o se acostaba.

—Te llamé, Selene. Fui a Detroit. Nunca me dejaste hablar contigo. Tu madre y yo estamos preocupados por ti —dijo dirigiéndose a ella con un tono de voz totalmente diferente.

315

Ignorándome, se aproximó a su hija con paso cauto. Tuve que contenerme para no reírme en su cara, porque Matt Anderson sí que sabía hacer el ridículo, pero la niña me abrazó pidiéndome tácitamente que no la soltara.

No pensaba hacerlo, al menos por el momento.

—Mírate… —dijo Matt examinándola de arriba abajo—. Has adelgazado. Pareces cansada… —continuó frunciendo el ceño a la vez que le escudriñaba el cuello. Sabía lo que estaba mirando: las marcas que le había hecho por un exceso de ímpetu en la cama. Con Campanilla no podía controlarme. Si mis amantes enloquecían por mí era, precisamente, porque rebasaba todos los límites en el sexo. Estaba seguro de que Selene también apreciaba mi naturaleza extrema, pero para un padre era diferente, para él nunca sería un hombre recomendable.

—Te está consumiendo, Selene. Lo hará mientras pueda, mientras le permitas continuar. Ya lo hizo con Scarlett, ahora es tu turno.

Ese maldito nombre era suficiente para nublar mi razón. Abracé estrechamente a la niña y lo miré preparado para reaccionar. Además de ser el compañero de mi madre, era el padre de la chica que, de alguna manera, estaba tratando de colarse en mi alma, así que me dominé, aunque no sin cierta dificultad.

—No puedes entenderlo. Nadie puede entender la razón de mi insistencia —replicó Selene, hablando por primera vez desde que Matt había irrumpido en el apartamento. La observé e intenté adivinar lo que pretendía decir. ¿Cuál era la verdadera razón?—. Puede que te parezca que estoy loca, que soy una cría irracional, pero prefiero seguir a mi corazón y arriesgarme, porque sé que merece la pena —añadió, cada vez más decidida. Mi mirada se dulcificó y, por un instante, traté de comprender lo que había hecho para merecer a alguien como ella.

Siempre había pensado que mi maldita vida era un péndulo que oscilaba entre el dolor y el placer.

Después del sexo volvía a caer en mis tormentos y el goce se convertía en una mera relajación temporal que iba seguida del aburrimiento y de la conciencia de que no era un hombre normal.

Campanilla parecía querer parar ese péndulo, echar a patadas en el culo al niño que habitaba en mi interior e imponerme una realidad mejor.

—Te ha moldeado a su manera. Eres adicta a él. Quizá solo sea sexualmente, pero lo eres. —La voz de Matt me sacó de mis cavilaciones.

¿De verdad había dicho eso?

Me eché a reír.

Era justo lo contrario: era yo quien dependía sexualmente de su hija, sobre todo últimamente.

Selene levantó la cabeza y me escrutó desconcertada; su padre, en cambio, me fulminó con la mirada: deseaba matarme.

—Créeme, Matt, no has entendido una puta mierda —respondí deshaciéndome de los restos de mi inoportuna carcajada.

—¿Tú crees? —se burló indignado—. Los dos sabemos lo problemático que eres. Es imposible hablar o razonar contigo. Te impones como si todo te fuera debido. ¡Estoy seguro de que tratas a mi hija como a una marioneta, como a una pequeña esclava que tiene que complacerte siempre que quieres! —me atacó—. ¡Eres un pervertido y la mera idea de tus manos tocando a mi hija me produce auténtica repugnancia! —gritó con todo el aliento que tenía en la garganta.

Selene se estrechó contra mi cuerpo. Odiaba que alguien alzara la voz y temblaba cuando presentía un peligro. Era absurdo que quisiera protegerla de su padre, cuando, en realidad, debería haberla protegido de mí mismo en primer lugar.

Matt tenía razón: yo era un pervertido.

Pero no estaba dispuesto a repetir muchas de las cosas que había hecho en el pasado con la niña. No la compartiría jamás con los Krew ni la dejaría participar de los juegos lascivos con los que a menudo me había entretenido con Xavier y Luke.

A mi manera, la respetaba y la trataba de forma diferente a las demás.

—No pasa nada —le susurré para tranquilizarla.

Sentí la repentina necesidad de calmarla y de hacerle saber que, aunque fuera una persona problemática, perturbada y confusa, podía confiar en mí. Alcé su barbilla con los dedos y la obligué a mirarme a los ojos. Su océano estaba agitado. La niña estaba conmocionada y desconcertada. Instintivamente le di un casto beso en los labios, pero no menos intenso de los que le daba a menudo. Ella cerró los párpados para abandonarse a mí, como si yo fuera todo su mundo.

Sonreí en su boca y me volví para mirar a Matt, que parecía habernos visto follando en lugar de intercambiándonos un banal gesto consolador.

—No la quieres —murmuró angustiado sondeando en mis iris la oscuridad de la que nunca me iba a librar—. Veo que no has cambiado y estoy seguro de que nunca cambiarás —añadió apesadumbrado.

Me lamí el labio para volver a saborear la dulzura de su hija y me mostré satisfecho, además de desafiante.

—No estoy obligado a decírtelo —me limité a responder sin negar ni confirmar nada—, pero de una cosa estoy seguro: no puedes hacer nada para impedírmelo —concluí con una pizca de orgullo masculino que un hombre como él había captado, sin duda.

De hecho, Matt Anderson encajó el golpe y retrocedió afligido, mirándome conmocionado. Selene seguía aferrada a mí, como si yo fuera su única ancla de salvación, y siguió con la mirada los pasos de su padre, quien, con los hombros curvados, se dirigía destrozado hacia la puerta tras haber aceptado la amarga verdad de que había perdido a su hija.

Quizá para siempre.

14

Selene

El amor es a veces un don eterno.
Otras es la peor de las condenas.
KIRA SHELL

Angustiada.

Así me sentía tras ver salir a Matt de la casita de invitados después de haberme vuelto a sorprender en compañía de Neil. A pesar de que no había asistido a lo que había ocurrido durante la noche, se lo había imaginado.

Mi aspecto no dejaba lugar a dudas: el pelo enmarañado, la cara pálida, la mordedura en el labio... Todo en mí evocaba la imagen de una mujer que había follado sin demasiada delicadeza.

Al pensarlo me sonrojé, pero la vergüenza que sentía después de que mi padre hubiera entrado en el apartamento pudo con cualquier fantasía libidinosa en la que Neil y yo apareciéramos compartiendo la cama.

Suspiré y bebí un sorbo de café sin azúcar, en contra de mi costumbre.

Al pasar tanto tiempo con míster Problemático me estaba volviendo como él.

Neil había ido al cuarto de baño a darse otra ducha, de manera que me había quedado sola en la cocina.

Su ausencia momentánea me iba a permitir recuperar la debida lucidez y reflexionar sobre lo que estaba sucediendo.

Necesitaba hablar con Matt.

La idea de que pudiera estar mal, de que estuviera regodeándose en el dolor en una de las lujosas habitaciones de la mansión me atormentaba hasta encogerme el estómago. De repente, dejé la taza en la encimera y tragué con dificultad el último sorbo del líquido acre.

Debía ver a mi padre.

Me levanté del taburete y enfilé el pasillo para ir a avisar a Neil.

Ya no oía el estruendo del agua e imaginé que había salido de la ducha. Con la mente llena de pensamientos, me arrastré hasta la puerta del cuarto de baño, que estaba entreabierta. Apoyé una mano en el marco para asomarme y, antes de que pudiera decir algo, me quedé petrificada.

Lo que vi fue tan extraño como inesperado.

Neil estaba inmóvil frente al espejo. Su cuerpo húmedo y varonil cubierto tan solo por la toalla que le rodeaba las caderas. El pelo le goteaba en la nuca y tenía los músculos rígidos y tensos. En un primer momento pensé que se estaba mirando como haría cualquiera, pero cuando parpadeé para verlo bien me di cuenta de que estaba aturdido.

Escrutaba su reflejo con sus ojos dorados, que estaban muy abiertos y parecían turbados. Ni siquiera pestañeaba, hasta tal punto estaba perdido en su mundo, como si estuviera viviendo un momento de abstracción de la realidad y se hubiera disociado de sí mismo.

Tuve miedo por primera vez.

Ese tipo de miedo que resulta difícil de manejar: primario, intenso, fatigoso.

Me puse en alerta: huir o defenderme eran las únicas alternativas que me sugería el instinto.

El peligro se iba haciendo más palpable a cada segundo que pasaba.

El nerviosismo se hacía insostenible; exhalé el aire que había estado reteniendo inconscientemente hasta ese momento. Ese soplo breve, pero intenso, llamó la atención de Neil, que se giró bruscamente hacia mí.

Me había pillado in fraganti, así que retrocedí unos pasos y eché a correr. Pero Neil reaccionó con tanta rapidez que logró agarrarme una muñeca.

Me volví hacia él y golpeé con la espalda la puerta de la entrada, que estaba cerrada, mientras miraba su pecho jadeante.

Olía muy bien y me sujetaba con fuerza, sin llegar a ser violento.

La distancia que nos separaba era mínima.

Seguí el rastro de las pequeñas gotas de agua que descendían desde su cuello para lamerle los músculos bien definidos del pecho, la piel ambarina que me deslumbraba con su brillo. Lo oí suspirar y me atreví a levantar la cabeza para encontrarme con su mirada.

Neil me estaba escrutando con el ceño fruncido, sus iris claros resplandecían a la vez que aparecían velados por sombríos pensamientos, sus labios carnosos estaban apretados en una expresión seria y su mandíbula estaba contraída.

—Disculpa —susurré para hacerle saber que, una vez más, no iba a juzgar lo que había visto, fuera lo que fuese—. Solo quería decirte que voy a hablar con Matt —le expliqué con voz temblorosa.

Él se percató de mi agitación y se agachó de manera que nuestras caras quedaron alineadas. Me escudriñó atentamente para comprobar hasta qué punto tenía miedo. Dado que no sabía disimularlo como él, estaba segura de que había comprendido que me sentía intimidada. Se acercó a mí sin contestarme y apretó su pecho contra el mío, de manera que quedé aplastada entre él y la puerta, encastrada y sin una vía de escape. Me puse rígida y me quedé quieta, aguardando su siguiente movimiento.

—El niño está celoso de ti —me murmuró al oído arrojándome su cálido aliento—, pero yo lo tengo controlado. No tienes nada que temer —añadió en voz baja con un timbre grave e inquietante.

Tragué saliva intentando no caer presa de las desagradables sensaciones que estaba experimentando.

—Si no fuera así, ¿qué más me haría? —musité en apariencia tranquila, a pesar de que las piernas empezaban a temblarme.

Neil rozó mi cuello con la punta de su nariz y puso los codos a ambos lados de mi cabeza para dejar caer sobre mí todo su cuerpo. Me estremecí, pero no me opuse cuando sentí que los ángulos de sus músculos me presionaban por todas partes.

—Te mataría —respondió.

Se me heló la sangre. No dije nada por miedo a provocarlo o a desencadenar una reacción irracional. Me limité a contener las lágrimas mientras Neil retrocedía un poco para mirarme la frente. En un primer momento no entendí lo que había captado su atención, pero luego comprendí que era la cicatriz. La observó absorto, con las pupilas tan contraídas que el oro se derramaba alrededor de ellas. Apenas podía reconocerlo. Algo dentro de mí me hizo pensar que ese no era el hombre que amaba.

Era una sensación gélida y angustiosa que me erizaba la piel.

Daba la impresión de que otra persona intentaba apoderarse de su mente y de que Neil estaba tratando de luchar contra ella. Sentí un dolor incontenible en el pecho al verlo tan desvalido.

—Se llaman *alters*… —murmuró. Quería hablar conmigo, abrirse a mí, pero algo oscuro lo mantenía cautivo. Me di cuenta por el esfuerzo que tuvo que hacer para pronunciar esas débiles palabras.

—¿Quiénes? —Levanté una mano para acariciarlo, pero él la esquivó. El corazón se me partió en dos cuando, con una mirada severa, me hizo comprender que no debía tocarlo.

—Las almas que viven en mi interior —respondió inexpresivo.

—¿Y son peligrosas? —murmuré vacilante.

—¿Tienes miedo? —Neil eludió mi pregunta y yo contuve la respiración, incapaz de confesarle que sí. Él lo intuyó y se entristeció. Luego parpadeó. Se estaba exponiendo demasiado. Entonces quiso cambiar de tema, para no mostrarme lo que tenía dentro—. Matt es tu padre, puedes hablar con él cuando quieras, no tienes que avisarme de nada —añadió insensible, con un tono comedido pero distante, como si no fuera él.

Sin aguardar la respuesta, se dio la vuelta y se encaminó a paso lento hacia el cuarto de baño.

La pose rígida, la espalda recta, los pasos impetuosos…

Ladeé la cabeza para verlo mejor: no era Neil.

Era un autómata, un hombre desprovisto de toda emoción humana, no era mi míster Problemático.

Atónita, lo seguí con la mirada hasta que al final se encerró en el cuarto de baño dando un portazo.

Suspiré y me quedé quieta unos segundos, reflexionando sobre lo ocurrido.

Los momentos de oscuridad o de total desconcierto en los que Neil ni siquiera me reconocía se estaban haciendo más frecuentes. Debería haberme acostumbrado, pero cada vez que se producía uno me alteraba y me perturbaba más.

Sacudí la cabeza para volver en mí y decidí salir de la casita de la piscina para ir a ver a Matt.

Con una extraña sensación de inquietud en el pecho, pasé por delante de la piscina exterior y suspiré para ahuyentar los pensamientos negativos.

Una ráfaga de viento me estremeció; debería haberme puesto el abrigo, pero, en lugar de eso, había salido corriendo para alejarme de Neil y de su inestable personalidad y afrontar otro problema: Matt Anderson. Encogí los hombros y me apresuré a subir los escalones del porche para llamar al timbre.

Esperé unos instantes hasta que Anna, el ama de llaves, abrió la puerta. Me miró sorprendida.

Probablemente no esperaba mi visita y era comprensible: no había puesto un pie en esa casa desde hacía mucho tiempo.

—Hola, señora Anna. ¿Puedo pasar? —le dije simplemente esbozando una sonrisa amistosa. Tras un momento de perplejidad, la mujer se hizo a un lado en señal de bienvenida.

—Señorita Selene. Anoche vi entrar a alguien en la casita de invitados y pensé que era usted, pero no estaba segura —me explicó mirándome de arriba abajo con aire preocupado—. Está más delgada —comentó desconcertada. En los últimos tiempos me había enfrentado a muchas situaciones difíciles y el estrés saltaba a la vista.

Había perdido varios kilos, pero no era tan grave como todos pensaban.

—Sí, soy yo. En carne y hueso —bromeé para aliviar la turbación que sentíamos al volver a vernos—. ¿Está mi padre? —pregunté para asegurarme de que Matt no se había marchado. A decir verdad, no entendía por qué no estaba en la clínica, ya que no solía quedarse en casa.

La señora Anna no tuvo tiempo de responderme, porque Matt, que estaba sentado en el sofá del salón, se levantó y me miró con aire atormentado.

—Selene.

Mi presencia pareció asombrarle en un primer momento, pero sus facciones se endurecieron enseguida hasta adoptar una expresión severa propia de un padre decepcionado. Sus músculos se tensaron bajo la elegante chaqueta.

—Quería… —Avancé hacia él, frotándome las manos por el frío—. Quiero hablar contigo —dije acortando la distancia que había entre nosotros.

Matt frunció el ceño y luego se aproximó a mí con una expresión inquieta. Me tomó la cara entre sus manos y me observó con el dolor grabado en sus facciones.

—Yo… estoy intentando salvarte —dijo adelantándose a mí y mirándome fijamente a los ojos—. Eres mi hija y has perdido la cabeza por un chico que solo llenará tu vida de problemas, como es posible que esté sucediendo ya. Sabía que seguíais viéndoos, pero siempre me he negado a aceptarlo. Neil no está nunca en casa y Mia al principio estaba preocupada. Pensó que se había vuelto a meter en uno de sus líos, pero luego, gracias a Logan, se enteró de que solía ir a verte a Detroit —dijo con amargura, disgustado con lo que Neil y yo estábamos compartiendo.

—Siempre he decidido lo que hacer con mi vida. Tú estuviste fuera de ella durante veintiún años, así que ahora no puedes pretender hacer de padre —repliqué airada a la vez que me desasía de él. Matt estaba de pie, con las manos suspendidas en el aire, sorprendido por mi respuesta.

—No puedo desentenderme cuando mi hija ha perdido la virginidad con el hijo de mi pareja; cuando mi hija sigue acostándose

323

con él en mis narices, traicionando la confianza que puse en ella; cuando mi hija ha decidido destruir su vida para estar con un joven problemático y perturbado. No lo conoces, Selene. —Matt cambió de actitud y empezó a levantar la voz, apretando un puño con rabia. Esa reacción tan repentina me dejó atónita y di un paso hacia detrás.

—Sé todo. Sé lo que pasó con Kim, sé lo de los abusos, sé lo de la clínica psiquiátrica, sé…

—¿Sabes que dejó la terapia hace tres años sin la autorización del doctor Lively? —me interrumpió—. ¿Sabes que debe tomar psicofármacos? ¿Sabes que su psiquiatra llama constantemente a Mia para pedirle que vigile a su hijo, porque puede ser un peligro para sí mismo y para los demás? ¿Lo sabes? —soltó furioso.

Sus palabras me dejaron petrificada. Quería echarme a llorar, sentí que un nudo de angustia me sofocaba en la garganta, pero traté de respirar y de hacer acopio de la fuerza necesaria para continuar con nuestra absurda conversación.

—¿Por casualidad sabes cómo se entretiene cuando no está contigo? ¿Desde cuándo lo conoces? ¿Desde hace unos meses, Selene? ¡Yo lo conozco desde hace cuatro años! —afirmó—. Y te aseguro que sé muchas más cosas que tú.

Me escrutó con unos ojos tan oscuros como el petróleo, decidido a imponer sus razones. Una vez más, guardé silencio, confusa y ofuscada por lo que estaba oyendo.

Matt lo comprendió y aprovechó la oportunidad para proseguir.

—Vuelvo a ver a Scarlett en ti —murmuró—. Esa chica lo quería mucho y al principio a Neil también le gustaba.

De nuevo volvía a aparecer la famosa Scarlett Scott, la hija del agente Roger Scott, del que aún no sabía nada, a diferencia de los que me rodeaban.

La última vez que lo había visto, Xavier me había planteado muchas dudas sobre ella, de manera que quizá hubiera llegado la hora de saber la verdad.

—Esa chica lo persiguió durante un año como un perrito. Aguantó todo, soportó todas las rarezas de Neil. Seguro que él te dirá que estaba loca, pero lo cierto es que perdió el juicio por su culpa.

Miré a Matt a los ojos y tragué la píldora amarga, presa de una agitación incontrolable.

—Neil no es malo, tiene una mente diferente a la ordinaria, eso es todo. No puede ver la realidad como nosotros, Selene. Ve a Kim en todas las mujeres, porque ella vive en su cabeza. Él hace a las mujeres lo que Kim le hizo a él. Las manipula, las moldea a su gusto, las utiliza y luego se deshace de ellas. No lo hace por maldad, sino porque tiene un problema en la cabeza, un trauma que no ha superado. Mia ha recibido varias llamadas del doctor Lively. Está preocupado porque Neil no ha avanzado nada en los últimos años. La situación es muy delicada. Su habilidad para manipular a los demás ha aumentado. Debe medicarse con regularidad para dominar los arrebatos de cólera, para manejar sus impulsos y su personalidad inestable. Neil no es como Jared ni como los demás chicos que has conocido. Solo quiero lo mejor para ti. Te conviene alejarte de él.

Matt apoyó sus manos en mis hombros. La cabeza me daba vueltas. Tragué como si tuviera muchas espinas en la garganta, el corazón empezó a latirme en el pecho a un ritmo irregular. Acababa de oír lo que ya sabía, pero no entendía por qué el hecho de que fuera mi padre el que lo dijera me producía un efecto tan diferente.

Algo dentro de mí se estaba desgarrando y hundiéndome en un limbo peligroso.

—¿Quería a… Scarlett? —me atreví a preguntarle.

—No, claro que no. —Sacudió la cabeza como si yo hubiera dicho una gran tontería—. Nunca ha querido a ninguna mujer, no creo que sea capaz. Lo que sí sé es que siente una fuerte atracción por todas sus amantes, sobre todo si son rubias. En el caso de Scarlett fue así. Neil odia hablar de ella porque sabe que cometió graves errores, pero sigue justificándose, alegando que ella estaba obsesionada y demasiado enamorada de él. Pero cuando ella venía a verlo y subían a su habitación, no se echaba atrás, desde luego… —Se detuvo, de repente parecía cohibido.

Había sido más que elocuente.

—Y se acostaba con ella —continué mirando hacia delante, con los ojos clavados en un punto indefinido. Reflexioné profundamente sobre todo: tenía demasiadas dudas y las respuestas aún estaban lejos.

—Exacto. —Matt asintió con la cabeza—: Nunca la rechazó. Ella siempre pensó que podía haber un futuro para ellos e hizo cosas extremas. A veces lo esperaba en el porche hasta altas horas de la noche mientras él estaba fuera con sus amigos o sus amantes. Otras veces llegó incluso a… —suspiró y se humedeció los labios con nerviosismo. Lo miré con aire grave y mi silencio lo incitó a continuar—, a lastimarse a sí misma con la esperanza de que así podría recibir algo de amor, como él le había hecho creer.

Tenía la impresión de estar recibiendo un puñetazo tras otro en el estómago y no tenía ni la capacidad ni la voluntad de reaccionar.

Desconocía esos detalles, Neil nunca me los había contado.

—Para él todo es un juego, Selene. No lo creas, por favor —prosiguió Matt—. No te dejes cautivar por su mente, por favor. Podría pasarte lo que le ocurrió a esa pobre chica. Te perderías por completo a ti misma y él te dejaría por otra. Primero fue Scarlett la que fracasó en el intento de salvarlo. Ahora eres tú, luego, después de ti, habrá otra y así sucesivamente… —Suspiró cansado.

Lo miré perpleja. Me desasí de sus manos, que aún me estaban apretando los hombros, y pensé que podía desmayarme en cualquier momento. Ya no entendía nada.

—Neil… —musité—. Neil es honesto conmigo. Cuando estamos juntos es él mismo —susurré confusa. Intentaba convencerme más a mí misma que a mi padre, quien me miraba como si estuviera loca.

Y quizá lo estaba.

Quizá ya estaba empezando a enloquecer.

—Contigo no es él mismo, ese es el problema —murmuró Matt—. Reflexiona, Selene. ¿Cómo empezó vuestra especie de relación? —Me miró a los ojos y escudriñó en mi interior buscando mis incertidumbres, que fueron emergiendo poco a poco—. Empezó como un juego. Él te sedujo y tú no engañaste a Jared porque quisieras, sino porque él te indujo a hacerlo. Estoy seguro de que manipuló tu mente y que ha seguido apoderándose de todo lo que ha querido incluso a costa de que tú te sientas sucia y anormal. ¿Me equivoco? —preguntó turbado. Di un paso hacia atrás, sin creer una palabra, mientras mi cabeza se movía lentamente de derecha a izquierda—. ¿Qué cambió después de que dejaras a Jared? ¿Neil dejó de acostarse con las demás mujeres? ¿Inició una verdadera relación contigo? No —dijo secamente mientras yo lo escuchaba inmóvil—. Y nunca iniciará una, Selene. Nunca creará nada contigo. Te mantendrá suspendida de un hilo invisible a tus ojos hasta que el hilo se rompa. Y él será quien lo rompa. Enamorada perdida, te olvidarás de ti misma mientras él elige a una nueva Scarlett con la que retomar su juego. Y todo eso se repetirá una y otra vez hasta que él resuelva sus problemas. Neil no necesita una mujer, Selene. Necesita un maldito psiquiatra que se ocupe de él. Necesita la medicina, los tratamientos. No el amor. Debes entenderlo. ¡Quiero que lo entiendas! —dijo alzando la voz y zarandeándome los hombros, porque yo estaba ya en un estado de trance absoluto.

Me sentía absorbida por una realidad nebulosa e imprecisa.

Matt podía tener razón, pero también podía ser un calculador inteligente que estaba usando información sobre el pasado de Neil para asustarme; intentaba enturbiar mis certezas, ensuciarlas con sus convicciones negativas.

Al fin y al cabo nunca había confiado en mi padre y tampoco pensaba hacerlo en ese momento.

Era obvio que quería distanciarme del hijo de su compañera, así que no me sorprendía que su relato tuviera un tono tan trágico.

—Esto... tengo que irme —murmuré dirigiéndome hacia la puerta. Me toqué la frente, que estaba palpitando. Tenía una jaqueca terrible y ningún analgésico a mano. La doctora Rowland me había dicho que, a pesar de que ya estaba curada, los dolores de cabeza serían frecuentes, sobre todo en caso de ansiedad y estrés. Y yo estaba acumulando demasiado estrés.

—¡Selene! —me llamó Matt.

Salí al jardín y caminé a paso ligero hacia la casita de la piscina. Era absurdo que quisiera refugiarme en brazos de la persona de la que todos me hablaban mal, advirtiéndome de lo peligrosa que era. Si bien a su lado a veces temía su carácter inestable, sabía que jamás me haría daño, al menos no de forma voluntaria.

Ahora que había decidido abrirme su corazón, estar conmigo, confiar en mí y darme poco a poco un pedazo de su alma.

Trastornada, llamé a la puerta y aguardé a que Neil me abriera. Cuando lo hizo, entré corriendo a la vez que me pasaba una mano por el pelo.

Quería fingir que lo había solucionado todo con Matt, pero no sabía ocultar mis emociones. En ese momento estaba a todas luces conmocionada.

—Déjame adivinar... —Neil cerró la puerta con un ruido sordo. Me volví hacia él y lo vi de pie, cerca de mí, con una expresión gélida en el rostro. Ladeé la cabeza para verlo mejor. Vestía un jersey gris ajustado que resaltaba su fuerte musculatura y unos vaqueros negros envolvían sus piernas robustas. Tenía el tupé castaño echado hacia atrás y un mechón de pelo le caía sobre la ceja izquierda. Las venas tensas en el dorso de sus manos mostraban su nerviosismo—. Te ha dicho que soy un enfermo mental. Una especie de psicópata que necesita tratamiento y del que debes estar lo más lejos posible, ¿verdad?

Una sonrisa cruel se dibujó en sus labios. Estaban enrojecidos e hinchados por los besos llenos de pasión que nos habíamos dado durante toda la noche.

Neil era seriamente adictivo, y si...

¿Y si Matt tenía razón?

¿Y si era tan adicta a él que ya no veía la realidad?

Ese muchacho estaba desencadenando una auténtica guerra en mi cabeza.

327

«Tranquila, solo estamos jugando», me había dicho en uno de nuestros primeros encuentros.

«¿En qué consiste tu juego?», le había preguntado.

«Si te lo dijera, ¿dónde estaría la diversión?», había respondido vagamente.

A partir de ese instante, cada frase de cada momento que habíamos compartido empezó a martillear en mis sienes.

Me había sumido en un caos demencial del que temía no volver a salir nunca.

Todas las pequeñas certezas que había acumulado en los últimos días empezaron a tambalearse vencidas por las dudas que exigían una respuesta.

—Le das demasiadas vueltas —comentó Neil, dando un paso hacia mí; yo, en cambio, di uno hacia atrás. Sabía que cuando estaba demasiado cerca de mí era incapaz de pensar con claridad. Si manteníamos una distancia adecuada entre nosotros, podría recomponerme. El destello de dolor que cruzó por su cara al ver mi reticencia me apenó. No quería alejarlo de mí ni tildarlo de monstruo como los demás, pero necesitaba digerir lo que me había dicho Matt.

—Quiero hablar de Scarlett. Estuvisteis mucho tiempo juntos, ¿verdad? Me gustaría saber todo lo que pasó —dije en tono firme.

Esta vez iba a llegar al fondo del asunto. Neil se enfurruñó, se quedó absorto unos instantes escrutando algo a mi espalda, luego volvió a mirarme y suspiró malhumorado.

—¿Otra vez con esa historia? —preguntó torciendo molesto los labios.

—Nunca me la has contado. Siempre has ignorado mis preguntas —repliqué.

—¿Qué te ha dicho tu padre? Joder… En vez de resolver los problemas que tiene contigo, lo único que hace es infamarme. Es increíble.

Sacudió la cabeza con una mueca burlona mientras pensaba en él. Aguardé con aire serio a que me diera una verdadera respuesta. Neil se dio cuenta y se lamió el labio desconcertado, luego se tocó el pelo. Era difícil ignorar su perturbador encanto.

Estaba tan atractivo como siempre incluso cuando se sentía confuso. Fuerte y frágil al mismo tiempo, agazapado tras su muro de orgullo como un niño que odiara mostrarse débil o vulnerable. Me habría gustado abofetearlo y a la vez besarlo hasta aspirar todo el oxígeno de sus pulmones.

Yo era diferente cuando me reflejaba en sus iris.

—Necesito saberlo, Neil. Anoche fui tuya, ahora quiero que me des algo a cambio —insistí aferrándome a nuestro antiguo compromiso. Me fulminó con la mirada, indeciso entre echarme de la casita de invitados o contármelo todo de una vez. Al final, sus hombros se relajaron y cedió.

—¿Qué quieres saber exactamente? —preguntó, volviendo a comportarse de forma tan inflexible como siempre. Lo había metido entre la espada y la pared y no estaba nada contento.

—Todo. Desde el principio —puntualicé.

Lo seguí con la mirada mientras se acercaba a la isla. Ese paseo viril me encendió las mejillas, pero evité cualquier pensamiento lascivo. No era el momento. Neil apoyó la espalda en el borde de mármol y me miró guiñando los ojos para comprobar si estaba lista para escucharlo.

Me mostré decidida y entonces empezó a hablar.

—La conocí en un local. Yo estaba con los Krew y Scarlett con una amiga. Me fijé en ella enseguida; por otra parte, era casi imposible no reparar en una chica así: rubia, alta, seductora. Me acerqué a ella y entablé conversación con el único objetivo de llevármela a la cama. Le dejé muy claro que no iba a ser un compromiso serio y ella aceptó mis condiciones. Así que empezamos a vernos, aunque nunca le hablé de mí. Solo me apropié de lo que quería. Al principio me gustaba estar con ella, me atraía mucho, pero nunca renuncié a mis principios: nada de relaciones.

Me miró atentamente, buscando alguna emoción en mi rostro, pero traté de mostrarme impasible y de ocultar los celos que me estaban devorando el estómago al imaginármelos juntos.

—¿Y bien? —me aclaré la garganta y lo insté a seguir.

—Después Scarlett empezó a fantasear con que estábamos viviendo una historia de amor y pensó que yo podía cambiar. Se comportaba como una novia. Me seguía a todas partes. Se ponía celosa cuando me veía con otra mujer. —Su voz era controlada y grave, como si estuviera reviviendo esos recuerdos en su mente—. Hacía lo que fuera para llamar mi atención. Incluso empezó a llorar a menudo para manifestarme su desesperación, a reaccionar como una chiflada para que me plegara a su voluntad por piedad o por miedo a que se hiciera daño. Y eso es justo lo que ocurrió. Por temor a que pudiera hacer algo irracional, traté de complacerla. Así que cuando nos veíamos o venía a mi casa, me esforzaba por sentir la misma atracción hacia ella, una atracción que, en realidad, se había desvanecido desde hacía ya tiempo. En realidad, pensaba en Kim mientras follaba con ella. Scarlett, en cambio, creía que hacíamos el amor y que eso era suficiente para considerar que tenía una relación conmigo.

329

Suspiró nervioso, su mirada parecía sincera, además de angustiada. Estaba haciendo un gran esfuerzo para hablarme de ella y yo lo apreciaba, aunque no pudiera ocultar mi escepticismo.

—¿Por eso duró un año? ¿No sabías cómo deshacerte de ella? ¿Nunca le diste ninguna razón para que pensara que era posible conseguir algo más de ti? ¿Esa pobre chica construyó sola castillos en el aire?

Mi tono era deliberadamente acusatorio, algo no encajaba. Quería comprender qué culpa había tenido en ese asunto, porque me parecía absurdo que Scarlett fuera de verdad una demente que se había obsesionado por Neil sin que este hiciera nada.

—¿Estás insinuando que la engañé? —me soltó repentinamente tenso—. ¿Dejar claro desde el principio que solo iba a tratarse de sexo es engañar? ¿Admitir abiertamente que no me iban las relaciones es engañar? ¿Confesarle que me tiraba a otras mujeres es engañar? En ese caso, sí. Si todo eso es engañar, la engañé de qué manera.

Abrió los brazos y luego los dejó caer a lo largo de sus costados. Si lo sacaba de sus casillas, dejaría de hablarme con sinceridad, así que traté de ser indulgente y de parecer serena.

330

—¿Cómo te explicas entonces que estuviera convencida de que era así? ¿Que no se rindiera? ¿Cómo es posible que no tengas ninguna culpa en lo que sucedió?

Di un paso adelante y él tragó saliva. No le dije que Xavier me había hablado del odio que sentía por él el agente Scott. Ese hombre detestaba tanto a Neil que incluso le habría gustado meterlo en la cárcel.

¿Por qué?

—No sé qué coño tenía en la cabeza. Me convertí en una especie de obsesión para ella. Mi única culpa fue manipularla. Empecé a manipular su mente cuando me di cuenta de que no iba a conseguir nada amenazándola para que se alejara de mí. Le di a entender como pude que no podía recibir afecto o amor de mí, pero lo único que funcionaba era fingir que le seguía la corriente, aceptar su juego...
—afirmó exasperado, pasándose la mano por la cara mientras yo lo miraba fijamente.

—¿Y yo qué soy entonces? —susurré, atrayendo sus ojos como un imán hacia los míos—. ¿Qué pasa conmigo? ¿Soy la nueva Scarlett? —dije repitiendo las palabras de mi padre.

Sentí un cosquilleo en las comisuras de los ojos, pero traté de contenerme, de ocultar mis miedos e inseguridades. Neil sintió mi abatimiento y se enderezó. Sus piernas tensas soportaban el peso de nuestra conversación, sus hombros anchos manifestaron la habitual intransigencia con la que afrontaba cualquier situación. Se acercó a mí, paso a paso, y mi corazón se estremeció.

—No te pareces en nada a ella —dijo irritado y luego me acarició la mejilla mientras yo miraba boquiabierta sus iris dorados, que me parecieron aún más claros con los reflejos del sol que se filtraba por los grandes ventanales—. No eres Scarlett y nunca lo serás, porque eres algo muy diferente. Tú eres más que ella, Campanilla —respondió vagamente, mirándome a los ojos a la vez que trazaba el contorno de mi labio inferior con el pulgar. Bajé la cabeza para escapar de él, pero por lo visto no le gustó mi timidez, porque me levantó la barbilla para obligarme a mirarlo.

—¿Tienes miedo de mí? —murmuró decepcionado—. Es cierto, puedo verlo en tus ojos. —Sacudió la cabeza y suspiró—. Nunca dormí con Scarlett, nunca compartí mi espacio con ella. Nunca la toqué pensando que era solo mía. Nunca transgredí mis numerosas reglas con ella. Nunca la consideré una perla preciosa que era necesario proteger. Nunca quise sentir su cuerpo sin el condón. Nunca le conté nada sobre mi pasado ni sobre Kimberly. ¿Es suficiente para que entiendas que no puedes compararte con ella? —Me sonrió al mismo tiempo que frotaba la punta de su nariz contra la mía. Respiré en su boca y él me acarició la barriga, luego me agarró un pecho y lo apretó con fuerza—. ¿Te basta?

Rozó mis labios para posar en ellos un beso casto y fugaz. Sin esperar respuesta, descendió hasta mi cuello para empezar a seducirme. Mi piel se calentó, reconoció de inmediato el contacto del hombre que amaba y en el centro de mis muslos asomó un deseo ardiente. Le puse las manos en las caderas para apartarlo, pero mi intento fue tan débil que Neil se rio con suficiencia.

—Me usas como si... —intenté decir a la vez que sentía sus labios en el cuello. Lo mordisqueó y lo chupó, haciéndome jadear. Al mismo tiempo, sus manos prepotentes y varoniles se movían de mis caderas a mis nalgas para atraerme hacia él.

—Como si te desease más que a nadie —añadió terminando la frase. En ese instante apretó mi bajo vientre para hacerme sentir la excitación de su cuerpo ardiente, la poderosa erección que presionaba mis vaqueros, el deseo implacable de hacerme suya de nuevo. Ya.

—No... —Tragué saliva. Mi mente gritaba que lo apartara, mi corazón, en cambio, latía tan fuerte que no podía frenarlo.

—Sí —replicó enérgicamente—. Siempre, Campanilla. Siempre te deseo...

331

Me puso una mano en la nuca y empujó mi cabeza contra él. No se detuvo al notar mi rigidez: deslizó la lengua entre mis labios y me indujo a doblegarme ante él. Su abdomen marmóreo rozaba mis pechos cubiertos por el jersey; me estremecí. Mis pezones se endurecieron, ávidos de su atención, mientras su lengua me exigía una respuesta apasionada.

Sus dedos ardientes me tocaron por todas partes: las caderas, los muslos, las nalgas. Tenía la impresión de que Neil pretendía absorberme, borrar mi identidad y fundirse conmigo. Me cogió la cara con las manos e intensificó el beso a la vez que me empujaba contra la pared. Su pasión era tan devoradora que aplastó mi alma, desmoronó mi razón y anuló por completo cualquier pensamiento negativo. Le correspondí con la misma intensidad para arrancar cada pedazo roto de él, para hacerlo sentir seguro y para aliviar su angustia. Gemí cuando mi espalda golpeó la pared. Neil, en cambio, siguió reclamándome con una voluntad de posesión que se mofaba de mi miedo a no ser nunca suficiente para él.

El timbre de la puerta interrumpió el ajetreo.

Neil dejó de besarme y apoyó su frente en la mía, entrecerrando los ojos con satisfacción. Yo, en cambio, apenas podía respirar.

Los dos jadeábamos. Mis pulmones ardían tanto como mis labios, que sentía irritados por nuestro famélico beso.

—¿Quién coño será ahora? —dijo molesto.

Le sonreí sin pronunciar una palabra; estaba tan aturdida que no habría sido capaz de formular una frase con sentido. Miré en sus ojos y vi en ellos los reflejos invencibles de siempre, aunque en ese momento también eran nostálgicos.

Neil solo vencía en apariencia, por dentro era un hombre destrozado.

Era escurridizo incluso cuando estábamos tan cerca.

Parecía ser mi castigo y mi libertad.

—Deberías abrir —susurré apartándole un mechón castaño de su ojo izquierdo.

—¿Y si dejo ahí fuera a quienquiera que sea mientras te sacudo contra la pared como me estoy imaginando? —me propuso con una mirada maliciosa que me incendió la piel. Cerré los párpados un momento para recuperar la calma, luego los abrí de nuevo. La alquimia que había entre nosotros era siempre excesiva.

Nuestros cuerpos se atraían como dos imanes.

—Vamos, ve a abrir.

Lo aparté con un suave empujón a mi pesar, porque no me habría importado nada secundarlo. Si no nos hubieran interrumpido, habríamos hecho otra vez el amor para pronunciar palabras no dichas y expresar sentimientos ocultos con el único medio de comunicación que funcionaba bien entre nosotros.

Neil resopló y fue a abrir la puerta.

Entretanto, me ajusté el jersey y me peiné el pelo, que se había revuelto durante el beso.

—Señora Anna —le oí decir cuando el ama de llaves apareció con una caja rectangular envuelta en un papel negro y decorada con un lazo rojo.

—Espero no haberte molestado. Ha llegado esto para ti —le dijo antes de entregárselo.

Neil bajó la mirada hacia el paquete y se quedó pensativo, inmóvil por unos instantes, luego lo cogió y le dio las gracias al ama de llaves antes de que esta se marchara.

Cerró la puerta con un golpe de tacón, se sentó en el sofá y dejó la caja encima de la mesita central.

Una extraña inquietud se arremolinó a nuestro alrededor, el aire se tensó de forma inexplicable.

Neil levantó la cabeza para mirarme.

Comprendimos que estábamos pensando lo mismo.

Sentí unos escalofríos de terror en la espalda.

El aspecto de la caja no presagiaba nada bueno.

Saltaba a la vista que el remitente era de nuevo él.

El único con el que aún teníamos un asunto pendiente.

Player 2511.

333

15

Selene

Los monstruos te llevan siempre hacia lo desconocido, pero no tengas miedo.

KIRA SHELL

*M*e había sentado al lado de Neil para darle el apoyo que necesitaba para hacer frente a la situación.

Había desenvuelto el paquete arrancando el papel negro, que ahora estaba esparcido en mil pedazos por el suelo.

Pero en la caja no había nada macabro, solo un portátil.

Neil lo había encendido y en la pantalla de inicio de sesión había una casilla para introducir una contraseña.

Una maldita contraseña que no teníamos.

En el teclado, sin embargo, había pegada una nota adhesiva que decía:

«DISFRÚTALO. PLAYER 2511».

—Intenta no perder los nervios —le susurré acariciándole el muslo.

Podía sentir la tensión en sus músculos y su respiración agitada. Los dos estábamos nerviosos. Aún teníamos en mente el correo electrónico que Player me había enviado para chantajearme después de haberme espiado por la *webcam*. Desde entonces, Neil me había prohibido entrar en las redes sociales. Se había apoderado de mi teléfono móvil, hasta tal punto que me había visto obligada a comprar otro menos tecnológico y, sobre todo, sin cámara. Por último, Neil había destrozado también mi viejo portátil lanzándolo contra la pared.

Yo había disculpado su reacción, porque comprendía que la rabia de ser espiado durante un momento de intimidad lo había crispado tanto que había perdido por completo el juicio.

El único consuelo era que no habíamos informado a la policía, porque, de haberlo hecho, nuestro vídeo habría acabado en los móviles de todos los contactos.

—¿Cómo? ¿Cómo puedo no perder los nervios? —Neil se puso en pie a la vez que se pasaba una mano por el pelo.

Lo entendía. La situación no era fácil para nadie. Lo peor era nuestra inercia. No podíamos reaccionar, no teníamos medios para defendernos. Lo único que podíamos hacer era encajar un golpe tras otro tratando de averiguar quién se ocultaba tras la máscara de Player.

—Si perdemos la lucidez, no analizaremos a fondo el problema —murmuré con cautela para darle todo mi apoyo, pero Neil parecía terriblemente nervioso. La mirada penetrante, la mandíbula contraída por la ira, los hombros rígidos, todo en él exudaba una fuerza tan intrépida como oscura que necesitaba explotar de alguna manera. Para él, proteger a todas las personas de su vida era una cuestión de orgullo, de dignidad, de venganza personal.

—No estoy acostumbrado a quedarme parado y permitir que un gilipollas enmascarado juegue conmigo. ¡No estoy acostumbrado, joder!

Alzó la voz al mismo tiempo que se paseaba de un lado a otro del salón con una mano apoyada en la cadera y masajeándose la frente con la otra.

—Lo comprendo, pero no podemos caer en el pánico ni en la rabia. Solo debemos descubrir su identidad. La ley hará el resto —dije mostrando confianza en un sistema que podría ponerse de nuestra parte y acabar con ese psicópata.

—La ley… —repitió Neil. Hizo una pausa y me miró con expresión burlona—. La ley no hará una mierda. No voy a quedarme esperando a que ese loco te haga daño a ti o a mi familia.

Señaló con un dedo el ventanal para señalar la mansión de Matt y yo suspiré.

Neil se sentía culpable de todo lo que estaba pasando, de las amenazas que se estaban produciendo desde hacía varios meses. Primero el accidente de Logan, luego el mío. La vida de todos estaba en juego y eso era una carga demasiado pesada incluso para un hombre tan tenaz como Neil.

—Después de Chloe, irá a por nosotros dos —añadió.

Arrugué la frente de forma instintiva. ¿Qué tenía que ver su hermana con toda esa historia? Él se dio cuenta de mi perplejidad y se mordió el labio, arrepentido de haberlo dicho.

—¿Chloe? ¿Qué…? —intenté decir, pero él se me adelantó.

—Cuando pasamos la noche juntos en Detroit, me fui a la mañana siguiente porque Logan me pidió que regresara urgentemente a Nueva York. ¿Te acuerdas? —me preguntó y yo asentí con la cabeza

335

mirándolo desde abajo. Respiró hondo y prosiguió—: Ese día Chloe había desaparecido tras haber ido a una fiesta con su mejor amiga, Madison, y los Krew. Luke está saliendo con Madison. No lo sabía —me explicó dejándome sin palabras—. Player me llamó y me dictó un acertijo por teléfono. Lo memoricé y, con la ayuda de Xavier, Logan y Alyssa intenté descifrarlo. Teníamos poco tiempo, debíamos apresurarnos —dijo recordando ese terrible día del que hasta ese momento yo no había sabido nada—. La encontramos poco después, encerrada en el maletero de un coche viejo, en el aparcamiento de un motel. Si no la hubiera rescatado a tiempo, el coche habría explotado y no habría quedado nada de mi hermana —terminó tragando saliva.

Me levanté del sofá y me acerqué a él con lágrimas en los ojos.

Percibí su dolor mudo, al que nunca, por orgullo, daría rienda suelta. Nunca lo había visto llorar, ni siquiera cuando Logan había estado ingresado en el hospital. Había percibido todo en él: los miedos, las inseguridades, las dudas…, pero jamás lo había visto manifestar esas emociones.

Las guardaba en secreto, las vivía solo, sin compartirlas con nadie.

Aun así, estaba segura de que era capaz de experimentarlas de forma más totalizadora que cualquier hombre.

336

—¿Por qué no me lo dijiste? —pregunté con dificultad, ignorando el nudo que me apretaba la garganta. Me miró mortificado y una punzada en el corazón me movió a acariciarle de nuevo la mandíbula. Su fresco aroma volvió a atormentarme, al igual que el abrumador deseo de amarlo que me oprimía el pecho.

Quería que no se sintiera culpable.

Neil era blanco de Player, igual que el resto de nosotros, no era en absoluto el artífice del problema.

—No quería asustarte. Pensaba contártelo cuando llegara el momento —contestó, luego inclinó ligeramente la cabeza para darme un beso en la palma de la mano.

Un gesto simple y banal que me halagó. Incluso en una situación aterradora como la que estábamos viviendo, Neil conseguía mitigar la tensión con sus modales.

—No sigas pensando en lo peor. Chloe ya está bien —intenté tranquilizarlo, pero él volvió a entristecerse. Se apartó de mí atribuyéndose de nuevo la culpa de todo, aunque sin decir una palabra. Abrió los labios para decirme algo, pero luego volvió a cerrarlos y gruñó enfurecido. Echó otra vez a andar con las manos en el pelo. Estaba segura de que en ese momento tenía ganas de romper algo o de golpear el saco de boxeo.

Así pues, guardé silencio para respetar su agitación y esperé unos minutos a hacerle una nueva pregunta.

—¿Tienes idea de quién puede ser Player? ¿Has encontrado alguna pista que pueda ayudarnos a encontrarlo? —le pregunté y él se detuvo en un punto cualquiera de la sala de estar. Me miró con el ceño fruncido, reflexionando sobre mi comentario. Sentía deseos de abrazarlo para aplacar el terror que intentaba dominar a toda costa. No quería que nos pasara nada ni a mí ni a sus hermanos, siempre se mostraba fuerte para que las debilidades humanas no se apoderaran de él. Incluso en un momento así, intentaba erigir un muro entre nosotros, un muro que me impedía verlo como era en realidad. A pesar de que me había revelado parte de su pasado, seguía sin confiar plenamente en mí.

—No. Xavier cree que podría ser una de mis ex, pero lo dudo… —respondió escéptico, de pie e inmóvil frente a mí.

Era una hipótesis lógica: una amante con deseos de venganza porque él la había engañado y herido. Neil no se daba cuenta del efecto que producía en las mujeres: todas esperaban robarle el corazón, volver a calentarle la cama después de pasar una noche en ella y vislumbrar algo de fragilidad en su alma, tan vigorosa e inescrutable. Yo misma confiaba en que me fuera dando más y más pedacitos de él; nunca usaría sus debilidades como arma, lo único que pretendía era comprenderlas.

Solo tenía veintiún años: respecto a él, era una niña, pero desde que lo había conocido había madurado más rápido de lo que jamás habría imaginado que podía hacer. Me negaba a ser una del montón, que me usara como un juguete sexual por el mero hecho de tener un cuerpo poderoso y una experiencia envidiable.

No sabía cuánto tiempo iba a permanecer en la vida de Neil Miller, pero quería dejar huella en ella.

Quería que comprendiera que había mujeres dispuestas a amarle de forma distinta a la de Kimberly.

Porque el amor era algo muy diferente del abuso.

—¿Qué vas a hacer ahora con el ordenador? —pregunté señalando el portátil que estaba en la mesita. Neil lo miró y reflexionó unos instantes.

—Seguro que Luke sabrá desbloquearlo. Entiende mucho más que yo. Debería llamarlo e ir a verlo. —Sacó el teléfono móvil del bolsillo de sus vaqueros y se apresuró a escribir un mensaje a su amigo.

Luke Parker… No había vuelto a verlo desde la noche en que había escapado del Chandelier, después de las asombrosas revelaciones de Jennifer, la célebre reina de las capullas.

337

—Te acompaño —propuse.

—No —se apresuró a responder con la cabeza inclinada hacia la pantalla del móvil.

—Ni hablar. No pienso permitir que afrontes solo esta situación de mierda —insistí.

En ese momento, Neil levantó sus ojos hacia los míos y me miró molesto por mi insistencia. En lugar de sentirme intimidada, crucé los brazos en el pecho, desafiándolo a contradecirme. Él se metió el móvil en el bolsillo y se acercó a mí a paso lento, como un cazador a punto de capturar a su presa. Odiaba cuando no lo escuchaba y perdía tiempo tratando de ponerme en mi lugar.

—¿Por qué razón…? —empezó a decir agachando la cabeza para alinear nuestras miradas—. ¿Por qué tienes que ser siempre tan jodidamente testaruda? ¿Eh? —susurró con su cálido aliento rozando mis labios, en un tono tranquilo, no muy apropiado a sus verdaderas intenciones intimidatorias. Me estremecí, pero no di mi brazo a torcer.

—¿Y tú por qué siempre tienes que decidir por los dos? —le espeté inhalando su fuerte aroma.

Era inútil negarme a mí misma hasta qué punto era inquietante y perturbador a la vez su halo oscuro. Lo miré fijamente. Contemplé su cuello, que el jersey dejaba al descubierto, y pensé en besarlo; le encantaba recibir ciertas atenciones allí, quizá así podría conseguir que se relajara un poco. Pero cuando carraspeó para llamar mi atención, me fijé de nuevo en su cara y vi su típica sonrisita burlona.

A continuación, se enderezó, meditando sobre lo que debíamos hacer.

—Vale… —cedió tras recuperar el aliento—. Puedes venir conmigo, pero te lo advierto: no hables con Luke. Mejor dicho, ignóralo. Ni siquiera lo mires —determinó dirigiéndose hacia su abrigo para ponérselo. Lo escruté confusa, parpadeé varias veces e intenté comprender el motivo de su perentoria orden, pero mientras veía cómo se ajustaba el abrigo me distraje tanto que incluso me olvidé de Player y de lo que había sucedido.

Neil estaba estupendo con cualquier cosa, ya fuera una cazadora de cuero o una gabardina más sobria y elegante. Se metió un cigarrillo en los labios antes de guardarse el paquete de Winston en el bolsillo y cerró la pantalla del portátil para llevárselo.

—¿Nos vamos? —me preguntó cuando se dio cuenta de que me había quedado embobada. Su imponente carisma siempre me cautivaba. Daba igual cuántas veces viera a Neil desnudo o vestido, su belleza salvaje siempre tendría el poder de hechizarme igual que el primer día.

Me repuse y, por fin, lo seguí.

Media hora después estábamos fuera del piso de Luke.

Me froté las manos para calentármelas, mientras Neil tocaba insistentemente el timbre esperando a que su amigo nos abriera.

—Ya voy. —Oímos su voz en el interior. Acto seguido Luke abrió la puerta lanzando un bufido de fastidio, pero cuando vio la mirada de exasperación que le dirigía Neil, se puso serio—. ¿Te das cuenta de que casi me rompes el timbre? —lo reprendió en tono sarcástico.

—Debes ser más rápido, Luke. No tengo tiempo que perder —soltó Neil empujándolo con el hombro. Al pasar por su lado me di cuenta de que era varios centímetros más alto que él; luego desvié la mirada hacia Luke, quien acababa de notar mi presencia.

—Hola, Selene. Este gilipollas no me dijo que ibas a venir tú también. ¿Cómo estás? —me preguntó examinándome de arriba abajo. Yo hice lo mismo con él. No me atraía en lo más mínimo, solo me intrigaba. Vestía un chándal negro que resaltaba su cuerpo delgado, definido y bien proporcionado. Sus ojos azules destacaban sobre su piel clara, mientras que su pelo rubio me pareció más corto de lo que recordaba.

—Bien, ¿y tú? —me apresuré a responderle para no tener que confesarle que, en realidad, estaba angustiada. No quería enrarecer el ambiente, ya de por sí tenso.

—Parker —dijo Neil detrás de él—. ¿Qué tal si arrastras tu culo hasta aquí? —refunfuñó crispado. Luke puso los ojos en blanco y se hizo a un lado para dejarme entrar.

—Por lo visto, alguien tiene prisa. Hablaremos en otro momento, tal vez solos —dijo guiñándome un ojo.

Esbocé una leve sonrisa, pero no le respondí. Podía sentir la mirada ardiente de Neil fija en mí. Sus iris de color miel expresaban una rabia inmotivada que consiguió ponerme nerviosa. Sus cejas se arquearon en una expresión resuelta y apretó la mandíbula voluntariamente.

A diferencia de las otras veces, no me sentía cómoda con Luke en las inmediaciones.

A continuación, observé la moderna y lujosa decoración del piso. Recordé que el padre de Luke era abogado y la madre una célebre periodista. Caminé hacia los enormes sofás de cuero del salón y me detuve ante un cuadro colgado en una de las paredes. Representaba a Luke con su familia y una niña de unos diez años, probablemente su hermana.

—Se llama Gwen. —Al ver que me detenía ante el retrato, el rubio se aproximó a mí para decirme cómo se llamaba la bonita niña que estaba mirando.

—Sois prácticamente idénticos —comenté.

—Nos lo dice todo el mundo. —Se rio entre dientes.

—¿Habéis terminado? —terció Neil a nuestras espaldas. Me volví hacia él y lo vi de pie esperando a que termináramos de hablar. Su mirada pasaba de mí a su amigo, y al final me escrutó con tal rabia que me estremecí—. Si queréis, una de estas noches podéis salir juntos para conoceros mejor —añadió con acritud—, pero si he venido hasta aquí, Parker, es porque el motivo es bastante serio, así que exijo toda tu atención —lo regañó. Luke se apartó de mí y se puso firme como un soldadito a las órdenes de su comandante.

—Solo intentaba ser cordial… —se justificó y se sentó en el sofá con un profundo suspiro. Yo, en cambio, permanecí de pie, a cierta distancia de los dos.

—Claro. Ya me imagino por qué —le reprendió mi problemático, para nada tranquilo.

—¿Qué quieres decir? El que siempre ha tenido dobles intenciones con las mujeres eres tú, no yo —se defendió el rubio en tono beligerante.

—Oh, lo siento mucho. Tú eres el santurrón de mierda. Tienes toda la razón.

Neil esbozó una sonrisa socarrona, pero antes de que Luke pudiera replicar, alguien llamó a la puerta. Así pues, se levantó mirando furibundo a Neil y fue a abrir.

Fuera quien fuera, le agradecí que interrumpiera la discusión.

Temía seriamente que pudieran llegar a las manos.

—Intenta mantener la calma. ¿Cuántas veces voy a tener que decírtelo hoy? —Aproveché la ausencia de Luke para amonestar a Neil, quien entornó los ojos y me lanzó una mirada iracunda.

—Cállate tú —soltó. Me estremecí. Me arrebujé en el abrigo y, molesta, casi me pegué a la pared. No podía soportar que me contestara así.

—Ah, aquí estás. Luke nos ha dicho que habíais quedado para resolver un problema.

—¿Cómo estás, cabronazo? —Xavier entró en la sala de estar con su habitual actitud desenvuelta, acompañado de sus fieles amigos de aventuras: el unicornio azul, Alexia, y la Barbie con curvas, Jennifer.

Si antes estaba simplemente agitada, al verlas casi perdí los estribos.

—Hola, muñequita. Qué sorpresa verte —añadió el moreno analizando mi atuendo con desfachatez. Por suerte, iba tapada hasta el cuello, porque, de lo contrario, sus pervertidos ojos negros me habrían incomodado más de lo debido.

—Por lo que veo, la mocosa ha olvidado últimamente el camino de vuelta a Detroit —comentó Jennifer mientras se acercaba a Neil, de pie en medio de la sala.

Él la miró con recelo, hasta que ella se puso de puntillas para besarle en el cuello. Habría sido suficiente que él inclinara la cabeza para rozarle los labios, pero permaneció inmóvil, algo desconcertado por el descaro de la rubia. No contenta, Jennifer le puso una mano en el borde de los vaqueros de forma inequívoca y Neil dio un paso hacia atrás para impedir que le tocara la entrepierna.

Observé todos esos movimientos conteniendo la respiración.

La penosa escenita de la rubia suplicando que le diera un beso me produjo náuseas.

¿Qué más quería hacer? ¿Arrodillarse y regalarle unos bonitos preliminares obscenos delante de todos?

Por lo demás, sería la típica farsa propia de los Krew, nada nuevo.

Si no me hubiera quedado paralizada por los celos, que me estaban encogiendo el estómago, la habría agarrado por sus odiosas trenzas y le habría dado unas cuantas patadas en el trasero.

—¿Qué pasa? ¿Ya no te gustan mis carantoñas? —le preguntó ella en tono seductor.

—No recuerdo siquiera cuándo fue la última vez que recibiste… mis carantoñas —replicó Neil haciendo hincapié en la última palabra.

Ya había aguantado bastante. Decidí acercarme a ellos para marcar mi territorio y hacerle saber a esa perra que debía regresar a su reino con sus súbditos. Agarré a Neil por el antebrazo y tiré de él hacia mí, resuelta a no soltar lo que estaba conquistando con tanta dificultad: su alma.

—Vaya, la niña se ha cabreado —comentó Alexia mientras se sentaba en el sofá al lado de Xavier. Jennifer, en cambio, guiñó los ojos en señal de desafío y me miró con altivez. Me estaba comunicando que yo era insignificante a su lado, que no valía nada. Solo era una de las muchas mujeres con las que Neil se estaba divirtiendo.

—¿Tienes miedo, princesa? —dijo mofándose de mí.

—¿De ti? Nunca —respondí con descaro.

341

Jennifer nos miró tanto a Neil como a mí y con una sonrisa malévola se dirigió hacia Alexia. Mis dedos agarraron con más fuerza el antebrazo de Neil, luego me incliné para hablarle al oído.

—Si no quieres que le dé confianzas a Luke, aléjate de ese caniche en celo —insistí aspirando a fondo su buen olor y retrocediendo lo suficiente para mirarlo fijamente a los ojos. Él alzó ligeramente la comisura de los labios, divertido por mi advertencia y yo me perdí en sus iris dorados. Olvidé incluso que estaba en una enorme sala de estar en presencia de los Krew.

En ese instante estábamos solos.

De repente, hice algo para mostrar a todos hasta qué punto era celosa y posesiva.

Me aproximé a él para darle un beso, pero no en el cuello, desde luego. Tras un momento de vacilación debido a la sorpresa, Neil abrió los labios y devolvió mi gesto precipitado. Su lengua rodeó la mía con ímpetu y se movió con voracidad dejándome sin aliento.

Era imposible, siempre acababa dominándome.

Por instinto, decidí atreverme a más: apreté mi pecho contra el suyo y me moví por él. Neil no gimió, pero yo gocé cuando sentí que su cuerpo reaccionaba y se ponía rígido por la tensión erótica que había entre nosotros. Deslizó una mano hasta mis nalgas y las apretó dejándome sin aliento. Me vi obligada a parar para tomar oxígeno y él aprovechó el momento para mordisquearme el labio inferior.

—¿Ya has acabado con el espectáculo? —me susurró junto a la boca.

—Si no recuerdo mal, el fanfarrón pareces tú —repliqué divertida.

—La verdad es que no me importaría follarte delante del rubio, dado que le sonríes tanto, pero tenemos un problema que resolver —me recordó sin dejar de abrazarme.

—En realidad, tu rubia es la que no hace más que provocarte sin darse cuenta de que ahora me perteneces —le aclaré.

¡Maldita sea, la odiaba!

—Eres posesiva, niña —comentó divertido.

—Puede que un poco —reconocí encogiéndome de hombros.

Tras mirarme complacido por última vez, Neil me soltó. No era ni el lugar ni el momento para coquetear descaradamente, aunque la atracción que había entre nosotros fuera irresistible.

Volvimos a ponernos serios y miramos a los Krew.

Sentados en el sofá, nos estaban escrutando como si hubieran visto dos fantasmas. Las expresiones de aturdimiento se solaparon con las de asombro. Me sonrojé violentamente al comprender que me había comportado como una desvergonzada y me arrepentí de haber actuado de forma tan imprudente por culpa de los celos.

—Chicos, sois tan apasionados que estoy a punto de tener una erección. La niña sabe lo que hace —dijo Xavier rompiendo el incómodo silencio y aplaudiendo irónicamente. Luke arqueó una ceja mientras las dos chicas no quitaban ojo a Neil, que, como siempre, no se había inmutado—. Si algún día quieres compartirla, avísame —añadió. Me inquieté al oír esa propuesta disparatada. Me pasaron por la mente los vicios de Neil, los mismos a los que seguía cediendo, y angustiada recordé los momentos en que lo había visto en actitudes más que discutibles con varias mujeres.

Me entristecí y Neil intuyó lo que estaba pensando, porque me levantó la barbilla con dos dedos y se inclinó para darme un casto beso.

—No hagas caso a ese capullo —susurró—. Mientras yo esté cerca, nadie te tocará —aseguró. Nunca me había dicho algo así y me sorprendió.

Le sonreí, porque la firmeza de su mirada había conseguido tranquilizarme.

En el pasado no me había compartido con los Krew y tampoco lo iba a hacer en el futuro. Le creí: a esas alturas sabía que Neil nunca me haría algo tan perverso.

A su manera, me respetaba.

Asentí con dulzura y él se rehízo para concentrarse en el asunto de Player.

—Volviendo a nosotros —dijo suspirando y a continuación señaló el portátil que había encima de la mesa central—. Hoy he recibido un paquete de Player que contenía este ordenador. Hace falta la contraseña de acceso y no tengo ni idea de cuál puede ser —le dijo a Luke, quien, entretanto, había apoyado los codos en las rodillas para mirar la pantalla bloqueada de acceso.

—Vamos a ver, no sería difícil descubrirla, pero perderíamos un montón de tiempo —comentó Luke—. Creo que Player te ha dejado varias pistas sobre la contraseña.

—De no ser así, no tendría sentido mandarte un portátil —prosiguió Xavier a su lado. Neil, entonces, se apartó de mí y comenzó a caminar de un lado a otro tocándose la barbilla.

—Intenta pensar en los viejos acertijos o no sé… —Antes de que Luke pudiera terminar, Neil se detuvo y lo miró como si hubiera tenido una repentina intuición.

343

—Hard Candy —afirmó. Fruncí el ceño sin entender sus palabras. Entretanto, Luke las tecleó y, al cabo de unos instantes, sonrió satisfecho.

—Sí, joder. Eso es —confirmó exultante.

—Menudo hijo de puta, por eso te rompió el cristal con una piedra… —comentó Xavier.

Me agité al comprender que aún había cosas que desconocía. Miré a Neil turbada y él contuvo la respiración con aire culpable. Acto seguido se acercó a mí para tranquilizarme e intentó tomarme la cara entre las manos, pero yo negué con la cabeza.

—Después del accidente de Chloe me atacó a mí también, iba a contártelo y… —dijo tratando de justificarse, pero yo di un paso atrás, desengañada.

No dejaban de salir secretos y detalles sobre los que no me había dicho una palabra.

—¿Cuándo? ¿Cuándo pensabas contármelo? —solté.

—Apenas hubiera tenido la oportunidad, pero ahora no es el momento de discutir —me reprochó con actitud autoritaria; no le gustaba que lo contradijeran ni que lo trataran con condescendencia delante de sus amigos.

344

Cuando estaba a punto de echarle la bronca, Luke volvió a llamar nuestra atención.

—Chicos…, mirad esto —dijo bastante inquieto.

Decidí abandonar el tema por el momento y rodeé rápidamente la mesa de café con Neil para echar un vistazo a la pantalla.

—En el escritorio solo hay un icono de un sitio web. Se llama Dark Show. —Luke lo señaló con el dedo índice y nos miró perplejo a Neil y a mí—. Creo que deberíamos entrar.

—No, espera —respondió Neil—. Cubre el objetivo de la *webcam* con cinta adhesiva.

Dio un paso atrás y se alejó del ordenador. De repente, parecía desorientado, empezó a respirar hondo y a sudar.

Algo iba mal.

Al principio pensé que su comportamiento no tenía sentido, luego recordé todo lo que me había contado y me entristecí. Estaba segura de que había recordado el día en que Kimberly había intentado filmarlo, que había desencadenado en él un miedo perenne a ser inmortalizado por cualquier objetivo.

Neil tenía fobia a las cámaras en general y a cualquier artilugio que pudiera captar su imagen.

—¿Por qué? —preguntó Xavier con curiosidad, arrellanado en el sofá.

—Porque... —Neil tragó saliva. Por la expresión de su cara comprendí que no quería dar explicaciones. Le costaba hablar sobre ese tema. Me miró buscando un asidero y yo le sonreí para que comprendiera que estaba allí, a su lado. Entonces relajó los hombros e inspiró suavemente—. Porque me altera la mente —musitó palideciendo. Sus pupilas se dilataron tanto que cubrieron el oro líquido de sus iris. Temía que acabara sintiéndose mal, pero él cerró y volvió a abrir los párpados tratando de desechar los malos pensamientos que habían ensombrecido su semblante y recuperó el control de sí mismo.

—Tienes razón. Puede que haya un *malware* en el ordenador y que Player nos espíe con él.

Luke se levantó en busca de una cinta adhesiva negra. Por suerte, había dado una razón diferente a la petición de Neil, que, pese a ser errónea, no era por ello menos lógica. Corrió hacia una habitación, buscó la cinta y luego regresó al salón. Tras romperla con los dientes, tapó la *webcam* con un pedazo cuadrado.

Desvié la mirada hacia Neil y vi que suspiraba aliviado. Ya no había peligro: había vuelto a encerrar su fobia en el cajón donde solía tenerla segregada para alejarla de sí mismo.

—Bueno, ahora voy a entrar. Preparémonos —nos informó Luke. Luego puso el dedo índice en el ratón y desplazó el cursor hasta el icono del sitio. Se detuvo y titubeó unos instantes. Miró a Neil buscando su autorización y cuando este asintió con la cabeza, hizo clic.

En la pantalla se abrió la vista previa de un chat.

Jennifer y Alexia se inclinaron para observar atónitas lo que estaba sucediendo.

—¿Qué coño? —murmuró Luke atónito—. Nos pide que introduzcamos un nombre de usuario antes de continuar.

Levantó la mirada hacia Neil, de pie a su lado.

—Dark Knight —sugerí en su lugar.

Los dos se giraron sorprendidos hacia mí. Neil me observó con su habitual mirada sensual y turbia; Luke, en cambio, tecleó enseguida el nombre de usuario que les había dicho e introdujo una contraseña de números al azar para registrarse. La pantalla se abrió entonces al chat en cuestión, donde solo estaba en línea el único interlocutor virtual que quería hablar con nosotros.

Player 2511: Lo habéis conseguido. Bien hecho.

El sonido que indicó la recepción del mensaje nos estremeció a todos. Daba la impresión de que el psicópata nos había estado esperando.

Luke tragó saliva vacilante y Neil sacudió la cabeza sorprendido mientras se pasaba una mano por la cara.

—Respóndele. Pregúntale quién coño es y qué demonios quiere —soltó encolerizado; su amigo le obedeció.

> Dark Knight: ¿Quién eres?
> Player 2511: Eso sería demasiado fácil. El juego solo terminará cuando yo lo decida.

Obviamente, no tenía ninguna intención de revelar su identidad. Neil gruñó exasperado y pidió a Luke que se apartara.

—Déjame escribir —le ordenó. Después tomó asiento y se sentó entre Xavier y Jennifer; el rubio, en cambio, se puso a mi lado.

> Dark Knight: Dime qué quieres.
> Player 2511: Quiero muchas cosas.
> Dark Knight: Dime una.
> Player 2511: Quita la cinta de la *webcam* y desnúdate.

Neil miró perplejo el contenido del último mensaje y yo también. En ese momento tuvimos la confirmación de que la corazonada de Luke era acertada: había un *malware* en el ordenador con el que Player quería espiarnos, pero no solo eso. Sentí un escalofrío de inquietud en el pecho cuando me di cuenta de que, además de estratega, hacker y loco, también era un maldito pervertido.

—¡No! —estallé sin siquiera pararme a pensar. Neil levantó la cabeza para mirarme y leyó el terror en mis ojos—. Es una cuestión de dignidad. Te la pisotearon una vez y no volverá a suceder.

La ira que acompañaba mis palabras no dejaba lugar a dudas: nunca le iba a permitir que se sometiera a las exigencias de ese loco. Neil me miró con aire grave durante unos momentos, encerrado en su mundo inescrutable, y luego volvió a teclear.

> Dark Knight: ¿Qué obtendré a cambio?
> Player 2511: La intimidad de tu putita. Su vídeo no se divulgará.

Neil mantuvo los dedos inmóviles, suspendidos sobre el teclado. Palidecí.

Player estaba jugando sucio: me atacaba para lograr que Neil cediera a sus pretensiones.

¿Qué mejor arma podía utilizar que el chantaje?

Me acerqué a mi problemático y le acaricié su pelo suave para que me mirara, luego me arrodillé para aumentar el contacto emocional entre nosotros.

—No lo hagas, por favor —susurré.

Neil estaba aturdido. No parecía darse cuenta de nada.

Sus ojos dorados permanecieron fijos en mí mientras Alexia y Jennifer exponían sus teorías sobre lo que estaba ocurriendo.

—Es una mujer. Siempre lo he pensado. ¿Por qué puta razón quiere que te quites la ropa? —terció Xavier asombrado.

—Ya, estoy de acuerdo. Un hombre nunca te pediría algo así —comentó Luke torciendo los labios horrorizado. Lo miré un instante y a continuación volví a concentrarme en Neil, que me miraba fijamente en estado de *shock*. Acaricié el contorno de sus labios con el pulgar tratando de calmarlo.

Esa pesadilla acabaría pronto.

—Oye... —susurré. Estaba, a decir poco, destrozado.

—La culpa es mía. Se suponía que tú debías quedar al margen... —replicó desconsolado.

—Ya estoy involucrada y no voy a dejarte solo. —Me incliné para darle un beso consolador, pero él lo esquivó retrocediendo. Su gesto me disgustó, pero luego me recompuse y continué—. No cedas ante él, por favor —le supliqué.

347

No solo sentía celos ante la idea de que el hombre que amaba se desnudara para el desconocido que estaba al otro lado de la *webcam*: no quería que se hundiera de nuevo en el pasado.

Llevaba toda la vida luchando contra el infierno, así que no iba a permitir que un demente volviera a dañar su psique y a herir su alma.

Neil ya era demasiado frágil, aunque se lo ocultara a todo el mundo, incluso a sí mismo.

—Me importa un carajo lo que pase conmigo, pero en tu caso... —siseó apretando los dientes. De repente, me cogió la cara con las manos y se acercó a mí. Sus ojos se adentraron en los míos para grabar todo lo que pensaba bajo mi piel. Me sujetó con tanta fuerza que me sobresalté—. Me preocupo por ti y no puedo consentir que destruya tu vida. Ni ahora ni nunca. —Me soltó como si acababa de quemarse. Las rodillas me fallaron y tuve que levantarme para no caerme. Neil, en cambio, se puso de nuevo a teclear, más furioso que antes.

Dark Knight: ¿Por qué haces esto?
Player 2511: Porque me gusta humillarte.
Dark Knight: ¿Qué te he hecho?
Player 2511: Piensa..., ¿a cuántas personas has hecho daño?
Dark Knight: No me respondas con otra pregunta.

Player 2511: Has convertido mi vida en una tragedia. Ahora me corresponde decidir el final. El tiempo pasa…

Dejé de mirar la pantalla cuando Neil se puso en pie de un salto. Se pasó una mano por el pelo lanzando un gruñido de rabia.

Estaba segura de que estaba considerando seriamente la posibilidad de desnudarse, de ceder a ese absurdo chantaje.

De nuevo me precipité hacia él.

—Tenemos que llamar a la policía. Me importa un bledo mi vídeo. —Le puse una mano en la barriga y él me miró con nerviosismo.

—No podemos. ¿No ves que controla todo lo que hacemos?

Alzó la voz señalando el ordenador y luego me quitó las manos de encima. La rudeza del gesto me estremeció y retrocedí un paso. En ese momento, Luke se apresuró a salir en mi defensa, temiendo que la situación pudiera agravarse, y se acercó a mí.

—Tengo una idea mejor. Pídele que te muestre el vídeo donde aparecéis Selene y tú.

—¿Qué coño dices? ¿Te has vuelto loco? —le espetó Neil.

—No. Solo quiero asegurarme de que lo tiene de verdad y de que no es una farsa para manipularte —replicó Luke haciendo reflexionar a todos.

—Me parece una estratagema genial —lo secundó Xavier reuniéndose con nosotros—. Tenemos que jugar con las mismas armas. Ese tipo se está comportando como un cabrón con quien no debe —concluyó haciendo una mueca de desafío.

—¡Chicos! —gritó Alexia señalando el ordenador.

Su expresión de asombro me estremeció. Instintivamente, me agarré al brazo de Neil.

¿Qué demonios estaba pasando?

Vacilantes, nos acercamos al aparato para averiguarlo.

En la parte izquierda de la pantalla se había abierto una ventana que mostraba el inicio de una videollamada a la espera de ser aceptada.

Me quedé de piedra. ¿Acaso pretendía Player que lo viéramos?

Neil no perdió tiempo y estiró un brazo para acceder a la conexión vía *webcam*.

Esperamos unos segundos.

Fueron tan lentos que acrecentaron nuestra ansiedad de forma desproporcionada.

De repente, apareció una mujer sentada en una silla. Llevaba puesta una máscara blanca que le tapaba toda la cara, solo tenía dos rendijas para los ojos. La melena rubia le caía por debajo del pecho, que estaba embutido en un top de cuero con dos tirantes finos.

Estaba en una habitación en la que se podía vislumbrar una cama redonda con sábanas negras rodeada de tres tiras de led que cambiaban continuamente de color. Justo encima del cabezal tapizado de la cama, los plafones de color rojo encendido que había en la pared emanaban una luz tenue que confería al ambiente una atmósfera imponente e inquietante.

—¡Joder! —soltó Xavier—. ¡Te dije que era una mujer!

—Neil…, ¿la reconoces? —preguntó Luke. Luego se volvió para mirar a su amigo, que miraba inmóvil la pantalla. Ni siquiera parpadeaba. Parecía haberse quedado atónito. Apreté su brazo rígido con los dedos para que sintiera mi cercanía, pero él no se inmutó y no dejó de mirar a la mujer con ojos lúgubres.

Sacudió lentamente la cabeza sin hablar.

No sabía quién era, o al menos no parecía capaz de adivinarlo.

—¿Cómo va a reconocerla? Se ha tirado a tantas que a mí en su lugar también me costaría mucho —comentó Xavier con ironía; Luke le dio un codazo para que se callara.

A veces hablaba realmente sin ton ni son.

—Si no te callas, te daré un puñetazo, Xavier —lo amenazó Neil despertando de su estado de trance. Su mirada amenazadora bastó para que su amigo adoptara una postura cautelosa.

—Claro, quieres darme un puñetazo para desahogar la frustración que te producen tus gilipolleces. Vamos, aunque te advierto que no servirá de nada —lo desafió sin ningún temor, pero Luke extendió un brazo para empujarlo hacia atrás y advertirle de que debía parar.

—Ahora no es el momento, Hudson. Déjalo ya —lo reprendió el rubio. Xavier refunfuñó algo y Alexia se acercó a él para sosegarlo. Entonces Luke volvió a mirar a la mujer que estaba al otro lado de la pantalla. A diferencia de nosotros, no podía vernos ni oírnos, pero daba la impresión de que eso no le molestaba lo más mínimo.

—¿Qué queréis hacer? ¿Puedo preguntarle si tiene el maldito vídeo? —preguntó Luke volviéndose hacia Neil para que este le diera su consentimiento.

Este se puso rígido unos instantes, lo noté porque la tela del abrigo que llevaba se tensó alrededor de sus músculos, y luego asintió. Luke escribió en el teclado haciéndose pasar por Neil.

Dark Knight: Me desnudaré delante de ti si me enseñas el vídeo.

Ahora podíamos ver en directo cómo Player tecleaba la respuesta.

Me detuve a observarla mejor. El pelo no parecía natural, de manera que podía ser una peluca; la piel era diáfana, tan blanca que recordaba a una muñeca de porcelana; los pechos eran firmes, ceñidos por el top que lucía; los dedos largos y finos con las uñas pintadas con un esmalte de color oscuro.

Leyó la pregunta, pero no respondió. Me quedé quieta mirando el monitor.

Luke le lanzó una mirada significativa y volvió a teclear.

Dark Knight: ¿Me he acostado alguna vez contigo?

Neil contuvo la respiración. Entreabrió los labios para regañar a su amigo, pero luego recapacitó y guardó silencio.

No esperaba que Luke tomara semejante iniciativa, pero era importante entender quién era esa mujer fuera cual fuera la manera de conseguirlo.

—Si se ha tomado todas esas molestias porque un día follaron y luego él la abandonó, ¿qué debería haber hecho yo? ¿Matarlo? —comentó Jennifer retorciendo uno de sus mechones con el dedo índice.

Me volví hacia ella para mirarla. Estaba sentada en la esquina del sofá con las piernas cruzadas dejando asomar buena parte del muslo de su ajustada falda. Al darse cuenta de que la miraba, esbozó una sonrisa rastrera, satisfecha de haberme recordado de nuevo lo que había compartido con Neil.

El sonido del chat señaló la llegada de la respuesta y al leerla se me heló la sangre:

Player 2511: Sí...

Me aparté instintivamente de Neil, presa de un arrebato de celos, y él se dio cuenta, porque se volvió enseguida hacia mí. En un primer momento se mostró confuso, luego mortificado.

¿Significaba que Logan, Chloe y yo habíamos arriesgado nuestras vidas por una mujer que quería vengarse de un amor ilusorio que no había llegado a materializarse?

Lo observé agitada, aturdida e incrédula, pero él no tuvo valor suficiente para sostener mi mirada durante más de dos segundos, porque inclinó los hombros y volvió a concentrarse de nuevo en el monitor.

—Ahora le haré otra pregunta… —murmuró Luke antes de volver a teclear.

Dark Knight: ¿Así que eres Player? ¿Fuiste tú el que ideó los rompecabezas y provocó los accidentes?

La mujer que aparecía en la pantalla alargó los dedos en el teclado para responder, pero por lo visto se lo pensó mejor.

Se detuvo y se echó hacia detrás para reclinarse cómodamente en la silla.

Miraba fijamente al objetivo de la *webcam*, como si quisiera atravesar el monitor y reunirse con nosotros. Me llevé una mano al pecho.

Jamás me había sentido tan cerca de las llamas del infierno.

Aunque no podía verlo, la mujer parecía estar escrutando a Neil, y daba la impresión de que no tenía la menor intención de responder a la última pregunta.

Neil no se había desnudado, pero Player tampoco nos había proporcionado ninguna prueba de poseer el vídeo comprometedor.

De manera que, ¿cuál era la verdad?

De repente, la mujer levantó un brazo y agitó lentamente los dedos para saludarnos de manera sarcástica, luego desactivó la *webcam* e interrumpió la conexión.

La pantalla del chat se cerró y nuestro ordenador se apagó. Lo extraño era que ninguno de nosotros había parado el sistema.

Luke se levantó de golpe y miró el monitor como si fuera un objeto encantado.

351

—Controla por completo este maldito ordenador. Tenemos que deshacernos de él —dijo atónito.

Guardamos silencio unos minutos.

Ninguno sabía qué decir, excepto…

—Bueno, bueno, bueno…; quiero que todos me pidáis disculpas. Pensasteis que mi teoría era una tontería y, como habéis podido comprobar, Player es una mujer —exclamó Xavier acariciando el brazo de Alexia, que estaba aferrada a él.

Su capacidad para cambiar de humor en un abrir y cerrar de ojos era aún más sorprendente que la de Neil. Aunque sus modales a menudo aliviaban la tensión, en ese momento ni siquiera un payaso habría sido capaz de aliviar el pesar que sentía.

—No tenemos la certeza de que sea ella, no respondió a mi pregunta —lo reprendió Luke—. Tampoco estamos seguros de que el vídeo sobre Selene esté de verdad en sus manos.

Me miró y me sonrió para tranquilizarme, pero no tuve fuerzas para corresponderle.

—En ese caso, ¿quién demonios es? —preguntó Alexia.

—¿Y si fuera Scarlett? ¿Y si el motivo fue la gilipollez que sucedió en esas vacaciones de primavera?

Jennifer balanceó la pierna que tenía cruzada y me miró primero a mí y luego a Neil con la evidente intención de comunicarle algo. Me molestaba la especial complicidad que parecía existir entre ellos, así que me volví hacia él, que aún no había pronunciado una sola palabra, para ver cómo reaccionaba, pero Neil permaneció impasible, fingiendo que no había nada deshonesto ni implícito en la extraña pregunta de Jennifer.

El silencio de los Krew, que empezaron a mirarse con complicidad, exacerbó mis dudas.

Había algo que aún no sabía y que estaba decidida a averiguar por todos los medios.

—¿Qué... qué pasó en las vacaciones de primavera? —pregunté suspicaz, pero todos hicieron como que no me habían oído—. ¿Qué demonios pasó en las vacaciones de primavera? —repetí en voz alta.

Tal vez así me tomarían en serio y se darían cuenta de que no me iba a dar por vencida hasta que abrieran la boca para explicármelo todo.

—Vaya, lo siento. ¿No te lo ha contado tu hombre? —Jennifer fue la única que contestó y no precisamente para ayudarme. Hizo una falsa mueca de arrepentimiento y a continuación sonrió complacida.

Todavía había secretos entre Neil y yo, era obvio. La rubia se había dado cuenta y no había dejado escapar la oportunidad de evidenciarlo para que me sintiera como un cero a la izquierda.

—¿Nadie quiere contar la historia de Scarlett Scott a esta mocosa? —Miró a sus amigos, que no se inmutaron, porque no tenían ningunas ganas de proponerse como voluntarios. Así, pues, miró divertida a Neil y se levantó con la elegancia de un gato salvaje para acercarse a mí y dominarme con su altura—. Como ves, a nadie le gusta recordar lo que ocurrió en aquellas famosas vacaciones, de manera que yo, princesa, soy la única que puede aclararte todo.

—Ve al grano —la insté para poner fin a su farsa. Ella no era mi amiga, no quería hacerme un favor. Las formalidades estaban de más.

—Jennifer —terció Neil en tono intimidatorio, pero ella levantó la mano y movió despacio el dedo índice de derecha a izquierda.

—Lo diré con tu consentimiento o sin él, cariño. Déjame hablar. —Le guiñó un ojo. Él inspiró hondo, como si estuviera tratando de no perder el control, y luego espiró y se rindió a la evidencia. Se puso a mi lado, tan cerca que pude oler su perfume flotando en el aire, y guardó silencio.

—Tu hombre no es como parece. —Jennifer lo miró con malicia—. Hace tres años empezó una relación con la tal Scarlett, pero siguió acostándose conmigo, con Alexia y con todas las mujeres que caían en sus garras. —Sonrió sarcásticamente—. Por una extraña razón, quiso que su mujercita lo acompañara durante las vacaciones de primavera, pero no para que descansara en Miami, desde luego. Lo que en realidad pretendía era que lo conociera a fondo. —Hizo una pausa y reanudó el relato—. Esa semana nos alojamos en un hotel en Ocean Drive, a un tiro de piedra de la playa de Crandon. Neil, al igual que el resto de nosotros, disfrutó a tope del ambiente festivo. Tomaba drogas, bebía alcohol, iba a fiestas todas las noches y… —Jennifer se acercó a mí hasta reducir casi por completo la distancia que nos separaba; fruncí la nariz al percibir su aroma afrutado—. Si he de ser franca, no sé a cuántas mujeres se tiró en una semana, pero solía hacerlo delante de Scarlett para demostrarle que ella no contaba nada. Algo así como lo que pasó contigo… —susurró mirándome fijamente a los ojos. Mi mente evocó unos recuerdos dolorosos: la última vez, en la fiesta de Halloween, Neil la había usado justo a ella para impresionarme.

Dejé de respirar, sus palabras eran hirientes. Sentía los músculos apretándome los huesos, hasta tal punto era desgarrador el dolor que me punzaba por dentro. Tragué saliva y contuve mis emociones para no derrumbarme delante de ella. No pensaba darle esa satisfacción.

—Una noche, una de tantas, se celebraron los famosos juegos de las vacaciones de primavera. Uno de ellos preveía que los participantes saltaran a la piscina desde la barandilla de un balcón del hotel… —continuó y, de repente, un mal presentimiento me hizo dar un paso atrás. Quería ver la cara de Neil, ver su expresión, pero mi cuerpo se había quedado paralizado—. Trastornada por ver a su novio follando con otras chicas delante de ella, Scarlett decidió beber y participar en el juego…

Me tapé la boca con una mano para reprimir un sollozo. El silencio era absoluto, solo se oían los latidos de mi corazón resonando entre las paredes del salón.

—Se tiró a la piscina desde el tercer piso y se golpeó la cabeza. La vida de Scarlett cambió para siempre, casi se mata, estuvo en coma muchos meses y, cuando por fin despertó, regresó al campus. Por desgracia, todos se habían enterado de la locura que había cometido. Unos imbéciles habían filmado el incidente con sus teléfonos móviles y el vídeo se había difundido en toda la universidad. La acosaron y se rieron de ella por haber sido tan tonta y haberse tirado de un balcón por un simple desengaño amoroso. En el fondo, Scarlett era una buena chica, responsable e inteligente. Jamás habría hecho algo tan peligroso, pero el trastorno emocional que Neil le causaba desde hacía tiempo la empujó a cometer esa locura. Él hizo todo lo que pudo para que comprendiera que no la quería. Le mostró los peores lados de sí mismo, la instó a marcharse, pero Scarlett lo quería demasiado, hasta que, al final, recibió el golpe de gracia. Tras regresar de esas vacaciones, des-

353

apareció durante unos meses…, abandonó a sus amigos, a su familia, incluso a su padre, y se esfumó sin dejar rastro —terminó desviando la mirada hacia Neil. Yo, en cambio, me quedé inmóvil, absorbiendo sus palabras, que caían en mi alma como rayos al rojo vivo—. ¿Crees que a ti no te va a hacer lo mismo? ¿Crees que cambiará por ti? Por lo visto, no lo conoces lo suficiente —comentó socarronamente.

Neil nunca me había dado tantos detalles sobre su ex, quizá por miedo a que lo juzgara o por vergüenza.

Cada día descubría algo nuevo sobre él.

Estaba aprendiendo a confiar en mí, pero no tanto como me habría gustado.

Solo me repuse cuando sentí que su mano rozaba mi hombro.

Me sobresalté y retrocedí.

—No me toques —lo intimé y a continuación traté de pasar por su lado para marcharme.

—Selene… —Neil me agarró el antebrazo y me obligó a parar. La tristeza que velaba su semblante no fue suficiente para convencerme de que me quedara—. Le pedí que no lo hiciera, que no saltara. Scarlett me dijo que lo considerara un gesto de amor, un acto temerario con el que pretendía demostrarme que estaba dispuesta a hacer cualquier cosa por mí. Estaba fuera de sí. Yo…, yo… le rogué que no cometiera esa estupidez, pero estaba borracha, cegada por los celos, tan enfadada que no me escuchaba… —murmuró apenado. Al ver sus ojos apesadumbrados, me fallaron las piernas. Recordé que esos ojos también podían ser malditos, despiadados, peligrosos, capaces de hacer el mal. La oscuridad que había en su interior nunca iba a desaparecer—. Todavía tengo impreso en la mente el instante en que subió a la barandilla y se volvió hacia mí para mirarme con lágrimas en los ojos antes de saltar. Intenté detenerla…, pero… —Negó con la cabeza y me apretó con más fuerza el antebrazo—. Esa es una de las razones por las que siempre he querido alejarte de mí. No quería arrastrarte a esta mierda. Sé de sobra que he cometido muchos errores, al igual que sé que no soy la persona que te conviene…

Bajó la mirada hacia los dedos con los que había agarrado el brazo y me soltó poco a poco. Sentí que la piel me ardía donde su mano me había aferrado e instintivamente me masajeé ese punto.

—Quiero irme —dije encaminándome directamente hacia la puerta sin prestar la menor atención a los Krew ni a Jennifer.

No sabía cuál del sinfín de emociones que sentía iba a explotar en ese momento.

Esperé el ascensor y cuando este llegó a la planta, entré en él.

Logré esquivar a Neil por un pelo.

354

Al salir del edificio, eché a andar muerta de frío por la acera para llamar un taxi. El problema era que no conocía esa parte de Nueva York… y que no se veía un solo taxi.

—Mierda —solté. No solía soltar tacos, pero estaba haciendo un gran esfuerzo para no echarme a llorar y la rabia era la forma más eficaz de mantener mis emociones bajo control.

—Selene… —Al cabo de unos minutos que me parecieron eternos, oí que Neil me llamaba, pero seguí asomada a la calzada para ver si paraba algún taxista.

Deseé con todas mis fuerzas que saliera uno de la nada y me ayudara a escapar.

—Quiero volver a Detroit —le dije sin darme la vuelta. Oí que Neil jadeaba, señal de que había corrido para darme alcance. A continuación, me agarró por un codo y me giró bruscamente para que nuestras miradas se encontraran. Quizá fue la primera vez que vi sus ojos anudarse a los míos con miedo a perderme; a pesar de que brillaban, transmitían tanto sufrimiento que me apaciguaron.

—Es parte del pasado, yo…

—No sabía que fueras así. ¿Volverás a hacerme daño para que me aleje de ti otra vez? —lo desafié con labios trémulos.

Maldita sea, no quería llorar. Neil percibió mi estado de ánimo y me miró como si quisiera canalizar mi tormento hacia él. 355

—Ya no existe. El hombre que era hace tres años ya no existe. He terminado con ese mundo, lo dejé antes incluso de conocerte. La decisión de cambiar fue mía. No he vuelto a hacer esa mierda desde hace mucho tiempo…., créeme —dijo en un tono suplicante que tuvo el efecto de liberar las lágrimas que llevaba demasiado tiempo tratando de contener—. No debes tener miedo de mí, nunca. Jennifer es competitiva. Está celosa de ti. Los dos lo sabemos. No dejes que gane. —Neil hizo amago de acariciarme la mejilla, pero lo esquivé—. No me gusta verte llorar —murmuró con impotencia.

—No logro mirarte como antes…

Bajé la cara, las lágrimas me mojaron la barbilla e intenté enjugarlas con el dorso de la mano.

—Selene, me he despojado de todo delante de ti. He desnudado mi cuerpo y mi alma. Lo sabes todo sobre mí. Ya no hay más secretos. Siempre he sido sincero y si no te he contado ciertos periodos de mi vida fue porque no me siento orgulloso de ellos. Quiero protegerte de todo, hasta de mí…

Me cogió la cara con las manos y yo me puse rígida. Tenía miedo de que el amor que sentía por mí fuera idéntico al mío.

Porque Neil ya había entrado en mí. Aunque sabía que nuestra relación no era un cuento de hadas y que no nos esperaba un final feliz, mi corazón siempre sería suyo.

Y eso me aterrorizaba.

—Te preocupas por mí, Campanilla. No dejes que otros decidan tu vida ni borren lo que sientes por mí. Justo ahora, cuando he empezado a creer en ti.

Apoyó su frente en la mía y me acarició las mejillas con los pulgares.

—Debo irme… —repetí en voz baja luchando contra mí misma, pero, aunque parecía decidida, mi cuerpo se negaba a obedecer. Mis manos se posaron en las suyas y absorbí su calor, que se irradió por todo mi cuerpo.

—No quieres irte. Sé que no quieres. Te daré tiempo para digerir lo que acabas de saber, pero te ruego que te quedes conmigo —susurró casi pegado a mis labios con el deseo incontrolable de besarme. El mismo que yo tenía por transmitirle lo que sentía.

—No lo sé. Cada día descubro algo nuevo sobre ti, Neil, y…

Mi corazón se rompió en mil pedazos, de nuevo los vi caer a mis pies. Aplastada por él, por el misterio que gravitaba a su alrededor, por todo lo que aún no sabía.

356

—¡No lo entiendes, joder! —Empezó a comportarse de la manera que lo caracterizaba. Se apartó de mí y me miró con desdén, como si de repente yo me hubiera convertido en su enemiga—. Creciste bajo una campana de cristal, en una familia normal, con unos padres normales. Solo odiabas a tu padre porque había engañado a tu madre, porque siempre estaba fuera por trabajo… A mí, en cambio, me violó, me pisoteó y me humilló una psicópata diez años mayor que yo. William me pegaba porque desde que nací me consideró un bastardo, el hijo de nadie. Nunca me quiso y siempre descargó toda su ira y su rechazo en mí. El maorí que ya conoces me lo hice para cubrir las cicatrices de los cigarrillos que solía apagar en mi cuerpo, como si fuera un cenicero humano. —Señaló su brazo derecho—. Son idénticas a las que notaste en mi antebrazo izquierdo, que no he tapado por la necesidad de verlas y de recordar al hombre con el que crecí. Desde el principio te he dicho que soy diferente a los demás, que tengo problemas que resolver y que no soy perfecto. Porque no solo he follado contigo, Selene, también te he hablado de mí, he confiado y confío en ti. Así que no seas moralista, no me juzgues, porque mis errores son el resultado de todo lo que me hicieron. Da gracias a Dios de que no esté encerrado en una puta cárcel ni me haya convertido en un adicto, porque la gente como yo, con un pasado como el mío, no tiene siquiera una vida. No tienes ni idea de la cantidad de veces que he pensado en acabar con todo. No tienes idea de las veces en que he deseado que ese maldito acosador me matara, porque, además, su maldito propósito, ¡también lograría el mío!

Se liberó del tormento que anidaba en su interior. Lo hizo con la rabia de un hombre que había reprimido su dolor durante demasiado tiempo y que estaba al límite de la resistencia humana.

Neil se tambaleó, parecía cansado. Cansado de todo.

Sus fuerzas se estaban agotando, llevaba toda la vida luchando en vano y cuando obtenía algo que le concedía un mínimo de felicidad, se lo arrebataban antes de que tuviera tiempo de disfrutarlo.

—Si estás convencida, hazlo. Vete y desaparece. No te perseguiré, no persigo a nadie, Selene. Lo sabes de sobra. No volveré a acogerte aunque cambies de idea. Dios perdona, yo no… Recuérdalo.

Se apartó de mí y se frotó las sienes. Su mano derecha empezó a temblar y entonces me di cuenta de lo nervioso que estaba. Acto seguido, se volvió y dejó de mirarme.

En ese momento tuve mucho miedo de perderlo.

Después de todo lo que había pasado por él, no podía dejar que un acontecimiento del pasado me intimidara. No podía permitir que el miedo me aniquilara después de que Neil me hubiera concedido de verdad cada parte de sí mismo.

357

No conocía a Scarlett, no conocía al Neil de hacía tres años. No sabía cómo habían vivido su relación, no sabía si ella había invertido demasiado en una historia que desde el primer momento no preveía el amor. Neil había sido claro, pero Scarlett, resuelta y enamorada, había querido arriesgarlo todo.

Había saltado desde la barandilla por decisión propia, él no la había obligado a hacerlo, aunque era evidente que Neil era, en cierta medida, culpable de su comportamiento.

No debería haberla herido, no debería haberse ido con otras ni haberle mostrado sus vicios durante esas vacaciones. No debería haber usado las maneras de las que se valía para imponerse y distanciarse de todos.

El mayor error lo estaba cometiendo yo en ese momento.

Lo estaba juzgando como todo el mundo.

Así que, ¿cómo podía esperar que Neil se abriera a mí y me contara todo?

—Lo siento… —susurré. Me acerqué lentamente a él y lo abracé por la espalda a la vez que apoyaba en ella mi mejilla—. No pretendía juzgarte. Nunca lo haría —musité aspirando su aroma.

Él permaneció inmóvil y esperó a que me desahogara. Lloré como una niña en el colmo de la desesperación, sacudiéndonos a los dos con mis sollozos, hasta que, tras un tiempo infinito, Neil se volvió de nuevo para enjugarme las lágrimas.

Levanté la vista hacia él parpadeando, las pestañas se me habían quedado pegadas. Entonces él se inclinó para darme un beso en la punta de la nariz y tranquilizarme.

—Chss… Ya basta, niña. Sabes que no sé consolarte cuando lloriqueas —susurró con una pizca de ironía que me hizo esbozar una triste sonrisa.

Me acarició la cara con las dos manos y se inclinó aún más para alcanzar mis labios. Comprendí de inmediato sus intenciones, así que me alargué hacia él para recibir ese beso dulce que sabía a amargura, sufrimiento y palabras no dichas. Neil me besó con delicadeza, como si me estuviera pidiendo permiso; el mismo Neil que siempre había tomado todo lo que quería con la máxima prepotencia, intentaba apaciguarme a su manera. Fue un beso suave, pero tan poderoso que desencadenó un estruendoso tumulto de emociones entre nosotros.

Bésame ahora.

Hazlo ahora que podemos.

Ahora que hay vida y hay tiempo.

Ahora que estamos solos.

Hazlo siempre.

Crea un delirio en mi interior.

Concédeme tu locura.

Inventa nuevos besos, todos para mí.

Regálame tu ardiente pasión.

Destrúyeme y luego vuelve a crearme.

Abrázame y tritúrame.

Abrázame y no me sueltes.

Le sonreí en la boca.

Sin embargo, cuando percibí que no tenía intención de detenerse, secundé los lentos movimientos de su lengua y cerré los párpados mientras su sabor invadía mi paladar.

Era bueno: sabía a hombre, a fuerza, a protección, a caos, a él.

Simplemente a él.

Gemí cuando sus labios suaves empezaron a chupar los míos para jugar. Estaba tratando de aplacar la tormenta que arreciaba en mi interior para restablecer una armonía correcta entre nosotros. Sentí que me estremecía bajo la piel, bajo la ropa, y temblé al pegarme a su pecho.

—¿Nos vamos? —susurró antes de retroceder un poco y yo jadeé como si acabara de dejar de respirar. Me agarré a su abrigo y me limité a asentir con la cabeza, demasiado aturdida para hablar.

Neil me miró atentamente, después me pasó un brazo por los hombros y me instó a seguirlo hasta el coche.

Llegamos a la mansión media hora más tarde.

Ninguno de los dos habíamos hablado en el coche.

Neil había vuelto a guardar silencio y yo me había tomado algo de tiempo para reflexionar.

Player era una mujer, o eso creíamos, y no sabíamos qué otras jugarretas nos tenía reservadas ni quién podría ser su próximo objetivo.

Ni siquiera estábamos seguros de su verdadera identidad, tal vez era Scarlett, pero también podía tratarse de otra persona. En cuanto a mí, dado que la amenaza de Player seguía cerniéndose sobre nosotros, no iba a poder usar las redes sociales e iba a tener que permanecer alejada de todo lo que le permitiera vigilarme o espiarme. Por lo que sabía, ese era el menor problema, ya que también podría acechar bajo mi casa y hacerme daño.

Si al final resultaba ser la antigua amante de Neil, era evidente que me consideraba una amenaza, así que podría haber actuado por instinto, cegada por los celos o por un impulso obsesivo y enfermizo.

A fuerza de pensar, me estaba entrando un dolor de cabeza tan terrible que me obligué a relajarme y a despejar la mente. Tras apearnos del coche, caminamos por el sendero pavimentado en silencio.

La temperatura era gélida y me detuve a observar cómo se condensaba mi respiración en la boca con cada suspiro.

Entretanto, él se había encendido otro cigarrillo —ya se había fumado tres por el camino— y se quedó absorto mirando al vacío.

Llegamos a la casita de la piscina y esperé a que él abriera la puerta. Quería darme una ducha y descansar antes de volver a Detroit, pero Neil se quedó parado inhalando el humo del Winston con los ojos puestos en mí.

—¿Qué pasa ahora? —le pregunté. No me gustaba para nada la expresión de su cara. Volvía a estar nervioso y agitado, casi molesto por mi presencia.

—Yo tampoco sé qué coño hago contigo —dijo hoscamente inhalando la nicotina para desahogar la confusión que lo invadía.

—¿Qué quieres decir? —pregunté enfurruñada. Tenía mucho miedo de que iniciara una discusión. Neil siempre estaba combatiendo contra sí mismo y esto le hacía chocar inevitablemente con cualquiera que sufriera con él sus cambios de humor.

359

Tuve la impresión de que se estaba reprochando haber dicho o hecho algo.

—Yo... —murmuró inquieto—. Quiero ser honesto... —Dio otra calada y el cigarrillo tembló entre los dedos de su mano derecha—. No estoy enamorado de ti, Selene —murmuró apuntándome con sus ojos de hielo. Nada, en ellos no había nada. La dureza con la que me estaba hablando era devastadora—, pero...

Se acercó a mí y, con la misma mano con la que sujetaba el Winston, me puso un mechón de pelo detrás de la oreja siguiendo el gesto con la mirada. Eché hacia atrás la cabeza para verlo mejor y me fijé en la barba corta que a menudo me rozaba la barbilla y me ponía la piel de gallina cuando me besaba.

—Nunca he estado contigo solo por el sexo —admitió. Sentí esas palabras en la boca del estómago a la vez que se grababan en mi corazón, el lugar donde más daño me hacía Neil.

Ese chico era mi peor problema.

—¿Y qué? —insistí mirando cómo sus labios aterciopelados se cerraban alrededor del filtro.

—A pesar de que en la vida me han quitado todo, siempre ha habido algo precioso para mí, algo de lo que soy terriblemente celoso. Algo que no doy a nadie, sobre todo a las mujeres, porque muchas son crueles y nunca he querido entregarles un arma para que me hirieran...

Exhaló el humo hacia arriba para no molestarme, luego volvió a mirarme. Parpadeó tratando de averiguar si lo estaba escuchando.

—No consigo entenderte... —le confesé, instándolo a que fuera más claro.

—Has sido la primera mujer a la que he abierto por completo mi alma y es muy probable que seas la única —susurró, tirando la colilla tras dar la última calada. Le sonreí y percibí una verdad positiva oculta en sus palabras, pero Neil permaneció serio, como si entregarse a mí hubiera sido un error. Me acerqué a él y le puse las manos en las caderas, bajo el abrigo, rozando su cálido jersey.

Neil no se apartó y dejó que le tocara sin resistirse.

—¿Y qué? —Lo miré desde abajo; si hubiera sido más alta habría alcanzado sus labios y lo habría hecho callar con un beso. Neil despotricaba a menudo, se perdía en sus paranoias y en unos tormentos agotadores cuyo origen estaba en el pasado. Yo, en cambio, quería que viviera el presente conmigo y olvidara todo lo demás.

—¿Sabes por qué siempre te he considerado mi país de Nunca Jamás? —preguntó a la vez que se metía las dos manos en los bolsillos de su abrigo y yo rodeaba sus caderas con mis brazos.

Me apoyé por completo en él y el contacto con su cuerpo firme me electrizó. Al presionar su abdomen con mis senos sentí un cálido aliento en el pecho. No podía controlar las inquietantes sensaciones que estaba provocando en mí.

—¿Por qué? —respondí con curiosidad. Sonrió, pero luego su mirada se volvió fría. Neil se estaba alejando emocionalmente de mí para lidiar con lo que sentía cuando estábamos juntos.

Comprendí que tenía miedo de las emociones.

Tenía miedo al amor porque ya lo había experimentado.

Un amor sucio, inmoral, doloroso, pero, por encima de todo, equivocado.

—Porque eres como un lugar remoto, apartado del mundo en que vivimos. Puro, libre, intacto. Eres el lugar más hermoso donde mi mente se ha refugiado jamás…

Me sonrió con tristeza. Su timbre era tan tranquilo que me relajé abrazada a él y me sentí protegida.

—Lo que dices es precioso —murmuré con cariño.

—No lo es si el que lo experimenta es alguien como yo. Uno que ve salir la luna en lo alto y la admira entre las estrellas sin poder alcanzarla nunca de verdad, porque teniendo metido el infierno en la cabeza… —Me acarició el pelo y respiró hondo—. En cualquier caso, seguiré admirándote desde abajo mientras camino por la Tierra. Tu luz resplandecerá en mis escombros, porque la veré, ¿sabes? Aunque no pueda seguirte. Cuando esa luz aparezca, me recordará a ti. Me recordará que exististe, que te conocí y que viví contigo. —Me acarició la mejilla con sus ásperos nudillos. Absorta, agradecí su gesto e intenté comprender lo que de verdad me estaba diciendo—. Eres como la luna. A lo máximo que puedo aspirar es a imaginarme caminando entre las estrellas mientras tú permaneces ahí, resuelta, oponiéndote a la oscuridad. Eres como una reina inalcanzable, niña. Y yo no soy tu rey. —Me dio un beso en la frente y otro en los labios—. Ni tu príncipe ni tu salvador ni tu hombre… —murmuró en mi boca echándome su aliento con aroma a humo.

En sus ojos apagados vi arrepentimiento, desengaño y sueños frustrados.

Vi soledad y miedo, tan fuertes que me sentía incapaz de luchar contra ellos.

Los verdaderos monstruos que anidaban en su interior no eran los recuerdos de Kimberly, sino las consecuencias de los malos tratos con los que había convivido durante tanto tiempo que ya no creía poder librarse de ellos.

Y era probable que eso nunca llegara a suceder.

361

¿Qué podía hacer, entonces, para salvar nuestra relación?

Me puse en manos del azar.

—Te propongo un intercambio… —le dije de buenas a primeras y él se enfurruñó. Metí una mano en el abrigo y saqué dos caramelos, uno de coco y otro de miel. Era tan golosa que los había robado en el bar de la clínica mientras Neil hablaba con John—. Toma uno. Considéralo una invitación a pasear por mi reino, entre las estrellas —dije en tono regio provocando que sus labios se ondularan en una sonrisa divertida.

—¿Un caramelo? —preguntó con sarcasmo.

—Sí. ¿Cuál quieres?

Hice una apuesta tonta en mi mente: si elegía el de coco, significaba que existía un futuro para los dos, porque Neil aceptaría caminar junto a la luna, aunque nunca cambiara; en cambio, si elegía la miel, se quedaría solo, atrapado en sí mismo, luchando contra el pasado sin encontrar nunca una salida.

Neil levantó el brazo para coger uno de los caramelos y yo entrecerré un ojo, temerosa de ver cuál iba a elegir. Mi corazón se aceleró cuando vi el que había cogido, hasta tal punto que me pareció oír un enjambre de mariposas revoloteando.

362 Neil había elegido el de coco.

Al ver mi amplia sonrisa, parpadeó perplejo.

—Bien hecho. ¡Buena elección! —exclamé apretando el caramelo de miel en la palma de la mano. Era el que simbolizaba a él, a Kimberly, a las heridas aún abiertas, al dolor, a la dignidad pisoteada, a todo lo que me disponía a destruir para que pudiera tener una segunda oportunidad.

—Y ahora ¿qué? —preguntó girando entre sus dedos el caramelo a la vez que lo miraba como un niño curioso.

—Ahora vas a volar conmigo, Peter Pan.

Le robé un beso de los labios y él se estremeció, luego gruñó que me estuviera quieta y no empezara con mis mimos, porque era una puta niña. Sí, dijo eso, pero por toda respuesta le saqué la lengua.

Yo solo quería a él y a mí.

Varios paquetes de pistachos.

Dos caramelos.

Nuestro caos.

Quería algo sencillo.

Nada de historias de amor.

Ningún cambio.

Ningún príncipe azul.

Solo quería ese nosotros indefinido.

Una historia con cualquier cosa dentro, siempre y cuando él estuviera conmigo.

Sabía que no teníamos un futuro juntos.

Sabía que Neil no iba a estar conmigo.

Que un día se iría, quién sabe dónde…

Mi conciencia siempre me lo gritaba en mi interior,

pero no me importaba lo que pudiera suceder.

Quería dar sentido a nuestra relación

para dejar una huella en su alma.

Y por el momento solo quería volar…

16

Neil

Funciona así, ron y pera, porque hay momentos fuertes
que te dejan un sabor acre en la boca y otros tan hermosos
que te hacen olvidar el gusto desagradable de la vida.

CHARLES BUKOWSKI

*U*n mes.

Había pasado un mes desde el intercambio de caramelos.

Yo había elegido el de coco sin pensármelo dos veces.

Cuando la niña me dijo que iba a volar con ella, no entendí enseguida lo que quería decir.

Le seguí el juego para no defraudarla.

A menudo consideraba sus maneras demasiado infantiles, extrañas, fuera de mi alcance, pero aun así me arrancaban una sonrisa.

Conseguían que no me cansara de ella.

Cada vez pasábamos más tiempo juntos.

Campanilla venía a visitarme todos los fines de semana, me preguntaba cómo estaba y luego, cuando yo le comunicaba con una simple mirada que la deseaba, se desnudaba para hacer el amor, según decía ella, mientras yo me la cepillaba por todas partes cuando me apetecía.

Me había impuesto no acostarme con otras mujeres, porque ella me complacía y colmaba todas mis necesidades.

Y así había sido.

Ya no pensaba en nadie más.

Ignoraba a las rubias e imaginaba que siempre llevaba encima su suave cuerpecito.

Aun así, seguía diciéndole que entre nosotros no había ninguna relación, que no estábamos juntos, que nunca le diría las palabras de amor que la sociedad había vaciado de significado.

No la quería.

No podía quererla en el presente
ni podría hacerlo en el futuro.
Estaba enamorado, sí,
pero de mi soledad,
de mi libertad,
de mi mente retorcida.
De Kim, que, como un virus, había infectado mi cerebro.

A pesar de que Selene era única, jodidamente única, jamás me comprometería en una relación amorosa que no podía darle.

Había encontrado a mi Campanilla, pero era consciente de que no me la merecía.

Yo seguía siendo el niño mancillado y violado que follaba por su bienestar mental.

Un hombre perturbado y problemático que le prodigaba atenciones a su manera.

Como el gran egoísta que era, estaba viviendo plenamente lo que había entre nosotros, fuera lo que fuera, pero respetando en mi fuero interno el sucio acuerdo al que había llegado con su madre.

Selene aún no sabía que nuestra relación tenía un plazo definido y que el vencimiento era inminente.

Me marcharía en cuanto me graduara.

Me iba a sacrificar en aras de su libertad.

Quizá ella no entendería enseguida el motivo de mi decisión, me odiaría y me creería un maldito mentiroso, pero estaba seguro de que, con la debida lucidez, cuando dejara de considerarme el hombre de sus sueños, llegaría a comprender por qué la había dejado libre.

Para mí su felicidad contaba más que la mía.

No había nada que explicar.

—Me gusta cómo gritas mi nombre... —jadeé a sus espaldas apoderándome de sus caderas con tanta fuerza que las marcas de mis dedos quedaron impresas en su piel blanca como la nieve.

La había puesto a cuatro patas hacía media hora.

Le miré el culo, que se movía rítmicamente contra mi pubis, le miré la espalda curvada, que brillaba sudorosa..., porque era perfecta.

Los hombros delgados y las caderas estrechas eran perfectos, la línea de la columna vertebral era perfecta, los hoyuelos de Venus que rozaba con mis pulgares eran perfectos. Campanilla era perfecta, sobre todo cuando me susurraba que me quería, que lo nuestro no era solo placer físico, que respondía a mis antojos porque le encantaba sentir cómo me entregaba a ella.

—Dime que eres solo mío —dijo girando la cara por encima de

un hombro mientras sus pequeñas manos agarraban la sábana que había debajo y yo seguía moviéndome con fuerza, mirando nuestro punto de unión, el puto lugar suave y cálido del que entraba y salía vigorosamente y que tenía el maldito poder de sosegar mi desazón.

Siempre había sido suyo.

Desde que Campanilla batió sus alas por primera vez para posarse sobre mi corazón.

Desde entonces se había convertido en mi nube blanca, esponjosa y ligera.

Desde que se había convertido en mi arcoíris, después de la lluvia incesante que había soportado durante años.

—Soy solo tuyo, niña… —Le mordí el hombro, luego le lamí la columna vertebral siguiendo las gotas de sudor que iluminaban su pálida piel.

Sabía bien, olía bien, todo en ella era bueno… la tigresa.

Cada vez quería hacerle cosas nuevas, porque Campanilla despertaba mis fantasías más salvajes, unas sensaciones que jamás había experimentado en el pasado.

No hacía otra cosa que follar con ella, besarla, abrazarla, deseaba estar sobre su cuerpo cada hora del día, cada puto momento, y, cuando estaba lejos de ella, imaginaba cómo iba a arrancarle de nuevo las bragas para adentrarme entre sus muslos.

Se había convertido en mi droga.

En mi obsesión.

La niña había reivindicado su papel.

Su lugar dentro de mí.

Lo único que hacía era arrancarle la ropa.

Lo único que hacía ella era arrancarme el alma de todas las formas posibles.

A menudo, las pesadillas en las que aparecía Kim iban seguidas de unos sueños eróticos sobre Selene o nosotros, tan intensos que me excitaban como si fuera un adolescente descontrolado.

—Sigue moviéndote, no tienes ni idea de lo magnífico que es tu culo visto desde aquí.

Le di una palmada en la nalga derecha y ella se echó hacia delante conmocionada. Admiré la marca rojiza que habían dejado mis dedos, y cuanto más la miraba, más pensaba que la niña me pertenecía, que era completamente mía, y que mataría con mis propias manos a cualquiera que tuviera la tentación de privarme de mi país de Nunca Jamás durante el breve tiempo en que iba a gozar de él.

—Neil, por favor —dijo suplicándome que parara, porque ya había prolongado nuestro salvaje coito el tiempo suficiente. El problema era que al salir de su cuerpo volvía a sentirme vacío, de nuevo incompleto, de nuevo yo mismo, de nuevo el niño necesitado de atención que ya no aceptaba la soledad, porque había descubierto lo agradable que era compartir el día con alguien.

Respiraba con dificultad y tenía los músculos agarrotados.

Sudaba, aún estaba cargado, mientras sentía su frágil cuerpo probado por mis golpes profundos y agotado por mi resistencia. Continué moviéndome dentro de ella con una impetuosidad distinta, porque Campanilla me hacía perder el juicio, me esclavizaba.

Me había vencido tras una larga guerra.

La niña valiente y combativa había salido victoriosa por el momento.

Me había convencido de que bajara mis barreras.

Retrocedí para perder el contacto con su calor y volví a penetrarla con ferocidad, hasta el fondo, porque sabía que ella me acogería.

Yo era imponente y estaba excitado más allá de cualquier límite, pero ella no me rechazaría.

Ella había aceptado ya todas mis facetas, incluso esta.

La llené con unas embestidas violentas, preso de una locura indescriptible.

Solté una maldición sin importarme el ruido que hacía el cabecero al golpear contra la pared. Selene se arqueó cada vez más hasta que, al final, cayó desfallecida en la sábana apoyando una mejilla en el colchón, con las rodillas temblorosas y las nalgas curvadas y expuestas a mis perversos deseos.

Me tumbé encima de ella, apoyándome en los antebrazos, que resbalaban con cada empujón. No le di un solo momento de respiro. La penetré en esa posición, desde un ángulo diferente, apoderándome de todo, incluso de los recovecos de su alma, y la niña levantó su bonito culo para complacerme.

Para ella fue más intenso, de manera que gimió cuando empujé hasta el fondo para hacerle perder la cordura.

Mis labios hambrientos besaban ávidamente su piel suave.

Le besé el hombro, la nuca, la lamí y la mordí por todas partes.

La marqué, le hice sentir que estaba allí, que la deseaba, pero no solo físicamente, sino con todo mi ser, con todo el caos que podía darle.

No sabía cómo expresarlo con palabras, no sabía cómo definir lo que sentía, así que confiaba en que usando mis propias maneras ella pudiera percibir la guerra que se libraba en mi interior.

Quería adentrarme en ella, en su cabeza, bajo su piel; yo también quería tener mi lugar en ella..., un lugar que seguiría siendo mío cuando me fuera.

Incluso cuando alguien sobrevolara mi país de Nunca Jamás.

Incluso cuando ese nosotros delirante que habíamos creado se desvaneciera en la nada.

Yo permanecería en su interior.

Como una huella, un tatuaje, una marca indeleble, una herida sangrante.

Seguí adelante unos minutos hasta que la niña tembló.

Gritó mi nombre, pero yo no me detuve.

Comprendí que era el momento propicio para hacerla enloquecer, así que me salí un poco de ella y empecé a asestarle unos golpes breves e intensos. Deslicé una mano por su barriga hasta llegar al clítoris y lo estimulé con una pasión despiadada que la forzó a boquear en busca de aire.

Su coño se cerró a mi alrededor, luego me soltó y de nuevo me apretó antes de llegar al orgasmo.

Caliente, mojada, al límite…

La reacción de su cuerpo me estimuló tanto que la seguí inmediatamente después.

Contraje las nalgas y sentí que los músculos me ardían.

Apreté los ojos, mi mente se ofuscó.

368 Colores, luces, palabras, pensamientos… No entendía una mierda.

Imprequé y con un gruñido animal exploté en su interior soltando unos chorros calientes e imparables que le hice sentir hasta el fondo con una última y vigorosa embestida.

El placer me cegó, inundó tan poderosamente su interior que me perdí.

Con los pulmones vacíos de oxígeno y la cabeza más ligera, me desplomé exhausto sobre su cuerpo.

Los dos estábamos sudados y cansados.

Pensé una vez más que nunca había franqueado el límite con nadie.

Siempre usaba condón, e incluso cuando Jennifer o Alexia me pedían que no lo hiciera, que confiara en ellas, me lo ponía de todas formas, porque era incapaz de dejarme llevar ni de entregarme a nadie dejando a un lado mi habitual intransigencia.

Pero con Selene la racionalidad me había abandonado desde hacía ya cierto tiempo.

—Niña… —murmuré sin aliento, respirando junto a su oreja, mientras mi masa de músculos cubría por completo su cuerpo frágil. No dijo una palabra, no hizo ningún gesto, parecía inerte debajo de mí—. Selene… —dije de nuevo preocupado; fruncí el ceño y me levanté apoyándome en los codos para asegurarme de que estaba bien.

Me preocupaba haber ido demasiado lejos o no haber sido delicado con ella. Ante mis ojos aparecieron unas imágenes tan terribles que me hicieron palidecer.

—Estoy viva —balbuceó con sus labios carnosos y una mejilla hundida en el colchón.

Sus ojos oceánicos estaban cerrados y parecían exhaustos, su respiración era débil, pero profunda. Suspiré aliviado al ver que estaba bien y le di un beso en el pliegue de su cuello. Sabía que yo era insaciable, una máquina imparable, y que a ella todavía le costaba seguir mi ritmo, pero había exigido ser la única y debía pagar un precio.

Selene había asumido la responsabilidad de alimentarme, así que no podía lamentarse de que la bestia quisiera darse unos buenos festines con ella.

Me gustaba tirármela y, de hecho, habría continuado hasta que me hubiera suplicado que parase, hasta que ya no hubiera podido soportar por más tiempo mi invasión entre los muslos.

Mi atención estaba exclusivamente concentrada en Selene.

El sexo siempre había sido un componente esencial de mi vida, desde que era niño, no podía estar sin él.

Para ella era extraño tener que consentir tan a menudo, pero era consciente de que mis pulsiones eran muy frecuentes y no le molestaba, ni mucho menos. Selene me deseaba tanto como yo la deseaba a ella, porque nunca se había opuesto ni me había rechazado.

—¿Recuerdas el día en que te dije que la relación conmigo sería muy diferente de la que tenías con Jedi? —susurré de buen humor—. Supongo que ya has entendido lo que quería decir…

Con un movimiento de la pelvis salí de su cálida intimidad y rodé a su lado para tumbarme de espaldas en la sábana arrugada.

Miré el techo.

En el aire flotaba su olor.

El maldito aroma a coco me hizo sentir deseos de volver a empezar, pero cuando me volví para mirarla, deseché la idea de proponérselo.

Sus párpados estaban cargados de fatiga y en su cuerpo se veían las numerosas marcas rojas, algunas más oscuras, que habían dejado mis dedos ásperos y mis labios demasiado ansiosos. La había agotado, incluso cuando me prometía a mí mismo tomármelo con calma, siempre acababa poseyéndola sin una pizca de dulzura.

—¿Seguro que te encuentras bien?

Me puse de lado y la miré fijamente a los ojos. No quería que se diera cuenta de que estaba angustiado, pero a la vez sabía que ella ya lo había percibido. Le agarré instintivamente la muñeca. Le di la

369

vuelta, posé mis labios en su interior y me detuve en su piel unos instantes para concentrarme en los latidos de su corazón. Eran regulares e intensos, me gustaba escucharlos.

—Cuando estoy contigo, siempre estoy bien —susurró con un hilo de voz. Estaba tumbada boca abajo en la cama, donde la había poseído varias veces durante la noche.

—Puedes decírmelo… —insistí y me acerqué para darle un beso en el hombro, pero poco después volví a mirarla con cierto desapego.

No podía ser mejor de lo que era.

Siempre había odiado los mimos, las caricias y esas cosas por el estilo. A pesar de que era incapaz de concedérselos, a mi manera sentía la necesidad de hacerle entender que me preocupaba por ella.

Como cualquier mujer, Selene exigía algo de afecto, sobre todo después del sexo, pero, si ya no era hábil con las palabras, con los gestos galantes lo era aún menos.

Así pues, confiaba en que pudiera entender lo que intentaba comunicarle con los pocos medios que conocía y que sabía utilizar.

Acaricié con la punta de los dedos la línea de su espalda, ligeramente arqueada. Sus ojos oceánicos me miraban fijamente, brillantes, igual que el mar donde me había perdido desde que la había conocido en aquella acera. Me sonreía con los labios rojos entreabiertos y consumidos por mis besos, el pelo alborotado y esparcido por las sábanas y la nariz tiernamente fruncida.

—Estoy bien…, de verdad. Nunca te cambiaría, ya lo sabes. Me gusta todo de ti —susurró en voz baja, agotada. Era hermosísima en su sencillez, aunque nunca se lo había dicho. No estaba acostumbrado a los cumplidos, no me gustaba exponerme ni mostrar a la niña lo que estaba consiguiendo hacer en mi interior—. ¿Por qué me miras así?

Se movió debajo de mis dedos, que seguían acariciándola mientras yo admiraba su cara como si esta me hubiera hipnotizado.

—Después del sexo estás aún más mona —solté con sinceridad al mismo tiempo que me mordía el labio inferior, divertido por la graciosa arruguita que había aparecido entre sus cejas.

—Mona… —repitió pensativa y luego torció los labios en una mueca de decepción: no apreciaba en absoluto el adjetivo.

—Sí…, muy mona.

Rocé su cuello con la punta de la nariz. Selene se estremeció al sentir el contacto de mi barba con su delicada piel y, maldita sea, de nuevo sentí deseos de follar con ella.

Mi polla no podía estar más de acuerdo conmigo.

—Neil… —refunfuñó con pereza para insinuar que no se me pasara siquiera por la cabeza volver a imponerme a ella.

—¿Mmm? —gemí sensual frotando lentamente mi erección en su muslo. Sabía que no podría resistirse a mí, era consciente del poder que ejercía sobre todos sus sentidos, del efecto que le causaba, de la forma en que dominaba su cuerpo y su mente.

—No te hagas el tonto. Necesito un respiro y una ducha.

Selene se apartó de mi roce ardiente y yo me estremecí al sentir un frío repentino. Se sentó en el borde de la cama, de forma que solo pudiera ver su espalda y sus nalgas enrojecidas por mis palmadas.

¿De verdad me había rechazado?

Resoplé molesto y me volví a mirar el techo blanco.

Pensé que éramos de verdad muy diferentes.

Yo era vicioso, inquieto, siempre tenía hambre y sed.

Mi personalidad no era en absoluto normal.

A diferencia de mí, ella era una joven que, además de ser objeto de deseo, quería ser amada.

—Sí, sí, vale…, ve a lavarte… —murmuré irritado, porque no podía prescindir del sexo, sobre todo con ella. Si hubiera sido una de mis rubias o Jennifer, me habría suplicado que le concediera más atenciones; Selene, en cambio, quería que mi mente hiciera un mayor esfuerzo, no se conformaba con tenerme desnudo a su lado.

Mis elucubraciones mentales se desvanecieron cuando sentí sus manos sobre mí y su cuerpecito a horcajadas sobre el mío, como si fuera una tigresa salvaje. Su melena resbalaba por sus pechos y sus pezones turgentes y rosáceos asomaron por los mechones castaños.

Los miré fijamente y tragué saliva, me moría de ganas de chuparlos.

—¿Estás enfadado? —preguntó acomodándose en mi erección, que emergía del pubis, justo donde se había sentado la niña, poniendo a prueba mi autocontrol.

Parpadeé e hice un esfuerzo para no tocarla. Doblé un brazo detrás de la nuca y dejé el otro abandonado sobre las sábanas.

—No —me apresuré a responder. Ella soltó una risita.

—Anoche me buscaste dos veces y esta mañana te has vuelto a despertar con el mismo deseo. Debes darme tiempo para acostumbrarme, eres bastante exigente…

Se inclinó hacia mí y empezó a darme ligeros besos en el cuello, justo donde me gustaba recibirlos. Me chupó la piel despacio, con miramiento, como si temiera hacerme daño, y apretó sus pechos contra mis pectorales. Ese contacto encendió un fuego indomable en mi bajo vientre. Mi erección se hinchó y cuando Selene lo sintió entre sus muslos, se sonrojó como una niña.

371

Yo, en cambio, cerré los párpados y los volví a abrir respirando hondo.

Por suerte sabía lo que debía hacer cuando no quería ceder, de lo contrario, la habría puesto a cuatro patas otra vez.

Le agarré las caderas con ímpetu y la aparté de mí tirándola sobre el colchón.

—¿Qué te pasa ahora? —preguntó confundida.

Le di la espalda y me senté en el borde de la cama, apoyando los pies en el parqué.

Me estremecí al entrar en contacto con el suelo frío.

¿Qué hora era? Pero, sobre todo, ¿cuánto tiempo habíamos estado encerrados en el dormitorio de la casita de invitados?

Selene había venido a verme el día anterior. La había recogido en el aeropuerto a las seis en punto, como de costumbre, la había traído aquí y luego había perdido por completo la noción del tiempo.

Me pasé una mano por el pelo sudoroso, miré el paquete de Winston, que estaba en la mesilla de noche, y saqué un cigarrillo. Suspiré exasperado cuando no encontré el mechero inmediatamente, pero luego vi que estaba bajo mis piernas en el suelo. Me agaché para recuperarlo.

372

Tenía un único problema: si me acostumbraba demasiado a la compañía de Selene, luego iba a sufrir con su ausencia.

Se nos acababa el tiempo.

Ya había hecho mi último examen y dentro de una semana recibiría los resultados.

No sabía si aprobaría o no.

Había estudiado mucho, aunque Selene había sido una distracción constante.

A menudo me enviaba mensajes diciendo: «Estoy pensando en ti».

O me llamaba para preguntarme cómo estaba.

Cosas normales para una pareja, pero no para mí, maldita sea.

De hecho, no para nosotros, que estábamos muy lejos de ser una parejita feliz.

—Nada —le contesté tras un prolongado silencio.

—Me duele todo, Neil. No has sido muy delicado conmigo. Nunca me negaré, pero… —intentó decir.

Tras dar una larga calada al cigarrillo, me levanté y me volví para mirarla. Estaba sentada con las rodillas apoyadas en el pecho y se agarraba a la sábana para tapárselo. Observó cohibida mi cuerpo desnudo. Bajó la mirada hacia sus piernas, luego hizo acopio de valor y volvió a mirarme a la cara.

—¿Es por el examen? Estoy segura de que has aprobado. A menos que me hayas mentido, siempre me decías que estabas estudiando y...

La interrumpí.

—No, no es por eso. El examen me importa un carajo —solté tirando el humo por la nariz.

En lugar de considerar la licenciatura como un logro, me producía angustia, al igual que la idea de haber aceptado las prácticas en Chicago. Hacía apenas una semana había enviado un correo electrónico de confirmación al profesor Robinson, pero por el momento solo estaban al corriente de mi decisión Logan y Megan, quien justo ese día me había enviado un mensaje de texto que rezaba: «Enhorabuena, compañero».

Selene aún no sabía nada.

La niña seguía a mi lado, apoyándome, esforzándose por ser la mujer adecuada para mí, ignorando por completo lo que yo tenía en mente.

Había decidido disfrutar del momento con ella, además de protegerla, aunque Player parecía haberse desvanecido en la nada.

La mujer que habíamos visto por la *webcam* no había vuelto a dar señales de vida.

No habíamos vuelto a recibir acertijos ni amenazas ni ataques.

¿De verdad se había rendido?

Algo seguía sin encajar en todo lo que había ocurrido.

La mujer no había revelado su identidad y se había mostrado demasiado complaciente e inofensiva.

Por ese motivo no había bajado la guardia.

Le había regalado a Selene un ordenador nuevo, pero aún le impedía que usara las redes sociales; le había dicho que, por seguridad, cambiara todas las contraseñas y tapara la *webcam* con cinta adhesiva como había hecho yo en mi MacBook.

Me había vuelto paranoico.

—Neil... —La niña me llamó, porque me había quedado embobado contemplando un punto de la cama con el cigarrillo aún entre los labios. Desvié la mirada hacia ella y la vi desnuda delante de mí—. ¿Quieres dejar de tratarme con condescendencia y de excluirme de tu mundo?

Me puso las manos en las caderas y yo me estremecí. Tenía los dedos fríos y estaba temblando. Me dio un beso en la barriga y subió hasta mi pecho clavando sus ojos en los míos.

—Lo has invadido por completo —murmuré confuso—. Mi mundo —añadí dando otra calada. Entorné los ojos mientras las volutas de humo se elevaban en el aire; ella, en cambio, sonrió satisfecha.

—Bueno, después de todo lo que he afrontado para tenerte, me alegro mucho —dijo divertida.

—Yo no —respondí con brusquedad.

Me acarició la base de la espalda y volvió a restregarse contra mí. Respiré suavemente para no dejarme tentar por sus bonitas tetas, que en ese momento presionaban mi barriga, y ella se dio cuenta, porque me lanzó una mirada socarrona. Sus manos ascendieron poco a poco por delante. Me acarició los abdominales, que se contrajeron con su roce, luego siguió por el pecho, como si me adorara, como si estuviera viendo algo surrealista y fascinante.

—¿Qué estás haciendo? —le pregunté con cautela.

Con el cigarrillo aún encendido entre los labios, relajé los brazos cuando Selene me pasó las uñas por los bíceps y los hombros. Con el dedo índice trazó las líneas del maorí y con la otra mano recorrió el *Pikorua*. Emití un gemido gutural. No me habría importado que hubiera seguido moviendo los dedos hasta cerrarlos alrededor de la polla. Me habría dado un instante de goce que habría aplacado por completo la angustia, pero no parecía dispuesta a hacerlo.

374

Porque quería hablar.

Hablar, hablar y seguir hablando…

—¿Sabes que nunca se lo he dicho a nadie? —susurró volviendo a apoyar las manos en mis caderas para aferrarse a mí. Apreté el cigarrillo entre los dedos y me incliné hacia un lado para aplastarlo en el cenicero aún a medio fumar, y volví a concentrarme en ella.

—¿El qué? —pregunté exhalando el humo por última vez lejos de su cara.

—Lo que estuve a punto de decirte en el parque de Detroit, ¿te acuerdas? —Me miró a los ojos y yo observé sus iris oceánicos.

¿Cómo podría haberlo olvidado? Había sido una tortura arriesgarme a oírle decir dos palabras que en el pasado me habían consumido el alma. «Te quiero» evocaba en mí los insultos, el acoso, los abusos que me había infligido Kimberly, por eso no quería oírlo.

No le contesté y me puse rígido. Sentí la tentación de quitarle las manos de encima, pero me quedé quieto y la miré fijamente.

—¿Ni siquiera a Jedi? —De repente, sentí curiosidad por saberlo.

—Ni siquiera a Jared —me corrigió, aunque ya debería haber comprendido que me importaba un bledo cómo se llamaba ese tipo.

—Bien. Algún día se lo dirás a la persona adecuada.

A Selene no le gustó mi respuesta, porque frunció la nariz y me miró irritada.

El brillo de sus ojos se apagó y apartó las manos de mí. Su repentino distanciamiento me alarmó. Después de tanto esfuerzo, no quería abrir una gran grieta entre nosotros.

Nuestra relación pendía de un fino hilo que no quería romper. Aún no, por lo menos.

Así que intenté remediarlo.

—Sé cómo te sientes. No necesitas recurrir a palabras inútiles para que lo comprenda. Sigue mostrándomelo con tus gestos, con tus decisiones, con tu coraje. No me sirven las declaraciones triviales de amor. Me doy cuenta de lo que sientes por mí...

Le puse un mechón de pelo detrás de una oreja y ella esbozó una leve sonrisa. La niña parpadeó aturdida y adoptó una expresión de curiosidad.

Estaba seguro de que iba a hacerme una pregunta.

—¿Por qué odias tanto que una mujer te diga que te quiere? —preguntó. Sabía que llegaría ese momento. No me resultó nada fácil contener la rabia que ciertos recuerdos despertaban en mí, pero Selene no sabía nada de ellos, lo suyo era simple curiosidad. Era una chica extremadamente inteligente, que sabía ver a través de mi coraza, que indagaba a fondo y captaba hasta el menor detalle.

—Porque Kim me lo susurraba mientras me violaba —confesé con una frialdad abrumadora.

375

Selene se estremeció y se tapó la boca con una mano; por fin sabía por qué odiaba tanto esas dos miserables palabras, esas ocho letras mortales. Sus ojos parecían tan transparentes que podía leer en ellos: estaba pensando en la noche que habíamos discutido en su habitación al volver del parque de Detroit y ahora por fin tenía claro el motivo de mi violenta reacción.

—Yo... lo siento. No lo sabía —dijo mortificada.

Se acercó a mí y, tácitamente, me pidió permiso para abrazarme. No me opuse. Agradecí su calor cuando se acurrucó contra mí, apoyando la cabeza en mi pecho. Aspiré el buen olor que emanaba de su pelo y rodeé su cuerpo con un brazo a la vez que le ponía una mano en el trasero y se lo apretaba.

Ni siquiera en esas situaciones era capaz de pensar en ella como un hombre normal que desea acariciar y colmar de dulces atenciones a la mujer que ama, sino como un pervertido que solo quería meterle la lengua entre los muslos como había hecho la noche anterior...

Para que sus gemidos detuvieran mis tediosos pensamientos.

Para que sus rodillas me apretaran la cabeza e hicieran estallar todos mis tormentos.

Para que sus dedos me tiraran del pelo y me mostraran la fuerza con la que se había aferrado a mi oscuridad.

Para que su espalda se arquease y me manifestara hasta qué punto eran omnipotentes los sentimientos que nutría por mí.

Para que gritase mi nombre con todo el romanticismo que tenía dentro y expresara de otra manera lo que nos vinculaba.

Para vivir a nuestra manera lo que nos unía.

Esa maldita cosa que no sabía definir...

Tras confesarle a Selene otra parte de mi pasado, me había dado una larga ducha y me había reunido de nuevo con ella en la cocina. La última vez que la había visto en los fogones había preparado unas tostadas carbonizadas que solo me había comido porque estaba hambriento.

Llevaba unos minutos sentado en el taburete sin hacer ningún comentario; la observaba con la barbilla apoyada en la palma de una mano mientras ella se movía a sus anchas en mi espacio, como si también fuera ya suyo.

—Si el resultado de tu examen es positivo, casi habrás terminado la universidad, ¿te imaginas? —preguntó exultante. El olor a huevos revueltos flotaba en el aire. Selene estaba preparando el desayuno, porque, según ella, tenía que dejar de beber solo café.

Un hombre de mi tamaño necesitaba algo más sustancioso.

En cualquier caso, ignoré su pregunta porque estaba demasiado concentrado en mirarle el culo prieto, con la absurda idea de poseerlo también tarde o temprano.

¿Cuántos había visto en mi vida?

Fuera como fuese, el suyo me parecía el mejor que había tenido nunca.

—¿Me estás escuchando, Neil?

Campanilla me lanzó una mirada fugaz. No le contesté, porque mi atención se había desviado hacia sus piernas desnudas, que una de mis sudaderas deportivas dejaba a la vista. La prenda le quedaba enorme. A esas alturas ya había dejado de pedirme permiso para ponérselas, sabía que podía hacerlo y que era la única mujer, exceptuando a mi hermana, a la que se lo había concedido.

—No. Sabes que hablar conmigo cuando estás medio desnuda nunca es productivo.

Seguí examinándola como un depredador al acecho. Ella sacudió la cabeza divertida y su pelo castaño ondeó en el fondo de su espalda. Reviví en mi mente el momento en que lo había retorcido en mi puño durante la noche mientras bombeaba tras ella, y me revolví en el taburete.

Una enorme erección en unos vaqueros ajustados era lo peor que podía sucederle a un hombre.

A pesar de la ducha que los dos nos habíamos dado, aún percibía el olor a sexo que nos rodeaba y el deseo que, cada vez que nos mirábamos, parecía desafiarnos a un nuevo reto, hasta tal punto que no era capaz de pensar en otra cosa.

—Hablaba de tu examen. Si lo apruebas, cosa de la que estoy segura, el paso siguiente será la graduación. ¿Piensas hacer algo? ¿Vas a dar una fiesta? ¿Y después? ¿Qué quieres hacer?

Selene estaba radiante, hablaba como si fuera ella la que iba a licenciarse. Estaba más orgullosa de mí de lo que habría estado mi madre.

La niña cogió dos platos y sirvió en ellos los huevos revueltos. Luego agarró un par de cubiertos limpios y se aproximó a mí.

—Debes de tener mucha hambre, tigresa, el sexo cansa —dije valiéndome de una de mis tácticas de seducción para cambiar de tema. No me apetecía hablar del futuro. No me gustaba mentirle y no contestarle no era mentir, sino solo omitir ciertos detalles que ya abordaríamos en un momento más oportuno.

—¿Por qué tengo la impresión de que estás tratando de esquivar mis preguntas? —dijo con suspicacia tendiéndome uno de los dos platos. Selene parecía haber adquirido ya la capacidad de entenderme incluso cuando no hablaba. Lo único que tenía que hacer era mirarme fijamente a los ojos e interpretar el lenguaje mudo de mi cuerpo para joderme como a un idiota.

—Simplemente porque quiero esperar el resultado del examen —respondí con una excusa lógica y artera para justificar mi aparente agitación. Ella arqueó una ceja con aire escéptico.

—Neil, los dos sabemos que has aprobado ese examen. No me tomes el pelo.

Se dirigió hacia la nevera, sacó un tetrabrik de zumo de naranja y regresó a mi lado.

—Entonces, digamos que quiero tener la confirmación absoluta —me retracté intentando acallar la conciencia que me instaba a contarle lo de las prácticas en Chicago y a hablarle de Megan.

—¿Y ese hombre? El profesor…, ¿cómo se llama?

Se sentó de un salto en el taburete como una niña pequeña y la miré pensando que a veces era realmente cómica.

—Robinson. El profesor Robinson —contesté y ella asintió con la cabeza mientras vertía el zumo en nuestros vasos.

377

—Eso es, él. Me dijiste que quería hablar contigo. ¿Sobre qué? —preguntó. Por suerte, aún no había probado los huevos, porque de lo contrario me habría atragantado.

Durante el mes en que nos habíamos visto con asiduidad le había contado algo sobre mi trayectoria universitaria y un día incluso había intentado referirle la conversación que había mantenido con Judith, pero luego había cambiado de idea, porque conocía bien a Selene. A menudo era rebelde y testaruda y no quería que discutiera con su madre. La señora Martin solo había aceptado nuestra pseudorrelación porque sabía que era temporal y que yo mantendría mi palabra.

—De nada —respondí restándole importancia—. Solo me felicitó por ser uno de los alumnos más brillantes de su clase —mentí. A decir verdad, no era propiamente una mentira, pero tampoco era lo que el profesor Robinson y yo habíamos hablado la última vez que nos habíamos visto en la facultad.

En esa ocasión él me había estrechado la mano y me había felicitado por haber decidido aceptar las prácticas. Se había sorprendido al leer el correo electrónico en el que aceptaba compartir una oportunidad de trabajo, además de un piso con Megan Wayne. Temía que me negara. En cambio…

—Vaya, no sabía que eras tan empollón… —comentó Selene en tono burlón llevándose a la boca el tenedor.

—Y no lo soy —repliqué mirándola irritado.

—Vamos, vamos, no te enfades míster Problemático —dijo esbozando una dulce sonrisa que no devolví. Tomé una pequeña porción de huevo con el tenedor y lo probé con la esperanza de que fuera más comestible que una tostada quemada.

—Esto… ¿te gusta?

Selene me observó apurada mientras masticaba el bocado. La miré a los ojos y la niña se mordió el labio tímidamente. En ese instante, pensé hasta qué punto mi juicio era de vital importancia para ella, porque atribuía un gran valor a todo lo que me concernía.

—Son comestibles… Hace tiempo que descubrí que no eres muy buena en la cocina —respondí con mi habitual insensibilidad, tratando de no esbozar una sonrisa divertida por molestarla un poco. Selene frunció los labios, tosió incómoda e inmediatamente volvió a llenar su vaso de zumo de naranja.

—El gilipollas de siempre —murmuró en voz baja con la esperanza de que no la oyera, pero la oí con toda claridad. Selene se puso de nuevo a comer ignorándome, con una expresión ofendida en la cara.

Incluso en eso era una niña adorable.

Cada uno de sus comportamientos espontáneos revelaba una pequeña parte de ella que me gustaba, aunque mostrara cierta inmadurez. Éramos completamente opuestos, pero juntos generábamos un contraste absurdo, envidiable a ojos de todos.

—Ven aquí. —Me di una palmada en la rodilla para invitarla a que me acompañara. Ella alzó la mirada de su plato, me miró dubitativa y se tomó un momento para pensárselo—. Vamos, Campanilla. Ya sabes que odio esperar —la regañé.

Se limpió la boca con una servilleta de papel y se levantó lentamente. Dio la vuelta a la isla y se sentó en mi pierna. El contacto con su cuerpo despertó el deseo de tocarla y me estremecí. De forma instintiva, le puse una mano en el muslo y le besé el cuello. Selene tembló. Olía a coco, como siempre. Me quedé quieto para inhalar su aroma, tratando de desechar los pensamientos negativos de mi cabeza.

—Los huevos están buenos, pero prefiero desayunar entre tus piernas con la lengua dentro de ti —susurré en tono cautivador a la vez que sentía cómo se movía en mi muslo. Sospeché que se había mojado, a esas alturas la conocía tan bien que podía anticipar sus reacciones.

—Deberías… —Tragó saliva y se aclaró la garganta al mismo tiempo que intentaba recuperar el contacto con la realidad. Tal vez pensó que estaba bromeando.

—Sí, debería, niña…

De repente, la agarré por las caderas y la senté en la isla. Se estremeció sorprendida. Tiré al suelo los platos y la forcé a echarse. Sin darle tiempo a entender lo que estaba pasando, le levanté mi sudadera y le arranqué las bragas. Ella soltó un chillido de excitación cuando las tiré al suelo. Poco a poco, tal y como había imaginado que haría, metí la cabeza entre sus muslos y empecé a lamerla.

Ella se arqueó y dobló las rodillas para estrecharme contra su cuerpo.

La encontré ya hinchada y húmeda.

Ese hecho confirmó mi teoría: la niña se excitaba igual que yo.

Me concentré para volverla loca. Le pasé la lengua por el clítoris, luego bajé para aumentar las arrebatadoras sensaciones que le estaban provocando unos temblores incontrolables.

Gimió mi nombre varias veces.

Se perdió en la vorágine del placer.

Atraída por una energía poderosa.

Aferrándose a mí como si fuéramos una única esencia.

379

Yo era su droga.

Tenía el poder de aturdirla.

De derribar las barreras de su pudor.

Y eso me complacía, porque era un jodido cabrón.

Puede que a Selene le hubiera gustado oír palabras importantes, pero si me hubiera comportado de forma diferente no habría sido yo mismo.

Mi cuerpo era el único medio que utilizaba para comunicarme.

Y el deseo que sentía por ella era la única certeza que podía darle.

Me ajusté la bragueta de los vaqueros mientras mi erección empezaba a palpitar con las ansias de tirármela, pero mi objetivo era llevarla al límite sin exigirle nada a cambio.

Me detuve unos instantes, le di un mordisco en la cara interna de un muslo y la miré por debajo de las pestañas.

Selene jadeaba, tenía las mejillas enrojecidas y la boca entreabierta. Sus pechos se agitaban convulsivamente al ritmo de su respiración. Apretó las rodillas y gimió molesta para que siguiera donde lo había dejado. Esbozando una sonrisita de satisfacción, volvía a torturarla hasta que alguien tocó el timbre de repente.

Me levanté y giré la cabeza en dirección a la puerta.

¿Quién demonios tenía ese maldito sentido de la oportunidad?

—¡Mierda! —murmuró Selene bajando de un salto de la encimera. Acto seguido se puso bien la sudadera y se agarró a mí, presa de un mareo momentáneo. No tuve siquiera tiempo de comprobar quién era el impertinente que merecía unos puñetazos en la cara, porque la puerta se abrió de golpe. Ajeno a todo, Logan avanzaba por el salón con una bandeja en la mano y una amplia sonrisa en la cara. Al ver en qué estado se encontraba la cocina y nosotros dos, se detuvo en seco.

—¿Qué coño…?

—¿Qué haces aquí? —pregunté yo terminando su frase. Logan parecía sorprendido. Se quedó mirando los huevos que estaban esparcidos por el suelo, al lado de la mancha de zumo, que se había extendido ya considerablemente. Selene, por su parte, se aferró a mi jersey y se ruborizó avergonzada.

—¿Qué ha pasado? —preguntó mi hermano mirando primero a la niña, que llevaba mi sudadera arrugada, y luego a mí. Luego se detuvo en la entrepierna de mis pantalones y enseguida comprendió el motivo: una enorme erección difícil de ocultar.

A ese punto, era inútil fingir.

Le sonreí y él arqueó una ceja.

—Estabais…, esto… —murmuró divertido.

—Desayunando —prosiguió Selene carraspeando. Mi hermano lo había entendido todo. Además, me conocía de sobra; sabía que a mí no me habría dado vergüenza decirle la verdad, pero respetaba a Selene y su sentido de la decencia. Si hubiera bromeado con Logan sobre la situación, se habría sentido terriblemente incómoda.

—Sí, por supuesto. Por lo visto, no os han gustado los huevos…

Se rio entre dientes y los señaló con la barbilla. Selene se recogió un mechón de pelo detrás de una oreja; yo, en cambio, me lamí el labio inferior con descaro, paladeando su sabor.

Joder…, cómo me gustaba.

—No, digamos que… aquí…

Campanilla no sabía qué decir. Sus mejillas ardían. Me inspiró ternura. Me senté en el taburete, la atraje hacia mí y la puse en una de mis rodillas.

—He preferido un desayuno alternativo. —Rodeé con un brazo su cintura para estrecharla contra mi cuerpo y tranquilizarla. Se volvió para buscarme y yo le sonreí para que comprendiera que todo iba bien.

—Ah, vale —Logan hizo como si nada y adoptó una actitud de indiferencia—. Bueno, Selene… Alguien le ha dicho a la señora Anna que te preparara esto… 381

Puso la bandeja en la encimera y levantó la tapa de color para mostrar a la niña lo que había debajo. Selene abrió bien los ojos y se inclinó para ver mejor.

—Pero es… pan tostado con mermelada de cereza —murmuró y acto seguido se volvió y me escrutó. La había dejado jugar con la cocina a sabiendas de que a ella tampoco le iban a gustar los huevos.

—Has sido tú, ¿verdad? —preguntó mirándome los labios y demorándose en ellos unos instantes.

—Puede ser… —Me encogí de hombros. Me miraba con una veneración asombrosa.

—Vamos, vamos, tigres. No olvidéis que estoy aquí. Contened la pasión —terció Logan antes de que pudiera dar a Selene uno de mis tremendos besos.

La niña se rehízo, se puso de pie y en ese momento vio algo cerca de Logan. Palideció de repente y se agachó para recoger las bragas rotas, que escondió en un puño detrás de la espalda.

Una vez más, contuve la risa.

—Muchas gracias, Logan…, esto… Dale también las gracias a la señora Anna. Voy a vestirme. Enseguida vuelvo —dijo cohibida antes de huir al dormitorio.

Aproveché la oportunidad para darle otra palmada en el culo y la idea de que, cuando se había sentado encima de mí, no llevaba ropa interior, me excitó terriblemente. Podría haber deslizado una mano entre sus muslos para terminar lo que había empezado, pero, en lugar de eso...

—Tú y yo deberíamos tener una pequeña charla —dijo Logan observándome defraudado. Mis fantasías eróticas se desvanecieron de golpe al ver la mirada hosca de mi hermano.

—¿De qué tipo? —le pregunté hastiado. Apoyé un codo en el borde de la isla y doblé una rodilla en el taburete adoptando una pose arrogante.

—Chloe y yo somos los únicos de la familia que hemos aceptado esta relación. Sabes que te apoyo en todo. Has estado viendo a Selene durante un mes, ya no te acuestas con las demás, ella viene a verte a Nueva York todos los fines de semana..., todo sería genial si no la tuvieras segregada en el dormitorio. Me gustaría pasar algo de tiempo con ella, a mis amigos les gustaría verla. Julie, Adam, Cory, Kyle, Jake no dejan de preguntarme por ella y también por qué no sale algunas tardes con nosotros cuando viene aquí —me reprendió nombrando a sus putos amigos.

Desde que había recuperado la soltería, Logan salía todas las noches a pubs y clubes con su grupo y pretendía que compartiera a Selene con él y con el resto de mocosos que frecuentaba, pero yo me negaba.

La niña y yo no disponíamos de mucho tiempo, así que no podía desperdiciarlo.

—Viene para verme a mí —le aclaré con la soberbia que me caracterizaba. No tenía derecho a aislarla del mundo, volvería a la normalidad tan pronto como yo saliera de su vida.

Entretanto, tenía que estar conmigo.

—¿Y eso te parece una excusa? Puedes acompañarla. Pasaremos una noche juntos. No puedes ser tan egoísta y tratarla como si fuera tu esclava sexual —me regañó.

—No es en absoluto así. Ella y yo conversamos a menudo y... —dije tratando de justificarme, pero él me interrumpió.

—Ah, claro, al menos fuiste indulgente durante la semana en que tuvo la regla. Y seguro que fue porque te lo pidió ella, no porque tú quisieras. Eso te honra de verdad —me provocó con mordaz sarcasmo. Exasperado, lo fulminé con la mirada. Logan negó con la cabeza—. Hasta los árboles de ahí fuera saben que está loca por ti —dijo señalando el jardín para reforzar el concepto—, pero tú ¿qué haces? ¿Le has hablado ya de las prácticas? —preguntó. Adivinó la respuesta al ver mi prolongado silencio y mi actitud indiferente—. ¡Joder, Neil! —soltó.

—No grites —lo amenacé poniéndome en pie, pero Logan era uno de los pocos que no se intimidaban cuando intentaba imponerme con mi tamaño.

Sabía que, hiciera lo que hiciese o dijera lo que dijese, nunca le pondría un dedo encima.

—Estás cometiendo un error. Ella debe saber que esto es una especie de vacaciones de despedida que le concedes antes de irte. Puedes no decirle lo de su madre para evitar que se peleen, pero merece saber la verdad.

Agitó los brazos en el aire, cansado de repetirme las mismas cosas desde hacía un mes. Me toqué la cara con frustración y me aparté de él para mirar el desastre que había hecho al tirar el desayuno al suelo.

—Jamás me he dedicado a una sola mujer en mi vida. Nunca he querido compartir mi espacio con otra persona —admití, pensando en lo agradable que era que a Selene le gustara estar conmigo y, sobre todo, cuidar de mí.

Por la noche siempre pedía tres pizzas: dos para mí y una para ella; por la mañana ella me preparaba el desayuno para mí y de madrugada me tranquilizaba cuando tenía una de las pesadillas en las que aparecía Kim. Cuando me enfadaba y la atacaba debido a uno de mis cambios de humor, era ella la que me pedía disculpas a pesar de no haberme hecho nada. Selene desconocía el resentimiento o la ira, siempre corría a abrazarme cuando le pedía que se acercara a mí después de una violenta discusión.

—Lo sé —murmuró Logan a mis espaldas—. Vas a romperle el corazón, pero, aun así, sigues adelante —me reprochó. Me volví a mirarlo y vi que la tristeza velaba su semblante.

—Ella fue la que me pidió estar a mi lado —afirmé a modo de justificación.

—Neil, los dos sabemos lo inteligente que eres. Selene no pretende estar solo contigo el breve periodo en que piensas divertirte follando con ella y haciéndole creer que es tu novia —replicó bruscamente describiendo una situación en la que, dicha así, aparecía como un auténtico cabrón.

—Ella sabe que no somos una pareja. Que no hay una puta relación entre nosotros. —Me alteré, luego miré la puerta cerrada del dormitorio para comprobar si Selene aparecía por ella—. Nunca le he hecho ninguna promesa ni le he declarado unos sentimientos inexistentes. Ya sabes cómo soy —insistí dando un paso hacia él.

383

—No, Neil. Ya no lo sé. No eres un mentiroso. —Me miró desengañado y apretó la mandíbula.

—No le estoy mintiendo. Solo le he omitido un detalle —dije volviéndolo a intentar. Me escondía tras el miedo a revelarle la verdad y sufrir las consecuencias.

—Le estás ocultando una parte importante de tu futuro. Si empiezas a trabajar en Chicago, nunca volverás aquí. ¿Lo has pensado alguna vez? Por si fuera poco, vas a compartir el piso con otra mujer —añadió y al oírlo fruncí el ceño.

Esperaba que no estuviera pensando que… Abrí desmesuradamente los ojos al comprender el rumbo que estaba tomando la conversación.

—¿Estás loco? —Me alcé sobre él, a un palmo de su cara—. Megan nunca me ha interesado. ¡Nunca, joder! ¡Eso sería inaceptable! —Sacudí la cabeza turbado, imaginándonos juntos en la cama.

Mierda… sería capaz de cortármela con tal de no caer en manos de la desequilibrada.

Para mí era la niña del sótano a la que no había sucumbido a los diez años, así que no pensaba hacerlo a los veinticinco. Si cometía tal error, mi mente se sumiría en un abismo de odio y rabia hacia mí mismo.

—No sabes lo que puede ocurrir. Viviréis juntos. Y, te guste o no, pasarás mucho tiempo con ella.

—Eso no implica que nos acostemos juntos —aseveré. No tenía la menor duda al respecto.

Megan era una mujer guapa, atractiva, sexi, pero, a pesar de sus constantes provocaciones, nunca había caído en la tentación.

Siempre me había resistido tanto a ella como a sus jueguecitos.

Estaba seguro de que lograría convencer a Logan y de que, al final, este me pediría incluso disculpas por haberme hecho una insinuación tan absurda.

—Ya veremos —dijo mi hermano en tono desafiante. Absorto en sus pensamientos, lanzó una ojeada a la isla y luego volvió a mirarme—. En cuanto a Selene…, trata de comportarte también como un hombre fuera de la cama.

Dicho esto, se dio media vuelta y se dirigió hacia la puerta para marcharse. Dejó que me hundiera solo en un mar de dudas y confusión.

17

Neil

Seré tuyo en todos los sueños, en miles de vidas, salvo en esta.

KIRA SHELL

*Y*a eran las ocho de la tarde y no sabía qué demonios hacer.

Estaba apoyado en la jamba de la puerta con los brazos cruzados.

Logan no había vuelto, pero sus palabras seguían resonando en mi cabeza.

Selene y yo habíamos comido juntos, luego ella se había ido a ver a Matt y me había dejado solo varias horas.

Ignoraba de qué habían hablado y adónde habían ido.

Era justo que pasara algo de tiempo con su padre, pero cuando había regresado había podido leer en sus ojos que esta vez las cosas tampoco habían ido bien entre ellos.

La estaba contemplando mientras se abrochaba pensativamente el sujetador, de pie en el dormitorio.

Se había duchado.

Su aroma flotaba en el aire mezclándose con el mío.

La observé con lentitud y admiré cada detalle de ella: pies finos, pantorrillas definidas, muslos firmes. Incliné ligeramente la cabeza para ver mejor la curva de su trasero y gemí en señal de aprobación.

Era perfecta.

Subí hasta su barriga lisa y sus generosos pechos, que llenaban por completo una talla noventa. En cualquier caso, sus tetas estaban mejor entre mis manos o en mi boca: ese era su lugar.

No se había dado cuenta de que estaba allí, así que se sobresaltó al darse la vuelta. Al ver mi figura sombría plantada en la puerta dejó de abrocharse el sujetador para lanzarme una intensa mirada.

Como siempre, un ligero rubor prendió en su cara.

—No… —Tragó saliva—. ¿No quieres que me vista? —preguntó vacilante.

La niña había malinterpretado mi mirada. Pensó que la estaba escrutando con un aire tan serio para intimarla a que no se vistiera. Por lo demás, pasábamos la mayor parte del tiempo desnudos. Yo tomaba lo que quería, me hundía en ella con todas mis perversiones y mis tormentos, y Selene siempre me secundaba.

Siempre era condenadamente maravilloso encontrarla lista y mojada para mí.

—No, adelante —le contesté sin abandonar la pose descarada que había adoptado para seguir observándola. Ella me escrutó con verdadera pasión. En realidad le habría gustado que le respondiera otra cosa, pero yo contuve mis pulsiones y me mantuve firme.

—¿Ya no me deseas? —me provocó con una sonrisita astuta.

A Campanilla le gustaba jugar conmigo.

Erguí la espalda y me acerqué a ella. Por su expresión, atemorizada y excitada al mismo tiempo, supe que, de haber podido, habría salido volando por la ventana para huir de mí.

Llegué hasta ella y me detuve dominándola con mi altura.

Selene levantó la cabeza con parsimonia.

Así, en ropa interior y perfumada, habría puesto a prueba las hormonas de cualquier hombre.

386

Así pues, tuve que combatir contra mí mismo y contra el impulso de tirármela allí.

En respuesta a su pregunta, agarré delicadamente una de sus muñecas y puse la mano abierta en mi erección.

Selene tembló, pero no se retrajo ante mi demostración de masculinidad.

Quería saber si la deseaba…, pues bien, la estaba complaciendo a mi manera.

Hice que lo tocara en toda su longitud, luego empujé su mano hacia abajo para ponerla en los testículos. Entorné los ojos para disfrutar de su tacto ligero y tímido. Ella, en cambio, contuvo la respiración. Me acerqué más para robársela.

Más…, aún más…, siempre más. No me cansaba.

—Yo diría que la respuesta es más que obvia —susurré antes de darle un beso deliberadamente fugaz, pero capaz de dejarle dentro el deseo de mí. De hecho, Selene cerró los párpados aguardando un contacto más intenso y yo me reí divertido. Ella se dio cuenta y se paró de golpe, porque había comprendido que lo único que pretendía era provocarla sin darle lo que pensaba—. ¿Quieres salir esta noche? —le pregunté de repente siguiendo el consejo de Logan.

No podía permitir que pensara que ella era mi mundo y luego

arrebatarle todo sin la menor consideración. Se merecía divertirse, estar con sus amigos y, sobre todo, vivir como una veinteañera normal.

—¿Qué quieres decir? —murmuró sorprendida apartando el flequillo hacia un lado para deslumbrarme con sus grandes ojos, tan claros como el mar al amanecer.

—Es sábado por la noche. Podríamos pasarlo fuera. Logan va a salir con sus amigos y me ha dicho que tienen ganas de verte. Iré contigo —dije encogiéndome de hombros.

La expresión de asombro de Selene se transformó en otra de entusiasmo. Por un momento me molestó la idea de que se alegrara de perder el tiempo en un club con sus amigos de mierda en vez de quedarse conmigo, pero frené mi egoísmo malsano e intenté reflexionar.

Era una simple salida, lo importante era estar juntos, daba igual dónde y con qué compañía.

—¿Y los Krew? ¿No quieres salir con ellos? —Se agachó para sacar de su bolsa de viaje unos vaqueros de cintura alta y una falda bastante corta. Fruncí el ceño mientras miraba la segunda prenda. Selene me escrutaba aguardando mi respuesta.

—Los veo mucho cuando estás en Detroit —le dije. No era una novedad. Selene sabía que salía con ellos, pero solo cuando no nos robaban tiempo a nosotros.

—Así Jennifer puede tenerte cerca sin el menor obstáculo, ¿verdad?

Levantó la falda y se quedó mirándola para decidir si ponérsela o no. Como de costumbre, me acababa de lanzar una indirecta displicente para mostrarme lo celosa y posesiva que era a pesar de que le había dicho ya varias veces que no quería vínculos ni restricciones, que nunca lograría subyugarme ni ponerme una correa al cuello, como les sucedía a la mayoría de los hombres que se comprometían en una maldita relación.

—No te importa lo que Jennifer haga o deje de hacer. No me he acostado con ella si eso es lo que piensas —le confesé con total sinceridad.

No había sentido la necesidad de buscar atenciones en otra parte. En ese momento mi cuerpo solo deseaba a Campanilla, habría sido inútil follar con otras mujeres, porque con ellas no habría llegado siquiera al orgasmo.

Selene soltó la falda y se aferró a mí, rodeándome el cuello con los brazos. Cada vez que se abalanzaba sobre mí de forma excesivamente dulce y cariñosa, yo me tensaba. Todavía no me había acostumbrado.

387

—Vaya, vaya, ¿Neil Miller me es fiel?

Me hundió una mano en el pelo y me acarició. Tragué saliva cuando sus pezones me pincharon el abdomen; mi pecho ardía con un fuego que nos iba a quemar a los dos si no conseguía mantenerlo a raya. No podía entender cómo era posible que la niña desencadenara unas emociones tan desenfrenadas en mí.

—Sí —admití y ella sonrió, feliz como nunca lo había estado. Se puso de puntillas y se pegó a mí, medio desnuda, para darme un beso. Separé los labios y le correspondí con la misma pasión. Introduje una mano en su melena sedosa, le acaricié la nuca y la atraje hacia mí para tomar todo lo que podía darme. La consumí, canalicé su poder femenino, su sentimiento, su asquerosa dulzura y le robé otra parte de sus sueños, hasta que gimió y se separó de mí jadeando.

—Tranquilo, míster Problemático. Ya sabes que así no puedo respirar. —Apoyó la frente en mi pecho y le acaricié la cabeza para sosegarla.

—Arréglate, niña, pero no te pongas nada demasiado corto ni llamativo —le ordené, pero enseguida me arrepentí. La verdad era que ni siquiera yo sabía por qué le había pedido algo tan ridículo. Yo no era nadie para decirle cómo debía vestirse, pero la idea de verla entrar en un club con sus amiguitos babeándole el culo me irritaba mucho.

Selene alzó la mirada hacia mí y frunció el ceño.

—¿Qué? —murmuró aturdida.

—Quiero decir que… —dije tratando de remediar la situación—. Me gusta tu estilo. Sabes ser seductora a tu manera.

Le acaricié la mejilla y sonreí intentando ocultar la extraña agitación que me revolvía el estómago. Había cometido un gran error: si me mostraba atento a su apariencia, ella podía pensar que estaba celoso.

En cambio, no lo estaba, nunca había sentido celos por ninguna mujer.

Me entraba risa solo de pensarlo.

Decidí darle tiempo para que se arreglara y alejarme de ella para no cambiar de opinión y encerrarla de nuevo conmigo en la casita de la piscina.

Entré en la villa y le dije a Logan que íbamos a salir juntos.

Luego me di una de mis numerosas duchas.

En teoría, el agua caliente debería haber relajado mis nervios y ordenado mis pensamientos, pero después de lavarme seguía inquieto, turbado por lo que estaba sucediendo en mi interior.

No lograba comprenderme.

Cada día que pasaba, me sentía más aturdido.

La proximidad de Selene generaba desorden, confundía mi realidad, embadurnaba con un sinfín de colores molestos el negro que me circundaba.

Resoplé nervioso y, una vez fuera de la cabina de la ducha, me sequé el tupé, luego me recorté la barba con la navaja, con cuidado para no cortarme, porque la mano derecha me temblaba de forma incontrolable.

—Joder —solté. Tenía que calmarme.

Selene era una de tantas, pronto desaparecería de mi vida y de mi cabeza, y yo volvería a ser el de antes.

El que yo reconocía, el que vivía inmerso en su caos sin sufrir demasiadas paranoias innecesarias.

Me dirigí directamente hacia el vestidor a la vez que echaba un vistazo al reloj.

Hacía una hora que había dejado a la niña sola en la casita de la piscina y ya tenía ganas de volver a verla.

Me puse unos vaqueros oscuros y un jersey negro.

El *look total black* encajaba perfectamente con mi mal humor.

Para completar el conjunto, añadí una chaqueta de cuero acolchada con tachuelas en los hombros y un par de zapatillas deportivas.

Podría haberme vestido con más elegancia, pero la verdad era que no me apetecía salir.

Solo tenía ganas de estar desnudo con Selene, absorbiendo su calor, con sus rodillas apretadas alrededor de mi cuerpo y los talones plantados en mis nalgas mientras estas se contraían cada vez que la embestía para dominarla.

Pero, por una vez, había evitado pensar solo en mí.

Aburrido, me metí el paquete de Winston en el bolsillo y salí de la habitación.

—Nos vemos fuera en media hora. Iremos en tu coche —ordenó Logan caminando a mi lado por el pasillo con una toalla enrollada a sus caderas. Se había duchado y deambulaba medio desnudo por la casa con un paquete de cereales en la mano. Puse los ojos en blanco.

Solo él podía masticar esas *cosas* un sábado por la noche.

—Procura no llegar tarde, porque no te esperaré —le advertí.

Bajé deprisa las escaleras y salí.

El aire helado me presionó la cara como una tenaza. Recorrí a buen paso el jardín en dirección a la casita de invitados y abrí la puerta, sabiendo de sobra que la niña no se había encerrado dentro. Entré y me alarmé cuando no la vi. Esperaba encontrarla en el salón o en la cocina, pero Selene no estaba allí.

389

¿Dónde demonios se había metido?

Agitado, me dirigí directamente al dormitorio y me tranquilicé cuando la vi ordenando algo de ropa en su bolsa de viaje. Se volvió hacia mí y la calidez envolvente con la que me miró prendió una lujuria sofocante en mi interior.

—Estoy lista —anunció antes de que yo pudiera hablar. Sabía que odiaba esperar.

Me quedé quieto en el umbral de la habitación y la miré de pies a cabeza. La niña se había puesto unos zapatos negros con un tacón de al menos diez centímetros, unos vaqueros pitillo demasiado ajustados, porque resaltaban todas sus curvas, un top dorado bastante escotado y un abrigo corto. Estaba preciosa, pero tal vez no había sido bastante claro cuando le había dicho que no quería que se pusiera nada llamativo.

Volví a sentir una extraña sensación de ardor en el pecho, tan intensa que lo masajeé con una mano.

El problema era que la niña estaba atractiva incluso con sus zapatillas peludas o el horrible pijama con los dibujitos de tigres, y eso me molestaba terriblemente.

Pero ¿qué coño…?

—¿No te gusto? —preguntó metiendo en el bolso un pintalabios.

¿Para qué lo necesitaba? Ya se había puesto demasiado, tanto que sus labios parecían aún más carnosos. Observé los polvos oscuros que delineaban sus ojos azules logrando que deslumbraran, y sus largas pestañas, acentuadas por el rímel, que se abrían como dos abanicos alrededor de sus iris cristalinos.

Me acerqué para verla mejor y ella tragó saliva al sentir la presión que le producía mi presencia.

La tensión erótica entre nosotros aumentaba a cada paso que daba.

—¿Otra vez la chaqueta de cuero? ¿No tienes un abrigo elegante? —bromeó en alusión a mi estilo desenfadado y realmente informal.

Sonreí seductor hasta llegar a su lado.

—Me gusta cambiar —respondí distraído.

Estaba concentrado en mirarle el escote, que me parecía demasiado sensual para la ocasión. Campanilla era sexi, mucho, a decir verdad, la idea de que otros la desearan me sacaba de mis casillas. Su aroma a coco se me subió a la cabeza, incluso temí perder la lucidez. Selene me miraba por todas partes, con una pasión visceral que me hizo intuir lo que estaba pensando: ella también habría preferido desnudarme y follar en vez de salir.

No podíamos vivir el uno sin el otro.

—Así también estás guapo —me halagó aprobando mi atuendo.
No le dije nada, solo la rodeé para echarle un vistazo como era debido.
Me detuve en su culo: los vaqueros eran demasiado sugerentes.
Mierda.

Selene se quedó quieta para que la admirara. Sentía mis ojos
ardientes en su espalda y sus nalgas de ensueño, pero no pronunció
una palabra.

Como si su cuerpo fuera un imán, acorté la distancia que nos
separaba y me restregué contra ella apretando mi pecho contra su
espalda. Selene tembló asustada.

—No quiero romperle la nariz a nadie, niña —le susurré al oído
acariciándole un mechón ondulado de pelo. Tragó con dificultad y
se puso rígida cuando empujé la pelvis contra su trasero para que
comprendiera a quién pertenecía—. No te alejes de mí y pórtate bien
—le advertí en tono intimidatorio.

En realidad, me habría gustado tenerla encima de mí el mayor
tiempo posible, pero me aparté para mantener a raya la palpitante
erección que llevaba horas reclamando sus atenciones.

Selene se volvió para mirarme y asintió débilmente, todavía demasiado aturdida por nuestro abrazo.

Acompañados de Logan, llegamos al club al cabo de media hora.

Campanilla había hablado con mi hermano durante todo el trayecto mientras yo me concentraba en el volante, aunque de vez en
cuando le lanzaba miradas furtivas por el retrovisor.

A menudo me había parecido tensa y distraída.

Con frecuencia me había preguntado qué estaría pensando: me
inquietaba no saberlo.

Además, la idea de pasar la noche del sábado con sus amigos no
me entusiasmaba, la verdad.

Pero Selene parecía contenta de volver a verlos.

Se abalanzó literalmente sobre Julie cuando la vio de pie en la
entrada y luego abrazó a Adam, Jake, Cory y Kyle, el músico que, por
alguna razón inexplicable, me caía fatal.

—No busques pelea y no me avergüences —me advirtió Logan,
que estaba a mi lado. Yo estaba visiblemente nervioso, porque tenía
la impresión de que la niña era un pedazo de carne colgando ante los
hocicos hambrientos de un montón de leones.

Y estaba dispuesto a matar a todos los leones si se atrevían a
pasarse de la raya.

—Si nadie me toca los huevos, yo no se los tocaré a nadie. Todo es lógico y consecuente, ya me conoces —respondí en tono seco girando la llave del coche en el dedo índice.

Miré el cartel luminoso de color azul donde aparecía el nombre del local: el Blarney. Hice una mueca de escepticismo, nunca había estado en él, pero sospechaba que no tenía nada más que ofrecer respecto al Blanco.

Aburrido, miré a la niña que se arrebujaba en su abrigo para protegerse del frío. Al sentir mis ojos sobre ella, se acercó a mí como si la hubiera llamado y entrelazó su mano con la mía de forma tan espontánea que me estremecí.

¿Por qué había hecho algo semejante?

Ya me había pasado antes, pero no quería que se convirtiera en un hábito.

La miré, a todas luces tenso, y me desasí de ella de forma instintiva para hacerle sentir mi ausencia.

Demasiado íntimo.

Todo era demasiado íntimo.

Sentí una punzada de dolor en el pecho cuando ella me miró defraudada, pero intenté resistirme a la emoción y mostré indiferencia.

—Joder, este sitio es la bomba. Venga, vamos.

Logan le rodeó los hombros con un brazo invitándola a caminar.

Quizá me había comportado como un gilipollas apartándola de mí, quizá la niña no volvería a dirigirme la palabra, pero no me gustaba fingir.

Simplemente, estaba siendo yo mismo.

Me había dicho que me aceptaría, así que confiaba en que entendiera que nunca iba a cambiar.

Al cabo de un instante me acerqué a ella e intenté oír lo que hablaba con sus amigos. Había dejado de ser el centro de su atención. La tristeza que había velado su cara había desaparecido.

—Cuando Logan nos dijo que ibas venir nos alegramos un montón, nena —le dijo Cory.

El apelativo me hizo fruncir la nariz. No me gustaba nada que los demás le pusieran apodos, pero me forcé a guardar silencio para no estropearle la velada.

—Sí…, nos tenías olvidados, cabrona.

Esta vez el que se burlaba de ella era Jake, el rubito tatuado, que la volvió a abrazar cariñosamente. Enseguida me di cuenta de que había apoyado las manos en la base de la espalda de Selene y confié en que no las bajara más.

Si lo hacía, le daría un puñetazo.

Maldita sea, no podía entender la razón de mi extraño nerviosismo.

Mis pensamientos eran del todo irracionales.

—Estoy de acuerdo con ellos. Deberíamos actualizar la lectura de Nabokov…

A continuación fue el turno de Kyle Lucky o como demonios se llamara. No me gustaba el músico. Llevaba el pelo largo recogido en la nuca en una coleta y sus gélidos ojos azules parecían sucios, maliciosos, nada amistosos. Miró a la niña y se detuvo en su acentuado escote.

En ese momento, mi instinto me empujó a acercarme a ella y a rodearle los hombros con un brazo para atraerla hacia mí.

Selene se tensó y levantó la cabeza para mirarme.

Estaba cabreada.

Hacía apenas unos minutos me había negado a cogerle la mano y ahora actuaba como un posesivo irremediable.

No podía culparla: mi comportamiento era del todo contradictorio.

Los chicos me miraron intimidados. Dieron un paso atrás y se escrutaron perplejos. No les gustaba mi presencia, no hacía falta que me lo dijeran, lo comprendí por sus expresiones tensas.

—Buenas noches… —dije divertido sintiendo el sabor de su miedo en el paladar. Sabían que yo era completamente diferente a Logan y que pertenecía a los Krew. No tenía buena fama, así que los dejé petrificados.

—Neil será uno de los nuestros —anunció Logan disipando toda duda. La expresión de sus amigos, que antes era de perplejidad, manifestó su terror en un nanosegundo.

Me reí como un puto gilipollas.

—Esto…, vosotros dos… ¿salís juntos?

Julie, la niña que veía a menudo encerrada en la biblioteca, nos miraba a los dos intrigada. Era una cría mona, pero insulsa.

Si no fuera amiga de Logan, jamás me habría fijado en ella.

—Nos divertimos —respondí vagamente y la niña me apartó el brazo, irritada como nunca la había visto.

¿Qué le pasaba ahora?

Sabía de sobra cuál era la situación, no quería que se hiciera ilusiones.

—«Nos divertimos…» —repitió mirándome con ojos gélidos. Sacudió la cabeza y apretó los labios con acritud—. Eres un auténtico idiota —me insultó y luego trató de alejarse de mí, pero yo la agarré por la muñeca antes de que pudiera escapar.

393

—Intenta calmarte y no darte aires delante de tus amiguitos —le susurré al oído para que supiera que no debía sobrepasar los límites.

Su afrenta me había puesto nervioso, sobre todo porque Kyle no nos quitaba ojo. No me gustaba hacer el ridículo ni perder los nervios delante de todo el mundo.

No era capaz de controlarme cuando perdía los estribos. Selene debería haberlo recordado.

—Y tú trata de no hacer el gilipollas por una vez —me espetó.

A continuación, terca como una niña, sonrió a Julie y se dirigió con ella hacia la entrada del club, ignorándome por completo.

—Mantén la calma y déjale divertirse —me dijo Logan dándome una palmadita en un hombro y a continuación me invitó a entrar, seguido por sus amigos. Le hice caso de mala gana y al final franqueamos la puerta principal del local tras dejar a nuestras espaldas al gorila que nos había pedido los documentos para dejarnos pasar.

Era un club del montón.

No tenía nada de diferente ni de original respecto a los que solía frecuentar con los Krew.

Mujeres ávidas, hombres al acecho, música molesta y olor a humo y a alcohol en el aire.

394

Molesto, miré alrededor y solo vi mesitas cuadradas, alternancia de luces de colores y figuras indistintas mientras mis ojos buscaban exasperados a Campanilla, que se había desvanecido en la nada.

Había dejado su abrigo a la entrada, en el guardarropa, y luego se había adentrado con su amiguita en la multitud sin ni siquiera volverse para asegurarse de que Logan y yo estábamos detrás de ella.

—Joder —solté cabreado.

Con mirada circunspecta, me dirigí hacia el bar y me fijé en las luces que se alternaban en un juego de colores azul y rojo. Apoyé un codo en la barra minimalista y seguí inspeccionando el local para localizarla. Mi único consuelo era que el músico estaba a mi lado hablando con Adam, lo que significaba que no estaba con Selene.

Ese hecho era suficiente para tranquilizarme, aunque no del todo.

—Deja de preocuparte. ¿Desde cuándo tienes tanto miedo? —me preguntó Logan, quien, entretanto, se había colocado a mi lado para tocarme los huevos. Puse los ojos en blanco.

—No sabía que fuera un club tan turbio —respondí mientras contemplaba a las jóvenes que se paseaban entre las mesas. Se untaban como mantequilla de cacahuete al cuerpo de los clientes mientras les servían las bebidas.

Eran descaradas y vulgares, el tipo de mujeres con las que me solía gustar entretenerme unas horas.

—¿Tienes miedo de no comportarte como un buen chico porque Selene está aquí? —Logan se burlaba de mí mirando también a las jóvenes camareras, que se contoneaban sobre sus tacones altos.

—Que os jodan a ti y a tus consejos —repliqué con fingida calma.

Él se echó a reír. No podía entender que habría preferido estar a solas con la niña en lugar de presenciar toda esa mierda. Me gustaba cuando abría sus magníficos ojazos y me miraba extasiada mientras me movía dentro de ella. Me gustaba cuando me susurraba que era el único hombre del mundo al que quería. Me gustaba cuando perdía el control y se entregaba a mí a la vez que me arañaba la espalda y las caderas.

Me gustaba cuando se dormía a mi lado con una de sus piernas entre las mías.

De repente, la conciencia de que un día todo eso se iba a terminar me angustió.

Otro besaría sus labios carnosos y con ellos sus dudas, sus miedos, sus incertidumbres.

Otro haría el amor con su cuerpo divino, a pesar de que…

Hacer el amor solo era la expresión engañosa que le encantaba usar a la niña.

Solo era una forma diferente de la misma esencia.

395

Ocultaba la perversión bajo un enorme velo de hipocresía.

Yo me la tiraba y no me avergonzaba admitirlo.

Prefería una amarga verdad a una dolorosa mentira.

Sacudí la cabeza e intenté ahuyentar los pensamientos.

Imaginármela feliz y contenta con otro hombre me hacía sentir ganas de partirle la cara a alguien, pero al mismo tiempo sabía que dejarla ir era la mejor decisión.

Cada vez estaba más convencido de que era lo correcto.

Mi adicción a Kim era diferente de cualquier otra adicción.

No eran las drogas ni el alcohol.

No era la aceptación de un mal exterior.

Era un mal arraigado en mi cabeza.

Un mal que se había apoderado de mí y que se negaba a liberarme por mucho que luchara constantemente contra él.

El mal vivía dentro de mí. El mal era yo.

—Vaya, mira quién está ahí… —dijo Logan sacándome de mi ensimismamiento.

El tono cantarín que empleó al hablar me hizo suponer que estaba nervioso. Me volví para comprobar quién le había llamado la atención y vi a las hermanas Wayne, Alyssa y Megan, bailando en el centro de la pista. La primera sonreía a una amiga al mismo tiempo que agitaba su melena como si nada. No parecía una que acababa de ser abandonada por su novio por haberlo engañado. A su lado, Megan bailaba de forma seductora. La miré, incapaz de contenerme. La blusa negra anudada que lucía dejaba a la vista su barriga plana y resaltaba su generoso pecho; los pantalones de cuero le apretaban tanto las nalgas que podía distinguir la forma del tanga que llevaba debajo.

Era una chica muy atractiva, solo un tonto sería capaz de negarlo.

Volví a observar a mi hermano, preocupado por la reacción que podía tener al ver a su ex.

—¿Cómo te sientes? —le pregunté, porque lo sorprendí mirando estupefacto a Alyssa. Era evidente que aún estaba enamorado de ella o que aún era víctima del sentimiento que lo había embriagado. Ojalá pudiera haberle abierto la cabeza para ver lo que había dentro.

Los sentimientos eran un arma letal.

El amor, además, era la peor fuente de sufrimiento para un ser humano.

Después de los cuernos de Amber, Logan debería haber ido despacio y ser más cauto.

—Yo no volvería con ella, pero sí que le daría un repaso. Solo para demostrarle el cabreo que tengo —soltó nervioso. Volví a sentirme culpable, porque Alyssa le había faltado al respeto cuando me había dado un beso. No había sido capaz de rechazarla, al contrario, le había seguido el juego y aún lo lamentaba amargamente.

—Encontrarás algo mejor. Las hermanas Wayne son dos capullas a las que es mejor no acercarse —comenté refiriéndome también a Megan. Me volví a mirarla y la sorprendí escrutándome con sus ojos verdes.

¿Cuándo había notado mi presencia?

La observé impasible. Su melena negra, recogida en una cola de caballo, se balanceaba al ritmo de sus caderas. Sus labios carnosos se plegaron en una sonrisa provocadora cuando comprendió que no dejaba de mirar su cuerpo.

Me estaba comunicando algo, pero con ella no tenía la misma complicidad que con Selene.

La niña era un libro abierto para mí, ella no.

Al pensar en Campanilla sentí un terrible dolor en el pecho y el interés por las tetas de Megan, cubiertas por esa blusa indecente, desapareció. Me incliné hacia la oreja de Logan para que me pudiera oír a pesar de la música y le hice la pregunta que me rondaba por la cabeza desde que habíamos entrado allí.

—¿Puedes ver a Selene por algún lado? Hace un rato que la he perdido —le dije preocupado. Mi hermano miró por encima de mi hombro y de repente se enfurruñó. A juzgar por su expresión de asombro, había visto algo muy interesante, mucho más que Alyssa.

Me volví con curiosidad para ver cuál era la causa de su sorpresa o, mejor dicho, quién.

Qué coño...

Vi a Selene bailando de forma provocadora y sensual con Julie. Demasiado.

Su amiga ejecutaba una serie de movimientos eróticos, inauditos para la cría pusilánime que había visto varias veces en la biblioteca.

En cualquier caso, ella era lo de menos.

Mis ojos se clavaron de inmediato en lo que era mío, en el metro setenta de líneas bien trazadas que ya habían encendido un deseo indomable entre mis piernas. Miré embelesado a la niña. Parecía un maldito ángel cautivador, divino y salvaje.

Era una combinación disparatada.

Su culo se bamboleaba de un lado a otro aturdiendo mi cerebro; los hilos cobrizos de su larga melena flotaban en el aire con cada golpe de cadera mientras algunos chicos la miraban babeando. Solo la miraban a ella.

Miraban mi maldito país de Nunca Jamás.

A mi Campanilla.

Y el problema era que, además de un cuerpo impresionante, Selene tenía también una carita tan perfecta que seducía a cualquiera que se cruzara con ella.

—¿Ha bebido? —me preguntó Logan mirándome de reojo. Confiaba en que no fuera así, no solía hacerlo. La última vez que había sucedido había perdido la virginidad. Conmigo.

Seguí mirándola con aire circunspecto.

A juzgar por el modo en que bailaba, por los ojos cerrados y la sonrisa triste, algo iba mal.

La niña estaba angustiada, pensativa.

Habría querido correr a su lado y preguntarle qué era lo que la turbaba tanto.

Habría querido besarla y llevármela a casa, pero me quedé parado, apoyado en la barra de los cojones para demostrarme a mí mismo que ella no tenía ningún poder sobre mí. No tenía ningún poder mientras bailaba y un tipo cualquiera se tocaba excitado la bragueta de los vaqueros. No tenía ningún poder mientras me ignoraba fingiendo que yo no existía para divertirse con su amiguita. No tenía ningún poder mientras dejaba que Kyle le pusiera las manos en las caderas y acompañara sus movimientos audaces. No tenía ningún poder mientras él se pegaba a ella y le empujaba el culo con la pelvis.

No tenía ningún poder...

Era libre de hacer lo que quisiera, con quien quisiera, pero...

Di un puñetazo en la barra y sentí que una locura indescriptible empezaba a fluir por mis venas. El estómago se me encogió como un pedazo de papel arrugado y las piernas me incitaron a moverme. Ya.

Luché contra mí mismo y contra el impulso de partirle la nariz al músico.

Luché contra el temor de perder a Selene.

Luché contra la ansiedad, la posesividad, la duda de no ser bastante para ella.

¿Qué maldita clase de sentimiento humano me estaba inflamando el pecho?

Hacía daño, sentía que me ahogaba.

—¿Neil? —Mi hermano me llamó alarmado, pero ya tenía la vista ofuscada a causa de la rabia.

Me precipité hacia ella. Empujé a todos los que se interponían en mi camino. No aparté un solo momento los ojos de Selene y de Lucky, al que ya imaginaba yaciendo en una camilla y entubado.

Hice crujir los huesos del cuello y de los nudillos, listo para asestar unos cuantos ganchos.

La niña notó de inmediato que mi imponente figura avanzaba con aire intimidatorio entre la multitud, abrió desmesuradamente los ojos y dejó de bailar; él, en cambio, frunció el ceño confundido.

Había perdido la lucidez.

Cuando llegué hasta ellos, di un violento empujón a Kyle, que se tambaleó, y lo señalé con un dedo.

—O te apartas de ella o te mando directo al hospital. Tú eliges, gilipollas —lo conminé sin importarme que la gente me mirara irritada.

Por suerte, el volumen de la música ahogó mi voz encolerizada, aunque no tanto como para evitar que el chico me oyera. Kyle me miró con desdén, como si fuera un insecto, un paria humano, un lunático al que había que esquivar, pero yo lo ignoré y con una fuerza impetuosa agarré a Selene por la muñeca y tiré de ella hacia mí. La niña tembló y me miró desafiante a los ojos. Lucky retrocedió como un cobarde: había comprendido que, en el estado en que me encontraba, no era aconsejable enfrentarse a mí.

—¿Te ha gustado sentir otra polla restregándose en tu cuerpo? —exploté a un palmo de la cara de Selene. Odiaba sacar ese lado de mi carácter, odiaba a la bestia irracional en que me convertía cuando perdía los estribos, pero lo cierto es que ella parecía tener el poder de volverme loco, y no solo en la cama—. ¿No te basta con la mía? —insistí, tratándola como si fuera una de las muchas mujeres con las que me entretenía cuando me aburría.

—Eres de una vulgaridad vergonzosa —me espetó ofendida y yo arqueé las cejas sorprendido. No soportaba que me tratara con condescendencia, menos aún delante de la gente.

—¿Ahora te molesta? —me burlé de ella—. En cambio, cuando te susurro obscenidades mientras follamos, te vuelve loca —dije rabioso para hacerle entender que no podría vencerme ni desafiarme como lo estaba haciendo.

—¿Qué quieres de mí? ¿Por qué no te vas con Megan? —me reprendió enfurecida. Me quedé paralizado un instante, pero luego comprendí que me había visto mirar a la morena y que había malinterpretado mis intenciones—. Te gusta, aunque sigas negándolo. Eres patético —me insultó de nuevo.

Le apreté tanto la muñeca que sus dientes rechinaron.

—¿Así que lo has hecho por despecho?

Por un instante tuve ganas de arrancarle de un mordisco la mueca de enfado caprichoso que había hecho. La niña se había puesto celosa y se había puesto a bailar con Lucky solo para provocarme. La situación estaba tomando un rumbo inesperado. Debería haberme enfadado, pero, en lugar de eso, me reí. Selene se comportaba de manera cada vez más infantil, lo que demostraba hasta qué punto me quería. Cuando me disponía a decirle que Megan me importaba un bledo, el músico se acercó a nosotros y se entrometió sin que nadie le hubiera dado vela en ese entierro.

399

—Suéltala, le estás haciendo daño —me intimó señalando con la barbilla los dedos con los que tenía agarrada la delgada muñeca de mi niña.

Mi niña. Quizá Lucky no lo tuviera claro.

Lo miré con aire hosco y me reí taimadamente. Podía darle un puñetazo en la cara, pero pensé que, dado que era mayor que él, debía impartirle con clase una lección.

Me acerqué aún más a Selene y le cogí la cara con las manos. A continuación, por sorpresa, me incliné hacia sus labios. No podía escapar de mí. Le agarré la nuca y le metí la lengua en la boca para invitarle a cooperar. No me turbé cuando ella se tensó y me puso las manos en el pecho para apartarme.

Sabía que no tardaría en rendirse a mí, sabía que mi Campanilla no lograba resistirse. Me pegué a ella y la absorbí por completo. Le hice sentir los músculos de mi cuerpo y seguí buscando su lengua hasta que cedió.

La reclamé con tanto ímpetu, con tanto ardor, que ella no logró seguirme.

Su aroma a coco me envolvió, su gusto delicado se mezcló con el mío, que sabía a tabaco, a rabia, a posesión. Éramos un tornado de pasión incontrolable, hasta tal punto que tuve que recordar que no podía seguir adelante, porque no quería que se sintiera utilizada, a pesar de las ganas que tenía de tirármela delante de su amiguito. Ella se aferró a mis hombros para detener el violento asalto, no podía respirar, pero yo hice como si nada. Actuaba con la intención de enviar un claro mensaje a cualquiera que nos estuviera observando en ese momento.

Porque siempre había preferido la acción a las palabras.

Me concentré en su boca, me la comí, la saboreé, la chupé.

Nada dulce. Nada casto. El deseo que sentía por ella explotó desvergonzado.

Y me gustó. Me encantaba su manera de besar. Me gustaba la ingenuidad con la que secundaba mi perversión. Me gustaba la forma en que jadeaba tratando de seguir mi ritmo.

Mi niña era buena.

Era fuego. Era un huracán.

Era una tormenta y yo me dejaba arrastrar por ella.

Un gemido profundamente femenino me excitó aún más. El corazón me palpitaba en los oídos, mi cuerpo bombeaba en las venas todo el deseo que sentía. Y, por si fuera poco, palpé con brusquedad uno de sus pechos. La niña respiraba entrecortadamente. En ese instante miré de reojo a Kyle, que nos observaba inmóvil.

Boquiabierto e impotente.

Sonreí.

Sonreí en la boca de Selene como un cabrón.

No había necesidad de pegarle, había entendido cuál era mi lugar, pero, por encima de todo, cuál era el suyo.

Gemí excitado y él retrocedió azorado.

Mi orgullo se regocijó, luego me aparté de la niña y me lamí el labio inferior con una satisfacción masculina que no pasó desapercibida a la mirada de asombro del muy imbécil.

—Ahora te vienes a casa conmigo. Esta idiotez de pasar la noche con los amigos no ha funcionado —le ordené sin admitir objeciones. Selene seguía jadeando y tenía las mejillas encendidas. Parecía aturdida e incapaz de darse cuenta de lo que había pasado—. Y te follaré a mi manera —la amenacé. En lugar de sentirse intimidada, ella me sonrió pícaramente como si acabara de decirle algo romántico.

Ya me conocía.

La cogí de la mano, como había hecho ella una hora antes, y la arrastré conmigo hacia la salida después de haberle dicho a Logan que nos íbamos.

Una vez fuera, Selene se aferró a mí y yo rodeé sus hombros con un brazo para hacerle saber que anhelaba su contacto.

—Eres un cabrón. La mirabas como si quisieras cepillártela. Megan es atractiva... —comentó dirigiéndose a mí de una forma poco habitual en ella. Mi hada no solía ser tan explícita.

—Lo es, pero eso no significa que me guste —aclaré exasperado. Ella y Logan parecían haberse puesto de acuerdo sobre este maldito tema.

—Después de todo lo que he pasado por ti, no puedes entender el miedo que tengo de perderte —dijo alzando la voz y me apartó el brazo.

Me detuve a poca distancia del coche y me volví para mirarla. Selene estaba a punto de echarse a llorar. Mi corazón se encogió al pensar que me iba a perder de forma inevitable, pero emocionalmente aún no estaba preparada para saberlo.

¿Lo estaría alguna vez?

—Niña... —Me aproximé a ella y tomé su cara entre las manos para forzarla a mirarme. Selene levantó las pestañas despacio y me deslumbró con sus ojos. Por primera vez me vi a mí mismo en sus iris profundos, igual que sucedía con mis hermanos—. Si algún día me pierdo, no será por Megan... —le confesé. Estaba acostumbrado al dolor, superaría nuestra separación, pero no estaba tan seguro de lo contrario. Temía hacerla sufrir, pero ya era demasiado tarde para dar un paso atrás.

Los dos estábamos demasiado involucrados.

—¿Por culpa de quién, entonces? —susurró entristecida. Esperaba que no empezara a llorar, porque cada lágrima que derramaba se llevaba un pedazo de mí.

Mía... Por culpa mía, debería haberle dicho.

Respondí algo completamente distinto.

—Eres un puto lío. Un error. Un enorme desastre —dije muy cansado.

Pero a la vez eres lo mejor que me ha pasado en mi vida.

Te pediría que te quedaras conmigo para siempre.

Que nunca me dejaras.

Te acompañaría a casa y me aseguraría de que tu cama estuviera lo suficientemente caliente como para afrontar todas las noches frías de este invierno.

Me comprometería a hacer el amor contigo, como quisieras, y luego dormiríamos juntos.

401

Te dejaría acurrucarte a mi lado, porque no te querría cerca, sino siempre encima de mí, siempre.

Seguiría teniendo pesadillas, puede que las tenga siempre, pero al abrir los ojos me daría cuenta de que la realidad es mejor que cualquier sueño que pueda tener y gracias a eso mis pesadillas serían menos dolorosas.

Desayunaríamos juntos y esta vez le pediría a Anna, el ama de llaves, que te hiciera la tarta de cereza, porque sé que te vuelve loca.

Luego te robaría un beso, dulcemente.

En realidad, no.

Te lo arrebataría con mi habitual arrogancia, porque he descubierto que tus besos me llenan el estómago, no sé de qué, pero lo llenan de verdad.

Pero todo eso está fuera de mi alcance.

Y lamento no poder entrar en tu luz.

Lamento seguir escuchando a la otra parte de mí, la parte que consideras retorcida y desacertada.

Lamento seguir cediendo a mis pensamientos, a mi orgullo y a mis… miedos, pero no logro alcanzarte.

Me han hecho un daño irreparable.

Acaricié sus suaves mejillas.

—Eres la definición por excelencia del desastre, ¿sabes? —respondió despechada. Se había vuelto a enfadar.

Ah…, qué adorable era la niña. ¿Cómo iba a dejarla ir?

—¿Por qué no vuelas al corazón de otro, Campanilla? —le pregunté irónico a la vez que inspiraba su aroma femenino, el mismo que percibía en mí. Frunció el ceño y reflexionó unos instantes. Mis manos no soltaban su cara, las suyas se precipitaron a arañar mis caderas.

—Porque siempre he querido volar en el tuyo —confesó con los ojos llenos de esperanza y sentimientos inexpresados. Mi sonrisa se desvaneció y un velo de sombra oscureció mi rostro, liberando las palabras como un río en crecida.

—Conocerás a tu Peter Pan y él te aceptará tal y como eres, nunca tendrás que cambiar, porque eres perfecta. Atolondrada, a veces infantil. Un poco torpe y tímida. Inteligente y a menudo ingenua. Distínguete de todos, jamás pienses que tu bondad es un defecto. Vivimos en una sociedad de mierda, pero tú no hagas caso a nadie y ve a tu aire. Sueña y quiere a los que sean capaces de corresponderte o de darte lo que te mereces, porque ya has sufrido bastante y sabemos que, de los dos, el problemático soy yo. Sonríe siempre y diviértete como hacías antes de conocerme, porque te lo he quitado todo, incluso… la sonrisa.

402

Mantén la cabeza alta, porque te has enfrentado a cosas peores. Pase lo que pase entre nosotros, lo superarás. Estoy seguro. No te sientas mal solo porque un idiota como yo renuncie a ti, porque si lo hago será porque tengo buenos motivos. Y debes saber que…, dondequiera que vayas, siempre custodiarás mis ojos en los tuyos.

—¿Por qué me dices todo eso? —Una lágrima solitaria le surcó una mejilla. La enjugué rápidamente con el pulgar y seguí mirándola.

—Porque la vida es una gran mentira. Ya me ha engañado. No quiero engañarte a ti también.

Selene tenía poder sobre mí.

Sus ojos me jodían el cerebro.

Su sonrisa me desorientaba.

Ella tenía el control.

Me había robado el alma. Había sucedido y había sido inevitable.

Pero yo no podía dejar de ser el que era.

No podría corresponder a un amor ilusorio.

No podía condenarla a correr conmigo.

Con los locos.

Entre los locos.

No sabía lo que sentía.

Pero estaba completamente seguro de que su felicidad contaba más que la mía.

Así pues, la dejaría ir.

A pesar de que, dentro de mí, todas las voces seguían hablándome de ella…

403

18

Selene

Ten cuidado también de los escudos con los que te atacaré,
porque serán flores para invitarte a entrar en mí.

MARCO DELL'AMURA

*N*eil y yo habíamos roto.

Curiosamente, la elección del caramelo de coco había simbolizado para mí el principio de algo, aunque no pudiera decir con precisión de qué.

Neil tenía el poder de hacer que todo fuera especial. No necesitaba un diamante ni una rosa ni un marco de oro para que el cuadro fuera majestuoso; al igual que en el pasado, lo único que necesitaba era un simple rotulador para pintar todo lo que quería, así daba rienda suelta a su imaginación, a su ser creativo, a su mundo interior.

Escribía en el aire «palabras silenciosas» que yo tenía que atrapar e interpretar.

Ni promesas ni declaraciones ni poesía.

Él amaba la sencillez.

Todo lo que era verdadero, auténtico.

Moldeaba la realidad a su gusto y creaba algo único y raro.

Lo sentía como un rayo de sol que calentaba mi piel.

Lo sentía como la única fuente de oxígeno a la que me aferraba para sobrevivir.

Cuando estaba lejos no hacía otra cosa que pensar en él, sonreía todo el tiempo, mi corazón parecía suspendido en un mundo paralelo. Intentaba alcanzarlo, pero estaba allí, demasiado arriba, y yo aquí, demasiado abajo. Todo eso parecía surrealista, igual que parecía surrealista que Neil estuviera a mi lado.

—¿Por qué acepté hacer esa locura contigo? —lloriqueé agitada mientras el potente rugido de su Maserati azotaba el aire como si pudiera mover hasta el cielo.

—Porque estás tan loca como yo. —Neil ajustó el espejo retrovisor y acarició el volante con las dos manos como si fueran las curvas de un cuerpo femenino a su merced.

—¿Quieres dejar de decirme eso? —masculé en tono burlón observando la perfección de su perfil dibujado. Alargué un brazo y metí la mano en el tupé para atraer hacia mí sus ojos de color miel.

Neil se volvió para mirarme y yo contuve la respiración.

—Abróchate el cinturón, miedica. —Me guiñó un ojo y el miedo a la velocidad volvió como una tormenta en alta mar.

—Trata de no exagerar. —Suspiré. Agarré el cinturón de seguridad para abrochármelo y luego me acomodé en el asiento del pasajero.

—Si sigues lloriqueando, no follaré contigo en un mes —me amenazó con severidad a la vez que pisaba el acelerador para hacer rugir de nuevo el motor del coche.

—No es cierto, no puedes resistir un mes sin sexo —repliqué esbozando una sonrisa desafiante, segura de mí misma. Mi problemático era exigente y vicioso, no podía privarse de mis atenciones.

—Exacto. —Su risa de barítono me estremeció—. He dicho que no follaré contigo durante un mes, pero puedo hacerlo con otras.

Frunció los labios en una sonrisa socarrona y sensual que cortó de raíz mis ganas de bromear. Sabía de sobra lo insegura y celosa que era, sus amantes seguían siendo un asunto doloroso para mí. Había dejado de acostarse con Jennifer y las demás, pero no había dejado de pensar en Kim y en su necesidad de venganza.

Cada vez que una rubia lo miraba cautivada por su aspecto, él le correspondía.

Percibía la tensión con la que trataba de dominarse, de no ceder para no hacerme daño.

—No lo digas ni en broma.

Le di un puñetazo en el bíceps, que solo le arrancó una carcajada, y luego retiré a toda prisa la mano a causa del tremendo dolor que sentía en los nudillos.

—Mira que eres infantil. Un día te harás daño. No se puede golpear a una masa de músculos como yo. —Tomó mi mano entre las suyas, grandes y viriles, y la besó con delicadeza para calmar el ardor—. ¿Va mejor? —Me sonrió, pero yo no contesté.

Lo miraba encandilada. Neil era excepcional desde todos los puntos de vista, sobre todo cuando estaba sereno y de buen humor. Le acaricié la mandíbula erizada de barba e intenté transmitirle todo el amor que sentía por él.

405

—Ahora cállate. Quiero enseñarte cómo se conduce una pantera como esta.

Me guiñó un ojo y yo puse los ojos en blanco. Lo había convencido de que aceptara la invitación de John para ir a la clínica, pero no había previsto que Neil sentiría la extraña necesidad de mostrarme lo rápido que conducía su coche.

—Vale. Si muero, dile a mi madre que siempre la he querido —gruñí cambiando de posición en el asiento. De repente, me apretó la pierna con la mano y se deslizó por el interior del muslo acercándose peligrosamente a mi punto más sensible.

Me estremecí y agradecí su caricia lujuriosa.

—Me preocupo demasiado por tu seguridad, niña. Si no, ¿quién me la chuparía tan bien cada fin de semana? —Su voz se redujo a un susurro ronco y seductor mientras rozaba mi intimidad con sus dedos, por encima de mis vaqueros. Una oleada de calor me invadió.

Apreté instintivamente los muslos, sintiendo cómo su mano se adhería con más fuerza a esa parte de mí que solo él conseguía despertar. En su cabeza me acababa de decir algo romántico.

Probablemente cualquier otra mujer habría considerado inapropiado que un hombre le hablara así, pero a mí me encantaba.

Estaba acostumbrada a Neil y a su verdadero romanticismo.

—Ahora volvamos a nuestra excursión a alta velocidad.

Se dio la vuelta bruscamente dejándome a medias. Puso una mano en el volante y la otra en el cambio. La ansiedad me hizo olvidar enseguida los estremecimientos de placer.

—Vale. Estoy lista —mentí descaradamente mordiéndome el labio inferior. No tuve tiempo de prepararme psicológicamente, porque él aceleró y partió como un cohete, de tal forma que mi espalda chocó con el asiento—. ¡Neil! —grité airada.

Él se rio y bajó las ventanillas automáticas para permitir que el viento entrara en el habitáculo y nos despeinara. El corazón se me subió a la garganta y volvió a bajar provocándome náuseas.

—Relájate, Campanilla. —Neil me miró alegre y siguió pisando el acelerador, haciendo subir el cuentakilómetros hasta las estrellas.

La aguja estaba como loca.

—Estoy muy relajada, sí —grité para que me oyera mientras él toqueteaba los mandos que había al lado del volante para subir el volumen de «Scary love», de The Neighbourhood, una canción de su grupo favorito. Yo también lo oía desde que Neil había entrado a formar parte de mi vida—. Me encanta esta canción.

Sonreí e intenté disfrutar del delirio que conllevaba vivir con él.

406

—A mí también… —Él me devolvió la sonrisa sin perder de vista la carretera y aproveché la circunstancia para estudiar sus rasgos, su pelo enmarañado, su piel ambarina y sus músculos, que se flexionaban bajo el jersey cubierto por una chaqueta de cuero negro.

Parecía despreocupado, tranquilo, y era maravilloso en su ligereza.

El viento frío acariciaba mi piel y me despeinaba el flequillo. Lo aparté con una mano, pero no pude volver a ponerlo en su sitio. Entretanto, él me miraba con el rabillo del ojo y sacudía la cabeza divertido.

Nunca lo había visto sonreír tanto.

Sus ojos brillaban con una luz diferente. Por primera vez parecía un hombre normal con una infancia normal a sus espaldas. Un hombre que no había experimentado todo ese dolor en el alma, que no había sido violado de niño y que estaba libre de todo sufrimiento.

Libre de sus monstruos.

Libre de su pasado.

Aunque era consciente de que Kim seguía ahí y siempre lo estaría, en el mes que habíamos pasado juntos Neil había bajado un poco sus barreras conmigo, a pesar de que en repetidas ocasiones me había recordado que no me quería y que no éramos una pareja.

En cualquier caso, me había dado cuenta de que sus sentimientos hacia mí eran cada vez más intensos.

Cuando el sábado anterior habíamos salido con Logan y nuestros amigos, Neil se había enfurecido al verme bailar con Kyle. Aún recordaba el asombro con el que me miraba mientras yo me movía de forma provocadora.

La chispa incandescente de su mirada había sido capaz de prender un fuego en mi estómago.

Me miraba inspirando lentamente y, cada vez que lo hacía, aspiraba también mi respiración.

No había servido de nada fingir que me divertía con otra persona, porque a Neil le había bastado envolverme con sus iris dorados para que me fallaran las piernas.

Mi corazón no hacía más que perseguir el suyo en una carrera infinita.

La tierra vibraba cada vez que él parpadeaba.

Me volví para mirarlo ensimismada: con su habitual postura firme y su mirada seria y enigmática, resultaba tan hermoso como un dios. A pesar de que capturaba la atención de todas las mujeres, desde hacía un mes sus ojos cálidos y profundos solo apuntaban hacia mí, dispuestos a matar a cualquiera que se atreviera a acercarse.

407

Neil nunca se expresaba con palabras, pero comunicaba muchas cosas con sus gestos. Y yo sabía leer en su fuero interno.

Tarareé la canción que sonaba en la radio mientras movía levemente la cabeza sintiendo sus miradas fugaces y curiosas.

—No te distraigas —le regañé esbozando una sonrisa radiante. Puse una mano en su muslo y él se tensó como siempre, pero no me rechazó. Estiré el brazo por la ventanilla y abrí la palma para atrapar el viento frío y, con él, las esperanzas, los momentos que habíamos compartido, los sufrimientos, los miedos, nuestros líos.

—¿Ves como no ha ido tan mal? —me preguntó cuando tuvo que frenar porque nos habíamos adentrado en el tráfico de Nueva York para ir a la clínica. Ni siquiera me había dado cuenta de que me había perdido en el viento con el chico del que estaba perdidamente enamorada.

—Diría que es una suerte que no nos hayamos estrellado. Si he de ser franca, en estos minutos he llegado a temer lo peor —dije provocadora con una sonrisa burlona en los labios, que no escapó a su mirada de decepción. La verdad era que confiaba ciegamente en Neil.

El miedo se desvanecía por completo cuando estaba a mi lado.

—¿Acaso dudas de mis habilidades? —Viró con brusquedad para embocar una calle con menos tráfico y al cabo de unos segundos se detuvo enfrente del enorme centro psiquiátrico.

—¿A qué habilidades te refieres? —lo pinché maliciosa.

Neil apagó el motor y se volvió para mirarme con su habitual ceño serio, que siempre me cohibía. Un velo de pesar había apagado el momento de desenfado y había ensombrecido su semblante. Le apreté el muslo para transmitirle todo mi apoyo y él sonrió con tristeza.

—Hoy vamos a asistir a una gran gilipollez —afirmó refiriéndose a la invitación que nos había enviado el doctor Keller para que participáramos en la biblioterapia que llevaban a cabo sus pacientes—. Deberías haber preferido la sorpresa que te he preparado a esta jodida clínica —añadió irritado. Yo llevaba dos días en Nueva York y a la mañana siguiente iba a regresar a Detroit; Neil me había dicho en repetidas ocasiones que me esperaba una sorpresa antes de irme. Ya me imaginaba lo que podía ser—. Y no tiene nada que ver con el sexo, si es eso lo que piensas —me aclaró—. Eso lo haremos después de la sorpresa.

Yo me enfurruñé al oírlo. Haciendo honor a su fama de cabrón, había vuelto a picar mi curiosidad para que me arrepintiera de haberle convencido de aceptar la invitación de John.

—Cuando volvamos a casa, me lo enseñarás.

Me acerqué a él para robarle un beso, pero Neil me rechazó mo-

408

viéndose hacia atrás. No era una novedad: cuando se sentía presionado, confuso o vulnerable, se resistía a mi afecto.

Me apeé del coche y lo seguí hacia la clínica. Evité agarrarle una mano o abrazarlo, porque sabía que me rechazaría. Aún no se había acostumbrado a expresar su cariño con los gestos simples y normales de cualquier pareja.

Los consideraba una violación de su independencia.

Entramos en las enormes y lujosas instalaciones de la clínica y el doctor Lively, el psiquiatra que había atendido a Neil desde la infancia, nos salió al encuentro. Míster Problemático me había dado la oportunidad de conocerlo mejor, sobre todo en la conversación que habíamos mantenido después de haber escuchado los relatos de los pacientes en la sesión de musicoterapia. Mientras hablábamos pude saber algo más de Krug Lively, el hombre al que la familia Miller le debía todo.

—Bienvenidos, chicos —nos saludó con una sonrisa amistosa. A mi lado, Neil se mostró frío y se limitó a asentir con la cabeza; yo, en cambio, le correspondí con más entusiasmo.

—Hola, doctor Lively —dije risueña.

—Me alegro de que hayáis venido juntos. ¿Puedo hablar contigo un segundo, Neil? —El médico se dirigió a él con cierta urgencia. Por su mirada no parecía preocupado, pero intuí que quería conversar un momento en privado con su antiguo paciente. Instintivamente, di un paso atrás y Neil se volvió para mirarme.

—¿Puedes esperarme unos minutos? —me preguntó con amabilidad. Asentí con la cabeza y luego los vi alejarse hacia lo que, supuse, era el despacho del psiquiatra.

Cuando me quedé sola, me dediqué a observar la sala de espera. Los sofás de cuero claro combinaban a la perfección con las paredes asépticas: de hecho, las únicas manchas de color eran los cuadros o las plantas decorativas.

Todo era tan impersonal e intachable que no acababa de sentirme a gusto.

Miré a la mujer que estaba sentada detrás del mostrador de la entrada. Hablaba por teléfono y de vez en cuando tecleaba algo en el ordenador. Varios empleados atravesaron el pasillo, algunos hablando entre ellos, pero nadie parecía prestar mucha atención a mi presencia.

—¿Me estás diciendo que lo consideras normal?

De repente, oí una voz masculina a través de la puerta entreabierta de un despacho próximo al del doctor Lively. Al principio no hice mucho caso, consciente de que no era asunto mío saber quién estaba tan enfadado, pero cuando oí otro gruñido furioso, me sobresalté y me picó la curiosidad. Recorrí el corto tramo de pasillo que me separaba del despacho. Me acerqué a la puerta con paso ligero, apoyé una mano en la jamba y eché un vistazo al interior.

John estaba teniendo una acalorada discusión con alguien. No podía ver de quién se trataba, pero sí el cuerpo tenso del doctor Keller enfundado en un elegante traje negro.

—Exacto. ¡No puedes irrumpir ahora en su vida!

La voz que lo contradijo era femenina y me resultaba familiar. Fruncí el ceño cuando tuve la sensación de conocerla. Entrecerré los ojos para centrarme en otros detalles que no fueran únicamente el físico de John, pero necesitaba que la mujer se moviera un poco para confirmar mis sospechas.

—¿Crees que no lo sé? —replicó arrojando unos papeles al escritorio—. Sé cómo afrontarlo. ¡No necesito tus consejos, joder! —soltó a punto de perder los estribos.

Por toda respuesta se oyó una carcajada femenina, y John lanzó una mirada de reproche a la mujer.

—Por lo visto, no has cambiado nada. La rabia sigue siendo uno de tus peores defectos, todas esas infusiones son inútiles…

Cuando la mujer se acercó a él, pude verla por fin. Un traje sofisticado envolvía sus formas sinuosas, llevaba el pelo rubio recogido en un moño pulcro y los tacones altos conferían una clase especial a su porte. La conocía de sobra.

Era Mia Lindhom.

¿Qué demonios estaba haciendo allí? Pero, sobre todo, ¿por qué estaba discutiendo con el doctor Keller?

—Siempre he acudido cuando me has necesitado. Me has obligado a vivir en la sombra, Mia, pero ahora no puedes prohibirme que tome mis propias decisiones —aclaró con una extraña tristeza en el timbre de su voz.

—No es el mejor momento, John —respondió inquieta. No lograba entender de qué estaban hablando. Me sorprendía bastante que se conocieran, aunque a la vez era cierto que Neil había realizado varios años de terapia en la clínica.

—Mia…, te guste o no, es tan hijo mío como tuyo y tiene derecho a saberlo.

Me estremecí y me tapé la boca con una mano.

Se me heló la sangre. Exhalé como si me acabaran de dar un puñetazo en el estómago.

Retrocedí para alejarme lo más posible de la escena que acababa de presenciar y solo me detuve cuando choqué con un pecho firme.

410

Me giré turbada y me encontré con los ojos de Neil, que me miraban con la habitual cautela.

Me escudriñó tratando de comprender qué me pasaba.

Se había dado cuenta de mi expresión de asombro, por no decir otra cosa, y confié en que no quisiera averiguar nada más.

Un hilo de sudor frío resbaló por mi espalda.

—¿Qué te ocurre, niña? —me preguntó mientras yo tragaba saliva. No estaba segura de nada, mi cerebro había memorizado el diálogo entre Mia y John, pero sin deducir de él ninguna certeza, solo una duda, una duda inmensa—. Selene.

Neil tomó mi cara entre sus manos, alarmado por mi silencio, y me obligó a levantar la cabeza. Mi mente estaba ofuscada y tenía los ojos muy abiertos. Era evidente que me encontraba en estado de *shock*. Neil arrugó la frente y miró por encima de mi hombro hacia la puerta entreabierta. El miedo a que pudiese intuir lo que me había turbado me impulsó a agarrarlo de la mano y a arrastrarlo conmigo a la sala de espera.

—¿Qué coño te pasa? —soltó a mis espaldas mientras me seguía.

De repente, me detuve y me abalancé sobre él para besarlo. Neil se puso rígido al sentir mi cuerpo, pero no se resistió. Agradeció el beso dulce y fugaz con el que traté de ocultarle mi amargura. Antes de que pudiera seguir, él me apretó las mejillas para separarme de él y me miró a los ojos. No se iba a dejar distraer por una carantoña, era demasiado listo e inteligente para eso; quizá si hubiéramos estado en un dormitorio, habría sido algo más fácil.

—No entiendo lo que te pasa, Selene. Sabes que no soy tonto. ¿Qué ocurre? —insistió, esta vez con más severidad. Así pues, me armé de valor e intenté seducirlo de nuevo utilizando la única arma que podía tocar su punto débil. Lo atraje hacia mí agarrándole las caderas y lo besé en el cuello y en la mandíbula restregando mis labios en su barba corta. Neil me miró con los ojos entrecerrados, escudriñando atentamente cada uno de mis gestos.

Recelaba, de manera que debía encontrar rápidamente una excusa para no acrecentar sus sospechas.

—Este lugar me angustia. Me hace pensar en lo que te sucedió, en los testimonios de los pacientes…, vámonos. No quiero asistir a ninguna biblioterapia. Discúlpate con el doctor Keller de parte de los dos y ya vendremos a verlo otro día —le dije de manera bastante convincente. Su mirada se suavizó cuando comprendió que le estaba diciendo la verdad.

Estaba realmente angustiada, aunque el motivo era otro. Neil esbozó una sonrisa nostálgica y asintió con la cabeza.

411

—Fuiste tú quien me convenció para venir aquí, yo prefería mi sorpresa —me regañó. Acto seguido, me puso un mechón de pelo detrás de una oreja y me instó a seguirlo hacia la salida. Estaba deseando alejarme lo más posible de ese lugar. No quería ni imaginar lo que habría podido pasar si hubiera oído la conversación entre su madre y el doctor Keller. Apenas podía creérmelo. No podía decírselo y aún menos gritar por el escándalo sin antes estar segura.

¿Mia tuvo un hijo con John?

¿Y ese hijo era realmente Neil?

La mera idea me parecía disparatada.

Esperaba con todo mi corazón haber entendido mal.

Descubrir una verdad así supondría un nuevo trauma para Neil.

Cuando llegamos al coche, estaba tan ensimismada que casi choqué con él. Él me miró circunspecto con los hombros tensos, mostrándome todos los temores que, de nuevo, se agolpaban en su mente. Hizo amago de abrir la boca, pero después sacudió la cabeza y subió al coche.

Volvió a huir, como siempre.

Estaba segura de que mi turbación lo había inducido a cuestionarse nuestra relación.

412

Neil pensaba que lo estaba juzgando, que estaba juzgando su pasado y retrocediendo como una cobarde, pero en realidad estaba aturdida porque acababa de saber algo inesperado e igualmente grave.

Empecé a tener miedo a perderlo de verdad.

En este caso el problema no se iba a resolver con una acalorada disputa inmediatamente seguida de un compromiso pacífico.

Neil odiaría a su madre por haberle mentido.

Odiaría a John por su ausencia de tantos años.

Odiaría a William por haberle pegado sin tener derecho a hacerlo.

Las cicatrices del antebrazo izquierdo, las palizas que le había dado ese hombre, el odio reprimido durante tantos años… Ahora todo cobraba sentido.

—¿En qué estás pensando? —me preguntó con una mano apoyada en el volante. Me miró dubitativo y yo temblé. Quería decirle lo que en ese momento me oprimía el pecho, pero no podía—. Y no me mientas, Selene. No soy gilipollas —añadió irritado.

Creía haber sido bastante convincente, pero era evidente que Neil me conocía demasiado bien y sabía que no podía mentirle.

—En nada. A veces tus palabras me hacen pensar… —dije inventándome la enésima mentira para justificarme. Aunque lo cierto era que no se podía considerar en sí una mentira, sino solo otra estratagema para desviar su atención hacia otra cosa.

—¿Qué quieres decir? —insistió chasqueando la mandíbula.

—Haces el amor conmigo y luego me cuentas cosas raras. Por ejemplo, que encontraré a mi Peter Pan, que le diré te quiero a otro hombre y que soy perfecta, pero…

—¿De verdad crees que hacemos el amor? —me interrumpió aludiendo únicamente a la primera parte de mi respuesta.

Detestaba esa expresión.

—Yo hago el amor contigo, Neil —repetí con más convicción. Teníamos formas distintas de vivir la sexualidad: para mí era un intercambio de afecto y sentimientos; para Neil era placer, atracción, pasión, alquimia, posesión, nada que implicara emotividad—. ¿No es lo mismo para ti? —pregunté secamente.

No quería discutir, pero me sentía aliviada de haber circunscrito sus dudas a ese tema.

—Tú quieres cambiarme —me acusó pasándose una mano por el pelo para apartar el mechón que le había caído sobre la frente. Como de costumbre, no había respondido de forma clara. Por otra parte, conversar con Neil Miller siempre era una empresa titánica que requería un enorme esfuerzo mental.

413

—Eso no es cierto y lo sabes. Te he aceptado tal y como eres —me defendí—. Tú eres el que no consigue hacerlo. ¿Acaso ahora estás intentando alejarme de nuevo de ti con una táctica diferente? —Preveía de antemano sus movimientos. Que me culpara de todo debía de ser un nuevo ardid para que me enfadara y me distanciara de él—. ¿Quieres volver a empezar la guerra? Deberías regresar a los días en que te tirabas a unas rubias insignificantes para que me desengañara.

Fingí calma, pero los celos me habían estallado en el estómago y me oprimían el pecho.

Neil torció los labios en una sonrisa enigmática y gruñó satisfecho.

—Me has dado un gran consejo, niña —respondió divertido sin apartar la vista de la carretera.

—O puedes probar con las morenas. Tal vez con Megan… —repliqué por mencionar a una al azar, aunque, a decir verdad, Megan Wayne era la única mujer a la que temía seriamente, más que a Jennifer, a Alexia y a cualquier otra amante que hubiera gozado ya del cuerpo de Neil.

Él volvió a ponerse serio y me miró con cara de pocos amigos.

—Megan está implicada en el escándalo de internet oscuro. Ryan Von Doom, su falso profesor de guitarra, era el jefe de Kimberly y administraba con ella el sitio ilegal con el que ganaban dinero vendiendo archivos a ciberpedófilos —confesó de repente. Me dejó sin palabras.

A ese paso, con toda la información desconcertante que estaba recibiendo en un solo día, iba a tener un colapso.

—¿Por eso os conocéis? —le pregunté con voz temblorosa.

Empecé a sentir palpitaciones en las sienes y un terrible dolor de cabeza me obligó a entornar los ojos.

—Exacto. Kimberly quiso filmarnos a Megan y a mí en una versión perversa de *Peter y Wendy*. Nos llevó a un sótano y nos pidió que nos desnudáramos. Enseguida comprendí sus intenciones y me las arreglé para evitar lo peor. No toqué a la niña, jamás lo habría hecho…

Tragó saliva y agarró el volante con las dos manos, pero sin que su semblante manifestara ninguna emoción.

Era frío, metálico, indiferente.

Daba la impresión de que me estaba contando lo que había estudiado para el examen en lugar de una violencia psicológica de ese calibre.

—¿Cómo… cómo puedes hablar como si nada de algo tan terrible? —me atreví a preguntarle, sorprendida por su timbre desabrido y cínico.

—He logrado canalizar el infierno que anida en mi interior, Selene. Convivo con los recuerdos desde hace tanto tiempo que ya no me abruman —contestó abriendo la puerta automática de la verja de la casa.

Me volví a mirar la larga avenida, iluminada tan solo por las luces del coche. Un silencio ensordecedor se instaló de repente en el habitáculo. Neil aparcó en el sitio de siempre. Apagó el motor, se apoyó en el respaldo y miró hacia delante.

—¿Aún crees que sería capaz de follar con ella? —preguntó. Se volvió hacia mí para mirarme y esa vez lo hizo con rabia. Intentaba que comprendiera que había hablado sin ton ni son y que, una vez más, había dudado de él y lo había tratado con condescendencia.

—Siento lo que os sucedió… —Tomé su mano entre las mías y le besé los nudillos; me sentí culpable por haberle faltado al respeto—. No lo sabía. Lo siento —susurré mortificada mirándolo a los ojos. Él aceptó mi caricia, pero siguió mirándome impasible—. Alyssa… ¿Lo sabe? —pregunté pensando en mi examiga.

Me había buscado en varias ocasiones después de lo que había ocurrido con Neil y siempre me había negado a hablar con ella. No me sentía preparada para retomar nuestra relación, ya no podía confiar en ella. Y no porque hubiera besado al hombre del que estaba enamorada, sino porque me había mentido aprovechándose de mi ingenuidad.

—No —respondió—. Megan no se lo ha contado a su hermana. También sus padres fingieron que no había pasado nada, estaban demasiado conmocionados por lo ocurrido. Megan afrontó todo sola. La admiro mucho, ¿sabes? Hizo terapia conmigo y salió reforzada —confesó.

Esa mujer representaba claramente una parte importante de su pasado. Se conocían desde hacía mucho tiempo y habían compartido un trauma grave e indeleble. Era inevitable que guardaran un recuerdo recíproco, porque habían atravesado el infierno cogidos de la mano.

Y habían salido vivos de él.

—Entre vosotros... —No sabía cómo preguntarle si alguna vez había existido un interés o un vínculo especial.

Neil suspiró y observó su mano apretada entre las mías mientras yo acariciaba el dorso con el pulgar.

—Nunca ha habido nada —dijo adelantándose a la pregunta—. Solo un beso. Éramos adolescentes y lo hicimos por un juego estúpido. No tuvo ninguna importancia para mí —admitió confirmándome que en el pasado había habido algo entre ellos.

La mera idea de que se hubieran besado me ponía celosa. No dije nada, pero Neil percibió mi tensión, porque se inclinó hacia mí y me besó. Fue un beso dulce y casto, pero no menos poderoso que los besos ásperos y apasionados con los que siempre me reclamaba.

—Hace frío. ¿Entramos? —susurró en mi boca dulcificando el tono de voz.

Me limité a asentir con la cabeza y lo seguí a la casita de la piscina. El dolor de cabeza seguía palpitando en mis sienes, necesitaba descansar y poner en orden mis ideas.

Me quité el abrigo, lo tiré al sofá y me remangué el jersey. Luego me senté en el sillón y me quedé mirando la chimenea de pellets que Neil acababa de encender. Una lágrima resbaló por mi mejilla a causa del exceso de emociones que había acumulado a lo largo del día. Un sentimiento terrible de angustia volvió a oprimirme el pecho, como si una dolorosa roca se cerniera sobre mí. Quería contar a Neil lo que había oído en la clínica, pedirle que hablara con su madre y aclarara qué demonios pasaba entre John y ella, pero no tuve el valor de hacerlo.

Neil se quitó la cazadora de cuero y la colgó en el perchero mirándome inquisitivamente. Me apresuré a enjugarme la mejilla con el dorso de una mano y esbocé una sonrisa de circunstancias para tranquilizarle.

415

—Voy a darme una ducha. Come algo si tienes hambre —me ordenó.

Acto seguido se encaminó hacia la habitación y me dejó sola, sumida en mis pensamientos. Entonces di rienda suelta a la frustración que sentía y rompí a llorar. ¿Con quién podía hablar? Matt me odiaba, mi madre esperaba que tarde o temprano despertara del negro cuento de hadas que vivía desde hacía ya varios meses, Alyssa ya no era mi amiga, Bailey solo pensaba en Tyler, Janel no soportaba a Neil y yo no soportaba que hablara mal de él. En el fondo, estaba sola, sumergida en un mar de problemas que me estaban ahogando. Gritaba, pedía ayuda, pero nadie me oía.

La persona más importante de mi vida era Neil, mi corazón estaba aferrado al suyo. Compartiría ese dolor con él.

No quería ni imaginar cuánto iba a sufrir.

El mundo volvería a derrumbarse sobre él.

El odio y la rabia invadirían su alma y le arrancarían hasta la última pizca de humanidad.

Descubriría que había vivido en la mentira durante muchos años.

Que el hombre que le pegaba no era su padre.

Que su madre lo sabía.

Que su verdadero padre lo sabía.

Que yo lo sabía…

Y probablemente nunca volvería a sonreírme.

Nunca volvería a tocarme.

No me dejaría dormir a su lado

ni besar sus labios

ni acariciar su cuerpo,

pero yo haría todo lo posible para no perderlo.

Volvería a luchar.

Por él.

Por nosotros.

Angustiada, me acurruqué en el sillón. Doblé las rodillas en el pecho e intenté entrar en calor con el fuego que ardía en la chimenea. El agotamiento físico que me había causado el día aflojó mis músculos, mi cabeza dejó de palpitar y cerré lentamente los ojos… ·

No sabía cuánto tiempo había dormido.

Ya no tenía tanto frío como recordaba y un agradable entumecimiento me hizo gemir soñolienta cuando una mano me acarició con delicadeza el pelo. Abrí un poco los párpados y me encontré con dos iris dorados apuntando hacia mí. Brillaban tanto que me detuve a contemplarlos.

—Pensé que me ibas a acompañar a la ducha, pero en lugar de eso te quedaste dormida. Eres realmente una niña…

Al oír la voz de barítono de Neil sentí unos intensos escalofríos en la espina dorsal. Admiré su belleza y él sonrió complacido, consciente del efecto que me producía. Apenas me moví, aunque la posición era incómoda y tenía las extremidades entumecidas.

—Perdona… —farfullé. Él frunció el ceño, preguntándose por qué me estaba disculpando. Me encantaba complacerle, estar con él en la cama o donde quisiera, pero, por encima de todo, hacerle feliz. Percibía su deseo visceral, era la manera en que solía comunicarme que se preocupaba por mí, y yo me sentía halagada.

—Esta noche lo remediarás, Campanilla —susurró lascivamente. Me sonrojé.

Cuando hablaba con ese timbre seductor, como un hombre dispuesto a hacerme gozar, era maravilloso. Me encogí ligeramente de hombros y lo observé con más atención. Estaba de rodillas y con el pecho al aire, ya que solo llevaba unos pantalones deportivos de color gris. Emanaba un aroma tan fuerte que podía olerlo incluso en mi cuerpo. Su pelo castaño estaba húmedo y tenía un mechón rebelde sobre una ceja. Con un atractivo ademán, se lo echó hacia atrás y yo lo contemplé embelesada.

—¿Quieres dormir aquí o conmigo? —me preguntó acariciándome una mejilla. La respuesta era obvia.

Con él, siempre con él.

—Contigo —respondí sin pensármelo dos veces. Entonces me sonrió, me tendió las manos para invitarme a levantarme y yo las agarré. Me apoyé en su cuerpo y boqueé al sentir su pecho desnudo pegado a mi suéter. Quería desnudarme para pegar mi piel a la suya y absorber su calor. Le rodeé el cuello con los brazos y le di un beso en la mandíbula.

—¿Cuántas veces tengo que decirte que eres una empalagosa? —Frunció la nariz en una mueca de fastidio, pero yo bajé con los labios hasta el cuello.

—No sé por qué, pero creo que te gusta ese lado de mí —murmuré con ironía.

—No, prefiero cuando gritas mi nombre mientras te la meto por detrás —susurró con malicia. A continuación, me dio un azote en el culo y me empujó hacia delante.

Sentí que la nalga se inflamaba en el punto donde me había pegado y él se rio complacido.

417

—Eres el gilipollas de siempre —murmuré recuperando el aliento que su gesto me había arrebatado. Neil se mordió el labio con aire alegre y luego me sorprendió girándome para ponerme de espaldas, de manera que mi trasero quedara pegado a sus caderas, y me tapó los ojos con una mano—. ¡Neil! —exclamé alarmada, pero él se acercó a mi oreja y me dio un beso en el cuello.

—Chisttt… —musitó en tono persuasivo, incitándome a caminar en una dirección que no supe reconocer. Me movía a paso lento, temiendo chocar con algo; sus brazos y su cuerpo de mármol lograban transmitirme seguridad, me hacían sentirme protegida. Apoyé la cabeza en su pecho y dejé que me guiara—. Sigue recto. Ahora gira a la derecha.

Obedecí y alargué las manos hacia delante para anticipar el impacto contra la pared, la puerta o cualquier otra cosa que pudiera interponerse en mi camino. Seguí andando a ciegas animada por Neil, hasta que choqué con algo blando y suave.

—Ahora túmbate —me ordenó y palpé el mullido colchón con la mano.

Estábamos en el dormitorio. Me destapó los ojos, pero no pude ver nada, porque la habitación estaba completamente a oscuras. Me tumbé con el corazón acelerado. Mi respiración agitada era el único sonido que hendía el aire. Busqué a Neil a mi lado, parpadeé varias veces para acostumbrarme a la oscuridad, pero no podía distinguir nada, ni siquiera su cuerpo. De repente, lo sentí sobre mí. Apretó su pecho contra el mío y empujó la pelvis entre mis muslos, que se separaron para acogerlo.

—¿Querías llevarme a la cama de modo romántico? —ironicé.

Su risa gutural y varonil nos hizo vibrar a los dos. Me besó el cuello y yo me estremecí al sentir sus cálidos labios en mi piel. Descendió y yo lancé un gemido y me moví debajo de él.

Acaricié la línea de su espalda, tensa y poderosa. Puse las manos en sus nalgas y las apreté, admirando sus músculos entrenados. El mero hecho de tocarlo lograba aplacar mis pensamientos más oscuros y hacerme olvidar lo que había ocurrido durante el día. Palpé su miembro con la palma abierta y lo recorrí a lo largo para estimularlo. Ya estaba turgente. Neil gimió excitado cuando lo apreté y yo me sentí orgullosa. Esperaba que se desnudara inmediatamente y me satisficiera como solo él era capaz de hacerlo, pero Neil permaneció encima de mí con la cabeza descansando en el pliegue de mi cuello.

Por un momento me pareció tan frágil que lo estreché contra mi cuerpo.

—¿Recuerdas cuando me dijiste que hay una estrella que está lo suficientemente lejos para que nuestras penas no la oscurezcan? —murmuró pensativo.

—Por supuesto, es una frase de Bobin... —respondí hundiendo una mano en su pelo mientras volvía a acariciar con la otra su espalda rígida.

Neil se levantó y yo sentí pánico cuando dejé de sentir su calor. Lo busqué como si pudiera morir sin él, la preocupación aceleró los latidos de mi corazón, temía haber hecho algo mal, con él nunca era fácil predecir hasta dónde podía llegar o cuál podía ser su reacción; de repente, oí el clic de un interruptor.

Una luz deslumbrante cegó mis ojos.

Un cielo lleno de estrellas y cuerpos celestes se expandió mágicamente por todo el techo, diluyendo la oscuridad de la habitación.

Me quedé de piedra.

Neil había proyectado una asombrosa bóveda celeste con el planetario que tenía en la mesilla de noche. A continuación, se echó de nuevo a mi lado para admirarla conmigo.

—Cuando estés triste túmbate en tu cama y mira las estrellas. En el techo hay unas cincuenta mil, creo que serán suficientes para mitigar cualquier dolor —dijo apesadumbrado y yo me volví para mirarle. Su nariz simétrica apuntaba hacia arriba y sus largas pestañas adornaban sus iris velados por la tristeza.

No había nada sentimental en lo que me decía.

—Un amante de Bukowski como tú no debería hablar de estrellas, ¿no crees? — pregunté irónicamente al ver que la luz se reflejaba en una parte de su cara. Se volvió para mirarme y una sonrisa se insinuó en su semblante.

¿Sabía que tenía el universo en esos ojos?

—Y una niña que sueña con el príncipe azul no debería pasar tiempo con el caballero oscuro, ¿no crees? —me provocó como siempre.

Me acerqué a él y me puse de lado a la vez que apoyaba una mano en su pecho desnudo. Tenía la piel fría y quise demostrarle lo importante que era para mí. Lo abracé y me restregué contra su pecho para calentarlo, luego levanté la cabeza para que nuestras respiraciones se unieran.

—¿Por qué tengo la impresión de que estás intentando prepararme para afrontar un dolor del que tú vas a ser probablemente la causa? —murmuré sintiendo arrastrarse en mi interior la sensación negativa de que Neil no estaba tan cerca de mí como parecía, de que su gesto no era romántico ni dulce.

Lo único que pretendía era comunicarme algo.

Quería que entendiera su lenguaje mudo.

—Porque eres inteligente, Campanilla, y sabes como yo que «esto» que hay entre nosotros es imposible —respondió con frialdad. Sentí que mi pecho se contraía de dolor, hasta tal punto que jadeé—. El pasado sigue aferrado a mí como un manto negro, aunque en apariencia dorado, que envuelve y mata a todos los que me rodean...

Neil era un alma independiente, herida y salvaje. Lo quería tal y como era, en su totalidad, porque era diferente a los demás, pero, aun así, sabía que el amor no iba a ser suficiente para curarlo, los dos lo sabíamos. Por ese motivo, y aunque sus palabras me dolían, comprendía que eran ciertas, crudas pero ciertas.

Si un día prefería vivir su libertad lejos de mí, yo seguiría amando a la bestia rebelde y atormentada que albergaba en su interior.

Yo tampoco tenía cura.

Estábamos condenados a un destino roto, hecho de soledad y pedazos de corazón abrasados.

—Neil... —intenté decir, pero él me silenció con un beso que suspendió las palabras en el aire.

Las consideraba inútiles. Prefirió sacudirme, hacer estallar lo que sentía por él con la pasión que siempre nos unía.

420

—Úsame, Selene. Hazlo mientras puedas... —dijo antes de volver a tomar posesión de mis labios.

Luego se deslizó sobre mí y me desnudó rápidamente, sin mostrar el menor sentimiento. Volvió a apoderarse de lo que quería, me abrió los muslos y se fundió conmigo con toda la rabia que llevaba dentro; engastó mis miedos a los suyos, destruyó mis esperanzas y me empujó a la frustración, el sufrimiento, el dolor que experimentaba para reprocharme, para hacerme comprender que no teníamos futuro, que los dos íbamos a perder en esa guerra interminable.

Nos refugiamos en nuestro país que... no existía y que nunca iba a existir.

Jamás lo utilizaría.

Lo abrazaría de nuevo.

Lo besaría de nuevo.

Lo llevaría conmigo en todos los recuerdos que me hablarían de nosotros...

Incluso cuando él se alejara volando.

Lo sentiría sin tocarlo.

Lo querría sin verlo.

Y haríamos el amor así...

19

Player 2511

A un paso del séptimo nivel,
a un paso de la muerte,
estoy preparado para jugar.
¿Y tú?

Kira Shell

*M*e encendí un cigarrillo.

Mi cuerpo temblaba invadido por la ira.

Hacía tiempo que la venganza me había arrastrado a un abismo de odio y aversión del que quería escapar.

—¿No crees que con la jugada de la *webcam* nos hemos expuesto demasiado? —Su voz resonó en mi salón, sus pasos agitados empezaron a inquietarme, pero no perdí la concentración.

El humo se elevaba hacia el techo en densas volutas que me acariciaban la cara mientras me movía en el sillón y clavaba las uñas en el reposabrazos de cuero.

—No —respondí con firmeza.

—¿No? ¿Y si ha descubierto quiénes somos?

—No sabe nada…, es más, ignora cuál será mi próximo movimiento.

Una sonrisa burlona acompañó mis palabras mordaces: si Neil pensaba que la tontería de HARD CANDY y del ordenador era una broma insignificante, se equivocaba de medio a medio.

—¿Qué has pensado? ¿Qué coño vamos a hacer? —preguntó con cierta preocupación, que se manifestaba también en su semblante, mientras yo seguía flotando en una dicha total.

—Le tenderemos una trampa. El pececito picará y por fin podremos asestarle el golpe final. —Me incliné hacia delante y cogí los dardos de la mesita. Me encantaba jugar. Me levanté y caminé hacia la foto que había en la pared—. Ya le dimos a Logan. —Tiré el

421

primer dardo a la cara del hermanito, una insólita excitación recorrió mi columna vertebral—. Luego fue el turno de Chloe. —Tiré el segundo dardo a la foto de la hermana—. Luego el de la putita con la que folla.

Entrecerré un ojo, apunté y tiré el tercero al rostro angelical de Selene.

—¿Y qué? ¿Quién será la próxima? ¿Su madre? —resopló impaciente. Sonreí a la vez que giraba en la mano el último dardo y lo acariciaba con parsimonia antes de arrojarlo a la cara de mi siguiente objetivo.

Él.

—No. Sería una tontería hacer daño a su madre, no tiene una buena relación con ella. Hemos atacado a las personas a las que más quiere para herirle y hacerle sufrir. Ya lo hemos toreado bastante. Ahora...

Hice una pausa con la lengua metida entre los dientes y la expresión de satisfacción que no podía quitarme de mi puta cara.

—¿Ahora qué? —me instó a continuar cruzando los brazos en el pecho con curiosidad.

—Ahora elaboraré mi último acertijo... —revelé apuntando con la mirada hacia el dardo, que aún vibraba en el centro de la figura de Neil, clavado en su pecho, a la altura del corazón. Y me reí sarcásticamente por el deseo de ver el último blanco plegado a mis pies, por el deseo de mancharme las manos con su sangre, porque iba a ganar la jodida partida.

—Recuerda que yo también tengo una cuenta pendiente con él. Quiero matarlo —soltó enfadado, aunque debería haber recordado que detestaba que alguien se dirigiera a mí de esa forma. Le dirigí una mirada gélida y, con una lentitud calculada, me levanté la chaqueta para mostrarle la Glock que llevaba enfundada. El mensaje era inequívoco.

—Espero que me des una bala... —Sus ojos se iluminaron.

Me bajé la chaqueta y cubrí de nuevo el arma esbozando una sonrisa enigmática.

—Mientras sigas empuñándola de través, no. Esto no es una película de acción. Olvídate de las escenitas con acrobacias ridículas y técnicas impensables. Necesito hombres preparados.

Agité una mano en el aire y me di la vuelta.

—He aprendido a disparar y...

—Vete —le ordené de forma categórica caminando hacia mi estudio. Cuando entré en él el silencio sepulcral volvió a cernirse sobre mí. Rodeé el imponente escritorio y me senté en el sillón.

422

Abrí el mapa y contemplé satisfecho el laberinto que había creado.

El cuervo correspondía al primer nivel del juego y había mostrado de inmediato su propósito: mi venganza. Seguí con los dedos el esquema que había realizado en una vieja hoja de papel, las yemas de mis dedos rozaban el áspero papel generando un agradable crujido.

Llegué al segundo nivel: la caja de música relacionada con la leyenda de la niña castigada por su padre para indicar la «desobediencia».

Una sonrisa burlona curvó mis labios, luego busqué con los dedos el resto de niveles.

El tercero… Joder, el tercero había sido mi favorito.

El acróstico con el que había ocultado el nombre de Logan y le había revelado desde el principio a su hermano que iba a por él; a él le había adjuntado las fotografías de todos los miembros de su familia, excepto la de Neil.

El cuarto nivel era la personificación de la muerte, con el caballo blanco y el esqueleto empuñando una guadaña que aparecen representados en el famoso retrato de Gustave Doré.

El quinto nivel: el cubo de Rubik con el que había indicado el coche donde había encerrado a Chloe después de secuestrarla y que, por si fuera poco, tenía una bomba en su interior.

Si su hermanito no la hubiera encontrado a tiempo, la rubita habría saltado por los aires.

—Joder…, has ganado en casi todos los niveles —gruñí y subí con el dedo índice al sexto nivel, vinculado a Hard Candy y al ordenador donde había introducido un *malware* para espiar a su furcia y chantajearla después con un vídeo.

Aún lo tenía, pero entretanto había cambiado de propósito: la sangre de mi último objetivo.

—Sí, has ganado casi todos. Falta el séptimo…

Me mordí el interior de la mejilla pensativamente y miré mis acertijos con detenimiento a la vez que subía de nuevo con el índice al tercer nivel. Entorné los ojos con la máxima concentración, saqué un lápiz del portaplumas de cristal y di unos golpecitos en el papel.

Empecé a pensar en mi último acertijo.

No era fácil dar con uno, pero la búsqueda me parecía tan excitante que podía sentir el subidón de adrenalina fluyendo por mis venas.

Había pasado muchos años preguntándome cuál era mi objetivo en la vida.

423

Ahora lo sabía: hacer daño me permitía mantenerme a flote en este mundo de mierda.

Dejé que la locura adquiriera forma en el folio en blanco.

La mano trazó líneas, palabras y mensajes, creando mi última obra de arte, mi acertijo final, el séptimo.

Y no era casual que el juego tuviera siete niveles.

Siempre me había gustado el número siete.

Simbolizaba la espiritualidad, la perfección cíclica.

Los pitagóricos lo asociaban geométricamente a la circunferencia y esa era justo la razón por la que lo había elegido. Iba a cerrar mi circunferencia, iba a terminar el juego y haría lo que fuera para destruir a mi adversario.

El chirrido de la puerta al abrirse llamó mi atención.

Avanzó a paso lento hacia mí. Miré sus piernas sinuosas y por un instante dejé el lápiz en el escritorio y me deleité con sus curvas femeninas.

—¿Estás trabajando sin mí? —preguntó con una sonrisa pícara. La miré fijamente a los ojos, me apoyé en el respaldo del sillón y puse las manos en la barriga con aire desenfadado.

—Ya has hecho tu parte —contesté con brusquedad. Ella avanzó de nuevo, apoyó las manos en el escritorio y lo acarició con sus dedos afilados como si fuera mi cuerpo. Luego se inclinó hacia delante para que viera sus pechos turgentes, que asomaban por el escote.

Me sentí atraído por ellos, pero no perdí el control.

—Aun así, me gustaría ayudarte… —susurró maliciosa.

—¿Cómo? ¿Haciendo de puta? —la insulté lamiéndome el labio y ella se tensó. Me excité al oler su miedo—. Solo sois unos niños. Yo soy el que dicta las reglas —le aclaré—. Ahora sal y espérame en el dormitorio —le ordené con severidad señalando la puerta con la barbilla.

Ya me la cepillaría más tarde, de momento tenía entre manos un asunto más importante.

Ella titubeó unos instantes, sin saber qué hacer, pero al final me obedeció y salió de la habitación.

Volví a concentrarme en el enigma.

La presa mordería el anzuelo, caería en mis garras y la destrozaría.

Ansiaba oír sus gritos de dolor, sentir su sangre en mi lengua y…, joder, me temblaban las manos solo de pensarlo.

Nunca saldría de mi laberinto, moriría en él.

Y yo permanecería dentro hasta oír el último latido de su corazón.

Para verlo arrastrarse ante mí como un gusano inmundo pidiendo clemencia.

—Quiero ver tu cara cuando expires. —Giré el lápiz entre los dedos anticipando el momento en que nuestras miradas se cruzarían. Luego abrí un cajón del escritorio y saqué la máscara con la que iba a actuar.

Por última vez.

425

20

Selene

Dondequiera que vayas, siempre serás mi concha.

KIRA SHELL

*E*ra el 3 de mayo.

El día de su cumpleaños.

Pero no solo…

Recordé cómo había empezado todo por casualidad: jamás habría imaginado que Neil y yo llegaríamos tan lejos.

Qué extraña es a veces la vida.

Todo era monótono y aburrido antes de conocerlo, antes de haberle permitido que tirara abajo las puertas de mis seguridades, y que su caos me arrollara.

Un caos maravilloso.

Habíamos estado saliendo y conociéndonos mejor durante los últimos tres meses y habíamos decidido olvidarnos de nuestros problemas y vivir juntos sin importar lo que hubiera entre nosotros.

Volábamos a nuestro país de Nunca Jamás, volábamos en la oscuridad, mirábamos el mundo desde lo alto y eso era lo único que nos importaba.

Nos habíamos apoyado mutuamente y habíamos afrontado juntos las angustias y los temores que precedieron al gran día de su graduación.

¿Quién lo hubiera dicho?

Me temblaban las manos de alegría por Neil. Iba a alcanzar un hito importante y él, más que nadie, merecía vivirlo en ese momento, sentirse realizado, satisfecho y orgulloso de sí mismo.

—Está muy nervioso —susurró Logan en mi oreja. Mis ojos no dejaron ni por un instante de mirar el cuerpo varonil de Neil, quien, por primera vez, se había puesto un elegante traje gris y una toga del color de su universidad: azul magnético.

Estaba sencillamente guapísimo.

Un metro ochenta de encanto y cultura.

Se había peinado bien, a pesar de que el tupé siempre se le resistía, tenía la barba corta y cuidada, un perfil perfecto y los labios rojos, porque se los mordía sin parar.

Me revolví en la silla. Me había puesto una falda tubo negra con una seductora abertura en un muslo y una blusa blanca con un lazo a un lado del cuello; los Louboutin que llevaba en los pies me hacían daño y el corazón me latía a toda velocidad en el pecho.

El rector ya había dado la palabra a una figura de relevancia cultural a la que la universidad había invitado para saludar a los recién licenciados.

A continuación tuvo lugar la proclamación y Neil fue el primero: el licenciado con la máxima puntuación.

Logan, su familia y yo nos pusimos en pie de un salto para ovacionarlo como se merecía. Las lágrimas resbalaban por mis mejillas y, aunque me había prometido no llorar, la emoción era tan fuerte que no podía contenerlas. Logan me estrechó contra su cuerpo, Chloe saltó abrazando a Mia, y todos vivimos un momento mágico.

Ese chico…

Ese niño con un pasado difícil.

Ese niño que había sido violado.

Ese niño que había vivido una infancia dolorosa, que había sido destruida por la crueldad humana.

Ese niño que había pasado días y horas lamiéndose las heridas solo en un rincón de su pequeña habitación…

Ese niño al que todos rechazaban porque lo consideraban peligroso.

Ese niño problemático y desconsolado…

Lo había conseguido.

Ahora era un hombre hecho y derecho.

Un pequeño gran hombre al que querer.

El único que quería.

Me enjugué las lágrimas con el dorso de las manos y sentí una honda emoción cuando los estudiantes lanzaron al aire los birretes.

Alcé la cara hacia el cielo salpicado de un sinfín de manchas azules, que caían como confetis, y sonreí. El aire era festivo, el amor que sentía por Neil era tan abrumador que me aturdía, tanto como la sensación de vacío que sentía cuando estaba lejos de mí. Decidí dejar a Logan por un momento para ir a buscarle, como si necesitara mi dosis de oxígeno; lo vi entre la multitud sonriendo a sus compañeros, sin la toga.

427

Me detuve a unos metros de él y lo admiré con los ojos brillantes de lágrimas.

Emanaba poder, un encanto dominador y maldito.

En ese momento tenía una expresión serena y una sonrisa vertiginosa dibujada en la cara.

Cuando apuntó hacia mí el oro de su mirada, me tambaleé en los tacones.

Siempre me producía un efecto mortífero.

Neil era como un poderoso huracán y a su lado siempre me iba a sentir como una pequeña barca zarandeada por sus olas embravecidas.

Dejó de prestar atención a los demás, abandonó lo que estuviera haciendo y caminó hacia mí con paso seguro y su cuerpo ágil realzado por el traje, que le caía como un guante: la chaqueta cubría sus anchos hombros, la camisa blanca envolvía perfectamente su musculoso pecho, el cinturón se amoldaba a sus caderas estrechas y los pantalones caían suavemente sobre sus piernas firmes y esbeltas.

Un diablo tentador.

Eso es lo que parecía.

Estuve a punto de desmayarme cuando me dio un sensual beso en los labios mientras su brazo rodeaba mi cintura.

En las últimas semanas que habíamos pasado juntos no había menguado la tensión que había entre nosotros; Neil seguía diciéndome que no me hiciera ilusiones, pero no por eso dejaba de desearme y de hacerme saber que, en cierta medida, contaba para él.

Cada vez me sentía más confusa, pero no por eso perdía la esperanza.

No había dejado de transmitirle mi amor, aunque de manera velada, silenciosa, muda, porque él solo podía aceptarlo así.

—Felicidades, arquitecto. Además, hoy también cumples veintiséis años. Ya eres un hombre adulto —dije en tono alegre dedicándole una leve sonrisa. Después, sin embargo, volví a adoptar una expresión seria para transmitirle mis verdaderos sentimientos. Alisé el cuello de su camisa y me armé de valor—. Estoy orgullosa de ti, al cien por cien. Tú también deberías estarlo —añadí emocionada mientras él escrutaba cada línea de mi cara.

Me limpió la mejilla con un pulgar y yo le besé la palma de la mano con la mayor reverencia.

—Ya estoy pensando en mi regalo —susurró con picardía a la vez que me daba otro beso, esta vez bajo una oreja. Me sonrojé y vi que se retiraba un poco para observarme con curiosidad. Miró de arriba abajo mi atuendo elegante y sensual, nada vulgar, y un extra-

428

ño destello de luz cruzó su mirada—. Estás guapísima, Campanilla
—dijo por primera vez.

Abrí los ojos atónita; jamás había oído un cumplido así de sus
labios. Me alegré, porque me había puesto algo especial en su honor,
para estar atractiva y a la altura de sus expectativas, al menos en esa
ocasión, y quizá lo había conseguido.

—Me alegro de que te guste y…

No pude terminar la frase, porque alguien le agarró un brazo e
interrumpió nuestro momento de intimidad. Los recién licenciados
empezaron a hacerse fotos, riéndose y bromeando. Obviamente, Neil
no aceptaría que le sacaran una fotografía, pero quería celebrarlo de
todos modos, así que decidí concederle su espacio. En cualquier caso,
fruncí el ceño cuando vi que algunas chicas lo besaban en la mejilla
y le felicitaban de forma excesivamente cariñosa.

Era inevitable que sintiera celos de las miradas lujuriosas con las
que lo admiraban.

Neil encarnaba una belleza erótica y pecaminosa, ese día más
de lo habitual, y no lograba aceptar que otras mujeres lo codiciaran
tanto como yo.

—Celosa.

Me sobresalté cuando Logan, acompañado de Chloe, me dio un
codazo en un costado para sacarme de mis pensamientos malsanos.
Me conocía, sabía lo posesiva que era, así que le encantaba pincharme.

—Lo miran como si quisieran follar con él —solté exasperada
con un lenguaje que no era propio de mí, pero no podía soportar a
la rubita que en ese momento agitaba las pestañas seductoramente
para llamar su atención.

—Puede, pero él solo folla contigo —replicó Logan.

Me volví instintivamente para mirarlo. No me importaba mani-
festarle mi evidente inseguridad y buscar consuelo en él, porque no
estaba tan segura de que Neil solo me deseara a mí.

—Te quiere a ti, Selene. Nunca admitirá lo que siente. Él vive
los sentimientos a su manera. —Volvió a observar a Neil y sus ojos
almendrados resplandecieron de admiración y estima. Saltaba a la
vista el intenso vínculo que había entre ellos, era increíble.

—¿Nos vamos? Le he organizado una fiesta.

Mia, tan compuesta y elegante como de costumbre, se unió a nosotros acompañada de Matt. Palidecí recordando el día en que había
escuchado la conversación que había mantenido con el doctor Keller.
La miré con recelo mientras ella sonreía y acariciaba la espalda de mi
padre. Me pregunté si él estaba al tanto de lo que unía a su compa-

ñera con el psiquiatra. Me hubiera gustado preguntárselo, pero no era el momento adecuado.

Entretanto, Neil regresó a mi lado y me rodeó las caderas con un brazo delante de nuestros padres, sin la menor vergüenza.

Me sonrojé cohibida.

Sabía que mi padre nunca aprobaría nuestra relación y sentí que sus ojos negros me miraban ardiendo de desdén.

—Siento haberte dejado sola —susurró Neil con una voz cálida que me estremeció; él se dio cuenta de mi reacción y me sonrió complacido.

El placer prendió entre mis muslos y el deseo asedió mi corazón.

—Enhorabuena —dijo mi padre.

Al principio solo se fijó en nuestro abrazo, pero luego miró a Neil y le tendió la mano de modo serio y austero. Neil se tensó, me di cuenta por la forma en que hundió los dedos en mi costado. Contuve la respiración, esperando que no reaccionara ni hiciera nada precipitado, pero, por suerte y tras un momento de vacilación, respondió al gesto de mi padre estrechándole la mano.

—Gracias —respondió fríamente, en un tono resuelto y sereno.

Mia miró a su hijo con admiración, aunque me pareció vislumbrar cierto sentimiento de culpabilidad en sus ojos. Un sentimiento que aprisionaba su alma como cadenas de las que nunca se iba a poder librar.

—Estoy orgullosa de ti. —Se acercó a él y le dio un beso en la mejilla.

Neil se mostró desabrido y no reaccionó, pero secundó el gesto de Mia haciendo un esfuerzo. No estaba acostumbrado a recibir afecto, aún lo percibía como una amenaza. A decir verdad, consideraba perjudicial cualquier contacto humano. A veces incluso conmigo, pero yo intentaba ser comprensiva y paciente para que entendiera que el mundo no solo estaba poblado de monstruos y comedores de niños, sino también de almas nobles y buenas.

No podía echárselo en cara: Neil no conocía el aroma de las flores, porque a lo largo de su vida solo había recibido dolorosas puñaladas.

Al cabo de una hora llegamos a la lujosa villa de Matt Anderson.

El amplio salón había sido debidamente preparado para la ocasión. En el centro había una mesa enorme llena de platos de todo tipo, además de copas de cristal y cubiertos de plata. En la decoración destacaban los colores blanco y marfil, que conferían un toque aún más refinado al ambiente.

Sin colores brillantes ni globos ni guirnaldas, porque a Neil no le gustaban.

La verdad es que Mia se había ocupado de todo a la perfección.

Anna, el ama de llaves, deambulaba entre los invitados.

De pie, los amigos y compañeros de trabajo bebían champán y degustaban los canapés con la típica actitud altanera y cínica de la alta sociedad. Así pues, había renunciado ya a intentar conversar con ellos y me dedicaba a observar a Neil, que estaba al lado de su madre, esperando a que se dignara a prestarme atención.

Era patética. Con frecuencia tenía la impresión de que vivía a su sombra, porque me resultaba inalcanzable.

—Me alegro de que hayas venido, te presento a Neil —dijo Mia a una mujer.

Lo primero que me llamó la atención de ella fue su melena pelirroja bien peinada y las joyas con las que alardeaba de su riqueza. Con toda probabilidad se trataba de una compañera e iba acompañada de una chica que debía de tener más o menos mi edad. Era rubia y lucía un vestido de color rosa brillante que no dejaba espacio a la imaginación. Sus bonitas formas estaban bien a la vista. Miró a Neil aturdida mientras él fingía interesarse por la charla de las dos mujeres. Aun así, el corazón me dio un vuelco cuando me di cuenta de que ella lo escrutaba con aire seductor y de que él también la observaba con detenimiento y que, sobre todo, se detenía en el profundo escote del vestidito.

431

Se llevó la copa de champán a sus labios carnosos y dio un pequeño sorbo de forma lenta y sensual, sin dejar de mirar a la rubia, que parecía hechizada por su aspecto.

Le privaba que las mujeres se rindieran a sus pies, verlas delirar presas de una ardiente pasión, que en este caso habría satisfecho sin duda si yo no me hubiera interpuesto.

¿Dejaría algún día de vengarse de las mujeres que le recordaban a Kim?

¿Se libraría alguna vez del fantasma de ese monstruo de melena rubia?

A veces sentía incluso celos de ella, de la niñera que nunca había visto, pero que parecía ser omnipresente y capaz de destruir nuestra relación, aunque la violencia que había cometido estuviera enterrada en el pasado.

«No creo que lo consiga», susurré para mis adentros sintiendo que me faltaba aire en los pulmones. Me toqué el pelo con nerviosismo y me dirigí hacia el jardín tratando de no caerme de mis tacones altos.

Dada la sensación de asfixia que sentía en ese momento, me daba la impresión de que el lazo que llevaba atado al cuello me apretaba demasiado, al igual que el cinturón de la falda *longuette*.

Malditos celos.

Caminé furiosamente por el sendero del jardín y me senté en una tumbona al borde de la piscina. El sol se había puesto y las luces de colores de los focos subacuáticos se alternaban en un agradable juego de tonalidades. Me aparté el pelo dejándolo caer en un hombro y me detuve a recordar el pasado.

Nos habíamos besado por primera vez en una piscina, la del tercer piso, cuando yo aún era novia de Jared y no pensaba en modo alguno que lo estuviera engañando.

Desde entonces habían cambiado muchas cosas, yo entre ellas.

Y habría repetido todo con tal de seguir a mi problemático en su oscuridad.

—¿Qué haces aquí sola? —Me sobresalté al oír su voz de barítono.

En un primer momento, me fijé en sus zapatos negros y brillantes, luego mis ojos subieron por sus piernas robustas. Mi pulso empezó a acelerarse y un calor indescriptible encendió mis mejillas. Su fresco aroma, con un toque a tabaco que lo hacía penetrante en el punto justo, se coló por mis fosas nasales. Observé lentamente su pecho marmóreo, que me habría gustado sentir desnudo bajo mis dedos, y por último vi sus ojos, que me miraban con gravedad. Llevaba una copa de champán en una mano y la otra estaba dentro de un bolsillo de sus elegantes pantalones, cuya tela se tensaba en la parte delantera. Me aclaré la garganta e intenté controlar la tensión que se generaba entre nosotros cada vez que estábamos tan cerca.

¿Cuánto tiempo había pasado desde que había salido corriendo de la casa?

Apenas unos minutos.

Sospeché que Neil me había visto huir y se había apresurado a seguirme.

—Quería tomar un poco de aire… —murmuré resentida.

Su risa suave y divertida me puso aún más nerviosa, de manera que volví a mirar el agua cristalina de la piscina para ignorarlo.

—¿Qué debo hacer contigo, Campanilla? —Neil se agachó y apoyó los codos en las rodillas para alinear su hermoso rostro con el mío. Entonces cedí y volví a prestarle atención, aunque enfurruñada—. Siempre te he dicho que no puedo cambiar.

Vaya, por lo visto se empeñaba en recordármelo, como si yo no fuera ya bastante consciente de ello.

—Nadie te lo ha pedido —repliqué con expresión dolida.

—Pero te molesta que mire a las demás mujeres.

Me escrutó con una sonrisa burlona que me habría gustado arrancarle de la cara. Suspiré y volví a concentrarme en las luces de la piscina, que en ese momento eran azules y moradas.

—Te fijas sobre todo en las rubias —susurré con visible acritud.

Neil respiró hondo, dejó la copa en una mesita que había a nuestro lado y puso las manos en mi regazo para acariciarme. Me estremecí cuando sus dedos entraron en contacto con la piel desnuda que la raja de la falda dejaba al descubierto, pero intenté mantener la serenidad.

Estaba tratando de seducirme, pero yo no estaba dispuesta a transigir.

—Es cierto que las miro, pero me olvido de sus nombres en un segundo. Últimamente solo pienso en ti. Mi cuerpo te anhela cada día. No sé lo que me has hecho, pero sigues siendo mi país de Nunca Jamás —murmuró con voz ronca.

Lo miré a los ojos y vi en ellos sinceridad, lujuria y deseo.

Deseo de mí.

La manera en que se lamió el labio inferior me lo confirmó. Se quedó mirando mi boca y luego la blusa ajustada, que se amoldaba a la forma de mis pechos. De repente, me agarró por las caderas y me obligó a levantarme, de manera que mi corazón latiera con el suyo.

Al sentirlo me tambaleé en los tacones y su aroma masculino me aturdió. Sus manos viriles bajaron hasta mis nalgas para estrecharme contra su cuerpo en un gesto posesivo.

—Comprueba el efecto que me produces, Selene. Solo tú lo consigues. Nadie más —me susurró al oído a la vez que me lamía el cuello y su erección presionaba mi bajo vientre para demostrarme que no mentía. Sin poderme controlar, emití un gemido ronco y me aferré a sus hombros como si estuviera a punto de caerme—. Eres mi nueva adicción. Deja estar esas obsesiones y dame un beso —gruñó enfadado; acto seguido pegó sus labios a los suyos y me lo arrebató.

Fue un beso obsceno, apasionado y cargado de tensión sexual.

A continuación, me palpó un pecho y frotó su miembro turgente entre mis muslos logrando que suspirara de manera vergonzosa.

Debía hacer algo para detenerlo, porque, de lo contrario, después no iba a ser capaz. Le mordí el labio inferior y lo sostuve entre mis dientes a la vez que parpadeaba de forma seductora.

Neil gimió y entornó los ojos, excitado por mi gesto.

—Tengo un regalo para ti —susurré en su boca. Se le iluminaron

433

los ojos con un brillo travieso y perverso a la vez. Le sonreí y negué con la cabeza para cortar de raíz su fantasía lasciva—. No me refiero al sexo. Para eso tendrás que esperar…

Aparté sus manos exigentes de mi cuerpo y me incliné para sacar una cajita de terciopelo azul de mi bolso de mano.

Neil ladeó la cabeza, confuso.

—¿Vas a pedirme que me case contigo? —se burló con una sonrisa arrogante. A continuación, se sentó en la tumbona y me arrastró bruscamente hacia él para que me sentara en su regazo. Empezó a tocarme el muslo desnudo al mismo tiempo que se movía agitado debajo de mí—. Niña…, no es fácil resistirse a ti —susurró en tono provocador, jadeando por encima de mi hombro.

A pesar de que sus palabras me excitaban y despertaban en mí el deseo de estar echada debajo de él y complacerle, insistí en mi regalo y se lo di.

—Piensa más bien en abrirlo —le ordené conteniendo una sonrisa tímida.

Nunca le había hecho un regalo tan importante, esperaba que le gustara y que se acordara de mí cada vez que lo viera. Neil lo agarró con aire serio. Al abrir la caja vio la pulsera de plata con un pequeño colgante en forma de concha.

TÚ ERES MI CONCHA.

Esa era la frase que aparecía grabada en el interior.

Un día, Neil había dibujado con rotulador una concha marina con una perla dentro en uno de mis costados. Luego me había contado una leyenda y me había pedido que dibujara ese símbolo cada vez que me sintiera sola.

En ese momento no comprendí lo que significaba realmente para él, hasta que, más tarde, el día que me marché a Detroit, metió a escondidas en el bolsillo de mi abrigo un cubo de cristal con una perla dentro. Una perla que siempre asociaba al hecho de haber salido ilesa del accidente, porque, mientras permanecía inconsciente después del fuerte impacto, apretaba el cubo con una mano.

Ni siquiera lo había perdido cuando había salido literalmente volando del coche.

¿Por qué?

Me había hecho esa pregunta a menudo, antes de comprender que yo era esa perla y Neil la concha que me había protegido, que había velado por mí de alguna manera y me había salvado.

Antes de desmayarme había visto su cara.

Aunque había tardado en ser plenamente consciente de ello, en el fondo siempre lo había sabido.

—Póntela sobre todo cuando te sientas solo, así me sentirás a tu lado cuando estemos lejos.

Lo miré a la cara. Neil estaba, a decir poco, asombrado. Por un momento temí que rechazara mi regalo, pero luego me sorprendió. Alargó un brazo y levantó un poco el puño de su camisa para que se la pusiera. Feliz de que hubiera aceptado mi regalo, se la abroché de inmediato y admiré el contraste del brillo de la plata con su piel ambarina.

—Me obligarás a pensar en ti.

La acarició con una dulzura inaudita en él, como si fuera el objeto más preciado del mundo. Se quedó pensativo. De repente, sus facciones se ensombrecieron y percibí una mezcla maravillosa de emociones.

Un momento único, nuestro, que siempre íbamos a llevar en el corazón.

Dondequiera que estuviéramos.

Dondequiera que fuéramos.

—Disculpen si molesto. —Anna, el ama de llaves, apareció en ese instante. Los dos nos levantamos y Neil rodeó mis caderas con un brazo para retenerme.

—¿Qué sucede, señora Anna? —le preguntó a la vez que se pasaba una mano por el pelo, irritado por la interrupción.

—Un hombre pregunta por ti en el salón —contestó ella.

Intrigados, nos apresuramos a entrar en la casa y enseguida vimos la vigorosa figura de John Keller enfundado en un distinguido traje negro que resaltaba su carisma. Me paré en seco cuando lo oí hablando con Mia en un rincón, como si, de nuevo, estuvieran discutiendo.

—¡Por fin has llegado, John! —exclamó Neil al reunirse con él a la vez que le daba una palmadita en un hombro.

Me quedé de piedra: no sabía que lo hubiera invitado, pero debería habérmelo imaginado.

Su relación se había intensificado en los últimos tiempos. Se veían a menudo en la clínica, también cuando yo estaba en Detroit. John estaba tratando de convencerlo para que reanudara la terapia o participara en los encuentros de seguimiento, pero Neil aún estaba aprendiendo a confiar en él.

Di un paso hacia delante y vi que el doctor Keller le sonreía cohibido. En cambio, Mia suspiró preocupada y se acarició el cuello, visiblemente inquieta.

—No tardaremos en cenar, ¿te apetece quedarte? —le preguntó Neil, feliz de la presencia del hombre que había entrado en su vida de puntillas, pero que, al mismo tiempo, ocultaba numerosos secretos.

Neil estaba muy lejos de imaginarse que John podía ser su padre.

Nadie tenía la certeza de que fuera así, aún menos yo, pero era más bien propensa a dar una respuesta afirmativa al enigma.

De ser así, los problemas caerían sobre nosotros como un alud de nieve imparable y nadie podría impedir las consecuencias.

—¿No ha venido el doctor Lively? —le preguntó Neil intrigado.

—Krug me ha pedido que lo disculpes. Pensaba venir, pero su hijo ha regresado de Boston y ha preferido pasar un poco de tiempo con él. Yo, en cambio, me quedo encantado —respondió John.

—Creo que no es... —Mia trató de disuadir a su hijo, pero este alzó una mano para acallarla.

—¿Qué problema hay, mamá? Has invitado a todos los que querías a esta fiesta, a mi fiesta, así que ahora permíteme que decida si él puede quedarse o no —dijo con su habitual actitud autoritaria.

Mia tragó saliva, a todas luces incómoda, y optó por no replicar para que Neil no sospechara nada.

Diez minutos más tarde estábamos sentados a la mesa.

La tensión se podía cortar con un cuchillo. Una sensación negativa trepaba por mi piel, porque no podía por menos que recordar la conversación entre John y Mia que había escuchado a hurtadillas. Neil estaba sentado a mi lado, con una mano apoyada en mi muslo debajo de la mesa; el doctor Keller se había acomodado al otro lado y Mia y Matt estaban enfrente. El resto de los invitados ocupaban los demás asientos. Tenía el estómago encogido y un nudo de ansiedad en la garganta, el corazón me latía enloquecido entre las costillas. Respiré y fingí que participaba en la conversación, fingí que ignoraba las miradas iracundas que mi padre nos dirigía a Neil y a mí, fingí que me deleitaba con una cucharada de caviar.

Fingí, fingí, fingí y...

—Si no te gusta, no te lo comas. —El cálido aliento de Neil me acarició la mejilla. Me apretó la pierna para llamar mi atención. Cuando me volví para mirarlo me ruboricé al ver que sus ojos apuntaban hacia mis labios.

Era tan atractivo que cada vez que estaba cerca de él me costaba respirar.

—¿Cómo te has dado cuenta? —susurré para evitar que me oyeran.

Él sonrió y me observó divertido.

—Porque frunces la nariz y haces una mueca de asco —respondió—. En cualquier caso, a mí tampoco me gusta el caviar. Solo me apetece comerte a ti, quizá arriba, en mi habitación, como en los viejos tiempos.

Su mano se movió de forma peligrosa hacia el interior de mi muslo. El contacto me puso nerviosa, me sentí vulnerable. Junté las piernas y me ruboricé.

Lo deseaba… Mi cuerpo lo deseaba ardientemente, pero no podía perder el pudor delante de todos, durante una situación tan aburrida que no veía la hora de que terminara para que él pudiera desahogar la pasión que lo consumía.

—Neil… —le advertí. Aparté su mano sintiendo el fuego que solo él lograba provocar con su toque abrasador y restregué los muslos en busca de un poco de alivio.

Mi intimidad no dejaba de pulsar.

El corazón me latía justo allí y la sensación era ya insoportable.

—No te mojes demasiado, niña —susurró él empeorando la situación con su timbre perverso. Miró con aire astuto mis piernas apretadas y se rio orgulloso entre dientes. Antes de que pudiera responderle, Matt se dirigió a John con su habitual descaro y cinismo.

—Dígame, doctor Keller, ¿desde cuándo colabora con Krug? —preguntó y a continuación juntó las manos y apoyó la barbilla encima de ellas. Mia parpadeó y empezó a girar el collar de perlas que lucía con los dedos.

Supuse que estaba buscando la manera de descargar la tensión que le causaba la presencia de John.

—Desde hace tres años, pero conozco al doctor Lively desde hace mucho más tiempo —contestó el psiquiatra limpiándose los labios con una servilleta en un ademán elegante. Matt arqueó las cejas y se preparó a lanzar otro de sus dardos. No alcanzaba a entender lo que pretendía.

¿Estaba celoso o solo quería competir con un hombre al que no conocía por simple y estúpida revancha masculina?

—¿Y usted siempre ha trabajado en Nueva York? —insistió mordiendo una rosquilla. Sin perder la calma, John bebió un sorbo de agua de su vaso y luego lo dejó encima de la mesa.

Al igual que Neil, tenía la capacidad de afrontar ciertas situaciones con absoluta seguridad.

—Sí, pero he viajado a menudo y…

—¿Tiene mujer e hijos? —lo interrumpió Matt antes de que John pudiera terminar la frase. Me crispó la manera en que lo estaba acosando sin darle tiempo a responder.

John suspiró y miró fugazmente a Mia. Entre ellos existía un entendimiento tácito, un intercambio de pensamientos que jamás iban a poder revelar a nadie.

—No, solo tuve una relación importante, pero era demasiado joven. Después me concentré en los estudios, en la carrera…

John agitó una mano como si quisiera dar por zanjado el asunto. Saltaba a la vista que no quería hablar de su vida privada, pero mi padre aún no parecía darse por satisfecho. Lo odiaba cuando adoptaba esa actitud despectiva y trataba de poner en apuros a quien fuera.

—Deberías dejar de importunar al doctor Keller con tus preguntas, Matt —tercié indignada. Neil tosió, porque se había atragantado con el caviar, y me apresuré a darle unas palmaditas en la espalda para que se le pasara.

—¿Qué modales son esos, Selene? —me reprendió mi padre como si fuera una niña de cinco años. Mia le dijo algo al oído, quizá para sosegarlo.

—Me gustas cuando te muestras tan agresiva, Campanilla, pero ahora deberías evitarlo. Guarda tu energía para más tarde… —me susurró Neil provocando un espasmo de placer en mi bajo vientre. La situación estaba degenerando y el problemático intentaba dar un giro malicioso a la discusión para distraerme de Matt.

438
—Me molesta cuando hace el gilipollas de esa manera —le contesté en voz baja en alusión a mi padre.

—Los dos sabemos cómo es. Ignóralo. No tiene sentido dar ahora un espectáculo —me aconsejó.

Me sonrojé como una tonta, porque a menudo me mostraba impulsiva y Neil conseguía que volviera a entrar en razón. Cuando se trataba de Matt, perdía fácilmente la paciencia. Todavía no había superado el rencor y el desengaño por lo que había ocurrido en el pasado.

La imagen de mi padre en la cama con otra mujer aún estaba demasiado nítida en mi cabeza.

—Propongo que nos atiborremos de comida. ¿Quién quiere más caviar? —terció Logan sirviendo una porción a Chloe, que asintió entusiasta con la cabeza. Sonreí cuando sus grandes ojos grises se encontraron con los míos y una extraña calidez se difundió por mi pecho. La pequeña de la casa me había aceptado y tenía la esperanza de que Neil iniciara una relación seria conmigo, pero, como a la vez sabía lo peculiar que era, procuraba no hacerse demasiadas ilusiones.

Hasta habíamos hablado de ello.

Su hermano necesitaba tiempo para unirse a mí y yo se lo iba a conceder.

No tenía la menor intención de renunciar a él.

—Necesito un cigarrillo. ¿Quieres venir conmigo?

Tras limpiarse la boca con la servilleta, Neil la dejó junto al plato y se levantó. Alcé la cabeza y contemplé extasiada el modo en que sus músculos se flexionaban bajo su camisa y su elegante chaqueta.

Estaba demasiado orgullosa de él y del hombre que llegaría a ser un día.

Tenía madera para convertirse en un gran arquitecto, adorado por las mujeres y respetado por sus compañeros de profesión.

¿Era, al menos, consciente de su potencial?

—Será mejor que no... —Carraspeé.

Sabía de antemano que, si lo seguía, nos encerraríamos en la casita de invitados y no volveríamos a salir de ella. Por lo visto, él intuyó lo que estaba pensando, porque entrecerró los párpados y me escrutó con una malicia tan arrebatadora que me dejó sin aliento. En lugar de insistir, se dirigió hacia la puerta acristalada para salir al jardín.

—Gracias, Selene —dijo John inclinándose hacia mí. Fruncí el ceño. Tardé un poco en entender por qué me daba las gracias: lo había salvado del interrogatorio de Matt Anderson.

—De nada —contesté para tranquilizarlo. Lo habría defendido en cualquier caso.

Conocía bien a mi padre y jamás le permitiría que pusiera en ridículo a un hombre como el doctor Keller. A pesar de que no lo había visto mucho, me parecía una persona profunda, amable y refinada.

No merecía ser reprendido por Matt sin motivo alguno.

—Disculpen, señores. —Anna, el ama de llaves, se asomó al inmenso comedor y, con las manos entrelazadas en el regazo y mirada temerosa, se volvió hacia Mia—. Señora Lindhom, siento molestarla durante la cena, pero ha llegado otro invitado de su hijo. —Se aclaró la garganta.

La anfitriona se volvió para ver de quién se trataba. Al ver a un hombre alto, imponente, con los ojos glaciales y un encanto inquietante, abrió los ojos como platos: era William Miller.

—Buenas noches —saludó sonriendo cordialmente a todos los presentes, pero en particular a su exmujer, y luego avanzó hacia ella—. Quería felicitar a Ne... —Sus pasos decididos se detuvieron al ver la mirada de asombro de John. El ambiente festivo se heló de repente—. ¿John?

William movió los labios de forma imperceptible, como si hubiera visto un fantasma. John, por su parte, no reaccionó, cerró un puño e intentó dominarse.

—William —respondió en el mismo tono sin apartar un momento su mirada de los ojos metálicos del hombre que tenía delante.

439

—¿Qué… qué estás haciendo aquí? —Mia trató de intervenir, pero el odio, la animosidad, la competencia que existía entre los dos hombres era palpable.

Tenían una cuenta pendiente.

—¿De qué os conocéis? —Matt señaló a los dos con el dedo índice, haciendo por fin una pregunta sensata. Logan y Chloe también parecían confusos e intrigados por la situación.

Yo, en cambio, estaba asustada.

Sentí que el miedo recorría mi espina dorsal y me envolvía en un macabro abrazo que me erizó la piel.

—¿Dónde está mi hijo? —preguntó William con una sonrisa socarrona que no presagiaba nada bueno.

Sentí que me fallaban las piernas. No entendía lo que me estaba sucediendo.

Mia sacudió la cabeza y se puso en pie de un salto atrayendo las miradas de todos.

—Sea lo que sea lo que tienes en mente, William, él no tiene nada que ver con vuestros conflictos.

Su exmujer intentó ponerle las manos sobre los hombros, pero él retrocedió sin dejar de desafiar a John con una sonrisa malévola que habría hecho estremecerse hasta al mismísimo diablo.

440

Lo miré con el ceño fruncido, intentando adivinar sus intenciones, hasta que Neil regresó al salón. Oí sus pasos apresurados y percibí la estela que dejaba su aroma. Me volví hacia él y vi cómo se agachaba a mi lado para coger el mechero que se le había caído del bolsillo del pantalón.

Pero cuando se percató de la presencia de su padre, se puso rígido.

William sonrió, como si no esperara otra cosa que verlo, y se aproximó a él.

—¿Qué haces aquí? ¿Quién te ha invitado? Vete.

Neil dio un paso atrás, disgustado, y a continuación señaló la puerta con firmeza; pero William sacudió la cabeza y se rio divertido.

—No me gustó la bromita que tu amigo Xavier me hizo en el coche. Deberías abrazarme y darme las gracias por no haberlo denunciado. ¿Acaso no soy un buen padre? —dijo mofándose de él y abriendo mucho los brazos para reforzar el concepto.

—¡William! —lo regañó Mia, pero él la hizo callar con una mano, decidido a terminar lo que acababa de empezar.

—Hijo, en este día tan importante para ti voy a darte el regalo más importante de tu vida —afirmó con crueldad mirando de nuevo a Neil.

¿Qué demonios estaba pasando?

A mi lado, John miraba a William con evidente angustia en la cara.

Todo el mundo parecía tener esqueletos en el armario a punto de salir.

—¿Qué coño estás diciendo? ¡Te he dicho que fuera de aquí! —le ordenó Neil alzando la voz y los presentes dieron un respingo asustados.

Algunos incluso decidieron marcharse, otros prefirieron quedarse para tener algo sobre lo que cotillear al día siguiente. Yo, en cambio, me quedé paralizada en el sitio, no podía moverme. No sabía qué hacer ni qué decir.

Era una situación demasiado absurda.

—¿Estás preparada para confesar la verdad a tu hijo, Mia? ¿O quieres que lo haga yo? —William parecía cegado por el odio. La presencia de John había reavivado el resentimiento, los recuerdos del pasado y, sobre todo, el deseo de venganza.

Desvió su gélida mirada hacia el doctor Keller y sonrió.

Neil dio un paso atrás y se volvió para buscarme.

Como si estuviéramos unidos por un hilo invisible, nuestras miradas se entrelazaron.

Comprendí de inmediato que necesitaba estar cerca de mí, así que me levanté y me acerqué a él.

Sentí que su calor fluía por mi piel.

Sus iris pedían ayuda a gritos.

Me puse a su lado y, cuando le apreté un brazo, mis dedos tocaron una roca cargada de tensión negativa.

Neil estaba tan nervioso que temí que atacara a su padre en cualquier momento.

—¿Sabes, Neil? Voy a responder a todas tus preguntas, a todos los porqués que han poblado tu mente desde que eras niño —dijo con un timbre crudo y frío, ajeno al dolor que estaba a punto de infligir—. Érase una vez una hermosa mujer que creía en el gran amor… —contó en tono burlón mirando directamente a los ojos a Neil. El silencio era la única música lúgubre que acompañaba nuestras respiraciones entrecortadas por la inquietud—. Ella quería a un hombre, pero su padre la obligó a casarse con otro. Ella no lo aceptó y decidió tener dos relaciones paralelas. —William empezó a caminar por el salón y rodeó la mesa bajo la atenta mirada de los invitados—. Se quedó embarazada y ocultó la verdad al hombre que, entretanto, se había convertido en su marido.

Neil estaba inmóvil, concentrado en el relato del pérfido William. Cuando este retomó su monólogo, Mia relajó los hombros y bajó la cabeza dándose por vencida.

441

—Durante los nueve meses del embarazo te consideré mi hijo, Neil. Creía que la criatura que iba creciendo día a día en el vientre de mi mujer era mía. Luego naciste tú. Fue el momento más hermoso de mi vida. Pesaste bastante y eras fuerte. Todavía recuerdo cuando te cogí en brazos por primera vez. —Fingió que acunaba a un bebé—. Pensaba que ibas a ser idéntico a mí, tal vez con ojos azules o con el pelo negro. Pensaba que tendrías al menos algo que me recordara que la sangre que fluía por tu cuerpecito era la mía, pero no fue así. A medida que ibas creciendo, cada vez te parecías menos a mí. Tus ojos adquirieron un tinte dorado, tu naricita era pequeña y perfecta, tus labios demasiado carnosos, tu pelo una maraña de mechones castaños. Pensé en lo lejos que estábamos, en lo distante que te sentía…

Neil sostuvo la mirada mientras William regresaba con paso lento a su lado y lo rodeaba observándolo de pies a cabeza, como si estuviera examinando atentamente su cuerpo.

Las lágrimas empezaron a resbalar por mi cara.

La confusión que se leía en el semblante de Neil me dolió, tanto que me costaba respirar.

—Tu madre pensó que lo mejor era ocultarme durante diez años que no eras hijo mío, sino de otro hombre. Lo descubrí un día en que escuché a escondidas una discusión entre ella y tu padre. Tu verdadero padre. Así que mi rabia comenzó a crecer cuando al mirarte veía en ti unas expresiones y unos gestos que cada vez se parecían más a los de él. Ya no te consideraba mi hijo. Te odiaba, porque para mí eras un bastardo, nacido de un error, de una relación extramatrimonial, el fruto de un polvo entre tu madre y su amante. —Levantó la voz, su tono cambió, sus pisadas se hicieron más pesadas y aceleradas a medida que se iba acercando a Neil, que seguía inmóvil, tan hermoso como un dios, pero a la vez tan inquietante como un demonio—. Eras y eres un bastardo, Neil, un perro callejero. Para mí no eres un Miller, nunca lo has sido. La familia, mi verdadera familia, la forman mi mujer, Logan y Chloe, mis únicos hijos. ¡Siempre has estado de más para mí! ¡De más! —gritó iracundo sobresaltando a todos los presentes.

Mia rompió a llorar, Logan y Chloe se pusieron en pie de un salto, conmocionados y John abrió los ojos de par en par; los de Neil, en cambio, permanecían inmóviles, ni siquiera parpadeaba. Parecía estar ausente, perdido, en estado de *shock*.

—Eres Neil David Keller, tu padre es John Keller, el hombre que está sentado a esa maldita mesa. ¡Esa es la verdad que durante años me ha arruinado la vida! —gritó todavía enfadado a poca distancia del rostro conmocionado de Neil.

Se le había partido el corazón.

Podía sentirlo.

Porque el mío se había roto también en el mismo momento, en el mismo instante.

No se lo merecía.

John se levantó, rodeó la mesa y empujó a William por detrás.

—No vuelvas a acercarte a él. ¡No te atrevas a gritarle así ni vuelvas a tocarlo! —despotricó como una bestia con las venas hinchadas en el cuello y la respiración entrecortada. Se enfrentó a William sin miedo. Este reculó un paso y a continuación se ajustó la chaqueta, satisfecho de la tormenta que acababa de desencadenar.

Mia sollozó y miró a Matt, que, a su vez, se levantó de la silla poco a poco, dejando caer al suelo la servilleta que tenía en las piernas. Seguí con la mirada el pedazo de tela, lo vi tendido en el suelo y lo seguí escrutando sin moverme un ápice.

—Me voy. Buenas noches. —William fue el único que tuvo el valor de romper el angustioso silencio que se había instalado en la habitación—. ¡Ah, Neil, feliz cumpleaños! —dijo por último con una punta de ironía y malicia.

Acto seguido, desapareció por la puerta principal y la cerró tras de sí. Me estremecí al oír el fuerte golpe y desvié lentamente la mirada hacia Logan, que había abrazado a Chloe y escrutaba atónito a su madre. Neil seguía a mi lado con la mirada perdida en el vacío.

Miraba fijamente un punto cualquiera como si no estuviera allí, como si se hubiera apagado.

Tenía los párpados completamente abiertos, pero estos no daban ninguna señal.

En ellos no había vida, no había nada.

—Neil…, lo siento.

John se mantuvo a cierta distancia con los ojos vidriosos, cargados de dolor. Habría querido acariciar a su hijo, abrazarlo, pero sabía que podía ser arriesgado; sabía que Neil no era un joven cualquiera; sabía que era especial…, diferente.

—No se acerque más a él, doctor Keller… —susurró Logan. Luego soltó a Chloe y avanzó a paso lento hacia su hermano. Neil seguía sin mover un músculo, jadeaba, sus ojos estaban desprovistos de cualquier sentimiento, su cara era una máscara de incredulidad y rabia.

El reloj seguía corriendo.

Pero todos nos habíamos detenido.

Todos habíamos dejado de perseguirlo.

Tictac, tictac, tictac…

443

En el salón solo resonaba el repiqueteo del reloj, cuyo péndulo se balanceaba con lentitud.

Demasiada lentitud.

Todos guardábamos silencio.

Al cabo de una eternidad, Neil miró gélidamente a Mia y parpadeó una vez, esa fue su única señal de vida.

—Neil, puedo explicarte qué pasó… —musitó su madre llorando y acercándose vacilante a él. Podía sentir el miedo que sentía desde donde estaba, pero admiraba el valor con el que se estaba enfrentando a él—. Temía perderte, por eso no quería decírtelo, por eso… Tienes que creerme…

Neil siguió mirándola con los puños cerrados, sus ojos eran irreconocibles: dos estanques sombríos colmados de odio.

—Eres… —dijo en voz baja como si le costara hacer salir las palabras, como si alguien le estuviera aplastando el pecho o lo estuviera ahogando. De repente, levantó un brazo y empujó a su madre con una rabia indomable—. ¡Una puta! —gritó furioso.

Apretó la mandíbula y sus dientes rechinaron. Mia perdió el equilibrio y cayó al suelo. John abrió los ojos de par en par y se inclinó para ayudarla, Chloe abrazó aún más fuerte a Logan mientras mi padre contemplaba la escena alterado.

444

Mia sollozó, pero Neil siguió mirándola sin un ápice de compasión humana.

Nadie se atrevió a pronunciar una palabra, porque Neil daba miedo.

Había despertado de su estado de confusión.

El león ya no estaba sentado en el suelo.

Se había levantado.

Había alzado la cabeza.

Mostraba su espesa y majestuosa melena.

Su cola azotó el aire.

Su mirada ya no era dócil.

Ya no era manso.

Estaba listo para dominar, para abandonar su jaula.

Estaba listo para ser el rey.

El rey del mal.

El rey del caos.

Mi corazón latía frenéticamente.

Subió a mi garganta.

Y luego volvió a hundirse en mi pecho.

Como si estuviera en una montaña rusa.

No hablé.

Desvié mecánicamente la mirada hacia John, que estaba ayudando a Mia a levantarse.

Nunca la había visto tan abatida y desconsolada.

De repente, sentí que un fuego ardiente me envolvía y vi que los ojos de Neil apuntaban hacia mí. Parpadeé y, con las lágrimas suspendidas en las pestañas, intenté averiguar qué estaba pensando. Él se acercó a mí con paso firme y después se detuvo para escrutarme con atención.

Quería huir, pero estaba tan conmocionada que no conseguía moverme.

Su aliento caliente azotó mis mejillas.

Me acarició con dulzura trazando el contorno de mi mandíbula con el dedo índice. Lo miré absorta. ¿Qué intentaba decirme?

El sufrimiento que leí en sus iris me desgarró el pecho.

Podría haberlo consolado, porque estaba buscando mi apoyo, mi ayuda, pero yo era incapaz de mentir, así que cometí un error fatal.

—Yo lo sabía… —confesé intentando no echarme a llorar. Neil dejó de tocarme y arqueó las cejas, sorprendido—. Lo sabía —repetí sintiéndome culpable. Él palideció y reanudó la lucha que mantenía para dominar la ira mientras esperaba a que continuase—. Escuché una conversación entre Mia y John en la clínica mientras hablabas con el doctor Lively en su despacho. No estaba segura de que fuera cierto, me gustaría haber hablado contigo, pero… —Exhalé el aire de repente—. Dudaba, no quería alarmarte. Lo siento… Yo… —Antes de que pudiera terminar mi inútil justificación, vi que se apartaba de mí. Gruñó frustrado y se pasó las manos por el pelo, presa de una gran agitación—. Disculpa —le rogué de nuevo.

Neil se volvió para mirarme con las pupilas dilatadas y yo me estremecí.

Ya no podía ver nada en sus iris.

En ellos ya no estaba él, ya no estaba yo, ya no estaba el nosotros que tanto nos había costado construir.

En sus ojos solo vi unos cuchillos afilados que penetraron en mi piel con su afilada hoja. Se alejó de mí asqueado, no solo con su cuerpo, sino con todo su ser.

Estaba dispuesto a resucitar la parte maldita de su alma: la misma que, como un prisionero, golpeaba con las manos los barrotes de una celda gritando para que la dejaran salir.

Neil estaba a punto de introducir la llave en el ojo de la cerradura, iba a liberarla y la culpa era de su familia.

Sacudió la cabeza confuso y miró airado a John.

—La leyenda de la perla…, las tonterías que siempre me has

contado —murmuró. Sus palabras eran finas y punzantes como agujas—. Te acercaste a mí con el único propósito de conocerme sin decirme quién eras de verdad. Me hiciste hablar contigo. Te confié mi pasado. Pero tú no eras un psiquiatra interesado en ayudarme, sino un maldito embustero que intentaba ganarse mi confianza con mentiras... —afirmó respirando de forma irregular.

Parecía un águila ensangrentada volando contra una furiosa tormenta de falsedades y secretos. John intentó replicar, pero Neil levantó una mano para advertirle de que no se aproximara a él.

—No os perdonaré... nunca. Ni a ti ni a tu puta.

Sus ojos brillaban de odio, su voz era profunda, estaba impregnada de una rabia que aún intentaba controlar, pero que yo veía elevarse con llamas resplandecientes envolviéndolo para que ardiera en el infierno. Neil había conseguido soportar lo indecible a lo largo de su vida. Por mucho que el destino tratara de ponerlo a prueba todos los días para derribarlo y destruirlo, se las arreglaba para salir victorioso, conseguía mantenerse en pie y soportar el peso de una carga que habría quebrado a cualquier otro hombre.

La oscuridad que lo rodeaba adoptó la apariencia de un manto negro, monstruoso, listo para envolverlo y arrastrarlo al abismo de las tinieblas.

446

—Por favor, déjame que te lo explique... —Trató de decir John, pero no tuvo tiempo, porque Neil se volvió hacia la mesa.

La cólera tensó sus músculos. Vi a sus monstruos, que, a modo de cuerdas, lo ataron al mal, a las derrotas, al dolor, y que luego cortaron el único hilo que lo había mantenido con vida: el de la esperanza en un futuro mejor.

Con un grito escalofriante dio la vuelta a la mesa mostrando su peor cara, la que todos temían, la ingobernable y peligrosa.

—Fuera de aquí. ¡Largo! ¡Todos! —gritó completamente fuera de sí. Se quitó la chaqueta con rabia, como si se estuviera ahogando, y la tiró al suelo; luego arrojó también contra la pared las botellas, las copas de cristal y los platos.

Una bestia.

Cada uno de sus gestos y sus gritos eran comparables a los de una bestia a la que acabaran de despertar de las profundidades del sueño. Su frente estaba perlada de sudor, su camisa se tensaba con cada movimiento, como si estuviera a punto de desgarrarse, su respiración se volvió pesada, tan pesada que sentía cómo me arañaba en mi interior. Por un instante, un único instante, su mirada se cruzó con la mía, aterrorizada, pero no me reconoció.

En ella no había piedad ni sentimientos.

No había nada. Solo ira y oscuridad. Decepción y angustia.

Esa mentira, anclada en el tiempo durante veintiséis años, lo había matado.

—¡Fuera! —gritó de nuevo para que todos se marcharan y luego siguió destrozando cosas.

El salón estaba irreconocible: había trozos de cristal por todas partes, marcas en las paredes, el suelo estaba lleno de comida y botellas rotas. Nadie se atrevió a desafiarlo, nadie se atrevió a acercarse a él, ni siquiera Logan, que se había refugiado en un rincón y abrazaba a su hermana tapándole los oídos para amortiguar el ruido causado por la destrucción.

La destrucción de Neil.

—¡Largaos todos! ¡Salid de mi vida! —siguió gritando fuera de sí.

John lo observaba sorprendido, nunca había visto esa cara de su hijo. Yo, en cambio, busqué la mirada de Neil, que se había sumido en la oscuridad. Me quedé inmóvil, porque le tenía miedo, por primera vez temía de verdad que también pudiera desahogar su rabia conmigo.

—Largaos…, tenéis que largaros —repetía en voz baja.

Se frotó las sienes como si hubiera perdido el juicio. La tensión hinchó las venas de su cuello, su rostro ardía de cólera y estaba cubierto de sudor. Caminaba de un lado a otro sobre los fragmentos de cristal, causando continuos crujidos bajo las suelas de sus zapatos, y susurraba para sí palabras inconexas.

Estaba agitado, atribulado, luchando contra esa alma negra que lo perseguía desde hacía mucho tiempo.

Esa alma condenada y aprisionada en los recuerdos, en una vida dura, en una vida demasiado penosa para que un niño pudiera afrontarla; esa alma que se disponía a reclamar su dominio.

—Marchaos… —se repetía a sí mismo susurrándolo una y otra vez; luego, como si hubiera tenido una extraña iluminación, se dio la vuelta y subió los escalones de dos en dos para ir al piso de arriba. Movida por el valor y el instinto de no perderlo, corrí tras él hasta su dormitorio, donde, cada vez más furioso, había abierto los cajones y el armario y estaba sacando su ropa y objetos personales, que luego metía iracundo en la bolsa que estaba encima de la cama.

—¿Qué estás haciendo, Neil? ¿Qué quieres hacer?

Entré en la habitación para enfrentarme a él. Había olvidado el miedo, el sentido común, la razón, todo.

Podía agredirme, pero me daba igual.

No iba a quedarme parada mirando cómo salía de mi vida.

447

—Esfúmate —dijo enfadado. Parecía aturdido, incapaz de razonar, pero, sobre todo, destrozado. Completamente destrozado.

—¿De verdad quieres marcharte? —le pregunté llorando a sus espaldas.

¿Aceptaría verlo solo en sueños, sentirlo solo en los recuerdos? Ninguna distancia podría separarme de él.

Respiraba de su boca.

Mi corazón latía en su pecho.

¿Cómo podía dejarlo marchar?

Sin prestarme la menor atención, Neil agarró las llaves del coche, se echó la bolsa al hombro y me apartó con un empellón. Me di un golpe en el costado con el borde de un mueble y apreté los dientes debido al dolor, pero me repuse enseguida.

Salí a toda prisa de la habitación para seguirlo. Neil era rápido, caminaba apretando el paso, así que tuve que correr para darle alcance. Bajó la escalera pisoteando el suelo, como si quisiera despedazar toda la casa, y abrió la puerta principal con un gesto brusco y firme.

—¡Por favor, no! Espera, razona.

Me aferré a su brazo para disuadirlo, pero él se desasió con un empujón que me hizo caer al suelo y me di un fuerte golpe en el hombro.

448

Me estremecí de dolor y respiré con dificultad, asustada ante la imposibilidad de retenerlo a mi lado. Lo miré intentando conectar con la miel de sus ojos, que me escrutaban desde lo alto.

Pero Neil estaba sumido en una absoluta oscuridad.

Mis súplicas no iban a servir de nada.

—No me mires así, se acabó. Iba a ocurrir de todas formas. Pregúntale a tu madre por qué…

Esbozó una sonrisa despiadada, con una calma escalofriante. Me estremecí como si me hubiera clavado un cuchillo afilado en el pecho. No añadió nada más y a continuación salió dando un portazo que hizo temblar las paredes.

Esas fueron las últimas palabras que escuché de sus labios…

—No puede conducir en ese estado. ¿Adónde ha ido? —preguntó Logan tras de mí. Me ayudó a levantarme, pero yo no me di cuenta de nada.

Mi visión estaba nublada por las lágrimas, mi corazón latía enloquecido, me fallaban las piernas y no dejaba de temblar…

Me había arrancado un pedazo de alma, Neil me lo había arrancado con crueldad y se lo había llevado consigo.

—Se ha ido —susurré con incredulidad, pero poco importaba donde hubiera ido, ya estuviera lejos o cerca, porque él permanecería siempre conmigo.

El amor era como una caricia eterna en mi piel.

Siempre estaría en mis sueños.

Siempre estaríamos juntos en mis sueños.

Estaría a salvo en mi corazón.

Pensaría en él a todas horas.

Seguiríamos cultivando un amor mudo, porque nunca desaparecería de mi mente.

El 3 de mayo debería haber sido un día especial para ese niño tan diferente de los demás.

Para el niño que había sufrido y que acababa de conseguir un pequeño sueño enfrentándose a unos obstáculos insuperables para cualquiera.

Pero la vida había vuelto a ser despiadada con él.

No siempre existían las segundas oportunidades.

No siempre existían los cuentos de hadas.

Solo existía la realidad oscura y desalmada, a menudo difícil de aceptar.

Neil salió por la puerta y nadie volvió a saber de él.

Neil se fue y… no volvió.

449

21

Selene

Dos cosas causan la locura: el amor y su carencia.

ALDA MERINI

Seis meses más tarde...

*E*l aire fresco de finales de noviembre acariciaba mi rostro, el susurro de los árboles del campus acompañaba mi mano mientras dibujaba en el papel.

Llevaba diez minutos sentada en un banco. Había terminado la clase hacía ya un rato, pero no tenía ganas de irme a casa tan pronto. A la vez que miraba el cuaderno, trazaba con el dedo índice los contornos definidos de lo que acababa de hacer.

«Cuando te sientas sola, dibuja una concha con una perla».

Todavía podía oír su voz sensual en mi cabeza, sentir su aroma a almizcle alrededor de mí. Lo buscaba igual que una mujer sedienta buscaría una gota de agua en el desierto. Mi cuerpo se estremecía al recordar lo que había ocurrido hacía seis meses, ese maldito día, el día de su graduación, el día en que había desaparecido sin dejar rastro.

Aún recordaba la crueldad con la que había arremetido contra Mia, la furia con la que me había empujado, la rabia ciega con la que había volcado la mesa.

Fuera de sí, estaba realmente fuera de sí.

Me preguntaba si su vida habría mejorado, si habría superado el dolor que le había ocasionado el descubrimiento de una verdad tan impactante tras veintiséis años de mentiras.

Me preguntaba si estaría bien, si estaría trabajando.

Me preguntaba si habría otra mujer en su vida o, quizá, más de una. La mera idea me encogía el estómago de tal manera que llegaba a sentir ganas de vomitar.

Y eso fue, precisamente, lo que ocurrió.

450

Me puse de rodillas junto al banco y devolví los cuatro cafés que me había bebido esa mañana. Me ardían los pulmones, mi pecho temblaba debido a las convulsiones y mis mejillas empezaron a humedecerse con las lágrimas. Lágrimas que no servían para librarme de lo que tenía dentro, que no servían para aligerar mi alma.

Estaba muerta, no podía hacer nada para quitarme a Neil de la cabeza.

Sentía frío en la piel, en el corazón, un músculo rodeado por un doloroso alambre de espino. Me estaba precipitando en un constante torbellino de negatividad y angustia, los latidos del corazón martilleaban en mis sienes y cada vez que pensaba en Neil el sentimiento era devastador.

Me faltaba el aire.

Afrontaba los días arrastrándome por un mundo vacío, entre personas que no me importaban nada. Fingía que aún quería vivir, pero mi vida se había hecho añicos aquel famoso 3 de mayo.

Había perdido una parte de mí.

—Coño, Selene. ¿Te encuentras mal otra vez? —Alguien me ayudó a levantarme. Sentí dos manos fuertes sujetándome por las caderas. Estaba mareada, ni siquiera podía recordar cuándo era la última vez que había comido algo sustancioso—. ¿Puedes oírme, Selene? —Reconocí la voz acariciadora de Ivan cuando mi pecho se apoyó en el suyo. Intenté parpadear para recuperar la lucidez y me concentré en él. Vi su pelo negro, sus ojos verdes con vetas claras, el hoyuelo de su mejilla derecha y sus labios seductores plegados en una dulce sonrisa—. Acabo de terminar el entrenamiento. ¿Estás bien? —preguntó metiéndome un mechón de pelo detrás de una oreja.

—Capitán… —logré decir con voz ronca.

Él me acarició una mejilla, luego me abrazó y me estrechó con fuerza, dejando que mis lágrimas mojaran la sudadera del equipo. Me pasó una mano por la melena, frotó su cara contra mi cabeza y consiguió calmar mi sufrimiento, llegar a mi corazón y ordenarle que se calmara, que dejara de llorar.

Ivan se había convertido en una constante, en una presencia fundamental para mí. Sin él, sin su hermana Janel y sin Bailey, mis mejores amigas, no habría sobrevivido a la ausencia de Neil.

Había sido fuerte, había afrontado los últimos meses tratando de seguir adelante, pero cada vez que recordaba a Neil, mi alma se derrumbaba, era engullida por el infierno, quedaba atrapada en él como una mariposa incapaz de volar, y permanecía en él hasta que Ivan lograba sacarme.

451

Era el único que tenía ese poder.

—Te llevo a casa conmigo. Avisa a tu madre. ¿Desde cuándo no comes nada? —Me tomó la cara con las manos y miró mis ojos cansados—. No puedes estar sin comer y vomitar continuamente los cafés con los que intentas mantenerte a flote. No es bueno…, has adelgazado demasiado —me regañó con una pizca de severidad a la vez que se agachaba para recoger el cuaderno y el lápiz. Miró el dibujo que hacía todos los días y exhalando un profundo suspiro cerró las páginas y se puso de nuevo en pie—. Deberías dejar de pensar en ese tipo. Solo te hace daño…

Me pasó el cuaderno y yo me lo metí en el bolso. Luego me rodeó los hombros con un brazo y me instó a seguirlo hasta su Porsche de color blanco, que estaba aparcado a poca distancia de nosotros. Tenía razón.

No podía seguir torturándome así, pero tampoco dejar de pensar en Neil.

Habían pasado ya varios meses y seguía soñando cada noche con ese terrible día.

Él seguía formando parte de mi vida.

«No me mires así, se acabó. Iba a ocurrir de todas formas. Pregúntale a tu madre por qué…».

Lo había hecho.

Según mi madre, Neil le había confesado que había aceptado las prácticas en Chicago que le había ofrecido el profesor Robinson, y, como ella consideraba que no podíamos estar juntos, él le había asegurado que me dejaría, que no habría espacio para mí en su vida.

No podía creer que Neil no me hubiera contado esa noticia tan importante ni que, aún peor, me hubiera dicho que iba a compartir piso con Megan Wayne.

Me negaba a aceptar que estuviera en Chicago con ella.

Por un lado, esperaba que fuera así, porque eso habría significado que había pasado página y que estaba bien; por otro, no podía imaginarme a los dos juntos.

Estaba celosa.

Mi cerebro se negaba a metabolizar semejante verdad.

Fingía que no era cierto para no derrumbarme, para seguir sobreviviendo, para aferrarme al mundo a pesar de que tenía el corazón partido.

Angustiada, me deslicé en el asiento del coche de Ivan acurrucándome en él y apoyé la sien en la ventanilla mientras miraba un punto en el vacío, el mismo donde también había caído yo.

—Señora Martin… —Miré a Ivan, que hablaba con mi madre

sujetando el móvil con una mano y el volante con la otra. Me había pedido que la avisara, pero al final lo estaba haciendo él. A esas alturas, mis amigos llamaban a mi madre para cualquier cosa, me hacían compañía a diario y se preocupaban por mí—. Está trabajando, ¿verdad? De acuerdo, me lo imaginaba. No, no dejaré sola a su hija, tranquila. Se encuentra mal otra vez. Sí…, he pensado llevarla a mi casa. Por supuesto, le agradezco la confianza. Llámeme a mí o a Janel para cualquier emergencia.

Colgó y se metió el iPhone en los vaqueros. Cuando levantó la pelvis, miré sin querer su abdomen contraído, pero enseguida me volví a fijar en su cara.

—Vamos a mi casa —dijo dulcemente sin apartar los ojos de la carretera.

No repliqué.

No había día en que no pensara en Neil, porque había invadido por completo mi mente.

Me lo imaginaba en cada cara, en cada instante, en cada respiración.

Podía olerle en todos los sitios, incluso en el coche de Ivan.

Dejé transcurrir abstraída el tiempo de nuestro viaje por carretera.

Observé los rascacielos que se erigían a los dos lados hasta que entramos en un garaje privado. Me apeé del coche y seguí a Ivan hasta el ascensor para subir a su piso.

—¿Estás mejor? —me preguntó sonriendo y luego entramos en el estrecho espacio de la cabina, donde su colonia resultaba aún más fuerte y acre.

Asentí con la cabeza y seguí con la mirada los botones que se iban iluminando en cada planta. No era la primera vez que iba a su apartamento. Últimamente, Ivan y yo pasábamos cada vez más tiempo juntos. Le había contado todo lo que había ocurrido con Neil y, como era de esperar, él se había mostrado comprensivo y apenado por mí.

—Para empezar, te voy a preparar algo para comer —me dijo abriendo la puerta y haciéndose a un lado para dejarme pasar. Un agradable aroma a limpio me envolvió de inmediato. El salón era tal y como lo recordaba: amplio, lujoso, con un enorme sofá de cuero y unos muebles que denotaban un gusto claramente refinado.

Dada la altura, las numerosas ventanas ofrecían una vista fantástica de la ciudad.

—Siéntete como en casa. Hoy ya no tengo más entrenamientos, así que pasaremos el día juntos.

453

Se quitó la sudadera y se quedó con la camiseta que llevaba debajo y que se ajustaba como una segunda piel a su musculoso pecho. Avergonzada, miré alrededor.

Conocía a Ivan, nunca se había aprovechado de mí ni se había comportado de forma ambigua ni desconsiderada, pero no dejaba de ser un hombre joven y su proximidad me intranquilizaba.

—¿Dónde está Janel? —le pregunté con curiosidad—. No la he visto en la universidad. La he llamado al móvil, pero no me ha contestado —le dije de pie en medio del salón.

—Está en casa de nuestro padre. Sabes que nuestros padres están separados, ¿verdad? —Me lanzó una mirada vacua y yo asentí con la cabeza. ¡Qué tonta!

Janel solía ir a Dearborn para pasar algo de tiempo con su padre, que vivía allí. Ella me lo había dicho, pero yo lo había olvidado, porque, como de costumbre, estaba demasiado abstraída en mis pensamientos.

—No quiero ser una carga para ti.

Me senté en el sofá de cuero y seguí con la mirada su esbelta figura mientras se dirigía hacia la cocina. Se subió las mangas de la camiseta y pensé que era particularmente seductor. Sus vaqueros ajustados ceñían la musculatura firme de su trasero, sus piernas eran largas y bien torneadas. Me detuve a contemplarlo: Ivan era un poco más bajo que Neil, pero su cuerpo era igualmente definido y atlético.

—No lo eres —contestó sonriendo y empezó a preparar algo en la cocina. No sabía que también era hábil en eso. Normalmente, los hombres se negaban a cocinar, pero Ivan parecía ser también muy bueno entre los hornillos.

—¿También sabes cocinar, capitán?

Me levanté del sofá, me quité el abrigo y lo dejé en el reposabrazos. Calzada con mis zapatillas blancas y vestida como una estudiante deprimida, me aproximé a él dejando el móvil y el bolso en el salón.

—No suelo cocinar, pero no me importa hacerlo —respondió cordialmente.

Estaba de espaldas, así que aproveché para volver a observarlo desde donde estaba.

Me senté en el taburete que se encontraba detrás de la isla y miré sus hombros anchos de jugador de baloncesto. Su espalda se agitaba con cada movimiento y, extrañamente, empecé a apreciar su encanto masculino, tratando de apartar de mi mente los ojos color miel que me habían perseguido en mis sueños durante seis meses.

—¿Por qué no has ido con tu hermana a Dearborn? —pregunté acodándome en la encimera y apoyando la barbilla en la palma de la mano. Tuve la impresión de que Ivan se tensaba y confié en no haber sido demasiado entrometida.

—Porque no me llevo muy bien con mi padre. —Se volvió hacia mí y suspiró—. Quería que fuera médico, que estudiara medicina como él, pero yo elegí mi camino, el deporte. Nunca ha respetado mi decisión, ni siquiera viene a verme a los partidos —murmuró tristemente.

Pude ver en sus ojos hasta qué punto le dolía sufrir la indiferencia y tal vez el desdén de un padre que no aprobaba la voluntad de su hijo.

—Si eres feliz jugando a baloncesto, tarde o temprano él también comprenderá que tomaste la decisión correcta —afirmé con una sonrisa amistosa y él asintió, en apariencia tan seguro como yo de la veracidad de mis palabras. De repente, se oyó un teléfono móvil en el salón.

Nos miramos y enseguida pensé que era el mío. Inquieta, me bajé del taburete y corrí hacia mi bolso para sacarlo. Cada vez que recibía una llamada pensaba que podía ser Neil, aunque a esas alturas la esperanza de tener noticias suyas se iba desvaneciendo poco a poco.

Como una pequeña llama, cada vez más débil.

—¿Dígame? —contesté apenas recuperé el teléfono.

—Selene. —Me estremecí al oír la voz de Logan.

¿Tenía noticias de su hermano?

—Dime, Logan. ¿Qué ocurre? ¿Hay alguna novedad? —pregunté ansiosa.

—No, ninguna. Todos los días pregunto a los Krew si han tenido noticias de él, pero no saben nada. He pensado que lo único que podemos hacer es recurrir a Alyssa… —dijo cambiando el tono de voz.

No le había sido fácil perdonar que esta lo hubiera traicionado, de hecho, todavía estaba enfadado por lo que había sucedido.

—¿Por qué crees que deberías hablar con ella? —fruncí el ceño.

—Porque Megan es su hermana. Puede que sepan algo —afirmó.

Su razonamiento tenía sentido.

—¿Seguro que quieres hacerlo?

Me mordí el labio. Sabía lo difícil que le resultaba contactar con su ex o incluso reunirse con ella. Logan era tan orgulloso como Neil, no toleraba las faltas de respeto ni a los mentirosos impenitentes. En seis meses había tenido muchas oportunidades de hablar con ella, pero nunca lo había hecho.

455

Había preferido arreglárselas solo. Ahora, sin embargo, la situación se había vuelto insostenible para todos y averiguar si Neil estaba bien era nuestra prioridad.

—Sí, estoy saliendo con Janel, ya lo sabes. Alyssa es agua pasada —admitió con más serenidad.

Le había presentado a Janel cuando había venido a verme una tarde a Detroit. Lo suyo había sido un flechazo. A pesar de que no se veían a menudo debido a la distancia, hablaban todos los días. En realidad, estaban empezando a conocerse: habían salido juntos en un par de ocasiones y solo se habían besado una vez, pero confiaba en que pudieran entablar una relación seria.

Los dos se lo merecían.

—De acuerdo. Ponme al día, por favor —le dije pensativa. Logan me escribía y llamaba a menudo, así que no era necesario recordarle que me contara las últimas novedades, pero estaba demasiado nerviosa y no pude evitarlo.

Me conocía, sabía que me entendería.

—Claro. Cuídate y come. Espero poder ir pronto a Detroit —dijo antes de colgar y yo suspiré.

Volví a entrar en la cocina de Ivan a la vez que guardaba el teléfono en un bolsillo de los vaqueros y me senté de nuevo en el taburete, más angustiada que antes.

—¿Logan? —preguntó el capitán sin dejar de cocinar como un perfecto hombre de casa.

—Sí. No hay novedades —confesé angustiada.

—Deberías olvidarte de su hermano —dijo volviéndose para mirarme con la mandíbula contraída—. Aún recuerdo el puñetazo que me dio en la cara. No reaccioné porque, de lo contrario, habría tenido que dar explicaciones a mi entrenador al día siguiente y no podía arriesgarme a que me echaran del equipo, pero ese tipo está loco, es violento. Es una suerte que se haya ido.

Agitó una mano en el aire y se apoyó de espaldas en la encimera para escrutarme.

Sabía que me molestaba que hablaran mal de Neil.

No lograba ser racional ni imparcial.

Ofenderle a él era ofenderme a mí.

—No es tan malo como parece. Lo conozco bien. Ha vivido unas situaciones terribles. Neil sabe lo que es pasar por el infierno. No puedo juzgarlo. No puedo hacerlo, lo siento.

Sacudí la cabeza y me miré las rodillas. Llevaba varios días poniéndome los mismos vaqueros. Debería asearme más, ser menos descuidada con mi aspecto y volver a cuidarme como solía hacer.

Pero no tenía fuerzas para nada.

—Porque estás enamorada de él, es obvio —afirmó suspirando disgustado. Alcé los ojos para mirarlo y capté los pensamientos que le habría gustado expresar, pero que evitó transmitirme por una extraña razón. Me sonrojé violentamente y él arqueó una ceja divertido—. Vamos, no te hagas la tímida. Sabes que puedes hablar conmigo y, sobre todo, confiar en mí —dijo para tranquilizarme.

Ivan era un chico educado, simpático y amable. Aunque era uno de los estudiantes más codiciados por las chicas de la universidad y disfrutaba de cierta fama por ser el capitán del equipo de baloncesto, nunca se comportaba de forma arrogante y siempre estaba a disposición de todos.

Janel no paraba de decirme lo afortunada que era por tener un hermano como él.

—Confío en ti, pero no es fácil hablar de ese tema —respondí algo más relajada y traté de expresar el malestar que sentía—. Él me cambió. Antes no era tan débil ni irracional. Nunca me había expuesto tanto, ni siquiera con Jared. Siempre he tenido miedo al amor, pero cuando conocí a Neil… —Hice una pausa para contener las emociones que amenazaban con apoderarse de mí—. Me entregué por completo a él y ahora que se ha ido creo que voy a volverme loca —susurré avergonzada.

457

—Considéralo una experiencia que te ayudó a entender lo que quieres y quién merece estar a tu lado… —afirmó pensativo—. Da igual si te acostaste con él. Da igual si le concediste más de lo que pensabas, si a menudo le permitías que te hiriera con tal de estar cerca de él. Da igual, Selene. —Ivan se aproximó a mí y rodeó la isla para agarrarme una mano—. Mete a Neil en el bagaje de tus experiencias vitales y sigue adelante. ¿Sabes cuántos gilipollas más conocerás? —murmuró acariciándome el dorso de la mano.

La afabilidad de ese gesto me hizo sonreír.

—¿Eres uno de ellos, capitán? —pregunté en tono de mofa para aligerar el ambiente.

—Puede.

En su cara se formó un hoyuelo cuando se rio. Miré ese bonito detalle de su mejilla y alargué el dedo índice para rozárselo.

—Este hoyuelo es diabólico —comenté.

Ivan me miró con aire complacido y me di cuenta de que mi comentario había halagado su ego.

—Sí, todas me lo dicen —respondió orgulloso y yo decidí no dejarme cautivar por él. Ivan podía hacerlo incluso de forma inconsciente, porque formaba parte de su encanto de deportista.

—Que no se te suba a la cabeza —refunfuñé en un exceso de sinceridad y él entornó los ojos en señal de desafío.

—A decir verdad, me van otras cosas —replicó guiñándome un ojo y yo me sonrojé al comprender su indirecta.

Estaba acostumbrada a la perversión de Neil, pero no a la de otros hombres. Me sentía cohibida y me ruborizaba enseguida. Me enderecé en el taburete para guardar las distancias. Ivan notó mi cambio de humor y retrocedió para volver a los hornillos, consciente de que se había extralimitado.

—Esto, ¿te gustaría...? —preguntó repentinamente agitado. Luego me miró de forma dulce y comprensiva—. ¿Puedes poner la mesa? —dijo con aire sosegado, ignorando mi reacción esquiva.

Agradecida de que hubiera comprendido mi malestar, asentí vehementemente con la cabeza. Después me moví por la cocina siguiendo sus instrucciones y puse los platos y los vasos en la isla para los dos mientras Ivan seguía concentrado en cocinar.

—Debería ser así... —dijo para sí mismo mientras estaba atento al horno para asegurarse de que el pollo y las patatas se cocieran bien. La receta era sencilla, pero a Ivan le parecía compleja.

—Espera, yo lo haré. —Me acerqué al horno, comprobé la cocción y miré el reloj que colgaba de la pared—. Cinco minutos más y estará listo —afirmé sonriendo.

Una extraña sensación de calor me recorrió la espalda cuando me di cuenta de que sus ojos verdes no se apartaban de mí.

Enseguida me sentí culpable.

¿Era egoísta por mi parte pasar un día pensando exclusivamente en mí misma? ¿Era malo sentirme bien con alguien que no fuera Neil? ¿Era absurdo buscar un poco de serenidad después de tantos meses de padecimiento? Para la lógica no, para el corazón sí.

El reloj del horno me sacó de mi ensimismamiento. Serví las raciones en los platos y me sentí entusiasta de estar comiendo con Ivan.

Él parecía encontrarse tan a gusto como yo y, de hecho, empezó a hablarme sobre sus compañeros de equipo, su pasión por el deporte y la relación fraternal que tenía con Janel. También me preguntó por Logan para asegurarse de que era diferente de Neil, porque, de lo contrario, habría impedido que su hermana saliera con él.

—Así que también te gusta esquiar... —comenté con curiosidad tras acabar de secar la vajilla. Había insistido en lavar al menos los platos para corresponder a sus atenciones y a su hospitalidad.

—Pues sí, me relaja muchísimo hacerlo en las semanas de descanso. Me encanta el contacto con la naturaleza —me explicó a la vez que se sentaba en el sofá. Yo lo seguí poco después tratando en cualquier caso de mantener cierta distancia entre nuestros cuerpos.

—Has devorado la comida, así me gusta —dijo satisfecho Ivan, mirando la mano que había apoyado en mi estómago. La sensación de saciedad era una novedad para mí. En casa siempre estaba sola y comía poco.

Solía saltarme comidas y aprovechaba la ausencia de mi madre para beber solo zumos o comer un poco de yogur, nada más.

La nostalgia de Neil era tan fuerte que había dejado de cuidarme, porque ya no sentía la necesidad de hacerlo. Comer, beber, dormir eran en ese momento unas actividades inútiles.

—Si sigo así, acabaré rodando —corroboré con espontaneidad, pero cuando él se rio de mi comentario miré hacia otro lado. Me pregunté qué podía estar suscitando en un chico como Ivan: curiosidad, compasión, lástima, a saber.

Éramos amigos, por supuesto, pero no entendía por qué se preocupaba tanto por mí.

No sabía si le gustaba, si le atraía o si solo me consideraba una amiga de Janel a la que había que ayudar porque se encontraba en una difícil situación.

Sabía ocultar lo que pensaba y también sus intenciones.

Por lo demás, Ivan era un chico perfecto que, con toda probabilidad, no sabría qué hacer con una joven que tenía poca clase y estaba deprimida y casi siempre azorada.

—Me siento terriblemente culpable cuando me cuidas como si fuera una hermana pequeña incapaz de ocuparse de sí misma. Tienes tus amigos, tus entrenamientos… No debes descuidar tus obligaciones —murmuré reflexionando sobre la atención que me dedicaba a menudo, demasiado a menudo.

—No te preocupes. Me gusta pasar tiempo contigo —replicó con calma. Su voz era tan sosegada que logró relajarme. Le sonreí y me acomodé en el sofá al mismo tiempo que miraba fijamente la pantalla de plasma del televisor, donde se estaba emitiendo un documental sobre felinos que parecía interesar mucho a Ivan.

—¿Sabías que los leones tienen el pene cubierto de espinas? —dijo en tono grave. Lo miré de reojo aprovechando que estaba concentrado en la televisión y observé su expresión.

—Sí, lo sabía, de hecho, siempre me he preguntado si eso hará daño a la leona. ¿Tú qué crees? —pregunté a punto de echarme a reír, dado lo absurdo de nuestra conversación.

Sin duda, Ivan era muy gracioso, además de guapo. Tenía un en-

459

canto muy personal, seductor y misterioso; en modo alguno peligroso, sombrío, salvaje o rudo.

—Mmm…, supongo que no —contestó torciendo la boca en una mueca de escepticismo.

A cualquier chica le habría gustado estar en compañía del capitán más atractivo del campus, pero a mí no.

Porque solo quería al desastre humano.

Solo lo quería a él cuando me lamía los labios y se apoderaba de mi boca y me besaba a su manera descarada y arrogante.

Quería sus besos sucios que sabían a deseo y a anhelo de mí, el mismo que iluminaba constantemente la miel de sus iris.

Quería su cuerpo varonil y vigoroso, que lograba dominarme con su poder.

Quería sus manos indecentes en mi piel, las manos que sabían despertar mis instintos más íntimos.

Quería todo de él.

Un beso violento pero sobrecogedor.

El sexo impúdico pero adictivo.

La voz erótica.

Las palabras vulgares.

La mente astuta y brillante.

El carácter gruñón e introvertido.

Quería lo mejor y lo peor de Neil.

Cuando Ivan se aclaró la garganta a la vez que se arrellanaba en el sofá, volví enseguida la cara para que no me pillara mirándolo y dejé de pensar en el único hombre que quería. Me acurruqué en el sofá en posición fetal y vi el documental hasta que me relajé. Dejé que los párpados, demasiado pesados y cansados por las noches en vela, se cerraran para abandonarme al sopor del sueño…

Abrí los ojos poco a poco mientras en mi mente se arremolinaban las imágenes del sueño que acababa de tener. Un sueño que no podía haber sido más real.

Un sueño en que decidía dejar libre a Neil, en que me daba cuenta de que el amor no era posesión ni implicaba sufrimiento, sino solo libertad.

Dejar libre a un ser querido es el mayor regalo que se puede hacer.

La mayor manifestación de amor, sobre todo cuando conlleva un enorme sacrificio.

Me había parecido oír su voz de barítono susurrándome: «Dondequiera que vayas, mi querida perla, siempre encontrarás tu concha, incluso en la inmensidad del océano. Siempre estaré contigo cuando

460

te sientas sola. Recuérdalo». Pero, una vez más, solo había sido una ilusión con la que mi alma había intentado compensar su ausencia.

Me levanté despacio, desentumeciendo los músculos de los brazos, y una mano cálida me acarició la mejilla para aferrar algo con el pulgar.

—Llorabas en sueños —susurró Ivan entristecido. Estaba de rodillas delante de mí con cara de preocupación.

Parpadeé varias veces y me incorporé mirando aturdida alrededor.

—¿Qué hora es? ¿Me quedé dormida? Dios mío, cuánto lo siento —dije avergonzada, pero no le conté lo que había soñado. A pesar de que no había sido una pesadilla, había sido tan doloroso como tener un sinfín de agujas clavadas en las costillas.

¿De verdad había llorado?

A esas alturas ya no entendía nada, solo sentía una enorme confusión en la mente.

La verdad era que tenía miedo.

Miedo de las decisiones de Neil.

Temía que volviera a acostarse con rubias tan a menudo como antes. Temía que hubiera vuelto a sus viejos hábitos, tan malsanos y mortíferos. Temía que el hecho de descubrir quién era su verdadero padre lo hubiera alterado hasta tal punto que se hiciera daño a sí mismo. Tenía una sensación negativa en mi interior, tan negativa que me froté la barriga al sentir una arcada repentina.

—Selene..., oye..., ¿estás bien? —Ivan me acarició el pelo.

Parpadeé y traté de aplacar el dolor para evitar que, como un puñal clavado en mi abdomen, me partiera en dos.

Lo miré fijamente a los ojos y le mentí asintiendo con la cabeza.

No quería alarmarlo, ya le estaba causando demasiados problemas.

—En cualquier caso, son las nueve. Pensé que era mejor dejarte descansar. Estabas muy cansada, lo necesitabas.

Me puso un mechón de pelo detrás de una oreja como si fuera un hermano mayor cuidando de su hermana. Sentí una angustia terrible en el pecho.

—Ivan —le dije. Él me miró atentamente, esperando a que hablara—. ¿Cómo se puede olvidar a una persona que, aunque esté lejos, nos hace sufrir mucho? —pregunté angustiada, pensando en lo perturbadora que era la realidad en ausencia de Neil. Se lo había advertido.

Le había confesado que me volvería loca si salía de mi vida, hablaba en serio, y él no me había hecho caso.

Me había subestimado.

461

—Es imposible. Lo único que puedes hacer es esperar a que tu corazón se acostumbre a su ausencia con el tiempo —respondió mortificado y dejó de acariciarme. A continuación, apoyó los codos en las rodillas sin dejar de mirarme.

Obedeciendo a mis instintos, retomé la conversación:

—Mi madre me dijo que Neil me habría dejado de todas formas. Que no quería condicionar mi vida. No quería arrastrarme consigo ni con sus problemas. Siempre pensó que no era el hombre adecuado para mí. No quería convertirse en el centro de mi mundo ni que abandonara a mis amigos, a mi madre o la universidad. Tomó esa decisión por los dos. No me permitió elegir lo que yo quería. ¿Entiendes? ¡Fue un egoísta! —estallé de rabia.

Cada vez oscilaba más entre momentos de abatimiento y momentos en los que habría querido odiarlo. Cuando me convencía de que era así, luego volvía a quererlo más que antes.

Era demasiado. Lo que sentía por él era demasiado perjudicial.

El amor que profesaba a Neil no tenía explicación.

Al igual que tampoco se puede explicar por qué la orilla sigue aceptando los besos del mar, a pesar de que este, con sus olas embravecidas, se aleja una y otra vez arrastrando consigo un puñado de granos de arena.

462

—No fue egoísta. Lo habría sido si te hubiera obligado a seguirlo. Renunció a ti pensando en tu felicidad. Ya sabes que no lo soporto, pero creo que esa es la razón de su comportamiento —dijo Ivan pensativo, razonando conmigo sobre las rarezas de esa especie de desastre humano.

Probablemente tenía razón.

Me encogí de hombros y di por zanjada la conversación hasta que Ivan llamó mi atención.

—Selene… —Me miró intensamente a los ojos, leyendo en ellos todo mi sufrimiento—. Creo que conozco un método eficaz para acallar tus preocupaciones. Al menos por esta noche —susurró como si hubiera alguien más en el salón que no debía oírlo.

Reflexioné sobre sus palabras sin llegar a entenderlas.

Fruncí el ceño, pero no respondí.

No dije nada, pero lo peor de todo fue que no me opuse cuando él se inclinó hacia mí poco a poco y me lanzó su cálido aliento. No me opuse cuando me acarició la mejilla con la palma de una mano y rozó mi nariz con la suya. No me opuse cuando sus labios suaves se posaron en los míos, delicados como una pluma, ni cuando empezó a moverlos para que respondiera a su beso, y así crear una unión totalmente nueva e inesperada.

Deslizó la mano desde la mejilla hasta la nuca para metérmela en el pelo y los dos nos pusimos de pie cuando su lengua se encontró con la mía por primera vez. Me apretó la espalda con la otra mano y acercó nuestros cuerpos ardientes, aunque aún demasiado cautelosos.

—Fuiste tú la que me dijo que no te pidiera permiso —susurró en mi boca—. Ahora puedes llamarme grosero.

Sonrió y volvió a besarme con más intensidad y deseo. Ladeó la cabeza y penetró a fondo en mí, impidiéndome respirar. Sabía a menta, a algo bueno y justo, y yo me deleitaba con él de forma apasionada y sensual.

—Ivan... —musité su nombre, confusa. No sabía lo que estaba haciendo. Mi cerebro parecía haberse apagado. Había entrado en un vórtice de caos absoluto. Puse mis manos en su pecho y el sentimiento de culpa aplastó mi corazón, que había quedado destrozado hacía ya demasiado tiempo.

Quería dejar de pensar en Neil. Para ello quizá debía confiar en alguien que no fuera él, alguien que fuera perfecto, más parecido a mí. Entonces, ¿por qué me parecía mal besar a Ivan y bueno sufrir por Neil?

¿Por qué consideraba incorrecto aceptar las atenciones de otro y correcto que Neil compartiera la cama con alguien que no fuera yo?

Pero sobre todo... ¿era correcto lo que estaba haciendo ahora?

¿Me haría feliz?

Me estremecí cuando, con una acometida salvaje, Ivan me tomó en brazos sin dejar de besarme. Mis piernas se enroscaron alrededor de sus caderas y sus manos me agarraron el trasero. Acto seguido, enfiló a toda prisa un pasillo, entró en una habitación y cerró de inmediato la puerta con un pie. Luego me echó lentamente en una cama enorme y se colocó sobre mí, entre mis piernas, apoyándose en los codos.

A los dos nos faltaba el aire, nos temblaba el pecho y teníamos el cuerpo caliente.

Pero yo no quería... No quería...

—¿Estás bien? —me preguntó escudriñando mis ojos. Sentí su erección presionando entre mis muslos; no me escandalicé ni me excité.

No despertó en mí ningún deseo visceral, ningún deseo de ser sometida, ningún deseo de darle placer.

Lo miré aturdida.

Lo había despeinado sin darme cuenta, sus labios estaban humedecidos por el beso que nos habíamos dado.

463

No, yo no estaba bien, mi comportamiento vulnerable e irracional daba fe de ello.

La verdadera Selene nunca habría actuado por impulso.

Por eso hice algo de lo que me iba a arrepentir, una enorme gilipollez: volví a besarlo.

Su lengua se entrelazó con la mía con una pasión ardiente.

Una mano se deslizó desde una de mis caderas hasta las costillas, luego me acarició el pecho y empezó a desabrocharme la camisa.

Permanecí con los ojos cerrados, dejándole hacer, pero sin mirar.

No quería mirar.

Imaginé que su sabor fresco era acre con un regusto a tabaco, que su aroma picante olía a almizcle, que su cuerpo atlético y esbelto era poderoso y viril, pesado y anguloso.

Imaginé que me oprimía como un adonis prepotente y carente de delicadeza.

Imaginé que sus jadeos ahogados eran gemidos guturales y silenciosos.

Que su voz delicada era profundamente masculina y ronca.

Imaginé el tatuaje maorí en el bíceps derecho y el *Pikorua* en el costado izquierdo.

464

Imaginé que los acariciaba con los dedos, trazando sus contornos para admirar el dibujo.

Y me excité soñando con otro.

Como habría hecho Campanilla, agité las alas y volé a otro lugar.

Después de todo, Peter Pan me enseñó que solo son capaces de volar los que saben soñar.

Sentí que mi cuerpo se tensaba con la necesidad espasmódica de tener a Neil dentro de mí.

Mis pezones se endurecieron y estiraron el sujetador, necesitados de sus labios carnosos.

Mis mejillas volvieron a humedecerse, una lágrima surcó mi cara y cayó en la sábana.

—Hueles a coco… —Ivan me lamió el cuello y me palpó un pecho, que la camisa completamente desabrochada dejaba a la vista.

Y volví a recordar.

Recordé cuando, el día después de la primera noche que pasamos juntos, Neil me besó en el sofá y olfateó mi piel.

«Esta mañana mi cama olía a coco», me dijo.

Los dos queríamos revivir ese momento, hambrientos de nosotros.

Estábamos allí.

Solo él y yo.

Un cuenco de palomitas.

Y nuestro caos, que empezaba a tomar forma en mi cabeza.

Y en mi corazón.

Sonreí al recordarlo, extraviada en el pasado, extraviada en la película de nuestra absurda historia, que podría definirse de cualquier forma excepto como una historia de amor, luego acaricié la sudadera de Ivan. Deslicé las manos bajo la tela y toqué su piel lisa y suave, sus músculos tensos y en relieve. Me moví hacia arriba, rocé sus abdominales contraídos, luego sus pectorales firmes. Con los ojos aún cerrados, solo podía sentir sus labios provocando a los míos para besarme una y otra vez hasta consumirme, hasta que me consumiera...

¿Estaba Neil allí?

¿Conmigo? ¿O tal vez no?

¿Dónde estaban sus iris dorados?

Todo era diferente cuando él estaba allí.

Él era mi salvación y mi destrucción.

Era parte de mí.

Por eso también lo sentía aquí.

Incluso en ese momento, mientras estaba con otro.

Para mí solo existía él.

Y solo existiría él.

Siempre...

465

22

Neil

*D*icen que la vida es como un arcoíris: a cada color le corresponde
una fase, un segmento temporal.

La mía siempre se había caracterizado por el negro, no era desde
luego casual que la mentirosa de mi madre me hubiera llamado Neil.

Por si fuera poco, a mi puto nombre le había añadido el apellido
del hombre al que yo había considerado mi padre durante veintiséis
años y que en realidad no lo era.

Del hombre que me pegaba y me trataba como si fuera un perro
callejero, un animal, un insecto baboso. Que me consideraba un loco,
un perturbado y que no mostraba la menor compasión por mí.

Ahora sabía por qué.

«¡Vete a la mierda!». Eso era lo que repetía cada maldito día
contra la vida, contra mi madre, contra William, contra John, contra
Judith e incluso contra Selene, a la que había dejado ir para que pudiera ser feliz lejos de mí.

Solo había mandado a la mierda a los que me habían infligido
dolor, porque estaba cansado, porque estaba destrozado y no podía
hacer nada para compensarlo.

Había dejado de preocuparme por los demás, de poner a mi familia en primer lugar, de anteponer sus problemas a los míos. Había
dejado de esforzarme por ser mejor, por limar las aristas de mi carácter para agradar a los demás o complacer a Selene, de correr a la
velocidad de la gente para que me aceptaran.

Había dejado de seguir al mundo.

Me estaba quedando rezagado, desde luego, pero seguía siendo yo mismo.

Mi vida era como una prisión de la que nadie podía salvarme.

Había caído y ya no tenía fuerzas para volver a levantarme.

Había dejado de creer en las cosas hermosas, había apagado las velitas de la esperanza el día en que debería haber soplado las de mi cumpleaños.

¿Estaba enfadado? Probablemente aún lo estaba.

¿Estaba decepcionado? No, peor aún. Estaba amargado y disgustado.

El saco osciló de derecha a izquierda sacudido por mis violentos golpes. Había reiniciado el entrenamiento de forma constante. Cada mañana me levantaba al alba y desahogaba de esa forma el desasosiego. Las cadenas se tensaron para soportar el peso del saco, que se balanceaba de manera implacable, mientras mis puños ejecutaban ganchos, *uppercuts* y directos de forma rápida y precisa.

Unas gotitas de sudor resbalaron por mi cuello hasta mi pecho desnudo, los músculos estaban tensos y ardientes.

La adrenalina corrió por mis venas y salpicó mi cerebro, nublando mi razón.

Los pantalones deportivos, tan negros como la oscuridad que ensombrecía mi semblante, se estiraron sobre los músculos de mis piernas. El pelo se me había pegado de forma molesta a la frente y los nudillos me escocían, porque no me había puesto los guantes, sino solo unas simples vendas elásticas de color blanco que se estaban manchando con la sangre que manaba de los profundos cortes que me estaba haciendo en la piel.

Podía percibir incluso su olor acre y me gustaba.

Me hacía sentir vivo, sucio y satisfecho.

Mi maldito pasado me había devorado y luego me había escupido después de haberme arrancado el alma.

Y yo sufría las consecuencias.

—¿Es normal que organices todo ese alboroto al amanecer, Miller?

La voz amodorrada de Megan me hizo parar. Sujeté el saco con las dos manos y luego me giré tranquilamente para mirarla. Observé sus largas piernas desnudas, su cintura de avispa y sus pechos turgentes cubiertos por mi sudadera blanca, que apenas llegaba a taparle la entrepierna.

Hasta podía verle el tanga de color fucsia.

—¿Y a ti te parece normal llevar mi puta sudadera cuando sabes de sobra que no quiero que lo hagas? —solté irritado con los ojos fijos en su cara somnolienta, en sus labios hinchados y en sus ojos verdes, que aún tenía medio cerrados.

Su melena negra estaba formada por una masa de mechones tan salvajes como ella, y su cuerpo, por un conjunto de curvas impresionantes.

—Ayer no pude lavar la ropa y como tu sudadera estaba limpia y olía bien, me la he puesto. No seas coñazo —dijo encogiéndose de hombros, indiferente a la brusquedad de mis modales. Ya estaba acostumbrada. Pasó por delante de mí con su habitual insolencia y se dirigió hacia la cocina dejándome ver su lindo culito, al que me encantaba dar palmadas.

—¡Megan, quítatela y no me cabrees! —la amenacé de forma autoritaria. Ella se sentó en un taburete de tal manera que el tejido de la sudadera dejó a la vista sus caderas, mostrándome una vez más la exigua ropa interior que llevaba puesta.

Tragué saliva.

—Puedes cabrearte todo lo que quieras. No me das miedo —refunfuñó impasible antes de morder una galleta de Nutella. Seguía sin entender cómo era posible que se alimentara con esa basura y tuviera el cuerpo que tenía.

Pensé que era follable.

El término exacto era ese: «follable».

La idea de compartir piso con Megan ya no me molestaba como hacía seis meses, a esas alturas formaba ya parte de mi vida cotidiana, igual que verla medio desnuda y tener pensamientos indecentes sobre ella. Pero yo me había puesto unos límites que jamás superaría.

Estaban ahí y ahí iban a permanecer.

—Ah, ¿sí? ¿Quieres que vaya y te la arranque? —Empecé a quitarme las vendas elásticas de las manos con parsimonia, sin dejar de mirarla. Mis ojos maliciosos se clavaron en los suyos y me complació comprobar el efecto que causaban en ella. Megan se revolvió en el taburete apretando los muslos, tragó como pudo lo que llevaba en la boca y parpadeó un par de veces.

De niño había aprendido a leer el lenguaje del cuerpo femenino, a captar sus deseos.

Y en ese momento percibía los suyos.

—Ni lo intentes. Sabría cómo defenderme. Lo sabes de sobra —replicó de inmediato. Dejó de comer y adoptó una postura cautelosa. Siempre obtenía lo que quería, y si quería mi sudadera, la cogería.

—Te tumbaré cuando quiera —dije con una expresión amenazadora, y luego, con pasos lentos pero decididos, caminé hacia ella como un cazador listo para atrapar a su presa.

Megan abrió desmesuradamente los ojos. Olfateó el peligro y bajó de un salto del taburete.

—¡No empieces! —Se echó a reír y se apresuró a rodear la isla de la cocina para escapar de mí, pero fracasó miserablemente, porque me las arreglé para atraparla sin ninguna dificultad y la tiré de espaldas al sofá de nuestra sala de estar—. No, estate quieto, joder.

Volvió a reírse y su voz vibró entre las paredes circundantes; su melena despeinada se abría en abanico bajo ella. Le levanté las muñecas por encima de la cabeza y me puse a horcajadas sobre su cuerpo delgado, descargándole mi peso. Oí que contenía la respiración cuando mi pecho desnudo rozó sus pezones; estos se hincharon bajo mi sudadera y vi que se avergonzaba. Sabía que me deseaba, aunque todavía se negaba a admitirlo. Se lo negaba a sí misma para no mostrar debilidad, para que su instinto no prevaleciera sobre la razón.

—Sé que quieres follar conmigo. —Me incliné hacia delante hasta que mi nariz rozó la suya. No me atraía, tampoco su belleza, simplemente disfrutaba abochornándola, haciendo el gilipollas y mostrándole mi mejor arma: la seducción.

Una seducción que no requería modales ni cortesía ni ese tipo de tonterías.

Aspiré su delicioso aroma a azahar, igual que cuando de niños nos sentábamos en el jardín y ella me enseñaba italiano. Para mí seguía siendo la niña que siempre llevaba un lazo blanco en la melena negra. La recordaba como si fuera ayer, pero lo cierto es que desde entonces había pasado toda una vida.

—¿Qué te hace pensar eso? Estás demasiado seguro de ti mismo —replicó molesta. Odiaba que intentara someterla. Era una luchadora, una valiente guerrera que jamás iba a permitir que un hombre la dominara. Se movió debajo de mí, agitó sus muñecas para desasirse de mi férreo agarre, y yo sonreí satisfecho cuando la oí resoplar.

Mi fuerza era muy superior a la suya.

—¿Crees que soy estúpido? —le respondí lánguidamente—. ¿Crees que no me he dado cuenta de la manera en que me miras desde que compartimos piso? Puedes negarte a ti misma lo que sientes, pero a mí no.

Respiré en sus labios, luego miré el pequeño lunar que tenía en el arco de Cupido, que evocaba sus orígenes italianos. Los ojos verdes con vetas marrones descendieron desde mi boca hasta mi pecho contraído; yo tenía los músculos hinchados debido a la tensión del entrenamiento, los bíceps cargados de una rabia cruel que me habría gustado desahogar de nuevo en el saco. Se humedeció los labios, em-

469

pezó a jadear y sus pezones cada vez empujaban con más fuerza el tejido blanco que los cubría.

—Yo no… —intentó decir, pero no tuvo tiempo de responder, porque en ese momento oímos unos pasos en la sala.

Nuestras cabezas se giraron hacia la chica que estaba de pie observando la escena con una expresión confusa y pensativa. A saber lo que debía de estar pensando de mí, que en ese momento me encontraba en una posición comprometedora sobre el cuerpo medio desnudo de la desequilibrada.

—Las eliges siempre iguales, ¿eh? Morenas con los ojos azules —comentó Megan risueña antes de que me levantara para liberarla de mis garras. Me puse en pie y observé a la cría que estaba en nuestra sala.

Tenía poco más de veinte años.

Piel clara, formas definidas y delicadas. Era, sin duda, atractiva, pero a la vez muy angelical.

La miré más de cerca buscando unos labios carnosos y protuberantes que no encontré, subí hasta su nariz delgada pero no respingona y, por último, me zambullí en sus ojos azules.

Un azul corriente y moliente, en lugar del océano donde me había zambullido y perdido hacía unos meses.

La noche anterior se parecía un poco más a Campanilla.

Pero en ese momento no tenía nada que ver con ella.

—Yo…, esto…, te he dejado mi número en la habitación —murmuró avergonzada y tímida, unas cualidades que buscaba asiduamente en todas las mujeres, aunque luego en la cama la mayoría se transformaban en unas leonas combativas y entonces comprendía que el pudor era una simple fachada para atraer a los hombres.

¿Cómo se llamaba esa chica? No me acordaba.

Normalmente sustituía sus nombres poniéndoles un apodo de mierda con el que disimulaba mi falta de interés por ellas.

De repente, su mirada recorrió con anhelo mi cuerpo y se detuvo en la entrepierna de mis pantalones. Seguramente estaba recordando el placer que le había concedido hacía apenas unas horas, un placer que probablemente aún sentía entre los muslos.

—Tu número me importa un carajo, cariño. No pienso llamarte —le aclaré en un tono escalofriante. La mirada torva que le dirigí la hizo estremecerse.

¿Por qué todas cometían el mismo error?

Las mujeres pensaban que correría tras ellas como un perrito faldero por el mero hecho de haberme complacido en un polvo tan placentero como un paseo por el parque.

No era tan idiota como los demás, sus culitos no bastaban para hacerme capitular.

—Pero yo pensaba que…

Me apresuré a interrumpirla, antes de que pudiera decir alguna tontería o incluso ponerse a lloriquear.

Mierda, no podía soportar las explicaciones inútiles de la mañana siguiente.

Di unos pasos hacia ella, sobresaliendo por encima de su menudo cuerpo, y la miré con indiferencia, como si no hubiera pasado nada entre nosotros, como si ella no fuera nada.

—Oye, niña… —dije recitando el guion de siempre, con las mismas frases y el mismo público. Entretanto, Megan disfrutaba encantada del espectáculo—. Anoche follamos y me lo pasé bien. —Alargué un brazo hacia la chica y le toqué lentamente con el pulgar el labio inferior mientras recordaba la forma perversa en que su hermosa boca se había cerrado alrededor de mi erección. Sentí que temblaba de excitación y sonreí—. Lo hiciste muy bien, lo reconozco. Eres toda una putita en ciernes. Aprenderás con el tiempo, estoy seguro, pero no conmigo —murmuré de forma sensual, con una dulzura hosca y calculada. Ella entornó los ojos y me apartó la mano de mala manera. Esbocé una sonrisa traicionera y continué—: Me importa un bledo lo que sientas, lo que pienses, lo que quieras. Sal de este piso y olvídame. No te hagas ilusiones. No habrá una segunda vez —dije sin levantar la voz, porque no era necesario: mi tono arrogante, soberbio y categórico la quebró.

La vi caer hecha añicos en el suelo, como un sinfín de confetis de colores.

Usada y desechada.

Igual que habían hecho conmigo.

Igual que había hecho Kim conmigo con el pretexto de que lo nuestro era amor.

Si eso era amor, entonces…

Joder, quería a todas.

Era un verdadero romántico con todas.

La diferencia fundamental era el consentimiento.

Nunca se lo había dado a Kim.

En cambio, las mujeres que se acostaban conmigo tenían que dar primero su consentimiento.

Esa era la primera regla que había establecido.

—Eres tan…, eres tan…

—¿Cabrón? —le sugirió Megan desde una esquina de la cocina echándole un capote—. Suelen llamarle de todo: pervertido, canalla,

471

putero, calculador, demente… En fin, como ves, tienes donde elegir. Yo te apoyaré, querida.

Levantó una mano para reforzar el concepto, pero la chica estaba tan alterada que no fue capaz de responder. Reculó unos pasos y se apretó el bolso contra el pecho como si yo fuera un monstruo del que debía escapar de inmediato.

Me reí muy a gusto, de forma cruel y malvada. Me mordí el labio inferior para intentar dominarme, pero había perdido el control hacía ya varios meses, así que esperé a que me insultara.

Todas lo hacían, estaba acostumbrado.

—¿Quieres otra de mis embestidas o puedes ir sola al ascensor? —dije tomándole el pelo de forma alusiva, y ella sacudió la cabeza horrorizada. Sus ojos brillaron; no lloraba, pero se estaba conteniendo para no hacerlo. Yo no sentía nada.

Hacía mucho tiempo que no sentía compasión por nadie.

Ya no tenía el mínimo atisbo de humanidad que me recordara quién era hacía seis meses.

Me habían arrancado todo.

—Esfúmate, ya conoces la salida —le dije señalándosela con la barbilla. Ella me dio la espalda y salió corriendo, dando un portazo tan fuerte que Megan se sobresaltó.

—Vaya, qué manera de despedir a las chicas con las que te acuestas. Aunque creo que deberías empezar a pensar en algo diferente. No puedes repetir la misma pantomima todas las mañanas —afirmó con la boca llena, sentada en el taburete de la isla.

Todavía llevaba puesta mi sudadera. Era incapaz de dejar de exhibirse para escucharme. Me miró divertida, en modo alguno escandalizada por la lamentable escena que acababa de presenciar, y aguardó a que respondiera.

—No te metas donde no te llaman —dije nervioso.

Cambiaba de humor de forma demasiado brusca. Mi carácter era como un columpio: a veces me mostraba vulnerable, a veces despreocupado, a veces irascible e irracional. Intentaba luchar contra lo que sentía dentro, trataba de aplastarlo y hundirlo hasta el fondo, pero no acababa de conseguirlo.

Porque ya no quedaba nada en mi vida.

Ya no tenía familia ni hermanos ni esperanza, ya no existía un océano donde perderme ni el aroma a coco.

Nada.

Solo me quedaban mis pesadillas.

Los dos paquetes de Winston que fumaba cada día.

Los polvos ocasionales.

El trabajo.

Y mi oscuridad.

—Lo único que pasa es que estás enfadado...

Megan dejó el tarro de Nutella en que estaba concentrada y me miró a los ojos decidida a ver lo que sucedía en mi interior. La palabra «enfadado» invadió mi pecho haciendo emerger un sentimiento de terrible angustia.

No, no estaba enfadado, estaba furioso.

Me dirigí hacia la isla y agarré una de sus tostadas con la única intención de ganar algo de tiempo y no contraatacar. La mordí y la mastiqué con nerviosismo.

Hubo un tiempo en que la sonrisa de mi niña bastaba para iluminar hasta los pensamientos más oscuros.

Ella era mi refugio, la única en quien confiaba.

Mi país de Nunca Jamás.

No me guarecía en ella para escapar, sino para olvidar el pasado.

Siempre había sido importante para mí y no quería que lo supiera, porque yo era así.

Odiaba regalar ilusiones.

Siempre había tratado de que estuviera fuera de mi vida porque quería que no se viera involucrada en mis problemas.

Pero se había convertido en mi pequeño rincón del paraíso.

Mi pequeño resplandor de luz.

Estábamos tan unidos como dos páginas del mismo libro.

Ella era el sol que salía cuando la lluvia caía sobre mi corazón.

Era mi sombra.

Me conocía mejor de lo que yo me conocía a mí mismo.

Era ella.

Simplemente ella.

—Si quieres venir a trabajar conmigo, muévete, de lo contrario puedes ir con la moto.

Tiré el trozo de tostada al cubo de la basura. El recuerdo de Campanilla me había encogido el estómago. Sabía de antemano que iba a afrontar el día con innumerables cafés.

Caminé hacia mi habitación. El piso era bastante espacioso; por suerte, Megan y yo teníamos habitaciones y baños separados. No habría tolerado compartir mis espacios íntimos con ella. Abrí la puerta con brusquedad y enseguida arrugué la nariz en una mueca de disgusto.

Olía a sexo y a una fragancia femenina indescifrable; las sábanas de la cama seguían enredadas y sucias. No pensaba dormir allí sin haber lavado primero los restos de la chica desconocida. Tiré de las

473

sábanas con fuerza y las enrollé en el suelo. Al hacerlo cayó también un pedazo de papel con unos números escritos.

Sonreí divertido. Me agaché a recogerlo y lo llevé conmigo al cuarto de baño.

Como era de esperar, lo tiré al inodoro sin siquiera leerlo y luego tiré de la cadena.

¿De verdad creía esa cría que la iba a llamar?

—Qué patética... —murmuré hastiado. No me miré al espejo, porque no quería ver el estado en que me encontraba.

Después de desvestirme, me metí en la ducha y empecé a lavarme con una buena cantidad de gel. A pesar de que yo se lo permitía, quería borrar las manos y las bocas que seguían acariciando mi cuerpo. Hacía todo lo posible para olvidar los ojos oceánicos de la niña cuando los veía aparecer en la cara de otra mujer, al igual que su sonrisa radiante y sus labios carnosos, que tantas veces había deseado sentir a mi alrededor.

Miré hacia abajo y mi polla pareció reaccionar a su recuerdo, porque una descarga eléctrica recorrió mi espalda y boqueé. Apoyé la frente en los fríos azulejos y suspiré profundamente. Me concentré para ahuyentar cualquier pensamiento perverso; no iba a masturbarme en la ducha pensando en ella.

Nunca me había ocurrido.

Siempre había podido dominar mi deseo de ella.

Seguí enjabonándome por todas partes mientras el agua tibia se deslizaba por mis músculos tensos e hinchados. Desde que había empezado a entrenar de nuevo con asiduidad, mi cuerpo había cambiado.

Me sentía más robusto, tonificado y definido.

En los meses en los que solo me había dedicado a Selene, había olvidado la sensación que me producía ser objeto del deseo femenino.

En el pasado, esa constatación me llenaba de satisfacción y orgullo, pero en ese momento solo me causaba fastidio y hastío, porque el sexo se había convertido en un mero recurso para no enloquecer, sin más.

También mi lado infantil se sentía infeliz, los dos estábamos combatiendo para sobrevivir.

Me seguí lavando e inspiré complacido cuando el aroma a fresco y limpio borró el olor de la chica que acababa de marcharse.

Salí de la ducha, me pasé una mano por el pelo mojado, me enrollé una toalla en las caderas y me encaminé descalzo hacia mi habitación.

—Coño, Neil, ¿quieres darte prisa?

Megan abrió de golpe la puerta de mi dormitorio y se detuvo de golpe, embobada al ver mi cuerpo mojado. Cuando reaccionaba de esa forma ante mi aspecto, a veces me cohibía. Curvé levemente una comisura de los labios y la ignoré mientras abría un cajón para sacar un calzoncillo limpio.

—¿Necesitas algo, desequilibrada?

La miré de forma inexpresiva. Ella contuvo la respiración y carraspeó al mismo tiempo que movía sus largas pestañas. Ya estaba preparada para ir al trabajo. Lucía un traje de chaqueta negro, tremendamente sexi, que se ceñía a la perfección a sus curvas proporcionadas, que también resaltaban los vertiginosos tacones. Por si fuera poco, el corte que tenía la falda en la pierna derecha aumentaba aún más su atractivo.

—No. —Se animó y se aferró con fuerza a la manija de la puerta. Escruté sus pechos duros, embutidos en la blusa blanca, y gemí maravillado. Debía reconocer que tenía dos tetas estupendas, dignas de ser contempladas—. Solo quería saber cómo ibas. No podemos llegar tarde —dijo Megan tratando de dominar las emociones.

La atracción eléctrica que había entre nosotros era palpable. Me había costado aceptarla en los primeros meses, pero al final había aprendido a convivir con ella sin pasarme nunca de la raya. Megan era la única capaz de resistirse a mí, a pesar de que a menudo la provocaba con comentarios alusivos y perversos.

—Lo sé, dame diez minutos.

Sujeté el calzoncillo con una mano y puse la otra en el nudo de la toalla. Habría podido dejarla caer para que viera lo que quería, pero me apetecía provocarla un poco más. Observé su carita bien maquillada y le dejé intuir lo que me disponía a hacer. Ella reculó con cautela y se tapó enseguida los ojos cuando, tras dejar caer el miserable pedazo de tela que llevaba encima, me quedé completamente desnudo.

—¡Eres un cabrón! ¡Un pervertido! —gritó como una loca y se fue dando un portazo.

Solté una carcajada, porque a veces era muy ingenua. Se obstinaba en hacerse la dura, pero, a su manera, era también tierna. Solía ruborizarse cuando deambulaba medio desnudo por el piso y su piel ardía cuando sus ojos verdes se posaban en mi entrepierna: con toda probabilidad, admiraba mis dimensiones o quizá trataba de averiguar si podía compararme con los hombres con los que había estado.

Todavía no lo tenía claro.

Me repuse y me vestí rápidamente con un elegante traje azul y una camisa blanca.

475

No me entusiasmaba ese tipo de ropa tan formal, pero en el trabajo exigían seriedad y profesionalidad. No había renunciado a los vaqueros ni a las tachuelas, seguía llevándolos, sobre todo en mi tiempo libre, pero en la oficina tenía que atenerme a las normas, aunque fuera de mala gana. Me sequé el pelo y me alisé el tupé para que no estuviera tan despeinado como siempre. Me toqué la mandíbula hirsuta, con un principio de barba corta, y luego me dirigí hacia el escritorio para recoger el paquete de Winston y las llaves del coche. Mis ojos, sin embargo, se fijaron enseguida en un objeto plateado y brillante del que colgaba una pequeña concha.

Su pulsera.

Había dejado de ponérmela, pero no la había tirado. Nunca tendría el valor de deshacerme de ella. Me la había quitado la noche en que se había enredado en la melena de una rubia a la que le había agarrado el pelo mientras me la chupaba como era debido.

Me había dado cuenta de lo perverso que era seguir llevándola en esos casos y por ese motivo había decidido quitármela, porque sentía asco de mí mismo.

—¡Neil! ¡Muévete! —gritó Megan al otro lado de la puerta cerrada de la habitación. La ignoré y desvié la mirada de la pulsera al móvil. Lo agarré y, tras echarme dos gotas de perfume en el cuello, salí de la habitación.

—No me toques los huevos, ya estoy —le solté irritado y pasé resoplando por delante de ella. Salimos del piso y bajamos en el ascensor. Apoyé la espalda en el espejo que había detrás de mí y aproveché el momento para ver los correos electrónicos y los mensajes que había recibido.

El último era de Logan. Cuando lo leí, me dio un vuelco el corazón:

«Hoy he pensado en nuestro juramento. La otra noche soñé con él. ¿Recuerdas la promesa que me hacías siempre cuando éramos niños? Necesito esa promesa. Necesito tu promesa».

Mi promesa... Siempre le prometí que volvería, que él lo era todo para mí, una parte de mí.

Y todavía lo era, al igual que Chloe, pero aún no podía aceptarlos de nuevo en mi vida.

Estaba solo, me sentía fuerte en mi soledad, con el alma devastada.

No estaba preparado para mirar los ojos grises de Chloe, idénticos a los de su padre; no estaba preparado para mirar a Logan y pensar que no tenía nada que ver con ellos ni con su familia. William me había llamado «perro callejero» y «bastardo», sus palabras habían sido para mí de una violencia invisible. Estaba viviendo una fase de negación, fingiendo que nunca había crecido en lo que durante mucho tiempo había considerado mi familia y eso implicaba dos consecuencias: por un lado, la imposibilidad de resolver el problema, por otro, un grave perjuicio para la relación que tenía con mis hermanos.

Ya no quería a nadie a mi alrededor.

Tenía que encontrarme a mí mismo.

Entender cuál era mi camino.

—¿Quieres moverte, *playboy*?

Megan estaba de pie frente a mí con la cabeza ladeada. Sus ojos me observaban tratando de averiguar qué pasaba, los míos se posaron en sus labios carnosos. No me había dado cuenta de que me había quedado quieto en el ascensor mientras otras personas esperaban para entrar.

—Hoy no te soporto —refunfuñé irritado y luego me metí el iPhone en el bolsillo y saqué las llaves del coche. Caminé hacia el aparcamiento sumido en mis pensamientos. El repiqueteo de los zapatos de Megan, que andaba delante de mí, martilleaba en mi cabeza; la ventaja era que podía mirarle el culo embutido en la ajustada falda.

—No me estarás mirando el trasero, ¿verdad? —preguntó Megan escrutándome, sabedora de que lo estaba haciendo. Esbocé una sonrisa sarcástica y le di una palmada en el culo cuando llegamos a mi Maserati.

477

Ella se sobresaltó y me lanzó una mirada intimidatoria.

—Por supuesto que te lo miro. Ese *look* tan profesional te favorece —confesé desinhibido, luego abrí la puerta y me senté en el asiento del conductor.

Megan se acomodó a mi lado y se abrochó el cinturón. La falda se le subió en los muslos, dejando a la vista una abundante cantidad de piel. Me fijé en las medias de liga que llevaba debajo y parpadeé sintiendo un extraño calor en el bajo vientre.

La reacción de mi cuerpo me crispó, así que desvié la mirada hacia el parabrisas.

No aceptaba que la desequilibrada tuviera ningún tipo de poder sobre mí, en mi mente solo había sitio para la niña. Mi cuerpo solo ansiaba sus curvas, su océano cristalino, su aroma a coco, sus manos finas y sus labios colmados con mis besos.

Selene se había convertido en una adicción y, aunque había seguido adelante con mi vida, en mi interior, en el interior de mis ojos, siempre habría algo de ella.

—Si prefiero los pantalones de cuero a estos estúpidos trajes es, precisamente, porque los hombres sois unos pervertidos.

Megan había notado que tenía la mirada ausente y me hablaba para cerciorarse de que estaba bien. Sabía que no debía hacerme preguntas. Yo odiaba hablar de lo que había ocurrido hacía unos meses, así que solía sacarme cualquier tema para distraerme de los malos recuerdos.

—Siempre te he dicho que eres muy atractiva, lleves lo que lleves. También con esos trajes, fíate de mí.

No la miré, porque estaba concentrado en la carretera, ya que acabábamos de entrar en el tráfico de Chicago, una de las mayores metrópolis de los Estados Unidos. Había visitado los lugares más emblemáticos de la ciudad con la desequilibrada y me había impresionado por su atrevida arquitectura.

—No es cierto que sea atractiva.

Megan se encendió un Chesterfield y exhaló el humo por la ventanilla entreabierta mientras contemplaba los grandes edificios que se erigían a nuestro alrededor. Nunca le había preguntado por qué tenía una autoestima tan baja, pero suponía que en parte tenía que ver con Ryan. Ese monstruo la había insultado, le había dicho sin duda unas cosas terribles mientras abusaba de ella.

478

Mi psiquiatra las llamaba «distorsiones cognitivas», unas creencias erróneas que todas las víctimas de violencia arrastran consigo hasta la edad adulta, justo como nos había sucedido a Megan y a mí.

—Lo eres —repetí con seriedad, luego le quité el cigarrillo de los labios para llevarlo a los míos. Me divertía provocarla con mi arrogancia. La sacaba de sus casillas.

—¿Qué coño estás haciendo? ¿No podías encenderte otro? —soltó airada. A veces pensaba que éramos casi iguales y que por eso no nos llevábamos bien.

—Estoy conduciendo. Sé amable por una vez. —Me encogí de hombros y di una calada que me permitió sentir el sabor de su pintalabios mezclado con el gusto acre de la nicotina.

No me volvía loco, pero tampoco me disgustaba.

Al llegar frente al enorme rascacielos que albergaba nuestras oficinas, aparqué el coche y seguí a Megan hacia la entrada. Las puertas automáticas se abrieron para acogernos en el vestíbulo blanco y negro, lujoso pero impersonal. La desequilibrada saludó enseguida a una de las secretarias; yo, en cambio, ignoré a todos y seguí por mi camino.

—Podrías ser más educado con tus compañeros, ¿sabes? —me reprochó Megan. Entramos en el ascensor y esperamos a llegar a nuestra planta, la número veinte.

Había cogido más ascensores en los últimos seis meses que en toda mi vida.

—Hago lo que me parece y con quien me parece —respondí con brusquedad. Me puse mi mejor máscara de circunstancias cuando las puertas se abrieron de par en par en nuestra planta y vi a mi jefe, el arquitecto Daniel Moore: un hombre de unos cincuenta años, seguro de sí mismo y dueño de una sonrisa calculadora.

—De acuerdo. Hasta luego. No mates a nadie —me saludó Megan haciendo una mueca impertinente antes de que nuestros caminos se separaran como cada mañana, y se dirigió hacia el despacho de su jefa, una mujer pretenciosa y altiva con la que nunca acabaría de sentirme cómodo.

Agradecí a la suerte no haber acabado bajo su dirección.

No soportaba a las mujeres estresadas que reprendían a los hombres para desahogar sus frustraciones.

Habría discutido con ella y la habría dejado el primer día, estaba seguro.

—Te estaba esperando, Neil —me dijo Moore dándome una palmadita en la espalda cuando nos cruzamos en el pasillo. Sin darme siquiera tiempo a continuar, empezó a hablarme de un proyecto. El mío, en realidad—. La reestructuración que has hecho del teatro es, a decir poco, perfecta. Has estudiado hasta el más mínimo detalle. Tienes potencial. ¡Excelente!

479

Caminamos juntos hasta su despacho y entramos. Él se sentó detrás del escritorio y yo me quedé de pie mirándolo a la vez que trataba de olvidar mis problemas y sinsabores.

El trabajo era lo único que podía ocupar mi mente y hacerla productiva.

—Me alegro de que le haya gustado. Tardé tres noches en prepararlo, porque tenía que atender también otros proyectos. Creía que no iba a estar a la altura de sus expectativas —respondí con una media sonrisa.

Había aprendido a fingir de maravilla. Estaba siendo educado y sostenía con firmeza la mirada de Moore. A pesar de ser un simple becario, ya me había ganado su respeto y el de todos los miembros del estudio. Mis compañeros no me conocían, no sabían nada de mis problemas mentales ni de mi dificultad para controlar la ira ni de las conversaciones que tenía con el niño, y yo me comportaba como un hombre normal, con un carácter a veces gruñón y esquivo, pero manejable.

Esa simulación me permitía mantener el puesto e incluso ganarme la estima del gilipollas que tenía delante.

—Has hecho un gran trabajo, eres incluso más capaz que mis compañeros —afirmó pensativo.

—No me siento mejor que nadie —respondí con humildad, aunque sabía que lo era, hostia—. Confío en poder progresar.

La arquitectura era de verdad mi materia, mi sueño, y había descubierto que sumergirme en los distintos proyectos y realizaciones me procuraba una sensación gratificante muy especial.

Me gustaba, era la única satisfacción que quizás la vida me había concedido y que esperaba que nunca me arrebatara.

—Hoy voy a estar muy ocupado. Quiero confiarte varios proyectos que tengo bajo mi responsabilidad. Quiero ver tus ideas en el papel —dijo señalando con el dedo índice un montón de folios que estaban a su derecha.

Palidecí. Sentí de inmediato la necesidad de fumar un cigarrillo para calmar mis nervios. La pila de documentos debía de tener unos veinte centímetros de alto y el muy idiota me la estaba confiando.

—¿Está seguro? Quiero decir, son proyectos importantes, los clientes son suyos y... —Jugué la carta de la falsa ingenuidad, la del hombre que se siente incapaz de hacer lo que le han pedido. En ese mundo nunca había que mostrar demasiada confianza, porque, de lo contrario, pasabas a ser de inmediato un enemigo. Después comenzaba la competición y esta podía perjudicarme en mi crecimiento profesional.

—Estoy seguro, Neil. Ni siquiera tienes que pedirme que apruebe tus ideas. Cuando termines estas prácticas y entres en el colegio, serás un gran arquitecto. Mi cuñado, el profesor Robinson, apostó por ti y ahora entiendo por qué —dicho esto, se levantó de la silla y echó un vistazo a su teléfono, que empezó a sonar—. Tengo una reunión dentro de diez minutos. Buen trabajo, Neil.

Me dio una palmada en el hombro y se fue apresuradamente, charlando con la persona que le había llamado.

—Mierda... —Me detuve y dominé las ganas de imprecar, no fuera que algún imbécil me reprendiese—. Bueno, genial —murmuré entre dientes.

No iba a poder volver a casa hasta las ocho. Cerré la puerta con una patada y me acerqué al escritorio. Me quité la chaqueta y la colgué en el perchero, luego me senté en el sillón giratorio a la vez que me arremangaba la camisa hasta los codos. Exhalando un profundo suspiro, empecé a echar un vistazo a los distintos proyectos de los que iba a tener que ocuparme.

Algunos solo tuve que examinarlos, otros los modifiqué. Di rienda suelta a mi creatividad, tal como me había pedido Moore, evaluando a fondo si mis ideas eran o no las más adecuadas.

Pasé tres horas y media sentado con el cuello doblado hasta que la espalda empezó a dolerme debido a la incómoda postura. De repente, el chirrido de la puerta me distrajo.

Levanté la cabeza y dejé caer el lápiz sobre el papel de dibujo, mirando fijamente las dos largas piernas que avanzaban hacia mí sobre unos tacones altos.

—Buenos días.

Annie, la secretaria de Moore, se acercó contoneándose sin el menor pudor tras haber cerrado la puerta a sus espaldas. Estiré los brazos entumecidos y me levanté con elegancia para rodear el escritorio. Me apoyé en el borde de este y crucé las piernas sin decirle una palabra. La sopesé con aire serio, consciente de lo sobrecogedora que podía ser semejante actitud.

La rubia me miró con ardiente pasión y se mordió el labio cuando sus ojos apuntaron hacia mi pecho, donde los dos botones desabrochados de la ajustada camisa que llevaba puesta dejaban entrever mis pectorales.

—Tengo algo para ti… —Se aproximó a mí de forma insinuante y me rozó el abdomen con una mano, luego deslizó algo en un bolsillo de mi pantalón. Me quedé quieto y fruncí el ceño tratando de averiguar qué demonios se le podía haber ocurrido esta vez—. Echa un vistazo —me susurró al oído presionando sus pechos contra mi cuerpo para seducirme.

Intrigado, obedecí y saqué del bolsillo unas vulgares bragas de encaje de color rojo.

Su gesto no me escandalizó ni me excitó.

Si esa muchachita quería jugar, estaba provocando a la persona equivocada.

Por tentadora que pudiera ser la idea de que no llevara ropa interior bajo su ceñida falda, no podía soportar la idea de que una mujer creyera que me podía dominar con tanta facilidad.

Con unas tácticas tan banales, además de previsibles.

Estaba acostumbrado a cosas mucho peores.

Si Xavier hubiera estado conmigo, le habríamos hecho una demostración práctica.

—¿Tu pausa no es dentro de dos horas? —le pregunté con desgana. Lo sabía de sobra, porque hacía justo una semana se había deleitado haciéndome una mamada estupenda en el cuarto de baño de nuestro jefe, pero la había dejado allí, excitada e insatisfecha, con la curiosidad de saber cómo debía de ser follar conmigo.

—Sí…, solo quería darte un primer bocado —respondió con una sonrisa maliciosa y una mirada de gatita, que, sin embargo, no lograron cautivarme.

481

Le tiré las bragas al pecho y ella las agarró sorprendida por mi negativa. La pulsera de la niña se le había quedado enganchada en el pelo, así que verla de nuevo me trajo ese desagradable recuerdo. Volví a sentirme disgustado conmigo mismo, con lo que estaba haciendo, con las mujeres con las que me entretenía y, una vez más, me pregunté por qué caía tan bajo, por qué usaba personas que eran peores que yo.

Me alejé de ella y volví a sentarme.

—Tengo que trabajar, Annie. La próxima vez inventa algo más convincente si quieres excitar a un tipo como yo.

Le pedí que saliera con un ademán de la mano, porque quería concentrarme en el proyecto, pero ella dio un taconazo en el suelo y me volvió a distraer.

—¿De verdad crees que puedes tratarme así? —preguntó arqueando las cejas con un aire altivo que me arrancó una sonrisa. Estaba a punto de sacar mi peor lado, era necesario que la rubia comprendiera con quién estaba tratando. Me apoyé en el respaldo del sillón y me metí el lápiz entre los labios mientras la escrutaba de arriba abajo.

—¿Te gustaría hacer la Torre Eiffel? —le pregunté con desfachatez. Ella frunció el ceño, porque, como era de esperar, no me había entendido. Lo que hacía que la situación fuera aún más divertida.

—Te has equivocado de verbo. ¿No querrás decir visitarla? ¿Quieres llevarme a París? —Sus ojos claros se iluminaron de placer. ¿Acaso creía que era estúpido o que no sabía hablar?

Era realmente hilarante enfrentarme a mujeres que desconocían por completo mis hábitos. No sabían que con mis provocaciones solo trataba de determinar su nivel de experiencia.

—No. —Mordisqueé el lápiz con parsimonia—. Quiero decir que puedo llamar a un amigo, salimos juntos y te hacemos hacer la Torre Eiffel. Hace falta una tercera persona… —murmuré alusivamente.

Ella agitó sus pestañas postizas, dándole vueltas a lo que acababa de decir, y cuando comprendió que París no tenía nada que ver con mi propuesta, abrió los ojos como platos.

—Oh, Dios mío. Quieres decir… Veamos, es una cosa…, bueno, yo…

No sabía qué decir. Empezó a balbucear palabras sin sentido y se sonrojó. Erguí la espalda para poner punto final a aquella pérdida de tiempo, y di unos golpecitos en el escritorio con el lápiz.

Era obvio que no estaba a la altura de mis expectativas.

—Piénsalo. Cuando sepas darme una respuesta, volveremos a hablar —le dije señalándole la puerta con la mirada. No necesité decirle que se esfumara, porque lo había entendido sola. Se aclaró la garganta, aún conmocionada por mi propuesta, y a continuación se volvió y se marchó avergonzada.

Cuando me dejó solo, me quedé mirando un punto del escritorio sintiendo que la angustia se iba apoderando de mí. La camisa empezó a apretarme, de manera que desabroché el tercer botón para aliviar la sensación de asfixia que experimentaba cada vez más a menudo después de haber estado cerca de otras mujeres.

Había vuelto a ser el de antes y eso no me enorgullecía.

Me sentía atrapado, destinado a un futuro que no quería.

Desde que había conocido a Selene, algo había cambiado en mí.

Ella me había mostrado una realidad mejor y ahora la mía ya no me gustaba.

No podía conformarme con unas mujeres inútiles que únicamente dejaban un profundo vacío en mi alma.

Con la niña, sin embargo, era diferente: cada vez que me acariciaba con dulzura, me besaba con ternura o me admiraba como si fuera el hombre más perfecto del mundo, dejaba de ser un poco menos mío y algo más de ella.

Ella me embriagaba, me embelesaba y me hechizaba sin necesidad de hacer nada extraordinario.

Me bastaba verla con uno de sus horribles pijamas para que mi mente fuera invadida por unas delirantes fantasías sexuales.

Me bastaba que durmiera conmigo, que me calentara con su suave cuerpecito para transformar mis pesadillas en sueños agradables.

Ninguna mujer…, ninguna lograba hacerme sentir tan fuera de este mundo.

Ninguna mujer me aceptaría de verdad tal y como era.

Y ninguna combatiría como ella, hasta el punto de pisotearse a sí misma por mí.

Pero estaba tan angustiado por lo que había pasado que no podía comportarme de otra manera.

Había vuelto a violentarme a mí mismo. A castigarme de nuevo, porque era la única forma que conocía de desahogar mi cólera y de defender mi dignidad.

Nunca perdonaría a mi madre ni a John lo que me habían hecho.

La vida me había puesto de rodillas demasiadas veces.

Había creado un vacío dentro de mí.

Ya no podía creer en nada ni en nadie.

Solo en mí.

Porque me había ahogado en ese mundo de mierda y fantasía.

483

Y era en esos momentos cuando deseaba tener a la niña conmigo, no solo bajo mi piel, sino también ante mis ojos. No solo como un vago recuerdo, sino como la sombra de mi reflejo.

En esos momentos me odiaba a mí mismo.

Porque había antepuesto su felicidad a la mía.

Porque había escuchado a su madre.

Porque aún la quería, a pesar de todo.

En esos momentos me destruía, porque necesitaba a mi hada para salvarme de mí mismo.

La necesitaba para reescribir mi destino.

Necesitaba que Campanilla me mostrara con su tañido mágico el camino que debía seguir.

Las cosas que nos habíamos dicho, las cosas que habíamos sentido, las cosas que habíamos compartido…

Serían eternas, por eso siempre me harían daño.

«Ven aquí, Campanilla. Dime qué debo hacer, porque la vida siempre ha sido una puta conmigo y yo solo he aprendido a tirármela a mi manera, tropezando con los errores, pero contigo… Contigo era diferente», dije para mis adentros. Me acaricié las sienes palpitantes y cerré los ojos para intentar aplacar el malestar que amenazaba con hacer saltar mi cabeza por los aires.

484

Sabía que no la buscaría. Era necesario que estuviera lejos de mí.

No podía permitir que viviera con un monstruo como yo.

No se lo merecía.

Al cabo de unas horas, aún estaba trabajando.

Encerrado en el despacho, en absoluta soledad, con un vaso de café todavía humeante.

No había comido nada. Me había impuesto terminar los proyectos para ahorrarme el sermón del señor Moore; si me cansaba, perdería los estribos, así que trataba de no darle la menor excusa para tocarme los huevos. Hice crujir las cervicales y me masajeé un hombro. Sentí un extraño hormigueo a lo largo del brazo, tenía los dedos entumecidos.

Miré el reloj. Eran las siete y todavía no había visto a Megan.

En teoría debíamos volver juntos a casa, pero supuse que ella también estaba ocupada con unos proyectos importantes.

En ese momento alguien llamó a la puerta e imaginé que era la desequilibrada. Sin decir una palabra miré la puerta mientras esta se abría para dar paso a…

¿Logan?

Parpadeé sorprendido y temí que se tratara de una visión o de una alucinación.

Su presencia no me entusiasmó ni me alegró demasiado, más bien me sorprendió y me produjo cierta confusión.

Me levanté de un salto del sillón y lo observé inmóvil. Mi corazón latía acelerado en el pecho y empecé a jadear. No tenía fuerzas para moverme.

Me había quedado boquiabierto.

—Hola... —me saludó mi hermano.

El sonido de su voz me hizo comprender que estaba realmente allí, que no era un sueño. ¿Cuánto tiempo hacía que no nos veíamos? ¿Cuándo había cambiado nuestra relación? Logan avanzó poco a poco hacia mí, le habría gustado estrecharme en un abrazo fraternal, pero no lo hizo.

Prefirió ser prudente.

—¡Neil! —Una vocecita femenina y entusiasta retumbó entre las paredes del despacho.

Corriendo, Chloe dejó atrás a Logan e instintivamente yo me precipité hacia ella rodeando el escritorio. Se abalanzó sobre mí con lágrimas en los ojos. Me abrazó y frotó su mejilla contra mi pecho, pero yo me tensé. Me esforcé por corresponderle y me quedé con los brazos suspendidos en el aire. Luego, sin darme cuenta, la agarré por los hombros y la empujé hacia atrás para apartarla. Chloe me miró aturdida y se enjugó con el dorso de la mano las lágrimas que seguían surcando su mejilla. Una vez más, no sentí nada. Me habría gustado darle una patada a mi corazón para sacudir mis emociones.

No podía expresarlas ni sentirlas.

¿Qué demonios me estaba pasando? ¿Qué había sido del amor que sentía por ellos?

—¿Qué... qué hacéis aquí? —pregunté con frialdad. Me costaba reconocerme.

Me puse rígido y asumí una expresión dura.

—¿Eso es todo lo que tienes que decirnos después de seis meses? Nuestras vidas se han parado y tú... ¿Tú nos preguntas qué hacemos aquí? —replicó Logan sorprendido por mi apatía, inexplicable incluso para mí.

—Necesitábamos verte y hablar contigo.

El doctor Keller apareció a espaldas de Logan y se detuvo a su lado.

Cerré un puño y sentí que la rabia me quemaba la piel. Mis hermanos habían venido con el hombre que aseguraba ser mi padre, aunque no lo fuera. No era nada para mí. Nadie me había criado, nadie había estado presente en mi vida.

485

Nunca había tenido una figura masculina en la que confiar y con la que poder hablar abiertamente, salvo el doctor Lively.

¿Lo sabía? ¿También él me había traicionado? La mera posibilidad me nublaba el cerebro.

—¿Hablar conmigo? Estoy ocupado, John. Tengo muchas cosas que hacer. Que conste que en mi trabajo no nos dedicamos a tomar el pelo a los clientes —le espeté con una sonrisa burlona—. Tuviste veintiséis años para hablar conmigo, pero no…, preferiste mentirme, era más divertido, ¿no?

No grité, me apoyé imperturbable en el escritorio y crucé los brazos en el pecho con aire soberbio y altivo. Chloe retrocedió unos pasos, escandalizada por mi indiferencia; John, en cambio, suspiró profundamente para conservar la calma.

—Te he estado buscando —me dijo Logan captando mi atención—. No he dejado de escribirte. Te mandaba mensajes y te llamaba todos los días, pero nunca me contestabas. Creía que te había pasado algo, que estabas enfermo, que…

Lo interrumpí con una sonrisita cruel y terminé la frase:

—¿Que me drogaba en algún local? ¿Que me dedicaba a beber como una esponja y a follar con la primera furcia que me salía al paso?

Me daba igual que mi lenguaje fuera vulgar, no tuve la deferencia de expresarme de otra manera aunque Chloe estuviera allí. Normalmente, siempre tenía mucho miramiento con ella. Mi hermana se estremeció al sentir la fuerza de mis palabras cortantes y se dio la vuelta para ponerse al lado de Logan, turbada y asustada.

—Pero ¿qué te ha pasado? ¿Por qué nos tratas así?

Logan no pudo ocultar la profunda decepción que sentía, unida al dolor que le causaba la distancia emocional que había interpuesto entre nosotros.

En ese instante dejé caer los brazos a lo largo de los costados y me levanté del escritorio para acercarme con paso firme hacia ellos.

—¿Sabes lo que me pasó, Logan? —Me detuve frente a él, arrojándole el aliento a la cara—. Me derrumbé. Los primeros meses era un hombre muerto que caminaba. Un hombre muerto que no podía encontrar un sentido a su vida de mierda. Incluso pensé en acabar con ella estrellándome con el coche, por ejemplo, pero luego alguien me salvó, alguien me hizo entrar en razón y seguí adelante —exploté confesando la verdad. Me sentía atrapado en mis escombros, abrumado por los recuerdos. Ya no podía ver ningún camino en el horizonte: solo oscuridad y niebla—. He terminado con Nueva York, con mi familia, con mis viejos amigos y mi antigua vida. Todo gracias a tu padre y… al mío.

486

Lancé una mirada burlona a John, que no se inmutó, sino que escudriñó en lo más profundo de mí, tal vez en mi alma, tratando de encontrar allí algo más que ira y resentimiento.

—Sé que me equivoqué. Iba a hablar contigo cuando todo hubiera terminado. Después de tu graduación me prometí que tendríamos esa charla y que te lo explicaría todo. Tenía miedo de tu reacción, Neil. Tienes problemas, eres mentalmente inestable. Un trauma como el tuyo podía ser demasiado arriesgado y…

John intentó acercarse a mí. Me estaba analizando como si fuera un paciente, hablándome como si estuviera loco. Levanté una mano para que callara. De inmediato.

—Confié en ti —dije alzando la voz. Chloe tembló y abrazó a Logan. John, por su parte, me miraba mortificado, pero no intimidado por mi ímpetu—. Te hablé de mí, te hablé de mi pasado, te hablé de Selene. Pensé que eras diferente. Un hombre sincero y honesto, con unos valores sanos, pero en vez de eso eres un gilipollas que se cepilló a mi madre y la dejó sola y embarazada en manos de otro hombre. Me das asco.

Torcí los labios en una mueca de acritud y lo miré con desdén a la vez que retrocedía unos pasos. No soportaba estar cerca de él.

—No fue así —replicó—. No me tiré a tu madre. Yo quería a tu madre, es muy diferente —se defendió, y luego avanzó hacia mí sin ningún temor. Tenía una fuerza y una determinación envidiables, porque aproximarse a mí en ese estado podía ser muy peligroso—. Quise a Mia con todo mi ser, pero no podíamos estar juntos. Su padre la obligó a casarse con William. Yo sabía que estaba embarazada de ti y siempre te quise. Ella tenía miedo de seguir adelante con el embarazo. Fui yo quien le pidió que no abortara.

—Sus ojos se pusieron vidriosos. Cada palabra estaba cargada de sentimiento, además de dolor; lo percibía, no sabía definirlo, pero lo percibía. En lugar de responderle, seguí mirándolo fijamente, tratando de dominar el soplo en el corazón que se iba intensificando a cada segundo—. He pensado en ti en cada momento de mi vida. Solía preguntar a Mia por ti y por todo lo que te concernía. Mi vida dejó de tener sentido el 3 de mayo… —Se quitó un gemelo de la camisa que llevaba bajo la chaqueta y se arremangó para mostrarme algo—. Me hice este tatuaje para celebrar tu nacimiento. Es la inicial de tu nombre.

Giró la muñeca para mostrarme la letra que aparecía grabada en la parte interior y yo palidecí. Lo recordaba. Lo había notado en una de las reuniones que teníamos en un local, incluso le había aconsejado que repasara la tinta, porque se había descolorido. Traté de

487

mostrar indiferencia y volví a mirarlo a la cara. En las arrugas de ansiedad que rodeaban sus ojos y sus labios pude ver la desesperación de un padre que no sabía cómo romper el bloque de hormigón donde estaba atrapado el corazón de su hijo.

—Me lo tatué para sentirte cerca cada día, cada minuto, cada segundo. Quería que supieras lo importante que eres para mí, que mi amor por ti siempre ha estado ahí, que nunca se ha desvanecido. Mi sangre corre por tus venas, somos una sola cosa, Neil, y lamento amargamente no haber estado a tu lado cuando el canalla de William te golpeaba y cuando Kimberly…

Sacudí la cabeza para ordenarle que no continuara. Jadeaba mientras intentaba dominar la ira. Si hubiera estado allí, quizá no habría sufrido las violencias de esa mujer ni las palizas del marido de mi madre. Moví un brazo hacia atrás como si necesitara agarrarme a algo para no caerme.

Instintivamente, Logan intentó sostenerme, pero apenas me rozó me tensé de nuevo.

—No me toques. Largaos. Salid de aquí —dije con un hilo de voz.

Sentí que estaba empezando a perder la lucidez y temí explotar. No podía aceptar la realidad. Chloe y Logan me recordaban que William no era mi padre; John me recordaba las mentiras que me habían contado durante años.

Mi cerebro no estaba preparado para metabolizarlo.

Me sentía demasiado frágil, demasiado roto.

—Neil, hemos venido hasta aquí por ti, por favor. Chloe y yo no nos merecemos que nos trates así, no tuvimos nada que ver. Seguimos siendo tus hermanos. Siempre lo seremos.

Logan intentó tocarme de nuevo, pero yo lo esquivé y me volví de espaldas a él a la vez que me pasaba las manos primero por la cara y luego por el pelo. Estaba a punto de reventar y de tener uno de mis ataques de cólera. Con un ímpetu animal agarré el portalápices del escritorio y lo lancé contra la pared. Luego gruñí iracundo.

—¡Fuera! —grité con una rabia capaz de hacer vibrar todo el edificio. Mi cuello se tensó, mis ojos se abrieron furibundos.

Vacío: eso era lo único que tenía dentro.

Nadie podría entender lo que se siente al ver cómo se hace pedazos tu vida sin poder hacer nada para evitarlo.

La mano derecha me temblaba y me di cuenta de que estaba al límite. Me alejé de ellos y me volví hacia la ventana que daba a los rascacielos adyacentes.

—Marchaos —repetí más sosegado, con la voz ronca por el grito que acababa de soltar. Me toqué la frente, estaba sudando. El dolor quería partirme en dos, pero yo era más fuerte que él e intenté combatirlo, porque, de lo contrario, no volvería a vivir.

Al final, los tres me obedecieron.

No los miré, me quedé quieto, envuelto en mi oscuridad, oyendo cómo sus pasos se iban haciendo cada vez más distantes.

Descubrir que John era mi verdadero padre había sido un trauma que no lograba superar.

Quizá algún día volvería a sentir amor por mi familia, por mis hermanos, pero en ese instante...

Estaba ciego.

Encerrado en mi prisión de odio y rabia reprimida.

Quería sufrir en silencio.

Llorar por dentro.

Curar mis heridas solo, como siempre había hecho.

Un día...

El fuego mortífero que ardía en mi interior se extinguiría.

La tormenta amainaría.

Tal vez volvería a mirar la luz.

Tal vez incluso correría a abrazar a mis hermanos.

Un día tal vez perdonaría al destino que me hubiera reservado otro dolor tan inmenso.

Pero aún no estaba preparado.

489

23

Megan

Dada su ceguera, el amor impide ver a los amantes
las tonterías que cometen.

WILLIAM SHAKESPEARE

*R*epiqueteé los dedos sobre el escritorio y miré la pantalla del teléfono móvil.

Siempre era difícil elegir la canción apropiada para escuchar mientras trabajaba. A decir verdad, si mi jefa me hubiera pillado, me habrían despedido, pero la música era toda mi vida.

Lograba ahogar el estruendo que tenía en la cabeza.

Desde que había descubierto los auriculares Bluetooth, era muy fácil escondérmelos bajo el pelo para que Brown no se diera cuenta.

Entré en Spotify y puse «T.N.T» de AC/DC.

Tenía que hacer un esfuerzo para no mover la cabeza cuando la música rock bombeaba en mis venas, pero no podía quedarme quieta. Así que empecé a seguir el ritmo con el cuello.

Menudos solos de guitarra eléctrica…, joder.

Los imitaba moviendo los dedos como una loca.

No era fácil, hacía falta cierta habilidad para fingir ser un músico consumado.

Insatisfecha, me levanté, empujé la silla giratoria hacia atrás con el trasero y me puse a tocar.

Obviamente, el maldito traje era demasiado ajustado y me impedía moverme como me habría gustado, pero aun así me las arreglé para imitar a Angus Young.

El escalímetro que, se suponía, debía utilizar para proyectar arquitectura, se convirtió en una guitarra imaginaria en mis manos; mis dedos se movían con agilidad por las cuerdas.

La sensación era fantástica.

Pasé tres minutos fingiendo que era una roquera, recordando las veces que había ido a un concierto de AC/DC; esperaba tener pronto la oportunidad de volver a oírlos tocando en directo.

Me paré de repente cuando vi a Jace, el chico que nos traía el café a la oficina, quieto en la puerta. Sus ojos, de color marrón oscuro, se habían quedado clavados en el escalímetro que sostenía en una mano. Después me miró las orejas, donde los auriculares estaban reproduciendo el tema siguiente de mi *playlist* personal. Hice clic en la pantalla del teléfono para parar la música y me quité los auriculares.

—Hola, Jace, pasa.

Lo invité a entrar con un ademán. El chico me tenía mucho miedo, pensaba que era extraña. De hecho, parpadeó un par de veces y tragó saliva. Entonces guiñé los ojos con expresión seria y él contuvo la respiración asustado.

Era muy gracioso ver cómo palidecía.

—Hola, Me-Megan... —tartamudeó al mismo tiempo que dejaba lentamente el pequeño vasito de café en el escritorio, al lado de los papeles y del proyecto que aún debía terminar, luego dio un salto hacia atrás como si temiera haberse aproximado demasiado. Así pues, me acerqué a él y le puse un auricular en una oreja sin pedirle permiso. Con el móvil agarrado en la mano derecha hice sonar «Highway to Hell» y Jace dio un respingo.

491

—Escucha, chico, escucha atentamente. ¿Qué te parece? —pregunté sonriendo y volviendo a menear la cabeza con rudeza.

No me importaba parecer poco elegante. Jace tragó saliva y emitió un grito ahogado que no pude descifrar. Me miró como si fuera una extraterrestre... con un aspecto horrendo. Gracias a los tacones, le sacaba al menos veinte centímetros y probablemente nuestra diferencia de edad lo cohibía. No había otra explicación, pero, aun así, fruncí el ceño al ver su reacción.

—No te he entendido. ¿Te ha mordido la lengua el gato? —le pregunté inquisitivamente.

Asintió con la cabeza, luego negó conteniendo la respiración. Pero ¿qué demonios?

—Vamos, acaba de hacer el recorrido de la tarde. Está claro que no puedo compartir contigo mis gustos musicales. —Le quité el auricular de la oreja y, de nuevo, él se estremeció. Puse los ojos en blanco.

No comprendía por qué reaccionaba así conmigo.

Me di la vuelta y dejé de oír música; había llegado el momento de entrar en el papel de la becaria intachable para no meterme en algún lío.

Jace no habló. De repente, había enmudecido. En su carita barbada apareció una expresión de apuro y se pasó una mano por su cabellera corvina, pulcramente cortada. Ladeé la cabeza para observarlo mejor. Su cuerpo era esbelto, pero estaba demasiado delgado. A juzgar por la escasa musculatura, tal vez no hiciera mucho que iba al gimnasio. Por otra parte, cuando se dio la vuelta para marcharse, me fijé en lo duro que tenía el trasero y silbé en señal de aprobación.

Sus hombros temblaron y aceleró el paso para perderme de vista lo antes posible.

Era un tipo muy extraño.

Quise beberme enseguida el café para que no se enfriara, pero tras dar el primer sorbo lo escupí en el vaso.

Era repugnante. Sabía a agua sucia.

Maldita sea, Jace ni siquiera era capaz de servir un café decente.

Me puse nerviosa, me precipité hacia la puerta y salí del despacho. Los tacones altos eran incómodos, pero al menos me obligaban a adoptar una pose diferente, más femenina.

Estaba deseando llegar a casa y tumbarme en el sofá.

Me encaminé hacia la pequeña sala donde se encontraba la máquina de café; necesitaba uno de verdad, sobre todo bebible. Saludé a varias compañeras que estaban allí por la misma razón que yo, y me preparé un buen café.

—Sí, está buenísimo —dijo una de las secretarias riéndose con dos compañeras a la vez que sacudía su abundante melena rubia. Estaban hablando de alguien que trabajaba allí.

Normalmente era la única que no participaba en los chismorreos de salón durante las horas de trabajo.

—Creo que es un tipo que sabe lo que hace. ¿Has visto sus músculos? Ese te desfonda —replicó otra y yo torcí los labios ante la vulgaridad del comentario. Bebí otro sorbo de café fingiendo desinterés, pero mi compañera continuó—: Cuando lo veo caminar por el pasillo siempre le echo una miradita donde no da el sol y sé que vosotras también lo hacéis… —afirmó con picardía.

Llegados a ese punto, entorné los ojos y tosí como una loca para molestarlas. Las tres se volvieron hacia mí y arquearon las cejas con aire desdeñoso. A veces las mujeres podían ser tan perversas como los hombres.

—Creo que es de Nueva York, pero sé que no se junta con cualquiera. Tiene mal carácter. Annie se le insinuó y él, después de conseguir que le hiciera un pequeño servicio con la boca, la dejó plantada —terció la tercera joven, una morena tan alta como un tapón de corcho, pero con dos tetas interesantes.

Las miré con curiosidad: eran aún más grandes que las mías.

—Sí, también me lo ha contado a mí, pero me dijo que está en buena forma…, muy buena… —respondió la rubia chasqueando la lengua con malicia.

—¿Qué quieres decir? —le preguntó la morena con los ojos encendidos de lujuria, deseando averiguar más cosas.

—Con el neoyorquino estamos por encima de la media… —especificó la primera y entonces comprendí que estaban hablando de Neil.

Sacudí la cabeza hastiada. Esa conversación tan trivial demostraba que esas chicas no sabían ir más allá de las apariencias. Llevaba seis meses viviendo con él y me había dado cuenta de que era algo más que un simple cuerpo atractivo digno de admiración o un hombre con el que cualquiera soñaba con acostarse. Neil tenía un espíritu asombroso y profundo, además de una vasta cultura que abarcaba desde el arte hasta la filosofía.

Me gustaba oírlo hablar. Mientras lo hacía, absorbía sus conocimientos e intentaba aprender de él.

Antes él me odiaba, no me soportaba, pero después de que lo había salvado y lo había convencido de que se diera una segunda oportunidad, algo había cambiado en él.

Recordé cuando, tras descubrir que John era su padre, me lo había encontrado borracho fuera del Blanco. Estaba sentado a cierta distancia de la entrada del local, con la espalda apoyada en la pared desconchada, compadeciéndose de sí mismo. Nunca le habría dejado solo en ese estado. Así que le propuse que viajara conmigo a Chicago, dado que el profesor Robinson había depositado en él una enorme confianza y grandes expectativas, que él podía aprovechar en beneficio propio. Al principio había sido difícil convencerlo, pero al final había conseguido levantarlo y arrastrarlo hasta mi piso, donde le había hablado durante horas para que entrara en razón.

Si lo hubiera dejado allí, aturdido y furioso como estaba, puede que incluso en garras de los Krew, se habría destrozado a sí mismo. Habría seguido bebiendo y, quién sabe, tal vez incluso consumiendo drogas, incitado por sus amigos.

Se habría equivocado de camino y se habría perdido para siempre.

Desde entonces no se había transformado en un ser amable y comprensivo conmigo, ni mucho menos, pero me había aceptado en su vida.

Pensativa, apuré el café y tiré el vasito de papel a la cesta. A mi alrededor, el parloteo había cesado, porque las tres mujeres me estaban mirando con aire reprobador.

Me odiaban.

493

Sabían que compartía piso con el hombre que, desde hacía varios meses, se había convertido en el objeto de sus deseos, y les daba envidia. Pensaban que nos acostábamos juntos y eso las empujaba a competir conmigo por él. Se lo disputaban convencidas de que coqueteando lograrían llamar su atención. Era evidente que, al menos una vez, les gustaría probar sus habilidades amatorias.

No lo conocían de nada, Neil odiaba el tipo de mujer que lo perseguía o que se le acercaba descaradamente en el trabajo.

Le atraían los retos, las mujeres inteligentes y elegantes, como la pequeña Selene.

Las demás solo obtendrían de él un simple polvo, eso era todo.

Me aclaré la garganta y caminé de nuevo orgullosa hacia la máquina para prepararme otro café. No para mí, sino para mi coinquilino tan bien dotado. Tamborileé con los dedos sobre la encimera esperando a que estuviera listo, luego cogí el vasito y me dirigí hacia la puerta, lanzando una mirada seductora a las tres mujeres.

—Buen trabajo, compañeras —dije esbozando una sonrisa engreída.

Tenía el privilegio de poder acercarme a Neil siempre que quisiera y ellas lo sabían. Me contoneé con paso seguro hacia su despacho, pero al llegar me detuve al ver que Logan, Chloe y el doctor Keller salían de él compungidos. Hice amago de detenerlos, pero no me dio tiempo, porque se precipitaron hacia el ascensor.

Exhalando un profundo suspiro, llamé a la puerta del despacho de Neil con el vaso humeante en la mano y esperé unos segundos a que me diera permiso para entrar. Al no recibir respuesta, me preocupé y entré corriendo para asegurarme de que estaba bien.

Neil estaba sentado en el sillón giratorio, mirando desconcertado por las ventanas de cristal que daban a la ciudad con un cigarrillo encendido en los labios. A pesar de que en el estudio estaba prohibido fumar, Neil trasgredía siempre esa norma, sobre todo si estaba nervioso. Cada vez que lo veía sentía una sensación inquietante en la boca del estómago que intentaba ignorar.

—Te he traído café.

Me acerqué a él con paso resuelto y miré sus labios carnosos. La forma en que se cerraban alrededor del filtro y soltaban el humo en el aire era seductora.

Respiré hondo y percibí la agradable fragancia de su colonia.

Ya era capaz de reconocerla incluso a varios metros de distancia.

Neil se levantó del sillón con un halo de tristeza en la cara. Luego rodeó el escritorio y empezó a deambular inquieto por el despacho. Los elegantes pantalones caían armoniosamente sobre sus largas piernas, en su culo prieto se apreciaban dos curvas marmóreas que habrían hecho palidecer de envidia incluso a una escultura, su espalda era una línea bien definida que emanaba una energía imponente y pecaminosa; todas las mujeres quedaban cautivadas por su encanto.

Irradiaba sexo y una carnalidad impactante.

Resoplé, porque no podía por menos que admitir que las compañeras a las que tanto les gustaba elogiarlo tenían toda la razón.

—Acabo de echar a mi hermano, a mi hermana y a… —Se pasó una mano por la cara y su camisa blanca se estiró alrededor de sus bíceps hinchados. No entendía lo que me estaba sucediendo, pero no podía dejar de mirarlo. En ese momento, Neil era una jodida acometida contra mi cordura—. John —añadió con un hilo de voz, como si le costara mucho decirlo. Al comprender su estado, deseché cualquier pensamiento inapropiado y me acerqué poco a poco a él.

Me necesitaba.

Me senté en el borde del escritorio con las piernas cruzadas y le presté toda mi atención.

—Ya sabes lo que pienso. Siempre te he dicho que no deberías haberlos apartado de tu vida. William se comportó como un canalla. Quería hacerte daño y con tu actitud solo consigues que alcance su propósito.

495

Seguí con la mirada su cuerpo varonil, que caminaba de un lado a otro delante de mí. Tenía una mano apoyada en una cadera con un cigarrillo entre los dedos, y con la otra se masajeaba la cabeza con aire angustiado e inquieto.

Neil quería a sus hermanos, lo eran todo para él, pero al descubrir la verdad sobre su padre había empezado a comportarse de forma huraña y desconfiada incluso con ellos.

Iba a tener que superar el trauma para volver a abrir su corazón, al menos a su familia.

—¿Y qué se supone que debo hacer? —Dio una larga calada y exhaló el humo por la nariz clavando sus brillantes ojos en los míos—. ¿Volver a mi antigua vida? ¿Regresar a Nueva York? ¿A esa mansión? No puedo, porque todo me recordaría quién era, quién he sido durante tantos años, lo que he vivido y, coño…, ¡no quiero! Ahora estoy tranquilo. Estoy mejor. No consigo conciliar mi nueva vida con el pasado.

Suspiró pesadamente, su pecho subía y bajaba de forma irregular.

—Creo que, simplemente, deberías dar a tu padre una segunda oportunidad y dejar que tus hermanos formen parte de tu vida. El pasado quedará guardado con llave en un cajón, pero al menos abre tu corazón a los que quieres —le respondí en tono cauto con la esperanza de convencerle. Neil me observó con atención y, al ver que sus ojos se posaban en mis labios, me sentí morir.

Era misterioso y encantador en todos y cada uno de sus gestos.

—¿Por qué haces esto? —preguntó en un susurro. Su tono era bajo y agradable, profundamente atractivo. Dio unos pasos hacia mí y me dominó con su altura.

—¿Qué es lo que hago?

Incliné la cabeza hacia atrás para mirarlo y admiré los rasgos de su cara. Eran delicados, a la vez que fuertes. Sus ojos claros apuntaron hacia los míos para subyugarme.

Era un ángel con un encanto sombrío.

Un demonio de belleza etérea.

—Ayudarme. Lo has hecho desde el principio. Desde que me encontraste fuera de ese local, completamente borracho y... —Se interrumpió al ver mi sonrisa sincera, que le hizo ladear la cabeza, confundido.

—¿Recuerdas el beso que nos dimos cuando éramos niños? —le pregunté. Ya habíamos hablado sobre él, pero en esa ocasión Neil se había mostrado tímido y grosero. En cambio, en ese momento era diferente. A pesar de que aún le aterrorizaba revivir los recuerdos que compartíamos, había entendido que yo no era una enemiga.

—Sí, lo recuerdo —contestó con aire serio. Entonces me lanzó una mirada cargada de dolor. El deseo de tocarlo volvió a atormentarme, pero resistí. Le habría dado un abrazo, pero estaba bloqueada emocionalmente y no pude.

Con ese abrazo le habría transmitido protección y tristeza, a la vez que esperanza.

—Yo también. Fuiste el único que me hizo comprender que no debía tener miedo de besar a alguien. Que, al fin y al cabo, un beso es un intercambio de afecto sin coacción ni violencia. —Extendí un brazo hacia él y le robé el cigarrillo de los dedos, luego lo aplasté en el cenicero que estaba junto a mi muslo—. Fumas demasiado —le comenté y él se echó a reír. Por un instante, sus labios me hechizaron y pensé en lo que podría sentir al saborearlos de nuevo después de tanto tiempo, pero sabía que sería un error. Sabía que Neil se había fijado mentalmente un límite que no debía cruzar conmigo—. Nosotros siempre nos hemos odiado por lo que nos ocurrió y lo que compartimos, pero debemos reconocer que también nos ayudamos el uno al otro. Acepté ese beso porque eras como yo. No me daba vergüenza, contigo no me sentía incómoda. Siempre he pensado que, de alguna manera, estamos unidos. La terrible experiencia que vivimos hizo nacer un vínculo entre nosotros —murmuré.

Neil adoptó una expresión hosca. No le gustaba oírme hablar así, temía que sintiera algo por él; pero, en caso de que llegara a suceder, sabría manejarme.

Fuera como fuese, estaba atrapada en las redes de su belleza salvaje, sobre todo cuando sus iris dorados se perdían en un mundo incomprensible, como estaba sucediendo en ese momento.

No me contestó.

Se limitó a sacudir la cabeza para quitarse de encima alguna preocupación. Luego esbozó una sonrisa indulgente y mi corazón se abrió paso en el pecho enloquecido para escapar de él y alzar el vuelo alrededor de nosotros.

Aunque siempre habíamos vivido dos vidas distantes y diferentes, éramos dos líneas onduladas que nunca lograrían enderezarse, dos líneas que partían del mismo punto y avanzaban en la misma dirección.

—Entonces no me preguntes por qué lo hago, Neil. Siempre he estado a tu lado, igual que tú siempre has estado al mío. Cuando teníamos diez años, cuando teníamos catorce, e incluso ahora que somos dos adultos en los inicios de su carrera profesional.

Me permití acariciar el dorso de su mano. No me rechazó. Nunca había sido propenso a las muestras de afecto, pero mi gesto había sido instintivo, espontáneo y, sobre todo, sincero.

Su piel era lisa, más rugosa en los nudillos, las venas sobresalían con una fuerza inflexible, los dedos eran largos y delgados. Sus manos también eran atractivas, grandes y viriles, capaces de despertar el anhelo de tenerlas en el propio cuerpo para imprimir en él unas marcas y unas magulladuras indelebles.

—Debería… —Neil carraspeó y se desasió de mí dando un paso hacia atrás—. Debería terminar de trabajar.

Se rascó una ceja con el pulgar y suspiró nervioso. Parecía estar luchando contra algo anómalo en su interior. Se lamió el labio inferior y lanzó un suspiro de frustración. ¿Qué le pasaba?

Me quedé parada, mirándolo, incapaz de moverme. Mi bajo vientre palpitaba y el deseo empezaba a imponerse al lado más racional de mi persona.

Joder.

Debía largarme de su despacho.

Alejarme de él lo antes posible, de inmediato.

Debería haber recuperado un mínimo de lucidez, pero fue especialmente difícil, sobre todo cuando me di cuenta de que sus ojos estaban fijos en mis muslos, que el corte de la falda dejaba al descubierto debido a la posición.

497

Me quedé quieta esperando su reacción.

Yo tampoco entendía lo que estaba ocurriendo. Su mirada se volvió ardiente, sus iris dorados brillaron con más intensidad, su respiración se aceleró un poco.

Observó con detenimiento mis caderas, luego mis pechos y al final se detuvo en mi boca.

Contuve la respiración, como si sus ojos me estuvieran tocando.

«Respira. Respira, Megan», pensé.

Nunca me había sentido tan débil.

No era el lugar más apropiado para dar rienda suelta a mis deseos.

No era el hombre con el que realizar fantasías libidinosas.

Me sentí estúpida, imbécil.

Tenía que volver en mí de inmediato.

—Sí…, yo también tengo que terminar un proyecto.

Bajé de un salto del escritorio con un ímpetu desgarbado y por suerte mis piernas me sostuvieron a pesar de la flacidez. Estaba tan aturdida por la tensión sexual que no lograba siquiera sostenerme en pie.

—Perfecto, así volveremos juntos a casa —decidió como de costumbre, pero esa vez había algo diferente en su voz, algo oscuro y sumamente erótico. Ya no podía soportar por más tiempo estar tan cerca de él, mi cuerpo estaba en llamas. Tenía que calmarme, razonar y recuperar el control.

Si permanecía allí, sería imposible.

Asentí con una sonrisa forzada y salí agitada de su despacho.

Pasé las horas siguientes viendo y modificando proyectos para mi jefa, pero una sensación que no había experimentado en mucho tiempo me había puesto muy nerviosa y caliente, sobre todo entre los muslos.

¿Cuánto tiempo hacía que no me sentía atraída por un hombre?

En el trayecto de vuelta a casa no pronuncié una sola palabra. Procuré no mirar a Neil ni caer en sus perversas provocaciones. Incluso empecé a preguntarme por qué era diferente de los demás, por qué me fascinaba tanto.

Puede que solo estuviera cansada o estresada por el trabajo. Un baño caliente lo resolvería todo.

Sí… No había por qué preocuparse.

—Estoy agotado.

Tras entrar por la puerta principal de nuestro piso, Neil se quitó su elegante chaqueta para colgarla en el perchero y se dirigió directamente a la nevera. Yo, en cambio, me quité los zapatos de tacón, los dejé al lado de la puerta y me zambullí en los mullidos cojines del sofá del salón. Mi trasero agradeció la superficie blanda que le acababa de conceder después de haber pasado tantas horas sentada en un incómodo sillón.

—¿Quieres un poco de vino? —Su voz me despertó de la charla íntima que estaba manteniendo con mi trasero. Me volví hacia él y levanté un pulgar en señal de asentimiento.

—Me duele el culo —murmuré mientras él me daba la copa. Di un pequeño sorbo y exhalé un suspiro de satisfacción. Neil se sentó a mi lado con las piernas ligeramente separadas y su habitual postura arrogante y desenvuelta.

Sexi…, todos sus gestos son tremendamente sexis.

—Las mujeres dicen que soy bueno dando masajes. ¿Quieres que te haga uno? —preguntó con picardía y me sentí aliviada al comprobar que había recuperado la serenidad que la visita de sus familiares había alterado. Me dedicó una sonrisa provocadora, pero yo rechacé la invitación. Me levanté del sofá, desentumecí los músculos y dejé la copa vacía en la mesita que había frente a nosotros.

—Mis nalgas necesitan un buen baño y ropa más cómoda en lugar de tus manos, pervertido.

Pasé por su lado, segura de que, como siempre, me estaba mirando el culo, y entré en mi habitación para darme un baño caliente y ponerme ropa limpia.

499

Tras una hora de absoluta relajación, volví a la sala de estar vestida únicamente con un tanga de color fucsia y una camiseta sin sujetador. No estaba allí.

No me sentí incómoda con mi atuendo. En el piso siempre teníamos la calefacción encendida, así que hacía mucho calor, y a esas alturas Neil ya estaba acostumbrado a que yo deambulara medio desnuda por la casa, al igual que yo estaba acostumbrada a ver su cuerpo escultural cubierto únicamente por unos calzoncillos. Fui a la cocina y abrí la nevera para sacar una botella de agua, pensando ya en la novela que iba a leer para relajarme.

—Deberías llevar sujetador.

Me estremecí al oír su voz a mis espaldas. El vaso de agua que estaba a punto de beber cayó en el fregadero dando un fuerte golpe. Me volví hacia él, aunque habría preferido no hacerlo.

Sus ojos dorados parecían brillar en la penumbra de la cocina.

Neil, con su metro noventa de líneas perfectas, estaba de pie a poca distancia de mí. Percibí su aroma masculino y envolvente. Observé su cuerpo con languidez. La piel ambarina y brillante, los hombros anchos y poderosos, las medias lunas de los pectorales, el abdomen plano, la zona pélvica con el triángulo invertido que desaparecía por el borde de un calzoncillo negro. Me detuve en el tatuaje que adornaba su costado izquierdo y pensé que ya lo había visto en otra ocasión.

Él pareció intuir el rumbo que habían tomado mis pensamientos, porque esbozó una sonrisa que se comunicaba directamente con mis regiones inferiores.

Mierda.

—¿Qué estás mirando? —preguntó con un deje alegre y luego empezó a tocarse entre las piernas con una mano, apretando la protuberancia que tenía bajo la tela oscura para mostrar su virilidad. Ese gesto descarado me estremeció y enseguida supe que estaba tratando de excitarme. En los seis meses que llevábamos viviendo juntos me había pasado a menudo, pero esta vez no sabía si estaba bromeando o no.

Neil era calculador, un pervertido, un cabrón…

Un magnífico cabrón con una cara angelical y unos ojos demoníacos.

Siempre lo había rechazado tratando de convencerme de que no me atraía. Me gustaban los hombres, pero apenas el recuerdo de Ryan volvía a mi mente, buscaba el amor en las mujeres.

—¿Preferirías a una de tus amiguitas ahora? —insistió dejando de tocarse.

Apoyó la espalda en la encimera y me observó intrigado. Su confianza en sí mismo era capaz de subyugar a cualquiera. Comprendía por qué las mujeres lo consideraban irresistible.

—Depende… —dije adoptando también una actitud firme. No me dejé intimidar. Apunté los ojos hacia él y sostuve su mirada depredadora sintiendo que un extraño calor se iba extendiendo por mi pecho—. Me gusta todo lo que tiene alma… —le recordé guiñando los ojos con cuidado.

—¿Y en tu opinión tengo alma? —preguntó.

Sentía su halo erótico. Neil no se daba cuenta de lo sensual que era y eso me atraía de él. Me gustaba a mí y le gustaba a mi cuerpo, hasta tal punto que mis pechos se tensaron y mis pezones se hincharon deseando que él los chupara.

Neil se dio cuenta y adoptó una expresión cautivadora.

—Me salvaste en ese sótano. Siempre he pensado que tienes un alma buena y luchadora —confesé.

Algo cambió en su mirada. Neil se puso rígido y los recuerdos empezaron a agolparse en su cabeza. La expresión de burla había desaparecido de su cara.

Volvió a ponerse serio y se retiró a su lóbrego mundo para defenderse incluso de mí.

Antes de que huyera como solía hacer, me acerqué a él, pero Neil se irguió e hizo ademán de marcharse.

Entonces le agarré un antebrazo. Él se volvió para mirarme confuso. A decir verdad, yo tampoco entendía lo que estaba haciendo, pero quería que dejara de sentirse culpable.

—Nunca me hiciste daño. Debería darte las gracias por haber impedido que sucediera lo peor —susurré y luego le acaricié el brazo. De repente, sentí una poderosa languidez en mi interior, la reconocí: era el deseo de acostarme con un hombre. Hacía mucho tiempo que no experimentaba esa sensación.

Neil se quedó mirando el movimiento de mis dedos, que bajaban lentamente hasta su muñeca. Agarré su mano y la acerqué a mi pecho. Él tembló cuando su palma entró en contacto con mi seno y me aplastó el pezón.

—Megan… —me advirtió, pero yo no dejé de seguir mi instinto. Con mi mano cubriendo la suya, le insté a que me tocara más abajo. Lo guie hasta la barriga. Antes de que pudiera acariciarme donde más deseaba, se apartó de mí y dio un paso atrás asustado—. No, joder. No —soltó mirándome como si no fuera un ser humano—. Ya sabes que me gusta provocarte. Lo hago siempre. Pero eso no significa que me vaya a acostar contigo. —Se pasó una mano por la cara y me miró horrorizado—. ¿Tú…, tú vas en serio? —preguntó ladeando la cabeza.

Parecía realmente sorprendido. Debía de pensar que me había vuelto loca. Saltaba a la vista.

—Depende de lo que entiendas por «ir en serio». —Solté una risita divertida, pero él no pareció captar la broma, porque hizo una mueca de fastidio.

—No hay nada de qué reírse —gruñó—. ¡Nada! —me regañó.

En ese momento bajé la mirada, escruté por debajo de sus pantalones y vi una erección que rara vez había notado en otros hombres.

Me corregí: jamás la había visto en nadie.

Neil siguió mi mirada con curiosidad y, al darse cuenta de la reacción de su cuerpo, palideció. En lugar de presumir de sus evidentes dotes, Neil Miller parecía avergonzarse de ellas o incluso estar a punto de sufrir un derrame cerebral.

—Por lo visto alguien no está de acuerdo contigo —dije tomándole el pelo a la vez que daba unos golpecitos con el dedo índice en su barbilla. Él empezó a inquietarse y me miró con tanta frialdad que me estremecí.

501

Sus modales eran a menudo extravagantes e irritantes.

Me deseaba, era evidente, pero yo no aceptaba que se forzara a resistirme.

—¿Qué demonios te pasa? —estalló furioso—. ¿Quieres follar? Búscate a otro. No cederé. Sería una puta locura. ¡Una locura total! —añadió algo más titubeante. Dio otro paso atrás y sacudió la cabeza para aclararse las ideas—. Ni siquiera eres mi tipo —dijo para ofenderme, pero los destellos que lanzaban sus ojos comunicaban cualquier cosa menos eso.

Neil estaba intentando contener sus impulsos.

—¿Todavía permites que Kimberly decida por ti? —me burlé de él—. Ese día no pasó nada en el sótano. Solo teníamos diez años y nos salvaste a los dos. Ahora somos adultos. Si quieres tocarme, si quieres besarme, si quieres follarme… puedes hacerlo. —Alargué los brazos para animarle. Neil frunció el ceño, inseguro—. Solo aceptaré tu negativa si me dices que no me deseas. —Avancé y él retrocedió hasta chocar con la encimera que tenía tras de sí—. Recházame, Neil. Dime que no te atraigo, pero no te mientas a ti mismo, no secundes a Kim. No le concedas ese poder.

Llegué hasta él y alcé la cara para mirarlo.

502

Estaba desconcertado, por no decir otra cosa: tenía la mirada ausente, los labios entreabiertos. Respiraba con dificultad.

—No —susurró agarrando con las manos el borde de la encimera que tenía tras de sí. Buscaba un asidero al que aferrarse para resistir y forzarse a reprimir lo que sentía—. He dicho que no —repitió exasperado.

—Sí, Neil, sí. Joder. Libérate de esa condena podrida e insensata. Soy una mujer que ha sufrido el mismo tipo de abusos que tú, nada más. Odio que me miren como si fuera diferente, pero, sobre todo, una demente. Odio que me rechaces porque me asocias con Kimberly y con tus recuerdos. Y odio que me llames desequilibrada porque veo la realidad tal y como es. Porque la verdad es…

Antes de que pudiera decir que nos sentíamos recíprocamente atraídos, Neil se abalanzó sobre mi boca con una violencia irrefrenable. Su lengua me incitó a abrir mis labios para él y cuando me invadió con una fuerza avasalladora, sentí en mi paladar su fresco sabor mezclado con el del tabaco; era tan erótico que gemí. Sus manos cubrieron mis pechos cargados por el deseo, que él palpó sin dejar de besarme.

Era abrumador.

Retrocedimos hasta la isla de la cocina.

Lo nuestro no era un beso, era sexo en estado puro.

Me acarició las caderas, luego bajó hasta las nalgas, las apretó con fuerza y empujó su erección contra mi bajo vientre.

Sentí un maravilloso escalofrío en la espina dorsal.

Gemí de placer, pero Neil se apartó de golpe, dejándome la boca tumefacta y dolorida.

Me escrutó bastante turbado. Sus ojos parecían tan sorprendidos como los míos.

No podía creer lo que acababa de hacer.

—No me digas que aún te lo estás pensando… —le susurré jadeando—. Deja de darle a esa mujer el poder de gobernarte. No te pediré que te cases conmigo, para mí también será solo sexo —lo tranquilicé con una sonrisa sincera.

Tras el breve instante de desenfreno, nuestros pensamientos iban ahora en la misma dirección.

Neil deseaba follar conmigo y yo quería que lo hiciera.

Algo se había encendido en él. Había cruzado la línea tras la cual a un hombre le resulta casi imposible dominarse. Su cuerpo se agitaba para liberar el deseo que ardía en su interior.

Intentó luchar de nuevo contra él, reprimirlo, pero al final se encogió de hombros y se dio por vencido.

—No soy de los que van con miramientos —me advirtió, apoyando las palmas de las manos a ambos lados de mis caderas, en la isla que esperaba el peso de nuestros cuerpos temblorosos.

—Y a mí no me gusta estar debajo —repliqué alegre. Él frunció el ceño y examinó con lascivia mis curvas. Parecía gustarle mucho mi aspecto. Me estremecí ante la lujuria que vislumbré en sus iris.

—A mí tampoco —admitió—. ¿Qué hacemos entonces? —preguntó con un timbre de voz que agudizó la tormenta que se había desencadenado ya en mi interior.

Neil tenía la capacidad de excavar en la mente de las mujeres, de discernir sus perversiones y manejarlas a su gusto. De repente, hice palanca con los antebrazos y me senté en la isla; luego rodeé sus caderas con mis piernas para atraerlo hacia mí. Me estremecí cuando sentí su enorme miembro entre mis muslos.

—Busquemos una solución de compromiso. Una posición cómoda que nos guste a los dos. Misma altura, mismo poder de decisión. No me gusta que me sometan —le aclaré acercándome a él para besarle el cuello—. De manera que ni se te ocurra hacerlo —le advertí mientras le lamía el lóbulo de una oreja. Su risa gutural hizo vibrar mi pecho.

—Como quieras, desequilibrada…, pero aquí no.

Me cogió en brazos y me levantó. Lancé un chillido de sorpresa

503

al ver que se dirigía con paso firme hacia mi dormitorio. No había tenido la deferencia de pedirme permiso. Mi cuerpo se movía con cada paso que daba, de forma que mis pezones se frotaban contra su pecho provocando una tensión insoportable.

—¿Con cuántos hombres has estado? —me preguntó abriendo la puerta de una patada para entrar.

—Pocos. Después de Ryan solo he estado con dos —confesé sin pudor. No eran muchos para una chica de mi edad, pero nunca había sido fácil, aunque ahora pareciera lo contrario, porque se trataba de él. Neil era diferente de los demás.

—¿Y cuánto tiempo hace que no follas con un hombre? —insistió intrigado.

No entendía a qué venían esas preguntas, pero conociéndolo al menos un poco, estaba segura de que tenía sus buenas razones para hacerlo.

—Desde hace casi un año —respondí.

El recuerdo de Ryan y de lo que me había hecho me había convertido en esclava del miedo, de la desconfianza y del dolor, el mismo dolor que aún sentía en el pecho y por el que me revolvía en la cama víctima de unas pesadillas terribles: por eso no solía tener relaciones sexuales con cualquiera.

—Bien. —Eso fue todo lo que dijo mientras me tumbaba lentamente en la cama. Acababa de decirle que no me gustaba que me sometieran, pero Neil estaba acostumbrado a lo contrario con las demás. Así pues, antes de que se echara sobre mí, lo empujé de manera que sus hombros cayeran sobre el colchón. Me miró atónito, pero no tuvo tiempo de oponerse. Me puse a horcajadas sobre él, me quité la camiseta y la tiré al suelo. Sus ojos miraron hambrientos mis pechos desnudos y el tatuaje que tenía en el esternón, justo en el centro.

Era la primera vez que lo veía.

Curioso, levantó una mano para acariciarlo y trazó el contorno con los dedos.

—Es una mariposa negra —dije adelantándome a su pregunta—. Simboliza las fobias, las inseguridades. Lo que escapa a nuestro control. Aquello de lo que jamás podremos liberarnos.

Me incliné hacia él y le besé la mandíbula contraída. No estaba del todo relajado. Tenía la cabeza en otra parte. Iba a tener que esforzarme para desterrar los pensamientos sombríos que lo atormentaban. Así pues, empecé a moverme sobre él para distenderlo. Su respiración se aceleró, pero aún estaba demasiado tenso. Cuando me puse las manos en las caderas, no entendí si se trataba de un débil intento de detenerme o una petición tácita de que continuara.

—Te deseo ahora... —susurré arrastrada por una pasión incontenible. Me detuve un instante para bajarle el calzoncillo por las piernas y tirarlo lejos. Cuando por fin pude admirar su cuerpo desnudo, me quedé sin aliento.

Perfecto..., era simplemente perfecto.

Embriagada, le acaricié el cuello, los pectorales y bajé por los abdominales mirando con voracidad el enorme miembro que se erigía entre nosotros. Solté de golpe el aire cuando lo rocé con la palma de la mano para asegurarme de que no estaba soñando. Jamás me había acercado a un hombre tan viril y fascinante como Neil. Su cuerpo reaccionó a mis caricias: el glande se humedeció y sus testículos se contrajeron provocándome un espasmo de placer.

—¿Satisfecha? —murmuró a la vez que se incorporaba para atraerme hacia él. A continuación, me acarició la espalda y me apretó el trasero para incitarme a moverme. Había perdido la capacidad de hablar. Por primera vez me estaba dando realmente cuenta de lo que iba a pasar y un destello de inseguridad me hizo desistir.

Hubiera preferido algún preliminar para aliviar la tensión, pero a Neil no le gustaba perder el tiempo; inclinó la cabeza hacia mis pechos y me mordió un pezón, haciéndome arquear la espalda, y luego lo chupó para aliviar el ardor. Era agresivo e impulsivo. No se iba a detener.

Por otra parte, yo lo había provocado y ahora me estaba dando a entender que ya no podía echarme atrás.

Lo anhelaba, había olvidado incluso la embriaguez que producía compartir tal intimidad con alguien.

Las sensaciones que experimentaba me conmocionaron.

Con él no pensé en Ryan, no pensé en la niña atormentada que vivía en mis recuerdos.

Dejé de razonar justo cuando su lengua trazó los contornos de mi tatuaje y rodeó lentamente la aureola. Neil estaba seguro de sí mismo, sabía cómo seducir a una mujer e inducirla a entregarse a él. Le metí una mano en el pelo y lo empujé contra mi pecho para hacerle saber que me gustaban sus atenciones y que no quería que parara. Él me apartó un lado de las bragas y comprobó lo excitada que estaba con la punta de los dedos. Nunca me había sentido tan implicada con un hombre, mi cuerpo parecía aceptarlo sin reservas.

Sin repulsión, sin náuseas.

Unos escalofríos de placer recorrieron mi espina dorsal cuando me metió dos dedos y empezó a moverlos con calculada malicia. Cerré los ojos y me abandoné a él lanzando débiles gemidos. Mis jadeos eran la respuesta a lo que me estaba haciendo y a la manera perfecta

505

en que estaba haciéndolo. Cuando dejó de tocarme, aprovechó mi repentina debilidad física e invirtió la situación. De esta forma, quedé tumbada de espaldas en el colchón, debajo de él, con su pelvis entre mis muslos.

—Te dije que…

—No te dejaré estar encima. Puedes someter a otros hombres, pero a mí no.

Su aroma a gel de baño me aturdía y me incitaba a lamer su piel cálida y suave, consciente de que no iba a sentir asco al hacerlo. Ni mucho menos.

Le acaricié la espalda y descendí hasta sus nalgas marmóreas. Gemí en señal de aprobación y él sonrió mientras empezaba a besar cada centímetro de mi piel. Partiendo del cuello, bajó a mis pechos y luego a lo largo del abdomen. Me rozó el ombligo y entonces esperé a que llegara al punto donde ardía un fuego indomable, pero él se paró. Permaneció inmóvil, mirando fijamente el tanga que aún llevaba puesto, así que traté de averiguar en qué demonios estaba pensando.

Me moría de deseo por él, pero Neil aún parecía estar demasiado lúcido.

506

—¿Qué ocurre? —murmuré con la respiración entrecortada.

¿Quería dejarme allí, frustrada, muriéndome por sentir su lengua donde más la esperaba?

Le grité decepcionada. Neil parpadeó lentamente, se puso de rodillas y con un gruñido furioso me bajó las bragas y las lanzó a un lado.

Cuando me miró, tragué saliva ligeramente avergonzada. No solía sonrojarme, pero la forma en que me estaba escrutando me incomodó. Había lucha, deseo y rabia en sus ojos.

De repente, dejó de pensar y se tumbó sobre mí.

Echaba de menos sentir su lengua entre mis muslos, pero Neil se las arregló para compensar ese vacío frotando su erección en mi clítoris con unos movimientos lentos e intensos.

Sentirlo tan fuerte y poderoso anuló mi racionalidad.

—No sé si voy a poder correrme… —me murmuró al oído, pero yo estaba demasiado aturdida para hablar con él. Su cara era impresionante, no podía dejar de contemplarla un solo instante. Sus labios estaban húmedos, sus ojos, brillantes de deseo. Yo ya estaba lista, aguardando con ansiedad el momento de acogerlo. Él se percató y, cuando le agarré las caderas con las manos, me mordió en el cuello y me invadió con un empuje intenso y decidido.

Grité.

Grité con todo mi ser.

Temí que se me hubiera desgarrado la piel. Emití un gemido de dolor y placer a la vez y, sin darme cuenta, levanté la pelvis para facilitar su entrada. Creía que estaba preparada para su tamaño, pero no era así. Me llenó por completo y yo traté de respirar.

Si me tensaba complicaría aún más la situación, así que me relajé en el colchón, tratando de ablandar la tirantez.

—Qué apretada estás, joder —susurró él al sentir que mi cuerpo se ponía rígido para amoldarse a su asalto. Eché la cabeza hacia atrás y le arañé las caderas.

Él gimió, presa de una extraña complacencia animal.

Se detuvo cuando contuve la respiración y me miró a los ojos para asegurarse de que estaba bien. Sentía que me abrasaban los músculos, pero no podía estar mejor. Así que confié en que no me dejara insatisfecha.

—¿Todavía estás segura? —preguntó vacilante. Por toda respuesta, me arrojé a sus labios y lo besé.

Lo besé con énfasis, con pasión, con deseo y me moví debajo de él para descubrir lo que le gustaba.

Quería saber si prefería el sexo lento y apasionado o el más salvaje y brusco.

507

Dudaba, porque Neil guardaba silencio, no gemía ni hacía ningún ruido.

En cualquier caso, chillaba cuando me movía con más audacia, cuando le mordía un hombro o le clavaba las uñas en la espalda.

Así que supuse que prefería una aproximación más decidida.

Le apreté una nalga para incitarlo a ir más rápido y oí que emitía un ronco gemido de aprobación, que me llenó de satisfacción.

Él también estaba intentando captar mis reacciones, comprender hasta dónde podía llegar.

—Sí, así…, no te contengas… Eres magnífico —mascullé arañando sus hombros; al día siguiente iba a tener unas marcas más que visibles. Comenzó a hundirse con más ímpetu, inclinándose para golpear el clítoris. Su poderosa espalda se sacudía con cada embestida.

Su cuerpo había sido creado para el sexo.

Parecía una divinidad nacida para castigar a todos los que se rindieran a él.

Sus besos provocaban una sobrecarga de sensaciones demencial.

Nuestros gemidos se fundían en el aire.

Lo adoré con todo mi ser, lo toqué con pasión y le susurré que confiaba en él.

Confiaba en Neil como nunca antes había confiado en nadie.

—No me he puesto condón... —murmuró infligiéndome unos golpes más rápidos. Me había fijado en ese detalle y sabía que normalmente lo utilizaba, porque siempre tenía un paquete lleno en su habitación.

—Estoy tomando la píldora, tranquilo —logré decir casi sin respirar. Neil era puro fuego en la cama y esa era sin duda la confirmación de que los rumores que circulaban sobre él eran ciertos.

Era despiadado e incansable.

—No te lo he preguntado. —Se detuvo. Intentó recobrar la lucidez y me miró ofuscado—. No te lo he preguntado. Me he distraído y nunca lo hago. Siempre me lo pongo con todas, excepto con...

Sus pupilas se dilataron. Sus pensamientos corrieron lejos, corrieron hacia otra mujer.

Algo cambió. Neil se encerró en sí mismo.

Se quedó apoyado sobre los codos. Su erección seguía inmóvil dentro de mí, la emoción seguía ahí, pero la conexión emocional no. Le di un masaje en los hombros para tranquilizarlo mientras jadeaba. Luego me moví debajo de él y al hacerlo sentí una punzada en el bajo vientre.

Pero Neil seguía mirándome serio, absorto, sin intención de continuar donde lo había dejado.

No iba a poder resistir mucho más.

No podía permanecer impasible con su pecho pegado al mío y las rodillas apretándole los costados.

—Después de Kim, ¿estás dando a Selene el poder de gobernarte? No tienes otra opción, Neil. O luchas contra tus tormentos o te vas a volver loco.

Le acaricié la mandíbula y él se puso rígido. Inhalé su aroma, fundido ya con el mío, y jadeé cuando, con un movimiento firme de la pelvis, se hundió más en mí. Me penetró despacio, hasta el fondo, y entrecerró los párpados para gozar de mi gemido de placer. Luego puso sus labios ardientes en mi oreja e inspiró suavemente.

—Úsame. Quiero que disfrutes, Megan. Para que sea diferente de lo que soportabas con Ryan... —susurró lánguidamente. No siempre alcanzaba a comprender lo que pasaba por su mente, pero la intensidad de su tono reavivó el fuego que tenía entre las piernas.

Empezó a moverse de nuevo y esta vez parecía decidido a no detenerse.

Empezó a imponerse con arrebato y pasión.

Estaba en su poder, me sentía más desnuda que nunca.

Mi alma fue despojada de todo, incluso de mis miedos. Grité cuando empezó a golpearme con furia. Las ráfagas de calor me incendiaron la piel, su espalda se arqueó, sus rodillas temblaban para aguantar el peso de su pelvis mientras esta me empujaba con brutalidad.

Empezó a follarme sin límites, sin delicadeza.

Había dejado de controlarse, tal como le había pedido, pero, aun así, algo en él me hizo sentir hasta qué punto me respetaba.

A veces frenaba el ritmo para asegurarse de que yo estaba bien, otras lo aumentaba para acrecentar el placer. Seguía deseándolo a pesar de que mi cuerpo estaba agotado. La necesidad de correrme se hizo insoportable, pero Neil me negaba esa posibilidad para llevarme al límite.

El nuestro se convirtió en un entendimiento prohibido, trasgresor, lleno de recuerdos tácitos.

La visión de su cuerpo sudado, de sus músculos agitados y de su piel brillante me dejó sin palabras.

Era hermoso: un fiel perseguidor de la pasión enardecida.

—Neil…

Si seguía así, podía morir, pero él no dejaba de embestirme de manera implacable y calculada, consciente de lo mucho que me excitaba. Cada vez estaba más mojada, los estremecimientos que sacudían mi cuerpo eran cada vez más intensos, y la garganta me ardía debido a los gritos de placer.

Neil era indomable.

Una bestia capaz de romperme en mil pedazos, pero también de reinventarme, de recomponerme, de recrearme y de adormecer mis dolores.

—Esto es sexo, Megan, no lo que esos dos canallas nos impusieron —susurró mientras yo lanzaba otro gemido incontrolado. Los ojos se me llenaron de lágrimas. Parpadeé para contenerlas y sonreí. Neil me escrutó tratando de comprender mi reacción, pero yo puse punto final al intercambio de miradas comunicándole mis emociones con un beso.

Quería más, quería un vínculo emocional que anulara las conversaciones inútiles.

Sabía que Neil era el hombre adecuado, sabía que me entendería.

Él me devolvió el beso, inspirando hondo por la nariz, y yo le agarré el pelo para atraerlo hacia mí. Había perdido por completo el control sobre mí misma, no podía dejar de desearlo.

Cuando se movió con mayor rapidez, el placer me ofuscó y quedé subyugada por nuestra vehemente locura. Con un grito liberador exploté debajo de él y le clavé las uñas en las nalgas como si quisiera dejarle una marca.

509

Él siguió hundiéndose en mí, oí cómo se reía en el pliegue de mi cuello, feliz de haberme llevado hasta el orgasmo.

El primero que había sentido de verdad con un hombre.

Esa conciencia dio paso a una alegría sofocante, que manifesté lanzando un grito repentino. Neil se detuvo de golpe y me miró preocupado. No tenía nada que temer; al contrario, me había ayudado a comprender que era una mujer normal, capaz de vivir la sexualidad como las demás. Me tapé la cara con las manos, avergonzada por aquellas lágrimas inesperadas, y él se erigió sobre mí jadeando y con el pecho sudoroso.

—¿Va todo bien? —preguntó temeroso. Me limité a asentir y le oculté mis debilidades. Desconfiado, me apartó las manos de la cara y me miró detenidamente para asegurarse. Su mirada se dulcificó y me enjugó la mejilla con un pulgar, consciente de ser el artífice de esas nuevas y maravillosas emociones—. ¿Nunca habías tenido un orgasmo con los demás? —intuyó.

Mi corazón latía con fuerza en mi pecho. No estaba acostumbrada a revelar mis secretos, pero ya había bajado todas las defensas con él.

Negué con la cabeza: nunca había sucedido, porque nunca había podido confiar en nadie, nunca había sentido que los demás hombres quisieran protegerme ni que tuvieran un ánimo bueno.

Poco antes le había dicho que amaba todo lo que tenía alma, pero no le había especificado que el alma tenía que ser pura, noble, honesta.

Como la suya.

—Creía que tenía problemas —admití a la vez que me ruborizaba como una niña inexperta.

Sonrió y me miró pensativo.

—Bueno, si te llamo la desequilibrada por algo será —dijo riéndose entre dientes—. Solo tienes que aprender a dejarte llevar… —añadió poniéndose serio de nuevo.

Se movió un poco para no pesar demasiado sobre mí y mis pezones rozaron su pecho, provocándome otro espasmo de placer. Sonrió con picardía al darse cuenta. Entonces comprendí que había pensado en mi bienestar, en lugar del suyo. Estaba segura de que Neil no se había corrido y quise remediarlo. Sin decirle nada, moví la pelvis para animarlo a proseguir.

Al principio me miró aturdido, pero luego comprendió mis intenciones y volvió a penetrarme con fuerza.

Me aferré a sus alas negras y me ahogué en la miel de sus ojos.

Me abandoné a su tormenta y dejé que sus rayos me alcanzaran.

Con una mano me acarició el muslo y yo apreté su cuerpo con las rodillas: todo iba bien, podía tomar lo que me había dado. A pesar de que sus enérgicos y poderosos golpes me habían dejado exhausta, cuando por fin oí un gemido prolongado y profundamente masculino de liberación, supe que estaba al límite.

De repente, salió de mi intimidad y se corrió encima de mí salpicándome la barriga con un chorro caliente y continuo.

Esperaba que explotara dentro de mí, pero probablemente aún no estaba preparado para compartir un acto tan íntimo. Para alguien como él habría sido una manifestación de extrema confianza, y sabiendo de sobra lo desconfiado que era, necesitaba tiempo para abandonarse por completo.

Jadeando, se desplomó sobre mí y apoyó la frente en la almohada, exhausto. Mi corazón latía con fuerza mientras quedaba aplastada por su peso, incapaz de moverme y de respirar. Me sentía partida por la mitad, destrozada, rota, pero debía reconocer que había sido la mejor experiencia que había tenido con un hombre en toda mi vida.

—Gracias… —murmuré incrédula, cansada y satisfecha.

Un ligero torpor debilitó mis músculos, mis párpados se entrecerraron. Mi cuerpo acababa de liberarse del sufrimiento, del miedo y del dolor que me habían encadenado durante demasiados años. Neil se deslizó a mi lado y sentí frío cuando se separó de mí. Me volví hacia él y lo miré.

Estaba quieto, mirando al techo. Sus labios carnosos estaban enrojecidos, unas gotas de sudor resbalaban entre sus pectorales y su erección seguía estando turgente y roja.

Alterado de esa forma resultaba aún más salvaje.

—¿Gracias por qué? —preguntó desde la nada con la voz floja y los músculos relajados.

—Por haberme ayudado a apreciar de nuevo el sexo con un hombre. —Sonreí. Él se volvió y frunció el entrecejo. Estaba preocupado. Era evidente que había malinterpretado mi confesión, así que me vi obligada a aclarar la situación para no asustarlo—. No te voy a pedir que empecemos una relación, tranquilo —dije, pero Neil no parecía nada sereno. Seguía dándole vueltas a algo.

—Siempre has querido estar apartada de mí estos meses, ¿por qué has decidido entregarte a mí ahora?

Encastró sus ojos dorados en los míos. La tenue luz que entraba por la ventana iluminaba la pátina de sudor que perlaba su frente y sus pómulos. Quise acariciarlo para buscar de nuevo su calor, pero evité incomodarlo.

511

—Porque he comprendido que puedo confiar en ti. Después de la violencia que sufrí, nunca me ha resultado fácil tener relaciones con los hombres —confesé sin medias palabras. Era la pura verdad. Todavía estaba lidiando con las consecuencias psicológicas de los malditos años que había pasado con Ryan, que habían herido mi alma en lo más profundo. Había construido una coraza de acero para defenderme de todos.

Siempre había sido una mujer fuerte e intrépida, pero, como cualquier ser humano, yo también tenía mis debilidades y mis temores. No pensaba que iba a ser capaz de sentir nuevas emociones; mi corazón se había apagado hacía ya tanto tiempo que había llegado a creer que iba a ser imposible experimentar placer o un entendimiento emocional con otro ser humano, ya fuera hombre o mujer.

—¿Confías en mí? —repitió Neil en tono suspicaz. Me fiaba de él con los ojos cerrados. Me había salvado cuando era solo un niño, gracias a él Kim no había podido filmarme, gracias a él la policía la había detenido a ella y a Ryan poniendo punto final a su crueldad.

—Sí. Eres el único del que siempre me he fiado de verdad —susurré.

Sus ojos no se apartaban de los míos. Cuando parecía incrédulo o maravillado por algo, daba la impresión de que el oro de su mirada se volvía más líquido. Neil no era un hombre que hablara mucho o expresara lo que sentía, pero era profundo, por mucho que se lo negara a sí mismo.

—Yo… necesito volver a mi habitación.

Se levantó mostrándose ante mí orgulloso y maravillosamente desnudo. Me hubiera gustado verlo sin ropa todos los días, habría sido toda una alegría para mis hormonas. Mientras se dirigía hacia la puerta, me senté para admirar la forma en que sus nalgas se contraían a cada paso.

—Miller —lo llamé antes de que se fuera. Él se volvió y me miró—. Tienes un culo precioso, aunque lo de delante también es admirable. Pero te olvidas de algo… —afirmé divertida.

Neil frunció el ceño ofuscado; cuando señalé sus calzoncillos abandonados en el suelo, puso los ojos en blanco. Se agachó para cogerlos y, como era de suponer, no se los puso, sino que prefirió someter a dura prueba mis instintos femeninos.

El exhibicionista de siempre…

—¿Te asusta el deseo de abalanzarte sobre mí? —preguntó esbozando una sonrisa enigmática y apretó los calzoncillos en un puño sin dejar de mostrarse ante mí con todo su poderío y su belleza carismática.

—Ahora que conozco tu enorme potencial, sí —admití encogiéndome de hombros—. Ah, enhorabuena por el cetro, majestad.

Era inútil mentir. No volvería a tomarle el pelo por su tamaño, sobre el que varias veces me había hecho insinuaciones.

Él sacudió la cabeza y se volvió hacia la puerta.

—Gracias, desequilibrada. Cuando quieras te vuelvo a mostrar su magnificencia —dijo guiñándome un ojo y salió de la habitación. No era tipo de mimos ni de caricias afectuosas.

No me esperaba que se quedara a dormir conmigo ni mucho menos que buscase un momento de dulzura después del sexo.

Neil era así.

Volví a echarme sobre la almohada pensando en lo que acababa de ocurrir.

Percibía nuestro olor en las sábanas arrugadas, su calor en mí, su fresco aroma se fundía con el mío; nunca olvidaría el momento que habíamos compartido, pero, aun así, la media sonrisa que plegaba mis labios se aflojó al recordar que Neil se había ensombrecido al oír el nombre de Selene.

Nunca le había preguntado por ella, nunca habíamos hablado de ella, porque cada vez que mencionaba su nombre rompía algo. Quizá pensaba en ella durante el sexo, es más, puede que le sucediera con las mujeres con las que se acostaba. No era casual que todas fueran la fotocopia exacta de Selene. Yo, sin embargo, no era como ella.

Reflexioné un buen rato sobre el hecho de que yo no me parecía en nada a esa chica.

¿Significaba eso que conmigo no había pensado en ella?

Neil no había dado señales de ceder, nunca me había llamado por su nombre, aunque…

Resoplé y decidí dormir.

Pensar demasiado solo me pondría nerviosa y me agitaría. Me arrebujé en las sábanas y pospuse la ducha a la mañana siguiente. Por extraño que parezca, no me molestaba que mi cuerpo conservara el olor de un hombre ni los restos de su semen en mi abdomen.

Inquieta por mi nueva permisividad, cerré los ojos y me dormí.

Cuando los rayos del sol se filtraron por los grandes ventanales de la habitación y acariciaron mi piel, abrí lentamente los párpados y me di cuenta de lo que había sucedido. Me incorporé y miré confusa a mi alrededor. Lo que había vivido parecía poco menos que un sueño, pero cuando observé mi cuerpo desnudo y percibí el aroma de

513

Neil en mí, comprendí que no había sido fruto de mi imaginación y sentí arder mis mejillas.

Poco a poco, puse los pies en el suelo y me estremecí con una mueca de dolor, porque aún seguía sintiendo su presencia entre mis piernas.

Neil no había sido delicado, sino intenso, envolvente, apasionado.

Pero, por encima de todo, mío.

Me arrastré hasta el baño como si hubiera sobrevivido a un accidente aéreo y esquivé mi imagen en el espejo para darme enseguida una ducha relajante.

Tenía los músculos entumecidos, incluso aquellos que hasta ese momento no había sido consciente de tener.

Mimé mi cuerpo con las manos, masajeando suavemente cada parte de mí.

Pasé cerca de una hora bajo el chorro caliente con la esperanza de recuperar algo de mi fuerza física y de mi lucidez mental, la que Neil me había chupado en una sola noche. Jamás habría imaginado que acostarse con él fuera una experiencia tan extraordinaria. La idea de haberlo poseído, aunque solo fuera por una vez, me encogía el estómago y hacía flaquear mis piernas. Me había resistido durante meses a su atractivo, a su sonrisa depredadora, a sus formas despiadadas de seductor, a los gestos provocadores, pero al final había sucumbido y no me arrepentía en absoluto.

Después de la ducha y tras ponerme un par de *leggings* negros y una camiseta de tirantes del mismo color, salí de la habitación y me encaminé hacia la cocina. Apenas lo vi, el corazón me dio un vuelco. Se había sentado en una esquina de la isla con apenas un par de pantalones deportivos encima y se estaba fumando un cigarrillo.

El aspecto de Neil era tan viril que trascendía los límites de la imaginación.

Nada en él hacía pensar en un príncipe delicado o ñoño de cuento de hadas, sino más bien en un hombre peligroso y feroz.

Sus ojos dorados, que estaban concentrados en el móvil que sostenía en una mano cuando entré, se posaron en mi cara al verme y el triste destello que vi en ellos me alarmó. Parecía turbado, pero también furioso. Los destellos de ira que entreví en su mirada me penetraron como un sinfín de cuchillas en llamas.

—¿Qué pasa? —pregunté avanzando hacia él—. Como puedes ver, no me he puesto nada tuyo, así que no empieces a dar el coñazo —dije tratando de desdramatizar, fingiendo que la noche anterior no había pasado nada y que ya no deseaba su cuerpo.

—Siéntate —me ordenó tirando el humo hacia arriba.

Su tono nunca me había parecido tan duro e intenso como en ese momento. Me detuve a una distancia segura. Había sido testigo de sus arrebatos y sus ataques de ira; aunque yo siempre había sido una mujer fuerte, la sensación de peligro me puso en guardia.

—¿Estás nervioso? ¿Es por lo de esta noche? Oye, en lo que a mí concierne, no pasó nada, solo fue... —Se rio entre dientes a la vez que me lanzaba una mirada apasionada. A decir verdad, para mí no había sido solo sexo, había sido mucho más, pero nunca iba a poder confesárselo.

—Por lo visto, sigues estando en contacto con el doctor Keller. Me gustaría saber por qué te pregunta por mí y, sobre todo... —Hizo una pausa, aplastando con fuerza la colilla en el cenicero negro que estaba en la isla, luego se puso en pie mostrando todo su poderío, que me dejó sin respiración—. ¿Cuándo te ordenó que me vigilaras? —preguntó con una sonrisa socarrona.

Parecía un demonio expulsado incluso del infierno. El oxígeno dejó de circular por mis pulmones. No hablé, no me moví.

Neil se asomó a mi alma con la intención de absorber todas mis inseguridades y sentí un escalofrío en la espina dorsal.

Joder.

—¿Has... has leído los mensajes en mi teléfono? Has violado mi privacidad, ¿lo sabes? —Fue todo lo que pude decir, porque había perdido la capacidad de pensar con claridad. Neil se aproximó a mí y mi cuerpo se incendió, temblando a cada paso que daba.

—No digas tonterías. Lo olvidaste aquí, en la cocina. Esta mañana te ha llamado. No contesté, pero sí que he echado un vistazo a vuestros mensajes. Todos son sobre mí. —Me entregó con rudeza el móvil y yo lo miré consternada. En la pantalla aparecía la larga conversación que había mantenido con mi psiquiatra, y Neil la había leído—. ¿Por qué coño te pidió que no me perdieras de vista? ¿Tú también sabías que ese embustero es mi padre? —despotricó furioso y su rostro contraído por la ira volvió a llamar mi atención.

—No sabía que el doctor Keller era tu padre. Lo único que me pidió fue que te ayudara y te animara a reanudar la terapia, porque te considera un buen chico —le expliqué mirándolo a los ojos para demostrarle mi sinceridad.

—¿Por eso te tenía siempre encima? En la casita de la piscina, en la clínica, en la universidad... ¿Porque te lo pidió él? —inquirió lanzándome su aliento caliente que olía a tabaco y café—. Tú también me mentiste. Igual que los demás.

Me aferró instintivamente un brazo y tiró de mí con tanta cólera que me causó un intenso dolor. Levanté una mano y me agarré a su muñeca para desasirme.

—Neil, me estás haciendo daño, suéltame. —Intenté zafarme de él, pero su mirada torva me inmovilizó y me hizo sentir una punzada de miedo en el estómago.

—Ya no confío en nadie, joder. Has sido la única persona con la que he compartido los últimos meses y tú... ¿te habías puesto de acuerdo con él para espiarme? ¿Ese era vuestro trato? —insistió airado; su pecho desnudo subía y bajaba al ritmo de su agitada respiración. Debía hacer algo que lo calmara antes de que fuera demasiado tarde.

—No sabía que era tu padre. Tienes que creerme —repetí mortificada—. Solo quería que te apoyara como amiga. Eso es todo. A mí también me pareció extraña su petición, pero John siempre ha sido un hombre bueno y amable conmigo, además de un estupendo psiquiatra. No tenía ni idea de que escondiera un secreto semejante —le expliqué.

Entrecerró los ojos mientras analizaba mi respuesta. Sus labios se fruncieron en una mueca de duda, el nerviosismo le hizo apretar su poderosa mandíbula.

—Megan, si me estás mintiendo, yo... —Apretó los dedos alrededor de mi brazo para reforzar la amenaza; para rompérmelo del todo solo debía hacer una ligera presión.

—No te estoy mintiendo. Lo juro. —Él era la última persona a la que habría querido mentir. Durante seis putos meses había dominado los sentimientos, anulado las emociones, pero todo había cambiado en una noche. Me dolía pensar que ya no se fiaba de mí—. Nunca lo haría, de verdad. —Soplé en sus labios carnosos.

Estábamos tan cerca que podría haberle besado.

De hecho, era lo que mi cuerpo me pedía a gritos desde hacía varios minutos, mientras un deseo incontrolable recorría mi alma.

Neil me soltó y suspiró angustiado.

—Nunca te haría daño; sea cual sea la relación que tengas con John, yo no tengo nada que ver con ella —añadí.

Me froté el brazo que él me había apretado y luego me acerqué despacio a él. Neil se había quedado inmóvil, mirando fijamente mi cuerpo, cada uno de mis gestos, movimientos y expresiones faciales. Me estaba estudiando, analizando a fondo, de manera que un escalofrío de temor torturó mi espalda y me erizó la piel. Él se dio cuenta, porque sus ojos se posaron en mis brazos desnudos. Volví a quedarme helada.

—Megan —me llamó y yo levanté la cara para mirarlo a los ojos con la esperanza de lograr que se serenara, pero parecía inflexible—.

Espero por tu bien que no me estés mintiendo, porque, de ser así, saldrás de mi vida para siempre —dijo con firmeza; sus ojos brillaban con determinación y de manera también inquietante. Ya no había rabia en su cara, solo una peligrosa firmeza.

Me mordí el labio inferior con nerviosismo, porque me sentía débil. Ya no podía confiar en mi cuerpo, que ardía cada vez que él estaba tan cerca de mí.

Debería haber tenido miedo, haber huido, pero en lugar de eso seguí mi instinto, el mismo que me estaba desgarrando por dentro desde que lo había visto sentado en el taburete.

—Neil… —Mi voz era cálida, ronca, estaba condenadamente excitada. Él frunció el ceño. Interrumpí la frustrante tensión que se había instalado entre nosotros y me puse de puntillas para besarlo.

Esperaba que reaccionara, que me apartara o me gritara que no lo hiciera, pero no ocurrió nada de todo eso.

Para un hombre que se preocupaba tanto por dominarse, por primera vez Neil no parecía capaz de reprimir sus emociones; conmigo estaba dando muestras de ser vulnerable y flexible. Lo incité a secundarme con la lengua. Gemí cuando él, no pudiendo escapar de mi beso, me mordió el labio con fuerza. No desistí y seguí exigiendo con valentía que me lo devolviera.

Al final, vencido por el instinto, dio su brazo a torcer.

Besarlo fue una experiencia diferente a todo lo que había experimentado hasta ese momento.

No podía evitarlo.

Acaricié su pecho firme y agarré sus caderas para acercarlo más a mí, para sentir su erección presionando justo donde yo quería. Gruñó enfadado por haber sucumbido a mi beso, pero su cuerpo me decía que me deseaba. Neil me quería y ese contacto solo acrecentó nuestro apetito.

De repente, el deseo se hizo irrefrenable y lo empujé al sofá. Me puse a horcajadas sobre él y me aferré a su cuello. Le revolví el pelo, suave al tacto. Mis pezones estaban tan duros que rozaban de forma excitante la camiseta de tirantes, su aroma fresco me invadió ayudándome a olvidar el olor de Ryan y de cualquier otro hombre con el que hubiera estado antes.

—Eres una cabrona —dijo bajando las manos hasta mis nalgas y apretándolas. Jadeé y luego me estremecí cuando me besó bruscamente, deteniendo la respiración en mi garganta.

De nuevo, me había tomado la delantera.

—Nunca he negado que lo fuera —respondí con la voz ronca por

517

el deseo. Yo ya estaba mojada, anhelando ser suya de nuevo—. Me deseas tanto como yo a ti. Lo sé, Miller.

Todas mis barreras se rompieron, caí a pedacitos ante él, sucumbiendo a ese ángel tan rudo y cautivador. Un gemido gutural, de profundo placer, salió de su garganta, mi intimidad se contrajo y lo arañé con desesperación. Un gesto que a él le encantó, porque se estremeció y me mordió el labio inferior hasta hacerlo sangrar, después, sin la menor delicadeza, me arrancó la camiseta de tirantes, me despojó de todo: no solo de mi ropa, sino también de la razón y del sentido común, hasta que perdí por completo el contacto con la realidad.

¿Por qué ningún otro hombre tenía el mismo efecto sobre mí?

¿Por qué la excitación llegaba a las estrellas con él?

¿Por qué nunca había deseado a alguien como a él?

¿Por qué me electrizaba la idea de seguir siendo suya?

Ya no tenía inhibiciones.

Ya no era yo.

Era una mujer diferente.

Por aterrador e ilógico que fuera, los dos necesitábamos eso.

Éramos muy problemáticos.

Estábamos heridos.

Estábamos manchados.

Éramos similares.

Pero, sobre todo, estábamos unidos por algo inexplicable.

24

Neil

Siempre hay un grano de locura en el amor,
al igual que siempre hay un grano de lógica en la locura.

FRIEDRICH NIETZSCHE

*S*uciedad.

Hay dos tipos de suciedad: la que te arrojan encima los demás y la que crece en tu interior.

La segunda es algo que no se lava.

Algo que llevas en la piel, que permanece contigo toda la vida.

Que se queda en tu alma.

Que fluye por tu sangre.

Solo con Campanilla había logrado sentirme más limpio.

Solo con ella el sol entre las nubes no era un espacio vacío.

Nuestros momentos no solo eran un intercambio de lenguas y deseos, sino también de miradas, de sonrisas, de abrazos y de besos.

Ninguna era como ella. Ninguna sabía a ella.

Ningún abrazo tenía la misma calidez.

Ningún beso la misma dulzura.

Nunca había estado tan seguro de que nadie más iba a tener su poder.

El alma de Campanilla viajaba dentro de mí.

Nada, ni el tiempo ni otros ojos azules ni ningún polvo podría borrar lo que la niña había sido para mí.

Su alma había sido como la antorcha que había iluminado mi oscuridad por un breve periodo de tiempo.

Había tocado fondo al ceder con la única mujer con la que nunca debería haber sucumbido: Megan.

Y no sabía si sentirme un pedazo de mierda por haberla consumido y desechado, o si sentirme un pedazo de mierda por haberme engañado a mí mismo durante los últimos seis meses.

Sí…, a mí mismo.

Había hecho el mayor de los ridículos.

Todo me había resultado nítido, claro, cuando, al caer en la tentación con mi coinquilina, había hecho todo lo posible por revivir el pasado, por acortar la distancia que me separaba de los ojos oceánicos de la niña; había hecho todo lo posible por imaginarme el cuerpo de Selene debajo de mí en lugar del de Megan.

Había hecho todo lo posible para sustituir el aroma a azahar de la desequilibrada por su aroma a coco.

Por eso había ido más allá.

Por eso me había olvidado del condón.

Por eso la había sentido tan estrecha, por eso había disfrutado, por eso…, por eso…

Por ella.

Solo por mi niña, a quien imaginaba sin poder tocarla.

A quien veía siempre en todas las mujeres.

A la que sentía en el aire, pero que luego huía cuando intentaba agarrarla con mi mano.

Siempre había pensado que sentiría algo diferente con Megan, porque nos unía un vínculo profundo, un pasado maldito y un destino cruel; sin embargo, por mucho que pudiera sentir ese innegable vínculo con ella, no era comparable con lo que sentía por Selene.

No, no llegaba tan alto.

Tan adentro. Tan a fondo.

No dolía tanto, no era totalizador.

No llegaba al vacío que me habría gustado colmar besando los magníficos labios de mi Campanilla.

No era la sensación de sus manos pequeñas y deliciosas que deseaba volver a tener sobre mi cuerpo, porque eran las únicas capaces de limpiar mi suciedad, las únicas capaces de acariciar mi alma.

Me sentía como un oscuro y venenoso escorpión brillando a la luz de la luna.

La luna, mmm, ¿era acaso una coincidencia que mi hada se llamara Selene?

¿Era ella mi luna?

—¡Mierda! —solté irritado mientras intentaba trabajar en un proyecto ininteligible.

Después de haber cedido ante Megan, todo se había venido abajo. En un primer momento me sentí bien, el sexo con extrañas era genial, pero luego, por culpa de ella, había caído en una vorágine de absoluta confusión.

A la mañana siguiente, después de haber discutido con Megan, estuve a punto de volver a tirármela en el sofá, pero un lapsus fatal me impidió repetir el error.

Susurré un nombre.

Que no era el de Megan…

La llamé Selene. Jamás habría imaginado que sucedería, el nombre que siempre tenía en la punta de la lengua se había escapado en un susurro liberador, un susurro que llevaba mucho tiempo esperando a estrellarse contra el mundo, porque las demás mujeres no eran suficientes.

Necesitaba los colores de la niña, sus formas, sus palabras, sus emociones.

Necesitaba a mi Campanilla, si no, ya no iba a poder alejarme volando de la realidad.

—¿Café? —La voz de Megan atrajo mi mirada hacia su rostro sonriente. No entendía cómo podía estar de tan buen humor después de lo que habíamos hecho. Cerró la puerta del despacho de mi jefe y avanzó hacia mí con paso firme. El traje negro que lucía era elegante y sofisticado, pero sus pronunciadas curvas ya no me producían el mismo efecto. Las había probado, el deseo de ellas había quedado satisfecho, al igual que había ocurrido con el resto de las mujeres con las que me había acostado en los últimos meses.

521

Excepto con Selene.

Cuanto más saboreaba su piel, más la anhelaba.

Cuanto más la besaba, más hambre tenía.

Cuanto más entraba en ella, más quería quedarme allí.

Porque ese era mi lugar.

Ella era mi país de Nunca Jamás.

¿Necesitaba tirarme a Megan para darme cuenta?

Probablemente sí.

Estaba convencido de que con las demás mujeres pensaba en Selene porque me faltaba la conexión mental que, en cambio, sí tenía con Megan. Por ese motivo, dando pruebas de mi idiotez, había intentado comprobar si con ella podía olvidar las emociones que había compartido con la niña, pero me había equivocado, porque incluso la mujer a la que consideraba el «gigante» capaz de borrar el recuerdo de la niña había resultado ser un fracaso total.

No tenía nada que ver con la atracción física ni con el entendimiento mental ni con el pasado que habíamos compartido ni con la violencia que los dos habíamos sufrido.

Necesitaba mi perla para volver a encontrarme a mí mismo.

—Gracias… —respondí tratando de aliviar la incomodidad del momento.

Megan dejó el humeante vasito encima de mi escritorio y luego se lamió el labio inferior nerviosamente y suspiró a la vez que se metía un mechón de pelo negro detrás de una oreja. Ceder a la tentación de follar conmigo también había sido un error para ella.

Podía leer en su interior, sus ojos verdes no podían ocultarse de mí.

Compartíamos el mismo piso, no podíamos fingir que no había pasado nada, pero, al mismo tiempo, ella había percibido mi indiferencia. No había vuelto a tocarla ni a provocarla con insinuaciones sexuales y bromas perversas.

—No te preocupes. ¿Estás trabajando? ¿Cómo va todo? —Su voz era comedida. Al igual que yo, intentaba ocultar el arrepentimiento que sentía por el desliz que habíamos cometido con una cháchara banal.

—No, no entiendo nada, coño —confesé abiertamente lanzando un profundo resoplido. Me levanté del sillón giratorio que, de repente, me parecía incómodo y bebí mi café al mismo tiempo que me aproximaba a los ventanales, por los que se podía disfrutar una vista panorámica de Chicago.

Lo único que hacía era caerme, levantarme y volver a tropezar, sin hacer una a derechas.

Me sentía como un barco perdido en alta mar, sin brújula.

No sabía qué decisiones tomar, no sabía adónde ir, con quién hablar o en quién confiar.

Estaba solo en el mundo, solo contra el mundo.

—Tienes que dejar de cargarte con culpas que no te corresponden —dijo Megan rompiendo el silencio y se acercó a mí; percibí su agradable aroma, pero no me embriagó como las otras veces—. Fui yo la que permitió que sucediera lo que ocurrió entre nosotros —continuó.

Parecía tranquila, pero yo sabía que no lo estaba. Su mirada afligida de esos días y su ensimismamiento probaban lo dolida que estaba por mi actitud arrogante, propia de un cabrón al uso que solo había follado con ella y que la segunda vez la había llamado incluso por el nombre de otra persona, mandando todo a la mierda, incluida nuestra amistad, en caso de que nuestra relación pudiera llamarse así.

—No pretendía utilizarte. Sé que no te lo mereces, sé lo que has vivido.

Apreté el vaso de café con la mano y luego lo tiré intacto a la papelera, porque el veneno que me torturaba desde hacía varios días me había producido náuseas.

—Ya sabes lo que pienso, Neil —murmuró. Yo seguía teniendo la mirada ausente, a través de la ventana contemplaba un cielo azul que se disponía a recibir a las estrellas, un cielo que tampoco reconocía ya, como si yo ya no perteneciera a este mundo—. Deberías dar a tus hermanos una oportunidad, una segunda oportunidad a John y… —Me rozó el hombro con sus largos dedos y temblé. Hacía apenas unos días, sus uñas me habían arañado la carne con pasión, como si quisieran desgarrarme la espalda, pero a pesar de eso la esquivé, molesto por su contacto. Ella retiró el brazo y se aclaró la voz antes de proseguir con su discurso—. Y también a Selene. No puedes sustituirla por otra. Si acostarte conmigo ha sido la enésima prueba que lo confirma, al menos habrá servido para algo. Pasa de lo que le prometiste a su madre, de lo que es o no es correcto. Deja que Selene elija lo que es mejor para ella.

Me volví de golpe hacia Megan suponiendo que me estaría mirando con desdén, pero, para mi sorpresa, vi que me estaba sonriendo. Aunque solo fuera un atisbo de sonrisa, era sincera, la primera después de los numerosos días de frialdad y distancia emocional que le había procurado egoístamente, sin pensar en ella ni en cómo debía sentirse tras la decepcionante manera en que me había comportado a la mañana siguiente de haber pasado la noche juntos.

—No la conoces. Selene no es lúcida cuando se trata de mí, no es capaz de tomar decisiones sensatas, porque está demasiado cegada…

—Por el amor —dijo Megan terminando la frase—. Está enamorada, eso es todo.

Volvió a sonreír y yo me puse rígido. No sabía si estaba más nervioso por el sentimiento destructivo que Selene experimentaba por mí o por el comportamiento indulgente de Megan.

—No me merezco que me sonrías. De nada sirve engañarnos. Sé que estás decepcionada, sé que te sentiste utilizada. Podría incluso disculparme o decirte que lo siento, pero sería inútil y los dos lo sabemos.

La miré a los ojos, imponiéndome por mi estatura. A pesar de los vertiginosos tacones que llevaba, ella me miró desde abajo, agitando sus pestañas negras con aire pensativo. Observé sus labios seductores, pero no sentí el estremecimiento de excitación que había experimentado durante seis meses; a decir verdad, solo me había movido la curiosidad de poseerla, de probar a tener debajo de mí a una mujer como ella, porque Megan no era como las demás, nunca lo había sido, aunque tampoco fuera como mi niña.

La había utilizado para entender cuál era el vínculo que nos unía, si ese vínculo era más fuerte que el recuerdo de Selene, si era tan

523

poderoso como para hacerme olvidar su aroma a coco o sus jodidos ojos cristalinos, que no dejaba de ver, incluso en sueños, incluso en mis más lúgubres tinieblas.

¿Cuánta perversidad había en la mente de un hombre capaz de hacer algo así?

¿Cuánta cobardía había en un hombre que no miraba en su interior y no leía allí la verdad evidente, la que tenía grabada en su corazón?

En mí había mucha.

La niña y yo éramos la suciedad total y el agua clara durmiendo juntos tras haberse mezclado en la cama.

Ese era nuestro pequeño infinito.

En cambio, con las demás todo se reducía a lo finito, lo falso…

Esa era la verdad; a mí, sin embargo, me resultaba más fácil engañarme para hacerla feliz que secundar su ilusión.

A pesar de que, cuando pensaba en ella, seguía perdiéndome en su océano todavía dulce.

Todavía sorprendente.

Todavía mío.

Porque ella era la única a la que siempre había sentido mía.

Y yo siempre me había sentido suyo.

Con cada roce, beso, mordisco y aliento.

Megan seguía delante de mí con los ojos llenos de palabras inexpresadas, de preguntas ocultas, de sueños rotos. Sabía cómo engañar y herir a cualquiera que entrara en contacto con mi mente perversa y caótica.

—No quiero que te disculpes. Lo único que pretendo es que volvamos a ser quienes éramos antes. Nunca te exigí que sintieras algo por mí ni una relación, ni la posibilidad de sustituirme con cualquier otra. Ya tienes suficientes problemas, Miller, no quiero que sufras por lo que pasó. —Respiró hondo y se acercó a mí. Debería haberme odiado o haberme dado una bofetada en la cara, pero no parecía tener intención de hacerlo—. Somos adultos y conscientes de nuestras decisiones. Asumo la responsabilidad de mis acciones. Solo quiero que estés bien y que seas feliz con tus hermanos.

Su madurez me chocó tanto como sus ojos verdes, que me miraban con admiración, como si no la hubiera tocado imaginando tener a otra mujer debajo de mí, como si no la hubiera intentado seducir durante meses con el único objetivo de verla delirar por mí, como si no la hubiera utilizado para comprenderme a mí mismo y analizar el infierno en el que me había precipitado sin posibilidad de volver atrás.

—Tengo trabajo que hacer —murmuré aturdido.

En realidad, no quería explicarle lo que sentía después de haber despachado a mis hermanos de esa manera, no quería explicarle cómo me había sentido cuando John me había enseñado su tatuaje, no quería confesarle que me habría gustado retroceder en el tiempo, al día previo al de mi graduación, a cuando estaba con la niña y tenía su pequeño cuerpo aferrado al mío, con una de sus piernas entre las mías y su naricita apretada contra mi pecho.

Me gustaba ese «nosotros» inexplicable.

El instante en que estaba dentro de ella.

En que ella estaba dentro de mí.

Y el mundo se convertía en una hoja de papel que arrugábamos y arrojábamos lo más lejos posible de nuestro país de Nunca Jamás.

—Yo también he de volver al trabajo. Ya sabes dónde encontrarme si me necesitas. —Cuando Megan se alejó, mi mente cayó en picado en la realidad.

Mi nueva realidad.

—Luego volvemos a casa juntos —dije como siempre, haciendo también un esfuerzo para pasar página y poner una piedra enorme encima de lo que había sucedido entre nosotros. Estábamos viviendo juntos, las prácticas aún durarían seis meses y no podía seguir comportándome como un imbécil, ignorándola y sin mirarla siquiera a los ojos.

—Por supuesto —contestó esbozando una última sonrisa fugaz y salió del despacho dejando la puerta entreabierta, como si hubiera alguien más fuera. Aguardé unos segundos, porque podía tratarse de un cliente, pero no entró nadie. Resoplé, pero no la cerré.

En ese momento, solo me apetecía fumar.

Me acerqué al escritorio y saqué un cigarrillo de mi paquete de Winston. Sabía que no debía hacerlo, porque estaba prohibido, pero el reglamento me importaba un carajo.

Lo encendí e inhalé la nicotina tan profundamente como si no hubiera apagado el último hacía apenas un cuarto de hora. Enseguida sentí que mis músculos se relajaban.

—No sabía que se podía fumar aquí.

Me di la vuelta y vi dos ojos claros, idénticos a los míos. A pesar de que ya los había observado en otras circunstancias, nunca había notado el gran parecido. Era increíble la manera en que percibía ahora ciertos detalles.

Ahí estaba… John Keller. El mentiroso.

—¿Qué coño estás haciendo aquí?

A punto de perder los estribos, aplasté el cigarrillo entre los dedos sin dejar de mirarlo mientras él se acercaba poco a poco a mí. Mi corazón empezó a latir deprisa, igual que cuando había descubierto quién era en realidad. Tras cerrar la puerta tras de sí, John miró alrededor con curiosidad e ignoró mi pregunta durante unos instantes.

—Me gustaría hablar contigo —dijo metiéndose las manos en los bolsillos de sus pantalones oscuros, que lucía con un jersey azul y una chaqueta también oscura. Me observaba sin miedo ni incertidumbre, pero con una determinación tal que me inquietó.

—Ya hemos hablado. No tengo nada que decirte.

Rodeé el escritorio, aplasté el cigarrillo en el cenicero y fingí rebuscar entre los papeles para eludir su insistente mirada.

—Entonces volveremos a hablar —respondió con una punta de ironía en la voz que me irritó tanto como su confianza. ¿Desde cuándo el doctor Keller se comportaba así? ¿Pensaba acaso que me tenía en el bolsillo porque era mi padre? No me conocía en lo más mínimo.

—¿Qué es lo que no entiendes de lo que he dicho? ¿Te gusta desafiarme? No voy a cambiar de idea. Quiero a los mentirosos lo más lejos posible de mí —afirmé golpeando el escritorio con las palmas de las manos. John se percató de mi gesto impetuoso, pero no se inmutó. Me escrutó sin moverse, como si estuviera con un paciente en una de sus sesiones.

—Tú eres el que no tiene clara la situación, muchacho… Y teniendo en cuenta lo terco que eres, me veo obligado a actuar así y a recurrir a la fuerza.

Se encogió de hombros con tal arrogancia que me hizo temblar de rabia. No dejó de mirarme. Lanzando un gruñido furioso, me aproximé a él para afrontarlo.

—¿Se puede saber qué coño quieres? No puedes aparecer aquí como si nada, solo porque ahora sabes dónde trabajo. No quiero verte, no quiero tener nada que ver contigo. Has estado ausente durante toda mi puta vida, ahora es demasiado tarde, John —pronuncié lentamente su nombre para herirlo y darle a entender que nunca lo llamaría de otra manera. Sus iris claros se ensombrecieron, señal de que le había tocado el orgullo. Le sonreí y él abrió y cerró la mandíbula varias veces.

—¿Intentas hacerme daño? ¿Sabes, muchacho? Dado que eres mi hijo, esperaba más de ti. Una jugada más astuta —dijo con una sonrisa desafiante. Di un paso atrás.

¿Qué demonios estaba haciendo?

—No me provoques, capullo —le advertí.

—¿Por qué? ¿Qué harás si lo hago? ¿Pegar a tu padre? —insistió, y entonces mi mano derecha tembló, mi respiración se aceleró y parpadeé. Estaba a punto de perder el control.

—Para ya —siseé entre dientes, pero me miró de forma más penetrante y dobló una comisura de los labios en una mueca arrogante.

—Enséñame lo que sabes hacer. Compórtate como un hombre. Te sientes hombre, ¿verdad? ¿Te sentirías más hombre si pegaras a tu padre? ¿Lo harías? ¿Te haría feliz herirme? —me pinchó. Dejé de pensar. Cerré un puño y flexioné el brazo, cargándolo de potencia, una potencia que le haría arrepentirse amargamente de haberme desafiado.

Desahogaría la rabia y la decepción a mi manera.

Intenté golpearlo para satisfacer su absurda petición, pero John dobló las rodillas para esquivarme y luego retrocedió rápidamente. Antes de que pudiera comprender lo que estaba sucediendo, se acercó a mí y me pilló desprevenido. Me agarró la nuca con una mano y tiró de mí hasta que choqué contra su pecho.

Me abrazó.

Ese fue mi primer abrazo paterno.

El único que había recibido en mi vida.

—El que creías que era tu padre te enseñó que el hombre es agresivo y pega. Tu verdadero padre te enseña que el verdadero hombre ama y perdona —me susurró al oído rodeándome con el otro brazo como si yo fuera un niño pequeño e indefenso; como si yo fuera el niño del que él también se había visto privado y que ahora, por fin, había recuperado.

Me quedé quieto para asimilar ese contacto extraño, nuevo e inesperado.

Sentí su corazón latiendo en mi pecho.

Dentro de mi pecho.

Tenía la respiración entrecortada. Su mano me apretó con más fuerza la nuca mientras la otra me acariciaba la espalda. Su olor era fresco, puro, familiar. Sentía unas emociones abrumadoras fluyendo en mi interior, unas vibraciones que hacían temblar el iceberg que ocupaba el lugar de mi corazón desde hacía años.

En ese momento, John me parecía un pianista.

Estaba sentado detrás de un piano de cola posado sobre un lago helado.

Sus dedos presionaban las teclas.

Blancas, negras. Negras, blancas.

Y la melodía que producían se difundía con el viento helado que atravesaba mi alma.

El frío nunca había sido tan intenso como en esos meses, pero algo se estaba derritiendo...

John sabía tocar una extraña melodía en mi interior.

527

Y esa melodía me calaba hondo.

Empezaba a ser un poco menos Neil y un poco más su hijo.

—Me abandonaste… —susurré. Mis brazos permanecieron estirados a lo largo de mis costados. No le correspondí, pero no me separé de él, como temía que ocurriera.

—Jamás lo habría hecho, pero no me quedó más remedio. La familia Lindhom era poderosa. Tu abuelo llegó incluso a poner a sus secuaces tras de mí. Si me hubiera vuelto a acercar a tu madre, me habrían matado. —Me aferró la cara con las manos y me miró a los ojos. Buscó un vínculo, un nosotros, algo que pudiera reavivar su esperanza—. Yo quería a Mia. No fuiste fruto de un error ni de una noche de pasión. Fuiste fruto del amor. Me alegré de que fueras a nacer, te esperé, pero el destino fue tan cruel conmigo como contigo.

Me sacudió ligeramente la cara. Estaba tratando de que sus palabras entraran en mi cabeza. Percibía la desconfianza, el miedo y el sufrimiento en mí.

—Tienes que creerme, Neil. No volveré a dejarte. Puedes contar conmigo, siempre estaré contigo. Siempre. Ya no estás solo. Al menos dame una oportunidad.

Estaba a punto de echarse a llorar. Me detuve a mirarlo mientras me acariciaba el pelo y una mejilla como si no fuera real, como si se estuviera convenciendo de que estaba delante de él, en carne y hueso.

—Yo no… No lo sé… —farfullé confuso. No era lo suficientemente fuerte para apartarlo de mí, pero tampoco estaba preparado para perdonarlo.

No era fácil, nada fácil.

Sus manos siguieron acariciando mi cara, luego se inclinó hacia mí y me besó en la frente demorándose unos segundos para retenerme el mayor tiempo posible.

—Estoy aquí. Te daré todo el tiempo que necesites para conocerme y aceptarme. Entiendo que estés conmocionado, pero permíteme que me quede en tu vida. —Se le quebró la voz.

Reflexioné.

Pensé un buen rato en lo que debía hacer.

La confusión era tan grande como el alivio de saber que William no era mi padre, que ese hombre y yo no teníamos nada en común, aparte del apellido, que no había nada que me atara a él, salvo el desprecio y el odio.

Me limité a asentir con la cabeza. Eso era todo lo que John podía recibir de mí en ese momento. No lograba decir ni hacer nada más. Nunca había sido bueno con las palabras.

—¿Podemos hablar un poco? —preguntó titubeante.

528

Sentí que temía que lo rechazara, pero, sorprendentemente, no lo hice. Me apoyé en el borde del escritorio que tenía detrás y señalé la silla que tenía a su lado invitándolo a sentarse. Me miró incrédulo, pero luego sonrió y, exhalando un profundo suspiro, se sentó con las piernas cruzadas. No sabía por qué había cedido, pero sentía la necesidad de escucharle y de confrontarme con él, aunque aún no estuviera preparado para perdonarle sus años de ausencia.

—¿Qué quieres decirme? —le pregunté conteniendo el impulso de encender otro cigarrillo.

—Me gustaría saber cómo estás, cómo te va con tu nuevo trabajo.

Sabía que no era eso lo que quería preguntarme, me di cuenta por la forma en que miraba nervioso alrededor. Parecía estar ganando tiempo para ir al meollo del asunto.

Le seguí el juego.

—No estoy muy bien, pero me gusta el trabajo —respondí de forma escueta. Él me observó con atención, disimulando a duras penas su inquietud.

—¿Por qué dices que no estás muy bien? Echas de menos a tus hermanos, ¿verdad? —insistió.

No contesté, pero al recordar cómo los había echado de allí me falló la respiración. Mi maldito orgullo me había encerrado en un odio mortífero que iba derramando sobre todos, incluso sobre los que no tenían nada que ver con lo sucedido.

—Ellos no tienen ninguna culpa, Neil. William se comportó como un canalla al revelarte todo eso, pero, repito, ellos no tienen nada que ver. Os une una relación sana, que habéis cultivado con amor. No permitas que ese hombre condicione tu vida.

John trató de convencerme de que retomara la relación con ellos, porque sabía que los quería. El amor fraternal era el único en que creía firmemente, pero había algo dentro de mí, una fuerza oscura que intentaba obligarme a desistir y aplastar la parte más emocional y humana de mi carácter.

Suspiré frustrado y lo escruté sin dar señales de transigir. Siempre me había resultado más fácil mostrarme inescrutable que frágil y herido.

—Sé cómo gestionar mi vida y las relaciones con mis hermanos. No necesito tus consejos —repliqué desdeñoso. Quizá no debería haberlo hecho, pero la ira solía hacer su aparición para determinar mi comportamiento. Parecía uno al que todo le importaba un carajo, cuando en realidad, desde hacía meses me sentía como un autómata que trataba de sobrevivir aferrándose a una fuerza aparente.

529

—Selene también… —Hizo una pausa y luego prosiguió—. Ella tampoco tiene nada que ver, Neil. He hablado con ella en los últimos meses, me dijo que decidiste interrumpir por tu cuenta lo que había entre vosotros. Sabe lo de su madre, sabe lo que os dijisteis, pero aun así no ha aceptado tu decisión —explicó decepcionado.

Entonces la rabia, la maldita rabia que me transformaba en una bestia, venció. Desentumecí los brazos en los costados y me erguí de forma impetuosa mostrándole hasta qué punto la niña aún tenía poder sobre mí. Incluso en la distancia. Aunque ya no existiera ningún nosotros.

—Ella tiene que vivir su vida, John, y debe hacerlo lejos de mí. ¡Su maldita madre tiene razón! ¿Por qué nadie me entiende? Hubiera sido más fácil para mí traerla conmigo a Chicago, usarla a mi antojo hasta quedar saciado. Es la única a la que le he mostrado mi alma. Jamás lo había hecho antes con una mujer y después no lo he vuelto a hacer con ninguna otra, pero tomé la decisión correcta para los dos.

Levanté la voz y me tambaleé. Había mirado al dolor a la cara: su rostro ensangrentado, sus ojos negros, su monstruosa apariencia. Había borrado todos los horizontes, había barrido todas mis esperanzas.

Había probado su regusto acre en dos ocasiones: la primera vez cuando tenía diez años, la segunda cuando tenía veintiséis.

Por eso combatía en mi interior, no quería que la niña enloqueciera.

No viviría una vida miserable, un futuro sin sueños por mi culpa.

—Esa decisión no te correspondía a ti. Deberías haberle dicho que te ibas a instalar en Chicago para que ella pudiera elegir lo que quería hacer. Selene te aceptó, Neil. Ella nunca te habría abandonado…

John se levantó para mirarme. Le sonreí burlonamente. Yo quería una vida mejor para Selene. No era tan difícil entenderlo.

Todo era lógico y comprensible, mis gestos lo decían todo.

—La he olvidado, he seguido adelante —me apresuré a decir.

Era la única manera de hacerle callar e interrumpir la conversación. Me dolía pensar en la niña; oír su nombre me provocaba una maraña de emociones incontrolables. No pensaba darle falsas esperanzas, ilusiones, castillos encantados a los que aferrarse para no ver la realidad.

Por podrido que estuviera, era sincero.

Mostraba a todos la realidad tal y como era.

—¿La has olvidado? —John arqueó una ceja como si yo hubiera

dicho la cosa más absurda del mundo—. Normalmente, una perla no se olvida con tanta facilidad. En cualquier caso, sé que está saliendo con un chico. Me lo dijo la última vez que hablamos por teléfono.

Metió las manos en los bolsillos del pantalón y escudriñó mi cara, sondeó mi estado de ánimo, mis reacciones. No me sorprendió, esperaba que conociera a otro hombre o, peor aún, que se acostara con él.

Por otra parte, el amor del que me hablaba era mentira.

Siempre lo había sabido, ella se había dado cuenta más tarde.

—¿Así que ahora tiene novio? —pregunté de sopetón mientras sentía que una extraña acidez me subía desde el estómago hasta la garganta. John plegó un lado de la boca con aire de suficiencia a la vez que yo me pasaba una mano por la cara.

Imaginármela con otro me ponía nervioso.

—¿Y si fuera así? —preguntó para pincharme, tal vez divertido. Abrí los ojos como platos. No quería pensar en los labios de un crío cualquiera sobre ella, no quería pensar en su cuerpo acariciado por unas manos babosas.

Ella solo había sido mía.

Conmigo había perdido la virginidad y había tenido su primer orgasmo. Yo la había saboreado y tocado por todas partes, la había poseído de todas las maneras posibles; yo era el primer hombre que ella había visto desnudo, el único con el que había explorado el sexo.

531

No podía aceptar la idea de que estuviera compartiendo las mismas cosas con otro.

—La vida es suya. Si es feliz, no tengo nada que objetar —dije encogiéndome de hombros con indiferencia, pero esa respuesta de mierda casi me hizo vomitar.

Sabía que no podía acusarla de nada, después de todo, yo también me había dejado besar y tocar por otras bocas y otras manos, había metido a otras mujeres en mi cama, aunque ninguna había estado dentro de mí.

Ninguna había estado dentro de mí como ella.

Habría dado lo que fuera porque estuviera allí en ese momento.

Me habría gustado desnudarla para admirar cada una de sus curvas con mis ojos y acariciar cada una de sus sonrisas con mis dedos.

Era la única capaz de provocarme escalofríos en la espalda, remolinos en el estómago… Ella era mía. Solo mía.

Pero ya habían pasado varios meses desde nuestro último encuentro. Frené el impulso de posesividad e intenté razonar: ella había seguido adelante como yo, no podía juzgarla, no podía cabrearme, no tenía ningún derecho. Pero, por otra parte, Selene siempre había creído firmemente en el amor, me había dicho hasta qué punto me quería, así que me sorprendía que hubiera sucumbido a las atenciones de otro. Me costaba admitirlo: saber que tenía novio me había desestabilizado.

Sacudí la cabeza y sonreí socarronamente.

Así pues, siempre había tenido razón: solo existía el placer, el orgasmo, la soledad que empujaba a la gente a aferrarse a otras personas con tal de poder creer en algo.

El amor era una gran mentira, el suyo no era una excepción.

Acababa de confirmarlo.

—¿Sabes, Neil? Los mejores recuerdos nos atormentan a menudo, porque nuestra alma quiere correr hacia las personas que nos hicieron sentir bien —dijo John retomando la conversación. Parecía preocupado por mi fatigoso silencio.

Era cierto: Selene era el único buen recuerdo que tenía, por eso nunca dejaría de mortificarme. Esa maldita niña me había hechizado, de lo contrario mi disgusto era inexplicable.

—Hoy estoy bien así, tengo todo lo que necesito —dije tratando de convencerlo, pero, por encima de todo, de persuadirme a mí mismo de la gran gilipollez que acababa de decir.

532

Lo único que hacía era sentirme como un hombre desesperado caminando solo por un desierto.

Buscaba mi camino.

Pero no estaba allí, no podía verlo.

A menudo miraba al cielo y me parecía que siempre tenía el mismo aspecto, que era del mismo color, no podía ver ningún matiz.

Observaba la tierra que pisaba y también era siempre idéntica: desprovista de flores, árida.

Entonces me miraba en el espejo y veía… a un prisionero.

Dos almas encerradas y discordantes: un niño atrapado en el pasado y un hombre infeliz y perturbado, incapaz de afrontar el presente.

—Tienes todo lo que necesitas, excepto lo que realmente quieres.

John enlazó sus ojos con los míos, pero yo me apresuré a bajar la mirada para ocultarle mi vulnerabilidad. Lo cierto era que no sabía realmente lo que quería.

Estaba acostumbrado a sobrevivir solo, a veces pensaba que no quería tener a nadie a mi lado; en otras ocasiones me preguntaba por qué no era una persona como cualquier otra, capaz de forjar unas relaciones sanas y mantenerlas a lo largo del tiempo.

—Los tipos como yo no cambian, John. Están jodidos y siempre lo estarán —murmuré con tristeza—. Ahora tengo que trabajar. Te agradecería que te fueras —dije señalando la puerta.

Nuestra conversación se había alargado demasiado y necesitaba pasar un poco de tiempo conmigo mismo para reflexionar y comprender el caos que me rodeaba.

Él no contestó, se limitó a escrutarme unos segundos, probablemente debido a mi repentina frialdad, luego exhaló un hondo suspiro y me miró con aire comprensivo.

—No tengas miedo a la vida. No es nuestra enemiga —afirmó y a continuación se dirigió hacia la puerta del despacho con las manos en los bolsillos del pantalón y, tras lanzarme una última y fugaz mirada, se marchó y me dejó solo para que colmara mi vacío con otro vacío.

Yo también sabía que lo mío era solo miedo.

Miedo a amar.

Miedo a ser amado.

Miedo a perdonar para no volver a sufrir.

Miedo a confiar.

Miedo a entregarme de nuevo.

Miedo al mundo.

Miedo a los colores, porque solo estaba acostumbrado a la oscuridad.

Miedo a sobrepasar los límites.

Miedo de mí... porque era lo que era.

No buscaría a Selene, no pensaba volver atrás.

Guardaba a la niña en mi alma y, dado que el alma era inmortal, Campanilla también lo sería.

Pero el alma también era vida.

Así que la niña permanecería en mi vida.

Eso era mucho más que tenerla a mi lado...

533

25

Selene

Prométeme que volarás alto. Porque las hadas tienen
alas para alejarse del mal y de quien las hace sufrir.

KIRA SHELL

*M*iré el cielo por la ventana del amplio salón.

Nueva York era tal y como la recordaba, pero cada vez que entraba en la mansión de Matt tenía la impresión de que esta era diferente.

Logan me había llamado esa mañana para contarme lo que había ocurrido y había tomado el primer avión disponible para viajar allí.

Neil o, mejor dicho, el desastre humano, estaba de verdad en Chicago y vivía con Megan. Logan me lo había explicado todo.

¿Qué me esperaba, que se quedara en un rincón lamiéndose las heridas? Puede que hubiera sido así, pero Megan estaba allí para sostenerlo, ocupando el lugar que debería haber ocupado yo.

A su lado. En mi lugar.

Estaba enfadada con Neil, pero también conmigo misma, porque debería haber hecho algo más el día de su graduación, debería haberle impedido que saliera por la puerta y emprendiera solo su camino.

A pesar de que él me había dicho que lo nuestro iba a terminar en cualquier caso —de manera que no podía exigirle una fidelidad absoluta, porque ya no estábamos juntos, es más, quizá nunca lo habíamos estado—, mi vida giraba alrededor de él, como la Tierra alrededor del Sol.

Mi sol era él.

Me daba igual que hubieran pasado seis meses, que viviera con otra. Lo que sentía por él seguía siendo muy fuerte.

Lo mío no había sido una chifladura ni un enamoramiento pasajero.

Por mi parte, siempre lo había querido, estaba segura.

534

Aunque Neil hubiera desaparecido, aunque estuviera lejos, aunque hubiera ignorado mis mensajes y mis llamadas, mis sentimientos hacia él eran como una llama alta que ni siquiera una tempestad habría sido capaz de apagar. Se alimentaba de su recuerdo, de sus manos, que habían dejado marcas indelebles en mi piel, y eso jamás cambiaría.

Él era un alma rota, pero con mucho que contar.

Era problemático, pero era precisamente su caos lo que lo convertía en alguien único.

—Cómo se te ocurre venir aquí con fiebre, estás loca.

Logan me tendió una taza de chocolate caliente y yo volví a estornudar. En la casa reinaba una paz absoluta, ya que, además de nosotros, solo estaba el ama de llaves, Anna.

—No me iba a arredrar por un poco de gripe.

A decir verdad, tenía mucha fiebre, tanta que mi jersey blanco no lograba aplacar los escalofríos que me recorrían los brazos y la espalda, pero nada habría podido impedirme que fuera allí para averiguar qué había pasado entre Neil y sus hermanos.

—No deberías haberlo hecho. Se ve a la legua que no estás bien —Logan me puso una mano en la frente y arqueó las cejas—. En mi opinión, la temperatura es muy alta.

Me agarró con delicadeza un brazo y me hizo sentarme en el sofá. La melena ondulada y despeinada me tapaba los ojos. Logan la recogió en un hombro con una mano. Entretanto, observé su cara entristecida y fruncí el ceño.

—¿Algo va mal? —pregunté con cautela; aunque ya habíamos hablado durante horas sobre el encuentro que habían tenido con Neil en su despacho, intuía que tenía algo más que decirme.

—No… —suspiró. Había apoyado los codos en las rodillas y tenía la mirada perdida y una expresión absorta que delataba una evidente preocupación.

—Logan —le dije en tono severo, porque había aprendido a conocerlo. Mentir no era su fuerte. Me miró agitado, se mordió el labio y luego accedió.

—Hemos recibido otro enigma esta mañana —confesó sin rodeos y yo abrí los ojos aterrorizada. Comprendí por qué me había llamado con tanta urgencia, la emergencia no tenía que ver únicamente con su hermano.

Otro acertijo de Player, otra amenaza, otra pesadilla.

Ese psicópata no había vuelto a dar señales de vida desde que una mujer había aparecido en la *webcam* para intimidarnos, y había pasado mucho tiempo desde entonces.

535

No habíamos vuelto a pensar en él, porque estábamos demasiado concentrados en la graduación de Neil y en el descubrimiento de que John era su padre, hasta tal punto que habíamos llegado incluso a pensar ingenuamente que ese loco se había dado por vencido.

Así pues, su repentina reaparición nos había pillado desprevenidos y nos había hecho caer de nuevo en la más absoluta desesperación. Con una mirada inquieta, Logan se levantó para sacar una nota del bolsillo de sus vaqueros.

—Aquí está… —dijo a la vez que me la tendía. La agarré vacilante y él volvió a sentarse a mi lado—. La envió con un ramo de rosas negras, que tiré enseguida.

Apretó la mandíbula y se pasó una mano por la cara. Abrí la nota y mis ojos recorrieron las líneas escritas con ordenador en el papel:

FOTO

MOSAICO

FALTA UNA PIEZA

GAME OVER

PLAYER 2511

536   Lo miré con aire inquisitivo y a continuación, como si tuviera un pedazo de metal candente entre los dedos, dejé caer el papel al suelo. El corazón me latía incluso entre las costillas. Me masajeé las sienes para aliviar el fuerte dolor de cabeza que ya no sabía si atribuir a la fiebre o al cansancio por todo lo que estaba ocurriendo.

Ya no tenía fuerzas para hacer nada, ni siquiera para vivir.

Estaba agotada, desmotivada, quizá deprimida.

No sé lo que habría dado por que Neil estuviera allí, porque solo entre sus brazos lograba encontrarme a mí misma y sentirme protegida.

—¿Se lo has dicho a tu hermano? Tiene que saberlo, Logan.

Levanté la cara para mirar al joven que ahora estaba de pie frente a mí y que, presa de un gran nerviosismo, paseaba de un lado a otro del salón.

—¿Después de que nos echó de su despacho con cajas destempladas? Dudo que le importemos algo —soltó con una impetuosidad inaudita en él. Estaba enfadado y decepcionado por el comportamiento de Neil, y no podía culparle, porque tenía razón.

—Inténtalo, creo que una situación así no lo dejará indiferente —insistí tratando de hacer caso omiso del creciente dolor de cabeza y en los músculos, que sentía débiles y doloridos. Logan me escrutó con atención mientras pensaba en lo que debía hacer, acto seguido sacó el móvil del bolsillo de sus vaqueros y llamó con dedos temblorosos. Activó el altavoz y se llevó el teléfono a los labios para hablar.

—Hola.

Me estremecí al oír la voz de Neil en el salón. Sonaba como si estuviera allí con nosotros. Una descarga eléctrica recorrió mi cuerpo desde la cabeza al centro de los muslos. Su timbre varonil era tan profundo y grave que me anclaba al suelo, aunque imaginar su cara me hiciera revolotear en el aire como una mariposa. Logan suspiró y carraspeó incómodo antes de hablar mientras yo permanecía inmóvil, paralizada en el sofá, como si tuviera ante mí sus ojos de color miel.

Porque, aunque mi mente me obligara a olvidarlo, mi corazón seguía unido al suyo y se negaba a aceptar a cualquier otro hombre.

—Sé que probablemente te importe un carajo, pero Player nos ha vuelto a enviar uno de sus enigmas. He intentado descifrarlo, pero no puedo. No sé lo que significa y…

Logan hizo una pausa cuando sintió un silencio escalofriante al otro lado de la línea. Primero echó un vistazo a la pantalla para asegurarse de que Neil seguía conectado y luego me miró perplejo.

—Estaré allí en un par de horas —respondió Neil imperturbable y colgó sin añadir nada más. Los ojos almendrados de Logan se posaron en mi cara; parecía incrédulo y sorprendido, a diferencia de mí, que desde el primer momento había confiado en que Neil no se quedaría de brazos cruzados ante semejante noticia.

Por mucho que se hubiera mostrado desdeñoso con sus hermanos, los quería y eso nunca iba a cambiar.

Sonreí a Logan para tranquilizarlo y lo esperamos juntos. Durante esas horas casi me muero de ansiedad.

Estaba nerviosa. No sabía cómo iba a reaccionar cuando lo viera, ignoraba lo que me diría o si aún sentía algo por mí.

No sabía cómo había cambiado su vida, si había otra mujer en su corazón y si esa mujer era Megan.

No quise ni imaginarlos juntos, me negaba a creer que hubieran ido tan lejos.

¿De verdad habría tenido el valor de acostarse con la niña que había sido víctima de su misma tragedia?

Siempre había sentido celos de Neil y de las mujeres que caían en sus redes, pero Megan me parecía la más temible. Conmigo Neil se había dejado llevar como nunca lo había hecho con el resto de sus amantes, conmigo había hecho de verdad el amor por primera vez.

Pero ¿y con ella?

Me aferré a los recuerdos de los que me había alimentado en

aquellos meses, me aferré a la esperanza, a la pureza del sentimiento que me inspiraba para forzarme a creer que él me quería más de lo que demostraba.

—Voy a arreglarme un poco.

Me levanté del sofá donde llevaba dos horas esperando en compañía de Logan.

Subí la escalera de mármol que conducía al piso de arriba y fui directa al cuarto de baño. Miré mi cuerpo delgado en el espejo. Había perdido varios kilos y la fiebre contribuía a que mi aspecto fuera aún más descuidado.

Tenía los ojos entreabiertos y brillantes, las mejillas rojas, los labios hinchados y agrietados, y mi melena era una masa de mechones largos y ondulados.

También había perdido las ganas de cuidarme.

—Tengo una pinta horrible —murmuré. Luego abrí el grifo, hice un cuenco con las manos y me lavé la cara con agua fría. La sensación de calor estaba aumentando tanto como el dolor de cabeza. Sentía escalofríos por todas partes y me fallaban las piernas.

Debería haberme metido en la cama, pero quería esperar a Neil para verlo, a pesar de lo mal que me sentía. Suspiré y abrí la puerta del cuarto de baño.

Al ver a Anna, el ama de llaves, me sobresalté.

—¿Se encuentra bien, Selene? —Frunció el ceño al ver mi cara de cansancio. Mentí asintiendo con la cabeza y con una sonrisa en los labios.

—Sí. ¿Podría darme algo para la fiebre más tarde? Creo que me ha subido.

No solo lo creía, en realidad, estaba segura de que era así. Estaba ardiendo, pero mi testarudez me empujaba a resistir. Anna ladeó la cabeza con aire circunspecto, porque probablemente se daba cuenta de que estaba mintiendo. Por suerte, no insistió, así que pasé por delante de ella y descendí despacio la escalera. Cada vez veía menos.

—Hola, ¿ya estás aquí? —oí que decía Logan al fondo del salón y, como si tuviera unos sensores invisibles capaces de percibir su presencia, distinguí el olor de Neil antes incluso de verlo.

Aminoré el paso. Ahora que estaba ahí, tan cerca, no estaba segura de que las piernas pudieran sostenerme.

¿Cuánto tiempo llevaba sin verlo? Había pasado una eternidad desde la última vez.

—Sí, he cogido el primer vuelo —respondió y yo me estremecí. Su timbre masculino y penetrante tenía la capacidad de envolverme por todas partes, como si su cuerpo ya estuviera encima del mío.

Apreté la barandilla con los dedos para no caerme y me quedé quieta en los últimos peldaños de la escalera.

Él estaba allí, inmóvil. Sentí un nudo en la garganta. Los escalofríos me helaron los huesos cuando lo vi.

Por fin.

Neil levantó la cabeza y me vio. Su misteriosa mirada me cautivó por completo y me hizo olvidar incluso quién era.

Ya no tenía alma, porque estaba en sus manos.

Contuve la respiración, su cuerpo vigoroso, que estaba a pocos metros de distancia del mío, aspiró todo el aire. Tenía el pelo algo más largo que la última vez que nos habíamos visto. Los hombros, cubiertos por una chaqueta negra, me parecieron más anchos; el abdomen, embutido en un suéter de pico, se veía más tonificado y las firmes piernas estaban maravillosamente envueltas en unos pantalones deportivos. Lo miré enfurruñada: su cuerpo había cambiado. Era más fuerte de lo que recordaba, probablemente porque había reanudado los entrenamientos. Estaba en plena forma, tan atractivo como un ángel negro salido de su mundo infernal, erótico e increíblemente seductor, como siempre.

Me entraron ganas de echarme a llorar, pero me obligué a contener las lágrimas para no parecer la niña enamorada que, en realidad, era.

Mis piernas se quedaron clavadas en el mármol. En mi interior, sin embargo, sentí el deseo impelente de correr a besarlo y abrazarlo. Me habría gustado rendirme a él para olvidar todo lo que había pasado y sustituirlo por nuestro caos.

Nuestro maravilloso desorden.

Nada había cambiado entre nosotros.

Como si no hubieran pasado seis meses.

Las emociones estaban intactas.

La atracción era abrumadora.

—Hemos venido en cuanto hemos podido —dijo otra voz rompiendo el hechizo, nuestro intercambio de miradas. Era una voz femenina reconocible, la de Megan, cuya melena negra asomó por un hombro de Neil. ¿Qué hacía ella allí? ¿Qué hacía con él?

Me entristecí y espiré bruscamente.

—Hola, Megan, no esperaba que vinieras también.

Logan parecía tan confundido como yo. Había pensado en aprovechar la ocasión para estar a solas con Neil, hablar con él y aclararlo todo, pero la presencia de Megan era un estorbo.

—Sí, ha viajado conmigo. Sabe todo —explicó Neil asertivo.

Había dejado de mirarme y caminaba por el salón seguido por

539

la atractiva morena, que ya había hecho trizas mi autoestima. Su *look* rebelde realzaba sus formas sinuosas: un jersey corto cubría sus pechos, mucho más esculturales que los míos, y una cazadora de cuero negro envolvía sus hombros estrechos, pero definidos, de mujer fuerte y sensual.

—Enséñame el mensaje.

Neil fue directo al grano sin interesarse por nada más. Su frialdad era escalofriante. Comprendí entonces la sensación que Logan había tenido en su despacho.

Me armé de valor e hice un esfuerzo para bajar los últimos escalones y aproximarme a ellos. Los ojos de color verde esmeralda de Megan se posaron enseguida en mí y no pude por menos que pensar en lo guapa y perfecta que era para él.

—Hola, Selene —me saludó ella esbozando una sonrisa forzada, parecía incómoda.

Se metió las manos en los bolsillos de la cazadora y se mordió el labio inferior con evidente agitación. Observé de cerca su propia boca carnosa, aparentemente creada para satisfacer los deseos más íntimos de cualquier hombre, y me pregunté si Neil también se había sentido atraído por ella, si había sucumbido a su belleza irreverente e inquietante.

—Hola…, Megan —respondí con voz trémula. Sorbí por la nariz, luego estornudé y tosí como una imbécil atrayendo la mirada de todos. También la de Neil.

Sus ojos se posaron en mi cara y me observaron inexpresivos. Yo, en cambio, me sonrojé como una tonta, porque cuando estaba con él me convertía en la típica niña que solo sabía hacer el ridículo. Lo contemplé durante unos minutos interminables. Ni siquiera pestañeé, porque temía que desapareciera si lo hacía y acabara siendo uno de mis sueños.

Solo de pensarlo me ardían los ojos.

Intenté no sucumbir, intenté contener las lágrimas que había derramado todos los días.

Debería haberle echado en cara cuánto me había hecho sufrir hasta ese momento, cuánto me había destrozado cada noche imaginando su aliento sobre mí y sus manos sobre mi cuerpo, pero no podía, porque era más débil que él, porque estaba sometida a su mente, manipulada por sus ojos diabólicos, en los que me ahogaba.

—¿Seguro que te encuentras bien, Selene? ¿Te has puesto el termómetro?

Logan me rozó un hombro y al sentir ese contacto inesperado me sobresalté y todas mis cavilaciones se desvanecieron. Volví a estornudar y asentí con énfasis, segura de que hasta un niño habría sido capaz de mentir mejor que yo. De hecho, Logan torció los labios en una mueca de duda y ocultó un silencioso reproche.

—Estoy bien, me quedaré contigo un poco más y luego subiré a acostarme, ¿vale? —dije proponiéndole un compromiso aceptable para convencerlo.

Él me sonrió y sacudió la cabeza con aire irónico. Sin duda pensaba que era una cabezota y, sobre todo, una pésima mentirosa.

—Perfecto, después le pediré a Anna que te lleve algo. Necesitas descansar —me advirtió con severidad y a continuación volvió a centrar su atención en su hermano, quien, entretanto, no había dejado de mirarme ni un solo instante. Sus ojos dorados me pinchaban la piel como si fueran alfileres al mismo tiempo que me desnudaban sin el menor pudor.

Me sentí desnuda, privada de mi jersey blanco y de mis vaqueros, y expuesta con todo mi miedo e inseguridad a sus deseos.

El efecto que me producía no había cambiado, era incluso demasiado consciente de ello.

Era tan poderoso que podía entrar en mí sin siquiera hablarme.

—Este es el acertijo que Player nos ha enviado esta mañana junto con el ramo de rosas negras que he tirado, como ya te he dicho —le explicó Logan entregándole la nota que yo había leído hacía unas horas. Neil la cogió de inmediato y dejó de observarme para concentrarse en el papel. Se sentó en el sofá del salón con las piernas abiertas y lo leyó atentamente. Megan tomó asiento a su lado y le puso una mano en la rodilla.

Los observé en silencio y casi me sentí como un tercero en discordia entre ellos.

Percibí demasiada intimidad, demasiada complicidad entre los dos, y eso me dolió. Debería haber sido yo quien se sentara a su lado, la mano posada en su cuerpo debería haber sido la mía.

Estaba celosa, celosa de sus pequeños gestos y roces que dejaban entrever mucho más.

—No entiendo lo que trata de decirnos —murmuró Neil pasándose una mano por el pelo revuelto. Verlo allí y no poder tocarlo era una tortura.

Respiraba con dificultad, me balanceaba sobre las piernas para frenar el impulso de precipitarme hacia él, como me habría gustado hacer.

—Yo tampoco, no comprendo qué relación hay entre las palabras «foto» y «mosaico», además del resto. —Logan cruzó los brazos en el pecho y suspiró profundamente.

541

Megan, en cambio, se había quedado absorta en sus pensamientos, sus ojos verdes miraban fijamente el mensaje, tratando de descifrarlo.

—Me lo llevo e intentaré descifrarlo.

Neil se levantó con la nota aún en una mano. Luego sacó el paquete de Winston del bolsillo de sus pantalones y sin la menor consideración pasó por mi lado inundándome con su aroma almizclado, que percibí como un puñetazo directo en el estómago. Un sentimiento difuso de nostalgia asomó en mi cara. Megan lo siguió y los vi salir de la cocina, sin duda para ir al jardín.

—Quítate de la cabeza cualquier mal pensamiento, Selene —dijo Logan aproximándose a mí sonriente y poniéndome una mano en la frente. Arqueó las cejas y resopló.

—¿A qué malos pensamientos te refieres? ¿Crees que pienso que quiere a Megan? —le pregunté con voz nasal.

—No te has dado cuenta de cómo te mira, ¿verdad? Solo tiene ojos para ti, Selene. No ha dejado de contemplarte todo el tiempo —dijo apartándome un mechón de pelo a la vez que buscaba un rayo de esperanza en mis ojos tristes. No respondí, porque mi impresión era muy diferente. Nuestras miradas se habían cruzado varias veces y siempre me había parecido indiferente—. No le concedas tu espacio a Megan. Ve a ver a Neil y habla con él —me instó con determinación poniéndome las manos en los hombros para animarme.

No sabía qué hacer, me sentía demasiado vulnerable.

Tenía miedo.

Miedo de que pudiera hacerme daño o, mejor dicho, hacerme añicos con la crueldad de sus palabras. Neil sabía cómo lastimarme, cómo torturarme psicológicamente para apartarme de él.

Había esperado varios meses para volver a verlo y, justo cuando se había presentado la ocasión de hablar con él, me echaba atrás como la peor de las cobardes.

—Puedes hacerlo, vamos.

Logan me empujó hacia la cocina. Decidí seguir su consejo a regañadientes. Me movía con dificultad, no solo porque estaba físicamente débil, sino porque me sentía abrumada por las emociones que me provocaba ese huracán llamado Neil.

Suspiré y rodeé lentamente la isla. Mis latidos se aceleraron, los escalofríos aumentaron; parecía una niña pequeña a punto de enfrentarse al gigante malvado que le había partido el corazón.

Llegué a la puerta acristalada y al ver a Neil y Megan hablando muy cerca el uno del otro, demasiado cerca, me quedé helada. Él

542

tenía el mensaje en una mano y un cigarrillo en la otra. Miraba al suelo pensativo, perdido en el verdor del jardín. Entretanto, ella le acariciaba la cara, lo animaba y lo abrazaba hasta que, de repente, sucedió lo peor: se puso de puntillas y rozó sus labios para besarlo.

Dejé de respirar.

Neil dio un paso atrás para esquivarla, molesto, pero su rechazo no fue suficiente para tranquilizarme.

Retrocedí amargada y todos mis miedos e inseguridades resurgieron para recordarme que siempre había tenido razón.

Él se sentía atraído por ella.

Molesta, no pude contener un sonoro estornudo y los dos se volvieron hacia mí.

Me habían pillado in fraganti.

Me habían visto espiándoles.

Sin mirarlos, me di media vuelta y eché a correr. Salí de la cocina y choqué bruscamente con Logan, que me agarró un brazo.

—¿Y bien? ¿Has hablado ya con él? —me preguntó frunciendo el ceño. Por un momento, pensé en ponerle una excusa, pero luego comprendí que mentirle iba a ser inútil.

Sacudí la cabeza con los ojos llenos de lágrimas. Estaba segura de que Logan comprendía mi dolor.

—No me encuentro bien, Logan. Tenías razón, debería descansar. Me voy arriba, a mi antigua habitación.

Me desasí de él y subí la escalera corriendo, tratando de hacer acopio de las pocas fuerzas que me quedaban para no hundirme en el abismo.

Nada más abrir la puerta, los recuerdos me inundaron, me desgarraron, me devastaron.

En esa habitación había ocurrido nuestra primera vez oficial, aquella en la que éramos conscientes de lo que compartíamos, porque no podíamos sustraernos al deseo, al vínculo retorcido y enfermizo que nos había atado estrechamente como una cuerda.

Angustiada, me estiré en la cama con dosel y me aovillé sin taparme.

Sentía que me pulsaba la cabeza, que el frío se apoderaba de mi cuerpo, que mi corazón sangraba y que las lágrimas surcaban mis mejillas.

Allí podía hacerlo, podía llorar.

Nadie me vería, nadie me juzgaría.

Estaba sola.

Había perdido a Neil y yo también estaba perdida, porque ya no tenía fuerzas para seguir luchando.

543

Cerré los ojos y me dormí, con el frío como única manta, los estremecimientos por toda caricia y el dolor como fiel compañero.

Dormí mucho tiempo, hasta que una mano me acarició la frente y el pelo. «Gracias, Logan», murmuré pensando que era él. Probablemente, se había puesto en la piel de un enfermero para cuidarme, pero dudé cuando sentí unos labios suaves y cálidos posarse en mi mejilla y deslizarse lentamente por mi cuello. Dejé escapar un pequeño suspiro de placer involuntario mientras la sensación de calor aumentaba por todas partes.

Era extraño que Logan me concediera un contacto tan íntimo y carnal.

Pero tal vez…

Abrí los ojos de golpe y giré la cabeza. Cuando me encontré con la mirada de Neil, seria e intensa, pensé que se trataba de una alucinación.

A saber cuánto tiempo llevaba sentado en el borde de la cama.

La sangre empezó a hervir en mis venas: no sabía si estaba enfadada o excitada por su presencia.

—¿Qué haces aquí? —le pregunté con voz pastosa y me incorporé. Sentía los músculos todavía muy débiles, no estaba para nada.

544

Él no contestó, me observó atentamente con el semblante ensombrecido por un velo de temor y tristeza.

¿Estaba preocupado por mí? Pero, sobre todo, ¿cuánto tiempo llevaba en mi habitación?

—Todavía tienes fiebre —comentó con voz baja y seca y dejó de acariciarme el pelo. Vi que sus labios carnosos se apretaban formando una línea dura y sentí ganas de besarlo. Mis mejillas se incendiaron con ese pensamiento libidinoso.

Su halo sombrío me hizo sentir aún más pequeña de lo que era.

Pensé que me habría encantado ser como Megan —fuerte, decidida, segura de sí misma—, pero no lo era. No me sorprendía que Neil la hubiera elegido.

—No deberías estar aquí, vuelve con tu novia. He comprendido todo, ¿sabes? Sin que tengas que explicarme nada.

Me dolía la cabeza, pero eso no me impidió desahogar toda mi ira.

Una niña inmadura.

Eso era lo que parecía, pero me daba igual. Neil no sabía lo que tenía dentro, no sabía cómo había vivido los últimos meses sin él.

No existía ninguna perla sin su concha.

¿Qué iba a hacer ahora que él había elegido a otra?

—No creo que hayas comprendido nada…, no podrías —replicó alargando un brazo hacia mí y poniéndome un mechón de pelo detrás de la oreja. Debería haberlo esquivado, haber apartado su mano y rehuido el contacto, pero sus dedos tocaban mi alma, acariciaban mi corazón y me gustaba sentirlos sobre mí.

—¿Qué es lo que no he entendido, que estás con ella, que habéis vivido juntos durante seis meses, que desapareciste y que nunca has respondido a mis llamadas ni a mis mensajes? ¿Qué es lo que no he entendido, Neil? Porque todo es tan terriblemente obvio que solo un tonto no lo entendería.

Un sollozo se escapó de mis labios. Por fin había encontrado la fuerza para apartar su mano. Incliné hacia atrás la espalda hasta apoyarme por completo en el cabecero de la cama para escapar de sus ojos.

—No es lo que parece... —Neil me miró las manos y volvió a tocarme. Acarició el dorso con los dedos y su ardiente calor siguió incendiando cada parte de mi cuerpo.

Me di cuenta de que tenía una extraña necesidad de establecer contacto conmigo, porque solo sabía comunicarse de esa manera, pero no cedí. Esa vez el fuego que lograba prender entre mis muslos no iba a ser suficiente para distraerme.

—Ah, ¿no? Entonces dime que no te has acostado con Megan ni con nadie más en los últimos meses. Dime que has estado pensando en mí y en el maldito 3 de mayo, porque yo no he dejado de hacerlo y estoy destrozada. ¡Me has destrozado por completo! —dije alzando dos tonos la voz y esquivando de nuevo su mano. El calor de su piel se convirtió en hielo y mi cabeza empezó a palpitar de nuevo.

545

Era cierto que me había devastado. Había intentado olvidarlo besando a Ivan, pero no lo había conseguido.

También había intentado hacer el amor con él, pero me había detenido antes incluso de haber empezado. En el momento exacto en que estaba a punto de quitarme los vaqueros, había comprendido que no lo deseaba.

Solo quería a Neil dentro de mí.

Solo lo quería a él dentro de mi alma.

—Los dos lo hemos hecho. Hemos seguido adelante, es lo correcto. —Su voz cambió, se volvió rígida y severa, señal de que, una vez más, tenía razón. Había pasado algo entre él y Megan, pero nunca tendría el valor de decírmelo. Hasta pensaba que yo era como él, que me había comportado con la misma desconsideración.

Estuve a punto de reírme en su cara.

—¿Los dos? —pregunté con una sonrisa socarrona—. Yo no soy como tú. Yo nunca he sido como tú. No te he reemplazado con un simple chasquido de dedos, no he estado con otros, no he... —Me detuve.

Me miró enfurruñado. Sus iris ardían de pura rabia y parecía dispuesto a escupírmela como un dragón.

—¿De verdad? Apuesto a que tienes novio y que ese novio es tu adorado capitán de baloncesto. En su día me dijiste que te gustaba. ¿No has follado con él en los últimos meses? —me preguntó en tono seco escrutándome con desdén—. Tu carita de ángel no me engaña, Selene. Tú también comprendiste que lo que sentías por mí era pura ilusión. ¡Así que no me mientas!

Se puso en pie de un salto, con todos los músculos tensos bajo la ropa. Su voz alta y mordaz se filtró en mis oídos y martilleó en mi cabeza. Me froté las sienes y entorné los ojos. No estaba en condiciones de soportar uno de sus desplantes. Neil se dio cuenta de que había ido demasiado lejos y me miró mortificado, como si quisiera disculparse, pero no lo hizo.

—Perdona, no quiero pelear. —Suspiró abatido.

Volvió a sentarse en el borde de la cama, haciendo crujir los muelles bajo su peso, y me miró con aire culpable. De nuevo esquivé sus ojos, sabedora de que me ahogaría en ese dorado como la primera vez.

—No me acosté con Ivan. Solo nos besamos. Te estoy diciendo la verdad.

Mantuve la mirada baja. Me intimidaba mi confesión. Yo era diferente de Neil, no me entregaba al primero que aparecía, no reprimí mis sentimientos para fingir amor por alguien que no fuera él.

Me respetaba a mí misma y respetaba mi amor por Neil, por destructivo, inadecuado y retorcido que fuera.

—Intenté... intenté sobrepasar mis límites con Ivan, pero no pude hacerlo —repetí avergonzada.

Levanté la cabeza para comprobar su reacción y lo que vi me dejó atónita: Neil parecía asombrado.

Tenía las cejas arqueadas, los labios entreabiertos por la sorpresa y un extraño brillo en sus ojos. No estaba segura, pero sospechaba que se sentía enormemente aliviado de que nadie más me hubiera puesto las manos encima como él; pero, de repente, su expresión cambió: se retrajo de nuevo tras su muro de frialdad y volvió a mostrarse inescrutable para que no pudiera ver lo que sucedía en su interior.

—Es asunto tuyo. Da igual lo que hayas hecho, no tienes por qué justificarte.

Se lamió el labio inferior en un gesto inconsciente y nervioso y bajó la mirada. Por primera vez no creí una sola de sus palabras.

—Prefieres afrontarlo todo fingiendo indiferencia a reconocer que puedes haberte equivocado, ¿verdad? —lo provoqué—. Siempre has pensado que mis sentimientos no eran reales y ahora no tienes valor para responsabilizarte de tus decisiones. Te niegas a admitir que fuiste tú quien se equivocó en todo. —Hice un esfuerzo para levantarme, los músculos de mis piernas podían fallarme en cualquier momento, pero mi determinación me dio fuerzas para enfrentarme a él—. Nunca me dijiste nada sobre Chicago, me ocultaste la verdad. Le dijiste a mi madre que romperías conmigo y lo decidiste por tu cuenta sin preguntarme qué opinaba, sin siquiera hacer un esfuerzo para encontrar la forma de que pudiéramos vernos. Descubriste lo de tu padre y apartaste a todos de tu vida. Incluso a mí, que fui la única que te apoyó y estuvo a tu lado en todo momento, incluso cuando me humillabas con las demás, cuando pisoteabas mi dignidad y me alejabas de tu lado. Te has creado una nueva vida y yo no he hecho otra cosa que destruir la mía. He pasado días y noches enteros pensando en ti mientras tú te acostabas con Megan o con otras mujeres. ¿Con cuántas lo has hecho mientras yo me desesperaba, lloraba y no comía por ti, eh? ¿Con cuántas? ¡Mírame! —le ordené levantando la voz y sintiéndome más poderosa que nunca.

Por fin Neil alzó la mirada hacia mí. Me quedé helada cuando esta 547 se detuvo en mis labios. La atracción entre nosotros era tan fuerte como la ira que los dos habíamos reprimido durante tanto tiempo.

—¿Qué crees? ¿Que ha sido fácil para mí? —Se puso en pie de un salto y se cernió sobre mí con su peligrosa fuerza. Su mandíbula se crispó de forma inquietante, hasta tal punto que confié en que pudiera contener la cólera, pues aún tenía el poder de hacer temblar mi corazón—. ¿De verdad crees que no he estado hecho una mierda? Los primeros meses quería acabar con todo. Fueron los peores para mí. Si hoy estoy aquí, sano y salvo ante ti, es gracias a Megan. Gracias a ella sobreviví, de lo contrario no sé dónde coño estaría ahora. Solo follaba con otras para hacerme daño a mí mismo, como siempre he hecho. Sí, me acosté con Megan y lo lamento profundamente. ¿Qué vas a hacer ahora? ¿Juzgarme? ¿Decirme que soy repugnante? ¡No te lo parecía tanto cuando gozabas debajo de mí! —gritó a poca distancia de mi cara.

Sin pensármelo dos veces, le di una bofetada. Desahogué toda mi frustración.

Lo golpeé por el desengaño, por el dolor, pero también por amor.

Por absurdo que pudiera parecer, había amor en mi sufrimiento.

Neil permaneció inmóvil, no pronunció una palabra, ni siquiera cuando su mejilla enrojeció. Me observó turbado, pero no demasiado sorprendido por mi gesto. Daba la impresión de que quería entender si iba en serio o no.

—Vete —musité.

De repente, la idea de que otras mujeres lo hubieran tocado me producía náuseas. Siempre había tenido esa duda, pero ahora que se había confirmado era mucho peor. Mi cabeza empezó a dar vueltas. El momento de gloria había pasado y solo sentía el agotamiento causado por la fiebre. Retrocedí aturdida tambaleándome.

—No —respondió—. Aún no sabes lo mejor. —Se acercó a mí y me rodeó las caderas con un brazo para sostenerme. Instintivamente puse las manos en su pecho y mi cuerpo tembló mientras acariciaba sus músculos tensos. Alcé la mirada y contemplé sus iris resplandecientes, que no dejaban de mirar mi pálida cara—. No he dejado de pensar en ti. —Acercó sus labios a mi oreja y su áspera mandíbula rozó mi mejilla; esa proximidad me hizo retroceder en el tiempo, a cuando yo era suya y él era mío y solo existíamos nosotros—. Pensaba en ti para excitarme, imaginaba tu aroma a coco, tu piel pálida, tus ojos de océano, tu nariz respingona y tus labios perfectos para abandonarme, pero jamás tuve un orgasmo, salvo con Megan. Siempre elegía chicas de pelo oscuro y ojos azules. Por la noche se parecían mucho a ti, pero a la mañana siguiente no podían ser más distintas —susurró y luego me apretó con tanta fuerza que me costaba respirar. Me acarició el pelo y entonces contuve el aliento. Estaba atrapada entre sus poderosos brazos, perdida en sus palabras—. Me transformaba en un director y proyectaba en mi mente la misma película y el mismo argumento una y otra vez, solo cambiaban las actrices, que siempre se parecían a ti, aunque no fueran como tú. Puede que ahora te disguste, no te falta razón, pero piensa que yo también te he dicho mi verdad —concluyó.

Acto seguido hundió su cara en el hueco de mi cuello e inhaló mi aroma. El dolor que me causó su abrazo casi me hizo gemir; luchaba contra mí misma, contra esa parte de mí que estaba dispuesta a sucumbir, pero al mismo tiempo no quería que sucediera, no entonces, porque después de lo que había hecho, de su absurdo comportamiento, sería humillante para mí.

Quería ser mejor que antes, más fuerte. Quería aprender a amarme también un poco a mí misma.

Pero una lágrima resbaló por mi mejilla y las ganas de besarlo y saborear sus labios vencieron la partida.

No, maldita sea.

No debía hacerlo. No podía.

—Megan te besó ahí fuera, os vi —dije con voz quebrada apar-

548

tándome de él. Neil volvió a mirarme fijamente. Sus manos permanecieron clavadas en mi cuerpo, apretadas como unas tenazas que quisieran dejarme marca otra vez.

—No es lo que piensas. Entre ella y yo hay una relación inexplicable, pero nada más —respondió vacilante, como si estuviera midiendo sus palabras; retrocedí un paso. Hubiera preferido que hubiera sido una más para él, como las otras, pero sabía que no era así.

—¿Te has enamorado de ella? —le pregunté sin rodeos. Él arqueó las cejas sorprendido, como si le hubiera dicho un disparate. Me miró confundido y torció los labios.

—No, joder. ¡Por supuesto que no! —soltó enseguida sin pensárselo. No mostró la menor vacilación, al contrario.

Eso me tranquilizó, al menos un poco. De repente, sus ojos se posaron en mi boca de nuevo y comprendí cuáles eran sus intenciones.

¿Tendría el valor de besarme a pesar de todo?

Obviamente, Neil no perdió tiempo. Agachó la cabeza y rozó mis labios con los suyos. Cuando comprobó que lo aceptaba tácitamente, me besó.

Lo hizo de una forma tan dulce y pausada que sentí dolor.

Un dolor indescriptible en el pecho.

El sufrimiento reapareció para recordarme cómo había estado sin él y que nunca iba a poder olvidarlo.

549

Mis dedos se abrieron sobre su pecho y bajaron hasta su abdomen. Él me apretó la nuca con un ademán posesivo para acercarme más a él, pero no exageró, no reclamó nada.

El suyo fue un beso delicado, pero poderoso.

A esas alturas, Neil era mi mundo.

Respiraba a través de él, me alimentaba de él.

Su ausencia me había hecho enfermar y casi había perdido el juicio.

El amor destructivo que sentía por él no tenía remedio.

—Deberías descansar —afirmó al cabo de un rato dejando de besarme. Enseguida eché de menos sus labios. Probablemente estaba tratando de frenar su pasión porque estaba enferma. Si hubiera querido hacer el amor conmigo habría aceptado; habría permitido que me despojara de toda racionalidad y se hundiera en mi alma otra vez, pero mi cuerpo no estaba en condiciones para seguirlo.

Le agradecí su sensatez.

—Sí… —me limité a responder, con las mejillas encendidas. Estaba literalmente ardiendo y dudaba si era solo fiebre. Neil me volvió a meter lentamente en la cama, y esa vez me descalcé y aparté las sábanas para taparme.

Él se sentó a mi lado, tan aprensivo como un padre con su hija, y yo me supliqué a mí misma dejar de desearlo, porque me habría gustado tocarlo para borrar las manos y la boca de las otras mujeres.

Me ajustó la sábana y mostró un lado dulce de sí mismo que nunca había notado hasta ese momento, excepto con sus hermanos.

—¿Ahora te preocupas por mí? No sabes cuánto me sorprende —se me escapó antes de que pudiera morderme la lengua.

Su mirada subió de la sábana a mi cara y me sentí avergonzada de haber hecho un comentario tan tonto. Neil esbozó una sonrisa vertiginosa y no respondió. Empezó a mirarme con descaro, complacido al ver que me sonrojaba; cuanto más lo miraba, más me preguntaba cómo podía ser tan perturbador. Sostuve su mirada, pero me estremecí cuando me acarició la frente con una mano.

—No estás bien. Me quedaré contigo hasta que te baje la fiebre.

La atención que me estaba prestando, una atención llena de afecto que nunca antes me había dedicado, expandió un extraño calor por mi pecho. Su mano grande refrescaba mi piel recalentada; la sensación de sentirlo fue de inmediato agradable.

—Mañana tú también tendrás fiebre si te quedas aquí. Me acabas de besar —farfullé y me ruboricé cuando él me sonrió con aire travieso. Una emoción ya familiar me devoró por completo, llegó hasta mi alma y la sacudió.

Lo que sentía por él era peligroso.

Neil no era un hombre corriente, podía herirme otra vez, pero, aun así, no podía evitar sentirme unida a él por ese absurdo sentimiento.

—Me da igual. No me importaría morir por uno de tus besos —replicó sinceramente sin el menor atisbo de burla en sus ojos.

El corazón me dio un vuelco.

¿De verdad había dicho eso?

¿O la fiebre estaba debilitando también mis neuronas?

No respondí. Me arrebujé en la sábana y apoyé la cabeza en la almohada mullida, buscando un poco de paz para mi agotado cuerpo.

El frescor y la suavidad de la tela me indujeron a cerrar los párpados.

Intenté no prestar atención al continuo temblor que me provocaban los escalofríos.

Volví a dormirme, las pesadillas me agitaron, murmuré palabras inconexas.

Me desperté al cabo de unas horas y miré alrededor buscando a Neil, pero no estaba allí.

¿Se habría ido ya?

La oscuridad se había apoderado de toda la habitación, por la ventana solo se filtraban unos pocos destellos de luz, que no me permitían saber si estaba sola o no. No me moví, me quedé quieta, soportando las palpitaciones que sentía en la cabeza.

—¿Neil? —lo llamé ansiosa al cabo de unos instantes. Me calmé cuando oí unos pasos acercándose a mí y el crujido que hicieron las sábanas cuando alguien las apartó para meterse en la cama. Sentí su aliento en la cara y su pecho firme pegado al mío. Me rodeó la cintura con un brazo y me atrajo hacia él.

—Estoy aquí, Campanilla —susurró con dulzura. A continuación, agarró mi mano helada y la envolvió con la suya para calentarla.

—Me estoy… muriendo.

La cabeza me estallaba y mis ojos luchaban por aferrarse a la realidad, así que volví a entrecerrarlos y me acurruqué a su lado. Mi cuerpo temblaba y Neil me abrazaba con fuerza para protegerme.

—No, niña, no te estás muriendo. Solo tienes mucha fiebre —respondió en un tono que me pareció consolador, porque dudaba de que sus palabras fueran fruto de mi imaginación.

¿De verdad se había quedado conmigo? ¿O estaba soñando?

—Pero ¿y si realmente me estoy muriendo? —murmuré con poca lucidez, relajándome contra su cuerpo robusto.

—Entonces me moriré contigo —respondió al vuelo con una extraña determinación en la voz.

—¿Como Romeo y Julieta? —insistí. Estaba delirando y, absurdamente, él secundaba mi balbuceo incoherente.

—Sí, igual que ellos —contestó divertido.

—Pero… —razoné, cerrando los ojos—. No, caramba, nosotros somos Campanilla y Peter Pan. Terminé la novela, ¿sabes? Al final, Peter se quedó con Wendy —proseguí abatida. Puede que incluso llorando.

Neil frotó su nariz contra mi cuello y gimió satisfecho mientras aspiraba mi aroma. Sus gestos carecían de segundas intenciones. Solo me acurrucaba y me acunaba en sus brazos. Intenté relajarme y disfrutar de las ligeras descargas de placer que sentía en la espalda.

La barba que rozaba mi piel me hacía cosquillas.

—Mmm… Entonces, Peter se comportó como un verdadero idiota. ¿Qué pasó con Campanilla? —me susurró al oído, luego me mordisqueó el lóbulo y lo lamió despacio con la lengua. Solo Neil podía ser tan seductor incluso en una situación como esa.

—Yo… no lo sé…

Me esforcé por recordar. A pesar de que míster Problemático ya-

551

cía delante de mí, cerré los párpados y, una vez más, me quedé dormida, aferrada a él para protegerme del frío.

Pasé la noche así.

Acalorada y con escalofríos.

Con palpitaciones y sueños delirantes.

Susurraba todo tipo de tonterías y a menudo también el nombre de Neil. Mi respiración se aceleraba, gemía continuamente, porque me seguía doliendo la cabeza. Me revolvía en la cama, daba patadas a las sábanas y a él. Me aferraba con fuerza a su pecho cuando soñaba que se iba con Megan, pero luego me sosegaba cuando él me decía que estaba allí conmigo y que no pensaba ir a ninguna parte.

—Neil…, no… no… —murmuré en cierto momento y me agité con los ojos cerrados. Sudando, le apreté el brazo buscando amparo.

—Estoy aquí. Te he dado una medicina. La fiebre debería bajar pronto y entonces te encontrarás mejor. —Su voz sonaba distante, pero podía oírla. En la penumbra de la habitación, su rostro resultaba poco nítido, pero aun así percibía su presencia tranquilizadora. Me dio un leve beso en la frente, luego otro en la punta de la nariz y otro en los labios—. Ya verás como mejoras, niña —repitió en mi boca.

Esbocé una sonrisa, que tal vez no pudo ver en la oscuridad, pero que atrapó con un beso posesivo. Sus labios estaban fríos, o tal vez los míos estaban demasiado calientes; en cualquier caso, volver a sentirlos sobre los míos era la mejor sensación del mundo.

Se apartó demasiado pronto y yo gruñí en señal de protesta, porque su boca era una tentación constante de la que no podía prescindir, incluso estando enferma de gripe; se lo dije y oí cómo se reía divertido.

—Sigues siendo la niña de siempre.

Su mano me masajeó suavemente la nuca y me acarició el pelo para aliviar el dolor de mi cuerpo, el cansancio de mis músculos y mis huesos. Sus caricias parecían mágicas, porque suspiré satisfecha y volví a acercarme a él; mi nariz se hundió en su pecho y absorbí su aroma masculino y tremendamente erótico. Puede que incluso se lo dijera, porque me respondió:

—Ahora no es el momento de pensar en esas cosas, tigresa. Pórtate bien.

¿Neil Miller me estaba diciendo eso?

Solté una risita y me dormí en sus brazos.

Cuando me desperté, por fin me sentía mejor.

Estaba un poco sudada y me toqué la frente con una mano: aún estaba tibia, pero no caliente. Me incorporé y miré alrededor somnolienta. A mi lado, la silueta de Neil había quedado marcada en las sábanas, pasé una mano por encima: el lugar donde había dormido aún estaba caliente, señal de que no hacía mucho que se había levantado.

¿Se había ido?

¿Había vuelto a Chicago con Megan?

Ese pensamiento me sumió en un pánico total.

—¿Cómo te encuentras?

Me sobresalté cuando la puerta se abrió y apareció él con un vaso de leche en una mano y un plato con un bollo en la otra. Llevaba la sudadera desabrochada y debajo una camiseta blanca que resaltaba los músculos de su abdomen. Verlo por la mañana con su aspecto rebelde y deportivo, después de meses de agonía, fue memorable.

Su belleza era digna de un cuadro que admiraría el resto de mi vida.

Tragué saliva. Sentí deseos de desnudarlo y de mostrarle que era mucho mejor que todas sus amantes inútiles. En el pasado nos comunicábamos bien bajo las sábanas y echaba de menos nuestra intimidad, sobre todo porque Neil era más vulnerable en ese momento y al final siempre conseguía darme un pedacito de sí mismo.

—Estoy mejor, gracias. ¿Te has quedado conmigo toda la noche?

Me puse la almohada detrás de la espalda y levanté los brazos para apoyarme cómodamente en el cabecero de la cama. Neil se sentó a mi lado y me tocó la frente, luego se lamió los labios de forma involuntaria y su gesto me cautivó de tal manera que me quedé inmóvil mirándolo fijamente.

553

—Sí, y, por suerte, la fiebre ha bajado. Tuve que pedirle a tu padre que me diera una medicina para ti. Has estado muy enferma. Mi madre y él están abajo, querían verte, pero les pedí que me dejaran a solas contigo —me explicó apresuradamente, parecía nervioso.

No debía de haber sido fácil para él volver a ver a su madre después de tanto tiempo y, sobre todo, después de haber sabido que ella le había mentido durante años. Me habría gustado preguntarle si le había dado la oportunidad de explicarse, pero, conociéndolo, estaba segura de que había erigido un muro infranqueable de orgullo entre ellos. Nunca se lo perdonaría. Neil me miró con recelo y yo le sonreí cohibida para expresarle tácitamente mi gratitud.

—Incluso te desnudé, porque sudabas y a veces parecías tener calor. —Señaló mis piernas con una mirada fugaz y yo fruncí el ceño.

Me puse como un tomate al recordar que llevaba unas bragas blancas horribles con un corazón rosa en el centro. A él no pareció gustarle mi reacción, porque dejó el desayuno en la mesilla de noche y se volvió a mirarme fijamente a los ojos.

—No deberías avergonzarte conmigo. El capitán también te vio en ropa interior, ¿verdad? —me provocó con un deje de fastidio.

A pesar de que ya le había dejado claro lo que había sucedido con Ivan, Neil seguía pinchándome, porque temía que le hubiera mentido. No conseguía entender que le hubiera sido fiel, porque no éramos una pareja.

—No me vio en bragas. Ya te dije que no pasó nada entre nosotros —repetí, pero la mirada hosca con la que me estaba escudriñando me hizo sentir pequeña e impotente. Apretó la mandíbula al mismo tiempo que sus iris se ensombrecían. Empecé a sospechar que Neil no podía aceptar siquiera el mísero contacto que había tenido con otro hombre.

—¿Así que no te tocó? —Dejó de mirarme para ocultarme sus emociones. Me dio el vaso de leche y solo lo agarré para complacerlo. No me apetecía, así que lo sostuve entre los dedos sin beberlo.

—No me tocó donde crees, si eso es lo que quieres saber —me apresuré a especificar. Quería averiguarlo todo, hasta si había habido preliminares. Era absurdo.

—¿Y tú a él? —Se obstinó. Lo miré consternada.

Me estaba preguntando seriamente si yo…

—¡No, Dios mío! —exclamé—. No —repetí avergonzada.

Solo había compartido cierta intimidad con él, nunca había podido pensar siquiera en hacer algunas cosas con otros hombres. Nunca tendría el valor de hacerlo, nunca me sentiría cómoda. Neil exhaló un suspiro de alivio, como si le hubiera sacado un enorme pedrusco del pecho y me sonrió lascivamente.

—Así me gusta, niña.

Tras encogerse de hombros con su habitual arrogancia, señaló con el índice el vaso, que aún estaba lleno. Negué con la cabeza, porque no quería bebérmelo, y él me lanzó una mirada amenazadora. Si no lo obedecía, acabaríamos peleando, así que con un bufido de aburrimiento me lo llevé a los labios y empecé a dar sorbos.

—Me he respetado a mí misma. Lo que siento por ti desde que nos conocimos es real, no es una ilusión como crees. No podría haberte reemplazado con nadie más. En cambio, tú lo hiciste…

La mera idea me provocó una arcada, los celos me encogieron el estómago y enseguida aparté el vaso de los labios e hice una mueca de disgusto. Él intuyó lo que me pasaba y me miró dolido.

Estaba mortificado por su confesión de la noche anterior.

—Te he traído algo… —dijo cambiando de tema y agarró el plato con el dulce. Lo miré mejor: era un pedazo de tarta de cereza. ¿Dónde lo había encontrado? Mi corazón se llenó de emociones. Neil sabía cómo sorprenderme. Me conocía mejor que nadie—. Le pedí a Anna que la preparara para ti —me explicó casi apurado.

554

Cogí el plato y miré el pedazo de tarta. Tenía tan buena pinta que se me hizo la boca agua.

Era todo un detalle por su parte.

—Gracias —respondí maravillada.

Al cabo de cinco minutos me había terminado la leche y la tarta de cereza y me estaba relamiendo los labios. Neil sonrió satisfecho. Sus malditos ojos dorados dispararon mi corazón.

Lo miré de pies a cabeza, despacio, y él se dio cuenta de la forma en que lo estaba adorando.

—¿Estaba buena? —preguntó con picardía cuando se dio cuenta de que me había quedado embobada, mirándolo fijamente. Me sonrojé como una idiota y me repuse.

—Sí, mucho —balbuceé.

—Me alegro.

Se inclinó hacia mí y me dio un beso en la frente, luego observó mis labios. Estaba tratando de que intuyera algo, quizá que deseaba un contacto más profundo. Me deseaba tanto como yo a él. Trazó lentamente el contorno de mi boca con el pulgar, como si estuviera memorizándolo, recogió unas migas y luego se chupó el dedo sensualmente. La nuestra era una atracción intensa e inexplicable. Me provocaba con cada gesto, consciente de lo débil que era. Apreté los muslos bajo la sábana y él desvió la mirada justo hacia ellos, porque sabía cómo seducir a una mujer y aún más cómo hacerme capitular, dada mi escasa experiencia.

Tragué saliva con dificultad y me inquieté, luego lo miré compungida al recordar que se había acostado con Megan. Ese tormento se reflejaba en mi cara, al igual que el sufrimiento que me había abatido durante varios meses.

—Sea lo que sea lo que estás pensando, olvídalo.

Neil me levantó la barbilla con dos dedos para unir de nuevo nuestras miradas y se estiró encima de mí para que me tumbara. Apoyé la espalda en el colchón y él se puso sobre mí. Por un momento, permaneció suspendido con las palmas de las manos a ambos lados de mi cabeza.

No tenía ni idea de lo que pensaba hacer, pero la tensión aumentó, al igual que el miedo a rendirme a él.

Si trataba de imponerse, no iba a tener fuerzas para rechazarlo.

De repente, Neil apartó la sábana que nos separaba con un ademán rabioso y miró mis piernas desnudas. Entonces las abrí para hacer sitio a su cuerpo y en ese instante se tumbó sobre mí. Sentí su erección presionando entre mis muslos y el deseo de él estalló en mi pecho.

555

La cabeza volvió a darme vueltas, mi temperatura corporal volvió a subir, me temblaron las rodillas. Si me obligaba a tener una de sus salvajes sesiones de sexo, era muy probable que no sobreviviera.

Así que intenté resistirme a él…, lo intenté con todas mis fuerzas.

—No, por favor…

Puse mis manos en sus caderas y él percibió mi angustia. Tenía el alma rota en mil pedazos, si me arrebataba algo sin darme a cambio una certeza, me sentiría utilizada.

No podía seguir tolerando que se comportara así.

—No te preocupes. No quiero hacerlo contigo en este estado —me dijo dándome un dulce beso en la frente. Su reacción me sorprendió. Estúpidamente, pensé que quizá ya no le atraía, que ya no me quería, que ahora prefería a Megan—. Quiero otra cosa.

Rozó mi mejilla con la punta de su nariz, luego descendió hasta mi cuello y respiró en él como si hubiera echado de menos mi aroma, como si este fuera la esencia más deliciosa que hubiera olido en su vida. Su pelo rebelde me hacía cosquillas en la piel y su barba me raspaba agradablemente provocándome escalofríos.

—¿Qué te gustaría hacer? —Me temblaba la voz. Acaricié su poderosa espalda y lo estreché entre mis rodillas para que supiera que siempre había estado ahí para él.

—Quiero que me prometas varias cosas. —Neil me escrutó. Parecía a punto de pedirme algo extremo e importante. Lo intuí por el tono serio, triste pero profundo, por los latidos acelerados de su corazón.

—De acuerdo… —Miré sus labios, donde había dejado todo de mí, a los que me había entregado en cuerpo y alma.

—Prométeme… —Neil se apoyó en los codos y me acarició el pelo con una mano— que seguirás adelante, que los obstáculos no te detendrán. Prométeme que llorarás, pero que siempre te levantarás más fuerte que antes. —Se inclinó lo suficiente para depositar un beso en la punta de mi nariz y luego volvió a hundirse en mis ojos mientras yo lo escuchaba atentamente tratando de comprender sus palabras—. Prométeme que… siempre confiarás en ti misma, incluso cuando la gente intente hacerte daño y lastimarte. Prométeme que te equivocarás, pero que luego entenderás cuáles han sido tus errores. Prométeme que serás lo que quieres ser y que harás todo lo posible para alcanzar tus sueños. —Me dedicó una leve y sincera sonrisa, que aceleró los latidos de mi corazón—. Prométeme que… harás todo lo que quieras, que vivirás en tu mundo de colores, porque es bonito tal y como es, que seguirás sonriendo y arrugando la nariz de esa forma tan graciosa y tierna. —Con el pulgar me enjugó una lágrima que expresaba todas las emociones que experimentaba en ese momento: fuertes, arrolladoras, únicas—. Prométeme que permitirás que tus ojos oceánicos sean siempre tan profundos y brillantes, que vivirás y que lo harás hasta el final. Prométeme que seguirás siendo buena y dulce, porque es el mundo el que está mal, Selene, no tú... —Me dio otro beso en la mandíbula y luego me miró de nuevo a los ojos—. Prométeme que seguirás siendo tan torpe como una virgencita, tan agresiva como un tigre, tan cariñosa como una tigresa..., tan ingenua como una niña, tan encantadora como un hada. —Sus labios rozaron mi barbilla y luego la comisura de mi boca, aunque quería sentirlos sobre los míos, dentro de los míos, Neil se apartó de ellos una vez más—. Prométeme que... siempre olerás a pureza, porque es el mejor olor que he percibido nunca. —Cerró los párpados como si lo estuviera capturando todo para llevárselo con él, a saber dónde, después volvió a abrirlos y su mirada se posó de nuevo en mí: cálida, intensa, luminosa—. Prométeme que... nunca tendrás miedo de nada, que te mantendrás alejada de lo que mata y que te protegerás como una piedra preciosa, porque lo eres. Eres lo más hermoso que Dios ha creado. —Me sonrió, luego apoyó su frente en la mía mientras yo lo rodeaba con mis piernas con un gesto posesivo. Sentía que estaba huyendo de nuevo y que esta vez era para siempre—. Prométeme que si conoces a otro semejante a mí, lo evitarás, porque la gente como yo no cambia y tú te mereces mucho más.

Exhaló un profundo suspiro y me miró callando un reproche.

Yo no renegaba nada de lo nuestro, lo volvería a hacer todo, porque con él había empezado a vivir. Gracias a él me sentía viva, había descubierto quién era y quién quería ser. Neil prosiguió:

—Prométeme que harás el amor como siempre has soñado, pero no conmigo, y que amarás, pero no a mí. Prométeme que te darás otra oportunidad, que serás una esposa y una madre cariñosa, que solo permitirás estar a tu lado al hombre adecuado. Prométeme que volarás alto, porque las hadas tienen alas para alejarse del mal y de quienes las hacen sufrir. Prométeme que esta ha sido una lección de vida y que la has aprendido. Prométeme que seguirás tu camino en el cielo, que siempre olerás a coco y que dejarás de querer salvar a los hombres de mi calaña, porque ya sabes que los condenados no pueden salvarse. Prométeme que por fin has comprendido que la gente como yo necesita ángeles, pero que nunca será como ellos. Prométeme que has entendido que esa es la verdad, aunque habría dado cualquier cosa porque fuera diferente, porque hubiera algo más para nosotros dos. Prométeme que seguirás creyendo en el amor y que lo concederás en cuerpo y alma a quien merezca tu corazón,

557

porque tu corazón vale un mundo. Vale mucho más de lo que crees, Campanilla.

Me rozó los labios con los suyos y cerró los ojos a la vez que contenía el impulso de besarme.

Quería hacerlo, pero algo lo incitó a controlarse.

Y yo te prometo, míster Problemático, que nunca prometeré nada de lo que me has pedido que prometa.

Nunca.

En cambio, te prometo que nunca dejaré de quererte.

Que nunca dejaré de ser tuya.

Que siempre estarás ahí. Que estarás conmigo dondequiera que estés.

En mí. Siempre estarás… en mí.

Quería decirle todo esto, pero me limité a negar con la cabeza.

—Bésame —le ordené. Luego le agarré la cara y capturé sus labios. Me apoderé de todas las promesas que no pensaba cumplir, de su mente retorcida, de su carácter problemático.

Me apoderé del niño que llevaba dentro y que seguía sufriendo, buscando la paz, que aún intentaba escapar del monstruo rubio, porque ese monstruo estaba allí y seguía infectando su alma.

No tenía miedo, no quería cambiarlo.

Había aceptado ya su pasado.

Y ahora quería amarle.

Eso es el amor: sucede por casualidad, no es posesión, no admite exigencias.

No impone condiciones ni límites.

El amor es amar sin saber por qué.

Yo amaba sus labios blandos y suaves, que en ese instante estaban mimando los míos, su lengua caliente y apasionada mezclándose con la mía.

Amaba sus dientes, que me mordían, me excitaban, me herían.

Amaba sus ojos, tan hermosos como el arco iris en el cielo, tan extraordinarios como la lluvia durante la sequía.

Amaba sus manos, que me tocaban, fluían sobre mí y me incendiaban hasta dejarme sin aliento.

Amaba sus defectos, todo lo malo y oscuro que había en él.

Y no sabía por qué.

Eso era para mí el amor.

La única promesa que podría mantener.

—Selene.

Neil se apartó de mí y me miró atónito con la boca abultada y húmeda por el apremiante beso que le había robado. Los dos estábamos sin aliento, con las mejillas sonrojadas y las pupilas brillantes de deseo, nuestros cuerpos ardían. Podía percibir lo que sentía, era algo fuerte, poderoso, incontenible. Su cuerpo seguía sobre el mío, nuestros corazones latían al unísono. Entre nosotros existía un vínculo imperceptible y profundo.

Era un vínculo silencioso pero verdadero.

Me encontré a mí misma en sus ojos.

Encontré protección en sus brazos.

Encontré mi hogar en su aroma.

Estábamos conectados.

Éramos un caos incoherente.

Éramos deseo, energía peligrosa, vida.

Un amor desastroso.

Una incoherencia mágica que generaba algo asombroso.

Lo nuestro era un hechizo del que los dos habíamos sido víctimas.

Como la Bestia.

Como la bruja de Blancanieves.

Como la Bella Durmiente.

Un momento, ¿también nosotros éramos un cuento de hadas?

Sí…, pero oscuro y retorcido.

—Siempre he pensado que fuiste creada para que mi locura superara todos los límites, Campanilla —murmuró con un velo de dolor en el semblante—, pero no puedo seguirte… —Suspiró, luchando contra sí mismo—. Mañana volveré a Chicago.

Intentó levantarse esquivando mi mirada. En realidad, no quería irse. Ya no podía esconderse de mí.

—Espera.

Lo retuve con las piernas. Hundí los talones en sus nalgas y mis manos en su espalda, la misma que tantas otras habían tocado y arañado en esos meses. Ninguna, sin embargo, había sido capaz de tocar su alma. No era fácil llegar a ella, no era fácil rayar la armadura de plata con la que Neil se protegía del mundo. Y yo lo sabía.

—Por favor, Selene. Deja que me vaya —me suplicó apretando los ojos y jadeando.

Le habría gustado quedarse conmigo en la cama. Le habría gustado hacer el amor a su manera, con el deseo que ardía en su interior. Lo sentía entre mis piernas, su tórax me aplastaba el pecho, su pelvis se movía lentamente presionando la mía, pero él intentaba mantener el control y no sucumbir a mis provocaciones.

—Te estoy suplicando, maldita sea, y jamás he suplicado a nadie en mi vida.

Cerró los puños a los lados de mi cabeza. Su respiración se vol-

559

vió agitada, se mordió el labio inferior y siguió luchando contra sus impulsos.

—Sé que no quieres irte. Lo siento —insistí de nuevo. Le acaricié la cara y lo miré profundamente para recordarle quiénes éramos hacía seis meses—. Quieres huir porque tienes miedo de lo que sientes y de lo que podrías sentir si te abandonas a mí ahora, en esta cama, ¿verdad? —le susurré suavemente en los labios. Me incliné para besarlo, pero él movió la cara para rechazarme.

Entonces intenté razonar con él.

—¿Alguna vez has confiado en una mujer como en mí? ¿Has hecho alguna vez el amor con una mujer como lo hiciste conmigo? ¿Te has dejado llevar por completo? ¿La has besado mientras la tocabas, la has mirado a los ojos todo el tiempo? ¿Has dormido con ella después de hacerle el amor? ¿La has abrazado? ¿Le has hablado de ti? ¿Has hecho todo eso con alguien más? —le pregunté, porque quería indagar en él en busca de la verdad. Neil me miró pensativo, reflexivo. Apoyó su frente en la mía y negó con la cabeza, confirmando mi teoría—. Conmigo hiciste el amor a tu manera y nunca lo entendiste. Quizá estos meses de distancia han servido para que te dieras cuenta. Esa es la verdad.

Volví a acariciarlo. Neil cerró los ojos. Sentí que su cuerpo temblaba, que se iba derritiendo hasta que, con un suspiro de frustración, se tumbó por completo encima de mí.

Rompió toda su resistencia y apoyó una mejilla en mi pecho, a la altura del corazón.

Su torre de marfil se había derrumbado.

El Caballero Oscuro estaba libre.

Hundí los dedos en su pelo y lo abracé, lo estreché contra mi cuerpo, porque en ese momento era lo único que necesitábamos hacer. Ya estaba dentro de mí, igual que yo estaba dentro de él.

Neil había entrado en mi vida hacía más de un año.

Inconscientemente, me había salvado.

Me había cambiado, me había enseñado a caminar por el mundo.

Y ahora me sentía fuerte, capaz de enfrentarme a la vida real con él a mi lado.

Nunca había sido una princesa.

Él me había convertido en una guerrera.

Y lo nuestro nunca había sido un cuento de hadas.

Unas horas más tarde, Megan regresó a Chicago.

Se despidió fríamente de Neil y se marchó.

Yo, en cambio, seguí guardando cama en mi habitación.

Según mi padre, aún estaba demasiado débil para levantarme.

Había hablado con él a regañadientes y me había resultado extraño volver a hacerlo. Jamás iba a aceptar mi relación con Neil y, como solía tener por costumbre, me lo dejó bien claro con uno de sus mordaces discursos.

Comimos todos juntos como si fuéramos la alegre familia de un anuncio publicitario, aunque la alegría brillara por su ausencia.

Neil ni siquiera se sentó a la mesa, porque no soportaba la presencia de su madre.

Por suerte, Logan y Chloe estaban a mi lado con ganas de animarme.

Neil parecía haber vuelto a ser el de siempre con ellos. Justo antes de comer, los había visto hablando en el salón, pero no había querido participar en la conversación para no molestarlos. A pesar de no saber lo que estaban diciendo, mi corazón había estallado de alegría al ver que Neil los estrechaba en un cariñoso abrazo.

Tal vez se había dado cuenta de que, aunque fueran hijos de padres diferentes, seguían siendo hermanos, seguían estando unidos por un vínculo indisoluble que nada ni nadie podría destruir, ni siquiera el canalla de William Miller. Después de comer, volví a la cama. Aunque no había vuelto a tener fiebre, la cabeza seguía doliéndome mucho y me sentía débil.

561

Cuando recuperé un poco las fuerzas, me duché para quitarme el sudor de la noche anterior y me puse un suéter grueso para protegerme del frío y unos vaqueros oscuros.

Tumbada en la cama con los hombros apoyados en el cabecero, pensé en la verdadera razón por la que había vuelto a Nueva York y reflexioné sobre el mensaje de Player, intentando descifrarlo, pero no fui capaz de hacerlo.

—¿Seguro que no tienes hambre? No has cenado.

Cuando Neil apareció en la habitación por sorpresa, me estremecí. Había entrado sin llamar a la puerta ni pedir permiso, como siempre. Probablemente se había duchado y cambiado de ropa, igual que yo. Lo miré detenidamente: llevaba un jersey blanco y unos pantalones negros.

Estaba despeinado, su mirada era inescrutable… Su encanto fue como un golpe directo en el estómago.

Era increíble.

—No, comí bastante en el almuerzo. Me siento como una ballena varada —le dije mirándolo con adoración.

Qué tonta era, no podía dominarme.

Por toda respuesta, Neil se echó a reír. Era increíble que ese hombre carente de emociones humanas se riera de mi broma. A continuación, cerró la puerta tras de sí y se apoyó en ella, cruzando los brazos en el pecho.

—La verdad es que has adelgazado, pero al menos tu culo sigue siendo grande y atractivo —comentó guiñando los ojos, presa de algún pensamiento impúdico y perverso.

—Por lo que veo, no pierdes ocasión de mirarlo —repliqué arqueando las cejas en señal de desafío. Él esbozó una sonrisa lasciva que me dejó sin aliento. Me miraba como un animal dispuesto a devorarme y yo, como una estúpida, lo estaba provocando.

—Me encantaría hacer mucho más con tu culito, Campanilla… —susurró travieso.

La habitación parecía estar llena de él, impregnada de su fuerte aroma, como si se hubiera convertido en una pequeña jaula de la que no iba a poder escapar. Me senté en el borde de la cama y apoyé los pies en el suelo.

Tenía que hacer algo para evitar que resolviéramos nuestros problemas entre las sábanas, tenía que hacer lo que fuera para resistirme.

Si Neil decidía hacerme suya, sería el final.

562

—Tengo ganas de… —Hice una pausa y lo escruté atentamente. Él me miró con curiosidad, esperando a oír lo que iba a decir. Una de sus manos apretó el bíceps contrario y tragó saliva en el intento de no abalanzarse sobre mí. Ahora que me había recuperado un poco no veía la hora de satisfacer sus deseos—. Pop Rocks —añadí sonriendo, frustrando sus expectativas.

Neil frunció el ceño y ladeó la cabeza perplejo. Un mechón marrón resbaló tapándole una ceja. Cuando parpadeaba con aire aturdido era cautivador.

Me levanté y me puse el abrigo, decidida a salir.

—¿Qué haces? —me preguntó con severidad.

—Ir a comprarlos. —Me encogí de hombros y cogí el bolso, con una expresión de niña caprichosa en la cara—. No he comido uno desde que…

Callé para no mencionar a Jared. La verdad es que no había vuelto a comer uno desde que mi ex se había presentado en mi casa en Detroit para regalarme un paquete, además de un ramo de flores.

Sacudí la cabeza y borré el recuerdo: no quería hablar de él a Neil, no era apropiado.

Nuestra relación ya era lo suficientemente frágil, así que desenterrar el pasado solo podía empeorar las cosas. Aún me acordaba de lo que había pasado entre ellos fuera del Blanco…

—¿Qué demonios son los Pop Rocks? —Neil se apartó de la puerta y se aproximó a mí cada vez más confuso.

¿De verdad no los conocía?

—Son mis caramelos favoritos. Saben a algodón de azúcar. Deberías probarlos, son…

—No podemos salir. Aún no estás bien —me regañó adoptando la habitual actitud autoritaria que me sacaba de mis casillas. Resoplé y, con un coraje que me pareció inaudito, caminé hacia él.

Me detuve y eché la cabeza hacia atrás para observarlo de cerca. Dios mío, sus ojos…

—No te he pedido permiso —repliqué con picardía conteniendo el impulso de besarlo.

Él suspiró desorientado, luego levantó una mano y me acarició una mejilla. El gesto, que me pareció cariñoso a la vez que tiránico, me estremeció.

Neil podría haberme empujado de nuevo contra la cama y dominarme, demostrarme su poder, su habilidad para poseerme y su deseo de recuperar el papel que le correspondía a pesar de los meses en que habíamos estado separados. Pero, en lugar de eso, se limitó a esbozar una sonrisa que me caldeó el corazón.

—Eres realmente una niña. Vamos a comprar los putos Pop Rocks —refunfuñó hastiado y yo brinqué de felicidad como una criatura. Hice amago de abrazarlo, pero él levantó una mano en señal de protesta y negó con la cabeza—. No seas pegajosa, ya sabes que detesto cuando eres…

—Asquerosamente dulce —dije terminando la frase con un resoplido.

Neil Miller no había cambiado un ápice, pero una de las razones por la que lo quería era su absoluta imperfección.

Media hora después estábamos en el Audi R8 de Logan.

A decir verdad, le había pedido a Neil que pidiera un taxi, pero él había insistido en que su hermano le prestara el coche. Logan había accedido al final, pero le había rogado que no fumara dentro, porque estimaba mucho el interior de piel.

Neil conducía con destreza: una mano apoyada en el volante, la otra en la caja de cambios y la mirada perdida en el horizonte. Me fascinaba cuando se quedaba ensimismado, en un mundo totalmente inexplorado. Aún me costaba creer que estuviera a mi lado.

Aunque el hecho de que tuviera que irse a Chicago al día siguiente me angustiaba.

¿Qué iba a ser de nosotros? ¿Estaríamos en contacto? ¿Me daría la oportunidad de elegir entre quedarme con él o no? ¿O pensaba seguir haciendo caso a mi madre en lugar de tener en cuenta mis deseos?

Se detuvo en un semáforo, en una calle solitaria apenas iluminada por unas farolas y los letreros de las tiendas, que estaban cerradas. Era tarde, así que aún no habíamos encontrado una que vendiera mis caramelos. Me apoyé relajada en el asiento y miré un cartel publicitario por la ventanilla.

—¿Crees que ha valido la pena? —me preguntó Neil de buenas a primeras, y yo me volví hacia él. Golpeaba el volante con el dedo índice mientras miraba aburrido el semáforo.

Estaba tan abstraída que por un momento pensé que había imaginado su voz.

—¿Qué quieres decir? —pregunté perpleja.

—«Esto» que vivimos desde que nos conocimos —se apresuró a responder. Guardé silencio mientras una canción de fondo acompañaba mis reflexiones hasta que, al cabo de unos segundos, me decidí a contestarle.

—¿Quieres decir si valió la pena arriesgarse, sufrir, dejar que me pisotearas para vivir lo que nos une? —pregunté quizá con poca delicadeza, porque él se volvió enseguida para mirarme. Se limitó a asentir fríamente con la cabeza—. Claro que ha valido la pena. Si pudiera volver atrás, lo haría todo de nuevo, como mucho te daría unas cuantas bofetadas más. No te he dado suficientess, he sido demasiado buena… —admití con sinceridad.

Él se rio divertido, pero yo no estaba bromeando, en absoluto. Todavía recordaba todo lo que había hecho durante mi estancia en Nueva York, incluidas las faltas de respeto que tanto me habían herido. Neil no era un santo, nunca lo sería. Y ahora que vivía en Chicago era muy probable que hubiera vuelto a las andadas y que yo lo aburriera.

¿Y si se hubiera cansado de mí? ¿Y si ahora solo me veía como una amiguita con la que se había entretenido en el pasado?

A veces me mostraba fuerte y confiada en el tortuoso vínculo que nos unía, hasta tal punto que me convencía de que yo contaba algo para él; en otras ocasiones, sin embargo, la incertidumbre se imponía y hacía emerger de nuevo los miedos que me atormentaban desde el principio de nuestra relación.

Salí de mis lúgubres pensamientos cuando Neil me cogió una mano y se la llevó a los labios para besarla en el dorso, como habría hecho un caballero. A continuación, me miró a los ojos y sonrió.

—Después de lo que pasó con Kim, dejé de ser feliz, solo veía oscuridad y mal a mi alrededor. Tú, en cambio, fuiste el instante de felicidad que la vida quiso regalarme. Breve, pero intenso. Mi país de Nunca Jamás. Y siempre lo serás, Campanilla —murmuró con tristeza.

Su confesión, que me provocó una punzada de dolor en el pecho, me sorprendió. Cuando soltó mi mano, apenas podía contener ya el llanto. Él se dio cuenta y volvió a poner una distancia emocional entre nosotros, desviando la mirada hacia el semáforo. No esperó mi respuesta, no pretendía que le diera una. No exigía nada a cambio, solo me había abierto el corazón por un momento fugaz. Me había permitido asomarme a su interior para admirar su alma maravillosa, de la que me había enamorado hacía mucho tiempo.

El semáforo se puso verde. Neil pisó el acelerador para arrancar de nuevo y atravesarlo.

Me recliné en el asiento y me volví para mirarlo y decirle que comprendía por qué debía olvidarme, que siempre estaría a su lado, pero no tuve tiempo de hablar.

Dos faros brillantes me deslumbraron.

Abrí desmesuradamente los ojos.

Una furgoneta se dirigía hacia nosotros a toda velocidad con intención de chocar contra nuestro coche.

Grité y me agarré al hombro de Neil.

Lo alerté, intenté avisarle a tiempo.

Él se volvió para mirar las luces, que cada vez estaban más cerca.

Pero ya era demasiado tarde.

Chocamos.

El choque fue tan fuerte que sentí que se me rompían los huesos.

Mi cabeza golpeó el cristal.

Una punzada de dolor recorrió mi columna vertebral.

Mi corazón dio un vuelco.

Los músculos perdieron su sensibilidad.

Y frío… Mucho frío…

26

Selene

Si un juego no terminara con un tremendo
game over, no sería un verdadero juego.

KIRA SHELL

¿Hasta qué punto era lábil la frontera entre la vida y la muerte?

Estaba segura de haberla rozado, estaba segura de haberle visto la cara a la muerte.

Mi vida se había concedido una pausa, pero no me había abandonado.

Había vuelto a mí.

Podía sentir los latidos de mi corazón, las pulsaciones eran lentas, pero estaban ahí.

Permanecí tumbada en el suelo.

La mejilla pegada a la tierra fría, el sabor de la sangre en la lengua.

¿Cómo había salido del coche?

Pero, por encima de todo, ¿dónde estaba?

Probé a mover los dedos de una mano para comprobar si seguía viva, pero estaban demasiado débiles y volvieron a caer.

No lograba hacerme una idea clara de lo que estaba ocurriendo.

Con cautela, intenté averiguar dónde me encontraba.

El edificio era viejo, las paredes de hormigón estaban sucias y en mal estado.

Había polvo y piedras por todas partes.

Tenía la impresión de estar en un cobertizo o algo similar.

De repente, unas figuras aparecieron delante de mí.

No sabía quiénes eran.

Vestían unos monos negros y llevaban la cara tapada con unas máscaras de distintos colores. Dos de ellos arrastraron el cuerpo de Neil sujetándolo por los tobillos, como si fuera el cadáver de un animal. Al ver que no se movía, comprendí que estaba inconsciente y sentí una punzada de dolor en el corazón.

—Si se despierta, estamos acabados. Átalo con unas cuerdas. Este cabrón hace boxeo —ordenó uno de ellos. La voz de tono amenazador pertenecía sin duda a un hombre. Traté de moverme, pero mis músculos no reaccionaban. Me esforcé por verlos, pero el dolor era tan insoportable que no pude.

Sentía que el corazón me latía lentamente en el pecho, que la respiración me arañaba los pulmones y salía en débiles y dolorosos jadeos.

—Neil… —murmuré de forma ininteligible.

—¿Está viva? —preguntó otro.

—Sí.

No reconocía las voces, no podía distinguirlas.

No percibía mi cuerpo, mi cerebro enviaba impulsos que mis músculos no lograban captar.

—Ocúpate de ella, Gregory —ordenó el primer hombre tomando de nuevo la palabra. Poco a poco, desvié la mirada hacia él. Al igual que sus compañeros, llevaba una máscara, pero la suya era blanca y le tapaba por completo la cara. Su crueldad solo se podía percibir a través de las rendijas que estaban a la altura de los ojos.

¿Era Player?

No era fácil reconocerlo entre el resto del grupo, pero su máscara me recordaba terriblemente a la que había visto en el Jeep el día de mi accidente.

—Los demás, venid aquí —añadió exasperado.

Combatí contra la debilidad de mi cuerpo, mis párpados apenas podían permanecer abiertos, pero quería averiguar quiénes eran esos canallas. De repente, dos manos me inmovilizaron las muñecas y me obligaron a levantarme. Grité con todo el aliento que tenía en la garganta, hasta que por fin pude ponerme de pie, con el pecho del desconocido sujetándome por la espalda. Mis piernas no podían soportar mi peso y el hombre que estaba detrás me rodeó la cintura con un brazo para que no cayera al suelo.

—Espabila, chica. Queremos que lo veas. —Me susurró al oído. Sentí un aliento viscoso en la piel y tuve una arcada. Me apreté la barbilla con una mano para volver la cara hacia el grupo de hombres que estaban rodeando a Neil.

Le habían atado las muñecas a la espalda con unas cuerdas para impedir que se moviera mientras él aún yacía semiinconsciente en el suelo.

Un hilo de sangre resbalaba por la comisura de sus labios y otro

567

de la herida que tenía en la sien. Se había dado un buen golpe en la cabeza en el accidente y aún no se había despertado.

—¡Neil! —grité, pero el hombre que tenía tras de mí me tiró hacia él para obligarme a callar.

—No grites, furcia —me amenazó—. Aquí no hay nadie. Luego nos divertiremos contigo, pero antes nos dedicaremos a él.

Se frotó contra mis nalgas e intenté desasirme. Era repugnante.

—¿Quién eres? —pregunté aterrorizada.

—Jefe, la gatita quiere saber quiénes somos —dijo el tipo en tono de mofa, llamando la atención del único miembro del grupo que daba las órdenes.

Cuando se volvió hacia mí, me estremecí. Irguió los hombros y se acercó a nosotros. A cada paso que daba, tenía la impresión de arrugarme como si fuera un trozo de papel en sus manos. Observé su paso seguro, deliberadamente lento, que agudizaba el horror que sentía impreso en mi cara. Al final, se detuvo frente a mí e inclinó la cabeza hacia un lado.

Me pareció distinguir un par de iris claros, pero no estaba segura.

El pelo rubio, en cambio, era una masa de largos mechones que le rozaban el cuello de la sudadera. Cuando levantó una mano, temblé y giré la cara hacia el otro lado para impedir que me tocara. Su pecho vibró sacudido por una risa gutural.

La situación le divertía.

—¡Eres un enfermo mental! —le grité en la cara, ignorando el terror que sentía bajo la piel.

—Te acuerdas de mí… ¿verdad, Selene? —susurró en tono melifluo. Entonces tuve la confirmación de que era él: Player.

—No… no la toques…

La voz de Neil retumbó en el aire y caldeó mi corazón. Player y yo nos volvimos para mirarlo.

A pesar de estar herido, Neil intentaba levantarse haciendo palanca con las piernas.

Respiraba con dificultad y, tras varios intentos, se puso en pie tambaleándose.

Por la frialdad de su mirada no parecía dispuesto a ceder.

Estaba dispuesto a desafiar a cualquiera que se atreviera a hacerme daño.

—¿Qué coño estáis haciendo, chicos? Ponedlo de rodillas —ordenó Player.

Uno de los enmascarados le dio un puñetazo en la barriga y Neil se dobló en dos. Cayó de rodillas en el suelo, justo lo que deseaba ese canalla.

—¡No! ¡Dejadlo en paz! —volví a gritar aterrorizada. Me revolví, pateé, pero el desconocido que estaba a mis espaldas era tan fuerte que logró inmovilizarme.

—Creéis que me asustáis, ¿eh? ¡Panda de gilipollas enmascarados! ¡A ver si tenéis los huevos de enseñarme la cara! —explotó Neil enfurecido a la vez que una punzada de dolor le contraía el abdomen.

Levantó la cabeza y desafió a Player, quien, por toda respuesta, se echó a reír de buena gana.

—Sé que me quieres a mí —prosiguió Neil—. Quédate conmigo y suéltala a ella —añadió apretando los dientes.

Lo miré sin poder hacer nada, conmocionada por la situación demencial, y solo salí de mi aturdimiento cuando Player hizo un ademán con la barbilla a uno de sus hombres señalándole a Neil. Mi corazón se aceleró y me temblaron las rodillas.

Había adivinado lo que iba a pasar.

—¡No! ¡Por favor! ¡No lo toquéis!

Nadie me hizo caso. Uno de los hombres agarró a Neil por un brazo y lo levantó con brusquedad. Acto seguido, lo inmovilizó por detrás y lo ofreció como víctima sacrificial a otro de los secuaces de Player, que se reía malignamente.

Eso bastó para que la sangre se me helara en las venas.

Empecé a gritar más fuerte y a patalear; me ardía la garganta, me dolían los pulmones y mi corazón excavaba en el pecho de tal manera que al final casi no podía respirar.

—¡No! ¡No le hagáis daño! Os lo ruego —insistí y luego rompí a llorar desesperada. Estaba a punto de presenciar algo terrible, absurdo, inevitable—. ¡Por favor! —sollocé.

El hombre que tenía a mis espaldas me dio un fuerte tirón y me insultó, intimidándome para que me callara.

—No me dais miedo, hijos de puta —siseó Neil entre dientes con una determinación aterradora. Una determinación que le iba a costar cara, porque no iba a poder defenderse con las manos atadas. De hecho, el hombre que estaba de pie frente a él le dio otro puñetazo en la barriga.

Sentí el mismo dolor que él, como si a mí también me hubieran golpeado.

Las lágrimas me ofuscaron la vista, ya de por sí poco diáfana, pero lo que vi, lo que oí, lo que sentí, lo que sucedía… estaba claro.

Siguieron más puñetazos. Uno tras otro.

Neil no gritó, no respiró. Dejó que lo vapulearan, sus párpados se tensaban con cada gancho, apretaba los dientes cada vez que sentía una punzada de dolor y contraía el abdomen para mitigar esa violencia inaudita.

Cerré los ojos, porque no tenía fuerzas ni valor para ver.

A mí también me estaban pegando.

Podía sentir los golpes. Podía sentir el dolor.

Era como un martillo imparable que le rompía los huesos.

Que también me estaba rompiendo a mí.

Habría dado lo que fuera por poder taparme los oídos para no tener que soportar los gruñidos de rabia del cabrón que le estaba dando una paliza, pero no podía hacerlo.

Tenía las muñecas inmovilizadas en la espalda, porque un imbécil me las estaba sujetando.

—¡Para, por favor, para! —supliqué bajo la gélida mirada de Player, que contemplaba la escena sin mostrar un ápice de piedad ni de compasión humana. Tenía los brazos estirados en los costados, la cara vuelta hacia Neil, una postura rígida y confiada.

—Basta por ahora —ordenó de repente. El hombre dejó de golpear a Neil y dio un paso atrás.

Mis ojos recorrieron el cuerpo de Neil cuando el segundo tipo lo dejó caer.

570

Se me contrajo el pecho al verlo tendido en el suelo, completamente sudado, sufriendo y desfallecido. Tenía el labio inferior partido en dos, unos profundos cortes en la cara que le sangraban copiosamente, jadeaba y sus ojos estaban cerrados, pero él seguía ahí, podía oír su respiración buscando un nexo con la realidad.

—¡Neil! —lo llamé desesperada y cuando el imbécil que tenía detrás me soltó, me arrastré hasta él y me arrodillé a su lado. Percibí el olor metálico de la sangre en el aire. Neil se encogió en posición fetal, con el abdomen dolorido por los golpes que le habían infligido, y tosió—. Oye... —susurré frotando su mejilla sudada con la punta de mi nariz. Le acaricié el pelo, sucio de tierra y polvo, y olvidé todo.

Olvidé incluso a los hombres que estaban allí mirándonos, los mismos que merecían morir de la peor manera por lo que le habían hecho. Me acurruqué cerca de él para darle mi calor.

Si querían pegarle de nuevo, iban a tener que pegarme a mí también.

Me tumbé frente a Neil, de lado, dándoles la espalda a los monstruos. Traté de protegerlo, de escudarlo, a pesar de que mi cuerpo era pequeño, demasiado pequeño para cubrir el suyo, más poderoso y robusto, pero estaba dispuesta a hacer lo que fuera por él.

Le susurré palabras de consuelo al oído, le acaricié de nuevo para que volviera allí, a mí. Sus párpados seguían cerrados e hinchados, sus labios tumefactos estaban entreabiertos.

—Neil…, estoy aquí, dime que estás bien. —Me temblaba la voz, el miedo a que no se despertara me atenazaba. Si él no volvía a mí yo…, yo…

El miedo, que me impedía pensar con lucidez, se esfumó cuando sus iris dorados se posaron aturdidos en mi cara. Las largas pestañas rodeaban sus ojos todavía vivos, todavía fuertes, todavía llenos de esperanza y coraje.

Le sonreí aliviada y apoyé mi frente en la suya.

—No te pasará nada, te lo prometo. Te lo prometo por mi vida. Debes quedarte conmigo —le dije en un susurro que solo oímos él y yo. Neil intentó moverse, pero al probar hizo una mueca de dolor y bramó.

—Selene… —musitó—. No hagas gilipolleces…, vete.

Respiraba entrecortadamente, luchaba por enlazar las palabras. No tenía la menor intención de dejarlo solo para que afrontara todo, para que pagara por una culpa que no era suya, para que esos psicópatas lo destrozaran, pero uno de ellos me levantó contra mi voluntad; su mano rodeó mi antebrazo y tiró de mí como si fuera una muñeca de trapo. Caí al suelo y choqué con los pies de una mujer. Levanté la cabeza para mirarla y retrocedí asustada. ¿Cómo era posible que no me hubiera fijado en ella antes?

Tenía el pelo rubio y llevaba una máscara roja.

—No os acerquéis a él, ¿qué queréis? —solté iracunda.

Estábamos rodeados. No teníamos salida.

Eran muchos, despiadados y también más fuertes que nosotros, que acabábamos de resultar heridos en un accidente.

No dejaba de mirar a Player y a los hombres que estaban a su lado.

Uno de sus secuaces estaba detrás de Neil para vigilar todos sus movimientos, los otros aguardaban las órdenes de su jefe.

—Esto es solo una muestra, Neil.

Player se acercó a él a paso lento. Después le tocó levemente un brazo con la punta de un zapato para llamar su atención. Neil volvió a tratar de ponerse en pie, pero no pudo. Se puso de rodillas con dificultad y lo miró desde abajo, con el abrigo abierto y arrugado y el jersey blanco manchado de sangre. Player chasqueó los dedos y todos los que nos rodeaban se llevaron las manos a la máscara para quitársela.

571

Uno a uno, la fueron tirando al suelo a poca distancia de nosotros, excepto Player. Fue el único que permaneció con la cara cubierta. Temblé al reconocer a dos de los presentes.

Sentí un escalofrío en los brazos.

Me quedé boquiabierta.

Completamente petrificada.

—Qué placer volver a verte, ángel —dijo Bryan Nelson soltando una carcajada diabólica que me estremeció. Me acordaba de él, lo había conocido en una de las primeras fiestas a las que había asistido con Logan cuando acababa de llegar a Nueva York. Se había presentado como el dueño de la casa y me había invitado a pasar un rato con él, pero yo lo había rechazado de plano.

Era el hermano de Carter, el chico al que Neil había pegado porque casi había abusado de Chloe. ¿Cómo no se me había ocurrido antes?

—¿Dónde la conociste? —La rubia que tenía la máscara roja colgando en una mano se acercó a él y pude verla mejor. Era Britney. La chica con la que Neil me había provocado en la casita de la piscina en presencia de los Krew, la misma que había vuelto a ver en un club con Megan.

¿Qué tenía que ver ella en ese asunto? ¿Qué quería de nosotros?

Se inclinó más hacia Bryan y parpadeó inquisitivamente mientras él le rodeaba los hombros con un brazo para susurrarle algo al oído.

—Gregory, Lex, Dallas, Dean… —murmuró Neil abriendo mucho los ojos—. ¿En serio, Nelson? —Luego se volvió hacia el rubio apretando la mandíbula—. ¿Me has lanzado contra tus compañeros de equipo y contra la zorra que se acostó conmigo? ¿Por qué motivo? —le preguntó con rabia.

Neil también conocía a los demás, a diferencia de mí, que no tenía ni idea de quiénes eran; sospechaba, sin embargo, que eran compañeros suyos de universidad.

—¿El motivo? ¿De verdad me estás preguntando por qué motivo? —despotricó Bryan. Acto seguido apretó un puño con intención de volver a golpearle, pero Player levantó un brazo para ordenarle que se quedara quieto. Bryan gruñó furioso y reanudó la conversación—. Le diste una paliza a mi hermano. Estuvo en coma y podría haber muerto por tu culpa, capullo. ¿Creías que te irías de rositas? Cuando este hombre vino a buscarme —dijo señalando a Player, que estaba inmóvil a su lado— y me pidió que hiciera un pacto con él para vengarme de ti, acepté sin pensármelo dos veces, y lo hice porque los dos teníamos el mismo propósito: matarte. Mis amigos me ayudaron a vigilarte. Britney solo se dejó seducir por ti para averiguar qué tipo de relación tenías con Selene. Después colaboró representando a Player en el puto chat. Queríamos despistarte, que creyeras que era una mujer. Nos hemos divertido mucho, Miller —explicó y la violencia de sus palabras me sobrecogió.

—¿Fuiste tú el que ideó los acertijos y provocó los accidentes? —preguntó Neil atónito. Bryan negó con la cabeza y sonrió con maldad.

—Solo eché una mano. El accidente de Logan, el de tu zorrita, el de Chloe, la piedra que cayó sobre tu coche y todo lo demás... —Se detuvo con una luz pérfida en la mirada—. Ayudé a Player a programarlos, pero los acertijos no fueron obra mía.

Se volvió hacia al único hombre que aún llevaba puesta la máscara.

Este comprendió que había llegado el momento de revelar su identidad.

Levantó los brazos y al hacerlo la sudadera oscura que llevaba puesta se tensó en los bíceps; a continuación, se destapó la cara con una lentitud casi agónica.

Vi aparecer poco a poco sus rasgos lineales, la barba corta, la mandíbula cuadrada, los labios finos, el pelo tan brillante como el trigo, los iris de un azul tan claro que casi parecía blanco. Se quitó la máscara a poca distancia de Neil. Intenté ver si, al menos él, lo reconocía, pero un velo de confusión cubrió sus ojos dorados.

—Solía observarte en el jardín, cuando iba a recoger a Megan. Estabas solo, jugando con una vieja pelota de baloncesto. Parecías un mocoso marginado, me dabas mucha pena —dijo Player y Neil entornó los ojos. Un destello atravesó su mirada: lo conocía.

Había entendido quién era ese hombre.

—Ryan... —murmuró turbado. El hombre plegó un lado de la boca en una sonrisa malévola—. Deberías estar en la cárcel —añadió Neil consternado.

El aire se volvió gélido de repente, el tiempo pareció detenerse y un hilo de sudor frío resbaló por mi sien.

Yo también había comprendido quién era: Ryan Von Doom.

Neil me había hablado de él: se había hecho pasar por el profesor de guitarra de Megan para abusar de ella, pero en realidad era el administrador de un sitio web ilegal de internet oscuro, además del jefe de Kimberly Bennett. Con la ayuda de esta, atraía a los niños y luego entregaba sus vídeos a ciberpedófilos. Así era como ganaba dinero: utilizaba las almas inocentes de sus víctimas y explotaba la perversión de otros monstruos como él en un comercio ilegal.

573

—Exacto, debería —corroboró jovial—, pero ya sabes, Neil, que hay infinitas argucias legales... —Se rio encantado—. Gestionaba mi red, hacía buenos negocios, ofrecía a la gente la oportunidad de descubrirse a sí misma, además de sus fantasías sexuales. Debes saber que entre mis contactos había también hombres ilustres: jueces, abogados, médicos, policías, políticos... La red oscura es el alma negra de internet. Logré verificar los accesos, rastrear los datos de los usuarios. Descubrí sus direcciones de correo electrónico, sus números de teléfono, sus domicilios, todo. Y así pude amenazar a cualquiera que se interpusiera en mi camino. —Sonrió divertido, orgulloso de sus canalladas—. Si me hubieran obstaculizado de alguna forma, habría destrozado su carrera y su imagen, y ellos lo sabían. De esa forma, jugué bien mis cartas y me condenaron a una pena inferior a la que me correspondía; todo quedó en unos años de detención, un programa de rehabilitación y una posterior estancia en un centro psiquiátrico. —Se acercó peligrosamente a Neil y lo rodeó sin dejar de sonreír con la arrogancia y la enfermiza satisfacción que le producía haber sabido escapar a su condena—. Aunque al final salí bien parado, tu chivatazo a la policía hizo que todo se jodiera. Por tu culpa, los agentes dieron conmigo después de detener a Kim. Tú tuviste la culpa de todo por tu rebeldía y tu tozudez. Cuando Kim me llamó para decirme que no podía dominarte y que no eras apropiado para el objetivo que nos habíamos marcado, creí que se equivocaba, creí que las cosas cambiarían, que con el tiempo te volverías obediente, igual que el resto de los mocosos. Pero no. Destruiste todo lo que habíamos creado, destrozaste nuestras vidas. —La mirada de Ryan se ofuscó de maldad y perversión—. He vivido en el infierno desde el día en que tú... —dijo mientras lo apuntaba con un dedo lleno de rabia—, en que tú estropeaste todo. Me detuvieron, me amenazaron y me agredieron, porque mi crimen salió en la primera página de todos los periódicos, mientras que tú eras el superhéroe que había salvado a los bastardos como tú de unos criminales como nosotros.

Se detuvo frente a él retándolo a que le respondiera.

—Estás loco, eres un desequilibrado. ¡Solo hice lo correcto! —soltó Neil sin miedo, con el rostro sudoroso por el sufrimiento, unos cuantos hematomas violáceos en la piel y los ojos desprovistos de emoción convertidos en dos bolas de fuego cargadas de cólera e indignación.

—Has sido mi objetivo durante todo este tiempo. En la cárcel no dejaba de pensar en la manera de ir a por ti. Tras atacar a mis compañeros de celda e intentar suicidarme en varias ocasiones, un juez ordenó que me trasladaran a una clínica psiquiátrica. Una vez en ella, comprendí que era mucho más fácil escapar de allí que de una prisión de alta seguridad. Fingí ser un enfermo mental con la única intención de buscarte para matarte —explicó riéndose con orgullo de su maléfico plan, y un estremecimiento de terror recorrió mis brazos.

—No fingiste nada. ¡Eres un enfermo mental, cabrón! —lo provocó Neil. En ese momento logró ponerse de pie, pero Bryan se abalanzó sobre él, lo agarró por los hombros y lo inmovilizó.

Ryan aprovechó la oportunidad para darle un revés tan fuerte que le hizo sangrar una de las comisuras del labio inferior. La violencia del gesto me sobresaltó y lancé un grito. Me puse en pie con una fuerza indescriptible, pero Britney me dio un codazo en la barriga que me hizo caer de nuevo de rodillas. El golpe me dejó sin aliento y me incliné hacia delante dolorida.

—Quieta ahí, zorra —me amenazó mientras se ponía a mi lado para vigilarme. Le lancé una mirada de puro odio y a continuación desvié mi atención hacia Neil, que se había girado al oírme.

—¡No la toques, capulla! —gritó iracundo a la rubia. Se revolvió enloquecido, pero dos hombres más se acercaron para detenerlo. Eran demasiados para él. Neil era fuerte, pero no podía moverse con los brazos atados, de manera que no era lo suficientemente peligroso para ellos.

575

—Sujetadlo, joder —terció Ryan, exasperado por la incapacidad de sus secuaces para mantenerlo a raya a pesar de estar inmovilizado. Entonces uno de ellos le dio una patada en la columna vertebral. Neil se retorció de dolor, pero no gritó. No pensaba darles esa satisfacción.

Cayó al suelo jadeando.

—¡Neil! —lo volví a llamar, pero él escupió sangre junto a los zapatos de Ryan y levantó la cabeza para mirarlo.

Sus ojos ardían de ira. Temí que si continuaba instigando a ese perturbado, nunca saldríamos vivos de allí.

—¿Sabes, Ryan? Tú y yo tenemos algo en común: un cerebro muy jodido. Puedes pegarme todo lo que quieras, molerme a palos, matarme, jamás te daré la satisfacción de ceder. No me asustas —afirmó al mismo tiempo que esbozaba una sonrisa peleona y tosía a causa del dolor que le irradiaba desde las costillas hasta la espalda. Estaba en un estado lamentable y me habría gustado correr hacia él, abrazarlo y animarlo, pero Britney no me quitaba ojo para evitar que me levantara.

—Te sugiero que dejes de provocarme —lo amenazó Ryan, pero Neil se rio en su cara. Fue una carcajada nerviosa, porque habría querido pegarle y no podía hacerlo. La furia se estaba expandiendo en su interior como un veneno, un ácido corrosivo que nublaba su razón.

—¡No! ¡No le hagas daño! Te lo ruego —supliqué con voz desesperada.

Las lágrimas surcaban mi cara por la impotencia que sentía al darme cuenta de que no podía hacer nada para salvarlo ni para poner fin a aquella absurda situación. Ryan se volvió para mirarme y entornó los ojos con aire reflexivo. Por un momento tuve la esperanza de que me hubiera escuchado, pero luego se volvió hacia Neil, que estaba arrodillado frente a él, y lo miró con mayor rencor.

—Sé lo fuerte que eres, Neil, y sé que no tienes miedo de nada. He tenido que moverme calculando todo hasta el menor detalle —dijo con un timbre de voz bajo e inquietante—. Bryan te vigiló en la universidad. Te espió. Vio que solías dibujar un pentáculo en tu cuaderno durante las clases y me lo dijo. ¿Sabías que Kim tenía uno tatuado justo en la espalda? —le preguntó agachándose. A continuación, escrutó con sus gélidos ojos los de Neil, que seguía mirándolo encolerizado en silencio—. Puede que tú no lo recuerdes, pero seguro que tu subconsciente sí —añadió Ryan.

Neil arqueó las cejas profundamente turbado, pero trató de no perder la lucidez. Le dolía pensar en esa mujer, así que intentó apartarla de su mente para no mostrar vulnerabilidad. Luego me miró y, al hacerlo, sus ojos dorados se dulcificaron. Me estaba comunicando que me necesitaba, que quería que lo tranquilizara. A esas alturas nos entendíamos sin necesidad de palabras.

Compartíamos un lenguaje mudo, totalmente nuestro, que solo nosotros comprendíamos. En cualquier caso, Neil volvió a fijarse en Ryan de repente, observándolo con repugnancia: deseaba matarlo.

—¿Por qué 2511? ¿Qué significa? —silbó entre dientes.

Ryan se puso en pie y se ajustó los pantalones, tomándose algo de tiempo antes de contestarle.

—Siempre me han fascinado los números y el simbolismo esotérico. Lo he usado para manipular tu mente. Los acertijos eran también una forma de confundirte y de enviarte unos mensajes donde, en realidad, estaba la respuesta a todo. El número 2511 era otro enigma, que fuiste incapaz de descifrar. Para ello bastaba con conocer el significado de cada número. El dos indica la separación: la misma a la que nos obligaste a Kim y a mí cuando decidiste convertirte en un héroe. Sabías que éramos amantes, ¿no? —Ryan inclinó la cabeza hacia un lado y suspiró fingiendo pesar—. El número cinco corresponde a la genialidad. Me he divertido jugando contigo. ¿No te parecían geniales mis rompecabezas? —le preguntó irónico. Neil intentó zarandear a los dos hombres que lo sujetaban, pero estos volvieron a inmovilizarlo. Ryan, por su parte, continuó hablando sin vacilar en ningún momento—. Por último, el número once significa poder, justicia. Me he tomado la justicia por mi mano. Tenía que vengarme de ti. Planeé los accidentes de tus seres queridos con la intención de que perdieras el juicio, para intimidarte, pero eres fuerte. Eso sí, fuiste imprudente hasta el final. Con la última adivinanza, la número siete, se completaba el ciclo de la perfección: fotografía, mosaico, la pieza que faltaba. ¿Recuerdas el enigma que contenía el acróstico de Logan? También te envié fotos de todos los miembros de tu familia, excepto la tuya. Así que eras la pieza que faltaba en mi mosaico. El objetivo final.

Con un movimiento rápido y decidido, Ryan sacó una pistola de detrás de los pantalones. Cuando el cañón de metal brillante apuntó hacia la frente de Neil, me quedé petrificada. Ese chiflado la sujetaba con destreza, con el brazo extendido y firme, y el índice apoyado en el gatillo, listo para disparar.

Neil tragó saliva, pero no parecía aterrorizado ni sorprendido. Se limitó a mirar alternativamente el arma y a Ryan, con cautela. Podía ver la bestia que anidaba en su interior: indomable, peligrosa, ingobernable.

La que habría liberado de no haber estado atado.

—Pero ¿qué coño...? ¿Cómo es que nadie me dijo que la fiesta era aquí?

Una voz inesperada se propagó entre las paredes del viejo cobertizo. Fruncí el ceño y me volví para ver de dónde procedía. Entonces vi a Xavier seguido del resto de miembros de los Krew avanzando hacia nosotros. Ryan se giró para ver quiénes eran los intrusos y se distrajo por un momento. Neil aprovechó la ocasión para dar un codazo en la ingle a uno de los dos hombres que lo sujetaban y un cabezazo al otro. Los noqueó en un nanosegundo y desarmó rápidamente a Ryan dándole una patada en la muñeca.

La pistola cayó al suelo y Neil la alejó de un puntapié.

—¿Quién coño sois? —Ryan parecía desconcertado. Miró alrededor para ver dónde había ido a parar el arma, luego se volvió en dirección a Xavier, que seguía caminando con descaro por el cobertizo.

—Los Krew. ¿Has oído hablar de nosotros? —contestó el moreno esbozando una sonrisa a la vez que silbaba despreocupadamente.

Los jugadores de baloncesto, incluido Bryan, retrocedieron intimidados. Al principio no entendí por qué reaccionaban así, pero luego me lo imaginé al ver que Luke se acercaba a su amigo y sacaba una navaja de un bolsillo de su cazadora de cuero; Jennifer y Alexia, por su parte, blandían dos bates de béisbol con aire desafiante.

Xavier se detuvo delante de Ryan y, antes de que este pudiera hablar, se llevó un dedo índice a la boca para instarlo a callar. No sabía qué demonios estaba tramando, pero sí lo exagerado y demencial que era. Con disimulo, miró la pistola que Neil le había lanzado, se agachó y la cogió antes de que pudiera hacerlo otro. Luego sacó otra del bolsillo interior de la cazadora.

De manera que tenía dos pistolas.

Apuntó una hacia Bryan, que enseguida levantó los brazos en señal de rendición, y la otra hacia Player, que palideció y se quedó inmóvil, mirándolo fijamente.

—Cuando metisteis a Neil y a Selene en vuestra furgoneta de mierda, os seguimos hasta aquí. Deberías haber sido más prudente. Bastaba con echar un vistazo por el retrovisor. Te hemos pisado los talones durante todo el trayecto —explicó Xavier en tono amenazador—. Ahora quietos, gilipollas, u os dispararé a vosotros y a cualquiera que intente interponerse en mi camino.

Con un ademán de la cabeza nos invitó a aproximarnos a él. Neil se acercó a mí; me estremecí cuando su aliento me envolvió como una manta cálida. La cabeza me daba vueltas, el cuerpo me flaqueaba, pero tenerlo a mi lado me procuraba la fuerza que necesitaba para luchar.

—¿Estás bien? —preguntó preocupado. Su voz intensa siempre conseguía llegar a lo más profundo de mí. No respondí. Me limité a acariciarle el labio roto. Temblé al sentir su piel suave. Incluso lleno de cortes y de magulladuras estaba arrebatador—. Estoy contigo, niña. No debes tener miedo, no te pasará nada. Daría mi vida por ti —afirmó tratando de tranquilizarme y me sonrió con tristeza. Se acercó aún más a mí caminando de rodillas y me dio un beso en la punta de la nariz. Un gesto con el que pretendía transmitirme protección, seguridad, amor—. Estoy aquí —repitió con firmeza.

En ese momento tomé su cara entre mis manos y lo besé. Sabía que necesitaba un contacto entre nosotros, aunque no fuera el momento más adecuado.

Un segundo, solo tardaría un segundo…

Mi lengua se deslizó por su paladar y buscó la suya con desesperación. Al sentir el sabor de la sangre en su boca, las lágrimas resbalaron por mi cara. No quería llorar, pero no podía contenerme. Habría dado lo que fuera por tener el poder de canalizar el sufrimiento físico y mental que estaba experimentando. Se lo dije con la mirada y él pareció entenderme, porque me dio otro beso, esta vez uno casto y fugaz, para tranquilizarme, para que supiera que solo necesitaba mi presencia para sentirse bien. Luego me obligó a levantarme. Tambaleándome, le rodeé las caderas con un brazo. Él cojeaba, aún tenía las muñecas atadas, pero aun así intentaba no descargar demasiado peso sobre mí. Caminamos hacia Xavier, bajo las miradas derrotadas de los perturbados que habían urdido aquella emboscada.

—Luke, usa el cuchillo para liberar a Neil. Jennifer, Alexia, sacad a Selene de aquí —les ordenó Xavier apuntando aún a Player con la pistola; sin darme cuenta de lo que pasaba a mi alrededor, las dos chicas me separaron de Neil al mismo tiempo que Luke lo sostenía para evitar que cayera al suelo.

—¡No! —grité.

No pensaba moverme de allí sin él. Alargué un brazo para agarrarlo. Sus ojos me decían que todo iba a salir bien. Nuestras almas estaban conectadas por un hilo invisible, como si no hubiera distancia entre nosotros. Sus labios se curvaron en una sonrisa cargada de dolor, pero también de coraje.

Juntos éramos el centro de todo, del mundo e incluso del universo entero.

La idea de volver a separarme de él me sumió en una profunda angustia.

—Vete, niña. Volveremos a vernos. Te lo prometo —murmuró con un hilo de voz. No dejé de mirarlo, temiendo no volver a verlo, que esos canallas le hicieran daño. La mera idea hizo que rompiera a llorar de nuevo.

—Largaos, vamos —dijo Xavier para que saliéramos de inmediato. Sin pronunciar una palabra, Jennifer me instó a caminar hacia la salida y Alexia nos siguió.

Una vez fuera, la oscuridad de la noche nos envolvió, salvo por el resquicio de luz procedente del cobertizo que había frente a nosotras.

Caminamos unos metros y nos detuvimos junto al Cadillac de Xavier, que estaba aparcado en una explanada de tierra.

Agotada, apoyé las palmas de las manos en el capó e intenté recuperar el aliento.

—La policía llegará en cualquier momento —le dijo Alexia a Jennifer.

En ese momento caí en la cuenta de que si los Krew no hubieran intervenido, Ryan podría haber disparado a Neil. A su manera, esa noche habían demostrado el respeto y la estima que sentían por él.

El grupo no mostraba moralidad ni compasión por nadie excepto por sus miembros. Si se hubiera tratado de cualquier otra persona, no habrían arriesgado sus vidas para salvarla.

Estaba convencida.

579

—Gracias por lo que habéis hecho.

Me volví hacia las dos chicas para para mostrarles mi gratitud y las dos fruncieron el ceño como si hubiera dicho algo malo. Jennifer tocó agitada una de sus trenzas y sonrió burlonamente.

—No lo hemos hecho por ti, mocosa, sino por Neil —respondió con arrogancia.

—Sabemos lo mucho que significas para él. De no ser así, no lo habríamos hecho —añadió Alexia con una expresión más indulgente en la cara. Cuando me disponía a contestarles, se oyeron unos gritos en el interior del cobertizo y me eché a temblar. Pensé lo peor y Jennifer tuvo que impedirme que entrara poniéndome una mano en el pecho—. Esperaremos aquí. Lo más probable es que Luke y Xavier le estén dando una paliza a alguien —dijo para que me tranquilizara, pero no pude serenarme.

Los ruidos que se oían, semejantes a unos gruñidos furiosos, me pusieron la piel de gallina.

Neil estaba allí también; si no salía sano y salvo, me moriría.

No aparté la mirada de la entrada del cobertizo un solo momento, respirando con dificultad a causa del miedo.

Al final, estallé en un llanto desesperado, contando mentalmente los minutos que iban pasando despacio, demasiado despacio. Pero cuando, al final, vi que Luke y Xavier se dirigían hacia nosotras sosteniendo a un Neil fatigado, herido y con la cabeza gacha, mi corazón volvió a latir y mi alma renació.

De repente, él levantó la cara y me miró a los ojos. En medio de ese caos, Neil buscaba «nuestro» caos.

El que era colorido y ligero, despreocupado y puro.

Hecho de caramelos, de galletas de la fortuna, de sonrisas, emociones y besos.

Hecho de nosotros.

—Estoy aquí —dije y su mirada se dulcificó.

Cerré los párpados para no llorar y los volví a abrir. Su cara mostraba la culpa que sentía por todo lo que había sucedido: por el pasado, por la absurda venganza que Ryan, con la complicidad de Bryan y sus amigos, había ejecutado en sus seres queridos. Sacudí la cabeza para decirle que no tenía ninguna culpa.

Que solo había sido una víctima, como el resto de nosotros.

Ansiosa por tenerlo en mis brazos, salí a su encuentro. No podía soportar un segundo más lejos de él.

Entretanto, se oyeron las sirenas de la policía a lo lejos. Debían de ser varios coches patrulla y no tardarían en detener a Von Doom, a Bryan y a sus secuaces.

«Se acabó de verdad», me dije mientras corría hacia Neil como si el mundo entero se hubiera librado del mal, pero, de repente, una figura oscura y tambaleante apareció tras de él. Frené sin dejar de mirar el pelo rubio de Ryan, que en ese instante levantó un brazo y apuntó una pistola hacia los chicos.

—¡Neil! —grité alarmada intuyendo las intenciones de ese loco e instintivamente volví a echar a correr con un nudo en la garganta.

Xavier frunció el ceño en un primer momento, pero enseguida reaccionó a mi grito de advertencia. Sacó la pistola de la parte trasera de sus pantalones y se volvió hacia Ryan.

Todo sucedió en un abrir y cerrar de ojos.

Demasiado rápido. Dos disparos resonaron en el aire haciendo vibrar nuestras extremidades. Me paré en seco y vi que Ryan caía lentamente de rodillas. La pistola humeante resbaló de sus dedos.

Una bala lo había alcanzado en el vientre. Sus ojos helados me miraron intensamente y sus labios hinchados pronunciaron de forma casi imperceptible «Game over».

¿A qué se refería?

—¡Neil! —Al oír el grito de Luke comprendí que el maldito juego había terminado de la peor manera posible. Enloquecida, miré el cuerpo de Neil, su cara maltrecha, sus ojos clavados en mí.

581

Corrí hacia él antes de que me fallaran las piernas.

Lo agarré por el torso y él se abandonó en mis brazos.

Xavier había conseguido herir a Ryan, pero no había logrado impedirle que disparara contra su último objetivo.

Algo húmedo y denso se deslizó entre nosotros. Miré hacia abajo y vi que una mancha de color púrpura empezaba a extenderse por el jersey blanco de Neil.

Era sangre.

La bala de Ryan le había atravesado el pecho.

—Neil —susurré a sus ojos perdidos en los míos, en un silencioso adiós.

Su cuerpo cayó sin fuerzas hacia el suelo, lentamente, y yo lo acompañé con delicadeza. Me arrodillé y apoyé su cabeza en mis piernas.

—Neil… —Volví a llamarlo. Todavía estaba allí, conmigo, porque parpadeó y me miró a la cara—. Amor mío…, ¿puedes oírme? Debes mantenerte despierto. Habla conmigo. Haz lo que sea, pero no te duermas, por favor.

Le acaricié una mejilla. Parecía aturdido, empezó a contemplar la oscuridad del cielo y tragó con dificultad. Su respiración era lenta, su mirada perdida parecía buscar las fuerzas que una vida maldita le había arrebatado por completo.

Luke zarandeó a Xavier por las solapas de su chaqueta y le ordenó que llamara de inmediato a una ambulancia. Los observé durante unos instantes aturdida, pero luego Neil suspiró y volví a concentrarme en él.

Estaba tan ofuscada que era incapaz de pensar con cordura.

En ese momento no había nadie a nuestro alrededor, solo él y yo en nuestro país de Nunca Jamás.

Le acaricié la cara, los labios heridos, y él gimió de dolor. Me disculpé con la mirada.

—Neil, no me juegues una mala pasada, ¿me oyes? —murmuré con un nudo en la garganta—. No puedo estar sin ti. Sabes que yo…

Me detuve antes de poder decirle te quiero. Dos simples palabritas que él nunca había querido oír de mi boca, las odiaba porque le recordaban a Kim.

Te quiero, no solo por lo que eres, sino por lo que soy cuando estoy a tu lado.

Deseaba decírselo, pero desistí de nuevo, porque sabía que no lo aceptaría.

582

—Selene… —susurró dulcemente mientras yo seguía acariciándole la mejilla. Las lágrimas empezaron a resbalar copiosamente por mis pómulos, mi océano se secaba cada vez que oía su respiración débil—. Sé lo que sientes, lo percibo. No es necesario utilizar palabras para demostrármelo. —Me entendía, siempre me entendía. Solo él tenía esa habilidad extraordinaria—. *Ya pihi irakema* —añadió poco después. Fruncí el ceño. No sabía lo que significaba. Parecía como si me hubiera hablado en otro idioma—. Los indios lo dicen para expresar sus emociones a una mujer. Significa: «Me has contaminado».

Un arranque de tos le obligó a detenerse. Le acaricié el pelo para sosegarlo, él tragó saliva y reanudó la conversación.

—Tú vives y creces en mi interior, niña. Siempre será así —murmuró a duras penas. Su pecho se hinchaba lentamente, muy lentamente, y yo no podía hacer nada para evitar que sucediera lo peor, salvo aferrarme a la esperanza de que se produjera un milagro.

Neil entornó los ojos, como si estuviera adormeciéndose, y lo zarandeé un poco para que volviera en sí.

—No te duermas. La ayuda está en camino, ¿entiendes? Saldremos de esta. Lo conseguirás.

No dejaba de tocarle para transmitirle todo mi amor. Su piel estaba caliente, su corazón latía, él seguía allí, al igual que las estrellas que nos observaban y la luna, que dominaba la inmensidad de un mundo a veces injusto y cruel.

—Siempre te he dicho que nunca me disculparía, pero ha llegado el momento de que lo haga. Perdóname por todo lo que has tenido que afrontar por mi culpa. —Esbozó una leve sonrisa, pero una punzada de dolor lo hizo gemir de nuevo—. No llores, Campanilla, aún no ha terminado. ¿Recuerdas cuando... —prosiguió susurrando de manera casi inaudible— ... te enseñé el planetario de la casita de invitados?

Cada vez veía con menos claridad, flotaba en el mar de mi sufrimiento para no ahogarme en él, las lágrimas saladas resbalaban hasta mi barbilla. Neil levantó un brazo y me las enjugó con el dedo índice, las recogió para llevárselas consigo.

Dondequiera que hubiera decidido ir.

—Sí, lo recuerdo. —No podía dejar de sollozar. Sentía un dolor desgarrador, una cuerda apretada en el cuello que me estaba ahogando.

Y me estaba estrangulando, me estaba asfixiando, me estaba muriendo.

—Prométeme que mirarás las estrellas, que lucharás contra el dolor y que no permitirás que nada empañe tus sueños... —musitó.

Le apreté la mano y sus dedos se entrelazaron con los míos para siempre.

Éramos una eternidad grabada en lo alto del cielo.

Éramos algo inmortal, porque el amor es inmortal.

—Prométeme que... dibujarás una concha con una perla dentro cuando te sientas sola. —Esbozó otra sonrisa y mi corazón estalló admirado por su capacidad para sonreír a pesar de todo. Neil era una fuerza de la naturaleza que había sido víctima de un destino injusto y retorcido, de unos monstruos que se negaban a liberar su alma—. Prométeme que... perdonarás todos mis errores, porque, si pudiera volver atrás, no los cometería.

Sus iris dorados resplandecieron, el muro del orgullo se derrumbó.

El caballero dejó su escudo en el suelo, se mostró ufano ante mí con la armadura reluciente, y a continuación me entregó el cofre de oro donde siempre había ocultado todas sus emociones.

El nuestro era un amor impetuoso, tan fuerte que encendía las estrellas una a una, como si un sinfín de diminutas luciérnagas giraran a nuestro alrededor.

—Prométeme que... me dejarás vivir dentro de ti, que pensarás en mí cuando te comas un pistacho, que pensarás en mí cuando cojas una concha en la playa, que pensarás en mí cuando abras una galleta de la fortuna o cuando pruebes un caramelo de miel.

Sonrió de nuevo, luego inspiró despacio. Exhalaba el aire con dificultad, la misma con la que sus ojos trataban de permanecer aferrados a la realidad, pero volví a sacudirlo para animarlo a seguir combatiendo. Sabía que era fuerte, sabía que podía salir de esa.

Tenía que lograrlo.

—Sigue hablándome, Neil. Quédate aquí. No cierres los ojos.

Le besé la frente sudorosa y lo estreché contra mí. Las lágrimas seguían resbalando incesantes y mi corazón tamborileaba en mis costillas; parpadeé para poder ver con claridad su cara, su hermosa cara.

Era un auténtico ángel.

Pero él ignoraba que lo era.

Debería haberse mirado con mis ojos para verse a sí mismo y el universo que llevaba dentro.

—¿Recuerdas cuando…? —Volvió a hablar y di gracias a Dios por poder oír de nuevo su voz—. ¿Cuando… te pregunté cuál era el final de la princesa y el caballero oscuro? Te mereces un final de princesa y saber que estás a salvo es lo que me hace más feliz. —Me estrechó la mano con su palma grande y cálida, pero sus dedos estaban fríos y rígidos—. Eres una pequeña hada, Selene. Has traído un poco de luz a mi oscuridad, unos cuantos sueños a mis pesadillas. Con tus polvos mágicos, te las arreglaste para domar mis monstruos sin ningún temor.

Tosió y su cara se veló de dolor, con un padecimiento que habría dado lo que fuera por poder aliviar. Los ángeles comenzaron a arrodillarse a su alrededor.

No podía verlos, pero los percibía.

Podía sentir las suaves ráfagas de viento que provoca el batir de sus alas emplumadas.

Acudían para llevárselo con ellos, lejos de mí, quién sabe dónde.

Quizá a un mundo mejor, o quizá allá arriba, a una estrella.

A nuestra estrella.

—No puedes dejarme, ¿qué será de mí? No lo resistiré, no lo podré resistir. Te mereces una segunda oportunidad, te la mereces, Neil, y te mereces disfrutarla conmigo.

Mis labios temblaban, me aferré a él incapaz de aceptar la realidad, incapaz de dejarlo ir, porque si eso sucedía de verdad, no sobreviviría.

—Nunca te abandonaré, niña —susurró de nuevo—. Estaré en el viento, en el cálido sol, en la fragancia de una flor, en los libros que leas, en un recuerdo, estaré en tus sueños, estaré… estaré dondequiera que descansen tus manos, dondequiera que se posen tus ojos. Estaré donde quieras. Siempre contigo.

Besó despacio el dorso de la mano que tenía entrelazada a la suya, que era el hogar, la vida que lo estaba abandonando.

Me habría gustado retroceder al principio de nuestra historia, a cuando éramos dos niños que jugaban, se besaban y descubrían cada día.

A cuando me llamaba niña y yo no soportaba la malicia con la que me miraba.

A cuando escarbaba despacio para hacerse un hueco en mi alma con sus ojos de color miel y el pelo tan rebelde como su carácter.

A cuando me había besado en la piscina cubierta y el corazón me había temblado en el pecho.

A cuando había empezado nuestra pelea en el sofá del salón y él me había robado otro beso.

A cuando había entrado en mi habitación y yo había descubierto lo que era el amor.

Me habría gustado retroceder al principio de nuestra historia…, a cuando solo éramos miradas, sonrisas, suspiros, ojeadas cómplices, besos, caricias, arañazos, temblores, cuerpos unidos, gritos, peleas.

A cuando éramos nosotros.

La perla y la concha.

Los pistachos.

La galleta de la fortuna.

Una cajita de música.

Dos caramelos.

Las estrellas.

Los besos en la nariz.

A cuando éramos «amor», aunque ninguno de los dos hubiera tenido nunca el valor de confesarlo.

—No sé definir lo que es el amor, Selene. —Neil miró al cielo y pestañeó lentamente, su respiración se hizo más pausada y agitada a la vez—. Nunca creeré en las palabras «te quiero», pero si tuviera que decir lo que es el amor para mí… —desvió sus ojos hacia mi cara y se hundió en mi mirada afligida— … diría que John tenía razón. El amor a menudo no se manifiesta en el fondo, sino en la forma. Lleva un bonito vestido, tiene unos ojos oceánicos, el pelo cobrizo, la nariz respingona, las mejillas sonrojadas, un cuerpo de contornos delicados. Huele a coco, es una serie de gestos torpes y desmañados. El amor es el timbre de tu voz, de tu piel, el sabor de tus labios, de tus manos, de tus palabras, de tus miedos y de tus esperanzas. El amor, para mí, lleva tu nombre y no sabría describirlo de otra manera…

Me sonrió. Su sonrisa se armonizó con el mundo entero, con las flores amarillas que cubrían el campo, con los árboles cuya sombra era un dulce refugio, con el aire, con el mar. Armonizó conmigo.

—¡Acaba de llegar la ayuda! —gritó Xavier señalando la ambulancia que había aparcado a poca distancia de nosotros.

No sabía lo que había pasado alrededor mientras hablaba con Neil. Era como si el tiempo se hubiera detenido. Me sentí aliviada al pensar que todo estaba a punto de acabar y que él iba a recibir el tratamiento que necesitaba para volver a desbaratar mi vida. Miré a Neil, su cabeza aún reposaba en mis piernas, sus ojos resplandecientes seguían entrelazados con los míos, pero algo no salió según lo previsto.

En lo que parecía un adiós, los fue cerrando poco a poco, como si un telón bajara despacio a la espera del saludo final de los actores.

Su mano soltó la mía, su respiración quedó suspendida en el aire, el alma viajó a un lugar remoto.

—Neil —dije sacudiéndolo con delicadeza. El nudo que tenía en la garganta me impedía hablar. Mi corazón se detuvo para seguir al suyo. Yo también me había ido, me había apagado con él—. Neil…, dijiste que no me dejarías… —susurré con las lágrimas agolpándose en mis pestañas, a punto de rebosar.

Su miel había dejado de brillar. Lo abracé con todas mis fuerzas para fusionar nuestros cuerpos, para convertirme en una sola cosa con él, pero la realidad no me lo permitió.

Volví a mirarlo: sus párpados cerrados lo mecían en el sueño eterno.

Una gota mojó su cara y, poco después, también la mía.

Luego llegó otra y otra.

Levanté la cabeza y observé la lluvia, que, como pequeños alfileres de plata, empezaba a pincharme la piel.

También el cielo había empezado a llorar, como yo, por ese destino cruel, por la vida que se le había otorgado a un niño que no había hecho nada malo para que los monstruos de la sociedad le infligieran toda su perversidad.

Neil había vivido una vida llena de porqués: algunos justificables, otros incomprensibles, otros crueles.

Las nubes densas ofuscaron las estrellas ya invisibles, todas excepto una.

Me detuve a mirarla.

Allí había una estrella…

Justo encima de nosotros.

Estaba quieta, robándonos la escena con desvergüenza y egocentrismo, indiferente al mal y al sufrimiento, como si nada pudiera eclipsarla.

Tenía incluso el poder de mover las nubes para mirarnos e iluminarnos.

Brillaba con luz propia, resplandecía junto a la luna.

Las dos estaban paradas allí.

Juntas… en el cielo.

Juntas… en el sonido de la lluvia.

Juntas… en la oscuridad.

Juntas… como dos enamorados.

Actrices en la misma obra.

Protagonistas de una magia infinita.

En el cielo había ahora a una nueva estrella, una preciosa aliada de la luna.

A veces parecía plateada, a veces, dorada.

Y asomaría cada noche.

Todos la verían.

Sería imponente, noble, majestuosa y muy hermosa.

Pero, sobre todo, estaría lejos de cualquier dolor…

587

27

Selene

Prométeme que me buscarás en el viento, en el sol caliente, en una fragante flor, en un recuerdo, en los libros que leerás, en tus sueños. Prométeme que estaré dondequiera que se posen tus manos, que descansen tus ojos...

KIRA SHELL

Caminaba por la avenida arbolada.

El sol acariciaba mi piel con delicadeza.

El aire fragante y fresco me acompañaba en mi paseo.

Quizá debería haber elegido un ramo de flores para la ocasión, pero sabía que a Neil no le gustaría.

Sabía que él detestaba esos detalles, así que había preferido comprarle un paquete de pistachos.

A él le encantaban y yo no paraba de comer uno tras otro como si fueran partes de él.

—Hola, míster Problemático —dije arrodillándome—. ¿Cómo estás? Hoy también he venido a verte. ¿Creías que me había olvidado de ti? ¿Cómo podría?

Le sonreí.

Me preguntaba si podría verme u oírme. Me gustaba pensar que era posible. Que existía una dimensión paralela donde las almas vivían una forma de vida diferente.

—Hoy he hecho mi último examen. Dentro de poco debería graduarme también y tú estarás allí conmigo, ¿verdad?

Acaricié la lápida de mármol, frío e inmóvil, con su foto.

Le había dicho que me volvería loca sin él.

—Te he traído tu paquete de pistachos...

Se lo enseñé esbozando una sonrisa triste y luego lo puse a su lado, entre las flores frescas y la cálida tierra. Volví a mirar y a acariciar su imagen con los dedos, los ojos me escocían y me dolía el corazón, una lágrima resbaló lentamente por mi cara hasta sumergirse en mis labios, ese lugar donde aún podía sentir su sabor, un sabor que yo custodiaba celosamente, porque era el más preciado del mundo.

—No deberías haberme hecho esa jugarreta, ¿sabes? Todavía puedo oír tu voz susurrando mi nombre por la noche, mientras duermo. En la universidad, mientras trato de atender en clase, siento tus manos tocándome. Siempre te llevo en mi mente. Todavía siento tus besos en mi cuerpo, tus ojos de color miel sobre mí. No debía acabar así. Sufriste tanto en tu vida que merecías una segunda oportunidad. Pero la vida es cruel, ¿sabes? Quita a quien no debe y, con frecuencia, a quien no se lo merece.

Seguía imaginando que lo acariciaba, arrodillada en la tierra, mientras, en lo alto del cielo, el sol escuchó a hurtadillas nuestra conversación.

Qué grosero es el sol.

Qué injusta es la vida.

—Quién me iba a decir que entrarías en mi corazón, con todo tu caos. No pensé que me enamoraría de ti cuando vi tus ojos traviesos. No pensé que me enamoraría de ti cuando bailaste conmigo llamándome tigresa para provocarme. No pensé que me enamoraría de ti cuando, con tu habitual arrogancia y seguridad en ti mismo, me robaste mi primer beso y me trastocaste la cabeza, porque eres capaz de meterte dentro de la gente y quedarte ahí, ¿sabes? Eres muy raro. Muy problemático. Muy complejo. Inmanejable. No sabes cuánto echo de menos mirarte mientras dibujabas en tu cuaderno con un cigarrillo entre los labios. Echo mucho de menos tu inteligencia, que siempre tendías a ocultar para no mostrar al mundo que eras profundo y diferente de lo que parecías. No sabes cuánto echo de menos poder reñirte por fumar demasiado. No sabes cuánto echo de menos tus chistes verdes, con los que siempre me sonrojaba como una niña, o tus besos en la nariz, dulces e inesperados. A veces le doy varios a mi madre y pienso en ti. ¿Recuerdas cuando la llamaste señora Calvin? La verdad es que no se te daban bien los nombres. Siempre fuiste un desastre. —Sonreí con nostalgia y me enjugué una mejilla con el dorso de una mano—. Tengo un montón de recuerdos maravillosos de ti, ¿sabes? Y todos forman parte de mí. Cada parpadeo de tus ojos es parte de mí. Nunca necesité grandes declaraciones, entraste en mí con solo mirarme. Tus ojos dorados bastaron para derretirme y desintegrarme como un castillo de arena sobre el que te abalanzaste como una poderosa ola.

Porque eso eras tú.

Una ola oceánica que siempre venía a por mí.

Por eso me gusta el sonido de las olas, porque siempre saben dónde estoy.

Tú eres una ola que me arrolla, me abate y me vuelca.

Eres una ola que se pone de puntillas para besar mis labios y susurrarme al oído.

Eres una ola que da una voltereta tras otra. Nadie puede domarte, nunca.

¿Cuántas veces nadaste dentro de mí y viste mis sueños?

¿Cuántas veces viste que formabas parte de todos mis sueños?

—Sigues aquí contándome tu historia. La de un caballero oscuro que, por culpa de un monstruo rubio, siempre odió el amor y el fatídico te «quiero».

Acaricié la lápida blanca con los dedos, suavemente, como si fuera su cuerpo, el cuerpo del que tenía bien impreso su aroma fresco, su musculatura robusta, su piel resplandeciente.

Sonreí. Sonreí aferrándome al tiempo que aún hablaba de aquel «nosotros» que nunca iba a olvidar.

—*Ya pihi irakema...* Tú también me contaminaste, míster Problemático, y ese problema no tiene solución, ¿sabes? No hay...

Mi voz se quebró. Perdí repentinamente la capacidad de hablarle sin llorar ni sollozar y volví a hundirme en el sufrimiento y la angustia. En ese vacío del que ya no iba a poder escapar. Vivía sin un alma, sobrevivía sin creer en nada.

La mía ya no era una vida, sino un cautiverio.

—Me pediste que te hiciera tantas promesas... y yo nunca acepté mantenerlas, pero te fuiste de todos modos. Fue injusto, ¿sabes? Fue una gran injusticia por tu parte. Pasé el dorso de una mano bajo la nariz, las lágrimas me nublaban la vista, me faltaba el aire, me dolía el corazón, me sentía partida por la mitad. Era una perla rota que había perdido su brillo y que, privada también de su concha, carecía de valor.

Sin Neil había dejado de existir...

Una mano me acarició el pelo con ternura.

Intenté abrir los párpados lentamente, luego di un pequeño bostezo y me froté los ojos como una niña que acabara de despertar de un largo sueño. Enseguida vi la pared acromática delante de mí, la máquina que controlaba los latidos de mi corazón, luego la cama donde había apoyado los brazos y la cabeza, después de haberme quedado dormida en una silla muy incómoda.

—¿Has vuelto a tener la misma pesadilla?

Oí una voz cálida, de barítono, profunda…, «su voz», y lo miré. Mis párpados permanecían abiertos porque, como cada vez, temía que Neil pudiera ser un sueño, temía que si cerraba los ojos aunque solo fuera un momento, desaparecería.

—Neil… —susurré dulcemente.

Si pensaba que ya había derramado suficientes lágrimas, me equivocaba. Fue suficiente verlo sano y salvo para que las emociones que había experimentado el día que Ryan le había disparado resurgieran en mi interior.

Neil podía percibir mi sufrimiento y mi alegría y no dejaba de acariciarme el pelo.

Su cara, de la que ya habían desaparecido los moratones y las heridas, era cautivadora y seguía envuelta en su habitual aura oscura, que seguía fascinándome como el primer día. Sus labios carnosos se curvaron en una sonrisa indulgente y sus ojos claros no dejaban de envolverme.

Eran dos piedras doradas. Me sentía engastada en esos maravillosos iris y era la sensación más hermosa que jamás había experimentado.

Lo admiré a la vez que me daba cuenta de que estaba de verdad a mi lado, aunque una venda blanca rodeaba su pecho tapando la herida que le había causado el arma de fuego. La serie de almohadas que tenía a sus espaldas le permitían estar cómodamente sentado y la sábana le cubría hasta los costados.

591

—¿Es un sueño? —pregunté parpadeando varias veces, incapaz de distinguir la realidad de la fantasía.

Llevaba un mes alternando los sueños con las pesadillas y siempre acababa llorando, porque las emociones que sentía eran tan intensas que me dejaban sin aliento.

—No es un sueño, Campanilla. Ven aquí. —Neil levantó un brazo, el izquierdo, invitándome a acurrucarme a su lado.

—Era una pesadilla terrible. Estabas muerto y yo hablaba contigo, pero no eras tú, quiero decir, eras tú…, pero estabas… —murmuré.

Sorbí por la nariz y subí a la cama para acostarme a su lado. Lo abracé y apoyé la cabeza en su pecho, donde no estaba herido y donde podía sentir los latidos de su corazón, fuerte y palpitante.

—Con cuidado, niña.

La operación había sido delicada, la herida aún le dolía, aunque el médico le había asegurado que pronto le quitarían los puntos. Rocé con mi nariz la piel desnuda y cálida de su cuello. Aspiré plenamente su aroma, tan fresco y envolvente como siempre. No dejaba de llorar y Neil me mimaba dulcemente, como si fuera una niña.

Su niña.

—Estoy aquí y estoy vivo, Selene. Deja estar las pesadillas, no me gusta verte lloriquear, ¿sabes? —me reprendió con un deje de severidad. Su voz era como unas manos que me acariciaban en los lugares más recónditos, que tocaban hasta lo más profundo de mi alma. Me sonrojé por pensar así. Para bien o para mal, lo anhelaba; anhelaba todo de él: las virtudes y los defectos, lo mejor y lo peor.

Aceptación: eso era el amor para mí.

—Lo sé, pero ese momento fue traumático. Ver que tus ojos se cerraban, que dejabas de respirar, que tu corazón se paraba…

Neil me puso los dedos en los labios para hacerme callar. Las yemas de sus dedos eran cálidas y suaves. Les di un beso casto, luego otro y otro más. Descendí hasta la fina palma como si lo adorara, como si quisiera transmitirle todo mi amor, porque estaba ahí y era fuerte.

Más fuerte que antes.

—Hablemos de otra cosa. Estaba pensando que esta es una de las pocas veces que estás conmigo en una cama vestida… y no me parece bien —dijo esbozando una sonrisa que hablaba por sí sola de lo que estaba pensando.

592

A pesar de la trágica situación que habíamos vivido, Neil siempre se las arreglaba para ver todo bajo un prisma malicioso. Levanté la cabeza y lo miré divertida.

—Ahora no es el momento de pensar en… —Me tocó el pecho con su arrogancia habitual. Lo apretó por encima del suéter y yo me estremecí.

—¿Follar? —preguntó con un susurro seductor. Observé su tórax. Mi querido problemático estaba medio desnudo, de forma que podía contemplar sus impresionantes curvas.

No era necesario desnudarse.

Era como si ya estuviéramos haciendo el amor.

Mi cuerpo se puso rígido, agitado por el deseo, porque Neil ya estaba dentro de mí. Me miraba fijamente. Me ruboricé, no solo por la vergüenza que me producía su descaro, sino por las sensaciones lujuriosas y carnales que experimentaba en mi interior.

—Iba a decir «ciertas cosas». No es momento para pensar en ciertas cosas. —Me aclaré la garganta para ocultar el efecto devastador que producía en mí. Cada vez que estaba cerca de él, mi corazón se convertía en papel: Neil lo arrugaba y hacía lo que quería con él—. Empezaba a preocuparme, pero veo que tu lado pervertido también se ha recuperado —me burlé de él a la vez que le acariciaba suavemente el abdomen.

Me encantaba tocarle y sabía que a él también le gustaba que lo hiciera. Neil siempre se había mostrado apasionado en nuestros encuentros, así que sabía qué tipo de atenciones le gustaban.

Su respiración se volvió irregular y por sus venas hinchadas comenzó a fluir la tensión sexual.

—Si bajaras un poco más, Campanilla, sería mejor. Ahí abajo hay alguien que necesita que lo acaricies un poco, ¿sabes? —me dijo al oído. Su cálido aliento rozó mi mejilla y me estremecí. Empecé a avergonzarme de mis pensamientos pecaminosos, los recuerdos de nuestra intimidad me dejaron sin aliento.

Habían pasado más de siete meses desde la última vez que habíamos estado juntos. Meses en los que yo no había estado con nadie, porque me torturaba por Neil. Él, en cambio, se había acostado con quién sabe cuántas mujeres, incluida Megan.

Todavía me dolía pensar en los dos juntos.

Por si fuera poco, ni siquiera sabía lo que iba a ser de nosotros, qué dirección iban a tomar nuestras vidas.

Neil era diferente desde que se había despertado del coma.

Nunca había hablado de una posible relación entre nosotros y ni siquiera me había besado.

Solo me hacía bromas traviesas, me acariciaba como si fuera suya, pero, de hecho, nunca había hablado de nosotros como pareja.

—Lo siento, tortolitos, ¿molestamos?

Logan se asomó a la puerta seguido de Janel y su hermana Chloe. Me levanté de la cama y me puse en pie. Me reajusté el jersey y el pelo en un gesto inconsciente y nervioso.

—Neil... —Tras darme un beso en la mejilla, Chloe se acercó a su hermano y le sonrió eufórica.

—Hola, cariño, te estaba esperando. Normalmente llegas puntual, ¿qué te ha pasado hoy?

Neil por fin había vuelto a ser también dulce y cariñoso con sus hermanos. Tras el trauma que había sufrido y el coma temporal, temíamos que se extraviase de nuevo por cierto tiempo, de manera que, desde que se había despertado, el doctor Lively había acudido a su habitación todos los días para hablar con él, estar a su lado y evitar que se precipitara de nuevo en el abismo, sobre todo porque no había vuelto a mencionar a Kim ni a Ryan. Su mente era muy frágil y las dolencias que padecía aún persistían.

—Hola..., ¿cómo estás?

Logan me sacó de mis cavilaciones poniéndome una mano en un hombro, y yo le sonreí. Me habría gustado ocultarle mis temores, pero no se me daba bien mentir. En ese instante, Janel, que lucía la

593

melena corta negra de siempre, me dio un amistoso abrazo y luego se aproximó a Logan, con quien salía desde hacía unos meses.

—No lo sé, Logan —contesté suspirando—. Temo lo que pueda pasar. Neil nunca se ha referido a «nosotros» en este mes ni tampoco me ha dicho lo que piensa hacer cuando salga de aquí. No me ha dado ninguna certeza sobre el futuro ni sobre el rumbo que tomará nuestra relación. Una relación que, a decir verdad, terminó hace meses y sobre la que no ha hecho más comentarios —le expliqué angustiada.

Después de que le dispararan, Neil me había abierto su corazón y me había dicho unas palabras maravillosas, pero desde que se había despertado del coma no había vuelto a referirse a lo que había pasado fuera del cobertizo. Solo me había consolado por mis pesadillas, como hacía un rato, pero eso era todo.

—¿Qué quieres decir?

Como era de esperar, Logan me miró confundido, sin comprender del todo la preocupación que me angustiaba desde hacía varias semanas. Le agarré un brazo y lo arrastré hacia un rincón aprovechando que Neil estaba distraído con Chloe.

Janel nos siguió, parecía seriamente alarmada por mi expresión de hastío.

—No me ha besado, Logan. Ni una sola vez —susurré—. Ni siquiera una vez desde que se despertó. No me ha dicho una sola palabra de amor. Me trata como si fuera una amiga a la que de vez en cuando concede una caricia o una pequeña broma. ¿Te das cuenta? —proseguí presa de una confusión total, porque no acababa de comprender la mente de Neil, su carácter y todo lo que le concernía.

Janel entreabrió los labios y sacudió la cabeza, como para subrayar la gravedad de la situación. Logan arqueó una ceja con aire perplejo.

—Pues sí que es extraño, porque nunca se ha resistido a ti, pero ponte en su lugar. Estuvo a punto de morir, volvió a ver a Ryan después de tantos años, no ha sido fácil para él. También temía que te ocurriera lo peor. El doctor Lively afirma que aún puede estar en estado de *shock* postraumático y que, por tanto, tardará algo de tiempo en volver a ser el Neil de siempre —me explicó Logan tratando de consolarme, de calmarme, pero mi instinto femenino me decía que algo más iba mal.

La guerra entre nosotros y Player había terminado.

La que combatíamos Neil y yo no.

Lo sentía.

—Creo que está enviando una señal a Selene. Algo así como: «Oye, no te hagas ilusiones, nunca estaremos juntos porque no soy el hombre que te conviene» —dijo Janel imitando a Neil y manifestando así la antipatía que sentía por él. No había cambiado de opinión ni siquiera cuando lo había visto por primera vez en la cama de hospital, ni mucho menos. Seguía pensando que era nefasto para mí.

¿Y si tuviera razón?

Después de todo, en una parte remota de mí, pensaba lo mismo que ella.

—Pero ¿quieres que muera de un ataque al corazón, Janel? ¿Qué demonios estás diciendo? Mierda —terció Logan y luego se volvió hacia mí—: Escucha, Selene. —Puso las manos sobre mis hombros y me miró a los ojos para captar mi atención—. Neil es especial, los dos lo sabemos. Dale tiempo, ya verás como te hablará y te dirá cómo están las cosas entre vosotros. Confía en él y sé optimista, al menos por una vez.

Me sacudió con delicadeza para alentarme y luego me sonrió aguardando mi respuesta. Me limité a asentir con la cabeza. La opresión que sentía en el pecho era tan sofocante que me impedía hablar.

Siempre había sido una chica ansiosa, necesitada de certezas, y con Neil esas carencias se habían triplicado.

El punto muerto en que nos encontrábamos, el hecho de que fuera tan vago conmigo, me impedía estar serena.

Si volviera a irse, si volviera a huir de mí, no podría seguir adelante.

—¿Molesto?

La voz de Mia interrumpió nuestra conversación. Me volví a mirarla y la vi entrar en la habitación con una bandeja en las manos, avanzó con paso vacilante y temiendo a todas luces la reacción de su hijo. Nunca la había visto tan afligida y delgada. A pesar de ir vestida con su habitual elegancia, sus ojos azules parecían cansados y apagados.

—Hola, mamá —la saludó Logan; Neil dejó de hablar con Chloe y adoptó enseguida un aire serio y triste. Sus labios se plegaron lentamente hacia abajo en una línea dura, que manifestaba su furia. Nervioso, se pasó una mano por el pelo mostrando los bíceps y escrutó con aire desafiante a su madre, dejando que la oscuridad alterase el dorado de sus ojos.

—¿Qué coño quieres? No quiero verte. ¿Cuántas veces he de decírtelo? —le espetó airado sobresaltando a todos. Mia había acudido todos los días y había velado por su hijo cada noche, pero Neil parecía decidido a no perdonar los veintiséis años de mentiras que le había dicho sin pensar en las consecuencias.

—Quiero saber cómo estás. También te he traído tu postre favorito. Chocolate con pistacho.

Mia se acercó a él lentamente y acto seguido le entregó la bandeja cubierta. Neil torció los labios en una mueca de disgusto.

—¿De verdad crees que vas a poder enmendar tus errores con un postre? Me mentiste durante años, te prostituiste con tu amante, me impediste ver a mi padre, dejaste que el hombre con el que te habías casado me golpeara. ¿Crees que te voy a perdonar? —Sonrió con amargura—. ¡Nunca! ¡Eso no sucederá nunca! —le gritó.

Apretó los puños con puro odio, su cuello se tensó y sus ojos se convirtieron en dos rendijas abrasadoras que transmitían una fuerza peligrosa e indomable que habría intimidado a cualquiera.

Mia retrocedió hasta chocar de espaldas contra otra persona.

Su primer amor.

El padre de Neil: John Keller.

—¡Vaya, estupendo! La familia de embusteros al completo —comentó Neil sacudiendo la cabeza y sonriendo burlonamente, mientras su mirada iba de uno a otro.

Estaba enfadadísimo. Normalmente, cuando se encontraba en ese estado, se volvía impulsivo y despiadado con todo el mundo. Pero John no se dejó intimidar y lo miró con aire grave, hasta tal punto que dejó de sonreír.

—Te comportas como una persona inmadura. Tienes todas las razones de este mundo para estar furioso conmigo o con tu madre. Créeme, yo también la detesté durante mucho tiempo. —El doctor Keller avanzó hacia Neil irradiando su vigoroso encanto por la habitación, además de un agradable aroma a colonia masculina. Mia lo miró en silencio, sorprendida por sus palabras—. Pero insultarla no creo que te haga sentirte mejor. Tú no eres así, Neil. He llegado a conocerte, hemos hablado en varias ocasiones. Vas más allá del odio y la ira, sé que puedes hacerlo. Si no quieres tener ninguna relación con ella, aceptaremos tu decisión, pero, al menos, intenta respetarla. Sigue siendo tu madre —dijo con calma, luego siguió acercándose a la cama sin ningún miedo a la vez que nos saludaba a Logan y a mí con un ademán de la mano.

Cogió una silla y la colocó junto a la cama de Neil. Se sentó en ella con aire desenfadado y cruzó las piernas en una clara señal de desafío, como si dijera: me voy a quedar aquí tanto si quieres como si no.

Padre e hijo eran idénticos.

Había aprendido a prestar atención a los comportamientos de John y cada vez me daba más cuenta de lo mucho que se parecían a los de Neil: la misma chulería, seguridad en sí mismo y firmeza. La misma actitud dura, como si fueran hombres de una pieza, invencibles e inabordables para cualquiera, decididos a perseguir sus ideales y hacerse valer.

—¿Quién te ha dicho que quiero que me visites? —replicó Neil después de observarle durante largo rato, casi sorprendido por su descaro. Logan y yo intercambiamos una mirada furtiva, luego él se acercó a su madre para pasarle un brazo por los hombros y consolarla con ternura.

—Lo he decidido yo. ¿Vas a impedir que me asegure de que mi hijo está bien? Este mes he venido a verte todos los días, también mientras estabas en coma. Así que me quedaré aquí todo el tiempo que me dé la gana. —John entrelazó los dedos en la barriga y esbozó una sonrisita victoriosa que no admitía objeciones.

Neil suspiró crispado, pero, antes de que pudiera replicar, el médico irrumpió en la sala con una carpeta en el pecho.

—Buenos días a todos —saludó cordialmente lanzando una mirada a Neil y a sus parientes, luego esbozó una sonrisa tranquilizadora y miró la documentación—. Has tenido suerte, chico. Como ya sabes, la operación fue bien. Te he mantenido en observación durante un mes para asegurarme de que no hubiera complicaciones de ningún tipo. La bala no rozó ningún órgano vital, menos aún el corazón. Pero... —levantó el dedo índice y respiró hondo. Temblé— podría haber sido mucho peor. Alguien ahí arriba debe quererte de verdad. He decidido que puedes irte a casa y te he recetado unos analgésicos. Hoy te daremos el alta.

El médico sonrió cálidamente mientras Neil fruncía el ceño. John, en cambio, se levantó para estrecharle la mano.

—Se lo agradezco mucho, doctor. ¿Seguro que se pondrá bien? —preguntó solícito, como habría hecho cualquier padre inquieto por su hijo. Entretanto, Mia se acercó al médico seguida por Logan y Chloe.

—Sí. Obviamente, tendrá que evitar cualquier esfuerzo físico, tener cuidado con la herida y tomar medicación en caso de que el dolor persista o resulte insoportable. Volveremos a vernos dentro de una semana para hacerle una revisión —nos explicó.

Luego estrechó la mano de Neil y le deseó una pronta recuperación, tras lo cual se despidió de todos.

John le sonrió, pero su hijo, a pesar de las buenas noticias que había recibido, seguía enfadado. No iba a ser fácil que lo perdonara y mucho menos convencerlo de que retomara la relación con él.

597

—Bien. Al menos a partir de ahora podré decidir a quién de vosotros me apetece ver y regresar a mi puta vida —comentó Neil entre dientes. Su frase me dio qué pensar. Extrañamente, empecé a ponerme nerviosa.

¿Qué quería decir?

¿Iba a apartarme de todo otra vez?

—Iré a tocarte los huevos donde quiera que vayas. También a Chicago, en caso de que te lo estés preguntando —lo regañó John—. Voy a por un café —añadió mientras le revolvía el pelo en un claro gesto de afecto.

Neil le respondió mandándolo a la mierda, pero su padre lo ignoró. Mia salió con él de la habitación, además de Logan, Janel y Chloe. Antes de marcharse, sin embargo, Logan me lanzó una mirada significativa que capté al vuelo: quería que aprovechara la ocasión para hablar cara a cara con su hermano.

Pero cuando Neil y yo nos quedamos solos, me sentí incómoda.

Había esperado un mes entero a que llegara ese momento, y ahora que estaba allí tenía miedo. Miedo de lo que me podía decir, de sentirlo una vez más lejos de mí.

—¿Puedes pasarme un cigarrillo? —preguntó y yo me sobresalté como si fuera la primera vez que oía su voz.

Neil ladeó la cabeza, seguro que se estaba preguntando por qué reaccionaba de una forma tan extraña, pero no dijo nada. Busqué el paquete de Winston y lo vi sobre la mesa. Suspiré. Habría preferido que, en lugar de preguntarme por sus malditos cigarrillos, me hubiera pedido que nos quedáramos juntos para reiniciar nuestro viaje.

Me habría encantado que me repitiera las maravillosas palabras que me había dicho aquella traumática noche en que lo habían herido, pero con una lucidez diferente, con una mayor conciencia, porque en ese momento necesitaba sentirme querida y considerada.

—Aquí están tus cigarrillos.

Antes de que pudiera satisfacer la petición de Neil, Megan los agarró de la mesa y se los arrojó con rudeza. Temblé al verla y mi mirada se detuvo en su cuerpo atrayente, envuelto en unos vaqueros ceñidos, en un sencillo suéter de color rojo y en una cazadora adornada con tachuelas. Llevaba la melena negra recogida en una coleta alta, fruncía los labios en un mohín arrebatador y sus ojos de color verde esmeralda brillaban cautivadores.

—¿Qué haces aquí, desequilibrada? —le preguntó Neil entornando los párpados para ver mejor los pechos bien formados de su amiga, que la cazadora apenas lograba ocultar.

Al ver cómo la escrutaba, sentí una punzada en el corazón, sobre todo porque estaba al corriente de lo que había pasado entre ellos.

Solo volví a respirar cuando Neil dejó de mirarla. Sacó un cigarrillo del paquete y se lo llevó a los labios con aire impasible. Sabía de sobra que no podía fumar en el hospital, pero se lo metía en la boca sin encender para tranquilizarse.

—He venido a verte —respondió haciendo caso omiso de mi presencia. ¿Cómo se permitía fingir que yo no estaba allí? ¡Menuda capulla!

Me estaba demostrando que yo no existía para ella, que no contaba nada, pero, por encima de todo, que no me temía en lo más mínimo.

—¿Has visto los periódicos? —añadió acercándose a él como si tuviera derecho a invadir el espacio del hombre del que yo estaba enamorada—. Bryan Nelson, su novia Britney y los jugadores de baloncesto fueron detenidos. En cambio, ese canalla de Ryan se suicidó en la celda la noche posterior al arresto. No quería pasar el resto de su vida en la cárcel, así que se quitó de en medio. Imagínate que había abierto otro sitio ilegal en internet oscuro donde vendía vídeos de menores. La policía está investigando a todos los pedófilos cibernéticos que compraron los archivos, y los detendrán cuando tengan pruebas concluyentes sobre su identidad. El número de usuarios del sitio de Ryan es desorbitado. Todavía estoy conmocionada... —comentó incrédula mientras Neil seguía mirándola como si no le interesara lo que le estaba contando.

Pero yo estaba segura de que no era así. Lo que había pasado le había trastornado tan profundamente que ni siquiera lograba hablar de ello. Todavía no había dicho una palabra al respecto; suponía que las emociones que había experimentado lo habían devastado.

—Ese hijo de puta debería haber sufrido y haberse podrido en la cárcel... —comentó con una frialdad sobrecogedora—. ¿Cómo te sientes ahora que sabes que está muerto? —preguntó a Megan con curiosidad.

Ella permaneció inmóvil junto a la cama, con los brazos cruzados y los hombros tensos.

—Hace años que lo consideraba muerto —respondió con un desapego mordaz.

Alargó un brazo hacia la cara de Neil para apartar un mechón de pelo que le caía sobre la frente. Él me miró enseguida y, al ver mi expresión de dolor, intuyó el malestar que el gesto me había causado. Parpadeó y carraspeó y enseguida retrocedió para impedir que Megan le tocara y adoptó una postura rígida.

599

—No te he dado permiso para tocarme —la reprendió en tono autoritario y mi corazón explotó de alegría. Sabía perfectamente que para la morena Neil era un concentrado de belleza y encanto, hasta tal punto que no podía resistirse a él; pero yo había sido la que había luchado para entenderlo, la que había excavado en su alma y le había hecho comprender que no era un monstruo. Yo era la que le había permitido que pisoteara mi dignidad para secundarlo sin juzgarlo en ningún momento.

Yo lo había aceptado y amado.

Ella no podía alejarlo de mí.

—El doctor Keller me ha dicho que el médico te ha dado el alta —continuó Megan acrecentando la ira que sentía en mi interior.

Por un momento tuve la tentación de aproximarme a ella y agarrarla por el pelo. Podría haberme mostrado como la joven posesiva y celosa que era, pero no quería darle esa satisfacción. Si percibía mi inseguridad, su autoestima se fortalecería y no quería que ocurriera eso. Me hervía la sangre en las venas, pero intenté controlarme y pensar en lo que debía hacer.

—Sí, voy a volver a Chicago —respondió Neil y al oírlo dejé de respirar. Me quedé sin aire y mi mente quedó clavada en una sola palabra: Chicago.

—Vale…, yo creo que me marcho esta noche. Ya me dirás lo que piensas hacer. Si quieres, puedes venir conmigo —propuso y en ese momento salté furiosa como una bestia, porque no podía soportar por más tiempo su presencia ni su voz.

—Perdona, Wayne —dije y, por fin, ella se volvió para mirarme—. ¿Puedes dejarme a solas con él o quieres que te eche de la habitación a patadas en el culo? Si me lo propongo, puedo hacerlo. Créeme —la amenacé esbozando una leve sonrisa impertinente. Megan arqueó las cejas sorprendida. Estaban en juego mis sentimientos, mi cordura, mi dignidad, mi futuro, mi vida entera.

Había dedicado un año a Neil.

Le había entregado todo mi ser, así que no podía marcharse como si nada.

Pretendía que me diera explicaciones y la morena tenía que esfumarse al instante.

—Ah, hola, Selene. Veo que por fin demuestras un poco de coraje, me alegro por ti. Os dejo solos —replicó ella con aire combativo antes de salir de la habitación para concederme algo de intimidad con Neil. Fui directa al grano.

—¿Me puedes explicar qué planes tienes? —le solté y él no me respondió, como siempre que intentaba hablar con él. Se limitó a levantarse de la cama y ocupar la habitación con su metro noventa. Contuve el aliento y por un momento olvidé el punto crucial de la cuestión.

—¿Qué es lo que no tienes claro en concreto? Tengo que retomar las prácticas. Debo hacer seis meses más para poder inscribirme en el colegio de arquitectos.

Se encaminó hacia el armario y desenganchó una sudadera blanca de una percha con el brazo izquierdo. Habría podido pedirme que lo ayudara, pero no lo hizo. Prefirió echarme a la cara su orgullo desmesurado y con frecuencia inmotivado.

A pesar de eso, un impulso amoroso me empujaba a correr hacia él y abrazarlo para que comprendiera que no le iba a permitir que me dejara de nuevo, pero el poco de dignidad que aún me quedaba me frenó a la espera de que me diera un motivo válido.

—¿Vas a volver a Chicago? ¿Hoy? ¿No puedes quedarte un poco más con tus hermanos y tu familia? —le pregunté con voz ronca. Habría podido mostrarme más firme, pero el dolor que sentía era demasiado fuerte para poder ignorarlo, de manera que me costó incluso hablarle con frialdad.

—¿Mi familia? —repitió sin siquiera mirarme, después puso una bolsa encima de la cama y metió dentro sus cosas—. Yo no tengo familia. No perdonaré a mi madre. No volveré a vivir con ella ni con Matt. En cambio, mis hermanos podrán venir cuando quieran.

601

La sudadera blanca desatada dejaba a la vista el tórax y la venda que cubría la herida, la observé de nuevo. Neil estaba haciendo unos movimientos demasiado rápidos y bruscos sin tener en cuenta las advertencias del médico. Si seguía comportándose como un demente, podía abrirse algún punto.

—¿Y yo? ¿No piensas en nosotros? ¿Otra vez estamos así, Neil? ¿Quieres que me vaya porque mi madre te metió en la cabeza todas sus paranoias?

Avancé hacia él haciendo acopio de todas mis fuerzas para afrontarlo. Perderlo me parecía impensable, había luchado durante mucho tiempo y no podía consentirle que volviera a huir a pesar de que, por la impaciencia de sus gestos, parecía que escapar fuera su único deseo.

—No existe ningún nosotros desde el día de mi graduación. Tu madre es en parte responsable, pero habría sucedido de todas formas. Tú también lo sabes. Siempre te lo dije, ¿acaso creías que estaba mintiendo? No puedo darte lo que quieres. Un hombre como yo, con mis problemas, no puede tener una relación normal.

Cerró la cremallera de la bolsa, la mano derecha le tembló. Miró alrededor buscando el tabaco y el móvil y, cuando los vio, se los metió en un bolsillo de los pantalones. Evitaba a toda costa mi mirada. ¿Por qué? ¿Temía que percibiera su vulnerabilidad? ¿Temía que pudiera convencerlo de que su decisión era pésima para los dos?

—Ah, ¿no? ¿No existe ningún nosotros? Te recuerdo que me dijiste que soy el amor. Que, en tu opinión, yo encarno el amor. ¿Me tomas por idiota? ¿Crees que no sé que sientes algo por mí? Me lo demostraste la noche en que estaba enferma y tenía fiebre, y también cuando sucedió el lío de Ryan. ¡Mírame cuando te hablo, maldita sea! —grité exasperada, no podía más. Neil lograba sacarme de mis casillas.

Cuando por fin se volvió y me miró a los ojos, todos los buenos propósitos de no mostrarme débil y de resistir a su confrontación vacilaron, porque él era como un veneno mortal e invasor.

Fluía dentro de mí y absorbía por completo mi energía vital.

Se aproximó a mí y cada vez que daba un paso me temblaban las rodillas. Tuve que luchar contra las sensaciones confusas que empezaron a sumergirme, a arrojarme a un abismo de dudas e incertidumbres.

602

Neil se plantó delante de mí y yo alcé la cabeza para mirarlo.

Mi expresión se tornó triste, menos firme, más insegura. Él se dio cuenta y me acarició una mejilla, preparado ya para usar las palabras que tanto odiaba pronunciar y que herían en lo más profundo mi corazón.

—Todo se ha terminado, Selene. Tú también eres libre. Después del accidente que provocó Ryan, cuando estabas en coma en la cama del hospital, te prometí que te protegería, que estaría a tu lado, pero no como pretendes. Mi vida está ahora en otro lugar, la tuya está en Detroit con tu madre, tus estudios y tus amigos. Lejos de mí podrás recuperar la serenidad. —La fuerza que emanaba su mirada impenetrable me hizo temblar—. Recuerdo lo que te dije. Recuerdo que te asocié al amor, pero creía que iba a morir, que no iba a volver a verte, que era mi última posibilidad de hacerte comprender lo importante que habías sido para mí... y hasta qué punto lo sigues siendo.

Siguió acariciándome con dulzura. No lograba entenderlo. Sus palabras me decían que quería que saliera de su vida, pero sus ojos me gritaban su amor. Me miró la boca y se mordió el labio inferior reprimiendo el instinto de besarme. Deseaba hacerlo, igual que yo, pero algo dentro de él luchaba para convencerlo de que resistiera a la tentación. Había vuelto a interponer entre nosotros un muro psicológico de paranoias y convicciones erróneas.

Neil pensaba que no estaba a mi altura, le asustaba comprometerse, temía decepcionarme.

Pensaba que yo tendría miedo de compartir toda una vida con él. Yo sabía que padecía varios trastornos, los había aceptado, incluso había hablado con él sobre la posibilidad de que se medicara para mantenerlos a raya. A pesar de que yo estaba dispuesta a apoyarlo de todos modos, aunque no hubiera empezado la terapia, él no era capaz de integrarme en su cotidianeidad, porque la consideraba anormal, rara, vergonzosa.

Cerré los ojos para acoger su caricia llena de afecto, pero tan amarga que me hizo sospechar que iba a ser la última.

—Si decides volver a Chicago, consideraré que has elegido a Megan. Volverás para estar con ella y ella hará lo que sea para atraparte, como ya hizo cuando os acostasteis. No puedo aceptarlo. —Me repuse del hechizo de su roce y le aparté la mano. Él permaneció serio e imperturbable, como si nada pudiera afectarlo—. No puedo aceptar que vivas con ella otros seis meses y a la vez vuelvas a mí cuando te apetezca. Si sales por esa puerta, si decides marcharte, seré yo la que ponga punto final a nuestra relación, porque después de todo lo que he pasado por ti creo que merezco una oportunidad. Si no quieres concedérmela, te olvidaré para siempre y seguiré por mi camino.

603

Menuda embustera. Mi corazón se había ido rompiendo con cada palabra.

Nunca lo olvidaría, tampoco iba a ser capaz de seguir adelante. Su ausencia sería un sufrimiento terrible y yo lo padecería eternamente. Pero no me quedaba otra opción, no podía perseguir a una persona que quería librarse de mí.

Neil guardó silencio y yo lo miré apenada.

Disfrutaba de nuestra cercanía.

El espacio que nos separaba estaba lleno de emociones, sensaciones y deseos que ninguno de los dos iba a tener el valor de confesar al otro.

Porque para amar hacía falta mucho valor y yo por fin había comprendido que Neil no lo tenía.

—Buena suerte, Selene —se limitó a decir. Y me dolió más que si una bala me hubiera atravesado el corazón cuando agarró la bolsa de viaje y pasó junto a mí esforzándose para no mirarme, para no mirar a la realidad a la cara ni al enorme error que estaba cometiendo. Un gran error del que un día se iba a arrepentir, pero entonces sería ya demasiado tarde.

Cerré los ojos y negué con la cabeza.

Clavé las uñas en la palma de la mano para quedarme quieta, pero al final fui la primera en ceder.

—Te lo ruego…, piénsatelo otra vez. —Corrí tras él y me agarré a su antebrazo.

—Selene, por favor —dijo desasiéndose de mí y rehuyendo mi mirada.

Me evitó para que no viera que él también consideraba equivocada e insensata su decisión. Yo sabía que podíamos enfrentarnos juntos a sus miedos, lo único que debía hacer era aceptar lo que sentía por mí y darse cuenta de que no podía escapar del amor. La tela de su sudadera resbaló lentamente entre mis dedos hasta que al final abrió la puerta y salió, dejándome sola con su aroma, que flotaba en el aire para llenar un vacío que iba a permanecer siempre en mi interior.

Anonadada, me quedé en la habitación. Sentí un mareo y me senté en el borde de la cama para no caerme al suelo. Curvé los hombros y bajé la cabeza, derrotada.

No me quedaba más remedio que aceptar que se fuera.

Reflexioné sobre lo que habíamos dicho durante los últimos minutos hasta que oí pasos y reconocía las botas altas de Megan. No la miré, no la necesitaba, tampoco hacía falta que me dijera que había ganado esta batalla sin sentido. Neil no era el botín en juego, no era un juguete por el que pelear.

Ella debería haberlo sabido, la supermujer que ahora estaba de pie frente a mí restregándome su satisfacción en la cara.

Levanté la vista para demostrarle que yo tampoco la temía, pero, al contrario de lo que pensaba, no vi en ella ninguna suficiencia malsana, sino una actitud comprensiva que casi me dejó atónita. Cuando recuperé la lucidez necesaria, decidí aprovechar el poco tiempo de que disponía para hablar con ella de mujer a mujer.

—Ahora escúchame, Megan. Y no me interrumpas. —Me puse de pie y ella entornó los párpados con cautela tratando de sondearme. No me animó a continuar, pero tampoco manifestó desinterés por lo que estaba a punto de decirle—. A Neil le encantan los pistachos —le expliqué—. Le encanta comerlos a cualquier hora, excepto por la mañana. Compra unos cuantos paquetes y tenlos a mano en la despensa, que no falten nunca en la cocina. Sus colores favoritos son el negro y el azul cobalto, regálale ropa de esos colores y verás cómo le gusta. Adora The Neighbourhood…, sus canciones le ponen de buen humor. Le encanta dibujar cuando necesita relajarse, siempre lleva consigo un cuaderno que jamás enseña a nadie. He descubierto que lo esconde entre sus libros, como un niño. Nunca lo toques si no quiere, porque podría enfadarse. Le encanta que le acaricien el pelo y le vuelven loco los besos en el cuello. Son gestos que le hacen feliz y le tranquilizan. No lo agobies cuando tenga uno de sus ataques de ira, cuando quiera tener el baño libre para darse una de sus numerosas duchas o cuando le tiemble la mano derecha. Suele fumar demasiado. Intenta que comprenda el daño que le hace y procura que reduzca el número de cigarrillos. Le apasionan la literatura y la filosofía, especialmente Bukowski y Schopenhauer, regálale sus libros. También le gusta el deporte, sobre todo el boxeo, no te enfades si le da por entrenarse de madrugada: le ayuda a olvidar sus pesadillas. Aprende a leer en sus ojos, no se le da bien hablar, pero ahí, en sus ojos, encontrarás todas las respuestas que nunca podrá darte con las palabras. Quiérele tal y como es, porque eso es lo que necesita, que lo quieran. Trata de estar siempre a su lado, porque es una persona profunda y única. Cuando… —murmuré y lo que tenía en mente decir en ese momento me produjo náuseas. Tomé aire y proseguí—: Cuando estéis juntos en la cama, evita estar encima de él. Odia esa posición, porque le recuerda a Kim. Cuida de él, Megan.

Me enjugué una mejilla con el dorso de la mano y ella me miró sorprendida. Suspiré y traté de aspirar todo el aire que pude para mantenerme en pie y no derrumbarme delante de ella.

No esperé su respuesta, no era necesario.

Pasé por su lado fingiendo aplomo y salí de la habitación del hospital. Algo más tarde tomé el primer vuelo para Detroit.

605

28

Selene

Una semana después...

$\mathcal{H}$abía retomado mi vida o, al menos, lo estaba intentando.

Hacía una semana que Neil había salido del hospital y había elegido volver a Chicago.

Ya no quedaba nada que nos uniera.

Habíamos descubierto quién era Player.

El juego de los enigmas había terminado.

Era el 6 de diciembre. Las luces de Navidad habían empezado a resplandecer en los tejados, los balcones y los escaparates.

Los primeros copos de nieve habían empezado a transformar Detroit en un lugar mágico.

Me encantaba caminar por las aceras y ver las huellas de mis botas en la nieve.

Mi abuela solía decir que cuando caía, la nieve besaba con dulzura las flores, los árboles y los campos, y cubría todo como una manta suave.

—Hola, Forastera.

Janel me rodeó los hombros con un brazo mientras yo cruzaba el campus en dirección a la entrada de la facultad. «Forastera» era el apodo que me habían puesto mis amigas por mi antiguo estilo de vida, cuando me reunía con Neil todos los fines de semana y nunca podía estar con ellas.

—Buenos días, ¿hoy estás de buen humor? —le pregunté sonriente exhalando una densa nube, que se disolvió en el aire. Hacía tanto frío que me había puesto un gorro de lana azul y unos guantes del mismo color. Janel asintió con la cabeza y se acercó a mi oreja para susurrarme un secreto inconfesable.

—Ayer me acosté con Logan. Fue mi primera vez —murmuró con entusiasmo. Me había confesado que era virgen cuando había acudido a mí para pedirme consejo sobre una discusión que había tenido con él y que la había dejado destrozada; le sugerí que esperara el momento adecuado. Por lo visto, el momento adecuado se había adelantado.

—¿De verdad? ¿Y cómo fue?

Antes de que pudiera responder, Bailey se unió a nosotras saltando por la nieve. Solté una risita divertida porque a veces era realmente graciosa. Mi sonrisa, sin embargo, se desvaneció enseguida, cuando recibí una bola de nieve en la nariz. Un segundo después me encontraba en medio de una batalla de bolas de nieve en el campus, delante de todos los estudiantes.

—¡No te saldrás con la tuya, capulla! —le gritó Janel mientras amontonaba una enorme cantidad de nieve con la que, sin embargo, solo hacía bolas pequeñas, que a Bailey debían de parecerle suaves caricias. A mí, en cambio, siempre se me había dado bastante bien desde pequeña.

—¡Parad ya! Estamos dando un espectáculo y a nuestra edad es bastante vergonzoso —dije al cabo de un rato. Me froté los guantes y me ajusté la gorra ladeándola un poco, porque el misil que Janel me había lanzado directamente a la cabeza me la había descolocado.

—¿Creías que nos habíamos olvidado de tu cumpleaños? —Bailey se abalanzó sobre mí y caímos juntas en el jardín del campus, que estaba completamente cubierto de nieve. Me hizo cosquillas con la ayuda de Janel y yo me reí como hacía tiempo que no lo hacía.

—Estoy agotada —dije cuando al final nos tumbamos jadeando en el suelo como tres locas y miramos el cielo, del que caían gráciles copos de nieve. Bajaban despacio, lentamente, y acababan disolviéndose en la nada, igual que se habían disuelto mis sueños.

El futuro que había imaginado con Neil se había hecho añicos como el cristal y ya no quedaba nada de él.

—Feliz cumpleaños. —Janel me dio un beso en la mejilla derecha y Bailey otro en la izquierda. Les sonreí a las dos y me apoyé en los codos para levantarme a la vez que miraba mi abrigo lleno de nieve.

Me había olvidado incluso de mi cumpleaños.

Ya no vivía.

Olvidaba todo lo que me concernía.

Intentaba sobrevivir.

607

Intentaba no pensar en Neil, pero mi esfuerzo era en vano, porque solo pensaba en él, en nosotros y en cómo nos habría ido si hubiera decidido quedarse conmigo, empezar de nuevo nuestra relación.

—¡Son veintidós! ¡Deberíamos celebrarlo! —propuso Janel, apoyando la cabeza en una mano y mirando pensativamente a Bailey, que aceptó enseguida la idea.

—Sí, esta noche hay una fiesta en casa de Jay Valance. Es increíble, Selene, y por lo visto tiene cierto interés por ti. Después de Ivan y Tyler, es el tío más bueno del equipo.

Me guiñó un ojo mientras yo me incorporaba. Sentí mis nalgas congeladas y la nieve en la ropa.

—No, no, no. De ninguna manera —dije moviendo el dedo índice de derecha a izquierda para reforzar el concepto. Nada de hombres. Nada de locos. Nada de fiestas y, sobre todo, nada de sexo. No iba a ser como esas chicas que, para llenar su vacío interior, se rebajaban a acostarse con cualquiera.

—Preguntó por ti hace tiempo y Janel le dijo que salías con un fanfarrón de Nueva York. Aunque no se tira a todas las tías con las que se cruza, le gustas.

Bailey se puso de pie y me dio una mano para levantarme. Me sacudí el abrigo para quitarme la nieve y me ajusté el sombrero una vez más.

Ni hablar. Había terminado con los chulos que no tenían el valor de querer.

Ya me había enamorado una vez y había creído en ello hasta el final.

—Literalmente ha dicho que eres una «muñeca con un buen culo y unos labios suculentos».

Janel se acercó a nosotras y se tocó unos mechones de pelo entre los que había varios copos de nieve incrustados.

—Vaya..., ¿y se supone que debo sentirme halagada? —murmuré indignada.

Me eché la bandolera al hombro y eché a andar de nuevo hacia la entrada del campus seguida de mis amigas, que insistían en presentarme a otro caso humano masculino con a saber qué problema existencial.

—Bueno, el otro día le dije que estabas otra vez soltera —confesó Janel cuando entramos en la universidad. Una ráfaga de aire caliente me indujo a quitarme el sombrero y a agitar mi maraña de pelo, luego le lancé una mirada torva, a todas luces molesta.

—Estoy bien así, Janel. Sola. Necesito mi tiempo para metabolizar lo ocurrido. Lanzarme a los brazos de otro no me ayudará a olvidarme de Neil —murmuré. Y era cierto.

En mi caso, un clavo no sacaba otro clavo, porque mi corazón estaba totalmente ocupado por la única persona a la que deseaba con todas mis fuerzas, a la que aún amaba con todo mi ser, pero que nunca sería mía.

Por suerte, Janel no replicó.

Seguimos las clases sin retomar el tema y mi mente viajó a otro lugar.

Regresó a los meses que había pasado con Neil, a sus profundas palabras y a todo lo que habíamos compartido.

Neil había sido sincero conmigo cuando me había llamado «amor». No había sido producto de mi imaginación. ¿Qué le había impulsado a huir de nuevo?

¿Por qué había preferido vivir con Megan a estar conmigo?

Aferré el bolígrafo con una mano, furiosa, porque me sentía derrotada como mujer, herida en mi orgullo. Después de todo lo que había hecho por él, merecíamos una oportunidad.

Juntos.

Las horas de clase pasaron con una lentitud agotadora; tomaba apuntes, pero no podía concentrarme. Me sentía diferente. Me sentía vacía, incompleta, como si mi corazón estuviera partido por la mitad y tuviera una herida sangrando en el alma, imposible de curar.

—Así que, ¿cómo te fue la primera vez? Cuéntanos todo, anda.

Una vez en la cafetería, Bailey hizo la fatídica pregunta a Janel mientras yo picoteaba con el tenedor en mi plato de ensalada, porque no tenía mucha hambre. Escuchar a Janel hablar de amor, corazones, unicornios y primeras veces me traía a la memoria todo lo que yo también había experimentado con el problemático que, por desgracia, estaba demasiado lejos de mí.

En cualquier caso, tuve que hacer un esfuerzo para mostrar interés, en nombre de nuestra amistad.

—Logan fue dulce, pero me dolió. No es verdad que sea bonito, que sientes placer y todo eso… —Janel agitó una mano en el aire—. Lloré a pesar de que fue muy tierno conmigo, pero tiene…, tiene… una cosa así —dijo alargando un brazo y yo dejé caer el cubierto en el plato.

Unas gotas de aceite salpicaron mi jersey y en un primer momento observé cómo la mancha amarillenta se iba extendiendo por la lana y luego a Janel, que tenía cara de asombro.

Puse los ojos en blanco. Acababa de descubrir que Logan estaba tan dotado como su hermano, debía de ser cosa de familia.

—¿En serio? Caramba, vaya suerte —comentó Bailey con aire soñador—. Yo solo he conocido tipos inmaduros e incapaces —resopló desengañada. En ese momento carraspeé y agarré el vaso de agua para beber un pequeño sorbo.

—¿Qué me dices de Neil? —me preguntó Bailey y casi escupo el agua que tenía en la boca. Tuve un arranque de tos y Janel me dio un golpecito con la mano en la espalda para que recuperara sobre todo la capacidad de hablar.

Pero ¿qué clase de pregunta era esa?

—Eso son cosas personales —contesté airada. Me negaba a revelar a mis amigas hasta qué punto era perfecto el cuerpo de Neil desde todos los puntos de vista. Tenía celos de lo que era mío, porque todavía lo consideraba mío y de nadie más.

Podía sentirlo en el aire.

En mí.

En mis labios.

En mi interior.

Lo veía cada noche en mis sueños.

En nuestro país de Nunca Jamás.

Nunca podría compartir nuestros recuerdos con nadie.

Quería guardar para mí incluso nuestro desastre.

Lo más probable era que en ese momento, mientras yo me revolvía en la desesperación, Megan estuviera disfrutando de su cercanía, de su magnífico cuerpo y de sus manos expertas.

Cuanto más pensaba en ello, más se apretaba el nudo que tenía en el estómago, hasta tal punto que empecé a sentir náuseas.

—¿Sigues… enamorada de él? —preguntó Bailey discretamente, como si hubiera entendido que detrás de mi incapacidad para hablar de Neil había mucho más. Había un dolor que no podía exteriorizar, que me corroía por dentro como un ácido.

Cada día me preguntaba si iba a poder arreglármelas sin él, pero tenía que hacerlo.

No podía seguir echándome a perder por él, a pesar de que mis sentimientos seguían siendo fuertes e indelebles.

Sin responder a la pregunta de Bailey, volví la cabeza hacia el enorme ventanal que estaba a nuestro lado para seguir contemplando la lenta caída de los copos de nieve.

Los techos de los coches del aparcamiento estaban completamente blancos, al igual que los árboles, los bancos, las casas. Todo.

Todo estaba blanco y limpio.

Todo era maravilloso y diferente.

Tan lento, tan apacible, tan suave, pero a la vez tan… triste.

610

Sin embargo, de niña me encantaba la nieve.

Me encantaba hacer muñecos de nieve tan altos como yo y decorarlos con la bufanda de mi padre, las gafas de mi madre, una zanahoria como nariz y dos botones en lugar de ojos.

En un instante, me puse a pensar en mi infancia. Una infancia normal, como la de todos los niños.

Feliz, despreocupada, colorida. Diferente a la de Neil.

Quién sabe si alguna vez jugaste en la nieve...

Quién sabe si alguna vez hiciste un muñeco de nieve por la noche y lo viste derretirse bajo el sol al día siguiente...

Quién sabe si alguna vez te has reído en una pelea de bolas de nieve...

Quién sabe si alguna vez has visto caer los copos y has observado que cada uno tiene una forma diferente...

Quién sabe...

Si hubiéramos estado juntos lo habría averiguado.

De vuelta a casa, dejé caer la bandolera en el suelo, al lado de la puerta, y colgué el abrigo en el perchero. Olfateé el aire que olía a dulce y esbocé una sonrisa espontánea.

—Ya he vuelto —grité, y luego me dirigí hacia la cocina en busca de mi madre. Al principio solo vi una tarta de cerezas encima de la mesa con el número veintidós, pero luego me llevé un buen susto cuando mi madre irrumpió con una trompeta de estadio que me rompió los tímpanos, saltando y vitoreando como una niña feliz.

—Feliz cumpleaños, cariño —me dijo estrechándome en un abrazo maternal que le devolví ligeramente aturdida al mismo tiempo que le quitaba la ruidosa trompeta de la mano para que no causara ningún daño permanente a mis oídos—. Lo siento, cariño, no encontré nada más para celebrar. En la tienda me recomendaron esto y...

La interrumpí, moviendo la cabeza divertida, porque mi madre, además de ser severa y decidida, también sabía ser divertida y extravagante.

Debería haberla odiado por lo que había pasado con Neil, pero ella no tenía ninguna culpa.

Solo lo había expuesto a los miedos típicos de una madre, Neil, en cambio, debería haberla tranquilizado y haberle garantizado que deseaba lo mejor para mí. El problema era que a él le aterrorizaba lo que sentía por mí, creía que no era lo suficientemente bueno para tenerme a su lado, porque Kimberly le había transmitido un concepto erróneo del amor, de la relación y del respeto mutuo en una pareja.

611

Así pues, no podía culpar a mi madre ni a Matt ni a Megan de un miedo que Neil había manifestado desde que nos habíamos conocido; aunque ellos habían contribuido sin duda a desanimarlo y hacerle creer que no era capaz de tener una relación seria.

Neil seguía convencido de que lo único que podía entregar a las mujeres era su cuerpo, nada más.

—Una simple canción de cumpleaños feliz habría sido suficiente, mamá.

Me froté una oreja y, antes de sentarnos a comer la tarta, le agarré una mano y la detuve. Intercambiamos una larga mirada de complicidad y una amplia sonrisa, listas para hacer lo que siempre hacíamos el día de mi cumpleaños cuando nevaba.

—Espera, me voy a poner un abrigo y un par de guantes —me dijo y cinco minutos después salimos al jardín de la pequeña casa para crear nuestro muñeco de nieve, como requería la tradición. Buscamos una zona llana y un buen montón de nieve que pudiera servirnos. Me arrodillé y empecé a compactarla para crear la base. De vez en cuando lanzaba algunas bolas a mi madre, que intentaba protegerse con su gorro rojo de lana, del que colgaban dos bonitos pompones.

612

A veces me preguntaba cuál de las dos era más niña.

—Perfecto —dije sonriendo satisfecha mientras admiraba las tres grandes bolas de nieve que habíamos dispuesto una encima de otra. Entonces mi madre me dio dos botones y una zanahoria. Los puse en el muñeco para reproducir la nariz y los ojos, y luego me agaché y cogí unas piedras para dibujar una boca respingona.

—Este muñeco de nieve parece un poco huraño —me dijo mi madre con las manos en las caderas y la cabeza inclinada hacia un lado. Probablemente se derretiría con los rayos de sol, pero yo necesitaba que estuviera ahí al menos hasta el filo de la medianoche, que marcaría el final del 6 de diciembre y, por tanto, de mi cumpleaños.

—Necesito una cazadora de piel, mamá.

Cogí dos palos bastante resistentes y los clavé en el torso para crear los brazos. Mi madre me miró pensativa, luego torció los labios en una mueca dubitativa y entró en casa. Al cabo de unos minutos, regresó con una chaqueta de cuero adornada con tachuelas rojas en los hombros. La cogí al vuelo y se la puse al muñeco metiéndosela por los palos.

—Ya está. Como Neil no está aquí, lo he representado en versión muñeco de nieve. Claro que él es un poco más alto y robusto, pero se le parece un poco, ¿no?

Me volví hacia mi madre, quien, tras mirarme como si me hubiera vuelto completamente loca, soltó una sonora carcajada. Arqueé una ceja.

¿Qué tenía eso de extraño?

—Con ese ceño terrible creo que lo hemos conseguido.

Se acercó a mí y me puso una mano en un hombro atrayéndome hacia ella; entretanto, las farolas de la calle se fueron encendiendo lentamente para iluminar la oscuridad del atardecer, mientras las dos permanecíamos inmóviles, observando al odioso Neil hecho de nieve. Lo miré fijamente y me di cuenta de que no había sido bastante precisa, así que le puse un guijarro en una comisura de los labios.

«Como no estás aquí en el día de mi cumpleaños, he encontrado la manera de que estés presente. Conmigo», pensé mirando el muñeco como si fuera real.

Y entonces una lágrima infame, que había conseguido contener durante demasiado tiempo, se deslizó traicionera por una de mis mejillas. Me apresuré a enjugarla. No quería que mi madre viera que estaba mal ni que sufriera por mí.

—Entremos en casa, Selene, empieza a hacer frío.

Recorrimos el sendero de la entrada. Los ojos no paraban de escocerme debido a las lágrimas. Como una niña, imaginé que el muñeco de nieve cobraba vida y que, tras unirse a nosotras, se sentaba a la mesa y se comía un pedazo de tarta.

No quería regalos, la presencia de Neil era todo lo que necesitaba.

—Sube a darte un baño caliente antes de cenar —me ordenó mi madre y yo le obedecí. Quizá con un baño relajante pudiera aliviar la melancolía que sentía desde hacía días.

Entré en la habitación, jugueteando con un hilo del jersey, y avancé hacia la cama.

De repente, fruncí el ceño, porque había visto algo.

Algo extraño.

—¿Qué demonios…? —Apoyé las rodillas en el borde de la cama mientras miraba un ramo de… caramelos.

Lo escudriñé durante un buen rato temiendo que fuera una extraña alucinación.

Pero no… Estaba mirando un ramo de caramelos con un lazo rojo.

A su lado había una cajita. Instintivamente eché un vistazo hacia atrás para asegurarme de que no había nadie en la habitación y volví a mirar los objetos que estaban esparcidos por la cama.

En la caja había una tarjeta rosa que decía: FELIZ CUMPLEAÑOS.

Me temblaron los dedos y el corazón empezó a latirme deprisa, demasiado deprisa, como si se me fuera a salir del pecho.

Inhalé todo el aire que pude y agarré la caja temblando.

Me senté en la cama y la abrí despacio.

Dentro había algo brillante: una pulsera.

Pero no era una pulsera cualquiera, sino una de plata con una perla brillante a modo de colgante. Se me llenaron los ojos de lágrimas y en mi fuero interno deseé que Neil estuviera allí, pero no quise hacerme ilusiones, porque, si no era él, me iba a doler demasiado.

No…, él estaba en Chicago.

No debía soñar.

Me pellizqué el brazo y cerré los ojos. Esperé unos minutos mientras los fuertes latidos de mi corazón resonaban en las paredes. Entonces abrí un solo ojo y lo moví de derecha a izquierda.

Nada había cambiado.

Seguía en la habitación, en la cama, con una pulsera y una perla en las manos.

—Vaya, esto no es un sueño —susurré mientras me la ponía con delicadeza para que no se me cayera, sobre todo porque me la estaba enganchando con una sola mano. Cuanto terminé, me levanté y acaricié el ramo de caramelos.

De coco y miel.

Y, justo en medio, había una galleta.

Una galleta de la fortuna.

La cogí como si fuera una joya preciosa y la partí en dos, reviviendo el recuerdo del parque, de mi especie de declaración y del terror con el que había reaccionado Neil.

Saqué la tarjeta que había dentro y leí la frase: NO ME BESES COMO SI ME QUISIERAS, SINO CON TODO EL AMOR QUE SIENTES, PORQUE ESTOY DISPUESTO A CORRESPONDERTE. SAL Y REÚNETE CONMIGO…

Me llevé la mano a los labios y miré a mi alrededor, incrédula.

¿Dónde estaba? Nerviosa, me calcé el primer par de botas que vi al lado del armario y salí corriendo de la habitación.

Bajé a toda prisa la escalera e incluso trastabillé en los últimos peldaños. Tenía el corazón en la garganta y me temblaban las piernas. Antes de llegar a la puerta mi madre me dio su abrigo para que me protegiera del frío que hacía fuera. Fruncí el ceño al darme cuenta de que no me había hecho ninguna de sus preguntas habituales, al contrario.

—Tal vez me arrepienta algún día —comentó suspirando—, pero no podía verte estar tan mal durante mucho más tiempo…

Sonrió y me abrió la puerta.

Salí al porche y... lo vi.

Lo vi apoyado en el Maserati que estaba aparcado al otro lado de la verja y todos mis músculos se paralizaron; dejé caer los brazos en los costados y lo miré a los ojos.

¿Cuántas horas había conducido para venir a verme?

¿Por qué no había cogido un avión?

Me daba igual. Neil estaba allí, con sus ojos dorados, hermoso como un ángel, tan atractivo e irresistible como siempre.

Mi alma fue absorbida completamente por él, respondí a su llamada y desperté del estado de trance en que había caído. Empecé a correr por el camino de la entrada, tropezando como una niña torpe.

Él movió la cabeza divertido y yo me sonrojé.

Nosotros dos nunca cambiaríamos. Éramos un auténtico desastre.

Me agaché para atarme bien una bota y reanudé la carrera.

La esperanza se reavivó, el amor estalló, la ciudad nevada recobró el encanto que tenía cuando la admiraba de niña.

Su figura lejana se hizo cada vez más nítida: vi la chaqueta de cuero acolchada, los brazos cruzados en el pecho, las piernas embutidas en unos vaqueros oscuros, el pelo tan revuelto como siempre y sus iris magnéticos sonriéndome tácitamente.

Los mismos que habían comunicado conmigo desde nuestro primer encuentro.

Me abalancé literalmente sobre él y lo abracé a la vez que me echaba a llorar, esta vez de alegría.

Le rodeé el cuello con los brazos y la pelvis con las piernas.

Neil tiró de mí hacia arriba y me estrechó contra su cuerpo.

Sentí los latidos de su corazón.

Su respiración entrecortada.

Su alma fundiéndose con la mía.

Mis lágrimas mojaron la curva de su cuello, la misma que había acogido tantas veces mis sufrimientos y mis dolores, pero también las alegrías, los mordiscos, los besos.

—Eres un cabrón y además estás loco, completamente loco —dije sollozando. Ninguno de los dos quería poner fin a ese momento mágico.

—Sí..., por ti, Campanilla —me susurró al oído, y luego me apretó más fuerte, como si no quisiera dejarme ir.

Me deslicé por su pecho y hundí las suelas de mis botas en la nieve sin apartarme de él. Permanecí entre sus brazos, envuelta en su calor ardiente, en el aroma a almizcle y tabaco, en su respiración

615

entrecortada y en las emociones que se arremolinaban a nuestro alrededor como los innumerables copos de nieve.

Por su profunda mirada comprendí lo que sentía.

Yo también lo sentía.

Era un sentimiento doloroso, que lo consumía todo, tan fuerte que llegaba a doler.

Me palpitaba la cabeza y tenía los ojos llenos de lágrimas.

Volaba, lista para adueñarme de nuevo de mi país de Nunca Jamás.

¿Qué habría hecho sin su unicidad?

¿Sin su absurdo?

¿Qué habría hecho sin su locura, que me había enloquecido a mí también?

Neil había sido mi principio y mi final.

—Lo siento, niña. Perdona, tenía miedo a aceptar que no lo iba a conseguir, que no iba a poder seguir adelante sin ti. No sé lo que me hiciste... —tomó mi cara entre sus grandes manos y acarició mis mejillas con los pulgares—, pero nunca más te dejaré ir, no te dejaré sola. ¿Cómo sería la perla sin su concha? No existe una sin la otra.

616

Me sonrió, sus ojos resplandecían de tal manera que parecían de oro fundido.

Me besó de forma sorprendente.

Sus labios, suaves y cálidos, acariciaron los míos en un dulce beso. Nuestras lenguas bailaron en la oscuridad, bailaron en medio de la nieve, bajo la vieja farola que nos iluminaba.

No había nada más hermoso, nada más íntimo, nada más delicioso que dos enamorados regalándose amor en el lugar donde les apetecía amarse.

A su manera.

—Prométeme que... no volverás a huir, que siempre te quedarás conmigo —susurré en sus labios la única promesa que pretendía de él.

—Te lo prometo, niña.

Besó la punta de mi nariz, luego mis mejillas, mi frente, mi barbilla, mi cuello. Me besó por todas partes, completamente, y me miró con sus hermosos ojos para asegurarse de que era real, de que por fin estábamos juntos.

—¿Cómo va en Chicago? ¿Cómo está Megan? ¿Y tu trabajo?

La realidad me reclamó demasiado pronto, pero su dulce sonrisa me tranquilizó enseguida.

—Ya pensaré en eso en otro momento. Esta semana he estado en mi piso, no he trabajado, no tenía fuerzas. La idea de no poder verte me angustiaba. Estaba enfermo, no dormía, no comía y al final lo entendí. Entendí lo que había que entender...

Me besó de nuevo y esta vez fue un beso carnal, apasionado, brutal.

Uno de sus besos de verdad, nada dulce ni apacible, sino intenso y sobrecogedor, como solo Neil Miller sabía serlo.

Siguió contaminándome, a pesar de que ya se había impuesto en mi corazón y se había adueñado por completo de mí. Mis dedos le hacían cosquillas en el cuello mientras me empujaba contra la puerta del coche.

Después de tanto dolor, nuestro deseo y nuestro ímpetu por pertenecernos el uno al otro iba a estallar, lo comprendí por la respiración entrecortada, por la presión de su pecho en mi cuerpo.

La lujuria prendió. La pasión anhelante nos encendió.

Nos arriesgamos a hacer el amor allí, en la calle, en su coche, pero por suerte mi problemático interrumpió nuestro beso y apoyó su frente en la mía buscando aire tanto como yo.

Le sonreí y acaricié el atisbo de barba cuidada que lo hacía parecer aún más guapo y viril, luego deposité otro casto beso en sus labios.

617

—¿Has hecho alguna vez un muñeco de nieve? —le pregunté de sopetón, sin pensármelo dos veces. Me miró confuso. Seguramente se preguntaba en qué demonios estaba pensando.

—No. ¿Por qué? —respondió perplejo. Entonces le agarré una mano y lo arrastré conmigo hasta el muñeco de nieve que era su viva imagen—. Esta cosa se parece... —murmuró dubitativo al ver mi pequeña obra de arte. Le sonreí con aire impertinente.

—A ti. Mira, tiene hasta el ceño fruncido.

Señalé la boca con una mano mientras la otra seguía entrelazada a la suya. Por primera vez no la había soltado, sino que había correspondido a un gesto tan banal y cariñoso. Me concedió una mirada llena de sentimiento, hasta tal punto que mi corazón dio un absurdo salto mortal en mi pecho, entonces le vi arquear una ceja y sacar algo del bolsillo de su chaqueta.

Un paquete de pistachos.

—Así se parecerá más a mí —dicho esto, lo metió entre las ramitas de una mano y sonrió.

Mientras se concentraba como un niño para completar mi muñeco de nieve, me arrodillé, recogí un poco de nieve y le lancé una bola a la cabeza. Neil se sobresaltó.

—¡Qué cojones! —soltó con su brusquedad habitual antes de

volverse hacia mí y mirarme con un aire tan amenazador que dejé de reír de inmediato.

Entornó los ojos en señal de desafío, levantó una comisura de los labios y luego se agachó para iniciar una verdadera batalla de bolas de nieve. El único problema era que las suyas eran enormes y las lanzaba con una fuerza increíble.

—¡Para ya! ¡Tus bolas son terribles! —grité corriendo por todo el jardín para escapar de sus veloces misiles. Una bola me dio en plena cara, otra en la espalda y otra en la nalga izquierda…, ahí sí que me dolió de verdad.

—Jamás debes desafiarme, Campanilla.

Otra bola me dio en una pierna y me hizo perder el equilibrio y caer sobre la nieve. Me eché a reír cuando mi espalda se estrelló contra la suave extensión blanca que había a mis pies. Intenté recuperar el aliento y me quedé mirando el cielo oscuro salpicado de algunas estrellas brillantes. De repente, la vista quedó cubierta por una imagen aún más hermosa y extraordinaria: su cara.

Neil se echó encima de mí y me dominó con su enorme cuerpo. Se apoyó en los codos a ambos lados de mi cabeza y noté que tenía la punta de la nariz tan roja como sus pómulos y sus labios. Lo toqué y me di cuenta de que estaba helado. Entonces dejé un rastro de besos cálidos allí donde sentía su piel aterida hasta que él atrajo mi atención con un ademán de su cabeza. Quería que dejara de besarlo y me concentrara en lo que me iba a decir.

—Ven conmigo. Vámonos —murmuró en mis labios antes de lamerlos con la punta de la lengua de forma espontánea y perversa. Lo miré y parpadeé sorprendida. Abrí la boca para responderle, pero las palabras que iba a pronunciar murieron en mi garganta cuando una repentina inseguridad invadió mi mente.

¿Irnos? ¿Él y yo?

—¿Cómo me voy a ir? No puedo. La universidad, mi madre… No…

Neil sacudió la cabeza y me besó antes de sonreírme. Me miró fijamente haciendo alarde de toda su seguridad.

—Ya he hablado con tu madre. Ella lo sabe todo. Nos iremos durante varios meses, quizá uno, quizá dos, no sé. Lo único que sé es que quiero estar contigo. Quiero vivir contigo, lejos de todo y de todos. Vivir de verdad como nunca he vivido hasta ahora. Mi vida siempre ha sido una prisión para mí, necesito ser libre y quiero hacerlo contigo. ¿Quieres volar conmigo al país de Nunca Jamás? —me propuso con un atisbo de esperanza en la mirada.

¿Temía que me negara?

¿Temía que le dejara solo?

Jamás.

Nunca lo haría, yo dependía de él.

Empezaba y terminaba donde él empezaba y terminaba.

Cada uno era la continuación del otro.

Jamás podría vivir sin Neil.

—Sí, quiero. Hagamos esta locura juntos, míster Problemático. Te seguiré dondequiera que vayas —susurré suavemente, luego apreté su labio inferior con los dientes y tiré ligeramente de él.

Él dejó escapar un gemido ronco. Le encantaban ese tipo de agresiones. Mi orgullo femenino se regocijó al ver que yo también ejercía cierto poder sobre él, porque Neil me pertenecía, era mío, al igual que yo era suya, pero no hablaba de posesión.

Hablaba de unión, de compartir, de complicidad, de comprensión emocional.

Neil se apartó de mí y extendió los brazos para ayudarme a levantarme.

Le cogí las manos y me apoyé torpemente en su pecho, sonrojándome tímidamente. Él esbozó una sonrisa divertida, pero fue mi madre quien interrumpió nuestro momento de intimidad caminando por el porche con el ramo de caramelos en una mano y mi maleta roja en la otra.

—Nos pusimos de acuerdo, estaba todo planeado —me explicó sonriendo a la vez que lanzaba una mirada comprensiva al chico que amaba, luego adoptó un aire serio y autoritario.

—Me has dado tu palabra: vigilarás a mi hija y me informarás de cada movimiento. Procura que no me arrepienta de haberte dado mi confianza.

Mi madre levantó un dedo índice en el aire como si estuviera impartiendo una de sus lecciones de literatura y Neil le sonrió mientras me abrazaba.

Me pregunté qué le habría dicho para convencerla de que nos dejara marchar. Sabía que Neil ejercía una influencia especial sobre las mujeres, pero lograr hacer mella en el corazón de mi madre podía de verdad considerarse una victoria rotunda.

—No se preocupe, señora Martin. Daría mi vida por su hija —respondió con una frase cargada de significado y amor. Ese amor mudo que Neil nunca sería capaz de expresar con palabras.

Me había dado todo su ser y eso me bastaba.

Me sonrió y me estampó un beso en la frente.

Me había convertido de nuevo en su niña, la niña a la que cuidaría hoy y siempre.

Rodeó con sus dedos el asa de la maleta y me hizo una señal para que echara a andar.

Antes de seguirle agarré el ramo de caramelos y abracé a mi madre a la vez que le daba las gracias por habernos concedido una oportunidad.

Al llegar al Maserati metí mis cosas en el maletero y entramos en el coche. En ese instante nos miramos fijamente a los ojos.

Fue un instante eterno.

Daba la impresión de que el mundo hubiera dejado de girar de repente, como si la gente que nos rodeaba hubiera desaparecido.

Todo olvidado.

Neil me miraba como si me viera por primera vez.

¿Quería echarse atrás? ¿Ya no estaba dispuesto a que cometiéramos juntos esa locura?

Por un momento temí que hubiera cambiado de idea y sentí pánico.

—¿Neil? —murmuré con tanta ansiedad que me puse la mano en el corazón, porque latía demasiado rápido. Íbamos a pasar solos mucho tiempo, íbamos a conocernos bien y, lo que era más importante, yo iba tener que aprender a tratar con un hombre con un carácter tan problemático como el suyo.

Estaba eufórica, pero también nerviosa.

Por fin era mío.

Por fin había un «nosotros».

—¿Cuáles son tus intenciones?

Confiaba en no tener que echarme a llorar. Él me miró seriamente, se mordió un labio agitado, y de verdad pensé que iba a romper conmigo otra vez. Iba a salir de esta tan destrozada como lo estaba hasta antes de su sorpresa. Pero, de repente, su expresión severa cambió por otra de entusiasmo.

Neil me sonrió de forma atrayente y guiñó los ojos con aire provocador.

Ahora sí que parecía estar pensando en cosas indecentes.

Mi problemático nunca cambiaría y eso me hacía muy feliz.

—Las peores, Campanilla… —Lanzó una lánguida mirada a mis muslos y de repente me sentí desnuda en el asiento del copiloto. Me pregunté cómo podía desatar una lujuria tan irrefrenable en mí.

—Entonces, ¿puedo considerarme oficialmente tu novia? —le pregunté en tono de burla con el único propósito de no rendirme allí mismo, a apenas unos metros de mi madre. Levanté la barbilla en señal de desafío y él captó al vuelo mi ironía, porque tomó mi mano entre las suyas y me besó los nudillos con dulzura y delicadeza.

Había nacido hacía veintidós años.

Pero con Neil había renacido.

—Eres mucho más que eso, niña. Eres mi perla.

Con sus dedos entrelazados con los míos, arrancó el motor y partió a toda velocidad, derrapando como un loco.

Yo lo admiré, perdidamente enamorada, y él me miró lleno de expectación.

Comprendí una verdad absoluta: que yo estaba en cada una de sus sonrisas.

Que era yo la que provocaba sus sonrisas.

Lo miré con mi habitual veneración.

El pelo rebelde y brillante.

La nariz perfecta.

Los labios carnosos.

La mandíbula viril.

Y luego estaban ellos: los hermosos ojos de un color raro y espectacular.

Me habían contaminado. *Ya pihi irakema...*

En la vida podría conocer a miles de personas, cada una con una vida diferente.

Pero nadie sería para mí como Neil.

Como el niño que había sufrido y que solo había conseguido sobrevivir.

Como el niño que había luchado durante mucho tiempo contra sus monstruos y que seguiría luchando contra ellos, pero esta vez conmigo a su lado.

Jamás entendería por qué el destino había previsto nuestro encuentro.

No podría explicar por qué mi corazón le había elegido justo a él.

Neil era la persona más problemática e imperfecta del mundo, una persona que debería haber evitado, pero que por alguna disparatada razón me había cautivado.

Había puesto mi vida patas arriba, me había dado un par de alas y me había permitido volar a una isla remota.

Neil y yo éramos fruto de un encuentro fortuito, algo así como cuando la Luna se encontró por primera vez con la oscuridad..., eso es.

Éramos algo sorprendente pero inexplicable.

Un encuentro destinado a durar toda la vida y a inspirar asombro en cualquiera que nos viera.

Esto se llamaba Amor.

Neil y yo éramos Amor.

Nuestro caos era Amor.

Había luchado por él y lo haría un millón de veces más.

Había seguido mis sentimientos. Para algunos había sido demasiado indulgente, para otros demasiado ingenua, pero aunque no dejara de ser una chica corriente con toda una vida por delante y un equipaje vacío para llenar de nuevas experiencias, había conseguido superar todos mis temores, todas las cosas lógicas y todas las limitaciones para capturar el corazón de un hombre al que consideraba inalcanzable.

Había sido fuerte y tenaz porque...

Siempre había sabido que en esos ojos de color miel estaba todo mi futuro.

29

Neil

Prométeme que... no mantendrás ninguna de las promesas que te pedí
que me hicieras. Igual que yo, que me prometí a mí mismo que no me
uniría a ti y que ahora respiro de tus labios. Ven aquí y... Bésame.

KIRA SHELL

Diez años más tarde...

Abrí el cajón de mi escritorio y saqué el paquete de Winston. Le
había prometido a Selene que fumaría menos, pero las promesas se   623
me daban fatal: las rompía con frecuencia, de hecho, las rompía todas.

Me llevé el cigarrillo a los labios y lo encendí, inhalando la nicotina con toda la fuerza de mis pulmones.

Se suponía que solo debía fumar tres al día, como había acordado
con la niña, pero este era ya el quinto.

Nada que hacer, era el mismo de siempre.

Dicen que los hombres cambian con el tiempo, crecen, madu-
ran...

Bueno, no sé quién dijo esta patraña, pero a los treinta y seis
años me consideraba un hombre sin duda un poco mejor, pero no
diferente.

Cambiar, para mí, era de verdad imposible.

—Joder —solté irritado mientras escrutaba el proyecto de un
teatro que pensaba rehacer. Era exigente desde todos los puntos de
vista, sobre todo en el trabajo. Nunca estaba satisfecho si no alcanzaba la mayor perfección en todo lo que construía—. No me convence.
Tenemos que hacerlo otra vez —le propuse a mi compañera, Sharon
Smith, una mujer más o menos de mi edad: rubia oxigenada, cuerpo
esbelto y labios pecaminosos.

Reconocía a las mujeres como ella a distancia: mujeres peligrosas, seductoras y decididas a conseguir lo que querían.

Hubo un tiempo en el que habría intentado seducirla, pero entonces estaba tratando de controlar mi obsesión por las rubias.

A veces volvía a pensar en ello y me esforzaba para no caer en la tentación y no herir a mi Campanilla.

Jamás le haría una cosa semejante.

—¿Ahora? —preguntó Sharon desconcertada, luego apoyó las manos en las caderas, embutidas en una falda hasta la rodilla que resaltaba la forma de su culo. Un bonito culo, sin duda.

En cualquier caso, estábamos separados por mi inmenso escritorio y mi absoluta fidelidad.

Sí…, fidelidad.

A pesar de que mi colega lo había intentado a menudo con pequeñas insinuaciones o guiños de complicidad, nunca había pensado ni por un segundo en follar con ella, sobre todo porque tenía a mi familia en casa y a una verdadera bomba erótica esperándome en ella.

Mi niña era una concentración inigualable de belleza e inteligencia.

Nunca…, nunca podría sustituirla por otra.

—Sí. Puedo hacerlo yo. Si estás cansada, vete a casa —refunfuñé. Eran apenas las seis de la tarde, suponía que no estaba cansada, pero esperaba que se fuera, porque me ponía nervioso trabajar con ella.

En el pasado había temido perder mi encanto con la edad, volverme menos deseable a ojos de las mujeres, pero había sucedido exactamente lo contrario.

En los diez años que había durado mi relación con Selene, a menudo había tenido que refrenar mis impulsos de pecador amante del sexo, porque las mujeres no habían disminuido, sobre todo en el trabajo. Muchas de ellas querían recibir mis atenciones, querían ser mi objeto sexual al menos por una noche.

Quizá la culpa fuera en parte mía por la manera excesiva en que cuidaba mi cuerpo, porque no había renunciado al gimnasio ni a los entrenamientos diarios. Mi cuerpo seguía siendo vigoroso y fornido y, aunque odiaba reconocerlo, en el fondo me complacía.

—No, tranquilo. —Sharon se encogió de hombros. Aplasté la colilla en el cenicero y me levanté hastiado de mi asiento a la vez que me metía las manos en los bolsillos de mis elegantes pantalones—. Puedo quedarme, no hay problema —añadió sonriente, a todas luces feliz de pasar más tiempo conmigo.

Evité poner los ojos en blanco para no parecer descortés y me puse a su lado mientras giraba el proyecto delante de ella con una mano.

624

—Deberíamos ajustar estas escaleras, no me gusta la idea de colocarlas aquí y que esta habitación ocupe más espacio —dije explicándole mi punto de vista, concentrándome en lo que me parecía mal, pero ella puso una mano en la base de mi espalda sobre la camisa blanca que me envolvía el tórax. Sus finos dedos subieron y bajaron en una lánguida caricia. La miré con aire severo y retrocedí.

—Sharon... —pronuncié su nombre de forma tan autoritaria que ella dio unos pasos atrás—. No te tomes unas confianzas que yo nunca te he permitido.

Habría querido añadir que las gatas en celo ya no me producían ningún efecto, que ya no era un niño, pero evité ser ofensivo.

Ya era bastante conocido incluso en el estudio por mis maneras ariscas. Todos me consideraban un auténtico cabrón, porque cuando entraba en la oficina por la mañana no hacía caso a nadie y trataba a todos con condescendencia.

Tenía un carácter esquivo, tampoco en eso había cambiado.

—No estás casado, no llevas alianza...

Sharon lanzó una mirada inquisitiva a mi mano. En un primer momento no entendí qué podía tener que ver su comentario con mi negativa a aceptar ciertos avances. No estaba casado ni jamás lo estaría; la niña también había aceptado eso de mí, habíamos hablado largo y tendido sobre el asunto y yo le había dicho lo que sentía: no necesitábamos casarnos para estar seguros del sentimiento que nos unía, yo no creía en ciertas convenciones ni las consideraba útiles.

—Que no esté casado no significa que vaya a acostarme con mis compañeras —repliqué hoscamente.

La conversación me estaba atacando los nervios, unos viejos amigos que no me habían abandonado. Empecé a pensar que quizá debería haber sido más explícito con la rubia. Avancé hacia ella despacio, pero con ostensible confianza.

—A ver si me explico, Sharon... Solo me gusta follar con una mujer. La mía —murmuré y ella se estremeció turbada—. Disculpa la vulgaridad, pero a menudo un hombre tiene que recurrir a estas maneras para dejar las cosas bien claras —dije sonriendo satisfecho.

Ella se sonrojó, parecía una hormiguita pisoteada por un auténtico cabrón. Me miró ofendida, luego se aclaró la garganta y volvió a concentrarse en el proyecto fingiendo un repentino interés.

—Esto... Estoy de acuerdo contigo. Creo que aquí... —comentó enumerando todo lo que pensaba arreglar. Me sumergí también en el trabajo, aliviado de que por fin hubiera comprendido que no debía acercarse a mí.

625

Trabajamos unas tres horas y media, hasta que las manecillas marcaron las nueve y media, la hora del día en que ya debería haber estado en casa abrazando a mi hija y cenando con Selene. El postre solía consistir en mi lengua entre sus muslos o un polvo directamente encima de la mesa, porque a menudo debíamos aprovechar el momento en que Nicole estaba durmiendo para tener un rato para nosotros.

Selene ya estaba acostumbrada a mis maneras y le encantaban.

Fuera de la oficina era diferente, era yo mismo. El Neil de siempre, un hombre descarado y perverso.

Solo con mi hija era particularmente dulce y cariñoso, porque ella era una parte de mí.

La más profunda. La más importante.

Mi perlita me había arrancado el alma.

Mi corazón latía en su cuerpecito. Y era una sensación nueva, inesperada…, del todo increíble.

Cuando Selene me había confesado que estaba embarazada, creía que huiría, que la abandonaría, porque no sabía que yo me había enterado de que no tomaba la píldora.

Ese día, nada más regresar del trabajo, la había encontrado llorando, sentada en nuestra cama.

Aún recordaba sus grandes ojos azules hinchados y empañados por las lágrimas, dado lo mucho que temía mi reacción.

En un principio pensé que estaba enferma, que le había pasado algo grave, así que me senté a su lado con un nudo casi doloroso en la garganta, atormentado por terribles pensamientos. En cambio, Selene me enseñó la prueba de embarazo, donde aparecían dos líneas rojas. Positivo.

Permanecí sentado mirándolo fijamente, preguntándome si estaba soñando o si era real, y en ese instante pasaron por mi mente las palabras despiadadas y crueles del niño: «Hoy abusas de ti mismo. ¿Y si un día abusas de tu hija?».

Y el miedo a convertirme en padre se apoderó de mí y me hizo revivir todos los momentos de mi infancia.

Lo que había sido.

Lo que había sufrido a los diez años.

El mal que yo mismo había hecho a otros y a Selene.

Me había preguntado si realmente merecía tal regalo, si alguna vez sería digno de ser un buen padre.

Y había comprendido que tenía un hada a mi lado, la misma hada que me había hecho el mayor regalo del mundo.

Nuestra hija había sido muy deseada.

Sobre todo, por mí.

Nunca podría realizar el sueño de casarnos, pero había realizado el sueño de Selene de ser madre y el mío de ser un hombre mejor para mis dos perlas.

Por mi familia.

Amor.

Esto también era Amor.

Otra forma de amor en la que había empezado a creer.

—Hemos terminado por hoy. Me ocuparé de algunos detalles por la mañana.

Dejé caer el lápiz sobre el papel de dibujo atrayendo hacia mí los ojos bien maquillados de mi compañera. A Sharon se le escapó un bostezo y desentumeció la espalda, obligada a soportar varias horas en una silla incómoda.

—Me quedaré unos minutos más y luego me iré —dijo en tono inexpresivo y bastante más frío de lo habitual. Era muy probable que mis palabras la hubieran decepcionado, pero no entendía cómo podía esperar siquiera que fuera a ceder.

Yo solo cedía si quería y con quien quería.

Nunca había sido un gilipollas.

Siempre había sido yo el que se follaba a las mujeres, nunca ellas a mí.

—Como quieras.

No la contradije. A pesar de que su actitud era a menudo inapropiada, profesionalmente Sharon era una mujer inteligente y tan volcada en el trabajo como yo.

Antes de volver concentrarme en el proyecto, saqué el móvil de un bolsillo del pantalón y encontré, como sospechaba, un mensaje de mi Campanilla. Se me había olvidado avisarle de que iba a retrasarme, aunque ella siempre estaba en mi mente.

Cada maldito segundo del día.

Eché un vistazo a la pantalla y leí:

«La pequeña y yo te esperábamos para cenar, y la mamá tenía además una sorpresa para ti…».

Fruncí el ceño al leer la última palabra y luego tecleé a toda prisa la respuesta como un adolescente que espera con ansia el mensaje de la chica de la que está perdidamente enamorado.

«Lo siento, Campanilla, estaba revisando un proyecto. Os echo mucho de menos. ¿A qué sorpresa te refieres?».

Apoyé un codo en el reposabrazos de la silla giratoria y me acaricié el labio inferior con el dedo índice, saboreando de antemano la cena. Selene ejercía un poder destructivo sobre mí, me bastaba con imaginar su voz femenina mientras leía sus palabras para que se me pusiera dura.

Completa y dolorosamente dura.

El sonido de otro mensaje me hizo mirar de nuevo el teléfono:

«Nicole ya está dormida y yo te he esperado desnuda, te habrías comido el postre sobre mí. Lástima…».

Si algo había aprendido la niña en los años en que había vivido conmigo era la capacidad de provocarme.

Sabía que el sexo era mi punto débil y por eso cada día me sorprendía con ideas y propuestas picantes que despertaban mi libido para que la satisficiera siempre y exclusivamente con ella.

Lancé una mirada a Sharon, la pillé mirándome pensativa y me revolví en el sillón tratando de mantener a raya la obstinada erección que empujaba contra la cintura de mis pantalones.

Menos mal que el sacrosanto escritorio me tapaba, porque, de lo contrario, no habría sido fácil ocultarle lo que estaba ocurriendo entre mis piernas.

Resoplé frustrado y escribí:

«Estoy empalmadísimo y mi compañera está conmigo. Golpe bajo…, niña».

628

Me la imaginaba ya con las mejillas encendidas por los celos y los ojos oceánicos resplandeciendo rabiosos mientras maldecía. Otra cosa que no había cambiado en absoluto eran sus celos. Si Selene hubiera podido atarme a una cama para impedir que me relacionara con otras mujeres, lo habría hecho.

De nuevo sonó el móvil y leí:

«¿La rubia? ¡No te atrevas a mirarla o te corto los huevos!».

Me eché a reír y mi carcajada llamó la atención de Sharon. Cuando se ponía celosa, la niña sacaba enseguida las garras y hasta un lenguaje vulgar.

Era adorable. Me gustaba tomarle el pelo, así que aproveché al vuelo la oportunidad:

«Deberías verla. Hoy lleva una falda ajustada, bastante transparente. Se le ve el tanga…».

Tecleé rápidamente la primera porquería que se me pasó por la cabeza, un niño travieso.

Disfrutaba desatando su furia ciega. En casa me tiraba a menudo las zapatillas cuando fingía que me gustaban otras mujeres, sobre todo si eran rubias.

En realidad, mi cuerpo solo parecía reaccionar a sus ojos oceánicos, pero Selene no lo sabía; no quería que se sintiera demasiado segura, así que siempre la estaba provocando.

Otro mensaje suyo me distrajo del proyecto:

«Pervertido. ¡Pagarás por esto!».

Volví a reírme y enseguida intenté volver a ponerme serio y firme. Estaba en mi despacho, no podía comportarme de forma poco profesional.

Miré a Sharon y me di cuenta de que estaba tratando de adivinar qué era lo que me entretenía tanto.

La respuesta era muy sencilla: Selene era mi felicidad.

Siempre había buscado la libertad en todas partes, hasta que un día comprendí que mi libertad era ella.

Campanilla era mucho más que un hada, era mi salvación.

Ella había iluminado mi camino de oscuridad con sus alas brillantes.

Ella era mi luna y mi hija la estrella más brillante; no había lugar para más mujeres en mi oscuridad.

—Creo que he terminado.

Sharon se levantó de la silla molesta, quizá por la poca atención que le había prestado, pero mi familia era lo primero y en ese momento mi mente estaba ya proyectada en mi regreso a casa. Quería abrazar a Nicole, la primera a la que me entregaba por completo al volver del trabajo, luego sería el turno de su madre. Con ella quería tumbarme en nuestra cama, entre sus piernas, y perderme en su calor. Con solo pensarlo mis músculos se tensaron y sentí que me faltaba el aliento. Me desabroché un botón de la camisa y traté de hacer entrar el aire en los pulmones.

—De acuerdo, puedes irte —respondí con voz ronca.

No era bueno que hubiera hablado con el timbre seductor que solía usar con Selene mientras follábamos. Sharon contuvo la respiración y pareció subyugada, tal y como me temía. Debía remediarlo como fuera.

—Nos vemos el lunes —añadí apurado a toda prisa y esbocé una leve sonrisa, pero no me levanté. Lo cierto es que no podía.

Sharon de despidió de mí mientras yo miraba su cuerpo saliendo del despacho con un evidente nerviosismo, que, a decir verdad, me importaba un bledo.

Tras quedarme solo, me toqué la entrepierna del pantalón e intenté ajustar la erección, que estaba presionando la hebilla del cinturón. Suspiré frustrado y solté una maldición, porque era consciente de que no iba a poder concentrarme por culpa de mi compañera.

Enfadado, cogí el móvil y volví a mandarle un mensaje:

«Por tu culpa, maldita niña, no voy a poder trabajar. Prepárate. Cuando vuelva te quiero desnuda. No me andaré con miramientos».

629

Ya está…, así entendería lo que había desencadenado en mi interior. Tiré el teléfono al escritorio y cerré el proyecto, porque a ese punto había dejado de preocuparme. Me levanté del sillón y estiré las piernas mientras esperaba la respuesta de Selene, que no tardó en llegar:

«Yo, en cambio, te he preparado un divertido juego. Se llama: "Mi hombre pierde los huevos por haber mirado el tanga a otra". Te espero en casa, amor mío…».

A pesar de su amenaza, mi cuerpo se excitó aún más, porque cuando la niña estaba en la cama era una auténtica tigresa, por eso me gustaba azuzar sus celos.

Me gustaba que se desinhibiera, arrastrarla conmigo más allá de todo límite. Entonces se convertía en un concentrado de belleza, curvas impresionantes y mejillas sonrojadas que hacían que mi cabeza diera vueltas, que me catapultaban a su mundo celestial y elevaban mi alma.

Éramos una sola cosa, un gran caos para el que nunca habría una explicación plausible.

Alguien llamó a la puerta y me sacó de mi monólogo interior.

Eran más de las nueve y media, no debía recibir ningún cliente ni comentar proyectos con ningún compañero.

—Adelante —dije irritado. En lugar de poner punto final al trabajo por ese día y poder volver a casa para dedicarme a mis perlas, me iba a ver obligado a pasar algo más de tiempo en el despacho con el pesado de turno.

—¿Puedo molestarle un momento, señor Keller?

Solté el teléfono móvil en el escritorio. Mis ojos se clavaron en ella, en ese cuerpo que habría reconocido entre un millón de mujeres incluso con los ojos vendados. La miré, solo a ella, y mi pecho se calentó, mi corazón latió acelerado y la sangre empezó a fluir ardientemente por mis venas.

Qué guapa era, joder.

Mi Campanilla era estupenda.

Tenía un cuerpo arrebatador, a pesar del embarazo.

Dos ojos que brillaban como zafiros.

Un océano cristalino donde chapoteaba como un dios.

Era una mujer y lo demostraba con todo su ser.

Habían pasado seis meses desde el parto y parecía haber florecido como un tulipán, con todo su candor y su habitual delicadeza angelical.

Sus pechos estaban más turgentes y destacaban bajo la blusa rosa de cuello alto con un lazo lateral, tan casta y elegante como ella.

Las caderas, redondeadas y perfectas, estaban envueltas en una falda lápiz clásica y sofisticada; las piernas, largas y lineales, quedaban evidenciadas por los zapatos de tacón alto que llevaba con maestría.

Tenía todas las cualidades para ser la mujer perfecta, mi mujer perfecta: seria, inteligente, dueña de una belleza impresionante y con un corazón de oro.

Hacía años que había descubierto que sentía celos de los hombres que la desnudaban con la mirada y a menudo había contenido las ganas de romperle la nariz a más de uno.

Si un día perdía a Selene, me perdería a mí mismo.

Ella era un collar de perlas, fino y precioso, que me mantenía atado a este mundo.

Ella y mi hija lo eran todo para mí.

Y yo era su concha: las protegía, las cuidaba y las quería.

Con todo mi ser.

—¿Qué hace aquí, señora Anderson? No recibo clientes a estas horas…

Le seguí el juego. Me apoyé con descaro en el borde del escritorio, que agarré con las dos manos para contener el impulso de abalanzarme sobre ella. Un impulso permanente. Estaba ahí en el pasado, cuando ella tenía veinte años y estaba en la flor de la juventud, entonces era hermosa, pero aún inmadura; y seguía estando ahí ahora que se había convertido en una mujer de verdad. Las curvas del embarazo la habían vuelto aún más atractiva y escultural, semejante a una fruta de temporada fresca e irresistible capaz de saciar mi apetito y de aliviarme del calor abrasador que invadía el aire cuando ella estaba tan cerca de mí.

—No he venido para hablar de negocios, desde luego.

Mi tigresa cerró la puerta con picardía. La miré a los ojos, la miré intensamente para demostrarle cuánto apreciaba su sorpresa y hasta qué punto quería recompensarla.

Por un momento la vi vacilar sobre los tacones, porque mi mirada siempre producía el mismo poderoso efecto sobre ella.

El de follarla antes incluso de haberla tocado.

—¿A qué debo el honor de su visita, señora Anderson? —pregunté sonriendo con picardía. Mi encanto de irresistible seductor aún conseguía sonrojarla y hacerla vacilar.

La vi avanzar hacia mí, con paso lento y elegante.

Jamás era vulgar ni excéntrica, conseguía atraer mi atención en todo momento.

Incluso llevando uno de sus holgados pijamas o sus horribles zapatillas peludas.

631

La electricidad que fluía entre nosotros seguía estando ahí, al igual que la complicidad, la empatía y la atracción física que sentíamos el uno por el otro.

Esta última, en particular, nunca desaparecería.

Selene sabía que el sexo representaba para mí mucho más que una simple necesidad.

Mi mente seguía siendo víctima de una perturbación, vivía la sexualidad a mi manera, pero ya no me avergonzaba de ello.

Ella me había aceptado.

—¿Has trabajado en ese estado con tu compañera?

Sus ojos oceánicos descendieron hasta la entrepierna de mis pantalones, donde la curvatura de la enorme erección era claramente evidente bajo el bolsillo derecho. Sus mejillas se encendieron de repente y un tic en su mandíbula me hizo comprender que iba a despotricar contra mí.

—La culpa es tuya, Campanilla, tuya y de tus mensajes subliminales. Sharon no ha visto nada. Ha estado sentado todo el tiempo —me justifiqué en tono alegre pero firme, luego me levanté del escritorio y me acerqué como un felino que hubiera puesto la mira en su hermosa gacela.

632 Selene se detuvo en medio de mi despacho con la respiración entrecortada.

Se estaba excitando.

Lo percibí por la forma en que sus pechos se levantaban y empujaban contra su casta blusa.

Lo percibí por la forma en que sus rodillas temblaban y las palmas de sus manos sudaban de agitación.

Percibí su deseo, su anhelo de mí.

Olfateé el aire, como habría hecho un animal, y ella tragó saliva.

—¿Dónde está nuestra perlita? —le pregunté lascivamente y empecé a rodearla. Me detuve detrás de ella y me apoyé en su espalda.

Su melena castaña me hizo cosquillas en la nariz, el aroma a coco me envolvió; para mí no había fragancia más fina que la de la mujer que me había arrancado el alma.

—Mi madre está con ella, se queda a dormir en casa. Mañana haremos una barbacoa todos juntos. Le dije que venía a ver cómo iban las cosas aquí y…

Calló cuando apreté sus caderas con mi habitual vigor posesivo. Apoyé mi pelvis en su culo y froté la punta de mi nariz en la curva de su cuello, la curva que en esos años había acogido a menudo mis pesadillas, mi sufrimiento, mi lucha contra los monstruos del pasado.

Una lucha que aún condicionaba mi vida, aunque solo fuera en parte.

—Estoy deseando volver a casa para estar con ella. —Añoraba a mi hija, echaba de menos sus abrazos cuando pasaba demasiadas horas en la oficina. A menudo le pedía a Selene que me enviara una foto de ella o uno de los vídeos en los que hacía cosas extrañas como mordisquearse los pies—. Pero no me hables de tu madre, porque si lo haces aquí abajo todo se irá a la mierda.

Francamente, prefería no pensar en la señora Martin mientras estaba encima de su hija.

—Yo, en cambio, creo que todo es perfecto aquí abajo, el cabo me está saludando. Qué educado es...

Selene llamaba a mis genitales con un apodo, sobre todo desde que había nacido Nicole. No quería decir palabrotas delante de nuestra hija, porque lo consideraba poco educativo, así que para evitarlo decía «cabo» para referirse a esa parte de mi cuerpo a la que tanto le gustaba prestar atención.

—Esa extraña perversión tuya de llamar a mi polla por su nombre me inquieta —murmuré en su oído. Ella soltó una risita y frotó sus nalgas sobre mí. Aquello bastó para que mi cerebro diera vueltas. Contuve un gemido ronco y le lamí el cuello apoyando su cabeza en mi pecho, el lugar al que pertenecía.

Allí donde siempre estaría.

—Desvístete, niña —susurré en un tono bajo y varonil, luego volví al escritorio, me apoyé cómodamente en él y esperé a que me obedeciera.

Una chispa de deseo cruzó sus ojos brillantes. Sonreí complacido al comprobar el efecto que seguía causando en ella. Sus manos se posaron en el cuello de su elegante camisa y comenzó a desabrochar con parsimonia cada uno de los botones.

—¿Quiere jugar, señor Keller? —Su voz, dulce y sensual, fue suficiente para que perdiera el control. Golpeé con los dedos la superficie de madera que estaba debajo de mí y seguí cada uno de sus movimientos con mis ojos, cada curva, cada línea.

Selene dejó caer la blusa al suelo y luego se concentró en la falda.

Bajó la cremallera lateral y vi cómo la tela negra se deslizaba por sus esculturales piernas.

Se quedó en ropa interior y con los zapatos de tacón alto; yo, en cambio, me quedé sin aliento.

Un conjunto de encaje blanco combinado con un par de medias de liga del mismo color era lo único que separaba su carne de mis deseos.

El sujetador envolvía sus abundantes redondeces y un triángulo microscópico le cubría el coño liso y preparado para mi asalto.

Cada parte de mí ansiaba lamer, chupar y tocar cada centímetro de su cuerpo.

¿Cuántas veces había follado con ella a lo largo de los años?

¿Cuántas veces la había visto desnuda?

La conocía al dedillo y, sin embargo, en ese momento estaba mirando sus pezones bajo el tejido blanco como si fuera la primera vez que veía sus tetas y estuviera deseando descubrirlas.

Ella no se daba cuenta del efecto que producía en mí y en cada hombre que intentaba atraer su atención.

Era perfecta.

Una perla preciosa, luminosa, esculpida como una obra de arte.

Lo era de verdad.

—Eres una obra de arte —le dije por primera vez. Lo había pensado ya en otras ocasiones sin expresar nunca un sincero aprecio. Siempre le había dicho que era mona, o, como mucho, que era guapísima, eso era todo.

Ningún adjetivo era digno de ella ni de su perfección.

Dios había sido un verdadero artista cuando la había creado para mí y yo me había prendado de ella hacía diez años.

Cuando sus ojos me habían deslumbrado como los rayos brillantes del sol y habían penetrado en mí.

Desde el primer momento, Selene estaba donde quería estar sin que yo me hubiera dado cuenta.

—No es cierto —dijo avergonzada. No estaba acostumbrada a recibir cumplidos de mi parte.

Sus mejillas se pusieron rojas como dos cerezas, luego apretó las piernas en señal de timidez.

Me encantaba todo de ella.

Incluso ese lado torpe y recatado.

—Es lo más cierto que he pensado y dicho nunca, Campanilla —susurré perdido en su cálido, intenso y profundo océano, donde me sentía acunado como si fuera un niño, como si pudiera despojarme de todas mis armas de defensa y permitirme ser lo que realmente era.

Un hombre contaminado por una mujer.

Aun así, jamás le diría «te quiero».

Ella ya había dejado de esperarlo, sabía cuánto me dolían esas dos míseras palabras. Las odiaba, estaban ligadas a unos recuerdos monstruosos para mí; decírselas a ella era ensuciar nuestra relación única, pura, sincera y, por encima de todo, diferente a la que había tenido con Kimberly.

—Entonces se lo agradezco, señor Keller. Me siento halagada.

Selene dio unos pasos hacia mí, todavía avergonzada. Decidí tomar la iniciativa, como de costumbre, y la agarré por un costado, atrayéndola hacia mí.

Su cuerpo perfecto se amoldó perfectamente al mío.

Le toqué el culo, se lo palpé con fuerza, con mi rudeza habitual. Ella se estremeció y apoyó las manos en mis hombros.

—Quiero follar contigo, niña. —Besé su cuello e inhalé su aroma. Solo vivía de ella y para ella—. Ahora. Ya no puedo esperar más.

La tomé en mis brazos con impaciencia, al límite ya de mi resistencia física.

La besé hambriento y la invité a corresponderme con la misma pasión.

Fue un beso fuerte, brutal, carnal.

Le susurré que ella lo era todo para mí.

Que ella y nuestra hija eran mi mundo.

Le susurré que mi alma le pertenecía y que la vida de una concha sin una perla que proteger carecía de sentido.

Dos... Ahora tenía dos perlas preciosas.

La llevé al sofá de cuero que había colocado cuidadosamente en mi despacho, no para los clientes, como había hecho creer a todo el mundo, sino para las sesiones de sexo que tenía con mi mujer.

La hice tumbarse debajo de mí, sin dejar de devorar su boca, y me coloqué entre sus piernas, que abrí de par en par para acceder justo allí, al centro de mi paraíso celestial.

Era cómico que un diablo como yo, con todos sus deseos y vicios, buscara el paraíso con tanta asiduidad.

Con una mano le apreté uno de los pechos, luego le pellizqué un pezón a la vez que me tragaba sus jadeos. Mis manos la acariciaban por todas partes, bajaron hasta su abdomen, después hasta el pubis y apartaron las bragas hacia un lado.

No podía comunicarle lo que sentía de otra manera, ella lo entendía, ya no necesitaba explicarme.

La toqué entre los muslos y la encontré suavemente húmeda y excitada para mí.

—¿Cuántas veces has deseado que te hiciera esto hoy? —Deslicé dos dedos en su interior sin demasiada delicadeza y allí estaba su carne suave y caliente. Se arqueó debajo de mí y acompañó mis movimientos con la pelvis.

Me miró fijamente a los ojos, su boca se abrió para dejar escapar unos gemidos que eran música para mis oídos; cruzó las

635

piernas sobre mis nalgas y hundió sus manos en mi espalda aún cubierta por la camisa.

—Siempre. Te deseo siempre. Pienso siempre en ti —murmuró sin aliento. Quería oírla decir eso todos los días. Me encantaba oírle decir cuánto pensaba en mí, lo mucho que le importaba, que me deseaba tanto como el primer día, como si no hubieran pasado todos esos años.

Me encantaba oírla decir que no podía vivir sin mí, porque yo tampoco podía vivir sin ella.

—Así es para mí también. Siempre pienso en vosotras dos cuando no estoy en casa. Sois mi vida —le confesé; Selene siempre había tenido la llave del cofre secreto y oscuro que guardaba mi corazón y que yo ocultaba a todo el mundo.

A decir verdad, seguía ocultándoselo a todo el mundo, pero no a mi familia, no a mis perlas.

Ellas formaban parte de ese cofre del tesoro.

—Tú también eres la nuestra —replicó gimiendo mientras yo le arrancaba las bragas; me daba igual que luego tuviera que irse a casa sin ropa interior.

Iba a volver allí conmigo de todos modos.

Y me la iba a tirar otra vez.

Me desabroché el cinturón de cuero y el botón del pantalón, bajé la cremallera y después dejé que su mano se encargara del resto.

No me desnudó. Envolvió mi erección con la palma de la mano y yo ronroneé cuando empezó a moverla con firmeza.

Había comprendido que yo quería ser romántico entre sus muslos.

El deseo se hizo ardiente, la pasión incontenible.

La besé, la lamí, la mordí con avidez, como si yo respirara también de sus labios y entonces…, entonces se produjo la colisión.

La colisión más asombrosa que jamás había experimentado.

Con un golpe de riñones rápido e impaciente entré en ella.

Un gong imaginario sonó en mi cabeza.

Mi verdadero romanticismo se fundió con su pureza, su nobleza de espíritu, su océano, su amor.

Qué palabra de mierda…, quizá, al final, yo también había caído en sus redes.

Cerré los ojos y disfruté de la ardiente sensación de invadirla, de sentirme completo, un hombre que, a pesar de que aún no había dejado atrás su pasado, tenía un futuro mejor que vivir.

Temblé, porque siempre me parecía increíble pensar que había tenido la suerte de encontrar mi país de Nunca Jamás.

Existía… y estaba justo allí, conmigo.

Sus ojos se clavaron en los míos, sus manos acariciaron mis tensos bíceps y me moví lentamente. Cuando sentí sus fuertes jadeos y toda su implicación erótica y emocional, empujé con más firmeza haciéndola lanzar un grito agudo que se estrelló contra el pliegue de mi cuello, y entonces comencé a penetrarla hasta el fondo, de forma impetuosa e implacable.

Sentía la necesidad visceral de hacerlo, sentía la intensa necesidad de perderme en ella.

De estar fuera de mí.

De superar mis límites.

Ella parecía una frontera que no se debía traspasar, en cambio, era el horizonte.

—Tú eres el horizonte —le confesé mientras emprendía la carrera imparable hacia el placer que había ansiado durante horas, minutos, segundos interminables.

Cuanto más la poseía, más aumentaba mi hambre.

Era absurdo.

Perdía por completo el sentido de la realidad cuando ella estaba conmigo.

Nunca me cansaba, nunca me aburría, ni mucho menos… Campanilla me había hecho una magia negra que no lograba explicarme.

—Amor… —susurró besándome dulcemente el cuello. Le bajé el sujetador y chupé sus pezones turgentes.

Selene jadeó, luego alineó nuestras miradas, porque no quería que solo le tocara el cuerpo, además quería que tocara su corazón, su alma, todo.

Con un beso apremiante se apoderó de mis labios a la vez que se balanceaba como una diosa debajo de mí.

Su dulce sabor me invadió y despertó cada parte de mí.

Era algo abrumador.

Tan fuerte que dolía.

—Mi lugar… está dentro de ti —continué hablando por los codos, presa del placer.

Selene decía que durante el sexo yo siempre le confiaba lo que realmente sentía. Decía que era el momento en el que más hablaba, puede que porque nunca estaba lúcido, no era lo suficientemente consciente de mis pensamientos, así que me volvía vulnerable, bajaba mis barreras y daba voz a mis emociones.

Ella también debió pensar lo mismo en ese momento porque me sonrió y el tiempo se detuvo.

637

El mundo entero se paró, porque ella era tan infinita, tan inmensa que me daba miedo.

¿Qué clase de hada tenía el poder de intimidar a un hombre como yo?

Selene se acercó a mí con ternura, rozó mi nariz con la suya, luego me mordió el labio inferior y lo chupó, gimiendo de placer, antes de besarme de nuevo.

Tampoco ella podía prescindir de mí y del caos que habíamos creado.

Me moví con más fuerza, con más ímpetu, sin ninguna delicadeza.

La sentí estremecerse debajo de mí, pero ella sabía cómo era yo, sabía que no podía hacerlo con delicadeza, sobre todo con ella.

Me agarré con las dos manos al reposabrazos del sofá, a ambos lados de su cabeza, intentando mantener la compostura; las yemas de mis dedos se blanqueaban al clavarse en el cuero, los músculos se escurrían bajo la camisa que me habría gustado poder arrancar, además de los pantalones, que se habían bajado hasta las nalgas.

Sus uñas arponeaban mi espalda mientras esta se arqueaba impulsada por mis fuertes, violentos y poderosos empujes.

638 Nuestras respiraciones entrecortadas se propagaban por las paredes del despacho, mezcladas con nuestros olores.

Una mezcla afrodisíaca.

El sexo conmigo siempre había sido algo intenso, vibrante, pero a la vez despiadado, brusco y brutal.

Y a ella le gustaba exactamente así.

No solo le follaba el cuerpo, también el alma.

Le dejaba moratones y le daba besos.

Le daba mordiscos y le causaba escalofríos.

El sexo con ella era un volcán.

Un maremoto.

Una tormenta.

Un tornado.

Era todo…, y era todo eso por la única razón de que lo estaba haciendo con ella.

—Tu lugar está dentro de mí —susurró con los ojos entrecerrados antes de abandonarse a un orgasmo devastador que la hizo gritar.

Se estremeció, jadeó y se perdió en otra dimensión, la del placer, un placer que aumenté mordiéndole el pecho, el cuello, los labios. Un placer que aumenté lamiéndola por todas partes mientras seguía poseyéndola sin parar, sin límites ni pudor.

En el pasado era una bestia solitaria y oscura, encerrada en su castillo, que nadie lograba entender. Aunque esa parte de mí seguía perviviendo, me había convertido también en un hombre gracias a ella.

La niña volvió a mí, regresó de golpe a la realidad.

Me sonrió con el labio inferior sangrando porque le había dado sin querer un mordisco demasiado brusco y fuerte.

Lo lamí con ternura para calmar su dolor, disculpándome en voz baja por mis jodidas maneras, luego hundí la cabeza en el hueco de su cuello y absorbí el aroma a coco.

Ella me apretó el pelo y en ese instante, entre sus brazos, yo también exploté.

Dentro de ella, en mi casa, en mi refugio, en mi lugar.

Porque yo también había encontrado mi lugar en el mundo después de haber vagado durante mucho tiempo por un camino doloroso.

El recuerdo del niño que se encerraba en su habitación para escapar del monstruo aún persistía, pero dolía menos.

Era un recuerdo que aún estaba vivo dentro de mí, pero encerrado en el cajón del pasado.

Ahora mi presente estaba junto a Selene, y junto a nuestra hija.

Ahora todo tenía sentido para mí.

Ahora me sentía feliz, pero sobre todo lejos de cualquier dolor...

—Joder.

Me desplomé sobre ella, completamente sin aliento. Nuestros cuerpos seguían juntos, sudorosos, vibrantes, cansados. Tenía la camisa empapada y pegada a mi cuerpo, los pantalones me tiraban en los muslos. Tenía el trasero al aire y las manos de la niña apoyadas justo allí.

—¿Te gusta tocarme el culo? Te has vuelto una pequeña pervertida —le dije burlándome de ella, sabedor del efecto que mis bromas, siempre alusivas o vulgares, causaban en ella; de hecho, enseguida noté que sus mejillas se ruborizaban. Después sus iris azules lanzaron un destello de cansancio.

Estaba cansada, muy cansada.

No solo del sexo que yo le exigía a menudo a causa de mi evidente trastorno mental, sino también por todo lo que había afrontado: el embarazo, los cambios, el nuevo ritmo de vida, nuestra vida cotidiana, que giraba en torno a Nicole.

—Siempre eres perfecto. A veces me pregunto si soy suficiente para ti.

Suspiró y me miró entristecida. Me acarició suavemente la espalda e insinuó una leve sonrisa que ocultaba mucho más. Ocultaba sus miedos, sus inseguridades, su temor a perderme.

—Yo también me lo pregunto a menudo. Me pregunto qué he hecho para merecer a alguien como tú —admití con sinceridad.

Era impensable que fuera ella quien se sintiera inferior a mí, quien se sintiera débil o insegura solo porque aún no se había dado cuenta de lo atractiva que la encontraban los hombres y lo mucho que la envidiaban las mujeres.

Me retiré de su intimidad y vi que mi semen resbalaba entre sus muslos; me quedé inmóvil, contemplándola, luego le lancé una lánguida mirada y me incliné entre sus piernas para depositar un dulce beso en su pubis y seguir bajando, al punto donde a ella le encantaba sentirme.

Pasé mi lengua por él y la lamí toda con deseo. Sentí el sabor de nuestros humores en mi paladar mientras ella temblaba como una niña debajo de mí.

Fue un gesto perverso que en mi lenguaje silencioso, comprensible solo para ella, indicaba mi total devoción, mi dependencia de nuestro vínculo, la atracción cada vez mayor y, por último, la importancia de lo que sentía por ella.

Le hablaba a mi manera. Campanilla me entendió, porque sonrió y asintió con la cabeza, como si le hubiera confesado en voz alta mis pensamientos más íntimos.

—No me traicionarás, ¿verdad? ¿Te quedarás conmigo? ¿Nunca nos abandonarás a mí y a Nicole?

Ahí estaban de nuevo sus paranoias: la secretaria, la compañera rubia, las mujeres que había tenido en el pasado, las que trabajaban conmigo, para mí y a mi alrededor.

En los diez años de relación no había sido nada fácil estar a mi lado.

Habíamos afrontado y superado muchos períodos oscuros de crisis total en los que yo había cometido bastantes gilipolleces.

A menudo había desaparecido durante días, a causa de mi maldito orgullo, y esto la había hecho sufrir mucho.

En esas ocasiones ella había dudado de que yo me hubiera acostado con otras mujeres.

Y quizá todavía lo pensaba.

En muchas ocasiones habíamos discutido, nos habíamos gritado el uno al otro y me había distanciado de ella para reflexionar sobre nuestra relación.

Siempre había habido altibajos entre nosotros.

Muchas mujeres me habían tentado y lo seguían haciendo, pero yo era diferente.

Ahora tenía una hija a la que debía dar ejemplo, así que debía ser un padre serio y responsable; nunca volvería a cometer los errores del pasado, cuando era instintivo y estaba demasiado abrumado por los demonios.

Mi carácter, sin embargo, seguía sin ser fácil: aún era ingobernable, a veces demasiado irascible, dominante, brusco, y eso la asustaba mucho.

Aunque había decidido tener un hijo con ella para demostrarle hasta qué punto me sentía comprometido, Selene seguía cayendo en el torbellino de sus miedos sin comprender que yo jamás habría tomado una decisión semejante si no hubiera estado absolutamente seguro de lo que sentía.

—Nunca, niña. Nunca podría hacerlo. Nunca haría una idiotez así. Deja ya de dudar, porque sois las únicas que existís para mí. —Me deslicé a su lado para colocarme entre su cuerpo y el respaldo del sofá. Me subí los calzoncillos y los pantalones, luego me desabroché la camisa para recuperar el aliento, mientras ella seguía completamente desnuda, hermosa como un ángel, tumbada de lado frente a mí—. Solo existís vosotras —repetí con sinceridad acariciando su espalda sudorosa.

Deposité un beso en la punta de su nariz y otro en sus labios, que pasó de ser dulce a intenso, agresivo, luego dulce de nuevo y agresivo otra vez; finalmente mordí su boca con ardor haciéndola gemir.

Dios..., sus labios me volvían loco, como todo lo demás.

Me volvía loco hasta la más pequeña imperfección que la distinguía de las demás.

Campanilla me había enloquecido. Había perdido el juicio por ella.

—¿Me lo prometes? —susurró mirándome fijamente a los ojos.

Era preciosa, sobre todo cuando se mostraba tan dulce, indefensa y pequeña.

A pesar de que era ya una mujer, en su interior seguía siendo la niña ingenua que había conocido.

La niña que había crecido conmigo y me había besado tímidamente, porque era incapaz de seguirme el ritmo.

La niña que había luchado por tenerme, que había estado a mi lado a pesar de todo, que me había entregado su cuerpo, su alma y su corazón.

La niña que había entrado en mí y había ocupado su lugar.

Un lugar que siempre sería suyo, pasara lo que pasara.

641

—Estoy loco por ti, Selene. ¿No te das cuenta? Completamente loco, no sé cómo me has hechizado —refunfuñé molesto, porque a veces no podía soportar el gran poder que tenía sobre mí.

Estaba realmente jodido y a menudo la conciencia de ese hecho me asustaba; si Selene decidía abandonarme un día, moriría.

Así que hacía todo lo posible por demostrarle lo importante que era para mí.

Sin palabras susurradas al viento, sin juramentos ni ramos de flores marchitas.

Sin bombones ni tonterías por el estilo.

Ella tenía mucho más que eso: tenía mi corazón, aunque estuviera roto y dañado por el pasado.

Podría haberlo tirado, pero lo había tomado consigo y lo había cuidado.

Mi corazón era ahora como un mosaico: un conjunto de fragmentos que creaban una original obra de fantasía.

Mi alma, en cambio, bueno…, había atravesado la puerta de las tinieblas y había seguido a la niña hacia la luz.

No se había vuelto pura. Nunca lo sería. Todavía estaba sucia.

Pero cuando Kimberly volvía a adueñarse de mi mente, Selene estaba allí, lista para ahuyentarla y darme un poco de paz.

—¿Nos vamos a casa?

Me levanté y extendí las manos para ayudarla. Desnuda y bella como una mariposa, se aferró a mí y me sonrió con todo el amor que sentía en su interior y que era capaz de transmitirme. Siempre volvía a encontrarme en sus ojos oceánicos, incluso cuando me perdía recordando lo que había sufrido.

—Vamos a casa.

Selene me dio un beso en los labios y yo le pasé una mano por el pelo para ahondar en él y robarle cada pequeño suspiro. Porque con ella no solo quería perderme en su cuerpo, además pretendía luchar por nosotros.

Nosotros éramos lo único que realmente me importaba.

El domingo hicimos una barbacoa con toda la familia. Si alguien me hubiera dicho hace diez años que acabaría siendo un hombre leal y un padre ejemplar, lo habría mandado a la mierda.

Nadie podía imaginar que iba a ser capaz de levantarme, de arrinconar al niño violado y de seguir adelante como una persona preparada para vivir de verdad.

Nadie había creído en mí…, excepto Campanilla.

La única que había tenido la fuerza y la tenacidad de no rendirse, de cogerme la mano y de guiarme hacia su luz.

La única mujer que me había aceptado por lo que era, con todos mis problemas, sin juzgarme en ningún momento.

Siempre le estaría agradecido por ello.

Después de darme una ducha en la que gasté toda la botella de gel de baño, me puse un polo blanco y unos vaqueros oscuros, y salí de nuestro dormitorio.

Habíamos vuelto a Nueva York después del viaje. Selene se había licenciado con matrícula de honor y yo había emprendido mi carrera.

A esas alturas era ya un arquitecto consagrado, e incluso en eso ella había sido la única que había creído en mí, que me había apoyado cuando yo era un simple estudiante que dibujaba edificios en un bloc de notas escondido entre los libros.

Daba la impresión de que desde entonces había pasado una eternidad.

Dejando a un lado los recuerdos, bajé la enorme escalera de mármol que conducía al vestíbulo principal.

Yo mismo había diseñado nuestra villa para crear algo único donde mis dos niñas se pudieran sentir como unas auténticas princesas.

Cada mañana mi primer pensamiento era para ellas.

643

Cuando vi a mi mujer sentada en el gran sofá de cuero del salón dando el pecho a nuestra pequeña, me apoyé en el marco de la puerta y, como siempre, las contemplé boquiabierto.

Selene acunaba con dulzura a Nicole y le susurraba frases tiernas como: «Mamá y papá te quieren. Eres todo para nosotros. Eres nuestra perlita…». Y cada sílaba era un soplo al corazón, un soplo tan intenso que debía masajearme el pecho para atenuarlo.

Eran lo más hermoso que había visto en mi vida.

No eran únicamente una parte de mí, no…, eso sería reduccionista.

Eran las dos mitades que formaban mi alma, sin una u otra no habría sido nada.

Me acerqué a ellas despacio, incapaz de seguir allí sin atenderlas. Selene se percató de mi presencia y me dedicó una amplia sonrisa. Me arrodillé y la capturé con un beso, luego le di otro a nuestra pequeña y me detuve con delicadeza en su frente para aspirar profundamente el dulce e inocente aroma a talco.

—Buenos días mis queridas niñas, sabía que os encontraría aquí.

Me quedé agachado frente a ellas y vi cómo Nicole dejaba de dedicarse a su madre para volverse hacia mí.

Era increíble la manera en que reconocía mi voz, el modo en que sus ojos oceánicos con unas motas de color miel alrededor de las pupilas tenían la fuerza de derretirme.

—Sabes que eres la perlita de papá y por eso me miras así, ¿verdad? —susurré suavemente y ella parpadeó con sus largas pestañas castañas y a continuación esbozó una tierna sonrisa que hinchó sus regordetas mejillas.

Era preciosa y yo ya estaba celoso de ella.

No soportaba que la besaran, que la cogieran en brazos o que le prestaran atención.

Solo había aceptado a Judith como tata, por llamarla de alguna forma, porque jamás habría confiado mi hija a una niñera. Sin embargo, siempre que estaba lejos de ella en el trabajo la echaba de menos y el deseo de estar con ella me distraía de mis obligaciones.

—Buenos días a ti, te estábamos esperando, como siempre.

Selene besó la punta de la naricita de Nicole mientras yo seguía observando a nuestra pequeña embelesado.

Era realmente una obra maestra, un espectáculo de la naturaleza.

Sus labios eran rojos y de la misma forma que los míos, tenía una abundante mata de pelo castaño y una naricita bien definida.

Nicole representaba mi victoria sobre el mal, sobre el lado oscuro del mundo que mi Campanilla y yo habíamos derrotado juntos.

Nicole era la fusión de Selene y yo.

No podría habernos pasado algo mejor.

—Cógela —dijo Selene mirándome intensamente.

Como de costumbre, mi rostro se ensombreció y el miedo me encogió el estómago. La voz del niño resonaba en mi cabeza diciéndome que un día quizá haría a Nicole lo mismo que me habían hecho a mí. Mi parte maldita resurgió para recordarme que, en el fondo, seguía siendo el perturbado de siempre, solo que rodeado de una apariencia de normalidad.

—Neil, borra los malos pensamientos y cógela en brazos —insistió Selene con una expresión triste y al mismo tiempo combativa. Ella conocía el desorden que había en mi interior, los monstruos que intentaban invadir mi vida y condicionar sus dinámicas.

Había ganado una batalla, pero no la guerra.

Respiré hondo y, vacilante, extendí los brazos hacia delante. Selene me entregó a Nicole. Agarré a mi hija y me levanté. Cada vez que esa pequeña criatura me miraba fijamente a los ojos me sentía impotente.

Me sentía intimidado por ella.

Me incliné para rozarle la punta de la nariz con la mía y le di un pequeño beso, y ella sonrió. Yo le devolví la sonrisa. Me había dado cuenta de que le encantaban los besos en la nariz, como a su

644

madre. Nicole movió sus brazos y piernas regordetes y se mostró encantada con mi compañía.

—¿Estás contenta de estar con papá? —le pregunté.

Había cambiado todas mis costumbres por mi hija. Había dejado de fumar por la mañana, nada más despertarme, para que ella no inhalara el olor nocivo y penetrante de los cigarrillos. Me afeitaba la barba más de lo habitual para no irritar su piel y procuraba no faltar a sus comidas diarias, sobre todo las de la mañana y la noche.

Mi voz grave pero cálida le transmitía todo mi amor, toda mi protección, porque habría matado con mis propias manos por ella, habría dado mi vida por defender la suya. Lo que me unía a Nicole era demasiado fuerte, un sentimiento desconocido para mí.

Tal vez porque nunca lo había experimentado realmente.

Ser padre era el trabajo más duro del mundo, no había títulos ni estudios que te ayudaran a aprenderlo, pero vivirlo era una emoción única y yo hacía todo lo posible por ser el padre que mi hija se merecía y el hombre que Selene siempre había soñado tener a su lado.

—Sabes que sigues siendo guapísimo, ¿verdad? Pero con ella en brazos lo eres aún más. No debes tener miedo, Neil. No eres un peligro para tu hija.

La voz sensual de Campanilla sopló cálidamente en mi oído, mis ojos se clavaron en los suyos en una explosión de sensaciones y le sonreí.

Cada día me sentía afortunado por haberla conocido.

Para ella solo existía yo, lo notaba por la manera en que me miraba, me tocaba y me besaba, por el amor que me entregaba con cada gesto. Nunca había visto a Selene mirar a otro hombre con adoración o deseo, jamás la había visto ruborizarse con otro como aún lo hacía conmigo.

Siempre me decía lo perfecto que era, incluso con todos mis defectos, incluso con todos mis desastres. Siempre me decía lo encantador que era y lo celosa que estaba de las mujeres que me lanzaban miradas lánguidas y maliciosas, pero mi tigresa no sabía que había tenido el poder de anular a todas las que la habían precedido.

—Buenos días, Neil.

Judith, con su traje sobrio y elegante, se asomó a nuestro inmenso salón y se acercó a mí con los ojos clavados en mi hija.

Nadie, absolutamente nadie, ni siquiera mi suegra, se atrevía a apartarla de mis brazos sin que yo diera antes mi consentimiento. Tras saludar a Judith, me entretuve con mi perlita unos minutos más. La besé por todas partes y solo cuando quise separarme de ella se la entregué a mi suegra lanzándole una mirada de advertencia.

—No te preocupes, sé cuidar a los niños —dijo para tranquilizarme y la cogió en brazos a la vez que le hacía carantoñas. Judith era una abuela presente y atenta, siempre había estado ahí para ayudar y apoyar a Selene. Además, se había puesto muy contenta cuando se había enterado de que estaba embarazada.

A mí, en cambio, seguía sorprendiéndome.

La relación entre Judith y yo era extraña. A pesar de que desconfiábamos el uno del otro, a la vez nos respetábamos mucho.

La seguí con la mirada mientras salía del salón con la pequeña en brazos. Apenas lo hizo, sentí enseguida un profundo vacío en el pecho, porque ya la echaba de menos. Percibía en mi cuerpo el aroma a talco y el tacto de su piel suave en mis labios. A decir poco, estaba perdidamente enamorado de mi hija.

—Creo que alguien ha olvidado algo...

La otra niña se acercó a mí contoneándose. La escruté como un pervertido imaginándomela ya desnuda bajo mi cuerpo y gemí agradecido. Sus curvas estaban envueltas en un vestido blanco hasta la rodilla con florecitas azules esparcidas aquí y allí; el escote en forma de corazón resaltaba sus pechos prominentes y llevaba su larga melena recogida en un moño impecable. Lo miré y entorné los ojos, habría dado cualquier cosa por deshacerlo y agarrarle el pelo en un puño mientras la montaba por detrás.

La imagen libidinosa me hizo soltar una sonrisa lasciva.

—Tú eres la que se ha olvidado algo, Campanilla. Has pasado de hacer mamadas a amamantar en pocos meses —afirmé con cruda sinceridad.

En el pasado, yo era el primero en recibir los buenos días de Selene. Esa costumbre había caído en el olvido para hacer sitio a alguien más importante: nuestra hija.

Ni siquiera el sexo, por fundamental que fuera en nuestra relación, sobre todo para mi bienestar psíquico, podía hacernos desistir del deber de ser unos buenos padres.

—¡Dios mío, Neil! ¡Que mi madre está ahí! —me advirtió Selene y miró por encima del hombro para asegurarse de que Judith estaba lo suficientemente lejos como para no oír mis guarradas diarias.

No, eso tampoco iba a cambiar nunca.

Creciendo, mi lado pervertido había incluso empeorado.

—Como si no echaras de menos chupármela cada mañana. Deja de comportarte como una niña buena.

La agarré por el culo con demasiada violencia y la choqué con mi cuerpo. Sus mejillas se encendieron como siempre y yo se las besé porque me volvía loco cuando se sonrojaba.

Después de todo lo que habíamos compartido, seguía siendo tímida y eso me excitaba como el primer día.

—¿Cómo le voy a explicar esto a mi madre? —Me rodeó el cuello con un brazo y con la otra mano señaló el mordisco que le había dejado en el labio inferior. Sonreí con suficiencia y arqueé una ceja con aire complacido.

Cómo me gustaba dejar marcas de posesión en su cuerpo...

—Le dirás que tienes un hombre insaciable a tu lado, que te folla como un animal incluso en su oficina y que está loco por ti, hasta tal punto que no dejaría de morderte —afirmé encogiéndome de hombros con aire seguro.

No veía otra manera de explicar a su madre las huellas de mi pasión.

Ella abrió los ojos como si estuviera a punto de desmayarse, porque, joder, mi romanticismo seguía siendo devastador. Así pues, decidí continuar:

—También podrías decirle que me encanta ponerte a noventa grados encima de mi escritorio y que pierdo el juicio cuando me das el cu...

Selene me tapó la boca con una mano y jadeó.

No era una respiración rabiosa..., de eso nada.

Era el aliento de mi mujer, que estaba tan excitada como yo.

Dando muestras de lo cabrón que era hundí mi erección en su bajo vientre y ella se estremeció.

—Para ya —me ordenó en tono amenazador, aunque con dificultad; podía oír los latidos de su corazón que excavaba entre sus pechos para salir y revolotear a mi alrededor.

—Ya sabes lo romántico que soy, Campanilla... —Apreté sus nalgas con firmeza y ella se aferró a mis hombros con todas sus fuerzas.

—Sí, claro, a tu manera... —comentó mofándose de mí y poniendo los ojos en blanco.

Le acaricié un muslo lánguidamente y me acerqué a su ingle para rozar sus bragas. Esa mujer me enloquecía tanto que perdía por completo la vergüenza como cuando tenía veinte años y hacía las peores porquerías delante de todos con las chicas de los Krew.

—Neil. —La niña me empujó con delicadeza el pecho con una sonrisa traviesa en los labios. Ella nunca me rechazaba, salvo cuando su madre estaba en las inmediaciones. Cuando estaba a punto de soltarle otra de mis ocurrencias, el timbre de un teléfono móvil interrumpió nuestro intercambio de miradas.

Reconocí la irritante melodía: era el mío.

647

—Los domingos no debería recibir llamadas del trabajo, contesta tú —le ordené seriamente. Necesitaba alejarme de ella para aplacar la excitación que corría por mis venas. Me ajusté la entrepierna de los pantalones y bajé la mirada hacia la vulgar hinchazón que no iba a poder ocultar a Judith en caso de que hubiera aparecido frente a mí con una de sus expresiones ariscas y peligrosas.

Mientras me disponía a guarecerme en algún sitio, sonó el timbre de la puerta. Maldije, pensando que alguien había urdido un plan para sacarme de quicio a primera hora de la mañana. Al mismo tiempo que Selene se dirigía hacia la cocina para recuperar mi teléfono, fui a abrir la puerta. Cinco sonrisas tan radiantes como faros de luz me deslumbraron: eran Logan, Janel, Chloe de la mano de su novio, Simon, y, por último, John con una bandeja de dulces.

—¿Acabas de despertarte? Por la cara diría que estás un poco alterado.

Como de costumbre, mi hermano no perdió la ocasión de burlarse de mí. Resoplé. No podía decirle que estaba molesto por la erección que estaba intentando disimular con el borde de mi camiseta polo, así que me limité a esbozar una sonrisa forzada y le di una palmada en la nuca.

648

—Date prisa, entra de una vez en lugar de decir gilipolleces —dije en tono alegre—. Hola, Janel, toma asiento —le dije a su novia. Obviamente, mi actitud cambió cuando ella me saludó con dos besos en las mejillas a la vez que se tocaba la barriga, que estaba aún más hinchada que la última vez que la había visto.

—No me mires así, Neil, parezco una ballena —farfulló avergonzada, luego se puso un mechón de pelo detrás de una oreja y señaló al chiquitín que iba a nacer en dos meses.

—No, no lo estás..., es que estás..., esto..., muy embarazada.

Me mordí el labio esperando no haber metido la pata. No era ducho en esas cosas. Mi hermano le rodeó las caderas con un brazo y le susurró que esa era mi manera simpática de decirle que la encontraba estupenda.

Sí..., por supuesto.

—No cambiarás nunca, hermanote.

Chloe saltó sobre mí, me estampó un beso en una mejilla y se aferró a mí como un koala, mi koala; a pesar de tener ya veinticinco años, mi hermana siempre sería la pequeña de la casa.

—Hola, cariño, creía que ibas a venir sola —dije mirando con cautela a Simon Lively, quien entretanto me tendió la mano a modo de saludo.

El rubito era el hijo de mi psiquiatra, el doctor Krug. Llevar a Chloe a las sesiones de terapia había sido útil no solo para que olvidara la violencia que había ejercido sobre ella Carter Nelson, sino también para ayudarla a conocer al amor de su vida, de quien no había sabido nada hasta hacía un año.

—Diría que más que nada la tuya es la expresión típica de un hombre que no ha podido satisfacer sus deseos con la mujer que quiere.

John avanzó hacia mí y me saludó con una palmada en el hombro; luego cerró la puerta tras de sí. Suspiré y le dirigí una mirada de complicidad; mi padre tenía la capacidad de comprenderme más que ningún otro.

—Exacto, papá, pero Nicole es más importante que cualquier otra cosa, ya lo sabes. —Le sonreí y él se ablandó al oír el nombre de su nieta.

Nuestra relación había mejorado en los últimos años.

No había sido fácil superar el trauma que me había causado el descubrimiento que había hecho el día de mi graduación. Mi madre me había mentido durante veintiséis años y por ese motivo aún no la había perdonado.

Probablemente nunca lo haría.

Ella seguía viviendo con Matt en su lujosa mansión y, a pesar de la mala relación que teníamos, no le había impedido ejercer de abuela. Venía a visitar a mi hija, su nieta, siempre que quería; la mayor parte de esas veces yo estaba en el trabajo, lo que nos impedía vernos.

Selene me había convencido de darle al menos la oportunidad de pasar tiempo con su nieta; mi orgullo solo había aceptado la petición gracias a ella; de haber dependido de mí, habría incluso impedido que mi madre se acercara a Nicole.

Matt, por su parte, seguía siendo el gilipollas de siempre.

La relación con Selene y conmigo no había cambiado. Con Nicole era un abuelo bastante presente, pero su prestigioso trabajo seguía encabezando su lista de prioridades.

—¡Ya estáis aquí! Qué alegría veros…

Selene dio la bienvenida a los invitados con un deje de turbación que no escapó a mi atenta mirada. Saludó a todos con su dulzura habitual y acarició la barriguita de Janel a la vez que empezaba a hablar con ella sobre ropa de bebé, pañales y todas esas cosas propias de mujeres que no me interesaban mucho.

Selene tenía aire grave y esquivaba mi mirada.

Ella no era así.

649

Nos comunicábamos mucho con los ojos, más que con las palabras y la agitación que veía en su rostro me preocupó.

Algo iba mal.

Al cabo de una hora, las mujeres pusieron la mesa en el jardín para comer y, como de costumbre, los hombres nos dirigimos hacia la barbacoa. Normalmente mi padre y Logan se encargaban de cocinar las salchichas, aunque mi hermano solía tostarlas demasiado y acababa maldiciéndose a sí mismo.

Mientras esperábamos a que se cocinara la carne, John me observaba atentamente, como si estuviera a punto de soltarme uno de sus molestos discursos.

—¿Va todo bien con Selene, chico? —dijo de buenas a primeras.

Su pregunta llamó la atención de Logan. Había algo sospechoso en la extraña actitud de la niña. Nervioso, me encendí un Winston y le dirigí una mirada inquisitiva. Selene estaba sentada con las mujeres a la mesa y acunaba a Nicole en sus brazos. De repente, después de haberme ignorado hasta ese momento, se volvió para mirarme. Sus ojos oceánicos parecían dos cristales con los reflejos del sol, pero lo que leí en ellos no me gustó nada: eran un mar embravecido.

Me gritaban lo decepcionada y enfadada que estaba conmigo.

Pero ¿por qué? ¿Qué había hecho mal?

¿Quizá le molestaba que estuviera fumando?

—Sí, ¿por qué?

Me volví para mirar a mi padre y fingí que todo iba bien, pero él y Logan me escudriñaron con suspicacia. Ellos también se habían dado cuenta de que Selene apenas me había dirigido la palabra.

Normalmente, la niña no me soltaba ni a sol ni a sombra, siempre estaba pegada a mí, sentada en mi regazo y besándome sin importarle las miradas indiscretas de los demás. En cambio, esta vez me ignoraba y solo me lanzaba miradas despectivas.

—Creo que deberías ir a verla y hablar con ella. Le preocupa algo y estoy seguro de que le hará bien hablar contigo. —Mi padre me quitó el cigarrillo de los labios y lo aplastó entre sus dedos—. Además, esta basura no sirve para nada —murmuró con una mueca de decepción.

Sabía que tenía razón, pero yo era un hombre terriblemente orgulloso; era un defecto que llevaba arrastrando toda la vida y que a menudo me llevaba a tener malentendidos con Selene.

Siempre esperaba a que ella me hablara o iniciara la discusión.

650

Odiaba los problemas, ya tenía demasiados, y pelear con ella era la parte de nuestra relación que más me molestaba.

Dialogábamos mucho, pero solo gracias a Selene; yo seguía siendo un hombre introvertido.

El niño que prefería encerrarse en su propio mundo y escudarse tras un muro de silencio en lugar de mostrar su vulnerabilidad.

Aún tenía miedo de derrumbarme y autodestruirme, aunque Nicole me había hecho renacer.

—Selene es la mujer más dulce que conozco —terció Logan colocando las salchichas en una bandeja—. Sois una pareja estupenda, pero tú tienes un carácter de mierda. Habla con ella e intenta averiguar qué le pasa, puede que riñáis, pero al menos así dejará de preocuparse. Habéis afrontado muchos obstáculos, nada puede destruir ya vuestra relación, solo podéis mejorarla.

La sabiduría de mi cachorro me sorprendió. Logan había crecido mucho, ahora era un respetable director de informática, gestionaba la infraestructura tecnológica de una empresa y pronto sería también padre. A diferencia de mí, planeaba casarse pronto con Janel y esto entristecía a Selene.

A menudo me percataba de la mirada soñadora con que escuchaba a su cuñada cuando esta le hablaba del vestido que quería llevar, y cada vez me preguntaba por qué no la complacía.

¿Quizá fuera esa la razón de su evidente malestar?

Yo era un maldito desastre.

—Lo haré. Hablaré con ella.

La miré y me di cuenta de que había dejado a nuestra hija con Judith y de que estaba entrando en la casa, probablemente para coger algo de la cocina. Cogí la ocasión al vuelo y le di alcance apretando a paso ligero. Tenía que aprovechar el momento para hablar con ella sin interrupciones. Cuando pasé por delante de la puerta acristalada, la vi de pie, de espaldas a mí, sacando dos zumos de naranja de la nevera.

—Todos se han dado cuenta de que tratas de evitarme. ¿Quieres volver a dar un espectáculo o prefieres explicarme el motivo?

Mi tono decidido hizo que se volviera hacia mí con la cara enmarcada por unos mechones de pelo cobrizos que se le habían soltado del moño. Sus ojos resplandecientes me escrutaron furiosos como si hubiera estado esperando precisamente a que yo hiciera algo para estallar.

—¿Quieres saber por qué? —preguntó dejando el zumo en la encimera de mármol y avanzó hacia mí encolerizada—. La llamada era de tu compañera, Sharon. Me preguntó por ti y me llamó señora

651

Keller irónicamente. ¿Me puedes explicar por qué esa tipa te busca un domingo y, peor aún, por qué se burla de mí a sabiendas de que no estamos casados? —explicó levantando la voz y me miró con una decepción que jamás habría querido ver en su cara—. Ah, añadió que te dijera que esta semana le ha gustado mucho trabajar contigo. ¿Qué demonios significa eso? —preguntó con suspicacia.

Saltaba a la vista que pensaba que entre mi colaboradora rubia y yo había habido algo. Sus celos frustrantes habían aumentado por mi culpa, por las innumerables gilipolleces que había hecho desde que éramos dos críos. Yo solía mostrarme indulgente cuando se producían ese tipo de discusiones, porque comprendía lo difícil que era estar conmigo.

Me acerqué a ella y le tomé la cara entre las manos; Selene intentó apartarme, pero se lo impedí.

—No significa nada. Solo quería cabrearte. ¿Cuándo vas a dejar de ser tan ingenua? ¿Cuándo te darás cuenta de que yo...?

Me detuve y la angustia me oprimió el pecho. No podía decirle lo que sentía, nunca se lo había dicho y ese era el mayor obstáculo que me quedaba por superar.

Esas dos palabras se atascaban en mi garganta y les costaba estrellarse en el aire.

Nos miramos, perdidos en la intensidad de nuestros ojos, tan íntimos que podíamos sentirlos haciendo el amor; pero yo era incapaz de expresar mis sentimientos, los que anidaban en mi interior, unos sentimientos profundos que ella necesitaba en los momentos de inseguridad.

—Ya sabes que... estoy loco por ti —le confesé por fin.

La besé para demostrarle hasta qué punto era cierto lo que estaba diciendo. No me gustaba estar lejos de ella, no me gustaba discutir ni dejar sin resolver nuestros estúpidos malentendidos. No me gustaba verla huir de mí, como estaba a punto de hacer en ese instante. Selene se desasió de mí impidiendo que nuestro beso fuera más profundo.

Gemí como un animal herido, porque odiaba que me rechazara.

—No siempre se puede resolver todo así, Neil. No puedes usar la seducción como un arma para imponerte sobre mí... No confío en esa mujer, y no me parece bien que cambies de tema.

No le di tiempo a terminar y entonces fui yo quien dio un paso atrás.

Ella percibió mi reticencia y se estremeció.

—¿Cambiar de tema? ¿Quieres discutir? —le pregunté esbozando una sonrisa de escarnio y mi mano derecha empezó a temblar. Me toqué la cara y el pelo, y luego gruñí crispado. Después de diez años de relación, era inconcebible que aún no confiara en mí—. ¡Joder, Selene! —exploté irritado. La niña lo sabía. Sabía lo que ocurría cuando perdía los estribos—. Solo te miro a ti. Trabajo seriamente poniendo todo mi empeño. La única mujer con la que follo en el despacho eres tú. No me tiro a mis compañeras ni a las secretarias, ¡sino a ti!

La señalé con el dedo y todos mis músculos empezaron a temblar de rabia, ella se percató y se acercó a mí alarmada. Tomó mi mano entre las suyas y besó el dorso para aplacar poco a poco la tormenta que estaba a punto de ofuscar mi mente. Su tacto siempre tenía el poder de despertar mi razón y de poner a dormir a los monstruos que amenazaban con resurgir.

—Lo siento… No pretendía insinuar eso. Es solo que… tengo muchos celos de ti y de esas zorras que destruirían una familia con tal de pasar contigo una noche. Tú también lo sabes.

Suspiró desconsoladamente y yo la miré con frialdad. Ella me escrutó apenada y apretó más fuerte mi mano entre las suyas para hacerme saber que no pretendía poner en duda mi fidelidad, pero que los celos eran a menudo su peor enemigo y la inducían a comportarse con impulsividad.

Selene era una madre que quería proteger a Nicole, al hombre que quería y a nuestra familia de las amenazas externas. Comprendía sus temores.

—Soy lo bastante hijo de puta como para comprender solo ciertas cosas. Sé cómo mantener a raya a las mujeres que consideras peligrosas.

La agarré por un costado y la acerqué a mí para estrecharla entre mis brazos, donde siempre se refugiaba como si fuera una niña pequeña e indefensa.

—Es rubia… —murmuró asustada. Temía que mi obsesión reapareciera, como había sucedido hacía unos años, y que el instinto de violentarme para revivir el abuso resurgiera.

El doctor Lively nos había advertido precisamente de esa eventualidad.

—Hace mucho tiempo que no me ha ocurrido —susurré. Siempre me sentía culpable cuando la niña me tenía que aceptar tal y como era.

—¿Y si vuelve a ocurrir? —Estaba a punto de llorar, así que le acaricié las mejillas con los pulgares.

No quería verla sufrir. No por mi culpa.

—Espero que me aceptes de todas formas y que no me abandones. —Apoyé la frente en la suya y aspiré su aroma—. Jamás permi-

653

tiré que nadie nos divida o destruya lo que es nuestro, pero no puedo predecir el futuro, niña. Mis dolencias siguen ahí, ya lo sabes… —Le acaricié el pelo mientras ella se acurrucaba en mi pecho. Dejé que sintiera los latidos de mi corazón, que latía y temblaba únicamente por ella—. He decidido que voy a abandonar el proyecto. No me interesa el teatro, no me interesa colaborar con esa mujer. Me puedo ocupar de otros trabajos. Lo más importante para mí es que estés serena.

A mí también me convenía evitar las situaciones incómodas.

Yo era fuerte, pero a menudo tenía períodos de colapso emocional en los que creía que volver a follar con mujeres que me recordaran a Kim era la única manera de no hundirme en el abismo. A veces lo pensaba y me obligaba a controlar el impulso malsano de castigarme, porque, si cometía ese error, perdería a las dos perlas más preciadas de mi vida.

Selene levantó la barbilla y clavó sus grandes ojos en los míos, luego parpadeó agitando sus espesas pestañas, confundida por mis palabras.

—No admito objeciones. Ya lo he decidido.

Antes de que pudiera replicar, la besé dando rienda suelta a la pasión que había reprimido durante todo ese tiempo.

Como siempre, me quedé de piedra cuando sentí su dulce sabor en mi boca; sus besos tenían el poder de domar la peor parte de mí.

Porque ella lo había aceptado todo.

Me había elegido por lo que era.

Tenía todo el derecho a buscar un hombre mejor, pero me quería a mí.

Solo a mí.

Después de aclarar las cosas, el domingo transcurrió como de costumbre. Nicole estuvo en mi regazo todo el tiempo y yo me dediqué a jugar con ella a la vez que la estrechaba contra mi pecho; no se la dejé a nadie en todo el día.

—¿Puedo saludar a mi pequeña estrella ahora por lo menos? —murmuró John, de pie en la puerta, mientras Nicole hacía pedorretas con la boca, movía sus piernecitas y pataleaba en el aire, y yo seguía besándola por todas partes.

—¿Tu estrellita? Es tu nieta y punto, papá.

Mis celos rayaban en lo ridículo. Selene, que estaba a mi lado, soltó una risita divertida, preparada para presenciar una de nuestras riñas habituales.

Odiaba que a Nicole le pusieran motes distintos de los que yo le atribuía.

A veces me comportaba como un niño caprichoso.

—De acuerdo. ¿Puedo saludar a mi nieta, la estrellita del abuelo? —John hablaba con una vocecita espeluznante cuando se dirigía a mi hija.

Por suerte, a pesar de que la quería con todo mi corazón, no estaba tan enganchado a ella.

—La verdad es que yo también la llamo estrellita, señor Keller, y le advierto que las abuelas tienen preferencia —terció Judith muy tiesa. Se puso su elegante abrigo y se colocó el pelo encima de los hombros. Mi padre le dirigió una mirada lánguida y ella se ruborizó a la vez que carraspeaba.

—¿Sabe, señora Martin? Siempre encuentro fascinantes sus intervenciones, tan precisas y cortantes. Si aceptara una simple invitación a cenar, podría enseñarme muchas cosas —dijo guiñándole un ojo y Judith enderezó la espalda con cautela. La verdad es que nunca había acabado de entender su relación y mucho menos si sentían simpatía o antipatía el uno por el otro. Desde que Judith se había vuelto a quedar soltera, tras poner punto final a su larga relación con el profesor Coleman, mi padre no dejaba de provocarla cada vez que tenía ocasión.

—Mantenme informada sobre la evolución del pequeño. Te espero el próximo domingo.

Selene besó a Janel en las mejillas. Mi cuñada estaba aferrada a mi hermano. El día la había dejado agotada. No sabía con exactitud lo que significaba para una mujer afrontar la carga del embarazo, pero había sido testigo de las alegrías y penas de Selene durante nueve meses, así que podía imaginármelo.

—Pórtate bien, cachorrito. Ya has causado demasiados daños —le dije a Logan haciendo a alusión a la barriga de su novia.

Luego le revolví el pelo. Por toda respuesta, mi hermano me mandó a la mierda irritado. Después abracé a Chloe y le recomendé a Simon que no se le ocurriera tocar a mi hermana al menos hasta la boda. Selene consideró necesario intervenir en ese momento y me puso la mano en el hombro para que mantuviera la calma.

Cuando por fin nos quedamos los tres solos, subimos a nuestro dormitorio, donde estaba la cuna de mi perlita.

Selene fue a cambiarse al cuarto de baño y entretanto yo me senté en el sillón de cuero que estaba frente a la ventana y acuné un poco más a mi hija.

La luna llena iluminaba su cara, que era tan blanca como la nie-

655

ve. Sus ojos oceánicos salpicados de oro me miraban atentamente, explorando extasiados mi rostro. En cierto momento, su manita me acarició el pecho y apretó la camisa entre los dedos.

—Por fin estamos solos, Nicole. Ahora papá tiene que hablar contigo, como todas las noches... —Acaricié su manita, que desapareció en la mía; su piel era blanca como la leche, completamente diferente de la mía, pero en sus venas corría mi sangre. El poder de la naturaleza y del dios que me había concedido ese milagro era increíble—. ¿Sabes? Papá tiene mucho miedo de verte crecer en este mundo pernicioso. Teme que puedas conocer gente perversa, gente capaz de hacer cosas malas. Cosas que preferiría que no llegaras a ver ni a saber. Nunca. —Aspiré su aroma a polvos de talco, a inocencia, mío, y ella sacudió sus piernas regordetas y me dio una palmada en el muslo. Le sonreí—. Tu vida y la de tu madre son todo para mí. Lo único que me importa de verdad. Siempre os protegeré. Si he de ser franco, al principio no quería tener una niña, pero entonces naciste. Todavía tengo mucho miedo. No soy un hombre perfecto, pero quiero ser un buen padre para ti. —Nicole me agarró el dedo índice con su manita, como si se aferrara a mí para decirme que me necesitaba—. Cuando me sonreíste por primera vez, entendí que eras «mi segunda oportunidad». Papá te promete que nunca te fallará. Siempre estaré contigo. Te hablaré de mí y de mamá, te hablaré de las infusiones del abuelo John y de la severidad de la abuela Judith. Te contaré lo buen chico que es el tío Logan y que tu tía Chloe es como un koala. Te hablaré de mi vida, de la vida que empezó cuando conocí a Campanilla y de la felicidad que sentí cuando naciste.

Me levanté y seguí acunando en mis brazos a mi niña, que estaba serena y somnolienta.

Nicole abrió la boca para lanzar un pequeño bostezo y se acurrucó contra mi cuerpo. Le di un beso en la frente y la abracé, apartando de mi mente el miedo a no estar a la altura de sus expectativas.

¿Estaría orgullosa de mí algún día?

—¿Duerme?

Me volví hacia Selene y la miré. Tenía un hombro apoyado en el marco de la puerta y me observaba con cariño. Su cuerpo curvilíneo estaba únicamente cubierto por un camisón de seda de color aguamarina. No llevaba sujetador: sus pezones empujaban contra la tela que acariciaba sus suaves formas, igual que no tardarían en hacer mis manos.

Volví a mirar a nuestra perlita y me di cuenta de que había cerrado los párpados. Nicole dormitaba tiernamente en mis brazos, como sucedía a menudo.

656

Mi voz era la única nana con la que conciliaba enseguida el sueño.

—Tiene tanto pelo como tú.

Selene se acercó a mí y me acarició un hombro con sus dedos. Me estremecí. Su tacto era puro fuego sobre mí.

—Sí, es tan guapa como su padre —comenté con suficiencia sonriendo como un idiota. Selene puso los ojos en blanco, cogió a la niña en brazos y se encaminó hacia la cuna.

Aproveché para mirarla mejor: mi mujer emanaba pureza y sencillez, era como un cristal refinado que solo me pertenecía a mí.

Al hombre más afortunado del mundo.

—Tratemos de no hacer ruido o se despertará.

Selene se volvió hacia mí y le agarré una mano para llevarla al sillón de cuero que se encontraba junto a la ventana. De no haber sido por la tenue luz de la lámpara que había encima de la cómoda, la habitación habría estado completamente a oscuras.

Me senté, la atraje hacia mis piernas y la invité a sentarse a horcajadas sobre mi pelvis. Cuando abrió los muslos para complacerme, su contacto me estremeció como si fuera un niño pequeño. Mis ojos se deslizaron por sus piernas desnudas, que toqué con pasión hasta las nalgas.

Escalofríos..., solo sentía escalofríos en la piel.

—Sois lo más bonito que tengo —le susurré sin aliento mientras me inclinaba para besarle la clavícula, el cuello y la mandíbula hasta llegar a sus labios carnosos.

En ese momento tenía ganas de dedicarme exclusivamente a mi otra mitad.

Mi agresiva, celosa, desordenada e imperfecta... Campanilla.

—Gracias —le volví a susurrar al oído con voz casi trémula, como si nuestras almas acabaran de tocarse y la mía hubiera quedado agitada. La niña encastró sus ojos en los míos y me miró confundida mientras yo le mordía el labio inferior y después pasaba la lengua por él.

—¿Por qué? —murmuró en mi boca. Acaricié su suave melena, que le caía hasta los hombros, y seguí la línea de su espalda, que hoy representaba la línea de mi vida.

—Gracias por haberme elegido. Gracias por seguir siendo mi país de Nunca Jamás y por haberme dado el mejor regalo: nuestra perlita —le confesé algo apurado, dado que no estaba acostumbrado a exponerme de esa forma.

Sus iris brillaron de amor, Selene estaba a punto de echarse a llorar y confiaba en que no lo hiciera.

657

—No, niña, no llores, por favor —gruñí con brusquedad; todavía no se me daba bien consolarla.

Entonces se echó a reír y apoyó la cabeza en mi cuello al mismo tiempo que me abrazaba.

Me habría gustado besarla y desnudarla, pero en ese momento me distrajo una pequeña figura que me estaba mirando fijamente.

El niño, con la habitual camiseta de tirantes de OKLAHOMA CITY y unos pantalones cortos sucios, estaba de pie a unos metros de nosotros con una sonrisa insolente en la cara.

No me sorprendió. A menudo me lo encontraba por casa o incluso en el despacho.

Seguía ahí, siempre estaría ahí.

No lo había abandonado ni nunca lo haría.

Le hice una señal para que se marchara, porque no era el momento de hablar conmigo.

Él se rio y corrió hacia la ventana. Se subió al alféizar y, antes de abrirla, se volvió para mirarme.

Con el tiempo, mis dos almas habían alcanzado un compromiso.

Compartirían el mismo cuerpo, volver a guerrear, jamás.

Ninguna había salido vencedora ni derrotada.

658

Existiría el Neil adulto y también el Neil niño, el mismo que había abierto la ventana y que se fue volando y se perdió en el cielo estrellado.

Sabía que volvería, pero esta vez sin intención de hacerme daño.

Ninguno de los dos había olvidado el pasado, pero habíamos aprendido a convivir con él.

—¿Qué estás mirando? —Selene levantó la cabeza, alarmada por mi prolongado silencio. Desvié la mirada de la ventana entreabierta a sus ojos oceánicos y me acerqué a ella para rozar sus labios.

Todo iba bien, el niño solo había aprendido a volar para huir del dolor y yo había aceptado su presencia en mi interior.

—Nada, Campanilla —respondí encogiéndome de hombros, después le pasé una mano por el pelo y acerqué a mí su cabeza. A continuación le pedí una cosa, lo único que realmente necesitaba—: Bésame…

Ella me miró, tal vez preguntándose cuándo me había contaminado.

En el preciso momento en que la había visto por primera vez.

Solo que entonces aún no lo sabía.

Tenía demasiado miedo.

Y seguía teniéndolo.

Las pesadillas de Kimberly no habían acabado, pero Selene siempre estaba ahí, dispuesta a acariciarme y abrazarme para recordarme que los sueños también existían.

Por fin había vuelto a tomar los medicamentos, los mismos que había abandonado a los veintidós años sin permiso de mi psiquiatra.

Siempre tendría que tomarlos, porque mis dolencias eran incurables.

Tenía que mantenerlas bajo control, pero Selene demostraba su valor incluso cuando tenía que controlar mis impulsos y aguantar mi carácter problemático.

Acudía a las sesiones de la clínica del doctor Lively en compañía de mi padre, el doctor John Keller, al menos dos veces al mes. Selene me acompañaba y me cogía de la mano para recordarme que siempre afrontaríamos todo juntos.

No me consideraba un hombre perfecto, nunca lo sería.

Quizá en eso consiste el amor: en aceptarse porque somos imperfectos.

Los cuentos de hadas no existen, solo existen las historias de amor en todas sus formas.

Un día en un supermercado le había dicho a Selene que tendría dos hijos preciosos.

Un niño y una niña.

Tendría un perro, una bonita casa y un marido que la querría.

Le dije que sería una mujer independiente, elegante y atractiva.

Que su hija tendría sus mismos ojos oceánicos y su hijo la misma fuerza y tenacidad.

Le dije que organizaría veladas de música y barbacoas en su jardín, que sería una madre ejemplar, una esposa maravillosa y una mujer perfecta.

Le dije que su marido sería un hombre afortunado.

Y también le dije que yo estaría lejos, viajando, quién sabe dónde...

Me equivoqué en una cosa.

Había cometido un error realmente estúpido.

Yo era el hombre que iba a estar a su lado, los niños serían míos, ella era mi futuro con todo el desorden que nos rodeaba, con todos mis problemas y mi pasado siempre presente, pero los dos estábamos bien así.

Había algo imperfecto en nosotros, por eso éramos únicos.

¿Quién quería un príncipe azul y una princesa?

Yo siempre sería el caballero oscuro, con sus tormentos internos, y mi niña, la mayor de las guerreras.

659

ϒ

Y ahora tú, que me conoces y has llegado hasta aquí, seguro que has leído mi historia y sabes del caos que hay en mí.

Así que dime la verdad…, muchas veces habrás querido abofetearme, ¿no es cierto?

Habrás considerado incomprensible mi forma de ser, terrible mi carácter, retorcida mi mente, pero si me he quedado al menos un poco en tu corazón…

Escúchame bien.

Escúchame bien porque tengo una última cosa que decirte.

Nunca pienses que no puedes hacerlo,

nunca pienses que la luz no existe,

que el sol no es para todos,

que la vida es un túnel sin salida.

No pienses que el cielo no es lo suficientemente inmenso como para no poder ofrecer vastas oportunidades.

No pienses que estás solo o que no eres lo bastante fuerte para afrontar esta vida.

No pienses jamás que eres inadecuado.

660 Nadie ha dicho nunca que sea fácil, pero nadie ha dicho nunca que sea imposible.

Nada es imposible.

Sé feliz.

Busca la felicidad en todas partes.

Quiérete y acéptate.

Lucha contra tus monstruos y mátalos.

Agarra al pasado por los pelos y arrástralo lejos de ti.

Busca tu país de Nunca Jamás.

Está escondido en algún lugar desconocido, pero te aseguro que existe.

Se manifiesta de cualquier manera, adopta formas diferentes, pero está ahí…, cerca.

Mira a tu alrededor, le gusta jugar al escondite, seguro que lo encontrarás.

Mira fijamente una estrella en el cielo, o cincuenta mil, y deja que alivie tus penas.

Cómete un caramelo o un trozo de tarta de cerezas y saborea la dulzura de la vida.

O abre un paquete de pistachos y piensa en mí, como si estuviera ahí para estrecharte la mano.

Alza el vuelo y supera los obstáculos, igual que harían Peter y Campanilla.

Sonríe siempre.

Hay una segunda oportunidad para todos.

Y también hay una alternativa para ti.

Tú no eres el monstruo.

Los que te hacen daño sí.

Nunca temas la opinión de los demás, cree siempre en ti mismo.

Ponte la mano en el pecho y cierra los ojos.

Siente cómo late tu corazón.

Significa que la vida está de tu lado.

Así que vive y hazlo a tope, hazlo a tu manera.

A la mierda lo que piensen los demás.

Yo lo hice.

Seguí adelante y al final... gané.

Ahora somos Neil, Nicole y Selene.

Una concha y dos perlas.

Vida, amor y erotismo.

Dedicado a todas las víctimas
de violencia y abusos sexuales

Agradecimientos

*P*or tercera vez, estoy aquí ante una página en blanco, tratando de encontrar las palabras adecuadas para expresar la inmensa gratitud que siento hacia todas las personas que han querido embarcarse en este increíble viaje conmigo.

¿Por dónde empiezo?

Empiezo diciendo que desde que era niña soñaba con escribir una novela. Una novela que mostrara la realidad en todas sus facetas, tanto negativas como positivas. Elegí el tema de los abusos sexuales para poner de relieve uno de los muchos problemas sociales que aún persisten. Un problema sobre el que he intentado analizar las consecuencias psicológicas y emocionales que padece cualquier persona que los haya sufrido. Espero haber conseguido transmitiros la importancia de aceptar a los que quieres sin hacerles sentirse mal, la importancia de ir más allá del juicio o del prejuicio, y la importancia de un sentimiento tan fuerte como el amor, que a menudo libera su poder silenciosamente, mediante formas desconocidas a la vez que extraordinarias.

Tenía muchas ganas de dar las gracias a mis lectores, mis intrépidos tigres, que desde el principio de esta historia siempre han pensado que, a pesar de su locura, Neil y Selene eran especiales y merecían dar a conocer su caótica relación.

Sois muchos, muchísimos, pero cada uno de vosotros ha contribuido al crecimiento de este proyecto, que empezó cuando yo tenía veintipocos años, cuando pensaba que compartir mi pasión era una utopía, cuando tenía miedo de salir de mi caparazón y pensaba que la idea de presentar a mis dos problemáticos al mundo estaba totalmente fuera de lugar.

Tenía mucho miedo, pero hoy sé que el miedo a menudo nos impide volar y que todos somos lo bastante fuertes para superarlo.

Doy las gracias a mi familia, que me apoya cada día y me anima a mejorar, a crecer, a no rendirme nunca, ni siquiera ante las dificultades.

663

Doy las gracias a la editorial Sperling & Kupfer, a la que siempre he llamado la «madre» de los Seleil, por haber creído en mí y en la realización de esta serie.

Y por último, pero no por ello menos importante, doy las gracias a mi editora, Elena Paganelli, que desde el principio me ha llevado de la mano y me ha acompañado en esta extraordinaria aventura, acabando con todos mis miedos e incertidumbres. Elena me permitió mirar dentro de mí, a través de mi texto, del trabajo en equipo, de la complicidad, la confrontación, la profesionalidad y el respeto mutuo. Siempre le estaré agradecida por haber sido, además de una editora, una querida amiga en este largo viaje.

Debería despedirme ahora, ¿verdad? ¿Debo hacerlo?

No creo que pueda hacerlo.

Y si vosotros, al igual que yo, aún no podéis despediros de los Seleil, aún no os sentís preparados para dejarlos ir y queréis viajar de nuevo al país de Nunca Jamás, si seguís queriendo saber más de ellos, saber qué ha sucedido en su larga relación y sumergiros por última vez en el oscuro mundo de Neil y en el mundo de hadas de Selene, os espero en el próximo volumen, el último de la serie: *El diario de Selene y Neil*, nacido de una petición de los lectores y que he escrito para que podamos volar juntos un poco más.

Como diría Peter Pan: «Segunda estrella a la derecha y luego...».

Directo hasta el último volumen.

Yo y mis dos problemáticos os estaremos esperando allí.

Os adoro,

KIRA SHELL

Otros libros de la serie
KISS ME LIKE YOU LOVE ME

Que comience el juego

Recién llegada a Nueva York para tratar de restablecer la relación con su padre, Selene va a parar a una mansión de ensueño con él, su nueva compañera y los hijos de esta. El mayor es Neil, un chico fascinante y enigmático en lucha permanente contra un pasado oscuro que no le da tregua. Como una polilla atraída por la luz, Selene se siente cautivada por Neil. En un crescendo de pasión, la chica demuestra estar dispuesta a todo con tal de entrar en la cárcel de cristal donde él se ha encerrado para protegerse del mundo. Pero Neil no está dispuesto a abrirse a nadie, ni siquiera a Selene. Por más que se sienta atraído por ella, no quiere comprometerse. Sobre todo cuando en su vida irrumpe Player 2511, un desequilibrado en busca de venganza que la tiene tomada con él y su familia. Con sus enigmas, sus amenazas y sus ataques, el despiadado desconocido arrastra a Neil en un juego perverso y peligroso que tratará de ganar a toda costa, desatando una lucha sin cuartel. A merced de Player 2511, ¿logrará Neil no perderlo todo, incluso a Selene?

KIRA SHELL

Kiss me
like you love me ①

«Con ella estaba
fuera de mí, sin
ella era yo mismo.»

QUE COMIENCE EL JUEGO

Rocaeditorial •

Un juego peligroso

*T*ras sobrevivir a duras penas al ataque de Player 2511, Selene decide volver a Detroit con su madre para tomar las riendas de su vida y olvidar a Neil, sus ojos dorados y sus contradicciones. A pesar de saber que lo que siente por él es algo profundo, la chica ha comprendido que Neil no es capaz de dejarse querer por nadie, y menos aún por ella, y que su alma está surcada por cicatrices indelebles que le impiden vivir con normalidad.

Sin embargo, cuando se encuentra con él al cabo de un tiempo, Selene se da cuenta de que no puede prescindir de Neil y decide quedarse a su lado, a pesar de las dificultades. El chico tiene entonces que luchar contra sí mismo y contra sus monstruos para tratar de corresponderla, aunque sea a su manera. Por si fuera poco, Neil se ve obligado a estar alerta porque Player 2511 sigue al acecho, determinado a vengarse. Nadie está a salvo y el miedo impera porque está en juego nada menos que la vida.

KIRA SHELL

Kiss me
like you love me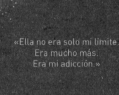

«Ella no era solo mi límite.
Era mucho más.
Era mi adicción.»

UN JUEGO PELIGROSO

Rocaeditorial •

Este libro utiliza el tipo Aldus, que toma su nombre

del vanguardista impresor del Renacimiento

italiano, Aldus Manutius. Hermann Zapf

diseñó el tipo Aldus para la imprenta

Stempel en 1954, como una réplica

más ligera y elegante del

popular tipo

Palatino

Fin del juego

se acabó de imprimir

un día de primavera de 2023,

en los talleres gráficos de Liberdúplex, s. l. u.

Crta. BV-2249, km 7,4. Pol. Ind. Torrentfondo

Sant Llorenç d'Hortons (Barcelona)